LUIZ VADICO

O MOINHO QUE DERROTOU DOM QUIXOTE

Literare Books
INTERNATIONAL
BRASIL · EUROPA · USA · JAPÃO

Copyright© 2022 by Literare Books International.
Todos os direitos desta edição são reservados à Literare Books International.

Presidente:
Mauricio Sita

Vice-presidente:
Alessandra Ksenhuck

Capa:
Victor Prado

Ilustração da capa:
DmitriyP

Projeto gráfico e diagramação:
Gabriel Uchima

Revisão:
Rodrigo Rainho

Diretora de projetos:
Gleide Santos

Diretora executiva:
Julyana Rosa

Relacionamento com o cliente:
Claudia Pires

Impressão:
Gráfica Paym

Dados Internacionais de Catalogação na Publicação (CIP)
(eDOC BRASIL, Belo Horizonte/MG)

V124m   Vadico, Luiz.
         O moinho que derrotou Dom Quixote / Luiz Vadico. – São Paulo,
SP: Literare Books International, 2022.
         408 p. : il. ; 16 x 23 cm

         ISBN 978-65-5922-248-3

         1. Literatura brasileira – Crônicas. I. Título.
                                     CDD B869.3

Elaborado por Maurício Amormino Júnior – CRB6/2422

Literare Books International Ltda.
Rua Antônio Augusto Covello, 472 – Vila Mariana – São Paulo, SP.
CEP 01550-060
Fone: (0**11) 2659-0968
site: www.literarebooks.com.br
e-mail: contato@literarebooks.com.br

LUIZ VADICO

O MOINHO QUE DERROTOU DOM QUIXOTE

SUMÁRIO

APRESENTAÇÃO DO ORGANIZADOR 7

PREÂMBULO 11

NÃO SIGA ADIANTE SEM LER 17

QUEM É LUIZ VADICO? 21

2010 25

2011 71

2012 123

2013 185

2014 223

2015 267

2016 329

2017 367

2018 391

POST SCRIPTUM 405

APRESENTAÇÃO DO ORGANIZADOR

Ao ser convidado pela editora para fazer a organização e as notas deste livro, relutei, pois tinha um trabalho complexo, delicado e difícil pela frente. Luiz Vadico, importante nome da literatura contemporânea, representa muitos desafios. O primeiro deles é a quase completa ausência de fontes documentais sobre sua personalidade e vida. Apesar de ter sido historiador e conhecer a importância dos documentos materiais, destruiu voluntariamente, ao longo dos anos, todos e quaisquer registros pessoais: resumos de ideias, ensaios de textos, rascunhos, anotações etc. Tudo apagado. É como se ele quisesse que apenas sua obra ficasse como testemunha da sua existência. Seria medo dos intelectuais da crítica genética?!

Para o sucesso desta iniciativa, foi fundamental a entrevista com vários dos seus conhecidos, amigos, ex-namorados, ex-alunos e ex-alunas. Agradecemos especialmente a Bernadette Lyra, Roberto Portella, Ilca Moya, Daniel Vettore Silva, Tita Oliveira, Ivan Nunes, Marlice Guedes, Allan Dutt Paiva, Rogério Meneguelli Gatto e Marcius Freire. Contamos também com depoimentos anônimos, aqui diluídos entre os demais; várias falas e personalidades para compor um único personagem em mosaico. O anonimato foi uma regra para estas anotações. Seria uma verdadeira maratona pedir a todos a cessão dos direitos autorais.

Por essa razão, Luiz Vadico parecerá mais narcisista do que foi. Não falava sozinho para uma rede da qual não ouvia o eco. Todavia, assim nos parecerá ao longo das próximas páginas. Esclarecemos que geralmente não havia comentários para suas publicações, que geravam poucas "curtidas", não mais que cinco ou seis. Isso levava a certa frustração, como veremos. Qual a razão desse fracasso de comunicação? Em primeiro lugar, porque ele publicava poucas imagens, e parecia não haver entendido o sentido geral do Facebook. Em segundo lugar, por uma questão de compreensão social. Aqui chegamos a um outro ponto, a seleção dos textos.

Os leitores irão perceber que o autor possuía uma forma peculiar de ver o mundo e as reações sociais, de se comunicar e de dizer as coisas. Há muitos subentendidos, trocadilhos, referências, ironias etc. É um pouco difícil saber o que Luiz Vadico quer dizer de fato com algumas frases ou simples palavras. Selecionar textos não é apenas tirar de um lugar para o outro, é, sobretudo na literatura, absorver e expressar para outro público o espírito de um autor. Não será, pois, uma escolha literal, mas interpretativa.

Vadico era uma pessoa culta. Dominava como poucos História Antiga, História da Arte, História e Linguagem Cinematográfica, História da Música, História das Religiões, Estética e as diversas histórias das mentalidades e imaginários. E foi desde muito cedo um acurado observador do cotidiano – tudo isso transparece nas suas publicações. E, por isso, em alguns momentos a leitora ou leitor poderá até mesmo discordar da minha interpretação aqui registrada. Desde já me desculpo por algum deslize relativo à subjetividade nos comentários, pois o autor nos envolve, ora simpático, ora arrogante, ora cínico. Como se nos testasse a paciência. E talvez eu mesmo não tenha escapado de ser um personagem.

A grande riqueza das páginas que os esperam é por vezes exasperante, pois temos desde simples frases sobre o cotidiano até aforismos, poemas, fábulas, contos, crônicas e coisas inclassificáveis. Inclassificável é o próprio texto que agora tem em mãos. Luiz Vadico foi um humanista e, ao mesmo tempo, um misantropo. Um religioso e um cético. Gay e assexuado. Um socialista e consumista. Um romântico atacado por uma cruel amargura. E, sobretudo, um otimista pessimista. Não se deixe enganar pelas contradições fáceis aqui colocadas: ele foi marcado pela lógica estoica greco-romana, principalmente pela sua forma dialética que não se resumia a duas possibilidades, mas a três.

Esse é um autor que se esquiva das interpretações. Você poderá encontrar nestas páginas um Vadico todo seu, como eu mesmo encontrei. Resista às dificuldades, um novo mundo só se descobre depois de muitas adversidades. Então, haverá tempestades, perigos sem par e calmarias aborrecidas antes que o vento reapareça e salve todos da fome e da revolta dos marinheiros.

Boa viagem, boas descobertas, boas reflexões, boas risadas, boa leitura. Bem-vinda(o) ao pensamento complexo!

Laércio Alves Vieira

Organização e notas de Laércio Alves Vieira.

Laércio Alves Vieira é pernambucano, natural de Olinda. Nasceu em 1984. Graduou-se em Letras pela Universidade Federal de Pernambuco em 2002. Tem Mestrado (2012) e Doutorado pela Universidade de São Paulo (FFLCH/USP, 2018). No mestrado, dissertou sobre a importância da pintura de Sir Lawrence Alma-Tadema para o livro *Memória impura*, de Luiz Vadico. Estabeleceu um novo conceito para a imbricação entre arte pictórica e literatura: a complementariedade de ambiência visual. Sua tese de doutorado versou sobre a escrita acadêmica do mesmo autor, demonstrando que esta guardava resquícios muito claros da forma da ficção na abordagem dos assuntos relativos ao cinema e à religião. Foi laureado com o Prêmio Capes de Melhor Tese de Teoria Literária de 2018. Laércio Alves Vieira destaca-se ainda por uma intensa e extensa produção acadêmica, dedicada aos autores contemporâneos da literatura brasileira. Atualmente, é professor visitante da Universidade de Oxford, na cadeira de Estudos Brasileiros.

PREÂMBULO

Um Ganso[1]

O texto que segue é um fragmento que sobreviveu de uma obra muito mais extensa. O original, encontrado na antiga cidade suméria de Uruk, em 1945, foi gravado em escrita cuneiforme sobre placas de argila, perfazendo um total de 75 placas. Uma boa parte está semidestruída, razão pela qual transcrevemos do antigo sumério apenas o que se segue.

Das partes que preservam os pequenos trechos de textos, conseguimos compreender que se trata de uma fábula, com ricos ensinos do tipo sapienciais. A estória nos é narrada com muita graça, mas surpreende a sua acidez e mordaz ironia. Da narrativa, apreendemos que uma comunidade de patos vivia numa ilha, feliz, até um ganso bastante ferido aparecer nas suas praias. Conseguimos deduzir que ele foi cuidado e amparado e que, depois de ali conviver por muito tempo, ressentiu-se das dificuldades de adaptação.

O texto foi escrito em forma de diálogo. Nele, podemos observar um "coro de patos" e um herói trágico, "o Ganso", que dialoga com esse mesmo coro. É muito instrutivo observar que, trinta séculos antes de o teatro grego estabelecer a tragédia – a luta do herói contra o destino – e do surgimento do coro através da evolução dos ditirambos, os Sumérios haviam sido pioneiros nessa forma. Chama atenção também a estrutura de diálogo, que seria consagrada por vários filósofos gregos, entre os mais conhecidos, Platão, Zenão de Heleia e Policarpo.

Sem mais delongas, observemos este interessante texto de mais de 5.500 anos de idade.

(...)

Ganso: Ora, que dizeis, meus amigos? Que, se eu desejasse muito, conseguiria ser um pato?

---

1 Era vontade expressa do autor que esse texto figurasse na abertura do livro. "Um Ganso" foi publicado originalmente em *Fábulas cruéis*. Aqui, ele aponta um sentido de leitura para a obra.

Patos: Sim! Não vemos por que não poderia tornar-te um pato como nós e ser feliz!

Ganso: Exponde, pois, vossas ideias acerca deste assunto.

Patos: Vê bem! Tu tens penas, nós também; tens asas, nós também; tens bico, pés com dedos entremeados de pele, nadadeiras, e caminhas com as partes íntimas traseiras estranhamente à mostra, como fazemos nós!

Ganso: Ah, mas não estou de todo convencido, pois se buscarmos aquilo que nos iguala, seremos todos albatrozes! E há ainda o colhereiro, o mergulhão e o pelicano! Direis, pois, que todos são patos?!

Patos: Não, caro Ganso! Estás enganado! Não diremos que todos são patos, mas que todos, inclusive tu, podem alcançar a Patitude!

Ganso: Este termo muito me causa estranheza... De que se trata essa tal Patitude?

Patos: Ora, são simplesmente as melhores qualidades que compõem um pato.

Ganso: Mas se são as qualidades de um pato, explicai-me melhor, como podem se aplicar a um ganso?

Patos: Vê bem, caro Ganso, se não fores teimoso e recalcitrante em tuas dificuldades, observarás que a Patitude é uma virtude a ser alcançada! Mesmo não sendo um pato, tu, praticamente, num pato te tornarás se acaso abraçares a virtude da Patitude com todo o teu ser!

Ganso: Para que não penseis que, de qualquer forma, contento-me com minhas tristezas e dores, sentando-me acintosamente sobre elas e ofendendo assim o Deus criador, Enlil. Dizei-me de que consiste esta Patitude para que eu possa praticando-a alcançá-la.

Patos: Ficamos muito satisfeitos com tua boa disposição. Primeiramente, busca pensar e agir como um pato. Ao caminhares, não reboles tanto, busca ignorar essa tua traseira enorme. Tenta quaquejar como um pato e não grasnar como um Ganso. Se não conseguires de todo, busca ficares calado o máximo possível. Lembrando-te que o som da tua fala incomoda os demais!

Ganso: Hummm... Isto parece possível e há até algum bom senso nisso...

Patos: Ficamos felizes em ver em ti alguém com humildade para compreender.

Ganso: Mas isto parece pouco ainda. Dizei-me amigos, que mais necessito fazer?

Patos: És muito perspicaz, nobre amigo! Muito falta ainda! Deves buscar conviver em paz e harmonia com todos os patos! Quando houver consenso entre todos sobre algum problema, deverás aceitá-lo. E já não é sem tempo de tu desposares uma pata virtuosa e com ela chocar patinhos!

Ganso: Mas, caros, casar-me com uma pata não é possível! É contra a natureza!

Patos: Deves entender que as patas são muito compreensivas e sacrificadas. E na casa de um pato, quem manda é ele. Pensa, meu amigo, o que te impede de tentares?! Que entendes tu da natureza?!

Ganso: Ainda se eu tentasse... Imaginai vós como ficaria frustrada a minha companheira pata em nunca pôr um ovinho?! E o pior, eu sabendo que isto é impossível?! Seria indigno e injusto com minha sacrificada esposa!

Patos: Sua companheira não deve pensar apenas em si, para ela será uma importante chance de praticar o desapego ao Eu, olhar para ti como um companheiro dedicado. E, sobretudo, se não conseguires, não é por não teres tentado! E esta disposição de espírito bastará para que tenhas paz!

Ganso: Sugeris que eu passe minha vida inteira tentando fazer uma pata chocar? E que, evidentemente não conseguindo, satisfaça-me, e a ela, com a ideia de que tentamos o impossível, e que isso basta?! E que farei uma das suas fêmeas infeliz e frustrada, e que, se ela questionar-me a qualquer tempo, devo dizer: quem manda aqui sou eu?!

Patos: Sim, mas não com esta disposição de espírito agressiva que ora demonstras. Tu necessitas compreender que a Patitude independe do corpo físico, ela é uma atitude da alma.

Ganso: Hahahahahahahahaha!

Patos: De que ris??

Ganso: Todos sabem que aves não têm alma!

Patos: Mas quem disse este tamanho absurdo?!

Ganso: É evidente! Foram os homens que disseram. Senão, por que nos comeriam? Se tivéssemos alma como eles, não seríamos alimento, não é mesmo?!

Patos: Ah, bem sabes, os homens defendem sua própria causa!

Ganso: Assim como os patos, não?!

Patos: Percebemos em ti uma mudança de disposição, isto não é bom... Apenas desejamos ajudar-te!

Ganso: Não, a minha disposição é a mesma. Apenas desejo ser feliz.

Patos: Então, sê feliz! Observa a tua atual condição e situação! A Patitude é a tua única possibilidade de salvação!

Ganso: Sim, grande é a minha miséria, pois por todos os lados que olho não vejo os iguais a mim. E estendem-me a chance impossível de tornar-me um pato! Isto não parece muito satisfatório...

Patos: Que dizes?! Odeias os patos?! Não somos bons o bastante para ti?! Que tens melhor a oferecer do que tua vida estéril e teus grasnados?! O que não compreendes é que te estendemos a perfectibilidade! Quanto mais te dedicares à Patitude, mais próximo de seres um pato estarás! E isto, para um ganso, é muito!

Ganso: O que vós não desejais entender em toda a vossa sapiência é que o impossível estendido aos outros parece fácil de ser alcançado! Vivei como patos! Vós sois patos! Atingi a Patitude se o desejardes, pois parece-me uma boa prática. No entanto, aos gansos bastam os gansos!

Patos: Mas estas só! Não há outros gansos! Como resolverás isso?!

Ganso: Voarei! Por isso tenho asas! E buscarei os meus!

Patos: Gansos voam bem! Mas, por todos os lados, só existe água!

Ganso: Vos direi que sendo um Ganso sou mais forte! Voarei por mais tempo! Que sendo um Ganso, meu grasnado se ouve ao longe! Alguém haverá de me ouvir!

Patos: Cometerás essa loucura em troca de uma vã esperança, quando lhe oferecemos a felicidade de uma vida conformada, com pequenas felicidades?!

Ganso: Para quem pode voar, a esperança não é vã e nem parece pouca coisa!

Patos: Vejam! Nem esperou que respondêssemos e já alçou voo!! Ingrato! Depois de todo o bem que lhe fizemos, paga-nos dessa forma! E nós apenas tentamos fazer o nosso melhor para ajudá-lo. Nossa generosidade foi tanta que nem lhe dissemos a verdade: que ele é muito feio! Que seu grasnado é horrível e irritante, e que vemos muito mais sua parte detrás por ser mais alto! Mas, ora, mesmo que o tenhamos poupado, sentimos que não nos ouviria! Talvez devêssemos ter-lhe oferecido um título de Pato honorário...

(Aqui corre uma falha nas tabuletas de argila e parte da narrativa se perdeu. Tentemos ignorar este hiato e compreender a continuidade do texto. Aparentemente o ganso acabou sendo encontrado novamente na praia da ilha, semimorto, após sua tentativa desesperada.)

(...)

... ada adiantou! Eis que ele de novo está às nossas portas! Reanimemo-lo!

Ganso: Obrigado, amigos patos! Sem vossa atitude, eu poderia ter morrido!

Patos: Sempre faremos o melhor por ti e por todos! Assim prega a Patitude!

Ganso: A Patitude muito me beneficiou!

Patos: Sim! E agora?! Diante das tuas desilusões e fracassos, convencer-te-ás de que a Patitude é a única solução possível para o teu caso?

Ganso: Não é porque me faltam forças! E nem porque minhas atitudes com estratégias equivocadas me levam ou levaram ao fracasso, é que me dobrarei a tal estupidez! Não é por que o sol me queima que eu o amaldiçoarei e ficarei numa caverna e esperarei a lua... As coisas são o que são! E, se deverei ser o único ganso nesta ilha, escrevei: serei o único Ganso, e não o único quase pato imperfeito!

Patos: Tua atitude muito nos choca...

(O texto se interrompe aqui e o restante está muito prejudicado para ser lido e decifrado.)

É uma pena – sem trocadilhos – que o texto tenha se perdido, no entanto, sabemos que essa fábula era contada no banquete dos reis sumérios, e estes sempre concluíam em favor da sabedoria dos homens. Pois é evidente que patos e gansos não têm alma e nem são capazes de reflexão. É muito triste que não tenhamos a conclusão, pois ela narra dilemas contemporâneos, e seria muito instrutivo encontrar no distante passado uma solução para as dificuldades entre patos e gansos. No entanto, resta-nos o fato concreto, de que aves têm penas, algumas possuem nadadeiras e todas andam de rabo arrebitado. E esperamos que essa solução agrade a todos. Bem, talvez não ao Ganso.

[Do início ao fim, este é um texto de ficção.]

NÃO SIGA ADIANTE SEM LER

Nas próximas páginas, você encontrará frases, textos curtos e longos publicados por Luiz Vadico no Facebook entre 2010 e 2018. Quase dez anos de posts. Ainda que hoje se saiba o que é essa rede social, um dia não se saberá. Então, para que servia? Para as pessoas se comunicarem, expressarem suas ideias, exporem sentimentos e pensamentos. E – para a maioria – ter um espaço e um público para mostrar o quanto sua vida era glamourosa. Plataforma de rancores, amores, medos, protestos, o Facebook, na versão brasileira, foi de tudo um pouco, e as pessoas o usaram das mais diversas maneiras. Assim como o Orkut, que teve o seu tempo, o Facebook também teve o seu. Para o autor, se encerrou em 2018, devido a uma morte súbita das esperanças no início de 2019; para outros durará mais alguns anos, depois morrerá de inanição.

Sabendo desta vida curta, a editora não queria perder os vários pensamentos, reflexões, poemas e muitos textos que Luiz Vadico havia feito ao longo do tempo. Claro, deveria ter postado mais fotos, mas como ele mesmo dizia: foto de escritor é por escrito. Então aqui estão a maioria dos seus posts. Recuperados um a um. E depois selecionados. Não que houvesse algo que não fosse público. Havia coisas que não mereciam ser impressas e nem pagas pelo leitor. Surgem aqui também textos publicados em seu blogue[1], para o qual fazia chamadas no Facebook. Talvez um dia um garimpeiro da internet encontre pérolas que foram jogadas no monturo; hoje, essa é a seleção possível.

---

1 Para os fundadores, entre eles Mark Zuckerberg, venderem marketing e dados dos participantes. A funcionalidade da rede social, no que tange aos seus consumidores, é o alicerce dos textos que se seguem. O autor não era um ingênuo, entretanto, o livro não se trata de uma discussão sobre economia contemporânea, nem sobre o *rapto de atenção* do consumidor, pelo qual empresas pagam milhões. L.V. reconhecendo que publicar, conversar, se expressar no Facebook, não era algo gratuito ainda que parecesse, ali postou coisas relevantes, pois a rede lhe dava acesso a um universo de mais de mil pessoas diariamente. Neste espaço narrava e vivia sua solidão em São Paulo. Por trás dos posts bem-humorados existe desespero. Deixou Campinas, na qual tinha muitos amigos, para trabalhar em São Paulo em 2006, daí por diante realizou uma verdadeira *Odisseia* tentando se adaptar à nova realidade. Ao longo dos anos não conseguiu pertencer à metrópole e nem voltar para o interior.

O título do livro veio de uma frase do autor perdida entre muitas, mas cheia de verdade: "Eu sou o moinho de vento que derrotou Dom Quixote!" Esta declaração de identidade ressoou num vazio de curtidas. Entretanto falava muito de si. Quem não conhece a personagem do famoso escritor espanhol Miguel de Cervantes?! Um velho fidalgo que enlouqueceu de tanto ler. Saiu pelo mundo com sua armadura e um fiel escudeiro, Sancho Pança, para derrotar inimigos imaginários. Seu maior confronto foi com um gigante, na realidade apenas um moinho de vento. Lutando sozinho contra esse portentoso monstro, foi derrotado. O autor e Quixote sempre tiveram coisas em comum: muitos livros lidos, uma realidade sufocante e a busca por aventuras e amores imaginários[2]. E remédios psiquiátricos[3].

O título jamais foi uma frase para exaltá-lo, afinal moinhos não se envaidecem. Foi apenas uma percepção de que o mundo da ilusão, seja virtual ou não, não o comportou. Luiz Vadico não conseguia enfeitar nada. Para ele, a verdadeira beleza das coisas estava nelas mesmas – ou não estava. Moinhos moem o trigo para fazer o pão.

Este texto acabou por se tornar algo muito mais desafiador e complexo do que os velhos posts de um "rapaz latino-americano" que se tornariam impressos. A lógica da rede social é postar para outros lerem e interagirem (enquanto impingem propaganda e marketing). No texto impresso, não há mais interatividade. Não fica registrado para todos o que você achou, se concordou ou não. Ao tornar inacessível a participação do público, ao selecionar o que será lido, Luiz Vadico tornou-se ainda mais personagem, e chega até vocês como um, desta vez fechado e acabado. O Vadico que aqui está não será modificado, será apenas interpretado e passará a habitar o mundo das representações[4].

---

2 Dom Quixote era magrelo e L.V. era troncudo e tinha facilidade de engordar. Isso era algo que definitivamente não tinham em comum. Dom Quixote também possuía mais autoestima. Entretanto, este último não foi uma pessoa.

3 Pasalix, Paroxetina, Proparoxetina, Bupropiona, Venlafaxina, Sertralina, Lítio, Alprazolam, Frontal XR, Rivotril e Escitalopran são alguns dos remédios tomados por L.V. Em 2001 foi diagnosticado como distímico, daí por diante não teve como escapar de diversas medicações. Ele preferia os riscos da loucura. Por essa razão, fumava e tomava uísque e vinho. Não foi alcoólatra, na mesma medida que Ernest Hemingway também não foi.

4 L.V. possuía uma *estranha fome* de absoluto, talvez gostasse de ser uma pedra, cuja transformação é lenta. Pedra e absoluto são uma recorrência no seu trabalho, isto pode ser observado num dos contos publicado em *Fábulas cruéis*: "A lebre, a tartaruga e o monge zen-budista". Parece evidente que, ao ser absorvido pelo mundo das representações, perderá completamente o controle sobre o personagem e sobre as leituras que se fará sobre o mesmo.

Aqui está o que escolhemos que vissem dele. E pasme: às vezes, você pode até ficar corado. O conteúdo é distribuído de forma completamente desigual, e isso é proposital. Textos muito curtos, textos muito longos, crônicas, microcontos, poesias, fábulas, uma infinidade de coisas que só existiam no seu perfil. Foi nosso desejo romper com a homogeneidade da escrita e a forma como ela é distribuída pelo papel.

Desejamos também romper com a estética da editoração, pois queríamos que você o lesse como ele se apresentava. Com estas escolhas, repetimos a forma de pensar do autor: rupturas e mais rupturas. E se você não pode mais curtir ou trocar ideias, postar logo mais abaixo, falar com ele *in box*, então o que encontrará daqui para frente não são mais posts da rede social. Também, não são passíveis de se encaixar em qualquer definição daquilo que foi feito até agora[5].

Talvez haja uma biografia aqui em algum lugar para você se guiar sobre o personagem. Mas quem é Luiz Vadico? *O moinho que derrotou Dom Quixote.*

Nestas páginas, ele ensinará como se moem os sonhos de inúteis insensatos. E mostrará que a sensibilidade é mais bela e poética do que o vazio sonhar que é preencher a existência de bens de consumo. Você pode vir a odiá-lo ou amá-lo, no entanto ainda não saberá se ama Vadico ou o personagem. Porque nas páginas seguintes ele será não sendo. E o que você vier a ler jamais dará conta do que ele foi ou do que somos. É da natureza (ou melhor, da civilização) que haja trigo moído, moinhos e Dom Quixotes. E também é da natureza que haja escritores para criá-los a todos. Como ele mesmo disse em seu livro de poesia, *Cântico último*: "Eu te crio agora, leitor de mim. Não te conheço, não sei qual é a sua face e nem como você sente, pensa e sonha. Mas se seguiu adiante é porque é tão personagem quanto eu e precisa do acolhimento de um escritor só seu"[6].

---

5 L.V. chegou a comentar sobre o espanto que seu novo livro causou em seus amigos. Ficaram aturdidos sem saber se diriam o que achavam. Afirmavam: isso é muito narcisismo. E ele se defendia dizendo: "Este livro é o meu *Ulisses*", referindo-se a James Joyce. Não era ingênuo quanto à recepção da obra. Não se trata de uma biografia, não se trata apenas de posts da rede social, mas que põe à frente dos olhos do leitor um único personagem o tempo todo. Um personagem que fala sozinho na rede. Diziam os gregos que os deuses apenas morreriam quando fossem esquecidos, temos L.V. esculpindo em pedra o seu próprio retrato, num desejo absurdo de se manter no absoluto.

6 Este é um livro cheio de preciosidades de reflexão, de afeto, de emoções e questionamentos identitários e sociais. Não deixe que o autor o engane dissimulando o verdadeiro significado desta obra.

QUEM É LUIZ VADICO?[1]

Luiz Vadico nasceu em Itápolis-SP em 1967. É formado em História, com ênfase em Religião e História da Arte, e mestre e doutor em Multimeios pela Universidade Estadual de Campinas (Unicamp). Foi na Unicamp[2], a partir da sua produção acadêmica, que descobriu as possibilidades do conto, da poesia e da crônica. Como contista recebeu menção honrosa no concurso promovido pelo Instituto de Economia da Unicamp, em 1993, com o conto *Três histórias de Pai*, publicando neste mesmo ano *A Porta*, na revista Copula n.1, mantida pelo Diretório Central dos Estudantes.

---

1 Este texto foi criado pelo autor para a rede social. Por essa razão, figura no início do livro. É uma percepção bastante acanhada de si mesmo, são dados curriculares. Uma multidão de fatos importantes não aparece nesta brevíssima biografia. Nas notas informaremos os detalhes sonegados. Cumpre adiantar coisas importantes. L.V. foi músico amador, pianista, improvisador. Não seguiu essa formação impedido pelos pais. Foi católico praticante até os 12 anos de idade, e desistiu depois de confessar que se masturbava, e a penitência foram quatro Ave-Marias (aparentemente este era seu único pecado, dispensou as confissões e passou a rezar mais). Cheio de culpa pensou em se tornar padre, todavia o pecado venceu. Aos 17 anos se tornou espírita e fez progressos muito rápidos nessa nova religião. Uma escolha estranha, pois o Espiritismo também não incentiva a masturbação.
Chegou a ser dirigente de Mocidade Espírita, e depois frequentou vários cursos para médiuns. Buscou este caminho por causa de uma obsessão precoce (obsessão é uma perseguição de um espírito desencarnado sobre um encarnado, ou vice-versa). Durante vários anos, foi orador espírita. Pregava e ensinava o Espiritismo, viajando por várias cidades. Deixou a pregação espírita, mas a mediunidade não pode ser desligada. Dizem que essa é uma das razões de haver sido meio perturbado. Às vezes admitia sussurrando com ar de mistério: "I see dead people". Fazia referência ao filme *O Sexto Sentido* (O SEXTO sentido. Direção de M. Night Shyamalan. EUA: Hollywood Pictures, 1999. I DVD (107 min.).

2 Dizer que foi na Unicamp que surgiu o interesse literário de L.V. é um subterfúgio para deixar a coisa mais profissional. Começou a escrever aos 11 anos de idade, aos 13 ganhou sua primeira máquina de escrever, uma Hermes Baby. Escreveu de imediato *As aventuras de Defoe em outra dimensão* e em seguida o dramalhão *O fim de uma vida*. Chegou a publicar três crônicas no Jornal *O Correio Popular*, de Andradina-SP, onde morava com a família na adolescência. Escrevia poemas também, mas eram tão ruins – de acordo com o mesmo – que jogou todos fora. Desde a infância teve forte ligação com o sagrado e jamais fingiu que ela não existia. Uma personalidade muito complexa, superdotado, homossexual e médium, nascido no interior de São Paulo. O melhor que o psiquiatra lhe disse foi: Você é funcional, incrível! Cremos que essas informações importam, porém o autor não as havia deixado públicas. Infelizmente fomos impedidos judicialmente de publicar o teste de Rorschach. Este garantia que ele era capaz de transformar o imaginário em realidade. Já prevenindo questionamentos futuros, informamos que o autor não foi diagnosticado esquizofrênico.

Em 1998, esteve entre os vencedores do *Concurso Nacional Poetas do Fim do Século*[3], promovido pela Editora Shan e realizado em Porto Alegre-RS. Em 1999, publicou seu primeiro livro de ficção, *Maria de Deus*, pela Editora Átomo e Alínea (Campinas-SP). Ainda nesse mesmo ano, foi premiado com o 2º lugar, no tradicional *Concurso Nacional de Contos Ignácio de Loyola Brandão* de Araraquara-SP, com a obra *Solidão Macedônica*, sendo então incentivado pelo escritor Ignácio de Loyola Brandão a dar continuidade em seu trabalho de escrita. O conto foi publicado na coletânea *Contos Premiados – Prêmio Ignácio de Loyola Brandão – IX Concurso Nacional de Contos – 1999*, publicado pela Editora da UFSCar, São Carlos-SP.

Entre 2001 e 2005, ocupou-se de seu doutorado, o que não significou baixa produtividade literária, apenas a ausência de publicações e participações em concursos[4]. Em 2006, mudou-se para São Paulo; neste mesmo ano, participou do *Concurso de Contos Unicamp 40*, realizado em comemoração aos quarenta anos da Universidade Estadual de Campinas. Seu conto "O filósofo" está entre os quarenta contos selecionados para o livro *Contos: Unicamp Ano 40*[5], publicado pela Editora da Unicamp em 2007.

Em 2010, lançou o livro *Filmes de Cristo – Oito aproximações*, uma coletânea de artigos sobre filmes que têm como tema a adaptação da vida de Jesus Cristo. O assunto desse livro foi matéria de destaque na Revista *IstoÉ*, em dezembro de 2010. Relativamente à vida acadêmica, Luiz Vadico tem publicado com frequência nas mais respeitadas revistas do País e do mundo.

Em agosto de 2012, lançou o livro de contos *Memória impura*, cujas estórias se passam na Antiguidade Clássica. Buscou trazer a intimidade e o cotidiano do mundo antigo para o seu leitor. Lançou-o na loja da grife Cavalera, na rua

---

3 O poema com o qual participou foi *Cápsulas de Tálio*. Posteriormente fez um vídeo para o YouTube em que ele mesmo recita e acompanha improvisando ao piano: https://www.youtube.com/watch?v=V1_O5cCAik8

4 O autor produziu alguns contos que fariam parte do livro *Memória impura*. Foi um momento rico, pois sua tese chegou a quase novecentas páginas. Passou um ano e meio escrevendo o texto final várias horas por dia.

5 L.V. amava a Unicamp, e nunca escondeu sua vaidade e felicidade por haver sido selecionado entre mais de seiscentos concorrentes, pois o livro ficaria para o futuro. Memória impura obrigou L.V. a fazer uma escolha que adiava. Ser médium psicógrafo ou escritor? Diante das dúvidas que sempre pairariam sobre a obra de um ou de outro, decidiu que os espíritos já escreveram em vida e que agora era a sua vez. Chegou mesmo a colocar um posfácio no livro, em que deixava claro que não se tratava de obra mediúnica. Quisera outros tivessem este bom senso. Também, é importante dizer, não renegou a influência dessa mesma literatura na sua.

Oscar Freire, novamente quebrando paradigmas[6]. O sucesso foi grande, tendo seu livro esgotado na Bienal de São Paulo.

Em dezembro de 2013, lançou *Noite escura*[7], livro supostamente de aventura que, entretanto, foge das classificações. Uma estória que se passa no século II d.C., e que passeia pela angustiante aventura do homem sobre a Terra. Foi escrito para explorar a identidade masculina. Novamente, foi bem recebido na Cavalera, onde obteve sucesso.

Depois de anos de pesquisa, em 2015 lançou o livro *O campo do filme religioso*, com o qual entrou de forma intensa na teoria sobre os filmes de assunto religioso, elaborando trabalho inédito na América Latina. Sem sombra de dúvidas, é sua obra mais importante no âmbito acadêmico.

Em 2016, lançou *Fábulas cruéis* pela Editora Empireo, um dos seus livros de maior sucesso. Chegou a ser brinde nas lojas da Cavalera. Também lançou *Cinema & Religião. Perguntas e respostas,* pela Paco Editorial. Atualmente trabalha em *Manhã de sol,* um livro dedicado à questão feminina, que também se passa no século II d.C. Como o último romance parecia pedir mais, embarcou na escrita de *Noite escura – A vingança da deusa* (título provisório). Não se sabe se ele os terminará.

Ainda aguardam na linha de espera 17 livros de poemas, um de crônicas, dois de contos contemporâneos e o romance histórico *Conspiração*[8] (em andamento), que se passa na Jerusalém da época de Cristo. Desde 2006, Luiz Vadico vem publicando poesias, crônicas e contos em seu blogue <http://www.luizvadico.blogspot.com>. Acesse, conheça e leia. Nada mais oportuno e interessante

---

6 A Cavalera é e foi uma conhecida marca de jeans e camisetas, fundada em 1995. Tinha como sócios e fundadores Igor Cavalera e Alberto Hiar, o Turco Loco, como era chamado. Sua boa relação com vendedores e gerentes o levou a lançar seus livros lá. Não escondia sua satisfação, às vezes dizia: "Para um garoto saído de Três Lagoas, no Mato Grosso do Sul, chegar à Oscar Freire está bom, não é?!" Era a afirmação do quão difícil é a ascensão social no país.

7 Provavelmente se trata do que a pesquisadora Bernadette Lyra chamou de *metagênero*, não é uma junção de vários gêneros, mas algo que os transcende, sem deles prescindir.

8 *Conspiração* começou a ser escrito em 1998, está parado na página 79. O autor se intimidou diante da tarefa que se impusera. O livro trata da conspiração para levar Jesus Cristo ao poder em Israel. Começou a obra muito antes de *O Código da Vinci* (Dan Brown) vir a público. Esperamos que algum dia se encontre um original completo de *Conspiração*. L.V. estudou por mais de trinta anos o período no qual a estória se passa. Tornou-se quase um especialista em Jesus Histórico, cristianismo primitivo, judaísmo anterior à grande Diáspora e História de Roma. Entretanto ainda não se encontrou o arquivo com esses originais. Existem os que afirmam terem lido parte do texto e ficaram ansiosos pelo restante; infelizmente não é o caso do presente comentador.

do que um autor e uma obra em construção permanente. Acesse o site <http://www.luizvadico.com.br> (este é o mesmo texto informativo encontrado no Facebook sobre o autor).

2010

Ambientação do ano de 2010. Luiz Vadico havia sido contratado pela Universidade Anhembi Morumbi em 2006, para participar de um programa de mestrado a ser criado pela profa. dra. Bernadette Lyra. Ao final de 2009, o programa já estava criado e instalado. O autor, após ouvir uma moça invejosa comentar no elevador como todos os professores da pós-graduação haviam engordado, decidiu fazer dieta e ir para a academia.

Nas atividades físicas, desejava se socializar, pois se sentia solitário. O máximo que conseguiu foi conversar com os treinadores, que eram obrigados a serem gentis. Emagreceu e ficou durante cinco anos com o corpo da moda. Ao recriar seu perfil no Facebook em 2010 (o primeiro fora deletado no começo do mesmo ano), ouviu da sua chefe o conselho ponderado e amoroso: "Só não poste fotos sem camisa". Aquilo foi uma grande frustração. Tanto esforço para ninguém ver. Entretanto, as fotos existem, apenas não foram publicadas. Elas ainda podem vazar.

Bem-vindo ao ano de 2010.

22 de julho de 2010, 12:54[1]

O dia passa. E o micro fica...

Do blogue – 31 de julho de 2010

Sobre pizzas e cigarros!!

Alguns podem até achar que resolvi infernizar a vida moderna, mas não. Acho que estou meio cansado de hipocrisia. Logo começará a vigorar a lei "nada exagerada" que limita ainda mais a vida dos fumantes. Sim, fumantes, esses seres "desprezíveis". Algumas décadas atrás, Hollywood e a TV nos venderam o hábito de fumar; não que precisasse, mas parecia charmoso ser fumante. Fumar conferia uma espécie de status. Havia o jeito pessoal de se pegar no cigarro, a marca com a qual você se identificava, as propagandas de cigarro – belíssimas, por sinal – e os atores e atrizes que fumavam maravilhosamente nas telas. Bem,

---

1 Localização: entre 2006 e 2014, L.V. morou na avenida Rouxinol, em Moema, São Paulo, próximo ao trabalho, para o qual ia caminhando. Vivia no último andar, o décimo oitavo. Gostava de dizer que vivia na cobertura. Ao longo dos textos, surgirão referências relativas ao apartamento e ao local.

nada disso é desculpa ou funciona, quando se trata de fumantes. Pois quem o é, em geral é por "ansiedade". Já viram um fumante que diz que fuma por esporte?! Não, quase todos fumam porque são altamente ansiosos.

Além disso, eles fumam porque o cigarro está à venda. O governo incentivou e financiou a plantação de fumo no passado, e até hoje arrecada altíssimos impostos em cima de quem fuma. As fábricas continuam vendendo, e pasmem, as novas gerações voltaram a fumar como nunca. Então, o fumante paga pelo direito de fumar.

No entanto, os governos do mundo resolveram criar uma nova espécie de pária social: o fumante. Ele saiu da sua condição de ser existencial, de charmoso, de viciado, ou de simples pessoa que gosta de estragar sua saúde, para uma espécie desprezível... É muito interessante esse processo. Já repararam que as pessoas que não se conhecem raramente se dão bom-dia, ou boa-tarde, ou boa-noite. Raramente fazem ou falam algo gentil. Mas, contraditoriamente, aqueles que não fumam agora têm "licença" para agredir os fumantes.

Era tudo o que precisávamos: licença para espezinhar outro ser humano. Você está fumando, quietinho, ao ar livre, longe de todo mundo, aí alguém passa perto – poderia passar em qualquer outro lugar, mas passa exatamente ali – e diz: "Odeio fumaça! Credo, não suporto cigarro!" E, claro, a frase é endereçada direta ou indiretamente ao fumante. Ser gentil ninguém é. Que bom seria se as pessoas passassem por nós e dissessem: "Como você está bonito hoje!" Ou, "O dia está belíssimo! Bom para sorrir e ser feliz!" Mas, não, elas preferem deixar de mau humor a pessoa que estava fumando, ali, quietinha no seu canto.

A nova lei irá funcionar, mas antes, tiveram que dar "licença" aos não fumantes, uma licença social para agredir os fumantes. E eles agridem, fantástico isso, não?!

Bem, mas estou divagando. O caso é que, após sofrer com problemas respiratórios no inverno ao longo dos três últimos anos em Moema, São Paulo, descobri na última semana a causa do meu problema (e, pasmem, não eram os fumantes!). Era fumaça! Mas não era fumaça de cigarro. Não!! (Agora criarei inimigos). Era fumaça de forno a lenha! Este decantado produto da culinária, que não se come, mas que faz comida, polui o ar de Moema! E não é pouca poluição! É muita!! Quando respirei fundo e senti um cheirinho de fumaça que fazia meus olhos arderem e tornava a minha respiração difícil, das 17 h até as 22 h percebi que havia um cheirinho leve mais peculiar no ar, de lenha queimada. Dei uma caminhada em torno do quarteirão do prédio onde vivo, e fui um pouco mais além. Contei oito pizzarias com forno a lenha!

Alguém consegue imaginar a quantidade de dióxido de carbono que um forno a lenha coloca no ar?! Pois bem, comecem a imaginar... Nem cem mil fumantes, todos apreciando o seu cigarrinho ao mesmo tempo, fazem o mesmo estrago. Bem, aí o cara que destratou você na rua porque você estava simplesmente alimentando seu carinhoso vício e dando um tempo na ansiedade telefona para uma pizzaria e, claro, ela tem de ser de forno a lenha!! Este "animal de teta" (antiga expressão interiorana cujo significado está perdido) que pentelhou você está obrigando-o a respirar um monte de fumaça, e você... Bem, você não tem autorização social para destratá-lo.

Engraçado como um fenômeno semelhante aconteceu com os nossos preciosos veículos automotores. Obrigaram-nos, no presente ano, a fazer a inspeção veicular, cujo sentido é terminar com a poluição; no entanto os veículos que são obrigados a fazer a inspeção não são realmente poluentes, pois são os de 2003 até 2009. Veículos novos e razoavelmente regulados. Bem, e aquelas velharias que andam poluindo a torto e a direito nossas ruas?! Que provocam acidentes e que entulham as ruas? Por que aqueles veículos que realmente poluem não estão na lista?!

Bem, companheiros fumantes, agora que nos colocaram na condição de párias sociais, não devemos ficar sozinhos. Vamos trazer para junto de nós os donos de carros velhos e pizzarias com forno a lenha. E se localizarem padarias que ainda tenham a engenhoca, por favor, fumem ao lado do dono e esperem ele reclamar...

Aí... aí... você já sabe o que fazer.

Do blogue – 31 de julho de 2010

Sobre mercados e supermercados![2]

Alguns dias atrás, vivi um típico momento da pós-modernidade. Um daqueles instantes que nos fazem sentir toda a dimensão de nossa própria idiotice.

---

2 Devido à irritação, o autor dá a entender que não se preocupa com a natureza, entretanto não é verdade. Ele só desejava que a mídia, os governos e os industriais parassem de responsabilizar o povo por mudanças que este mesmo não fez, por transformações que não foram pedidas. Também achava um absurdo que se pedisse cooperação popular para fazer mudanças de consumo, uma vez que, se as mudanças fossem feitas como sempre foram, provavelmente uma parte do povo nem iria notar. Em outras palavras, a indústria destruiu o Planeta, mas agora quer responsabilizar a todos.

O fato ocorreu no caixa de um supermercado. Uma senhora da classe média paulistana empacotava os seus produtos numa grande sacola de tecido, na qual estavam escritas algumas baboseiras e a palavra "reciclável". Por ter economizado diversas sacolas plásticas – fornecidas pelo supermercado – ela ganhou "pontos" que significam um desconto pífio nas próximas compras. Assim que ela saiu triunfante, falei educadamente para a moça do caixa:

"Agora pode me dar todas as sacolas que ela economizou e mais algumas...". Sorri, ela sorriu, mas fez cara de quem não entendeu. A pessoa que estava atrás de mim fez cara feia, pois entendeu e deve ter me achado um cínico. Então, vamos lá: explicarei ao leitor a mesma coisa que eu disse para o caixa e as pessoas da fila.

Quando eu era garoto, lá pelo início dos anos 1970, numa pequena cidade do interior de São Paulo, o leiteiro passava numa carroça em frente de casa, bem cedo pela manhã. E eu, às vezes junto de minha irmã, saía ao seu chamado com uma garrafa de vidro de um litro, a enchíamos de leite fresco e pagávamos o carroceiro. O mesmo acontecia com o pão, fornecido também por uma carroça, isso quando minha mãe mesma não o fazia.

Aos domingos, meu pai nos permitia uma espécie de dádiva: nós poderíamos ir buscar, na pequena fábrica de tubaína, exatamente duas unidades da bebida. Era a glória sentir aquele cheirinho de rolha úmida misturada a açúcar. Sentíamo-nos importantes, e depois da macarronada tomaríamos o nosso refresco, que deveria sobrar para o jantar.

Às quintas-feiras, minha mãe fazia a feira, e levava na mão uma grande cesta feita de bambu, às vezes uma sacola feita de tela de plástico. Ah, o carrinho de feira foi algo que demorou para aparecer... era uma grande novidade, mas... cara. Na famosa "compra do mês", meu pai ia sozinho ao supermercado, às vezes ao armazém, e voltava com um grande saco branco chamado de saco de "estopa", mas que estopa não era, que voltava lotado. Eu e minha irmã podíamos nos divertir ajudando minha mãe a esvaziá-lo. Então, para a nossa surpresa – não que não soubéssemos – ganhávamos exatamente dois danones sabor morango. Ninguém chamava iogurte de iogurte, era Danone mesmo. O saco de estopa virava "pano de chão" e guardanapos de cozinha.

Os restos de alimentos, colocávamos todos numa grande lata, eternamente suja e malcheirosa, a lavagem; uma vez por semana o lavageiro passava e levava a suculenta mistura para alimentar os porcos. Esses porcos e alguns outros animais às vezes voltavam, também de carroça, numa espécie de açougue improvisado durante a semana.

Brinquedos, nós ganhávamos de presente apenas em dois dias do ano: aniversário e Natal. O Dia das Crianças demorou muito até conseguir se fixar. Além disso, não tínhamos outras vontades. Brincávamos o dia inteiro na rua, após irmos para a escola e fazermos nossas tarefas; assistíamos uma hora de TV por dia, pois não havia programação de desenhos animados superior a esse período.

À noite, depois da novela das oito, que era às oito, saíamos todos para fora, onde os adultos ficavam conversando no portão e nós brincávamos de roda e de todas aquelas coisas de criança que hoje chamam de "folclore". Alguns adultos brincavam conosco também. A grande diferença social entre o menino mais rico e o mais pobre é que havia o "dono da bola", e nós tínhamos um grande poder contra ele: se fizesse muito "doce", brincava sozinho.

Com o passar dos anos, tudo isso mudou. Nem preciso dizer muito. Criaram um mar de refrigerantes engarrafados cujos cascos precisavam ser devolvidos. Depois, fizeram as latinhas, depois as garrafas pet. O preço caiu e caiu e caiu. As pessoas passaram a tomar muito refrigerante... O leite foi para o saquinho, depois virou leite "B", depois leite "A", e finalmente leite "C", anos tomando aquela porcaria... Então colocaram tudo em caixinhas. Claro que os preços subiam a cada nova mudança. Nos supermercados surgiram os empacotadores, e os pacotes, de início de papel, depois viraram sacolinhas plásticas... e, claro, essa comodidade nos custou mais caro.

Rapidamente, nos explicaram que a carne deveria ser comprada num açougue, mas isso durou apenas alguns anos, pois logo disseram que os açougues eram sujos e que deveríamos comprar nos supermercados. Então, a carne ganhou bandejas plásticas. Ainda possuem balcão frigorífico para atender às nossas necessidades, mas fazem isso bem devagar para que peguemos a carne que está à disposição e não a que realmente queremos. O universo "Danone" cresceu tanto que descobrimos que o nome é iogurte, e agora os temos de todos os tipos e tamanhos. Ficou acessível, mas ainda assim... é apenas mais lixo.

Criaram uma infinidade de brinquedos novos, e depois os brinquedos à pilha, e mais tarde os eletrônicos... E datas e mais datas em que as crianças ganham mais e mais brinquedos. Aos poucos o capitalismo e os capitalistas nos encantavam com as facilidades do mundo moderno. Engraçado é que nenhum deles fazia pesquisa de mercado ou nos consultava para saber se gostávamos ou não das mudanças. Não, não gostávamos, e aqueles que têm boa memória se lembram que havia resistências. No entanto os produtos antigos sumiam, e apenas os mais caros ficavam. Pagávamos o preço.

Muito tempo se passou até que as "facilidades" da vida moderna ficaram realmente acessíveis a todos os bolsos. Claro, com diferenças: os pobres conseguem comprar um monte de roupa barata hoje, mas a qualidade, tsc, tsc, tsc... O tecido vira lixo num instante. E nem os ricos escapam dessa lógica terrível.

Bem, justamente agora que eu posso consumir, que você pode consumir, nos vêm com essa de que o excesso de consumo irá destruir o mundo. Que o lixo está transbordando por todos os lados. Que devemos levar sacolas para os supermercados... que refrigerante engorda etc. etc. etc. Depois de praticamente dementarem as nossas crianças com uma extensa programação idiotizante de TV e as bombardearem o tempo todo com notícias sobre violência e mais violência, dizem que precisamos fazer uma "autocrítica" social, a começar pela sacolinha plástica do supermercado...

Muito bem, aqui vai minha autocrítica: não pedi para que ocorresse nenhuma mudança, resisti contra quase todas elas... amoleci com os anos, e agora gostei! Não vou parar de consumir. Não irei reciclar nada. Não cooperarei! Para mim, ninguém deve cooperar. Jamais precisaram de nós para fazer nenhuma mudança, quando realmente quiserem mudar alguma coisa, eles mudarão. Mas não me venham dizer que eu tenho que fazer sacrifícios voluntariamente e aguentar essa porcaria de "ideologia" politicamente correta para fazer a minha parte. Eu e minha família, meus amigos e quiçá meus inimigos já pagamos por tudo isso. Pagamos caro ao longo dos anos. Escolheram por nós. Enfiaram produtos e mais produtos em quem nada pediu. Pois bem, criaram necessidades inexistentes... Que agora as satisfaçam, ou as retirem do mercado.

Se eu não estou preocupado com as crianças do futuro? Não, eu não tenho filhos. Vocês têm? Bem, eu tenho uma péssima notícia para vocês: os ricos continuarão consumindo tudo o que puderem, enquanto a classe média e os pobres caem nessa balela de fim do planeta Terra. Cá para nós, quando quiserem salvar o Planeta, eles salvarão. Nunca nos pediram opinião, agora querem cooperação... Tem dia que a gente se sente otário mesmo, não é?

6 de agosto de 2010, 22:25

Eu, Google!

Às vezes eu coloco o meu nome no Google e fico me procurando. Antes eu já me procurava, sem me achar: Altavista, Yahoo, Cadê. Buscava e buscava... Tentava todas as combinações. E nada...

Em outra época, eu já me procurava, mas as coisas não tinham o meu nome: catolicismo, espiritismo, cristianismo, budismo, hinduísmo... Era um caminho, mas não era eu.

Aí um dia mudei de nome, cortei o Antônio. Publiquei um livro, assumi minha poesia. Escrevi uma tese sobre o que eu realmente amava. Uma vez meu nome apareceu no Yahoo... E depois apareceu no Aonde...

Eu ainda me busco, me procuro. Quase todos os dias... Às vezes aparecem oito páginas inteiras de pesquisa no Google. E se somar o meu nome antigo, surgem treze páginas!!

Aos poucos me convenci de quem sou. Não há dúvida possível sobre quem eu seja... Está lá!! Então, quando não sei quem sou, não converso mais com Deus e tento não entrar em crise. Eu me procuro no Google. E lá ele me diz o meu nome. Quem sou, onde estou e o que faço...

É estranho como uma simples busca na internet me informa o que eu nunca soube: o que eu fiz de mim!

E por ter um nome indexado, agora já não digo mais tudo o que desejo, nem faço tudo o que gostaria... Então acho que também não sou o meu nome. Nem mesmo aquele nome que me dei. Talvez eu seja um dos nicks sob os quais eu às vezes me escondo. Talvez esses nicks passageiros e mutáveis, tão assombrosos por serem efêmeros, sejam a expressão do que sou. Apenas um homem de apelidos.

Um homem que se dá nomes novos todos os dias. O Google me disse o que eu sou: um homem que procura. Que busca na aparência do que é, nos vestígios do que fez, nas referências que os outros dão aquilo que dentro de si mesmo não encontrou: a segurança de saber exatamente quem é.

Conhece-te a ti mesmo! Dizia Sócrates. Que bom que o Google já pode me dar essa informação. Quanta tinta, quanta filosofia poderiam ter sido economizadas.

Bastava apenas que todos fôssemos, desde sempre, indexados.

Do blogue – 28 de agosto de 2010

O Peso da Língua

Deixe-me aqui, a carregar o mundo nas costas
Enquanto Atlas foi ali tomar cerveja e não volta

E Hércules por aqui ainda não chega,
E não me diga que essa não é a minha função
Pois minha função sou eu mesmo que me dou
E não interessa se ela é útil ou não,
Se eu digo que a minha é carregar o mundo nas costas,
Que te importa que não faço todo o resto?
Aproveite a carona...
Pois carrego o mundo, mas não a sua opinião!

Do blogue – 29 de agosto de 2009 – Republicando

A Gripe Suína – A vida sexual dos galos e a Gripe do Porquinho!

Ontem me deleitei com uma saborosíssima reportagem da Rede Globo. Versava sobre a Gripe Suína, H1N1; seriedade do assunto à parte, sempre me chama atenção a ostensividade da mídia no Brasil. Lembro-me bastante bem do caso Isabela: com a eterna desculpa de desejarem informar, a TV brasileira nos bombardeou diuturnamente com as notícias mais e menos importantes do caso. Eu, já sabendo o que a repetição insistente de um mesmo tema faz, já aguardava as consequências, e em pouco mais de um mês, mais duas ou três crianças foram jogadas de edifícios, desta vez sem o mesmo sucesso.

Numa reportagem que foi levada ao ar na parte da tarde, depois de semanas de incessantemente perturbarem a pobre da Isabela, alguém da Rede Globo resolveu fazer uma matéria numa creche, pois, pasmem, as crianças estavam assustadas. Pois, acreditem se quiser – não se sabe por que razão –, uma parte delas começou a ficar insegura e com medo de que seus pais lhes dessem o mesmo fim. Mais de um mês depois, alguém se lembrou de que havia crianças assistindo a todo aquele espetáculo, e claro, prejuízos emocionais haviam ocorrido. Depois disso, o assunto morreu[3].

No caso da Gripe Suína, que apelidei carinhosamente de a Gripe do Porquinho (afinal, já estamos ficando íntimos), não estão ocorrendo tantos exageros,

---

3 Referência ao caso Isabela Nardoni, no qual uma menina foi atirada do sexto andar de um edifício. O caso foi bastante midiatizado. Foi notícia ao longo de um mês ou mais, com chamadas em vários momentos o dia.

mas uma matéria muito saborosa foi levada ao ar. Tendo em vista a chegada das matrizes do vírus ao Instituto Butantã, e que esse se prepara para produzir a vacina, os ilustres repórteres perceberam que essa notícia não rendia muito tempo televisivo e, claro, as pessoas estão muito interessadas em detalhes. Bem... Lá foram eles criar os detalhes. Para espanto dos avisados repórteres, o Instituto Butantã inicia o processo de fabricação da vacina a partir de ovos. Até aí, a notícia não rendia muito.

Aí, alguém teve a ideia de verificar de onde vinham os ovos. Bem... claro, leitor, da galinha. Se bem que temos outras aves que põem ovos e alguns répteis também, mas esses últimos não são muito cooperativos, como se sabe. E acho que, se precisássemos de ovos de cobra, iríamos acabar precisando de mais soro antiofídico, só para o caso de as coisas se enrolarem. A equipe de reportagem abalou-se até a cidade de Brotas, no interior de São Paulo, famosa por suas cachoeiras, paragens paradisíacas, areias cantantes e, agora, por sua granja espacial.

Qual não foi a surpresa da equipe ao chegar ao local e ser barrada na granja?! Já ouvi de tudo, barrados no baile vá lá, mas barrados na granja?! Neste ponto a reportagem começou a me interessar. Bem, não podiam entrar no local, na granja espacial (ou seria especial?) em razão de possíveis contaminações que poderiam ocorrer. Aplaudi! Eu acho que o dono da granja não deixou entrar temendo que tentassem entrevistar uma galinha! Já imagino a pobre da penosa, depois de uns poucos póóócopo-póóócos, sendo interrompida antes de terminar a frase, toda envaidecida por aparecer na Globo. E, já sabem, nada pior do que uma galinha com mania de artista! O dono da granja foi sábio.

Mas a reportagem não poderia deixar de ser realizada e, adivinhem, conseguiram uma granja similar... Coisa estranha, né?! Se não podiam entrar em uma, como é que entraram em outra? Bem... Entraram. Lá, a valente repórter descobriu que a granja é climatizada e que, para a produção de vacinas, os ovos necessitam ser "galados".

Tudo ia bem até a repórter resolver explicar o que é galado: são "ovos germinados" e, claro, para isso aquele local era diferenciado, pois pasmem, havia galos no local. Mas não somente isso: as galinhas são todas criadas fora de gaiolas, para não ficarem estressadas... Afinal, está nas cloacas delas a chance de salvar o Brasil. Com as últimas alternativas que temos visto no Senado, não é de se espantar que dependamos das cloacas de honestas galinhas. Honestas, porém vaidosas – não esqueçamos esses riscos.

Mas aquilo que conhecemos por ouvir falar, ou por sermos testemunhas, como é o meu caso: que um galo sozinho dá conta de um monte de galinhas. Às vezes um se vira com quase umas quarenta. Isso quando ainda não bate no galinho novo que tenta crescer para se multiplicar. Mas, lá, nessa granja espacial, além de tudo ser desinfetado, "desbacterizado", refrigerado, as "meninas" contam com um incentivo especial, um galo para cada dez galinhas!! Isso para terem certeza de que os ovos serão necessariamente "galados".

Bem, eu fiquei aqui imaginando... que coisa fantástica!! Existe algo de bom na Gripe do Porquinho: ela fez a felicidade geral dos galos astronautas da nação! Porra, meu!! Um monte de galo cuidando de poucas galinhas, com ar-condicionado, banho antibactericida, *mó orgia penácea!!* E com a vantagem de aparecer na Globo, coisa que sem penas nunca consegui, hehe... hei de providenciar algumas! Falta saber se as galinhas começaram a dar uma de difíceis depois de aparecerem na TV! Quem diria que a Gripe do Porquinho iria beneficiar a vida sexual dos galos. A moçada está até se sentindo importante!

Em tempos de cotas raciais, sociais e de fumantes, me dei conta de que todas eram branquinhas, e senti um certo preconceito... Afinal, não havia nem galos e nem galinhas de cores diferentes, isso sem falar das galinhas caipiras... Uma injustiça! Fico com medo da próxima reportagem: "Galinhas pretas são destinadas apenas à macumba"...

Bem, depois esses ovos que fizeram a alegria dos galos – ninguém se preocupe com a promiscuidade, as galinhas não são cristãs, fiquei sabendo que se dedicam à prostituição sagrada, coisa de uma deusa antiga, uma tal de Ishtar – são levados ao Instituto Butantã, onde é inoculada a matriz do vírus. Depois de infectados, os gérmens – nada de bebês pintinhos – absorvem o vírus e o reelaboram, e depois os gérmens, ao colocarem suas secreções para fora (leia-se "xixi"), o reabsorvem novamente, e mijam de novo e de novo.

Depois os cientistas vão lá, colhem o "xixi do pintinho" e começam a fazer a vacina. O que acontece com os ovos depois? Ah... São descartados! "Hummmm Péraeeeeee!!" – já diz o leitor me entendendo. Quer dizer que ocorre aborto?! Há um pinticídio em massa ocorrendo neste momento! Onde estão as entidades de proteção aos direitos dos animais?! Agora que a saúde deles está em jogo, pode abortar pintinho, né?! E as igrejas, que são contra o aborto?!

Aqui vão os meus protestos: por que só os galos e galinhas, que nem impostos pagam, têm direito a motel com ar-condicionado, viver livres, limpinhos e cheirosos, fazer "amor" à vontade, aparecer na Globo e ainda não precisam se responsabilizar pelos resultados?! Dos males o menor, foi uma reportagem só. Afinal, tendo em vista o fenômeno da repetição de informações alterar comportamentos, poderíamos correr o risco de todas as galinhas quererem essa regalia!

No mais, leitor, choca-me o fato de que atualmente confio mais na cloaca das galinhas e de seu apetite insaciável por sexo do que no Senado brasileiro. Se bem que por lá também deve haver "pintinhos", pena que não serviram para fazer vacina nem foram abortados. Salve o galo brasileiro!! Viva o galinheiro!!

Ops... Acho que exagerei no fim.

Do blogue – 9 de outubro de 2010

Nenhuma palavra a mais!

Para quem já disse tudo
Nenhuma palavra basta...
E de nada adiantaria esgotá-las todas...
Apelar... pedir... justificar...
É como subir um morro escorregadio em dia de chuva, jamais se alcança o topo.
A gente cai, escorrega, se machuca e tenta de novo e de novo.
E se insiste muito...
Ainda pode morrer no caminho.
Mais um adeus...

***

Felizes aqueles que, sem mãos, sobem o morro
E que jamais precisaram de palavras.

19 de setembro de 2010, 16:05

Da imaginação e do carro[4]

Querem resolver o problema do trânsito em São Paulo. Alguns apelam para o mais óbvio e necessário: maior investimento do governo em transporte público... Tudo bem, mas se tivéssemos todos esses transportes atualmente, ainda assim compraríamos carros e desejaríamos andar com eles, nos exibir com eles. As autoridades esquecem que um automóvel não é apenas um meio de transporte, talvez essa seja a sua última função. Um carro é um veículo para a nossa imaginação. Já compararam os homens que neles andam com cavaleiros de armadura, armados até os dentes, cavalgando pelas estradas, fazendo estragos. Já disseram que os pênis de alguns são inversamente proporcionais ao tamanho do carro. Bem, isso não impediu que os carros continuassem aumentando de tamanho.

Quando ainda andávamos a cavalo – se é que podemos assumir o passado – nos convenceram a abandonar aquele amigo que tínhamos. O cavalo era quase um membro da família. Ele era companheiro, não derrubava o seu dono. E, da mesma forma que o carro, as mulheres não eram vistas como boas cavaleiras, mesmo que o fossem. Era um atributo masculino, usado para se embater com outros homens, tanto com a beleza da sela, quanto com a envergadura do animal. Passeávamos orgulhosos com nossos mustangs, que não por coincidência virou nome de carro.

Fomos convencidos a andar de carro. Venderam-nos a sua beleza, praticidade e ataram a ele também nossos desejos e projeções relativos à masculinidade. A obviedade da função do carro na conquista, no status pessoal, no status social e o papel por ele ocupado na corte à mulher desejada só perde para a obviedade maior: conquistado, ele nos pertence.

E, da mesma forma como tratávamos os cavalos, agora nós colocamos apelidos e nomes nos bichinhos. Somos íntimos. São nossos queridos. Damos banho,

---

4 L.V. reaprendeu a dirigir em São Paulo quando acabara de fazer quarenta anos de idade. Comprou seu primeiro carro por necessidade, pois morava em Moema, trabalhava na Vila Olímpia e também precisava dar aulas na Mooca. Não dá para descrever a aventura que foi para ele dirigir em São Paulo. Se houver possibilidade, anexaremos a este texto suas crônicas sobre sua aventura para comprar um carro, o Polo Preto. Apesar de tanto esforço, em 2013, L.V. vendeu o carro, pois descobriu que tinha ausências quando os limpadores de para-brisas estavam ligados. Gastou mais de um ano para se convencer do perigo que era "apagar" ao volante em dias de chuva, até que se decidiu pela venda do veículo. Foi uma frustração, mas com certeza menos pessoas morreram em acidentes de trânsito. L.V. gostava de dirigir, apesar da ansiedade que isso causava. Descobriu, posteriormente, que a causa das ausências era uma epilepsia leve.

alimentamos — com gasolina aditivada e óleo de boa qualidade, cuidamos dos seus cascos... Ele é um objeto pessoal, intransferível, e quando precisamos vendê-lo, para trocar por outro melhor... Fingimos não ver aquela lagrimazinha que escapa quando dizemos adeus a um amigo.

Bem, agora nos dizem que teremos de andar de ônibus, de trem e metrô. De fato, andaremos. Mas ainda assim compraremos nossos carros. Deixaremos na garagem até o último instante, continuaremos a sair por aí nos exibindo no bichão. Com o passar dos anos, as mulheres fizeram grandes conquistas, e uma das mais importantes foi o carro. Agora elas também sabem dirigir, e disputam conosco para ver quem tem o carro maior e mais bonito... Claro que aqueles adesivos femininos grudados na traseira humilham o carro... Mas tudo bem. Cada um cada um... Direito delas. Mas adesivo maltrata o bichinho.

O que as autoridades esquecem é que precisam dar uma alternativa para os nossos sonhos e imaginação. E a alternativa não é coletiva, não pode ser. Não pode haver um ônibus e um trem para cada um de nós. Precisamos de algo que venha a ocupar dignamente o lugar do nosso querido amigo. Nós homens somos carentes e precisamos do reforço da armadura... Será que não notaram?!

Eu não tenho muita imaginação para pensar em substitutos à altura do carro. Talvez pudéssemos desfilar com berinjelas embaixo do braço. Chegaríamos para a garota e as mostraríamos... E logo haveria as disputas... quem tem a berinjela maior, a mais lustrosa, a menos murcha. E assim começaria tudo de novo.

Mas, convenhamos, berinjela não é um bom substituto!!

17 de outubro de 2010, 17:17

Abro o Facebook, o Orkut, o Twitter e só tem gente feliz, cheia de sucesso, otimista e pra cima. O tempo todo... Não pode ser verdade, né?!

18 de outubro de 2010

É a mediocridade [5] que faz o gênio!!

---

5 As pessoas é que escolhem quem são os seres humanos diferenciados. Portanto, é sábio reconhecer o poder da mediocridade. Importante dizer que superdotação não é igual a genialidade. Ainda que os gênios sejam superdotados, não são coisas automáticas. O gênio é assim considerado pela contribuição que deu à sociedade da sua época e ao prolongamento dessa herança pela humanidade. Algumas pessoas consideradas geniais, de outra feita, não o foram de forma

***

No poder da vírgula: Eugênio – Eu, gênio!!

20 de outubro de 2010

Se todo mundo ficar na internet sem fotografia, todos teremos de nos tornarmos grandes escritores, não é?! [6]

22 de outubro de 2010, 13:42

Há uma frase de que gosto muito, mas nunca posso aplicar. Então irei dizê-la e vocês usem. Foi dita pelo imperador romano Tibério a Antónia, que vivia despeitada: "Só porque não és rainha pensa que te devem alguma coisa!" [7]

***

Eu me lembrei de outra, esta agora do próprio César, quando a sua primeira esposa ficou mal falada em Roma e ele a repudiou; era inocente a pobre: "A mulher de César não deve ser apenas honesta, deve parecer honesta!" [8]

Bom para nós que vivemos num mundo cada vez mais marcado pela aparência das coisas.

26 de outubro de 2010, 21:53

O problema não é ter insônia, o problema é ter sono depois...

---

alguma. Enfim, marketing cultural. Quando a indústria cultural (Adorno e Horkheimer) diz que alguém é gênio, esqueça, isso significa que você não é e que ninguém mais será assim considerado, exceto se for lucrativo.

6 Uma esperança que o autor jamais veria realizada.

7 A citação se encontra no livro *Eu, Claudius, imperador,* de Robert Graves. Livro de cabeceira do autor desde os quinze anos de idade, relido várias vezes, dele retirou seu comportamento social: fingir-se de tolo para sobreviver. A citação foi feita de memória e o autor pode ter se equivocado.

8 No mesmo livro citado acima, e em *Vida dos doze césares,* de Suetônio.

***

Eu já vi de tudo nesta vida, mas... Como direi?! O meu final de semana voou para Brasília. Pode? [9]

***

Se você tem um[10], melhor arrumar dois, se tem dois, precisa de três. Porque alguém sempre irá falhar; mas se tem três... E todos falham... Arrume o quarto e durma.

***

No limite de ser o que somos[11]...

28 de outubro de 2010

Uma grande amiga diz: "Quem não me quer não me interessa!" Bem, vou inverter: "Interesso-me por quem me quer!" Aceitando currículos (emocionais)!

28 de outubro de 2010, 23:53

Inusitado pós-moderno: compre e venda Luiz!

Hoje, fazendo o que sempre faço, me buscando no Google, coloquei Luiz Vadico entre aspas e tive uma grande surpresa. No canto superior direito da página do dito site, apareceu o seguinte link:

Luiz em Oferta
Compre e Venda Luiz
Parcele em até 12X no TodaOferta.
www.TodaOferta.UOL.com.br

---

9 Referência do autor a um rapaz que ele nem conheceu, mas que lhe prometeu um encontro romântico naquele dia.

10 Um namorado, ou companhia para o sexo.

11 Humanos. Este é o complemento da frase segundo os estudiosos do autor. A definição de humanos é muito complexa, mas para L.V. era uma espécie de lamento por não sermos deuses.

Luiz em oferta. Bem, já estive procurando namoro, amigos, empregos, mas não ando mais fazendo isso. Acho que tanto insisti em minhas buscas que o Google, enfim, me considerou uma pessoa em liquidação. "Luiz for sale today". "Luiz em promoção hoje".

"Entre e compre Luiz". Não bastasse ter virado um produto, o que não chega a ser uma coisa terrível, ainda virei oferta de atacado: não apenas compre Luiz, mas "compre e venda Luiz". É o Luiz para as massas!

Então, parece que a minha propaganda foi tão boa que agora estão me vendendo. E o inusitado é que posso ser revendido. E fico pensando que, se a pessoa não gostar, pode me devolver... Já até ouço o vendedor dizendo: "Tirou a etiqueta? Porque, se tirou a etiqueta, não aceitamos devolução!" Assim como um bom produto à venda, espero que eu não esteja amarrotado, senão... senão vão me passar o ferro, hahahahaha!

O que percebi é que não ando muito valorizado. O preço não deve ser muito barato, uma vez que sugerem: parcele em até 12x. O que não gostei é que virei um produto que visa a faixa C e D, porque, afinal, quem gosta de um homem estiloso, culto, conservado, corpinho em dia, deveria pagar à vista não é mesmo? E, se é para ser produto, prefiro estar na classe A. Assim, como um enfeite esquisito numa grande sala de estar. Mas confesso me dá calafrios estar numa estante brega junto a outros enfeites, em frente a uma família vendo TV. É pena que produto não tenha escolha. Só fica na loja, virtual ou não, esperando que alguém o compre. Como foi a primeira vez que vi o anúncio, por enquanto devo ser lançamento de alto verão. Nem quero me achar na net quando estivermos próximos ao inverno... Com certeza serei incluído em produtos para lojas de 1,99. Se é que elas existem ainda.

Enfim, o que realmente chamou minha atenção é que os programas de localização que são utilizados não reconhecem a diferença entre pessoas e objetos. Somos nós que fazemos a distinção. No entanto, para a internet, somos apenas produtos. Produtos a serem consumidos. Ativos, passivos, produtos. Bem, isso poderia parecer uma reclamação ou um lamento choroso, mas não é não. Primeiro irei aguardar para ver se aparecem compradores. Não aparecendo, ficarei deprimido, hahahaha. Afinal, se de graça eu já saio caro, imagine pagando!

29 de outubro de 2010, 17:51

Hummmm... Um cão me faria boa companhia, mas quem faria companhia para ele?

29 de outubro de 2010, 17:57

Fim de um mistério: "Tostines vende mais porque é fresquinho ou é fresquinho porque vende mais?!"[12] Se pararmos de comprar, descobriremos!!!

29 de outubro de 2010, 23:01

"Vadicooooooo!! Você foi um mau garoto!", me disse Deus um dia, "de castigo, quando você tiver 43 anos e meio, terá de assistir um debate eleitoral que 'ninguém merece!!!'"

30 de outubro de 2010, 22:45

À Procura de um conto

Não posso chorar porque estou de lentes de contato. Essas coisas tolas que descobrimos na vida. Quando a esteira não basta e o chocolate não sacia... apenas coisas más e ruins fermentando...

"O Reino dos Céus é como uma mulher que escondeu uma medida de levedo em três medidas de farinha e fermentou a massa toda..." Não é apenas o Reino dos Céus que fermenta... os pensamentos malsãos fermentam também. As dores chegam a florescer, mas não choro porque estou de lentes.

Pelos meus olhos entraram tantas pessoas pobres hoje[13], que sinto que há areia neles. Os pobres saem no Natal, são como baratas no verão. Se são pobres? Oportunistas? Necessitados? São estrategistas. Têm filhos para explorá-los. Será que amam ou cuidam? O que é o amor quando não foi aprendido em casa? Sempre repito como despedida para aqueles que são meus amigos "que os humanos lhes sejam leves..." Sim, aos poucos a humanidade se tornou uma carga, uma pesada carga, incompreensível e pesada demais para ser carregada. Malthus não foi o pior cara que passou pela Terra, mas com certeza bem menos popular do que o autor do Gênesis, "crescei e multiplicai-vos..." Quanta criança sendo feita todos os dias só para as pessoas di-

---

12 Frase de uma antiga propaganda de TV que desafiava o espectador a comer os biscoitos. Com um pouco de uísque, a pessoa se sente genial descobrindo a solução do problema.

13 Não se enganem, L.V. não foi preconceituoso social. Veio de uma família de origem humilde. Quando escrevia ou falava dos "pobres" como se fossem "outros", era para deixar claras as divisões sociais, a concentração de renda do país. Afinal, para a classe média, o "pobre" é um ser distante; o pobre sempre é o outro.

zerem que têm filhos, que desespero é esse para trocar fraldas? Não se pode entender tanta irresponsabilidade cotidiana... O shopping Ibirapuera estava lotado, mas se as pessoas de lá emagrecessem caberiam trinta por cento a mais de gente.

"Com a medida que medires sereis medidos..." Acho que a frase é um aviso, mas não me incomodo, meus juízos são cruéis, mas pode me tratar com crueldade... me viro bem com isso. Sempre dizem que "quem tem telhado de vidro não deve atirar pedras no telhado do vizinho..." E eu sempre respondo que dou conta de consertar meu telhado... A falta de autocrítica nos levou onde estamos, não é bom continuar alimentando isso. Passei do amor ao desamor pela humanidade, mas desamor não é ódio, é só raiva, profunda e calada raiva que não pode ser expressa e nem exercida. Olho para os humanos e vejo seus incomensuráveis talentos... eles só vêm suas necessidades básicas... e elas se resumem a comida, sexo e amor...

Pelo Amor de Deus, o que é o amor? Alguém sabe me explicar que porra é essa? Prometo, não vou definir nem criticar, mas toda hora irei dizer: que porra é essa? Você sabe o que é? Você já viveu? Você tem? Será que a Terra e a Lua são um caso de amor? Afinal, parece que tudo o que desejam é estarem juntas... orbitando, presas, uma iluminando a outra, coisa cega e louca.

Para aqueles que irão criticar minhas excessivas reticências ao longo do texto, já aviso, eu uso mesmo. Elas não são reticências reticenciosas, são momentos de reflexão, momentos de oração, eu diria. São suspiros, baforadas no cigarro, então acostume-se. Eu queria contar um conto, escrever algo novo e pós-moderno. Ou apenas uma boa estória que se passasse em nossa época... Mas se os personagens saírem da realidade, que merda vai ser este conto? Fulano matou cicrano, motivo?

Qualquer um serve. Crise existencial? Não vende. Já viram a "autoajuda" como está? Os livros mais populares são escapistas, e os mais realistas não têm nada a dizer, porque a realidade está vazia. Já viram esses livros que têm escritores como personagens? Absurdo completo. Afinal, como escritores, que são em geral masturbadores compulsivos, podem ser personagens de algo? Só fluxo de pensamento e olhe lá... Mas tá fora de moda.

Bem, de repente, isto vira um conto de vampiros, afinal "é o que tem pra hoje"...

Viram como é difícil escrever algo? Poderemos eu e você, eu e vocês, passarmos horas e horas, sem realmente termos nada a dizer e nada a ler. Será que o importante é apenas nos ocuparmos? Quando escolho um livro para ler, gasto dias, às vezes semanas visitando a livraria, abrindo livros ao acaso, vendo se a escrita me convence. Pasmem... demoro cada vez mais para escolher um livro. Todos se parecem, a escola *de escritores formou uma penca de gente tudo igual e parecida. Não que eu curta "literatura", mas gostaria de ver alguém com personalidade escrevendo, pra variar. Em algum lugar houve um bom "designer" de textos massivos, e lá foram os escritores tayloristas para a linha de montagem...*

O que descubro agora é que cigarro e lentes de contato não combinam, infelizmente nem quando o cigarro é o meu... Os olhos se arrastam por elas, como se fossem uma praia, e as lágrimas não descem...

Bem, os leitores leem e os escritores escrevem, deve ser por isso que escrevo, mesmo quando não sei sobre o que vou escrever. Afinal, será que essa é minha personalidade? Terei algo a contribuir no mundo das letras? Pergunta vã. Eu me lixo pro mundo das letras... Só compartilho aquilo que meus olhos veem. Sou astigmático, míope, presbíope, você pode ficar na dúvida sobre minha capacidade de enxergar a realidade. Tudo bem, eu o compreenderei. Mas pense, quem mais se preocupa com o olhar senão aqueles que podem perdê-lo?

Então, sou um olhador. Não um voyeur, mas um olhador. Olho e olho e às vezes não vejo. Olhar me dá algum prazer, mas não, isso não me sustenta. Então, vasculho, procuro uma estória, mas...paradoxalmente elas estão dentro, nunca fora... Então é inútil olhar para o mundo. Se não, deixo de ser escritor e viro jornalista. Quero escrever alguma coisa que comova as pessoas, que elas sintam e sofram junto com a personagem... Nada mais fácil, um pouco de técnica e isso se consegue. É disto que estou falando, paixão! Falta-me, falta-nos paixão. Paixão, desejo tão forte que vira gesto! Não falo de amor (que porra é essa?). Falo de paixão, aquilo que é capaz de me mover e te mover, me tirar do lugar e de te tirar do lugar. Mas enquanto isso não acontece, ficamos eu e você aqui, fazendo hora.

Sempre que quero me emocionar, vou para a Antiguidade. Mas parece inútil agora, depois que escrevi um livro inteiro que se passa lá. Alguns me dizem que as estórias poderiam se passar em nossa época, bobagem... Nada pode se passar em nossa época, apenas acidente de trânsito. Poderíamos falar do grande incêndio de Roma? Ou dos últimos dias de Pompéia? Quem sabe da vida sexual de um gladiador? Tudo já foi feito e refeito. Uma estória de detetives na Antiguidade? Já foram feitas várias. Alguma coisa chutando a Igreja Católica? Batido demais. Bem, de repente uma biografia encomiástica de Bento XVI! Esqueça, leitor. É como eu sempre digo: há limites!!

Já que pensei em algo velho de vestido, que tal uma estória sobre senhoras idosas? Um computador mau apagou uma estória que escrevi uma vez, "Dona

Catarina". Fantástica, a velhinha! Baseada num fato real, ela era apaixonada telepaticamente por seu psicanalista, que, de acordo com a mesma, retribuía suas intenções libidinosas... Sempre a vejo por aí. É o que acontece quando perco uma estória, não consigo reescrever, mas continua me habitando... É só esbarrar numa velhinha magrinha, de cabelos branquinhos, mirradinha com seu vestidinho leve, sapecado de florezinhas discretas, e pronto, lá está a dona Catarina. A mulher mais insuspeita que se pode imaginar. Viúva, amarga, cheia de vida, com jeitinho ingênuo e bom, sorriso meigo...

Lembro-me que dona Catarina me contou uma vez que estava num elevador. Mais de vinte andares de prédio, o tédio quase a estava abatendo... De repente entrou um rapaz, vinte e poucos anos, garotão mesmo. Jeito de surfista, cabelos loiros queimados de sol, pele bronzeada, corrente no pescoço, camiseta leve e sensual fazendo os músculos transparecerem... Os olhos verdes... cheios de luz, e com aquele jeito dos jovens, ignorando uma velhinha ao lado, como se fosse uma presença incômoda. Ela desejou-o por dois andares...

Parecia que o tempo não iria passar. Então ela apertou o botão de emergência. Travou o elevador. Antes que ele reagisse, sacou uma arma da bolsa que levava à tiracolo. Apontou para ele, que pálido, não reagiu, nem disse palavra alguma. Ela abriu a bermuda do rapaz... apalpou o pau dele... molinho e assustado. Não teve a menor dúvida: se abaixou, mantendo a arma mirada pra cima... e botou na boca o pau do cara. Não quis nem saber, aproveitou, aproveitou, aproveitou... o pau até subiu...

Poucos minutos depois, o zelador veio abrir o elevador. Ouvindo os ruídos, ela parou o serviço. Calmamente, continuou mirando o revólver para o rapaz, gelado de medo. Olhou-o friamente nos olhos e disse: "Na próxima vez, faz este pau subir mais depressa!!"

Guardou a arma calmamente. O zelador entrou no elevador e ela disse, toda tranquila: "Ufa! Pensei que ninguém viria..." O Jorginho, rapaz louro que foi mamado, simplesmente ficou calado. Afinal, o que ele diria? Quem acreditaria nele? A mulher tinha mais de oitenta anos. Ela saiu tranquila pela porta. O zelador vira pra ele e pergunta: "Tá assustado, cara?! Foi só uma parada no elevador, que vergonha, até a dona Catarina estava mais tranquila!" Jorginho respondeu gaguejando: "É... Uma velhinha bastante calma e... generosa..."

Dona Catarina, solta pelo mundo por causa do meu maldito computador, vive aprontando coisas. A última dela foi um tal de "fio terra": você sabe, leitor, o que é um fio terra?

Não sei se descrevo. Enfim, é uma moda nova. Se acautele quem tem cu. Ela até corou ao me contar, e quando estava transando telepaticamente com o psicanalista, mandou ver com o dedo no cu dele. Vermelha ou não, ainda contou vantagem: disse que ele adorou!

O seu Antônio é outro velhinho que escapou da literatura. Às vezes, quando está no ônibus, finge que não entende nada, e quando ninguém espera, ele tasca uma escarrada no pé de alguém. Em seguida, faz aquela cara de bom velhinho e diz: "Desculpe meu filho... desculpe mesmo..." Depois, desce sorrindo do ônibus e pega o próximo para repetir a façanha.

Pois é, acho que fazer estória com pessoas jovens atualmente não deve dar nenhum drama interessante, então vamos pegar aqueles que vieram do passado. A abertura da nova geração permitiu que eles colocassem as manguinhas de fora. Eles ainda não se aventuram nas boates, mas com certeza os bailes da saudade estão cada vez mais vazios; os encontramos na internet, teclando, conversando, mentindo.

A última da dona Catarina foi marcar um encontro com um garotão que, ao vê-la, não entendeu nada. Ela conseguiu fazer com que ele se sentasse numa mesa para tomar um café. Abriu a bolsa enquanto o meninão fazia cara de neto perdido. Botou um pacote de dinheiro sobre a mesa e deu uma risadinha safada para o moleque. Ele ficou vermelho... e disse: "Pagando bem, que mal tem?!"

Apesar da idade, dona Catarina quase reeditou Garganta Profunda[14]. *O molecão se empolgou com a voracidade da mulher e reeditou* Coração Satânico[15] *, fiu!!! E, eu aqui, escrevendo. Preciso aprender mais com meus personagens.*

A única coisa chata é que dona Catarina está presa agora. Ela surpreendeu seu psicanalista tendo um caso telepático com outra paciente. O mesmo revólver que servia para conseguir fácil uma chupeta fez um buraco na cabeça dele. O delegado até hoje está pensando na vida. Se senhoras doces e gentis podem fazer isso... O que não farão os outros?

Quando me mudei para este prédio, eu conheci a dona Catarina, pessoa real, cujo nome evidentemente não posso escrever. Foi fantástico, ela era igualzinha à minha personagem. Estava ao lado da irmã gêmea. Imaginem Rute e Raquel[16] aos noventa?! Ela ficou impaciente com as suas pernas, que demoravam

---

14 GARGANTA profunda. Direção de Gerard Damiano. EUA: W. Links e outros, 1972. 1 DVD (961 min.). Foi um famoso filme pornográfico.

15 CORAÇÃO satânico. Direção de Alan Parker. EUA: A. Kastner e A. Marshal, 1987. 1 DVD (113 min.).

16 Personagens gêmeas de uma novela de Ivani Ribeiro, da rede Globo, filmada em 1973 e refilmada em 1993.

a obedecê-la para entrar no elevador, reclamou da idade. E eu, querendo ser gentil, porque nessas ocasiões sou bom moço, disse: "Bobagem, a senhora está muito bonita e conservada..." Ela, enchendo-se de fúria, me respondeu: "Odeio ser velha!! Se pudesse eu morria! Faz trinta anos que odeio ser velha!!" Acho que o silêncio que se seguiu foi o suficiente.

Eu entendo a velhice, ah... como entendo. Sei bem o que ela queria dizer. A velhice é a idade da transparência. É uma coisa complexa. Você tem sangue, carne e ossos a vida inteira, aí envelhece e fica transparente. Ninguém mais te vê como uma pessoa. Os jovens ficam do ladinho no mesmo elevador, na estação de trem, no ponto de ônibus, e fingem que não te veem. As suas opiniões são ouvidas pelos familiares como se fosse uma caridade que te fizessem, isso quando são ouvidas. E você que entendeu de tudo a vida inteira, agora é sempre acusado de não entender nada. Se morar com os filhos e netos, a coisa ainda é pior, tem cachorro que recebe mais atenção e respeito. Então, quando Catarinas e Antônios começam a reagir, eu entendo, e como entendo.

Imagine leitor, crescer, ter família, se desenvolver numa época de grande repressão emocional e sexual, e aí, quando você chega à idade madura, todo mundo pode o que você nunca pôde. Mas agora, agora você é transparente... Como eu disse antes. Adoro olhar e sempre vejo as donas Catarinas e Antônios por aí... Sedentos não de sexo, sexo "pagando bem...", mas de visibilidade... E na verdade, a transparência adquirida nessa idade é extensiva a várias categorias... Os miseráveis são transparentes... Os gordos deploráveis[17] são transparentes... Os feios... transparentes. Até que tomem alguma atitude, sejam dominados pelo gesto. Saem da passividade e vão para a ação. Mas, com exceção de dona Catarina e Seu Antônio, por que fariam isso, não é? Por que a transparência tem outra capacidade, a de esvaziamento... O transparente é tão ninguém que até ele mesmo assume a sua condição de fantasma. Morto em vida, assombração que vagueia pelas aleias. Não assusta ninguém porque não tem substância suficiente. E, claro, já está morto.

É por isso que não me meto a falar de amor. Afinal, que porra é essa? As pessoas passam a vida inteira correndo atrás de um negócio sempre insatisfatório ou satisfatório por pouco tempo e depois envelhecem, adornadas pelo berço esplêndido

---

17 "Gordos deploráveis" entenda-se aqui a forma como a sociedade vê os padrões de estética. L.V. costuma usar de ironia ao se utilizar da expressão do preconceito, entretanto, sem o tom irônico do som é difícil perceber isso. Lutou a vida toda para não ficar obeso, pois tinha facilidade para ganhar peso; não aceitava engordar simplesmente porque a genética mandava. Os vários enfartos e casos de diabetes na família o deixaram atento à questão desde muito cedo. Talvez sua preocupação tenha sido excessiva e transbordado do privado para o social.

do desprezo e da solidão. Será que não seria mais fácil gastarmos nosso tempo emocional com alguma coisa que valesse mais a pena?

Claro que um revólver não resolve tudo na hora de conseguir sexo, nem dinheiro, mas não é de sexo que estamos falando, não é? Na verdade, tudo isso começou com a minha dificuldade de dizer algo que valha a pena sobre a realidade. Então... eu disse. Não sei se é importante, sei que não é comovente, sei que não é pasteurizado e sei que é meu.

E o amor? Bem, foi o que eu disse, leitor: Que porra é essa? Bem, é isso. Minha vontade de chorar passou e enfim não retirei as lentes. Sempre que os humanos quase me fazem chorar, poucas linhas depois me lembro de que não tenho motivos.

31 de outubro de 2010, 14:12

Provérbio romano: "Há homens que cavam o túmulo com a boca!" Antigamente se referia à gula, hoje, em sentido mais amplo, ele fica melhor: tem gente que fala demais, tem gente que beija demais! [18]

1º de novembro de 2010, 00:54

A América disse para os colonizadores o mesmo que para os editores disseram aos escritores: "Não me descobriram! Sempre estive lá, vocês é que não sabiam o caminho!"

***

Novíssimo ditado: "Quando percebe que a banana não vem, o macaco sossega!"

1º de novembro de 2010, 16:05

Um século de vida e nada...

Muita coisa acontece ao longo de um século. Muita coisa... Livros se escrevem para se analisar e falar deste tempo que passou. Historiadores se esforçam em vão por adquirir uma contemporaneidade que nunca lhes pertenceu. Restam poucas pessoas

---

18 Autor pasmado com o fato de um rapazinho ter-lhe dito beijar mais de vinte bocas numa noite. Alertado para o risco de doenças como herpes, por exemplo, o jovem respondeu: "É por isso que sempre levo enxaguante bucal para a balada!" – e exibiu-o, retirando do bolso da calça.

que possam dar testemunho sobre a história do século XX. Pouquíssimas viveram mais que sessenta ou setenta anos. Toda semana somos informados que um nome importante de nosso teatro, cinema e televisão desapareceu. Uns já haviam desaparecido da mídia há tanto tempo, quer por não terem se adaptado aos novos tempos, quer por escolha própria, que já até mesmo as lápides estavam previamente escritas.

Todos os anos vemos uma ou outra homenagem (pífias, seja dita a verdade) a Oscarito, Grande Otelo, Mazzaropi, entre outros. Quando falamos em vida artística no Brasil, parece interessante citar grandes nomes do passado e imediatamente sacamos Cacilda Becker, Jardel Filho, Procópio Ferreira e pulamos para Emilinha Borba, Dolores Duran, com a facilidade de quem não conhece muito as distinções entre cantoras do rádio e atores de teatro dramático e filmes de chanchada da Atlântida... Claro, para os que vieram agora tudo é passado. Mas essa mentalidade vitima aqueles que, por uma razão ou outra, além de ter feito parte da história da vida cultural do País, se recusaram a obedecer a taxa de expectativa de vida do período no qual nasceram – em outras palavras, sobreviveram... a tudo... e a todos?!

A todos não é exatamente verdade. Nossa percepção desfocada a respeito da vida faz com que cometamos um grande erro com aqueles que ultrapassaram os oitenta anos. Dizemos coisas terríveis, como "no seu tempo..." ou "naquela época...", "quando você era..." E, esquecemos que o "tempo" da pessoa só está no passado quando ela já morreu. Isso tudo muito me estranha, pois a cada dia estamos vendo mais e mais a expectativa de vida do brasileiro crescer.

Cada vez mais vemos e ouvimos reportagens de avôs e avós que sustentam a família. De pessoas que, em plena maturidade, nem sonham em se aposentar. Uma boa parte não deseja mesmo, outra parte não pode, pois as condições econômicas nunca permitiram tal luxo. E nesse contexto, o que se dizer de alguém tão especial quanto o artista, que vive de criar? Vive de dar vida a coisas e personagens... e, de repente, por mais que ele lute... a mídia decide que ele é apenas um arquivo vivo do passado... e, o que é pior: quando se dirigem a ele, não é pelo seu valor ou conteúdo... mas só para elogiarem a qualidade do arquivo de ser arquivo. A vida, a pessoa... pouco interessam.

Todo esse longo preâmbulo é para falar de Dercy Gonçalves. Ela é uma soma de muitos percursos artísticos numa pessoa só: dançarina de teatro de rebolado e revista, atriz, cantora, comediante das mais completas, exemplo de sobrevivente em todas as épocas... Mas acima de tudo, Dercy Gonçalves foi uma das primeiras atrizes deste país a viver o fenômeno da velhice assistida, televisionada.

Quantos anos faz que vivemos a "graça" de ver Dercy Gonçalves como a velha debochada? Eu, com minha idade, conto ao menos três décadas. Assim ela vem sendo tratada... por quê? Aconteceu um fenômeno "estranho", ela não morreu... "O que faremos com ela agora?" Perguntam-se todos. E, na ausência de respostas, de arquivo vivo (o que não era algo realmente bom), ela passou a arquivo morto. Isso contra a sua vontade.

Homenagem póstuma a Dercy Gonçalves, um texto que nunca publiquei.

4 de novembro de 2010, 10:48

Só há um jeito de seguir com a vida feliz o tempo todo: fingir que não é com a gente!!

***

Magoamos apenas a quem honestamente amamos... É uma pena que seja assim.

7 de novembro de 2010 14:10

Oh, minh'alma, grito dentro de ti e minha voz não ecoa.
Sou um autista de frente para um espelho.
Vivendo numa frágil realidade...
Frágil demais. Imagem de si de quem não se sabe.

***

A vida noturna já não é mais vida noturna. O entretenimento já não é mais entretenimento. O tempo que eles pedem, a duração, a extravagância e o excesso fizeram deles um verdadeiro moedor de carne. Hoje dá mais trabalho se divertir do que se divertir no trabalho.

13 de novembro de 2010, 21:25

Perguntam-se sempre "da natureza da besta". Ora, nada mais simples, ela é besta, ué?!

***

Sabe quando você sabe aquilo que não deveria saber? E que as pessoas torcem para que você não saiba? E você sabe, mas finge que não sabe porque não quer saber? Se sabe... Já sabe do que eu sei[19].

16 de novembro de 2010, 9:15

Há pessoas tão ávidas por rastejar que vivem com os joelhos esfolados.

17 de novembro de 2010, 22:54

"Só sei que nada sei!" Não é modéstia, é memória fraca![20]

22 de novembro de 2010, 19:51

Ajudando a melhorar Júlio César. Ele disse sobre a Gália: "Vim, vi e venci!"[21] e eu digo sobre um lugar no qual estive: "Vim, vi e... Não volto mais!!!"

25 de novembro de 2010, 19:03

Para pensar: Agora que Inês é morta, convém ir ao velório!

***

No enterro da Inês que é morta.

1º de dezembro de 2010, 22:53

Bem... Já ouviram que a Inês é morta, que é necessário ir ao velório da Inês, e que, enfim, se deveria ir ao enterro. Quero dizer àqueles que acompanham essa

---

19 Apesar da pesquisa, não foi possível saber do que se tratava. Mantivemos a frase para ficar clara a falta de percepção do autor em relação aos interlocutores da rede.

20 Conhecida frase do filósofo grego Sócrates, segundo o autor, não passava de uma personagem de Platão, apesar de ter tido existência terrena.

21 Frase do estadista romano Júlio César, dita e escrita por ele mesmo no livro no qual descreve as suas campanhas na Gália, *Commentarii de Bello Gallico.*

perturbação que faço a este antigo ditado literário que finalmente Inês é mumificada. Logo, logo poderá ser encontrada em afrodisíacos, aqueles de origem hindu que possuem pó de múmia e pó de chifre de rinoceronte...

***

E, enfim, se encontraram com quem satisfazer seus instintos afrodisíacos, torçam para que não seja Cleópatra, pois ela usava esterco de hipopótamo enfiado nas partes íntimas como anticoncepcional[22] ...

5 de dezembro de 2010, 22:02

Amar, amor... Muita gente define. Muitos pensam que sabem o que é. Outros sabem o que é. Outros amam sem saber. Uns sofrem por não ter, imaginando que um dia o tiveram, e outros que um dia o terão... O que sei sobre o amor? É uma invenção conveniente do século XIX[23]. Eu gostava mais quando diziam "me ardo por ti"[24]... Ao menos isso dispensava definição.

***

Chovendo, e porque aqui nada se faz com chuva, chuvo eu também...

Do blogue – 5 de dezembro de 2009 – republicando

Em defesa da futilidade!!

Bem, jamais imaginei que eu iria escrever isto, mas vamos lá. A vida nos ensina tantas coisas que às vezes é importante compartilhar. Nascido numa outra época (fim dos anos sessenta), desde o berço aprendi que devemos ser sérios

---

22 Fato real, e não apenas Cleópatra VII, rainha do Egito, o usava, era um contraceptivo típico às margens do Nilo. A ideia de sexo oral, nessa circunstância, pode parecer um pouco repugnante para alguns.

23 Referência ao surgimento do Romantismo, movimento amplo nas artes, surgido em meados do século XVIII e que ainda hoje possui uma forte influência na cultura.

24 Leia-se: "Estou com tesão por você".

e responsáveis, por isso ser fútil era quase o oposto dessas coisas. A futilidade e os fúteis deveriam ser evitados. Quando a religião realmente era importante, pois cuidava do espírito e não do bolso das igrejas, a futilidade não levava para o céu... Mas e agora?

Além disso, o prazer da futilidade exige dinheiro e eu jamais tive o suficiente para poderem dizer que eu era fútil ou vaidoso em excesso. Agora que tenho o suficiente para conhecer o mundo da futilidade, porque afinal não conhece quem quer, mas quem pode (e sinto dizer que é uma realidade), começo a compreender essas pessoas, essas ações com outros olhos.

Sinto que tudo começou quando ouvi tocar na minha academia a música "Burguesinha" de Seu Jorge, aquilo me incomodou, e ninguém entendeu por quê... Preconceitos em geral me incomodam muito, mas quando ficam no foro íntimo de cada um não são da minha conta, porém quando expressos de forma pública, me incomodam.

Na conhecida canção, Seu Jorge, que é tão burguesinho quanto qualquer outro personagem que tem dinheiro e fama, decanta com ironia e mordacidade uma "burguesinha": ele só narra as escolhas e preferências da garota, e é o tom de ironia que faz com que percebamos que ele a deprecia... Já tentaram trocar a palavra burguesinha por "pretinha" ou por "viadinho"? Ou por "gordinha"? Se se usar o mesmo tom em relação a essas mesmas categorias, estaremos arriscados a um processo, pois seria preconceito. Ora, se pode ser preconceito racial, de gênero, e corporal, por que social?! É sim, preconceito, e incitação ao desprezo. Isso devia ser tirado do ar.

Mas, ouvindo a música, percebi o que me incomodava... Por ter passado a poder frequentar uma academia legal, e gastar deliciosas horas do dia malhando, percebi que eu poderia ser considerado burguesinho ou fútil...

Sou um apaixonado pela beleza em todas as suas expressões. Tanto que uma das disciplinas que leciono é Estética dos Meios Audiovisuais. Meus prazeres visuais vão desde a arquitetura e as artes até os produtos industrializados (carros) e às roupas; fora as paisagens e as pessoas... que olho de graça. Bem, também agora posso cultivar o hábito – estúpido – de comprar belas roupas. Até mesmo peças apresentadas em desfile. Às vezes tão belas e esdrúxulas que nem tenho onde usar, mas é o prazer do belo.

Numa discussão recente com uma amiga, que apesar de magérrima parece ter se sentido ofendida quando eu disse que gordos não me atraem e que eu achava que eles deviam ficar lá entre eles[25], ela resolveu levantar a questão da futilidade. E foi listando como defeitos as coisas que eu acabei de colocar como virtudes novas. Numa mesa formada por professores universitários (e bem remunerados), achei surpreendente, pois tudo foi destilado com imenso preconceito.

Vim para casa e comecei a pensar no incômodo que senti, por isso escrevo. Ora, vamos lá. Como podem ser consideradas fúteis pessoas que cuidam da saúde e do seu corpo a sério? Ficamos às vezes de duas horas e meia a três horas na academia por dia. No meu caso, com folga apenas nos domingos. Alguém já experimentou correr entre trinta e cinquenta minutos numa esteira? Se não fizeram isso, tentem!! Quero ver os que chamam o pessoal que frequenta academia de fúteis aguentarem dez minutos de esteira!! Quanto mais levantar peso!! Para tanto, durmo à meia-noite e me levanto às seis. E muitos outros fazem o mesmo.

Ora, se isso é futilidade, devo dizer que futilidade significa trabalho, e trabalho árduo, disciplinado e sério! Não é para qualquer um que tenha no seu dicionário de emoções a palavra "coitadinho" ou aquela autopiedade: "Eu queria tanto... mas não consigo!" Pois é... Assim como a vida acadêmica não é para qualquer um, a academia do corpo também não. É necessária uma seriedade muito maior. Ninguém te cobra, ninguém te exige, é você consigo mesmo! Não existe responsabilidade maior do que esta que se chama o "cuidado de si". Além disso, é fisicamente cansativo, quase estafante, e só dá prazer por causa da serotonina e dopamina que são liberadas. No resto do tempo, é puro esforço.

E o que eu descobri, que acho fantástico, é que o que começa como um esforço pela aprovação alheia, aprovação social, transforma-se em pouco tempo em algo importantíssimo, "autoaprovação", sentir-se bem consigo mesmo. Parece que isso uma camada social não perdoa. Se você não for do grupo dos "coitadinhos" esqueça a aprovação.

Quanto mais conheci do mundo dos "fúteis", mais percebi que ele é bem interessante. A indústria da moda movimenta milhões, e o dinheiro gasto pelos fúteis alimenta milhares de pessoas... Incrível isso, não é?! Gostei tanto do mundo da moda que agora vejo, além de todas as minhas ocupações acadêmicas, canais de TV dedicados aos desfiles de moda e ao mundo *fashion*. Claro, nem tudo é bom, mas há real prazer em apreciar bons estilistas e bons *designers* fazendo

---

25 Neste texto, fica mal esclarecida a situação do autor. Frequentando bares e boates gays, ele nunca gostou de grupos e estereótipos. E ainda que a nota esclarecedora pareça ainda mais preconceituosa, não o é. É questão de gosto, afinal, as pessoas não são obrigadas a irem para a cama com o politicamente correto.

um excelente trabalho todas as estações. Às vezes entro em sites de várias marcas apenas para apreciar a beleza das roupas apresentadas por pessoas belíssimas, e cujo sacrifício para tanto todos sabemos qual é.

Bem, mas se você como eu no passado colocar sobre seus olhos o "estereótipo" de fútil, e sair cantando "Burguesinha" do Seu Jorge até mesmo no chuveiro... Não, você não estará aproveitando aquilo que eu descobri: a futilidade é séria, é responsável, é disciplinada, é profissão e é prazerosa. O fato de milhões de pessoas não poderem vivenciá-la não faz dela uma coisa ruim. Afinal, milhões não podem apreciar o prazer de uma boa universidade e nem compreender os prazeres de um bom livro, seja acadêmico ou literário (se é que há uma diferença importante entre eles). Então, parece-me que o que separa estes mundos tem nome: preconceito.

Ah, claro, você me dirá: "O dia que seu dinheiro acabar... pensará diferente!" Não, caro leitor. Sei distinguir uma coisa da outra, eu saberei que não poderei ter, saberei que não faço mais parte disso. E não sofrerei. Pois, da mesma forma que adoro arte e não posso ter obras de arte, e por isso me contento com as figuras dos livros, saberei manter meu prazer de outra forma, ou me dedicar a novos prazeres, mas não depreciarei o que é bom e interessante porque não posso ter. Nem direi a outras pessoas para despreza-rem e, ainda, não diminuirei meu semelhante por causa das suas posses e escolhas.

Como diria Voltaire: "Posso não concordar contigo, mas defenderei até a morte o seu direito de expressar suas ideias!" Irei mais longe, defendo até a morte o seu direito de ser quem você é.

Só não peça a minha opinião.

Do blogue – 11 de dezembro de 2010

O problema real da superdotação

O governo brasileiro iniciou, há poucos anos, investimentos na área de educação para localizar superdotados e adequar os métodos pedagógicos para "portadores de habilidades especiais". Sim, este é o termo que vem usando agora. Não gosto dele, pois lembra doença e exclusão. Algo como se dizia dos primeiros infectados por HIV: por-tador. Portador é aquele que tem o "porte de algo" e se ele tem o porte ele pode deixar de ter. Não, não é o caso dos superdotados, não podemos deixar de ser o que somos. Devem ter mudado o nome por que quando buscamos o termo "superdotado" na internet logo aparecem sites pornôs, com homens mostrando seus membros enormes.

Neste caso seria "bem-dotados", mas vai explicar pro Google. Os investimentos nessa área, no Brasil, têm o mesmo fito que em outros países: localizar e incentivar super-cérebros, tendo em vista o potencial de "bens" que esses podem gerar. E quando digo "bens", refiro-me a benesses de toda ordem que podem ajudar ou não a sociedade.

Durante décadas, os trabalhos desenvolvidos em torno da criança super-dotada visavam apenas perceber suas características e comportamentos. Então, hoje sabem muito sobre nós, superdotados; até conseguem dizer que testes de QI e/ou QE são mais ou menos úteis e inúteis, conforme o caso do analisado, para se localizar a superdotação.

A primeira vez que tomei contato com o assunto foi por conta das minhas dificuldades com relacionamentos. Apesar de um histórico invejável que teria feito qualquer pai de classe média suspirar de alegria, eu não imaginava que era superdotado até os 21 anos de idade. Isso não era um assunto que se discutia nem na escola nem à mesa das famílias. Eu era apenas esquisito. Ao ser "apon-tado"[26] por um amigo que não suportava mais me defender pelas costas, pois as pessoas não me aceitavam muito bem, entrei em crise. Afinal, ele era importante demais para mim. Mas, se ele não me tivesse dito que não me compreendiam, que eu lhes parecia um "pouco louco" e que elas me evitavam e eram apenas gentis comigo e não minhas amigas de verdade, eu jamais teria percebido. E provavelmente há muitos superdotados que não percebem e continuarão sem perceber o resto de suas existências.

Mas ser apontado como estranho não era sinal de superdotação. Eu me sentia um deficiente e não um eficiente. Ao desabafar[27] com a esposa de um professor de cursinho, ela levantou a hipótese na qual eu não podia acreditar. Imaginem se eu iria acreditar?! Um cara que nem percebia o que as pessoas pensavam dele; não, esse cara é deficiente. Foi isso o que eu me disse. Mas, a pedido dela, fui a uma psicóloga e pedi para fazer o teste de QI; claro, a psicóloga preferia ter feito umas sessões antes etc. etc. etc. Mas eu desejava saber. Pois, se eu tinha um problema, queria constatá-lo logo. Depois eu veria o que fazer com ele. Acertei 96% do teste, ela nunca quis me dizer números, fiquei na porcentagem. Lembro-me que saí do consultório me sentindo o

---

26 L.V. se mantém no foco do assunto. Na realidade o "denunciado" foi uma discussão com seu pri-meiro namorado que o cumulou de comentários de rejeição, inclusive dele mesmo. Na ocasião, L.V. já não morava com seus pais.

27 Aqui L.V. oculta o fato de isso ter ocorrido no centro espírita e que suas relações com essas pessoas eram relativas à religião.

"homem elefante"[28]. Quase podia sentir aquele saco de papel na minha cabeça, com todos me olhando. Como é que isso era possível? Eu, superdotado.

Meu primeiro instinto é que deveria fazer algo com isso. Voltei a estudar, passei no vestibular e entrei na Unicamp. Dizendo melhor, fiquei deprimido ao longo dos seis meses que antecediam o vestibular e não estudei nada. Passei. Mas isso não importa. Em menos de um ano, lá estava eu sentado no apoio psicológico da Universidade. E devo muito aos vários terapeutas que tive. E às minhas leituras sobre o assunto, o que não tornou muito fácil o trabalho deles. Talvez o trabalho mais marcante tenha sido o mais "fininho", um livrinho que ponderava a respeito do falso Self[29]. Quem tiver curiosidade, pesquise.

O fato que aprendi, entre terapias, leituras e experiências existenciais é que os superdotados se comunicam muito pouco. Afinal somos, exagerando, uma espécie de autistas mergulhados em seu próprio mundo, que pensam e sentem que se comunicam com as pessoas, mas cujos esforços nesse sentido são muito pouco acolhidos. Exceto quando se trata evidentemente de relações superficiais. Afinal, a nossa capacidade de racionalização é muito superior à média; cheguei até mesmo a formular que a razão é um sentimento em mim. Todas as tentativas dos terapeutas e minhas de estancar a racionalização do mundo foram infrutíferas. Até que um deles disse que eu teria de me "acostumar", me aceitar assim como eu era. Fácil dizer... Afinal, o prêmio de se autoaceitar é a aceitação coletiva. Ela não ocorre, não é?!

O mais inútil dos terapeutas que tive – era um inútil mesmo – foi o único a me dizer que eu não falava diretamente com ele. Eu elaborava conceitos e estes estavam fechados. E, por mais inútil que ele fosse, era verdade. Os outros terapeutas devem não me ter dito não porque não soubessem, mas porque o autoisolamento iria ficar claro demais para ser tratado. Com o passar dos anos, conhecidos chegaram a me dizer, em ocasiões e lugares diferentes, que eu "falava por escrito". Em outras palavras, por mais que pareça, não há "improvisos" na minha fala. Qualquer ideia que saia da minha boca sai racionalizada e finalizada, por mais ingênua que pareça ser. Sendo claro, não estou dialogando.

---

28 Referência a uma cena do filme *O homem elefante*, de David Lynch, de 1980.

29 O autor refere-se ao trabalho da famosa psicanalista Alice Miller, *O drama da criança bem dotada – Como os pais podem formar (e deformar) a vida emocional dos filhos* (Summus Editora, 1986). Leu essa edição no começo dos anos noventa; existe uma segunda edição revista e atualizada, datada de 1997. A partir deste trabalho, ele passou a refletir sobre o mecanismo da sua angústia existencial. Conheceu diversos trabalhos ao longo do tempo, entretanto achava este mais efetivo.

Em outro momento divino da terapia, conseguimos perceber que eu não conversava com as pessoas, porque, afinal, meu grau de racionalização é tão grande que eu não vejo os outros, eu crio modelos e me comunico apenas com eles. São bons modelos, eficientes, mas ainda assim são modelos, e as pessoas infelizmente não o são. Até aqui, esta lógica matemática parece bastante fria, entretanto sou um homem carinhoso e amoroso que não conseguia – e não consegue até hoje – dar vazão aos seus sentimentos reais. Por quê? Esse homem não sabe exatamente o que é isso.

Os idiotas vão dizer: é só sentir e se deixar levar. Os superdotados sabem do que estou falando. Como assim sentir? Deixar-se levar? O que é um sentimento? Do que ele é composto? Como se expressa? Quais são seus sintomas? Qual é o comportamento que eu devo ter para conseguir realizar este sentimento plenamente?! E tem gente que acha que nós gastamos tempo pensando nisso. Não, é rápido demais. Rápido até para que nós percebamos que o estamos fazendo.

Processamos tantas informações ao mesmo tempo que, ao "imitarmos" um sentimento ou darmos respostas para os comportamentos de outras pessoas, até parecemos eficientes. No entanto, sempre alguma coisa falha... E a pessoa de carne e osso percebe, nem se for no inconsciente, algo destoante. Claro, até os cães sabem quando o seu companheiro tem pulgas pela forma como se coça. Apenas nós vamos classificar rapidamente esse comportamento e fazer comparações com todo o resto do mundo que nos rodeia e formular uma resposta para isso. Os outros o fazem sem pensar.

Havia mais um detalhe estarrecedor... Esse eu tento controlar. Descobrimos também que, quando alguém me diz algo (seja dos seus sentimentos ou de coisas banais do cotidiano) e ouve minha resposta ou minha fala sobre o assunto, não ouve uma resposta ao que ele falou. Eu já analisei todas as intenções das falas e suas consequências e respondo ao que ele teria dito duas ou três falas depois da minha primeira resposta. Algo do gênero: vamos almoçar? Entre o sim e o não. Às vezes a resposta é: "Nossa, que saco ter de comer, onde estão aquelas pastilhas e pastas alimentícias que nos prometeram no início dos anos setenta?!" Bem, a pessoa apenas queria companhia para o almoço.

Agora, se nas relações superficiais isso é assim, imaginem nas não superficiais?

Gente!! Nós implementamos Platão a todo vapor. Amamos "formas puras", o amor é perfeito e deve ser levado aos seus mais lídimos ideais. Se formos sádicos, a lógica é levar o sofrimento até quase a morte. Se formos masoquistas, quase não há limites para a nossa autopunição. E quando o/a companheiro/a vai embora, fatigado, cansado de tentar saber como lidar com o que somos... Não entendemos, afinal fizemos tudo de forma correta. O que se esperaria de nós que não fosse a perfeição? O que nós esperaríamos de nós mesmos que não fosse a perfeição?

Em outras palavras: será que dá para a sociedade, o governo e os terapeutas perceberem que desenvolver as habilidades de superdotados é só dar brinquedo para criança?! Dar boas condições de estudo, professores amigáveis e pacientes permitirem que quebremos as regras... Meu Deus, vocês estão neste estágio e acham que estão fazendo um grande bem para nós. É como se dissessem: "Deixe-o ali brincando com seus brinquedos", e aí colhessem os resultados de suas observações e de seus avanços. Por mais que façam as infinitas pesquisas, mesmo quando os resultados estão na cara deles, não os veem.

Que importa aos superdotados se terão ou não facilidade de acesso a brinquedos? Esquecem que, para nós, o desafio é uma coisa natural, e que se nós não o tivermos, nós mesmos daremos um jeito. Mas não é de nossos sentimentos e de nossas dificuldades que estão falando, não é?! Falam de como nos "adaptar" melhor para podermos produzir mais. Afinal, eu e você sabemos muito bem o que significa conhecimento sobre algo: poder.

Deve ser por isso que faltam estudos ou grupos que ajudem superdotados adultos. Afinal, se cresceram e não deram certo, não chamam atenção. E se não obtiveram sucesso, aí mesmo é que não interessam. Já li que o índice de suicídios entre superdotados é imenso. Afinal, por que não nos mataríamos?! Diferentemente dos autistas legítimos, temos consciência do nosso isolamento. O isolamento que buscamos, o isolamento no qual nos mantêm. Bem, mas já entrevejo o perigo. Daqui a pouco, criarão programas de socialização para a fase mais adulta e logo estarão torcendo para ver o resultado de nossas crias. Companheiros X-Men, unamo-nos ao Magneto!!!

E se nós parássemos de tentar, o que aconteceria de verdade? Ficaríamos na minha antiga condição. Vivia num mundo de fantasia onde me sentia amado e seguro, sem ao menos fazer contato efetivo com as pessoas. E um belo dia acabaria dando cabo de minha vida por não compreender o que havia feito com ela. Afinal, do meu ponto de vista, haveria feito tudo certo, mas os resultados...

Mas que vida?! Como eu disse anteriormente, o trabalho que chegou mais perto daquilo que eu vivo foi o que falou em falso Self, que, em resumo, é:

aprendemos muito mais rápido que as outras crianças na infância. Assim, aprendemos o que os adultos e as pessoas próximas querem de nós. Aí passamos a ser – em grande medida – a pessoa que elas disseram que deveríamos ser. Seria perfeito! O melhor dos mundos! Mas quando os pais dizem que devemos ser bons garotos e garotas, não estão dizendo que devemos ser santos.

Lembro-me que, quando eu era criança, o meu desejo era ser santo. E havia uma escala: seria padre, bispo, arcebispo, papa e santo. Mas apesar de a minha mãe me levar à igreja e me ensinar a rezar, e dizer para eu ser um bom menino e insistir nisso, não quer dizer que ela queria um filho santo com altos padrões de ética e moralidade. O código de ética pessoal dos superdotados mereceria um estudo à parte. Ele nos sufoca e não conseguimos nos livrar dele. Para cada quebra de um padrão ético de comportamento, por menor que seja, desenvolvemos culpa.

Mas nada de desespero. Ainda não terminei. Existirão aqueles que irão discordar. Dirão: "Vocês são agressivos, grossos, impulsivos e às vezes até mesmo violentos". Afinal, o que esperavam? Tente se comunicar todos os dias com as pessoas e veja seus esforços fracassarem diuturnamente para ver se você não irá perder a paciência! Se até Jesus Cristo – citação barata – disse: "Homens de pouca fé! Até quando eu terei de conviver convosco?!" Temos limites. A sordidez e mesquinharia de algumas pessoas, bem-intencionadas ou não, são sufocantes. E nós devemos nos esforçar para sermos muito pacientes, porque qualquer tom de voz inadequado é tido como "arrogância". Não, nós não somos arrogantes. Ao menos isso não dá para ser considerado uma característica.

Ser superdotado é algo como ser gay. Bastante aceitação, bastante luta, bastante tormento afetivo. E, no fim, se alguém dissesse que existe uma vacina, eu queria ver quem não iria tomar (afirmação retórica, eu não tomaria).

Claro que alguns vão me falar dos superdotados que realizam maravilhas, prodígios e que são felizes. Claro, tudo o que precisamos é sermos aceitos, e se mandassem fazer mímicas e gracinhas, nós as faríamos. Ainda não sei se não prefiro os superdotados que desenvolvem uma ética de agressão. Eles dizem: "Não!" Batem nos coleguinhas nas escolas. Fazem pirraça para o pai e para a mãe. E talvez esses sejam os mais inteligentes, afinal. Estão dizendo não. Sabem quem são, e sabem que será difícil demais alcançar qualquer sucesso, consigo mesmo e com os outros.

Se alguém desejar ajudar superdotados, faça apenas uma coisa: nos reúna e esqueça o assunto. Superdotados não querem falar sobre superdotação.

Querem pessoas mais ou menos semelhantes para poderem descansar suas mentes fatigadas e seus sentimentos estranhos. Querem espelho. Não adianta acusar-nos de narcisismo ou qualquer coisa que o valha. Em nossa caminhada pelo bosque da existência, não havia outros humanos, e só achamos a poça d'água onde aprendemos a nos olhar. E quando apareceu o primeiro humano em nossa frente, achamos maravilhoso. Mas ele era somente um objeto de estudo. E podem ter certeza de que, antes que qualquer terapeuta ou cientista pedagógico nos estudasse, nós já estudávamos vocês. A dificuldade é que sempre fomos minoria.

Bem, por hoje é só. Não estou a fim de me destruir agora[30].

18 de dezembro de 2010, 9:17

Minh'alma banha-se em águas agitadas, mas levanta-se seca e calma para sentir o vento frio do banimento.

***

Quando a gente sente cheiro de fumaça no circo, é melhor se sentar do lado de fora e segurar o extintor de incêndio. E não ficar na frente do leão quando ele estiver fugindo. Tenho dito... Ouça quem tiver ouvidos de ouvir e olhos de ver[31].

24 de dezembro de 2010, 23:15

Natal de um não cristão

Este ano me sinto compelido a desejar Feliz Natal. E os que me conhecem mais proximamente vão me questionar: "Mas você não é cristão?!" Bem... eu poderia responder: "Nem Jesus é", mas seria tolice. Jesus tinha seu nascimento comemorado em março no início do cristianismo, não me lembro se 18 ou 20... uma data estranha assim. Dizem que ele era de Peixes (então acho que eu e ele não nos daríamos bem, hehehehe). Posteriormente mudaram a comemoração

---

30 Há muita frustração e ressentimento neste texto. Podemos ter uma ideia do desconforto social. Com o tempo conheceu outros superdotados e concluiu que nem espelho desejava.

31 Nem tudo o que o autor escreve pode ser seguramente compreendido.

para 25 de dezembro, dia dedicado ao Sol Invencível, nosso caro amigo o deus Mitra, cujo grande poder era derrotar as trevas, santificando e renovando a vida. Um deus de soldados, todos sabiam disso.

Nas reflexões de um não cristão, cabem coisas estranhas, como imaginar, de boa vontade: e se fosse verdade? E se existisse um Filho de Deus e se esse filho composto sabe-se lá de quantas galáxias siderais, esse amálgama de sonhos de que se compõe o universo continuamente se formando, deformando, reformando, desconstruindo... e se ele olhasse toda a fantástica evolução humana e decidisse que nós merecíamos perdão... Mas, e se ele, além de perdoar-nos e ensinar-nos isso tudo, resolvesse vir até aqui nos avisar disso? O que será que o teria comovido?! Foi o choro de uma mãe que perdeu seu filho? Um sorriso de criança trocando o primeiro beijo escondido? Um poderoso solitário? O que será que o comoveu? Será que foi o sono do amado, dormindo tranquilo nos braços da amada? Será que foi uma lavadeira que cantava as cantigas limpando a sujeira sem se lamentar?

Pergunto-me o que faria um Deus compadecer-se. Teria ele surpreendido os desejos insaciáveis dos homens e mulheres que não viram problema nisso? Teria surpreendido o grito aflito de um injustiçado a ser assassinado? Teria se compadecido do assassino? Ou foram aqueles lírios do campo? Aqueles... que uma hora são flores e outra servem apenas para serem queimados...?

Se isso aconteceu, ele sentiu uma profunda compaixão por nós. Dizem que nasceu, cresceu, viveu e morreu injustamente – claro, ele andou dizendo por aí que era rei num império onde isso era crime. E tudo isso para que nós pudéssemos, numa confissão coletiva, aos domingos, dizer "sim, Senhor, eu pequei, confesso que tenho pecado por ações e pensamentos". Tudo para que, diante das imensas dificuldades da vida, pudéssemos confessarmo-nos frágeis e dizer que sozinhos não iremos além. E ele veio dizer que nos ama de graça. Veio nos informar sobre uma coisa completamente desconhecida, uma tal de Misericórdia Divina, que serve para nos absolver e perdoar, nos limpar e lavar de todo mal, de toda doença, de toda morte e de toda vida, pois nos ofereceu a vida eterna.

E como ele fez isso? Ah... dizem que foi assim: "Vinde a mim todos vós que estais sobrecarregados que eu vos aliviarei". "O Reino de Deus é como uma mulher que, perdendo uma moeda, varre a casa toda e quando a encontra chama as amigas e comemora", "é como uma mulher que escondeu duas medidas de fermento em cinco medidas de farinha e levedou a massa toda..." E como ele agiu? "Senhor, sei que és da parte daquele que pode tudo, se quiseres podes me curar". "Quero!" Foi assim.

E o que um não cristão acha disso? Bem... se ele existiu, se ele fez tudo isso... só posso dizer que admiro esse homem, não obstante ele ser um deus. E me pergunto: se um deus pôde encontrar em nós motivos suficientes para se sacrificar, ou apenas se submeter à nossa própria ignorância e miséria, e se ele continuamente nos ensina a libertarmo-nos de nossos erros e equívocos e seguirmos adiante, fazendo o mesmo por nossos dessemelhantes, bem, esse cara não merece uma festa?!

Mas eu diria mais. Se tudo isso for verdade, isso me diz menos de Cristo do que de nós. Se um deus consegue vir até nós e realizar tudo isso, dobrar-se à nossa necessidade e grandeza, é porque valemos a pena. Acho que isso é o que eu gostaria de fazer no Natal: agradecer a Jesus – e a tudo o que criaram sobre ele – por me ensinar que eu, meus amigos, meus colegas de trabalho, minha família, meus dessemelhantes, que nós somos o que há de mais importante para Deus. Nessa data comemorada de tantas formas estranhas, achei que ninguém iria estranhar a minha reflexão junto a meus amigos.

É Natal, sou feliz por conhecê-los, por compartilhar minha vida com a de todos vocês, sejam vocês quem forem, pois se Jesus pode ser sideral, nós também podemos. Se ele pode vir traçar um caminho de misericórdia e coragem, nós também podemos. Se ele pôde se inspirar em toda a beleza do que somos, nós também podemos.

Feliz Natal de um não cristão, que aprendeu com Jesus que a misericórdia deve nos habitar antes que o outro a peça, que a justiça deve ser feita antes que o mal nos acometa, que a paz reine nem que seja em nossa consciência. É baseado em Jesus Cristo que aprendi a acreditar na humanidade. E é por acreditar infinitamente no prodígio humano que lhes desejo e compartilho da boa vontade de todos os homens, Feliz Natal. Feliz Ano-Novo!

28 de dezembro de 2010, 22:45 Você, a novidade do Ano-Novo!

Repita comigo:

Eu não irei sonhar sonhos novos, irei realizá-los. Tomarei a primeira atitude que me fará uma pessoa diferente, não temerei os medos de sempre, buscarei novos medos... Não chafurdarei nos velhos problemas, criarei novos! Não resolverei as coisas insolúveis... Nem me sentirei culpado. Farei o sol brilhar todos os dias, mesmo em dias de chuva! Eu irei chorar, mas não porque não tenha querido sorrir. E sorrirei, mesmo que tenha chorado... Passarei os dias do novo ano construindo outra coisa. Não brigarei comigo e com o mundo apenas para querer algo melhor. Desejarei "outra coisa", algo que crie em mim um novo eu, um eu mais realizador, mais potente, mais atraente, e enfim... Um eu do qual a felicidade corra atrás. Serei útil onde puder sê-lo, seja para quem for, com quem for, por onde for... Mas não me desgastarei por inutilidades... Suportarei todas as minhas cargas, mas não assumirei as alheias...

Este novo ano, não o farei diferente, eu me farei diferente... E porque serei diferente, um novo homem surgirá. E que todos saibam que a minha realização tornará a humanidade melhor... Que meus anseios a muitos atingirão. E que minha plenitude trará mesas fartas, alegria, sucesso e paz. Assim, darei logo o primeiro passo, para realizar este outro de mim, que é grande, generoso, belo, talentoso, bem-sucedido. E cuja garra é capaz de mudar o mundo inteiro.

Não brigarei com meu passado. Nem com o que eu fiz, nem com quem eu fui. Apenas colocarei este eu de lado, não brigarei com ele nem com ninguém. Quando perceberem, meu casulo anterior morreu de inanição. E eu, verdadeiramente, estarei... a caminho... no caminho... em caminho.

Enfim, neste novo ano, farei uma nova partida, pois vejo novas e infindas estradas... E não direi aonde irei chegar... pois o destino é ignorado. Mas uma coisa eu sei... não pararei, não serei derrotado, não me dobrarei...

Até eu dizer: alcancei... já não posso ser alcançado.

29 de dezembro de 2010, 15:30

Sêneca ou Petrônio?

Algumas constatações após conhecer inúmeros perfis em sites de relacionamento gay.

Sou um cara normal: essa definição é a mais encontrada. Incrivelmente parece que a necessidade de afirmar isso decorre do fato de que todos vivemos num asilo de loucos. Nunca vi tanta gente afirmando ser normal como nos sites de relacionamentos gays. Sou normal, sou normal, sou normal... Uma espécie de mantra escrito e cantado por todas as bocas. Mas o que é ser normal? Bem, quem escreve esse tipo de frase não está interessado em filosofia. Normal para eles é não ser musculoso, não ser neurótico, ter bem resolvida sua vida emocional e gay, ter um corpo nem gordo nem magro. Ter sonhos classe média. Ter estudado até o ensino médio e, no máximo, uma faculdade.

Este último quesito vem sempre acompanhado da palavra "culto" em algum lugar do perfil.

Sou eclético: essa frase, sempre escrita em frente ao quesito "músicas", em geral é acompanhada por outras duas: "Odeio pagode e axé". O que significa ser eclético? Ouvir de tudo um pouco e não ter paixão por nada. Saber falar de tudo o que foi lançado no mercado, estar atualizado ou, em última instância: "Ouço tudo, mas não presto atenção em nada". É isso o que quer dizer eclético: não ter gosto nenhum ou não ter coragem para assumir o gosto que tem.

Quero sexo: a frase mais redundante de todos os sites. Afinal, sendo a identidade gay como é, era dispensável dizer que se quer sexo. Sexo de todas as formas, de todos os jeitos. Uns se dizem passivos... e aí expõem a foto do ânus aberto e arreganhado... os mais discretos põem apenas a bunda à mostra. Aí começa a terrível disputa pelas definições: cu largo, cu apertado, bunda lisa, bunda peluda... Os que se dizem ativos, em alguns casos, fazem questão de colocar a porcentagem em que são ativos: 100% ou "ativasso". Os perfis de ativos sempre têm fotos do membro, ereto, firme como uma foto. Revelador como uma imagem cretina pode ser. E as imagens são acompanhadas de legendas: "17, 18, 19, 20 cm de pau"... As frases intimidadoras são as mais sofisticadas: "Se você não aguenta o tamanho do pau nem entre em contato!" A descrição do conteúdo das fotos é um tanto quanto perversa de se fazer... Afinal, que tamanho tem um pinto numa foto?? Mas lá estão eles, duros, moles, ejaculando, melados, segurados por uma mão, postos na boca de alguém... Os pintos se parecem com guloseimas na vitrine de uma padaria: rosas, vermelhos, pretos, pretos e vermelhos, escuros, de todos os tipos... Isso me assusta, uma vez que antigamente bastava ser homem e todos sabiam que tínhamos um pênis e que os tamanhos variavam, tanto quanto a personalidade de seus detentores.

Não a gordos, efeminados e velhos, sem preconceito, apenas não rola: essa frase é tão interessante, pois nos informa que mesmos os gays efeminados não querem os efeminados; fico pensando quem os deseja, afinal? E, sendo tão detestados, como é que eles continuam proliferando? Simples: os efeminados não sabem que são e os que sabem pensam que não são tanto assim e, mais rápido do que os machões, são os primeiros a dizer: "Não a efeminados. Sem preconceitos, apenas não rola".

E os gordos? Meu Deus, pobres gordos. "Que façam regime, raça de gulosos. Obesos mórbidos do inferno. Queimem até virarem toucinho". É o que está por trás do "sem preconceito".

Os gays, que em geral sempre foram tidos como uma população leitora e mais culta do que a média, estão definhando. Os livros que leem? Qualquer porcaria. Quando são espiritualistas, citam Zíbia Gasparetto e Paulo Coelho e o *must* dos *musts*.

The Secret. Gosto de lembrar do tempo em que me falar de Blavatsky, Annie Besant e até Kardec não era vergonha. Mas tenho de confessar que encontrei Platão, Spinoza e até mesmo Epicuro nesses sites. Claro, em minúscula quantidade, algo como um em três mil. Nietzsche não vale porque todo viado que se preze deveria ter lido na faculdade. Mas mesmo assim quase ninguém cita. Em compensação, *O terceiro travesseiro* é um best-seller. Claro que Jean Genet ninguém leu. Oscar Wilde?? Nadinha, nunca vi uma só menção, até os Teletubbies foram mais citados. Os mais ousados chegaram a ler "Shekspere", antes de ler "Danti", e o erro fica menos feio. O engraçado é que, quanto mais culto se julga o dono do perfil, mais longas são as frases, e isso faz com que tenham chance de errar bastante o português.

O que me faz lembrar que vários desses perfis são bilíngues. Inglês/português; italiano/português; inglês/inglês. E pasmem, poucos estrangeiros usam esses idiomas, são geralmente brasileiros. Deve ser uma tentativa de internacionalização da carne. Espero que tenhamos passado da crise da vaca louca. Quem sabe uma nova crise, a da vaca *fashion*, nos espera? E engraçado, *fashion* ninguém é, todo mundo é normal. Alguém já foi a uma boate LGBT?!

Não por acaso, os perfis que recebem mais visitas são os que têm menos informação. Homem querendo homem. Altura, peso, quantidade de pelos etc. Afinal, os que menos exigem aparentemente ficam com um poder maior de escolha quando as pessoas entram em contato. O que também não melhora as chances dos "contactantes".

Às vezes, o perfil leva a se enquadrar em quase todos os quesitos exigidos, aí surge um, apenas um, o qual você não preenche porque tem dois anos a mais do que a idade que foi pedida, ou cinco anos a menos... uns quilinhos a mais, não está em plena forma, tem pelos demais ou não os tem... Um quesito é o bastante para um ser humano inteiro ser eliminado. Será que os nazistas reencarnaram como gays?! Essa pergunta carece de resposta ainda.

Enquanto não aparece o cara certo, vou me divertindo com os errados: essa frase se consagra como uma das mais comuns e eficazes, afinal, o mundo gira e é preciso fazer sexo, né? Então, quem escreve isso ao menos tem uma abertura para os que não se enquadram? Não, ainda não, o que querem dizer com isso é que primeiro tem de atender a todas as especificações, transar, transar e transar, e aí começar um relacionamento e então... se todos os quesitos emocionais não foram preenchidos, não era o cara certo. Nunca é o cara certo, será que não perceberam isso ainda?

Ninguém lê a porra deste perfil: a justa indignação de quem escreve essa frase é completamente compreensível, porque não basta dizer o que quer e o que não quer, aqueles que não são desejados continuam te desejando e te importunando com suas mensagens. Estranho isso? Por que será que as pessoas não desejáveis continuam se esforçando para conseguir alguém desejável, quando elas mesmas não se abrem para os indesejáveis? Estranho? Não, todos querem a perfeição. Platão, que era feio, também gostava do belo.

Bem, e o que é perfeito neste mundo? Vamos lá, pude concluir que a altura deve estar entre 1,78 e 1,85 m, o peso deve ser compatível e se for mais pesado, que sejam os músculos que sobrecarreguem a balança. Os pelos? Em geral gostam de poucos pelos; os pênis? A normalidade para o gosto gay começa em 18 cm e crescendo... Engraçado que há ativos – 100% – que pedem pintos grandes e imensos... Será que ficam batendo a mão neles para verem balançar? Os "mais mais" também são os "normais". Fico pensando que, se não fossem os gays – com seu dinheiro e seus problemas –, quem faria terapia neste país?

Mas ainda existe o rol daqueles que não irão se enquadrar nunca, mesmo que se esforcem e queiram, pois não são pessoas, são apenas variantes de alguma fantasia sexual: negros, japoneses e peludos.

Gato carente: este tipo de perfil é bastante comum. É de certa forma positivo que as pessoas admitam que são carentes e que não são super-humanos. No entanto, quando começamos a ler a exigência dos carentes para terem um relacionamento, percebemos por que estão e por que continuarão carentes... E o engraçado é que se pode dizer que provavelmente os seus perfis foram feitos depois que deletaram os antigos, no qual diziam: "Quero carne!" Mas agora estão tão amargos com o que viveram e fizeram viver que exigem tudo o que não tiveram, tudo o que não puderam dar. E exigem que dê certo seja lá o que for o que pedem.

Essas constatações[32] não pretendem chegar a conclusões ou comentários... parece desnecessário. Apenas um comentário: em sites de relacionamentos gays, a rejeição é uma regra. Paradoxal, não? Alguém que faça um perfil dizendo que deseja encontrar pessoas, mas que rejeita ou dificulta o tempo todo os contatos possíveis.

Aos que criticarem meu texto, cabe a decisão de se estou mais para Sêneca, moralista que apontava de forma contumaz os erros alheios, ou para Petrônio, crítico de costumes, que apenas desejava um comportamento melhor para que as pessoas e a sociedade fossem mais felizes. Claro... quantos saberão essa referência?! Aos que souberem: escrevam, meu perfil não está carente de acessos apenas de pessoas interessantes.

29 de dezembro de 2010, 22:16

Quando as pessoas pensam em vez de sentirem, as coisas complicam. Tão fácil dar livre curso ao que se deseja e sente, mas tão difícil como as pessoas se comportam.

Sinto que há mais graça na dança das aranhas[33]... Essas danças cotidianas de acasalamento que não ocorre são cansativas demais. Procuro o meu igual, assim que nos encontrarmos entraremos em nossa forminha de gelo e que Deus nos dê uísque[34].

---

32 L.V. foi um dos fundadores do Grupo Expressão, em 1998, a primeira ONG criada em defesa dos direitos LGBTs em Campinas-SP. Nele, foi organizado o jornal O Babado, de circulação nacional. O autor escreveu quatro longos artigos para o mesmo.

33 Referência à dança realizada pelas aranhas para se acasalarem. E não é nenhuma insinuação à genitália feminina, que possui vários apelidos populares, aranha entre eles.

34 Ballantines 12 anos era o uísque predileto do autor.

2011

Do blogue – 2 de janeiro de 2011, 22:35

Solidão

Hoje entendo a máxima bíblica "os pecados dos pais se estenderão aos filhos". É estranho como o passar do tempo acaba me dando a luz para compreender coisas que outrora careciam de completo entendimento. Mas não posso deixar de dizer que a solidão em minha família é sobretudo uma constatação disso[1].

Olho para o passado e vejo multidões solitárias. Meu avô por parte de pai era um tropeiro que terminou se tornando capataz em uma fazenda. Dançava a catira nas quermesses, bebia sua pinga, tocava o gado diuturnamente... Meu pai cresceu querendo ser outra coisa. Ele nunca me disse isso, mas nem precisava, e ele se tornou outra coisa. Minha avó às vezes levava surras de chicote, ou relho, conforme gostavam de dizer. Acho que nem curava as bebedeiras do meu avô. Preocupava-se demais em se manter viva e criar os filhos. Apanhava algodão, café, tomates e o que mais se plantava na colônia. Criou os filhos, e cada um deles a deixou ainda mais só. Claro que, se perguntados fossem, diriam que sua mãe os maltratou e que seu pai era um bêbado bruto.

Cada um deles se mudou para longe, cidades distantes, e me parece que, de certa forma, apagaram seus rastros... Meu avô um dia perdeu uma perna, por causa do diabetes, ninguém se importou de verdade. Minha avó morreu e foi enterrada num caixão de indigentes que, segundos alguns, espatifou-se assim que a terra caiu.

Olho-os da minha distância e imagino as suas grandes solidões. Um homem fazendo seu papel de homem e uma mulher desejosa de fugir do papel que lhe deram. Lembro-me que um dia minha avó veio ficar uns tempos em casa... eu não tinha mais que quinze anos. Eu tinha medo dela, afinal me disseram que era para ter medo, pois ela estava "louca". Bem, o que mais era para ela estar senão louca?! Enfrentar todos os dias a longa solidão de uma fazenda, cultivando sua miséria diária, sem nenhum amor. Sem nenhum carinho, sem nenhuma outra esperança. E sem sonhar com a retribuição dos filhos, pois os criou como lhe ensinaram a criar: distantes.

---

1 O foco na questão emocional não deixa perceber, neste texto, a importância que a situação socioeconômica do País, nos últimos sessenta anos, teve na dispersão das famílias. Aos poucos o País se industrializou e a mão de obra, antes rural, migrou do campo para as cidades, das cidades menores para as maiores. Assim, a solidão também foi e é uma questão social.

Meu pai ignorou sua presença em casa até que ela se foi. Sempre olho para este passado e me sinto de alguma forma culpado. Uma das poucas coisas que ela me disse naquela visita, numa voz sussurrante e tímida, foi: "Você que pintou este quadro?! Bonito". Ainda sobrara força e lucidez o bastante nela para ter sensibilidade... para fazer contato com o mundo. Lembro-me do meu avô: nunca disse ou fez nada para mim que eu pudesse acusá-lo de qualquer coisa. Sempre generoso e paciente. Talvez eu tivesse a sorte de ser neto e não filho.

Não sei... às vezes penso nela, como a mulher só e sofrida, sozinha em sua casa na colônia, durante muito tempo com luz de lamparinas, ou quando teve luz elétrica, vendo-a se desligar às dez da noite. Vivendo numa casa que cheirava tabaco, e às vezes álcool. Uma casa que sempre que podia ela lavava inteira... e ainda estão presas aos meus olhos as pocinhas d'água que ficavam pelo chão, forrado de tijolos cobertos de cimento esburacado e envelhecido. Eu me divertia em pisar as pocinhas, sem saber que, aos olhos dela, deveria ser a humilhante pobreza que me fazia sorrir. Vejo suas longas tardes de silêncio, e parece que ouço o canto dos pombos, canto surdo, ao fundo daquela vida mesquinha e ordinária... O ensurdecedor silêncio do campo.

Minha mãe acusava meu pai pela sua ausência e deserção em relação à sua família. Mas quem poderia culpá-lo?! Afinal, eles eram como os meus pais são, impermeáveis, incomunicáveis. Duros, empedernidos e recobertos por uma doença contagiosa, a solidão. E como quem foge dela não tem outro destino senão ser sozinho, também assim ficou meu pai, e minha mãe o segue no seu carma. A única coisa que unia essas estranhas e comuns vidas era a necessidade de ganhar o pão de cada dia, trabalho. Trabalho e mais trabalho. Embrutecidos na faina, sempre com uma certa dor nos olhos, uma dor que dizia: "Quero mais...", mas este "mais" jamais chegava.

Meu pai trilhou o caminho do dele. O mesmo caminho. Vivendo sob um teto, onde não lhe era permitido amar, pois era o homem da casa, buscou amor nas prostitutas... Bem, enquanto se enganava, deve ter sido mais feliz do que minha mãe. Mas são apenas solidões diferentes... Eles construíram e perderam, construíram e perderam... Meu Deus! Quanto construíram, quanto perderam... Criaram os filhos com a mesma experiência antiga que tiveram; tentaram melhorá-la, mas tão pouco... E parece que, ainda que não queiram, morrerão sozinhos, como foi a morte de meus avós, solitária e amarga.

Cada um a seu tempo, eu e minha irmã também fugimos... e como quem foge da solidão fica sozinho, também estamos sós. Cada um no seu estilo, cada um no seu jeito. Quando tudo isso começou? Não sei, quisera saber o que causou este estranho pecado. Como ele se mantém?! De tantas formas. Trabalhe! Para jamais depender dos outros! Faça o que é necessário, mas não deva favores a ninguém. Nunca precise de nada que você mesmo não possa se dar. Trabalhe pelo que você é capaz. Não escute a conversa das vizinhas e nem dos vizinhos, eles não são importantes. Sexo dá prazer, amor... o que é o amor?!

Talvez nos reste apenas aquilo que sobrou à minha avó: sobriedade o bastante para desfrutar do que é belo. Há pouco tempo, alguém queria me convencer de que a imigração italiana foi menos sofrida do que a dos negros, evidentemente foi. Na realidade, não são coisas com as quais se deve fazer comparação. Mas quem acha que a vida dos imigrantes foi fácil não sabe do que fala, nem teve os meus antepassados. Os pecados deles eu os cumpro à risca, por mais que tenha tentado fugir... Hoje sou como meu pai e meu avô, e por falta de amor, conheço a prostituição... Ao menos, com a experiência deles, não acredito nos prostitutos. Mas sei por que eles as procuravam: a insuportável carga do amor.

Hoje tive a notícia devastadora: minha tia predileta surtou. Tia por parte de mãe, outra longuíssima história. Agora do ramo italiano da família. Tentei pensar na solidão do meu avô por parte de mãe, da minha avó, angariar explicações. Explicações sempre são inúteis diante de fatos consumados. Mas talvez o imigrante seja um solitário, afinal mudou de país, deixou tudo para trás, a história, os amigos e outra parte da família. E transmitiu a mesma educação para os filhos: trabalhe! Trabalhe todos os dias como se fosse o último. Mas o último dia foi se alongando com o passar dos anos, e a morte passou a se demorar... Então, o que fazer com aquele imenso espaço vazio que deveria ter sido ocupado pelos sonhos?

Minha tia predileta... Ah, era quem na minha cabeça substituiria minha mãe se um dia ela partisse. Quando eu era pequeno, sempre que a visitava em outra cidade, me debulhava em lágrimas, como se tivesse reencontrado um alguém precioso e perdido. Hoje eu a perdi, e estranhamente não tenho lágrimas. Ela viveu a outra sina da família, parecida com a dos meus pais: sorveteria. Um comércio insano, que jamais fecha as portas. Trabalho dia e noite, anos a fio, sem jamais tirar férias... Criou os filhos, ensinando o mesmo caminho que havia aprendido. Era uma pessoa meiga e doce, de uma fortaleza sem igual. Casada com um macho óbvio que, se não foi truculento, conseguiu sugar toda a energia e vitalidade da grande mulher que ela era.

Lembro-me que, das minhas tias, foi a primeira a fumar: primeiro Continental, depois Minister e enfim Hollywood. Tudo ela fazia fumando. Sempre forte, paciente, sorrindo, algumas vezes delimitando o seu território. Sustentando a família como a principal coluna. Como todas as que vieram antes dela, apostou todos os seus sonhos nos filhos, mas ninguém realiza os nossos sonhos, não é? E, talvez de tanto abençoar e bendizer as pessoas que a rodeavam (sem no fundo reclamar de verdade), ela tenha, do alto de tanta miséria desta ordinária vida que nos foi ensinada, percebido, enfim percebido... Que o que restou para ela era o nada. Ensurdecedor nada. Não, não me surpreende que tenha enlouquecido, que tenha atacado meu tio a dentadas, ameaçado outros com uma faca... Não... não me surpreende.

Nós somos imigrantes, filhos do limite que foi ultrapassado... Não importa o quanto eu escreva hoje ou sempre, jamais poderei dar uma imagem precisa ou levemente clara do que é essa dor, essa dor que originou a classe média do interior de São Paulo. Quem sabe os que vierem depois poderão disso tudo auferir alguma luz, algum lucro? Será que não conseguimos nada?! Sim, casas, carros, vidas remediadas, mas era tudo o que sonhávamos, e depois de conseguir, não restou nada mais. Nada mais... E, nessa família, enlouquecemos porque não fomos e não somos pequenos o bastante. Diante do limite, fomos ensinados a querer mais, mas um mais sem direção... Um mais que significaria carinho, gratidão, retribuição, coisas que de certo modo nunca vieram... Pois a fila da solidão continua andando.

Meu Deus, o que imaginava o primeiro Vadico, o primeiro Buzon, enfiados em um navio?! Imagino os seus sonhos imensos, que (sabemos) eram pequenos, mas que custavam tanto esforço e sacrifício! E enfim, toda essa dor ao descobrirem que eram mais fortes do que todos estes sonhos mesquinhos e que não haviam sonhado o bastante. E que agora... Agora é tarde demais. A demência é a graça dos artistas... Talvez todos o sejamos, triste consolo para quem não sabe o que fazer com tanta vida. É estranho como somos sufocados por essa imensidão que não alcançamos, uma vida da qual enxergamos o tempo todo apenas uma minúscula parte... e de repente, quando uma lucidez mortal se nos abate, é o primeiro passo para perdê-la para sempre. Sigo lúcido, aguardando novos casos na família... sem saber se o próximo não serei eu.

3 de janeiro de 2011, 19:44

Sabe o dia em que você amanhece desejando ser outra pessoa? Eu só queria amanhecer um dia sendo a pessoa certa, com as respostas certas, com as atitudes corretas. Um dia eu tenho tudo isso e no outro não sou nada disso... E tô nem aí[2]... Eu prefiro mais meu ideal de perfeição que a mim mesmo. É um grande mal negar-se, negar e se negar. Sofro dele.

***

Quando tudo na vida aponta para a grandeza, a generosidade, a dádiva e a fartura, é um grande erro agarrar-se à mesquinharia. Com o medo por guia, só poderemos encontrar monstros e fantasmas pela frente.

15 de janeiro de 2011, 20:13

O grito digital não é ouvido, ele é lido, e por isso tarde demais quando percebido. E não importa se é de dor ou de prazer, ele pode ser facilmente deletado, depois que se o descobriu atrasado.

Mas não existem mais gritos verdadeiros, não é? Agora todos os gritos são Munch![3]

Não se foge mais das representações, e nem de ser uma delas, mesmo se autorrepresentando. Só importa o público que se deseja identificar. Sou muitos Munchs num só. Adivinhe se grito ou se represento...

***

Enquanto isso, a realidade se nos foge dos dedos[4], e nem eu nem você saberemos quem fui eu depois de deixar de ter sido. Gritei alto o bastante?! Representei bem o meu papel? "Plaudite, amici"... disse Beethoven[5].

---

2 "E tô nem aí...": evidente afirmação falsa, é óbvio que ele se incomoda com o que está sofrendo.

3 Referência ao modismo em torno do quadro O Grito (1893), do pintor norueguês Edvard Munch.

4 "Se nos foge dos dedos": referência ao fato de que os textos eram digitados num teclado de microcomputador.

5 *"Plaudite, amici, la comedia finita est"*: frase dita pelo compositor alemão Ludwig van Beethoven em seu leito de morte para amigos. Ele morreu dois dias depois.

Do blogue – 17 de janeiro de 2010

Em defesa da aparência!!

A mesma discussão que originou a crônica anterior levou a um outro assunto, que defendi com unhas e dentes, também para a minha surpresa. É, parece que a passagem dos anos tem me mudado... Quando mais jovem, eu faria coro contra julgar pessoas pela aparência física. E ninguém precisa me citar Cesare Lombroso, eu o conheço. Parece incrível, era um cara interessante, sério e bem profissional, é o que dizem modernos estudos acadêmicos. No passado, nós, enquanto sociedade, caímos na estupidez de fazer com que as "diferenças" físicas, raciais, mentais etc. significassem uma hierarquização social de indivíduos. Impusemos padrões de normalidade, comportamento, classe e ideologia, péssimos tempos aqueles. Mas, hoje, ignorar as diferenças, sem saber apreciá-las e tirar delas vantagens, é estupidez.

Sou espírita por formação, e o digo apenas para que quem leia consiga imaginar o abismo entre o que fui e o que sou agora. O que descobri ao longo dos anos é que, mesmo que tenhamos algum espírito neste corpo, não o vemos. Mesmo que tenhamos uma vida espiritual em outro lugar, não a vemos. Mesmo que tenhamos "carmas" passados a resgatar, os desconhecemos... Aos poucos descobri que temos apenas o que vemos, sentimos e somos, como nossos companheiros reais de jornada. Então, mesmo sem desprezar todo o conhecimento espiritual, seja espírita ou cristão, comecei a recusar a dicotomia "corpo/espírito". Eu sou completo, não sou dividido em duas partes. A realidade que conheço é a do meu corpo e da mente que dele resulta em contato com o mundo, e o que eu faço disso.

Enquanto eu fazia a graduação em História, peguei uma carona com os alunos de Ciências Sociais e aprendi um pouco sobre as questões relativas a gêneros (homem/mulher). Descobri o quanto era importante, nos comportamentos, os gestos físicos de um e de outro gênero. O quanto as pessoas comunicam do seu mundo íntimo, com uma simples postura física. Muito do que são, ou do que estão sentindo, simplesmente transparecem na forma de se sentarem, na maneira como olham, na forma como se expressam...

Também aprendi sobre o deslocamento do discurso. Uma coisa é o que a pessoa é, outra o que ela fala sobre si – mesmo que acredite no que diz. Uma coisa é como pensamos o mundo, outra como ele se apresenta. O fantástico nessas descobertas foi perceber, ao longo dos anos, que o que prevalecia nas relações humanas não era o discurso. Não eram suas boas intenções, nem as suas pretensões. Eram os seus gestos, as suas atitudes que realmente falavam sobre o que as pessoas eram. Difícil isso, não? Mas quem não se viu em maus lençóis por ter acreditado no que disseram? E olha que estou falando de pessoas sinceras, e não de mentirosas. Então, não acredito no que me dizem, acredito no que fazem, o mesmo faço quanto a mim. Por isso, não faço muita questão de responder a discursos prontos, eles nada são, significam apenas cumprimentos sociais de pura identificação grupal. São como dizer "bom dia", sem se emprestar sentido real às palavras.

Enfim, neste descompasso entre discurso e atitude, acabei por descobrir o valor da aparência e das aparências. A aparência física é verdadeira. Eu sei que não há quem possa me contradizer nisso. Você pode até mudar sua aparência, ela continuará sendo verdadeira em outro formato, mas obviamente verdadeira. Nas últimas décadas, a nossa civilização se alterou muito. E, com isso, se estabeleceu aos poucos uma cultura bastante diferente, não sei se boa ou má, não me interessam esses juízos. O que sei é que, apesar de todos terem maior contato com a informação, isso não significou pessoas mais "cultas" ou mais "interessantes" com conversas agradáveis e sem pedantismo. Não, estamos vivendo uma sociedade bastante hedonista, materialista – mesmo com discursos espiritualizados. A sociedade está cada vez mais estetizada, valoriza-se o belo, e o conforto abunda por todos os lados. Sou contra o excesso de conforto, e o excesso de facilidade relativamente aos alimentos. Não que eu não ache que todo mundo deva comer direito, necessidade e saúde, claro! Mas poderíamos ser mais educados para tanto.

A obesidade está virando uma pandemia. E isso é preocupante. Não apenas pela aparência, mas pela contradição terrível que ela significa nos dias atuais. Nunca nossa expectativa de vida foi maior, e ela irá aumentar... Nunca as pessoas tiveram tanto acesso a facilidades e alimentos... E elas engordam e não se preparam para viver muitas décadas a mais... Nos últimos três anos, comecei a observar uma mudança estarrecedora... Vínhamos de uma geração em que nos criticavam o excesso de cuidado com o físico. Ultimamente o que vejo são pessoas gordas e mais gordas caminhando pelas ruas.

Para mim, que estou me habituando às ordens de um nutricionista – o que não é novidade, uma vez que sempre me preocupei com alimentação –, é às vezes chocante.

Como sou um homem dado às aparências, vejo às vezes a coisa de uma forma mais tétrica do que as outras pessoas. Gordinhos e gordinhas não me incomodam, não sou preconceituoso, juro por Deus! Mas, quando olho pelas ruas, consigo ver pessoas andando com placas de gordura dependuradas ao longo de seus corpos. Placas na frente! Placas dos lados! Placas atrás! Ou existem aquelas que têm todas as placas dependuradas por todos os lados... Não, isso não atrai...

E a coisa irá piorar, pois existe um discurso em nosso país – quem sabe desaparecerá? – que considera o trabalho uma coisa negativa. Então, todos os dias ouço: "Vamos tomar uma cerva?! Afinal, depois de tanto trabalho..." ou: "Enfim, o final de semana! Vamos fazer um churrasco, muita cerva, muita mulherada!" Não me entendam mal, nada contra. Apenas chama atenção as trocas afetivas que se realizam cada vez mais. A comida e a bebida se tornaram muito baratas. Todos bebem e comem... Se estão tristes, comem, se estão felizes, bebem... E assim vai. Para uma grande parte da população, as palavras disciplina, autocontrole, moderação, autopreservação parecem palavrões sem sentido.

A aparência e os gestos denunciam o que sentem e fazem as pessoas. Quando um gordo se interessa por mim... Nem quero conversa. Outro dia me corrigiram, dizendo que eu tenho de conhecer a pessoa, afinal, as aparências enganam. Sim, é verdade, as aparências podem enganar, mas enganam menos do que os discursos. E um gordo para mim – com exceção de quem tem disfunção hormonal – significa um preguiçoso, alguém que não se respeita, que irá sobrecarregar seu organismo à toa e que irá sobrecarregar os planos de saúde no futuro próximo. Além de raramente um gordo ser esteticamente interessante, claro, às vezes acontece. E quando o gordo é esteticamente interessante é porque ele é feliz, é gordo e está bem com isso. Deve ser genético! No entanto, parece que a maioria pensa em fazer regime ou sabe que não está lá essas coisas... E aí... ao invés de se cuidar... Come pra esquecer, bebe pra rir e ser feliz...

Para me corrigir, até me disseram que alguns são mais saudáveis do que os magros, sim... Exceção. E a exceção nos faz sermos simpáticos para com alguns. Nossa formação espiritualista, cheia de moral cristã – não a verdadeira, mas o seu estereótipo – sempre nos leva a olhar com compaixão para o outro. O que não é ruim, mas compaixão é para quem precisa, não devemos estendê-la indistintamente, pois senão ela falhará quando necessária[6].

---

6 Notamos como L.V. se inflamava quando a questão era o sobrepeso. Ainda que sua revolta pareça voltada contra o mundo, este era sobretudo um discurso para si mesmo. Sempre lutando contra a balança e se recusando a ouvir argumentos que dificultariam sua disciplina. Com o tempo, verificou que relativamente à sociedade a questão da obesidade era social e não pessoal. A falta de oportunidades, a má distribuição de renda, a propaganda excessiva, e a falta de regulamentação dos produtos da indústria alimentícia, levam à obesidade, mais do que a preguiça ou indisciplina.

Quando busco alguém para me relacionar de imediato, é a aparência que me importa, e sinto que não sou exceção, os gestos vêm em seguida... E infelizmente, na maior parte das vezes, aqueles que dizem que possuem algo por dentro, tsc, tsc, tsc, têm nada lá dentro, não. Então, aquilo que incomodou meus colegas no meu "discurso" foi a afirmação implícita na minha fala que eu não me lembrei de dizer na hora, "não faço caridade do meu corpo". Ninguém deve fazer. Se você se gosta, se você se cuida minimamente, se você tem alguma vaidade fundamental, não dê de graça aquilo que lhe custa, a não ser que você realmente queira. Olhar para alguém, e pensar "ah, coitado... vou dar uma chance pra ele..." Esqueça, irá descobrir que nem tem nada lá que mereça isso.

Antigamente havia um ditado, infelizmente esquecido: "Conhece-se o homem pelos sapatos!" Isso tem muitos significados. E todos interessantes. Se os sapatos forem brilhantes e bonitos, denotam que a pessoa tem dinheiro e os comprou; isso era sinal de um bom partido. Mas se os sapatos fossem simples e, no entanto, brilhassem, era sinal de outro bom partido, era de um pobre, mas de alguém caprichoso e que se dava ao trabalho de se cuidar e se mostrar digno e honrado em sua simplicidade. Mas sapatos velhos, desgastados, malcuidados, ou novos e destruídos davam muito bem a dimensão de um homem que não valoriza o que tem, não se cuida, e não tem responsabilidade suficiente nem para cuidar dos próprios sapatos, e ninguém que o faça por ele...

Pois é, numa sociedade que se pauta cada vez mais por aparências, calcada em pessoas cada vez mais sem essência, parece que nossos sapatos não andam tão bem... A aparência pode não ser a coisa mais importante, mas não pode de forma alguma ser desprezada como fútil ou irrelevante. Então, se você quer pessoas atraentes e bonitas, cuide-se! Por dentro e por fora... Senão, vá comer e beber e contente-se com isso ou com quem tem compaixão por seu estado lamentável.

19 de janeiro de 2011, 00:27

Ninguém é santo o bastante e nem demônio o suficiente... E não me digam que são anjos porque têm asas, pois muitas coisas possuem asas...

21 de janeiro de 2011, 20:08

Sabem o que faço com minha solidão? Dou-lhe veneno [7]...

23 de janeiro de 2011, 16:15

A impotência é o pior sentimento que podemos ter. É acima de tudo uma prisão, pois não podemos sair dela. Reconhecer a impotência é assumir o sentimento, assumi-lo é ficar com ele. E é um sentimento tenebroso. Pois você deseja muito dizer e fazer coisas, sonhar com elas, planejar, organizar, lutar, sorrir, chorar e então percebe que não pode, que não fará, que não sonhará. Só se escapa dela mudando de planos!!

28 de janeiro de 2011, 22:45

Sempre a fim, mas nunca com vontade!

29 de janeiro de 2011, 00:59

Estou com a incômoda sensação de que amadureci . Será possível?! E se for, o que eu faço com isso? O que farei sem minha ansiedade que me fazia queimar a língua todas as vezes que tomava sopa?! Beber sopa morna me fará um ser humano melhor?! E quem serei eu sem minhas infantis categorias existenciais? Não poderei mais brincar com meus guerreiros de plástico?!

Enfim, resisto à maturidade, sou como uma goiaba suculenta que diz para o bicho: "Não me morda porque sou venenoso!" Se o bicho for meio distraído, entre abobado e idiota, essa goiaba tá salva!

***

Se in vino veritas, o que há no coco? Enchi a cara de Coconut[8].

---

7 O veneno seria uísque? Em realidade, aqui se trata do conceito de solidão. Dar veneno para a solidão iria deixá-lo sem ela, mas ainda sem ninguém. Essa é a ideia: se as pessoas se recusarem a serem tristes por estarem sós, esvazia-se o sentido e significado da solidão, ela perde importância.

8 Referência a um antigo ditado: no vinho está a verdade. *Coconut, drink* feito à base de rum Malibu e leite de coco com muito açúcar e gelo. Logo, se no vinho está a verdade, o que há no *Coconut?* Receita: numa taça de 250 ml, coloque ½ garrafinha de leite de coco, uma colher de sopa de açúcar, complete com o rum, e mexa bem até dissolver o açúcar. Acrescente uma

Do blogue, 29/1

Falando de literatura e mercado editorial no Brasil

Dia em que há tantas coisas a dizer que nem sei por onde começar. Começo por dizer que, na verdade, não gosto de digitar o que penso no computador, uma vez que tudo o que penso – quando penso – acontece fora e longe dele. Assim, gostaria de ser organizado o bastante para levar um caderno e uma caneta e anotar; comprei um gravador digital, mas a experiência fracassou por causa do Windows Vista. Acreditem, o Vista não abria os arquivos de som. Então... acabou o gravador digital.

O difícil é desejar passar a imediaticidade das coisas para quem irá ler; eu juro, tenho pensamentos interessantes, mas eles ficam nos lugares por onde estou e passo. Deixo muitos deles pelas livrarias. Cada livro novo que pego... sai uma crítica social completa. Poderia se dizer que "nada se perde"; honestamente, se perde sim. Tenho procurado um bom livro para ler. Fiquei feliz, pois relançaram vários clássicos: Alexandre Dumas, Tolstói, Graciliano Ramos etc. Afinal, se desejamos ler... andamos com poucas opções. Mas incrivelmente não é por falta de número de livros. Acho que neste país nunca se publicou tanto. É pena que se publique tão poucos brasileiros, uma vez que a temporada de publicação de lixo foi oficialmente aberta, poderia haver uma chance para nós. De repente, até descobriríamos que não tem muito lixo por aqui.

Eu não entendo nada do negócio editorial, entretanto às vezes parece que é só a pessoa ter um nome estrangeiro que a venda está garantida. Cansei de ler "primeiros" livros de fulano e de fulana, que eram péssimos. No entanto, saíam críticas positivas no *Washington Post*... Sim, estamos precisando de uma filial do *Washington Post* por aqui, urgentemente. Claro, que indique escritores brasileiros, sejam ruins ou bons. Tô com saudades dos bons livreiros... Aqueles dos anos 40, 50 e 60 e que depois dos quais nada veio... Eram pessoas que lançavam escritores... Lançavam de verdade, não era a palhaçada de hoje: fulano conhece cicrano que escreveu um livro e beltrano publica o livro em consideração a fulano ou por dinheiro mesmo (muito dinheiro). Enfim, também tem aquele novo e velho fenômeno: se você está na mídia e é conhecido, pronto, pode escrever livro, ser publicado e vendido; se vai ser lido é um outro problema.

---

pedra de gelo, deixe descansar alguns minutos, mexa e tome aos poucos. O primeiro drinque trará uma sensação de prazer, o segundo e o terceiro lhe farão agradecer por estar bebendo; e o quarto, é quando se dorme.

Adianta mandar algum original para algum livreiro ou editor hoje? Não. Pasmem, alguns nem aceitam mais. E como eles conseguem bons escritores? Nem imagino, devem perguntar para o cara ao lado num café se ele escreveu algum romance...

Precisamos encarar uma dura verdade: São Paulo não tem mais uma literatura regional, mesmo se o cara publicado for encontrado num café. E nisso perdemos para qualquer estado. Achamos que somos o País... Mas quem conhece um escritor que leva o epíteto de "paulista" (epíteto = apelido)? A coisa vai muito mal. Nem paulista, nem paulistano. E é uma vergonha que todos os rincões deste país sejam representados por escritores regionais, que haja prêmios regionais, e em São Paulo... "somos o País". País uma merda!!! Concorremos com o planeta e estamos perdendo! Se você não conhece – e não convence – um editor de verdade, não um editor de esquina; um editor mesmo, meu filho, você vai ser lido por seus amigos, amigos esses que nem gostam de ler.

Se você possui um monte de amigos, venderá cinquenta livros. Se não... venderá cinco. Mas o problema não é vender, né? Porque, afinal, neste país ser escritor não é profissão. Só existe alguém que ganha dinheiro com isso, é a editora. Então, claro, por que fazer literatura? Melhor publicar aquilo que será vendido e comprado por impulso. Aí, serve poesia de Bruna Lombardi, romances de Vera Fischer.

O pior é que existem aqueles pseudoeditores que exploram o mercado de escritores frustrados. Frustrados não porque não escrevem, mas porque não são lidos, não são ouvidos, não são atendidos e não chegam ao grande público nem ao pequeno. Está ocorrendo uma distorção grave no mercado editorial brasileiro. E só existem perdedores nisso. O leitor é a principal vítima, perdendo gênios da literatura que não conseguem ser lidos nem ouvidos. O editor perde dinheiro, pois contenta-se com migalhas e ninguém investe na profissionalização do escritor... A verdade simples é que todos, absolutamente todos, sairiam ganhando se as editoras realmente tivessem uma política editorial séria que beneficiasse a literatura no País e não alguns amancebados, amasiados, amigados, companheiros, conhecidos de botequim, como fazem.

Aqui nesta bosta de país um operário foi presidente da República, mas lembremos, operário é profissão. Escritor não, ninguém ganha por ser escritor, ninguém se aposenta sendo escritor. Nem parece que este mundo todo existe porque algum dia alguém escreveu: "Faça-se a luz!" Vergonha! Vergonha! Vergonha!

31 de janeiro de 2011, 18:58

Nada é por acaso. Há um sentido para tudo... Aham... Nada é por acaso porque para tudo há causa. Mas isso não tem a ver com sentido. Causa e sentido são coisas diversas. Espero que o espiritualismo não dependa disso para sobreviver[9].

4 de fevereiro de 2011, 22:22

O problema em ser otário é que a gente nunca sabe realmente quando está sendo, exceto quando é tarde demais. Se você tenta não parecer, fica pior. Se você tenta reagir, é a pura confirmação. A única solução é o autoconvencimento: "Pô, estavam me fazendo de otário!!" Mas você não vai saber, exceto se realmente fizerem.

Engraçado que este assunto não me preocupa. Ser passado para trás ou não, não me incomoda de verdade, me incomoda é que gastem meu "tempo". Eu não tenho tempo... O pouco tempo que me resta necessito ser feliz. Não quero gastá-lo sendo otário, não que me incomode... Me incomoda porque queria gastá-lo sendo feliz.

P.S.: É só uma reflexão triste, não estou com problemas[10].

17 de fevereiro de 2011, 11:57

Em algum momento, deixamos lenta a nossa capacidade de mudar. Quando era muito jovem, assim que eu percebia que a vida estava errada, o trabalho errado, o cotidiano errado, a religião errada, que eu estava errado, eu mudava! Hoje eu constato, e não faço nada. Sento-me sobre o erro e finjo que é acerto.

No mais das vezes, nem tenho mais aquela certeza entre o que era evidentemente certo e claramente equivocado; talvez, com medo de errar mais do que acertar eu tenha ficado tímido para cometer acertos.

---

9 Comentário relativo à Lei de Ação e Reação do Espiritismo e também à máxima espiritualista genérica de que nada é por acaso. A discussão pode ser levada muito longe depois de se beber *Coconut*. A questão do sentido é o sentido da vida, para que se vive? Para o autor era uma questão estúpida, uma vez que se está vivo e a resposta está neste fato.

10 Típico de L.V. mentir sobre o que sente depois de haver sentido. Na verdade, o termo não seria mentir, mas se enganar, fingir que não era com ele. Era muito comum que buscasse esvaziar de valor certos acontecimentos.

18 de fevereiro de 2011, 21:10

Minha Época

Alguns amigos têm pedido incessantemente para que eu escreva contos ambientados em nossa própria época. Contemporâneos. Alguns até comentam que os contos que se passam na Antiguidade poderiam ser plenamente transportados sem prejuízo para o nosso momento. Sem desprezar a opinião dos meus amigos, acolhendo e desejando também que ela seja útil e verdadeira, penso que eles não sabem ou desconhecem o fato de que sou filho da Guerra Atômica. É, aquela que não houve. Aquela que não sabemos se haverá.

Outros também não se lembram: eu sou filho da máquina de escrever e da caneta e tive de adaptar-me ao computador (coisa, aliás, bem positiva). O que desejo dizer é que sou do tempo em que havia um terror no ar e menos pressa de que o mundo acabasse. Tínhamos tanto medo de perder a vida e o Planeta que desejávamos ver as cores do mundo, os homens como semelhantes, os países como irmãos etc. etc. etc. Hoje, apesar do pouco tempo em que essas coisas decorreram... o único medo que temos é de não encontrar quem nos ame. E que, encontrando, não saibamos o que fazer com quem nos oferece o amor, aquilo que, nessa geração, desconhecemos.

Em meus contos antigos, as estórias raramente terminam bem (talvez algum resquício da tragédia grega), mas em geral são estórias exemplares. Talvez um pouco moralistas até. No entanto, todas repletas de sonhos, vida, desejo e ação. Ação talvez seja a palavra mais adequada, pois a Antiguidade parece ser a época em que as coisas aconteciam. As pessoas se locomoviam com suas pernas de um lugar para outro, e hoje, não temos pernas, caminhamos pouco porque elas nos doem. A ação se reduziu a um teclado de computador e, sinceramente, não posso falar de teclados de computador, de gente teclando, sem fazer pornografia pura e simples. O cinismo que vaza pelos ágeis dedos dos meus vários interlocutores atuais apenas me faz sentir num desses talkshows norte-americanos, ou numa de suas vitoriosas séries televisivas, nas quais o cinismo, a ironia, o comportamento redundante são as notas principais de uma música repetitiva e difícil de ser ouvida.

Se na Antiguidade consigo escrever sobre paixão, vida e morte, quase fazendo uma apologia aos próprios personagens... Em meu próprio tempo consigo apenas lamentar. Lamentar os sonhos, a vida, a morte e a desesperança. Não consigo ser otimista demais, senão escreverei livros de autoajuda... E confesso, não sou esse tipo de cafajeste. Não consigo ser pessimista demais, porque ainda há em mim uma certa piedade por aqueles que precisam de alguns sonhos e um pouco de luz... Luz que eu mesmo não tenho. É incrível como alguém que sabe o caminho não pode trilhá-lo. Essa é uma época de decadência. E não é uma decadência qualquer... é aquela esperada... verdadeira (não sou apocalíptico). Sou da geração do Sentido, mas Sentido não há mais e precisei aprender a viver com isso. Outros já nasceram neste tempo, no qual o Sentido se foi e ele não lhes faz falta. Então, vou para a Antiguidade, quando o Sentido nasceu, e lá eu me preencho de força para trilhar com a lembrança dele aqui entre os homens.

E essa força é necessária, pois continuamente observo pessoas lutando, sofrendo, buscando, ansiosas como poucas e desejando encontrar-se em algo, ou fazer algo de bom e útil, mas nem sabem que é isso que buscam... E, se eu escrever, vai ser apenas de forma melancólica, que as pessoas lerão, ficarão tristes e concordarão ou não. E continuarão a se preencher de informação e mais informação, sem se tornarem melhores por isso, pois, afinal, lixo é o que estamos comendo faz tempo. E o que nos tornamos com tanto lixo? Uma grande, cada vez maior lata de lixo. Não desejo contribuir com isso.

Sei que sou um suicida e que apenas espero o momento no qual a vida não seja mais possível. Vivo uma espécie de contagem regressiva. E me pergunto, constantemente, até quando irei suportar tudo isso... e aposto no dia seguinte. Pode ser que a morte me surpreenda e eu não consiga fazer a grande opção afinal, pois chegar aos quarenta numa sociedade-torvelinho como essa já está se tornando uma espécie de dádiva generosa de Deus.

E falando nele... Até isso conseguiram tirar das pessoas. Porque o Deus da maioria hoje é funcional ou não existe. Ou ele te dá coisas ou ele não existe. E, nisso, nos parecemos com os hebreus da época de Davi. E, com exceção de Davi, aquela não foi também uma boa época. Nem profetas havia ainda. Era só gente sacrificando bezerros e pedindo coisas.

Atualmente não precisamos mais pedir coisas, talvez precisemos pedir um caminhão de lixo para levar tantas coisas que nos deram, outras que compramos, outras que sonhamos. Mas cada vez que alcançamos um sonho percebemos o quão ele era pouco, afinal, e que acrescentamos muito pouco na vida das outras pessoas. Gosto mais de uma época heroica, quando não há lutas entre as trevas e a luz... Quando isso nem é assunto, gosto mais de uma época em que o homem era homem. E que a busca era para saber o que nos tornava humanos. Aqui e agora, estamos ficando de lado no processo, as coisas funcionam sem nós. Haverá um momento em que elas prescindirão do humano? Não sei, mas prescindirão, com certeza, de uma boa parte da humanidade.

Sinto que a Guerra Atômica não teria sido má ideia, afinal, talvez devêssemos sonhar com ela. As pessoas morrerão de uma forma ou de outra, mas as que sobreviverem terão chances de cometer novos acertos. Teríamos novos heróis e de maneira inesperada problemas novos não vividos... É por isso que não tenho escrito contos contemporâneos, minha época dói demais, e não serei responsável por insuflar suicídios. Ao menos não enquanto houver esperança.

19 de fevereiro de 2011, 23:57

Às vezes te prometem tudo. Alimentam a sua expectativa. Dão algumas migalhas para manter o seu interesse, mas de repente você percebe que tinha mais quando não tinha esperanças. Mundo estranho esse.

1º de março de 2011, 15:50

Não é que eu me importe tanto com a forca que me aperta a garganta aos poucos, o que me incomoda é que ela não é elegante.

Também não me importa se todo enforcado ejacula nas calças... Este é um gozo que eu dispenso...

O duro da miséria não é a fome, nem o frio nem o calor que se passa, nem os amigos que te abandonam, nem o relento que te espera, nem a apostasia com que te pagarão, o duro dela é que com tudo isso... ela ainda parece uma opção.

Porque se à miséria se me impõe a forca e a opressão... a miséria é o maior bem, a liberdade de ir e vir, a liberdade de dizer... Nem importa se não interessa mais ir e vir, e se ninguém quiser te ouvir... só a potência destas coisas deve bastar...

***

Enfim, construíram um túnel para poderem colocar nele uma luz no final! Quem diria... O inesperado às vezes é bom.

***

Um relacionamento é uma arte complexa que poucos dominam... Os que dominam estão solteiros.

***

A maior virtude deste dia será terminar...

9 de abril de 2011, 15:55

Hoje, tudo o que eu quero da vida é que ela não queira nada de mim...

***

Alguém disse há pouco, "meu amor está cozinhando para mim..." E eu digo: meu amor está cozinhando a mim [11].

Do blogue – 14 de abril

Covardia emocional: dar um tempo!

Vamos lá, se é pra falar, vamos falar! Tô cansado da vida pós-moderna, principalmente no que diz respeito aos relacionamentos amorosos. As transformações ocorreram rápido demais, mudaram os códigos, agora é por e-mail, por MSN, por Facebook, Orkut etc. que as pessoas se conhecem e se estranham.

Venho notando que uma coisa esquisita anda acontecendo com muita frequência. Os relacionamentos podem nascer virtuais ou não, mas terminam de forma virtual. Uma série de casos já me foram narrados e eu fui vítima em ao menos três. Vítima?! Sim, é um caso de "vitimação".

Vamos lá para o que acontece. Você conhece alguém, flerta, troca sorrisos, nomes e sobrenomes... Beija, aumenta a intimidade, vai sentindo a pele da outra pessoa... se acostumando, com o cheiro, com a voz... com a presença. Aos poucos este primeiro encontro vai se repetindo, cada um com uma intensidade e estória diferentes.

Aí, você apresenta para a família, aquela expectativa natural com "será que minha mãe vai gostar?" Que logo é vencida, e a pessoa amada chega a ser

---

11 O autor teve vários romances passageiros, duas semanas no máximo. Não era promíscuo, apenas não dava muito certo. Era romântico, desde a adolescência desejava ter um companheiro, encontrar um homem ideal.

apresentada para seus amigos e colegas de trabalho. Você sente falta, investe, deseja presença; é como seu melhor alimento, é como ser chocólatra e ter dinheiro para comprar bons chocolates.

Vocês saem, fazem juras de amor. Já têm restaurante predileto, garçons que os conhecem... E, de repente, você percebe que ao menos sabe direito onde fica a casa dos pais dela. Sabe onde fica o trabalho, mas não conhece os amigos... Mesmo assim, você continua, porque evidentemente uma hora essas coisas vão acontecer.

Alguns finais de semana juntos... cineminha... filminho... chuva, restaurantes caros... cafés da manhã também caprichados. As mocinhas dos cafés já os cumprimentam pelos nomes e sorriem... com aquelas caras dizendo "aqueles dois acabaram de transar". E vocês até fazem planos para viajar no feriado... E você começa efetivamente a pagar as prestações da viagem, quase uma lua de mel...

As pessoas falam que seu astral anda bem e que tudo vai bem na sua vida... Você está feliz, a outra pessoa parece estar feliz... Enfim, até começaram a usar uma aliança de compromisso, como se precisasse, precisava... e cara. Pois ela insinuou que isso seria importante... e lá vai você, nem precisa falar, basta insinuar...

Mas até aí, tudo bem, gaste com quem você ama, é melhor do que pagar imposto de renda. E gaste muito porque gastar permite sorrirem juntos e isso é importante numa relação.

Ela, por seu lado, é carinhosa, mas não exageradamente, telefona às vezes fazendo surpresa, é doce e meiga no fone...

Bem... algumas vezes que vocês marcaram de sair ela mudou de ideia na última hora e te deixou na mão, mas tudo bem, era um compromisso de família – bem, não faz mal que você tenha ficado sozinho, desta vez... no dia seguinte, ela não vem, está de ressaca... ok, passou o final de semana sozinho. Respira fundo, é paciente e começa tudo de novo na nova semana. Afinal, ela te dá um grande retorno quando vocês estão juntos. E é sexy quando usa suas roupas, fora as que você deu para ela que lhe caíam muito bem... Só então começa a perceber que é difícil estarem juntos.

A sua faxineira a adora, sua mãe a adora, seus amigos dizem que foi feita pra você. Aí, num desses finais de semanas que parece que a comunicação não funciona, o celular dela já havia dado defeito antes, difícil de conversar... Você insiste e consegue um pouco da rotina de sempre, mas aí... chega um outro dia em que não consegue falar de novo, e de novo, ela te liga e diz "preciso de um tempo"...

Você, chocado, pasmo, sem saber do que se trata... e ela só diz coisas sem nexo. Chora ao telefone... desliga. E você tenta ligar de volta, fone desligado, tenta, tenta, tenta... "deixe o seu recado após o sinal".

Aí ela manda e-mail, pedindo desculpa, mas precisa de um "tempo", você manda outro todo compreensivo, e ela nunca mais te responde. Você manda mais e-mails, você insiste no telefone. Nada. "Deixe o seu recado após o sinal", tuuuuuuuuuu...

Você conversa com os amigos, tenta descobrir uma saída... "Tiro a aliança ou não tiro", "Tô esperando o quê? O fim oficial?", "E se voltar?", "Eu quero de volta?", "E aqueles momentos em que ela me deixava inseguro, o que farei com eles no futuro se ela voltar?", "E se ela foi ficar com outro?", "E se foi fazer um teste, não gostar e voltar?!", "Agora é moda fazer isso?".

De repente lhe arrancam a pessoa para quem você disse as palavras mágicas: "Eu te amo", e de quem você ouviu a mesma coisa, mas antes mesmo que o texto parasse de ecoar no ar, ela sumiu. As pessoas te olham com aquela cara de que você está sem um pedaço. E você, louco, pois não sabe o que fazer. Quer saber o que ocorreu, quer explodir, mas não pode, quer implorar, mas isso você já fez ligando um milhão de vezes; quer impedir o fim, mas ela não disse que era o fim... E aí, você compreende...

Faça o que fizer, provavelmente acabou. Mas este não é o problema, não é?! O problema é que você chorou e fumou sozinho! Você teve insônia, foi para o trabalho destruído. Você falava com ela todos os dias, torpedeava: "Bom dia, amor". Escrevia até umas frases literárias... tentava até fazer pequenas safadezas por telefone... Mas, agora, é apenas um imenso vazio. Não importa quanto você lute. Descobre que não sabe de verdade onde ela mora. Descobre que não tem o telefone dos pais, descobre que só sabe o endereço do trabalho, mas já sabe que ir lá e dar baixaria está fora de cogitação, esta humilhação você não irá passar...

Mas o que aconteceu? Você sempre disse as palavras certas, procurou fazer tudo certo... por que alguém chora ao telefone, e vai embora, e não te dá chances de ao menos saber o que aconteceu de verdade? A pessoa não te dá defesas, te deixa com a responsabilidade da merda sozinho... Se você procura... "você não me deu o tempo que pedi...". Se você não procura... "Ah, nossa, tinha até me esquecido de você..." Se você liga e não atendem... "Você é um psicopata, está me perseguindo..." Enfim, a pessoa pode até ser legal... mas quando ela faz isso... ou não sabe o que está fazendo ou é safada; se quiser "dar tempo", dê tempo, diga quanto dias, quantos meses, combine as regras, pode ligar, não pode ligar... "encontrar?" "Talvez..." e assim vai. Agora, "dar um tempo" e fingir que foi morar na lua... é demais.

A pessoa que mais participava da sua vida, de repente, sem aviso nenhum, vai embora... e ainda te faz se sentir o pior dos homens... Você não pode chorar porque não sabe se acabou, não pode sair com outras pessoas porque não sabe se acabou... Só pode esperar feito um idiota, um tempão... e depois de sabe-se lá quantos dias ou semanas, conclui que a pessoa não irá ligar jamais... Se você sofre? Quem se importa?! É só desligar o telefone, bloquear o seu número... ignorar seus e-mails, deletar o MSN, limpar o Orkut... e pronto. Te fodem... e todo mundo quer apenas que você se conforme... e respeite a outra pessoa... aham...

Cansei. Isso se chama covardia! É covardia machucar alguém e sair correndo. É covardia pedir tempo sem dizer o que é. "Tempo", quanto tempo? Nunca sabem te dizer quanto tempo é o bastante. É covardia pedir "tempo", em vez de terminar. E se terminar, ao menos termine olhando no rosto... Será que as pessoas agem assim porque têm medo de apanhar?! Juro, não acho compreensível que, depois de tantas coisas que a modernidade fez por todos nós, ela conseguiu fazer o maior milagre, pegar pessoas inteiras e fazer com que elas simplesmente desapareçam da sua vida!

A pessoa se deleta. E você fica lá com cara de quem deu "vírus no micro" e perdeu tudo. Mas, puta-que-o-pariu! É a sua vida, são suas emoções, não é a merda de um computador.

Tô cansado de "dar um tempo". Tô cansado de covardes emocionais!

27 de abril de 2011, 18:05

O problema da formiga é que ela não sabe que repousa sobre a pele de um gigante...

6 de maio de 2011, 21:47

Comentário de um leitor meu: você já pensou em escrever pornografia?! [12]

---

12 O leitor em questão era amigo do autor, e o comentário se referia aos contos do livro *Memória impura*, ainda não lançado na época. É evidente a surpresa de L.V., pois é difícil prever a reação dos leitores.

6 de maio de 2011, 23:14

De tanto refletir já estou pensando que sou um espelho!

10 de maio de 2011, 9:48

Cada um tem a estatura que tem. Ninguém pode ser maior do que realmente é. Mas é incrível como algumas pessoas conseguem ser menores do que realmente são. Para quem, como eu, tem o hábito de ver a potência, só se pode lamentar. Mas escolhas são escolhas...

15 de maio de 2011, 1:21

As fronteiras não são o país, mas seus soldados. Que fronteira você guarda? Com que sentimento o faz?

***

Às vezes me sinto Rapunzel. Esperando o príncipe subir-me pelos cabelos... Mas poucos cabelos. Dezoito andares... Torço para que os príncipes saibam usar elevadores!

15 de maio de 2011, 1:29

In vino veritas, *mas o senado está vazio[13]...*

***

Luiz Vadico compartilhou um link.
Elegie by Rachmaninoff
youtube.com

---

13 Novamente temos a citação do ditado romano. O autor não resiste em fazer uma metáfora entre o Senado da Roma antiga e a falta de pessoas na sua vida emocional. Ele tem o vinho e a verdade, e o ditado romano; e Roma, o senado, mas o autor não tem ninguém.

Bem, essa é pra quem não conhece... Ah, dor! Quanta dor... Só Rachmaninoff para expressar! Ele foi suicida, mas quem não é?![14]

***

"Quero dormir de conchinha",
me disse a pérola...
E eu, que nem ostra era
Disse, vem que te abrigo
Deita-te comigo
Mesmo sem auréola
Cobrirei teu corpo santo
E serei como capela
Guardando no meu recôndito
Uma voz no esconderijo
De si, comigo.
E te afagarei
E te abraçarei
E serei um só
Contigo[15]

15 de maio de 2011, 1:52

É apenas vinho... apenas vinho... lágrimas roxas...

***

---

14 Para compreender melhor, apenas ouvindo a música sugerida. Não é para todas as sensibilidades. Aqui também aparece um tema constante na vida emocional de L.V.: o suicídio. A ideia sempre o rondou, quer fosse como inspiração ou possibilidade. Acreditava no suicídio por dignidade, como o realizado pelos romanos e pelos japoneses. Ele dizia: "Há certo momento em que não se deve continuar vivendo". É nosso direito escolher quando e por que morrer. Tive a oportunidade de ler alguns trechos de Cartas de Suicídio, conjunto de textos inéditos.

15 Este maravilhoso poema foi feito para um belo rapaz que conseguiu sensibilizá-lo, e na expectativa de encontrá-lo, o autor escreveu o poema; viram-se apenas uma vez e nunca mais, sem maiores consequências. Sobre relacionamentos amorosos, costumava dizer: "Espero que ao menos valha um poema".

Luiz Vadico compartilhou um link.
Rachmaninoff: Trio Elegiaque No.2 in D minor, Part 1
youtube.com

Para quem não sabe o que é, eu digo: sentimento. Quando falta luz, não adianta pagar a conta, ou se tem ou não se tem... Humanidade... Ah, humanidade!

***

É uma vergonha dormir na ignorância quando se pode acordar na sobriedade.

28 de maio de 2011, 3:59

Me deixem quieto à beira do meu abismo! Não me perturbem, senão eu vomito! Não me interroguem, senão eu me jogo! Sabem o que é pagar "déis real" num Toblerone no Frans Café??? Eles juram que é importado!!!

2 de novembro de 2011, 23:42

Quando as pessoas em quem você confiava te virarem as costas... Esfaqueie-as!

3 de junho de 2011, 22:50

Por que precisamos sair? Por que o príncipe encantado não vem à porta de casa implorar pra ficar com a gente?

12 de junho de 2011, 8:30

A Solidão não é má!

A solidão não é má. Ela é chata. Isole-se e fique satisfeito com isso e perceberá para que serve todo o resto que lhe ensinaram ao longo dos anos. Cresça, tenha amigos, arrume uma namorada, faça uma boa faculdade, aproveite a vida, divirta-se e depois se case. Tenha filhos, veja-os crescer, orgulhe-se e envergonhe-se deles. Faça autocrítica. Separe-se da esposa, arrume outra ou vire gay.

Importante, economize dinheiro e viaje todos os anos. Trabalhe e faça aquilo que você mais gosta. O trabalho com certeza será seu melhor companheiro ao longo dos anos. Depois envelheça, feliz ou... não. Receba a gratidão ou ingratidão dos seus. Passe sessenta anos com seus melhores amigos, tomando cerveja, comendo e comemorando o Natal. Diga a si mesmo: "Feliz Aniversário".

Agora, se você decidiu não fazer nada disso, ou fracassou mesmo em todas essas possibilidades, então, você está sozinho. Aos poucos perceberá que a solidão não é má. O combate à solidão que se faz todos os dias na sociedade não é por causa dela mesma. É para que ninguém perceba como a vida é chata, repetitiva e sem sentido.

Desculpe aí se resumi toda a sua vida em um parágrafo. O que posso fazer? Parece que é isso mesmo para milhões de pessoas. De repente para você foi mais fácil e tudo isso veio rápido, de repente foi muito difícil e ainda está lutando para que essas coisas aconteçam. Bem, no último caso você é mais feliz que os outros, porque, afinal, está se distraindo fazendo coisas que lhe parecem importantes.

Mas se você acabou ficando sozinho. E, quem sabe, venceu a amargura deste imenso fracasso social, deve ter descoberto o inevitável. A solidão não é má. Ela é até boa. Vive-se em paz sozinho. Vive-se bem, tremendamente bem, diga-se de passagem. Perceberá que foi um alívio não ter se casado. E se não ter o amor dos filhos lhe incomodou, já percebeu que em geral... não é o amor que se tem deles. Se juntou dinheiro e possui bens e gasta prodigamente... também já percebeu que há limites para o prazer que isso dá. Se já cultivou seus hobbies, percebeu que também são inúteis, uma vez que não tem para quem se vangloriar. Se já fez a autocrítica devida, não se incomoda tanto com seu próprio ego... Aí, já ficou sabendo que se não faz parte de tudo aquilo que está no primeiro parágrafo, era melhor ter virado Irmã Dulce ou Chico Xavier... Quem sabe você poderia ter sido um Gandhi?!

Enfim, o que a solidão me informa continuamente é que ela é chata. Você pode se manter ocupado como quiser, mas apenas realizando uma obra possui redenção para o que você é. O que você irá descobrir é que os seres humanos são briguentos, que disputam o tempo todo, que são carentes de tudo o tempo todo, que são bons porque desejam misericórdia para si mesmos, que são complacentes porque desejam complacência. Enfim, desejam ser tratados com humanidade, por isso se dizem humanos.

Mas se você voltar ao primeiro parágrafo irá perceber que esta vida não é diferente da de uma bactéria que vive num tubo de ensaio, não é diferente da vida do seu cão, não é diferente da mais mesquinha vida deste planeta. Você apenas reproduziu aquilo que lhe ensinaram. Nada fez melhor do que isso. É isso que a solidão ensina.

Ela ensina também que se você não fez nada disso e não tem nada disso, pode ser feliz também, será sozinho, mas se você não se importar, não será um problema. O problema real é que parece que tudo aquilo que define a humanidade parece um conjunto de coisas que servem acima de tudo para entreter, divertir, preservar alguma alegria enquanto a vida não passa. E aí chegamos à chatice da solidão, a vida não passa, as horas não passam, o futuro não chega e se chega é igual a ontem e anteontem. Se descobrir alguma maneira de lidar com isso, me avise. Sem o resto já vivo há muito tempo e sinceramente não me faz falta. Mas faz falta saber o que fazer com as conquistas e com as horas vazias. Afinal, não as fiz para mim nem para os outros. A solidão é chata. Muito chata, mas é menos ruim do que tudo isso que serve de opção a ela.

A opção de se entregar ao trabalho de redenção da humanidade parece boa. Se a humanidade precisa de algo, é de redenção. Mas acho que até Jesus deixou de cuidar disso, afinal, é só olhar à volta e ver o que aconteceu. Ele deve estar solitário em alguma nuvem, contando gotículas d'água e feliz, afinal, ele mesmo dizia: "Até quando vos suportarei..." E acho que essa foi a mensagem que mais aprendi... até quando? E pra quê? Acho que é só pra comer e continuar vivendo. Afinal, por alguma estranha razão em algum lugar eu escolhi que não queria fazer a mesma coisa que os outros. Então... estou tentando descobrir o que se faz quando ninguém ensinou o que fazer... Tentando descobrir o caminho da solidão e ao mesmo tempo do sentido. Se eu conseguir, te aviso.

16 de junho de 2011, 14:03

Segundo dia no qual acordo de manhã estranhamente "bem". O que será que ocorre comigo? Será que até minha "deprê" me abandonou?! Ah, seria o cúmulo da solidão!

24 de junho de 2011, 23:47

Indo aonde ninguém pode ir por mim! Não, não é o banheiro! É para a vida![16]

---

16 Não é uma frase existencial como gostaria L.V., na realidade só estava saindo para uma boate gay, encontrar pessoas e se relacionar. Como isso sempre foi frustrante, a necessidade é comparada com ir ao banheiro, você precisa, mas o resultado fede; e depois tem de se livrar dele.

10 de julho de 2011, 18:03

Sempre fui bom em compreender sonhos, mas estou intrigado. Na noite atrasada, sonhei que comia uma página do Evangelho Segundo o Espiritismo, *um livro muito antigo que tenho. Assim, com certo descaso, como quem come uma folha de alface...*

Na noite passada, sonhei que conversava com algumas pessoas, numa sala de estar, e como quem não quer nada, e mesmo com certo desdém, comi três páginas do mesmo Evangelho, uma por uma, e elas não tinham sabor de nada nem empastavam na boca... alguém explica?

29 de julho de 2011, 21:26

Acabei de inventar uma expressão nova: "Você se queimou mais que Joana d'Arc!"

30 de julho de 2011, 14:33

Não vou sofrer por você...

Hoje foi um daqueles dias de óculos escuros, sabe?! Aquele dia que está lindo, mas cuja claridade ofusca tanto que – para um astigmático como eu – é necessário se perder parte da sua beleza... Acordo sempre cedo e hoje não seria diferente. Nos sábados de manhã, às vezes levo meu carro para passear e aí termino sempre num café na Oscar Freire. Geralmente estou entre os primeiros clientes a se sentarem nas mesas postas na calçada. Lá, peço algo enquanto olho presbiopemente o cardápio. Costumo me dar uma manhã de imprevisível saciedade. Deixo-me levar pelas mulheres e homens bonitos que passam, experimento da sua beleza faceira... aqueles trajes da manhã de sábado... caras de "acordei agora", roupas "fashionamente" desarrumadas, todos numa performance que de tão estudada parece natural. Eu me incluo na mesma categoria. Fui olhar e ser visto, um deleite cheio de vaidades escusas.

Entre a minha primeira xícara de café com leite (grande) e a segunda, um casal sentou-se numa mesa próxima. Pouco depois, um menino franzino, moreno claro, atravessou a rua em nossa direção, ofereceu adesivos para o casal, que educadamente não aceitou; veio então lépido em minha direção. Já de longe mostrou os adesivos, aqueles de cadernos infantis, cheios de carinhas fofas e detalhes prateados e dourados, uma espécie de mundo glamouroso sendo vendido por um mendigo... Bem, o que eu faria com isso? Nada. Recusei educadamente, de óculos escuros. Então ele me pediu um trocado. Bem... às vezes recuso, para não alimentar a indústria da exploração infantil, mas hoje não tinha trocado nenhum mesmo. E foi o que eu disse para ele. O menino já estava dando de ombros, quando, por um milagre, perguntei se ele gostaria de um café com leite. Um milagre, porque sou daqueles que só pensam nisso depois que a pessoa já foi embora.

De imediato ele titubeou e recusou. Disse-me que tinha de vender os adesivos. Aí ele me perguntou: "Você sabe falar inglês?" Eu poderia ter mentido, mas respondi com a mais inteira verdade: "Não, graças a Deus que não!" E sorri. Ele sentindo-se em superioridade já tascou-me um: "What's your name?" (lê-se uótsorneime). Respondi: Luiz. E ele corrigiu-me: "Não, não é assim! Você tem de responder: My name is Luiz!

Se você for pros Estados Unidos, eles não vão gostar de você se falar de outro jeito". Sorri. Na mesa ao lado o casal, interessado na conversa, perguntou a sua idade, e aquele menino franzino, diminuto, respondeu: dez anos. Penso que foi meu segundo choque. Não, choque não, despertar. O primeiro foi no momento que consegui oferecer algo. Senti-me terrivelmente bem, "estou fazendo algo por ele", pensei. Este é meu papel. Ao lhe dar atenção, estarei dando algum carinho que ele não tem, isso compensa qualquer esmola... O segundo despertar... Meu Deus! Ele é pequeno demais para a idade. Subnutrição?! Genética?! Bem, naquele instante, apenas constatação.

Perguntei-lhe o seu nome, em inglês! E ele me respondeu: "Rafael!" (claro, aqui é nome fictício, pois se trata de uma pessoa real e menor de idade). Insisti novamente, para que aceitasse o café com leite. Aceitou. Pedi para que se sentasse comigo para que pudéssemos conversar. Ele se recusou, disse que tinha de vender adesivos. "Bem, enquanto você toma o café com leite não poderá vender, sente-se". Ele olhava em volta. Fiquei pensando que talvez algum adulto, daqueles que escravizam crianças, estivesse olhando. Instintivamente olhei à volta, não havia ninguém. Ele, muito educadamente, disse que ficaria em pé. À essa altura eu já havia feito sinal para a garçonete, para fazer o pedido. Estranhamente, ela não atendeu. Insisti, ela não atendeu novamente. Aí eu me viro para ele e reclamo, "é, acho que ela não quer vir...". Ele diz "deixa comigo" e entra no café. Pouco depois, volta sorrindo triunfante.

Questiono sobre onde ele mora: Guaianases. É longe: muito longe. Você chega cedo aqui? Às vezes já durmo por aqui mesmo. Você estuda? Sim. Observem o resto da resposta: "Mas só posso voltar pra casa e estudar depois que vender todos os adesivos". Ele ainda olhava em volta, um misto de timidez e insegurança, estranhamente, não era medo. Já que ele estava em pé, elogiei sua camiseta do Mickey, afinal, a dele era mais bonita do que a minha. Virou-se imediatamente e mostrou que, nas costas da camiseta, aparecia a bundinha do Mickey! Repleto de sorriso.

Nesse ínterim, a garçonete trouxe o café com leite. Fiquei aturdido – um misto de choque com paralisia – num copo plástico descartável!! Eu pedi novamente a ele que se sentasse. Ele queria se sentar, o papo parecia estar bom. Aí, ele olhou para o copo e cochichou, como se não pudesse ser ouvido pelas demais pessoas explicando: "Não posso ficar. O guarda, lá de dentro, me fez um sinal!" Ele imitou o sinal, o indicador levantado. "Tenho um minuto, apenas um minuto para ficar aqui!" Terceiro despertar. Enchi-me com meus brios de novo magnata recém-assumido, e lhe afirmei: "Pode se sentar". E frisei as palavras: "Eu estou te convidando!" Ele apenas disse "melhor não".

Ele notou, sem que eu fizesse nada, que eu estava pronto a fazer uma espécie de cena, se alguém o impedisse de se sentar. Então ele contou: "Um dia, uma mulher com a sua filha pequena me convidou pra sentar. O guarda veio e me obrigou a levantar, ele fez um escândalo!!" Dando forte conotação à última palavra. Recheado de minhas convicções neoburguesas, questionei: E a mulher não fez nada? "Ela se levantou e foi embora, o café perdeu uma cliente..." Sorri satisfeito comigo mesmo e com minha perspicácia de classe. Se bem que eu achava que a mulher deveria ter ficado e imposto ao café a presença do menino. Afinal, agora, tratava-se de uma companhia agradável e não mais de um gesto de caridade. Senti meu coração se expandindo de amor pelo moleque. Não por sua mendicância, mas por sua sensibilidade, sutileza e inteligência. Poucas crianças me atraem, e quando atraem, gosto de apreciá-las, ter sua companhia e de alguma forma incentivá-las em seus pequenos projetos de vida.

Ao mesmo tempo, meu cérebro trabalhava com informações e emoções desconexas. Ora, em outras ocasiões eu adoraria que o guarda me livrasse de pedintes inoportunos – desculpem a redundância e o preconceito, eles sempre são inoportunos para nós que podemos economicamente mais que eles, mesmo porque são uma multidão. Algumas vezes somos praticamente agredidos, não apenas pela miséria, mas pelos que fazem dela um meio de vida. Delicada a situação do café, do guarda, do menino e a do frequentador.

Ligeiramente cônscio da situação, o quarto despertar, senti que eu desejava sua companhia e tinha direito a ela. Insisti novamente para que se sentasse comigo, comesse alguma coisa, sofri por não poder ter o que eu desejava. Novamente, ele me disse um não, muito triste, olhando em volta meio inseguro. Novamente, insisti, porque sou meio devagar: "Por que não?" Aí, fiquei feliz por estar de óculos escuros, quando o menino me respondeu da forma mais dócil e dolorosa do mundo: "Por causa do escândalo..."

Eu não consegui dizer mais nada. Tive de segurar as lágrimas que prontamente transbordaram. Doeu. Doeu muito. Numa única frase, ele havia me informado: "Não é por sua causa, não é por causa do guarda, não é por causa do café. É por causa da minha condição. Eu serei humilhado novamente se eu me sentar, e eu não quero ser humilhado". Como não chorar diante de uma criança de dez anos que possui uma consciência dessas? Necessitei respeitá-lo, por isso me calei. Não proporcionar uma situação de escândalo era o melhor que eu poderia fazer por ele. De todas as coisas que eu ofereci, esta foi a única que ele me pediu: "Por favor, não faça escândalo, isso apenas me humilhará, e atrapalhará meu trabalho quando eu voltar aqui".

Ele terminou o café com leite. Saiu correndo atrás de um novo comprador. Não sem antes pedir novamente um trocado e eu recusar, afinal, eu disse a verdade. Fiquei ali, sentado, vendo de longe a movimentação do menino, que pelo que notei, era habitué do local, tanto quanto eu. Brincava com os guardas. Cutucava um taxista ou outro ali do ponto de táxi. Ganhava algum outro bocado de alguma coisa. Meus sentimentos paternais afloraram. As emoções e ideias revolvendo celeremente em minha cabeça. Gostaria de adotá-lo. Não, ele tem mãe. Gostaria de ajudá-lo a estudar, pagando os estudos... bobagem, eu queria egoisticamente ter um filho assim e não pajear o filho dos outros. Todas as possibilidades que inventei tinham uma resposta negativa. Ele iria ficar onde estava. O que eu queria na verdade era digerir a sutileza daquele pensamento que me pegou desprevenido, completamente desprevenido, tudo o que ele queria de mim: "Não faça escândalo".

É algo como "os seus valores... a sua dignidade... ou a sua performance de todas essas coisas levarão a mais uma humilhação: poupe-me". Este foi o quinto e último despertar. Impotente, mesmo quando eu me achava potente. E na realidade afetiva das coisas, e não nos arrazoados cretinos que nos dão, e nos damos no cotidiano, só pude fazer por ele duas coisas: poupá-lo de um vexame e escrever. Sofri ao longo do dia por aquele menino. Não chorei, pois pranto engolido não volta. Mas agora me passa pela cabeça de que sofrer por ele, ou com a sua situação, redunda naquilo que ele pediu para que eu não fizesse, "não crie uma situação que me humilhe ainda mais". Então, não sofrerei por você... Em respeito a você. Sua dignidade exige que eu mantenha a minha. Sua dolorosa consciência do seu lugar social me obrigou ao meu, é terrível ouvir aquela frase se transmutando em diversas outras, com significados nuançados... "Se gosta de mim, fique aí...", "se me respeita, fique distante..."

Foi uma conversa entre dois homens adultos. Ao nos despedirmos, apertei sua mão, o que não lhe causou nenhum espanto. Ele me disse implicitamente "tenho os meus problemas e sei resolvê-los, não os complique". E eu, sem responder, fiz cara de quem entendeu, entendeu aquilo que não queria entender, mas entendeu. Uma situação sem fuga. Olhando-o, senti que não importa o que aconteça, mesmo que sua sensibilidade seja esmagada, eu estava e estarei no futuro, diante de um ser humano íntegro, aos dez anos de idade. Ainda bem que estava de óculos escuros... inadvertidamente, participei do funeral da condição humana. Agora, faço por ele o que posso, comunicar para o mundo o que eu e ele temos em comum: o nosso desconforto.

30 de julho de 2011, 23:30
Tô querendo sair... Tô querendo saída...

Luiz Vadico compartilhou um link.
30 de julho de 2011, 23:45
Janis Joplin – "Kosmic Blues"

Existe um grande prazer em se ter a idade do mundo[17]... Poder ouvir, sentir e conhecer tantas coisas, gostos, pessoas, prazeres, desesperos...

***

Amo os desesperados. Há urgência para a vida. E sempre com desespero e destempero... Essa a disciplina da vida: um tremor, um horror e a força do medo que te obriga à coragem de estar, de ser e de seguir. Amo as pessoas-abismo... Caminho com elas pela borda... Um dia, sem paraquedas, não vou voltar.

---

17 "A idade do mundo": em outras palavras, ter experiência de vida. Entretanto, é sabido que L.V. acreditava sem crer que havia sido um guerreiro e depois uma bailarina na época de Krishna, na Índia védica; e que havia passado por três reencarnações na Roma antiga, uma na Idade Média, e outra no século XIX como músico, pianista. Além de uma encarnação rapidinha no começo do século XX. Como dizia: essas coisas faziam parte da sua narrativa pessoal. Acreditava sem crer. Era o místico cético. Ao menos não dizia ter sido Cleópatra ou Napoleão em nenhuma delas.

23 de agosto de 2011, 22:13

Preparando-me para ir em busca da felicidade! Felicidade é algo que não se faz sozinho... Ô coisa chata!

Isso é uma grande verdade: por exemplo, até Narciso tinha o lago para se ver...

30 de agosto de 2011, 12:24

A mediocridade é produtiva, faz pessoas perseverantes, em alguns casos, que realizam grandes trabalhos. Em outros, faz falsificadores, plagiadores, irresponsáveis de todos os tipos, mas é da natureza que todas as coisas convivam e se acrescentem e retirem uma das outras... Ô, consolo...

2 de setembro de 2011, 22:16

Faço propaganda dos meus defeitos. Quem sabe alguém encontre alguma virtude em mim, mas duvido... Afinal, é bem melhor alguém dizer: "Você não é tão mal" do que ouvir: "Você não é tão bom".

23 de setembro de 2011, 15:30

O problema com a fotogenia é a "realidadegenia"...

29 de setembro de 2011, 11:14

Resolvendo o problema relativo à perfeição: a perfeição se trata sobretudo de um cumprimento de parâmetros. Por exemplo, se você se propõe a fazer um quadrado, cujos lados tenham 25 cm cada um, mede bem e o faz; pronto, ele é perfeito dentro dos parâmetros estabelecidos. Logo, a perfeição é possível se você se propõe parâmetros. Já o perfeccionismo, que é o hábito de colocar a perfeição sempre distante de onde estamos, é mais um vício impeditivo da realização!

***

A pergunta que não quer calar: se acaso Narciso jamais tivesse encontrado um lago onde pudesse mirar-se, ele ainda assim seria Narciso?

O moinho que derrotou Dom Quixote

***

Eu estava assistindo O Exorcista *e apaguei[18]! Será que eu fui exorcizado?*

***

O melhor lado da cama é o de cima[19], boa noite!

30 de setembro de 2011, 22:49

"Para não dizer que eu não falei das flores": cravos, lírios, begônias, gérberas, crisântemos me dão alergia. Estou aceitando rosas!

1º de outubro de 2011, 21:47

Se é para dizer o que não se diz, comigo é fácil. Difícil é calar o que não se cala!

1º de outubro de 2011, 00:37

O sorriso não é um patrimônio exclusivo dos que têm dentes. Os banguelas sorriem, mesmo enquanto demoram-se as dentaduras. A gente não tem de sorrir como todo mundo nem ser feliz com dentes emprestados aos outros.

7 de outubro de 2011, 14:18

O que mais gosto nos meus alunos não é a promessa do que irão ser, mas o que eles são agora. Cheios de vida[20] e dúvida, cheios de certezas certamente provisórias, cheios

---

18 Apaguei": gíria para adormecer.

19 As frases de L.V. sempre têm múltiplos significados, algumas são difíceis de entender. Essa, por exemplo, se relaciona à velha discussão entre casais sobre em que lado da cama dormir. Entretanto, L.V. era sozinho, logo, o que ele faz aqui é replicar a discussão, informando ao mesmo tempo que não tem com quem disputar o lado da cama e que também não é o amante, que se esconde embaixo da mesma. Assim, o melhor lado é o de cima.

20 A vida seduzia Vadico, que sempre gostou dos mais jovens. Por causa do misto de ingenuidade, sonhos, frescor, novidade e futura grandeza. Quem não se apaixona pela juventude? Até os pais se apaixonam pelos filhos.

*de fracassos e glórias. Tudo indo, passando e voltando... É cativante ver aqueles olhi-
nhos brilhantes, às vezes angustiados, às vezes sonados. Nada mais prazeroso do que
estar participando das suas vidas, sendo um instante em meio a tantos instantes. Mesmo que o instante seja fogo e o futuro cinzas, é muito melhor do que ser graveto seco.*

8 de outubro de 2011, 23:39

*Se a popularidade do Facebook se mede por respostas, eu definitivamente estou
em baixa [21].*

***

*Já sentiram que foram convidados para uma festa errada? Encontraram as pes-
soas legais, mas erradas? E que não importa o que se faça, continua na festa errada?
Sobrando no lugar? Sobrando na sua própria vida? Sem saber para que festa deve ir?
Pois é, hoje tô assim... A festa é a errada, mesmo que eu fique em casa.*

9 de outubro de 2011, 20:45

O ciúme é uma joia verde que aos poucos enforca quem a usa...

***

"Enquanto os cães ladram, a caravana passa..." Que cães?! Tô de fone de ouvido!

14 de outubro de 2011, 21:45

*O que mais prezo é a liberdade de ser, em mim e nos outros. O que menos prezo
é o inverso. Cabrestos não ficam bem nem em cavalos. Liberdade para os cavalos!!*

20 de outubro de 2011, 18:55

Nunca desista do sonho. Se não encontrar numa padaria, procure na próxima!

---

21 A resposta talvez seja que em livro o leriam. O algoritmo do Facebook privilegia imagens, e o autor
privilegiava a escrita. Então, suas publicações apareciam menos para os conhecidos.

24 de outubro de 2011, 23:42

Existem aqueles que acham que há um sentido na vida, e aqueles que buscam pelo sentido da vida. E outros, como eu, sabem que o sentido da vida é procurar o sentido da vida. Mas quando você não está mais a fim de fingir que isso importa, o que fazer? A simples consciência desse fato rompe a sintonia com todo e qualquer indivíduo, pois isso te faz emergir para uma outra realidade, na qual não há muitos como você. Eu não remo contra a maré, eu saí do mar...

28 de outubro de 2011, 22:06

Eu não remo contra a maré, eu saí do mar [22]...

5 de novembro de 2011, 20:56

Ainda nem parti
mas já digo adeuses...
Bebo da garoa
Escorre-me pela boca essa água
de mágoas... durações... tempos
Que momentos foram esses que significam sem nada
de concreto deixarem?
Ama-me terra
porque teus sonhos e filhos
me aterram
É pesadelo despertar antes do amanhecer
Pesadelo

***

Se o sol não se levanta, por que antes dele eu me acordo?
Se a vida não se importa,
por que antes dela me preocupo?

---

22 L.V. repete a afirmação anterior, deixando claro a sua relevância. "Eu saí do mar" é o equivalente ao hindu "eu venci Maya", saiu da ilusão da matéria, do mundo e transcendeu. Bem, se ele transcendeu mesmo, só o Buda para saber.

Durmo, como quem tem a ciência de saber
mas nunca a de realizar

***

Pombos!
Para aqueles que gostam de falar de si mesmos
De suas buscas, escolhas, prazeres e sonhos
No pretérito,
Peço que me deem licença,
Preciso passar adiante, seguir meu caminho.
Podem ficar ali
Ao lado daquelas estátuas de bronze
Sendo cagados pelos pombos,
Estes sim sabem dar o devido valor aos discursos
E aos sonhos ultrapassados!
Quanto a mim, só estou passando,
Jamais serei passado enquanto viver
Depois disso
Os pombos me esperam...
Mas eu não os escolhi!

Do blogue – 9 de dezembro

As Coisas

Mais uma vez, ele estava esperando... aguardando... Não saberia dizer quantas vezes ele faria isso ainda. Mas sim. Isto não era a melhor coisa do mundo. Olhar para as paredes e imaginá-las como se fossem longas muralhas de pedra de cidades antigas não o acalmavam. Mesmo assim, era o que fazia. Por dentro das suas muralhas, sentia-se oprimido. Enclausurado. Feito prisioneiro de si mesmo. Não saberia escalar aqueles altíssimos muros. Apenas os olhava debaixo para cima, sentindo-se completamente anulado por aquela fortaleza imensa construída por sua vontade. Do lado de fora, multidões como se fossem uma vaga do mar, ameaçando fazer soçobrar aquelas pedras tão bem alinhadas. Mas tudo era inútil contra aquela inquebrantável barreira. Enfim, considerou que estava perdido em si mesmo, pois ninguém conseguia entrar e ele também não conseguia sair.

A sala, arrumada de forma simétrica, mergulhava numa luz penumbrosa. Ele dizia ser sensível à luz, por certo o era. Talvez preferisse as trevas... talvez a luz não o cegasse, afinal. Talvez, apenas talvez, lhe mostrasse coisas que ele não gostaria de ver, e continuamente a luz faz isso. Folhear um jornal sob a luz do abajur, ajeitar os óculos sobre o nariz e fazer ar de pensador para si mesmo já não o agradavam mais. Isso não incomoda um monte de gente, mas o incomodava. Envolvido pelos móveis escuros e marrons, sempre carregados da tétrica atmosfera dos anos sessenta. Desbotados de um luxo há muito perdido. Ele ignorava-se, ignorava-se... até perceber aos poucos toda a multidão, que antes batia para entrar, começar a penetrar por sobre o alto das muralhas... e imenso pavor passa a invadi-lo. Não fumava mais... então não teria a companhia das cinzas para enfrentar as dificuldades daquele momento.

Não poderia ver o bailado da fumaça diante de si... não poderia ver as formas de odaliscas viris que ela tomava... não poderia vê-la esvair-se e, desta forma, com a fumaça comparar toda a existência... não poderia, não poderia.

Mas sabia que a existência era essa fumaça, apenas não a aceitava. A luz amarela, cobrindo tudo... o surdo silêncio que ele cultivava agora, muito mais do que fizera no passado com a música que tanto o encantara[23]... descia sobre todas as coisas como se fosse o pó daquela imensa cidade que cercava o seu apartamento. O andar alto já não o convidava mais para espiar pela janela[24]. Evitava chegar até ela. Dizia da beleza da paisagem para todos que o visitavam, mas ele mesmo continuamente recusava-se a se aproximar. Tinha medo de que não resistisse à tentação do abismo, travestida na tentação da sua própria alma, e se atirasse, enfim, sem medo de descobrir que não possuía asas em meio ao caminho do chão e sem a certeza de que iria alcançá-lo, por mais que todos os prognósticos dissessem que isso era uma certeza. Ele lutava contra as certezas mais certas com uma tenacidade digna de elogio; por que o fazia, ninguém sabia. Talvez ele tivesse depositado sua felicidade, todas as suas esperanças impossíveis, então seria bom acreditar no impossível, cultivá-lo, dourá-lo, fornecer-lhe cores novas a cada instante.

---

23 Música erudita.

24 O apartamento no décimo oitavo andar, como alertamos o leitor no início deste livro.

Eu o vejo calvo, e de meia-idade, mas ele nem era calvo nem de meia-idade. Eu o vejo a partir do ângulo da lâmpada do abajur: sua cabeça brilha, ele brilha, mas todo ele mergulhado em trevas, melancólicas como tudo o que devesse vir das mais obscuras profundezas infernais. Eu o vejo a partir da ponta do seu sapato, e ele todo é marrom e disforme, como um corpo oblongo, parado, estatelado diante da imensidão de sua própria grandeza. Como se dissesse: "Meu Deus! Fizeste-me tão imenso que não posso me mover. Mas como sou feliz pela imensidão que possuo e me possui". Diante desta autocomplacência, nada pode ser dito.

No entanto, do meu privilegiado ângulo de visão, posso observar da ponta do pé para o teto das muralhas que, enfim, ele precisava mover-se, pois as águas lentamente penetravam o recinto sagrado da sua sala. Essas águas renitentes não se importavam com as suas estantes fechadas por portas de vidro para que o pó não se acumulasse nos livros, não se incomodava com o tapete poeirento, mas sem nenhuma mácula, pois migalhas jamais repousavam nele por tempo demais. Não, não se importavam com nada disso. Nem se preocupavam com toda a luta que ele tivera para construir este local fortificado onde ninguém entrava ou saía. Não... Elas teimavam em invadir seu pequeno mundo. Ele gostaria apenas de entender por que as coisas do mundo lá fora teimavam em tentar destruir a sua vida. Mas essa compreensão era completamente alheia à sua existência.

Como esse enclausuramento ocorreu é que não se sabe. Difícil saber onde foi colocado o primeiro tijolo, de onde foi retirada a primeira ponte, quais foram os primeiros caminhos adotados como desvios... Difícil dizer por que em determinado momento ele começou a destruir os vestígios de sua caminhada para que ninguém mais o seguisse. Enfim, ele seguiu sozinho por onde nenhum dos seus antepassados tinha ousado chegar até então e teve de enfrentar a suprema angústia de saber que deveria, sozinho, descobrir o que fazer com aquelas coisas que tentavam destruir tudo o que sonhara.

A diferença entre as muralhas que construíra e as coisas que as submergiam é que "as coisas" eram de verdade, muito mais verdadeiras do que a lâmpada do abajur que iluminava a leitura do jornal. Uma coisa era certa: ele queimara os navios[25]... agora não havia mais volta. Cada passo que desse na direção oposta à praia significava vida ou morte, cada passo que não desse significava o mesmo. Seria melhor então caminhar, pois o caminhar faria dele mais homem, mais

---

25 Referência a um mito grego que nem ele nem eu lembramos mais. Seu significado é "não há como retroceder".

humano, talvez menos bom, talvez menos generoso, talvez menos piedoso, mas ainda assim faria dele mais homem do que foram seus ancestrais.

Doía-lhe essa estranha solidão, a de olhar para os lados e ver as pessoas, mas saber que nenhuma delas estava apta ou sentia-se apta para lhe dar conselhos. Via as suas muralhas e conformava-se, ora elas pareciam defesa, ora prisão, ora desespero, enfim... não sabia bem como sair de dentro delas, mas sabia que deveria superar essa condição para poder tornar-se aquilo que viria a ser.

Do blogue – 9 de dezembro: Conto de Natal![26]

Era noite, noite silenciosa, e ela estava escura e fria, às vezes um vento gelado batia pelas faces dos transeuntes. Garoava. A chuva fina molhava o asfalto que, brilhante e negro, refletia como um espelho as luzes dos enfeites de Natal. Brilhavam os vermelhos e verdes de semáforos, faróis amarelos dos carros, luzes azuis das lampadinhas, brilhos encantadores e sombrios. As pessoas caminhavam agitadas e com pressa pela estranhamente iluminada e escura avenida de São Paulo, a mais conhecida, a mais querida. Uns escondiam-se sob guarda-chuvas, outros enfrentavam a triste garoa desabridamente, pois ela era leve. Algumas pessoas paravam diante dos enfeites natalinos para tirarem fotografia entre risos alegres e banais. A garoa não importava tanto, ela apenas emprestava mais reflexos, mais luz e um ar triste e melancólico àquela noite.

Em contraste, as ruas paralelas pareciam ficar ainda mais obscurecidas. E, se parecia seguro passear pela grande avenida, caminhava-se um pouco mais apressado por essas vias. Nelas, um vulto sempre parecia brotar do nada, das trevas, e nesses momentos era como se elas pudessem ligeiramente alcançar a todos.

Deslizando pela rua escura, Carlos, o careca, como o chamavam os amigos, caminhava seguro. Pernas curtas, joelhos defletidos em passos alongados e abertos, o peito à frente, as mãos enfiadas nos bolsos da jaqueta de couro, gasta e puída, calças jeans cobertas de rasgos e rotas. Coturnos surrados de couro pareciam cadenciar sua caminhada. Os olhos pequenos, enfiados num crânio forte e bem desenhado, no qual se destacavam a testa e o nariz, observavam os mais leves movimentos que ocorriam na rua. Carros passavam céleres, buzi-

---

26 L.V. desejava fazer uma série de contos de Natal, como Charles Dickens. No entanto *Contos de Natal* tem por regra a redenção do personagem central. Redenção e Luiz Vadico não combinam, e ele não escreveu mais nenhum conto da série.

nas para os que retardavam o trânsito. Casais de namorados que caminhavam abraçadinhos, uns correndo da garoa, outros esquecendo-se dela. Via homens maduros passando sem pressa, senhoras olhando assustadas para todos os lados, caminhando lerdas, se bem que apressadas. Era véspera de Natal. Na rua, os que passavam. Na rua, os solitários. Na rua, a insuportável melancolia da noite feliz que se aproximava.

Carlos estava angustiado, e por alguma razão qualquer, cheio de raiva, cheio de fúria. Os seus passos eram pesados e seus olhos pareciam estar em busca de algo ou alguém. Ele era apenas emoção, não conseguia refletir bem sobre o porquê de tanta angústia e raiva, que a cada passo parecia transformar-se num ódio que precisava ser colocado para fora. Perdido em seus pensamentos, quase esbarrou em um rapaz que caminhava na sua direção. O rapaz titubeou, inseguro sobre que direção tomar; Carlos fez o mesmo, um sorriso brotou simpático no jovem que estava à sua frente. Carlos olhou-o, ali estava uma figura esguia e magra, roupa escura de inverno, cachecol no pescoço, rosto bonito, traços finos e cheios de luz, cabelos encaracolados e quase loiros, delicado... Reconheceu o que procurava, olhou-o de forma dura e fria; o outro, desconcertado, pensou enfim em desviar-se. Tudo ocorreu num átimo de momento.

Carlos puxou-o pelo braço e não deixou com que desviasse nem partisse. Desferiu-lhe um soco certeiro na cabeça, e outro, e outro, enquanto o mantinha firmemente seguro. O jovem tentava se desvencilhar da mão que o prendia como se fosse um tentáculo de ferro, lutou e conseguiu. Correu.

Carlos o perseguiu. Voava atrás do outro pela rua escura. O rapaz começou a gritar por socorro. O infeliz tinha adentrado a avenida Paulista, procurando segurança, mas aquele trecho estava estranhamente vazio. Ouvindo os gritos, Carlos, num último esforço, conseguiu alcançá-lo. Puxou-o pelas costas com tal violência que o jogou no chão. Não esperou reação. Começou a chutá-lo. Estava cheio de ódio, mas seu esforço não era sem direção. Chutava o rapazote nos rins, desejava esmagá-los. Abaixou-se um pouco e socou o rosto dele até calar seus gritos e gemidos de dor. Quando quase o havia desacordado, chutou-o na cabeça várias vezes, com toda força que possuía em si. Carlos ao menos sentia seu corpo, ele todo era uma energia viva que se manifestava. O rapaz inerte parecia não mais reagir.

Então, como se estivesse furioso com seu brinquedo que não mais desejava participar da diversão, Carlos pisou várias vezes fortemente aquele rosto que

O moinho que derrotou Dom Quixote

fora bonito, até que ele não fosse mais do que uma massa de sangue e carne pegajosos. Sua fúria cega era tanta que nem viu as pessoas se aproximarem estarrecidas e chocadas com a brutalidade. Mesmo assim, ninguém se atreveu a tocá-lo, pois ele nem ao menos parecia humano. Apenas começaram a gritar "socorro, polícia!" A este som Carlos atendeu e entendeu. Começou a sua fuga pelas ruas paralelas da avenida. Alguns, que antes não foram nada heroicos, pareciam persegui-lo, mas despistou-os a todos. Corria mais do que o vento. O coração parecia que ia sair-lhe pela boca, quase lhe rompia o peito. As mãos formigavam, o rosto formigava. Uma estranha felicidade, medo e alívio o invadiam. Era como se pudesse tudo. Mas precisava continuar fugindo. Correu muito, correu zigue-zagueando pelos quarteirões. Viu uma poça d'água na sarjeta e pulou nela várias vezes; molhava-se com a água limpa que ali se acumulara, esfregava os coturnos no chão, para limpar o sangue que neles ficara grudado.

Ouviu de longe uma voz dizendo "ele foi por ali", era o sinal para continuar sua fuga. Agora ele precisava sumir; correu então para a Avenida Paulista, e a poucos metros antes de chegar, encurtou os passos e começou a andar, como se simplesmente estivesse passeando. Instintivamente, olhou para as mãos para verificar se nelas não havia vestígio. Não, estavam limpas. O coração estava ainda acelerado, mas a fuga e a chance de ser pego faziam parte desse ritual que o aliviava. Agora, buscava confundir-se entre as pessoas que por ali transitavam, caminhava calmo, com passos medidos. Tentava colocar no rosto um leve sorriso, como se pudesse participar da alegria daquela noite. Parou entre as pessoas que se fotografavam em frente aos arranjos natalinos. Chegou até mesmo a tirar uma foto de um grupo que lhe pedira a gentileza, "claro, pois não"... parecia um homem doce e educado.

Viu os carros da polícia passarem na direção oposta. Sirenes ligadas, as luzes vermelhas brilhando no asfalto seguindo de perto o carro de socorro. Carlos esboçou um sorriso cínico, mas ele não era tolo, não poderia arriscar-se mais. Continuou sua caminhada pela avenida, agora um pouco mais rápido, poderia ser descoberto. Por alguma razão, as pessoas pareciam olhá-lo. Era como se todos soubessem, e aos poucos o medo ia dominando-o. Subitamente se deparou com uma igreja. Imensa, arquitetura clássica, parecendo de pedra. Do grande portal vinha uma luz bruxuleante e terna, amarela e convidativa, a luz dourada contrastava com as trevas de fora. Ele relutou por um instante, pessoas paradas à porta, a igreja estava lotada. Achou estranho, "missa a esta hora?", quase meia-noite... Caminhou lento em direção à entrada. Subiu

112

desajeitado degrau por degrau, como se um grande peso enfim o abatesse, olhava para as costas dos que estavam à porta, e mesmo que eles não o vissem sentiu-se um pouco constrangido. Ouvia sem ouvir as palavras do padre. Foi entrando. Com gestos curtos e educados, abriu caminho e foi se aproximando dos bancos. Segurança e proteção.

A igreja estava lotada, decidiu ficar em pé, cercado de pessoas contritas. Não ouviu mais a voz do padre, apenas um murmúrio de vozes, aquele burburinho comum da multidão quando aguarda um acontecimento. Carlos ficou apreensivo. As luzes se apagaram. Ele imediatamente olhou para as portas, delas vinha a luminosidade da rua, tranquilizou-se. Aguardou pressuroso para saber o que ocorria. As pessoas em volta, as vozes sussurradas, o escuro, as trevas haviam envolvido tudo. Era um momento angustiante, parecia que não se acenderiam jamais as luzes. Então houve silêncio, ninguém mais murmurava. Ninguém mais se ajeitava em seus lugares. Um terrível e pesado silêncio. Todos esperavam. Mas pelo que esperavam? Perguntava-se. O som de um pequeno sino foi ouvido, e ele prolongava-se em sua nota única... esparramava-se pelas sombras, pelas pessoas. E aí, novamente o silêncio, depois de alguns instantes o coro começou a murmurar uma canção que Carlos não reconheceu; murmuravam baixinho, como se cochichassem nos ouvidos dos anjos, como se fosse uma canção de ninar, com o cuidado de embalar uma criança, preocupados em não despertá-la. O sininho fez-se ouvir longamente uma outra vez.

As suas emoções ainda estavam em desalinho, então, alguma coisa dos gestos das pessoas se perdeu; no entanto ele percebeu uma minúscula luzinha se acendendo bem à frente da nave da igreja, e como se este fosse um sinal previamente combinado, enquanto o som do sininho podia ainda ser ouvido, pequenas luzinhas foram sendo acesas por cada um dos que estavam ali. Da primeira luzinha, veio o fogo que foi acendendo vela por vela, que eram seguras pelos fiéis. Carlos foi vendo o brilho, a luz, surgindo entre as trevas, enquanto as notas da canção eram murmuradas. Olhava atônito para aquela cena, olhava para as costas das pessoas à sua frente, e então olhou para o lado e para baixo. Seus olhos se encontraram com os de uma doce senhora, cabelos branquinhos, magrinha, pequena, a face enrugada, mas a face banhada por uma suave luz que vinha das velas e daquela mesma que ela estava acendendo.

O rosto dela refulgia banhado em pura luz, candura e ternura brotavam suaves das linhas da sua face vivida e terna. Ela acendia a sua velinha com outra, parecia concentrada em seu labor... aos poucos levantou a fronte e encontrou o olhar de Carlos, que a vislumbrava. Ela sorriu-lhe cúmplice, como se tivesse surpreendido o menino arteiro que foi à igreja despreparado, e lhe estendeu a outra vela. Ele tomou-a inseguro, como se não soubesse o que fazer com aquilo. Mas havia tanto carinho e afeição naquele rosto carcomido pelos anos que não podia resistir-lhe: segurou a vela bruxuleante, enquanto o terceiro sinal do sininho se ouvia pela nave principal. As pessoas pareciam dançar levemente, jogando seus corpos de um lado para o outro, mas eram as chamas que faziam suas silhuetas tremularem.

O murmúrio do coro parecia haver crescido e silenciado de forma harmoniosa e como se houvesse uma cadência conhecida e esperada... as vozes titubeantes, fortes e fracas, entre leves tosses, começaram a entoar uma canção, como que procurando o tom para se afinarem. Carlos sentiu-se um pouco surpreso e encurralado com aquilo, tudo parecia ter sido preparado para ele. Havia como que uma vibração de amor à sua volta, uma vibração triste e sagrada... Era como se houvesse voltado a um perdido tempo de infância, sentiu-se pequenino e emocionado quando entendeu a primeira palavra da cantiga, que subia dolorosa, triste e festiva aos céus... Era um menino novamente a ouvir "Noite feliz... noite feliz... Oh, Senhor, Deus de amor... pobrezinho nasceu em Belém..."

Imediatamente seus olhos umedeceram... Ele todo arrepiava de emoção, e a sensação parecia percorrer seu corpo todo e num mesmo instante voltar-lhe às faces que ele agora sentia quentes e vermelhas. Olhou confuso para os lados. E a senhorinha novamente sentiu sua carência e, delicada, respeitosa, tocou-lhe a mão e a tomou, enquanto a sua voz ia se elevando... soprano e bela, transmitindo-lhe a sua fé através daquele reconfortante carinho.

Uma lágrima emocionada desceu sorrateira pela face do triste Carlos. Ele se esforçou, se esforçou... outra lágrima rompeu sua dor... E enquanto a música se elevava em uma única voz aos céus, ele tentava cantar as palavras de que toscamente se lembrava, até que o pranto não pôde mais ser contido e ele se encurvou de pura dor e desespero, chorando... A boa velhinha, como se soubesse de tudo, nada perguntou e envolveu aquele homem imenso num abraço reconfortante e bom. Os circunstantes os olhavam como quem não entendiam entendendo. Carlos praticamente se ajoelhou, ficou pequenininho, diminuto perto daquela bondosa mulher, diminuto perto da canção que trazia de volta a pureza e a inocência há muito tempo perdidas.

Em meio ao abraço, a senhora lhe disse, confortadora como se fosse o próprio Deus: "Filho, calma, é misericórdia o que eu quero... disse Jesus, 'vinde a mim todos vós que estais sobrecarregados que eu vos aliviarei', calma... Deixa Deus entrar, não tenha vergonha... não tenha medo, eu estou aqui".

Em poucos instantes a música silenciou e se ouviu a voz do padre sussurrar como se fosse uma promessa de paz e luz: "Não podemos falar do filho, sem falar da mãe... Cantem comigo". E assim, com voz forte e ao mesmo tempo cheia de emoção e amor fraterno, se ouviu uma antiga canção que Carlos conhecia bem... "Mãezinha do céu... eu não sei rezar... só quero te dizer, que quero te amar... azul é teu manto, branco é teu véu... mãezinha eu quero te ver lá no céu..." E as palavras e emoções se repetiram...

Enquanto Carlos lembrava-se da mãe, da ausência, da dor, da distância, do tempo, da solidão, da sua violência com a infortunada que lhe fizera vir ao mundo, da sua surdez para com os seus conselhos. Nunca sentira tanta dor, alívio, arrependimento e alegria ao mesmo tempo. Num último momento o padre disse: "Saudai-vos em Cristo". Todos passaram a se apertar as mãos e alguns a efetivamente se abraçarem, dizendo "a paz de Cristo". Dona Carolina (este era seu nome) abraçou Carlos uma segunda vez, beijou-o na face, olhou-o nos olhos e pronunciou, entre fraterna e cúmplice, com aquela cumplicidade de quem viveu todas as dores possíveis de serem suportadas e cumprimentou-o: "A paz de Cristo..." E ele... entre receoso e emocionado, a abraçou de volta respondendo: "A paz de Cristo..."

O sininho se fez ouvir novamente, as velas apagaram-se no mesmo silêncio no qual haviam sido acesas... E o padre anunciou, sério, ao mesmo tempo num tom feliz:

"Jesus nasceu!" Era o sinal para o coro da igreja irromper com o canto de "Aleluia!" Alegria e paz envolveram Carlos. Ele se sentia tão novo, tão outro, como se nunca houvera sido mais do que uma criança sofredora procurando um carinho, um abraço. Enquanto subiam e desciam as notas de júbilo da "Aleluia", o padre falou uma última vez, estendendo as mãos para a multidão e abençoando: "Vão em paz e que o Senhor vos acompanhe... Em nome do Pai, do Filho e do Espírito Santo..." Ao que todos responderam "Amém"; o órgão da igreja tocou então uma música jubilosa. Carlos envolveu a senhorinha num abraço, cheio de vida e luz, conseguindo murmurar ao seu ouvido "obrigado". Ela nada respondeu, apenas passou a mão pela cabeça dele, como se fosse apenas mais um menino levado, dos muitos que conhecera. Carlos a olhava com carinho, e pensava que para ela parecia tão fácil amar.

Ele desceu trôpego os degraus da igreja, enquanto os fiéis o envolviam em alegre algaravia. Num instante estava novamente caminhando solitário pelas ruas, pela avenida. A chuvinha fina havia enfim parado. Ele ouvia as buzinas dos carros, as luzes espelhadas no asfalto; tudo lhe parecia estranhamente novo, e ao mesmo tempo, parecia estar vendo e ouvindo pela primeira vez naquele dia. Foi caminhando lento, pé ante pé pela avenida, olhando para a decoração do Natal, os anjos nas fachadas, as guirlandas, as lampadinhas piscando, o Papai Noel imenso deitado acima da avenida, com um monte e presentes. Era Natal, enfim.

Em poucos instantes ouviu fogos se queimarem, espoucarem pelos céus, e chegou até mesmo a pensar como isso não combinava com aquele momento sagrado, momento santo. Preferia dentro de si um silêncio respeitoso, enquanto o vento frio enregelava as suas faces. Caminhou, caminhou e seus passos não eram nem soturnos, nem arrependidos: sentia-se um sujeito bom que reencontrara-se consigo mesmo. Na sua mente passavam em torvelinho as imagens da mãe, do pai e dos irmãos, e de como os havia desprezado. De como havia escolhido outro caminho, um caminho que os deixara longe, a distância. Sentia apenas agora, como os erros deles, aqueles pequenos erros que ele achava importantes, eram apenas os mesmos erros que ele cometia e que, enfim, todos eram iguais naquilo que mais importava, na sua humanidade.

Como precisava pensar, Carlos viu-se voltando para trás e refazendo seus passos pela imensa avenida, quase meia hora havia se passado entre sair da igreja e novamente reencontrá-la às escuras. Um pouco distante, olhou para o velho prédio, sua estrutura imitando um templo grego, suas grades externas para impedir os criminosos e cretinos vândalos. As trevas desciam densas. Via à frente uma figura solitária... que aos poucos foi ficando mais clara conforme se aproximava. De braços cruzados e aparentando ansiedade, a mesma senhorinha que o havia amparado parecia estar à espera de alguém. Sozinha, em meio à escuridão semi-iluminada da avenida, diante da Casa de Deus, aquela que o havia tanto reconfortado, abraçava-se envolta em sua pobre malha preta.

Ele aproximou-se. Ela o reconheceu e sorriu. Ele perguntou: "A senhora está sozinha? Esperando alguém?" Ela, apreensiva, respondeu-lhe: "Sim, estou esperando meu filho que ficou de vir à missa comigo, mas se atrasou e agora ele não chega..."

Sentindo que poderia retribuir todo o conforto que recebera, Carlos disse-lhe carinhoso: "Mas a senhora não pode ficar aqui sozinha... é perigoso, posso acompanhá-la até sua casa?" Por um instante ela titubeou, mas respondeu: "Ah, meu filho, estou preocupada, mas não posso ficar mais tempo aqui esperando, se puder me acompanhar eu agradeceria muito".

Os dois foram caminhando no sentido contrário ao qual ele havia caminhado até então, na direção na qual instintivamente ele não havia ido. Dona Carolina falava de amenidades, do tempo, da aposentadoria que era pouca, do filho que não viera buscá-la, mas que a ajudava e praticamente mantinha a casa. Ela enchia o peito de orgulho, e repetia às vezes "sabe, ele é formado em administração?!" Em um momento ela deu o braço para Carlos, ele meio sem saber o que fazer... Ela então o dirigiu para que ele a amparasse, como se fazia antigamente. Caminhavam lentos. E dona Carolina animou-se enfim, e disse: "Sabe, meu filho é gay! Sofri muito quando ele me disse". "Ah, tem muita safadeza neste mundo", disse Carlos, tentando consolá-la. Ela corrigiu-o: "Não, não! Meu filho é um bom rapaz, sempre foi!" E tomando ar, afirmou seriamente: "Rapaz cônscio dos seus deveres, das suas responsabilidades. Jamais me deu uma tristeza sequer. Quando ele me falou o que ele sofria, e como era triste por não me poder fazer avó, eu sofri por alguns momentos! Mas se havia alguém que havia feito tudo para fazer as coisas certas, este alguém era meu filho, e se não deu, eu sabia que não era por falta de tentar. Então eu fiz a minha parte. Aceitei ele como ele é, porque acima de qualquer coisa é meu filho".

Honestamente emocionado, Carlos respondeu-lhe: "Nossa, que coisa bonita que a senhora fez, nem todo mundo consegue pensar assim..." E dona Carolina respondeu-lhe convicta da verdade: "Todos somos filhos de Deus e Ele não faz as coisas por acaso... Se Ele quis que fosse assim, assim será!"

Aos poucos, com passos lentos e medidos por causa da idade e fragilidade da senhora, eles vão vendo um pequeno grupo de pessoas que se acumulava ainda pela Avenida Paulista. A ambulância vermelha parada, três viaturas policiais paradas, homens fardados em torno de algo que não poderia ser visto e os curiosos circunstantes espiando o que houve. Dona Carolina fez o sinal da cruz e acabou comentando: "Deus me livre, que povo curioso, coisa feia, não sabem nem respeitar a dor dos outros". Foram passando devagar pelo fato ocorrido, um corpo jazia no chão. Vozes alardeavam o ocorrido, um "Gay morto por um skinhead", entre os vários comentários, um circunstante fala: "Gay, não! Gabriel era o nome do cara!"

Um mal-estar súbito se abateu sobre a frágil senhora. Ela parou um instante. Carlos chega a perguntar: "O que foi?", ela respirou e respondeu "nada, meu filho, apenas o nome do morto é o mesmo do meu menino". Andam poucos passos para além. E em meio à discussão dos circunstantes, se ele era gay, viado ou Gabriel, um policial começa a afastar as pessoas e indignado fala em voz alta: "Bando de babacas! Eu quero respeito aqui! Nem gay, nem viado! Gabriel Assunção Correia! Esse é o nome dele!", o digno policial ainda foi corrigido por um engraçadinho: "É, não. Era!"

Dona Carolina segurou mais fortemente no braço de Carlos e parou. Ficou estática, palidez cadavérica cobriu seu rosto. Ela enregelou-se viva. Recusava-se a acreditar no que ouvira. Nomes e sobrenomes comuns, qualquer um poderia ser, deu mais um passo, segurou novamente com força o braço de Carlos. Largou-o. Ele apenas perguntou: "O que foi?" Enquanto ela voltou-se para trás e dirigiu-se lenta para o pequeno aglomerado de pessoas. Decidida, forte, cheia de luz, com a canção de Natal ainda a reverberar sobre sua cabeça. Ela nem viu que entreabriu espaço entre os curiosos, afastando-os com as duas mãos, até chegar e vislumbrar o corpo jogado na calçada.

Apesar dos policiais a tentarem afastar, ela jogou-se sobre o corpo e levantou o lençol respeitosamente jogado sobre ele. Um pouco longe, mas aproximando-se da cena, Carlos apenas ouviu os gritos: "Não! Não! Meu filho não!" O choro convulsivo, lembrando um uivo de dor. Ele sentiu um forte desejo de fugir, mas apenas prosseguiu em seus passos. A realidade do que fizera como que lhe voltara em preto e branco. Uma forte comoção o abalou, as lágrimas começaram a descer enquanto se aproximava. Um policial forte e barrigudo colocou o braço à sua frente como quem perguntasse o que ele fazia ali chorando, e ele apenas conseguiu responder: "Sou amigo do morto".

Por um instante apenas, ele quis confessar: "Fui eu! Fui eu quem o matou! Fui eu! Me levem embora daqui!" No chão, frio, molhado, refletindo as luzes do Natal, o corpo do jovem que ele matara e o desespero da mãe que o acolhera. Dona Carolina já se encontrava sentada ao chão. O corpo do filho, ensanguentado no colo. Cobria-o de lágrimas, como a mulher que cobrira os pés de Cristo com perfume. Recusava-se a acreditar na sua dor e indigência. Chorava amargamente. E clamava: "Meu Deus, que vou fazer sem meu filho?!" E entre soluços às vezes batia-lhe levemente na face, dizendo: "Gabriel?! Gabriel?! Fala comigo..." "Quem foi o monstro que te matou, meu filho?! Fala pra mãezinha!? Fala!"

Carlos, como se soubesse pela primeira vez na vida o que fazer, ficou com ela, a amparou. Foi ao velório, chorou o morto como se fosse seu conhecido de muitos anos. Abraçou dona Carolina como se há muito a conhecesse. Dia 25 de dezembro foi um dia chuvoso e muito triste no qual enterraram Gabriel. Era nome de anjo, isso Carlos não conseguia esquecer. Matara, matara um anjo que cuidava de uma doce pessoa.

A partir de então, dobrara o seu trabalho, passara a ter dois empregos, deixara de ganhar apenas para si e passou a ajudar dona Carolina. Aos poucos ela o via como um filho amado que Deus enviara para substituir aquele que lhe fora tão tristemente roubado. E assim foi por alguns anos. Até que ela morreu, de morte natural nos braços de Carlos, abençoando-o, sem jamais saber da verdade. Mas, para Carlos, isto não bastava.

Após providenciar o enterro daquela que fora como uma segunda mãe, caminhou destemidamente até a polícia e, enfim, entregou-se, enquanto parecia-lhe ouvir ainda a mesma cantiga, repetida inúmeras vezes em sua mente doente: "Noite feliz... Noite feliz! Oh, senhor, Deus de amor... pobrezinho nasceu em Belém... Eis na Lapa Jesus, nosso bem... dorme em paz, oh Jesus! Dorme em paz, oh Jesus!"

Ao delegado, que estranhou o nobre gesto, ele apenas conseguiu responder: "Nenhum crime prescreve!"

22 de dezembro de 2011 23:45

O Significado do Natal!

Muita gente já escreveu, pensou e leu sobre o Natal... Em geral, nós andamos reclamando que ele perdeu seu significado, que está tudo deturpado, que as pessoas só pensam em comer e beber, que se esqueceram do aniversariante etc. Bem, então, pensei, por que não buscar o significado do Natal?

Pensar esse dia como uma data de comemoração de aniversário parece ser uma ideia que já fracassou. Funcionou em algum momento, mas agora já não é mais suficiente. Pensar que é o dia consagrado a Mitra, o Sol invencível, e absorvido pela Igreja Católica, também não ajuda. Não pode ser verdade que o dia dedicado à lembrança do nascimento do homem mais importante do Ocidente esteja perdendo seu significado, sua importância, para um chester, um pernil, um peru...

Muitos de nós pensamos nele todos os dias, uns até conversam com ele; outros não conseguem viver sem ele, e outros, apesar de tentarem, não conseguem ignorá-lo.

Tudo o que diz respeito ao Natal nos parece coletivo, talvez tenha nos sido ensinado assim... Comemoram essa data como um momento de amor, fraternidade, solidariedade, troca de presentes... mas não é, não pode ser, porque senão ela não perderia o seu sentido... Também quiseram que comemorássemos com o momento em que o Nosso Salvador veio ao mundo para nos libertar do pecado... Sinto que essa agora soou no vazio...

Senti então que se houve ou há algum significado, ele só poderia ser muito subjetivo, muito individual. Achei então que eu deveria buscar em mim o motivo real para comemorar, não aquele que me ensinaram, mas aquele que está por trás da minha fala quando digo que o Natal perdeu o significado: o que eu quero dele afinal?!

Conhecer Jesus Cristo só pode ser um aprendizado, algo experienciado, ao longo dos anos. Lembro-me de minha mãezinha, segurando minhas mãozinhas postas, uma em direção a outra, em ato de oração e me ensinando o Pai-Nosso antes de eu ir dormir. Era difícil lembrar das frases... às vezes eu as trocava, mas rezar direito, e antes de dormir, era uma necessidade... Minha mãe pacientemente repetia as palavras comigo, sorria, corrigia e começava de novo. Acho que Deus, se ouvia, achava graça.

Quando mais tarde comecei a ter medo de escuro, era na oração que eu confiava, e era para Jesus que eu orava, até adormecer, ou correr para a cama da minha mãe. Então, Jesus, que era muito desconhecido para mim, era alguém poderoso e forte o bastante para afastar todos os monstros, inclusive o maior deles, o meu medo. Era ele quem me reconfortava para dormir seguro, quando dezenas de olhos me espreitavam à noite; quando ruídos estranhos teimavam em se repetir pelo meu quarto, era ele que me acalmava, mesmo quando a oração parecia ter falhado e todos os espíritos maus continuavam ali.

Na igreja, eu aprendia a ler as imagens, e elas eram sobre Jesus. Eu via cenas que eu ainda não sabia o que eram, e ficava basbaque com a beleza, e curioso para saber o que eram, por que estavam ali. No teto, na nave principal da matriz, desenhos de âncoras, navios afundando, cordeiros estranhos, segurando uma bandeira esquisita no bracinho, pessoas se afogando, nuvens, céu e sol, e aquelas lindas criaturas adornadas de asas, que mamãe me ensinou cedo serem anjos. Os anjos da guarda. Tudo era mistério. O desconhecido sussurrava para mim naquelas pinturas, encantava e ficava chamando: "vem, vem..." E eu segui, e isso mudou o rumo da minha vida.

No início da puberdade, com as naturais dificuldades de desenvolvimento sexual, sem ter com quem falar, nem para quem pedir ajuda, era com ele que eu falava, mesmo que tudo parecesse estranho, pecado, esquisito e que não era para ser falado com ele, mas eu não tinha mais ninguém. Então nessas horas ele me pegava no colo e eu chorava... até ele me dar paz.

Quando a pobreza e a miséria eram tantas que não sabíamos o que íamos comer... bem, era para ele que minha mãe rezava e pedia... E sempre dava certo, pois conseguíamos pegar uns peixinhos à beira do rio. Quando a morte em família nos abatia era a ele que nós amávamos e culpávamos, até conseguirmos novamente sorrir.

Quando fiquei mais adulto e estudei tudo o que pude sobre Jesus Cristo, ele ficou distante, ficou velho dois mil anos ou mais. Já não podia chamar seu nome sem me autocriticar, já não podia ter medo de escuro, porque ele não viria para me ajudar. O mundo tentou arrancá-lo de mim com muito mais força do que tentou me o dar. A confiança cega na sua presença acabou. Mas minha necessidade dele era tão mais forte que acabei criando razões sólidas para a sua existência e permanência, e ele deixou de ser crença para se transformar em realidade. Quando desejei fazer meu melhor trabalho, era ele quem estava lá.

Enfim, quando tive medo, ele me protegeu quando sofri me confortou; quando errei, me levantou; quando precisei de sentido na vida, ele me o deu; quando preciso de companhia ou sofro por solidão, ele está comigo. Estranhamente, jamais orei para os santos e nem para a virgem Maria, sempre foi para Jesus.

Então, para eu sentir o que é Natal, para eu saber qual o seu significado, imaginei... fiz muito esforço, imaginei a minha vida sem tudo isso, imaginei um momento em que ele não estivesse. E foi como se eu sentisse toda a dor e solidão do mundo, só que sem fuga, sem esperança. Aí eu soube o que era o Natal, e foi um momento muito antes de mim, que garantiu que alguém, que nem era nascido ainda, pudesse ter paz, conforto, amor e esperança; e que no meu caso não era coletivo, pois muitas vezes... as pessoas não queriam estar comigo, então... éramos só eu e ele. É isso o Natal na minha vida, o momento em que ele nasceu para mim e para o mundo. Ele é a luz nas trevas, o caminho dos sem direção, a água viva dos que têm sede de vida. O único amor dos que não têm um amor, a paz dos ansiosos... Ele me deu o mundo, mas deixou claro que não pertenço a ele e sou seu.

Para mim, estas são as frases que serão sempre Natal em meu espírito: "Os sãos não precisam de médico..." e "Vinde a mim todos vós que estais sobrecarregados que eu vos aliviarei, pois leve é o meu fardo e suave o meu jugo..."

Feliz Natal! Comamos nossos perus em paz, ele não está nessas coisas. E nem a comida e nem as bebidas nos fazem mal, pois "o mal é o que sai pela boca do homem..." O Natal para mim agora é um momento, um momento de profunda intimidade entre mim e ele.

Que olhando para dentro de si você possa também encontrar o sentido e o significado do Natal. E obrigado por serem meus amigos, pois por amá-los e querer dizer coisas boas para todos vocês, pude olhar para dentro de mim e estar mais feliz. Os amigos são o espelho do que somos.

2012

20 de janeiro de 2012, 9:47

Hoje antes de cuidar do corpo eu quis cuidar de você
Queria algo que fosse doce como o amanhecer
Algo que dispersasse a distância e me colocasse junto a ti
Procurei um poema, um que fosse tudo o que eu quisesse
que você ouvisse, embevecido, entre emocionado e santo.
Busquei Cecília Meireles, mas, por mais imaginativa a
minha busca fosse... nada.
Afinal a internet se alimenta de pessoas e de suas sensibilidades...
Só me lembro de um trechinho...
"Para pensar em ti todas as horas param..."
Então direi, que não apenas param... suspiram...
E elas sorriem... e se entristecem... Enchem-se de esperança
E de novo sorriem...
Entre parar e agitarem-se, compõem um compasso
E te procuram na distância como uma música que jamais pude compor [1]

25 de janeiro de 2012, 20:01

Falsa. Aquela era uma noite falsa. Estava escuro. No entanto, nem lua, nem
estrelas. Só acreditava nela porque vira o guarda noturno...

20 de fevereiro de 2012, 21:20

Será que Baco irá me perdoar? Será que não carnavalizar, vai fazer o recalcado
retornar?! Será que eu tenho de liberar alguma coisa ainda?! Não sei, quase sinto
pena daqueles que precisam de datas para serem felizes, ou para serem livres. A li-
berdade é uma prática cotidiana à qual me entrego plenamente. Então... carnaval
fica assim... parecendo uma festa para a qual eu não fui convidado. Sou exagerado,
tenho epifanias cotidianas, e o álcool ou as drogas passam bem longe do meu perfil...
Então, sabe, Carnaval, só se for pelo ar-condicionado do lugar.

---

1 L.V. trocou mensagens com um belo rapaz que morava em outro estado, eles praticamente se apai-
xonaram por escrito. Logo viram que era só amor platônico, muito breve por sinal. O autor era prag-
mático e não acreditava em romance a distância.

26 de fevereiro de 2012, 21:07

Quando eu estiver revestido de bom senso, mandem as coroas de flores...

2 de março de 2012, 21:46

Hoje estou em comum acordo com a humanidade: queremos descansar, mas não podemos porque o calor não deixa. Não queremos sair, mas precisamos porque o calor exige. Queremos dormir, mas ficaremos acordados. Fome só se for de sorvete. Enfim, devo ser um dos últimos peludos homens das cavernas que sobreviveram, mas por pouco tempo...

***

O vinho acabou... que garrafa curtinha.

4 de março de 2012, 23:25

Neste final de semana alguém me ensinou que ódio não é uma questão ligada a preconceito, ele só precisa de uma desculpa para se instaurar. Não importa quão boas e sensatas sejam as pessoas: se elas levam ódio dentro de si elas, o colocarão para fora. É um espetáculo dantesco, não há razões verdadeiras, não há motivos reais. Qualquer um pode ser vítima, qualquer um pode ser algoz. Para alguns abismos, não há pontes possíveis.

18 de mar de 2012, 22:17

Antigamente aguardávamos a Era de Aquário como um momento de libertação e crescimento espiritual. Hoje que ela já se instalou, sabemos que é a Era do Aquário: vivemos todos dentro de um quadrado transparente de vidro, vigiados por todos os lados, com oxigênio controlado, com temperatura ambiente controlada. E sentimo-nos seguros como peixes bobocas num reservatório. E se o musical Hair era um anúncio das mudanças, tenho de dizer que a calvície ainda é um problema sério e ascendente.

Do blogue – 19 de março

O passado bate à porta

Quando o passado nos bate à porta, às vezes ficamos aturdidos e receosos. Devo abrir a porta e deixar entrar? O que ele quer de mim? Bem, se não abrirmos nunca saberemos. É surpreendente o número de vezes que vivemos essa situação. Velhas contas não acertadas, antigos amores mal resolvidos, mágoas e dores, e muito poucas vezes a alegria. No entanto, existe real felicidade em se abrir essa porta, acolher o que foi, resolver e deixar partir.

Sempre é constrangedor. Sempre haverá palavras que parecem morrer no ar em meio a uma conversa. Olhares que se desviam e se perdem pela decoração da casa. E quando o passado vai embora, temos a boa sensação de ter feito a coisa certa. Mas resta uma espécie de vazio.

Coisas não resolvidas ocupam muito espaço de nossa vida mental e emocional. E ficam lá no fundo de nosso coração, de nossa memória, aguardando, fermentando, causando pequenos males, mudando nossos caminhos. Quando finalmente resolvemos, não há mais nada lá... Aí, o vazio.

Bem... sempre teremos a chance de ocupar este espaço com coisas novas, pessoas novas, novos erros e novos acertos. Sigamos em frente. Quando o passado bater à porta abra logo, acolha-o e deixe-o ir embora no tempo certo.

Ser pleno é desatar nós e tecer caminhos.

21 de março de 2012, 13:07

Ser pleno é desatar nós e tecer caminhos!

23 de março de 2012, 23:05

Todos estão dizendo um adeus hoje, eu também direi: Adeus, Neide Taubaté! Você foi a única que teve coragem de falar algumas verdades para o general João Figueiredo... Adeus, Pantaleão, retrato da sabedoria esperta da velhice... Adeus, Bozó, igual àqueles tantos que conhecemos... Adeus, Tavares, o primeiro a assumir a escrotice do macho alcoolizado... Adeus, Alberto Roberto, fim do espetáculo... Sinto que será um esquife pequeno para tanta gente com contribuições tão importantes para a nossa cultura. Chico Anysio? Jamais o conheci, dele só ouvi falar... Mas assim são os grandes autores, não é? Deixam as personagens falarem por eles.

24 de março de 2012, 23:37

Semana passada, eu vi John Carter, entre dois mundos, *um bom filme, nada de especial. Mas me lembrou um pouco a antiga série de livros de bolso Perry Jordan, e acho até que um dos livros tinha esse nome. Mas o que me atraiu foi outra coisa, o título...*

Os bons títulos. Acho que todo escritor tem seu dia de pequena inveja de outro autor, e isto se dá muitas vezes a respeito do título. Nunca tive dificuldades para títulos do que escrevo, mas confesso que há títulos que me atraem muito e que eu adoraria ter escrito uma estória com eles.

John Carter, entre dois mundos *é um desses. Que coisa, estar entre dois mundos, toda a riqueza de significados que pode ser explorada.* Muito barulho por nada *(peça de Shakespeare)*, O sol também se levanta, Por quem os sinos dobram, Jesus Cristo no cinema, Grandes esperanças, Como era verde meu vale, Assim caminha a humanidade, E o vento levou... *Nossa, é uma infinidade de títulos maravilhosos. Até pensei um dia em desafiar-me a roubar todos os títulos que amo e escrever novas estórias a partir deles. Imaginem? Um livro só com títulos lindos e significativos... Que estórias dariam?*

O Leão no inverno, Medida por medida, O pêndulo, O corvo, E no final a morte, Morte sobre o Nilo, Quo Vadis? *Puxa, com pouco esforço sou capaz de ficar aqui um tempão só pensando em títulos que me chamaram muito a atenção.* Razão e sensibilidade, O combate de Tancredo e Clorinda, A força do destino.

Títulos clássicos, épicos, imensos, mas acho que estou mais para Se meu fusca falasse.

1º de abril de 2012, 1:22

Se a vida é um risco, farei dela um belo desenho!!

Do blogue – 18 de abril de 2012

Rumos

Não se perturbe com perguntas como: quem sou, de onde venho e para onde vou? O certo é que você é, não obstante a sua origem – ela se perdeu. Você já está e isso é o que importa. Para onde vai? A pergunta é inócua, à sua volta já estão os caminhos. Todos são corretos quando trilhados por um coração correto. De que adianta dizer que irá para o céu? Que depois das montanhas existe um inferno, um paraíso? Importante é mudar as perguntas: Sou! Como sou? Estou! Onde e como estou? Com que atitude desejo trilhar os caminhos? Responda a essas perguntas. Ao contrário das outras, elas têm resposta.

Do blogue – 18 de abril de 2012

Presentes

A vida sempre nos dá presentes; aprenda a aceitá-los. Aprenda também a aceitar os presentes mais adequados ao seu caminho. O que não lhe interessar, apenas deixe, interessará a alguém. Nesta condição estão as cargas que lhe impõem e que não lhe pertencem. Seja educado, o dono delas aparecerá cedo ou tarde, não se perturbe.

Do blogue – 18 de abril de 2012

Mártir ou herói?

Se um dia te elegerem mártir, recusa. Se te elegerem herói, recuse mais rápido ainda. Ninguém é mártir ou herói porque lhe impuseram. Ambos são resultado de caminhos escolhidos. Pelo que se sabe, ambos são ruins, o primeiro destrói o corpo de alguém importante: você; o segundo, destrói o espírito.

22 de abril de 2012, 9:25

Luiz Vadico compartilhou um link.
Curtindo a Vida Adoidado - Twist and Shout youtube.com

Compartilho uma coisa boa. Quando falo para as pessoas que me emociono até às lágrimas com esta cena, elas riem e não acreditam. Sim, me emociono... É tanta alegria e vida, e o convite para a ingenuidade, alegria, música e leveza. Vivíamos numa época em que o mundo poderia acabar a qualquer momento por causa da guerra atômica, e com uma inflação que destruía nossas perspectivas todos os dias; rir e ser feliz enquanto pudéssemos, acho que este era o espírito. Que pena, parece que o mundo não vai acabar mais[2]...

Do blogue – 22 de abril de 2012

Sobre o objeto "livro"

Não sou um saudosista, e sempre fui dos que saudaram a literatura virtual e digital; no entanto jamais fui pelo fim do objeto "livro". Quem lê sabe que há muita coisa boa e interessante neste amigo que nos acompanha ao longo dos anos. Quem nunca cheirou um livro? Quem nunca apertou contra o peito aquele livro de poesia que nos enchia de sentimentos novos ou que traduzia à perfeição aquilo que não diríamos a nós mesmos por falta de força na expressão?

Sou muito tátil e muito sensorial, então, ainda me lembro do cheiro dos gibis dos anos setenta, cheiro ácido e áspero, e também do catálogo da Avon, cujo cheirinho fazia a minha delícia infantil. Ainda bem que os livros melhoraram de qualidade e há muitos hoje que cheiram catálogo da Avon, rs. Mas quem não sabe o que é o delicioso cheirinho de um livro antigo? Aquele de onde a acidez da tinta nova já desnaturou e sobrou apenas um delicado perfume adocicado? É, o livro tem muito mais coisas do que informação... Agora tentem cheirar um tablet... rs, mudarem o conteúdo à vontade... é cheirinho de plástico mesmo, rs.

Para além do cheiro, os livros sempre possuíram texturas. Há os que possuem páginas lisas, um papel meio pegajoso para quem tem mãos úmidas, rs. Há os que têm páginas ásperas, e os que são ricos com papel vergê. E mesmo os que são mistos com papel branco impresso com ricas ilustrações e papel amarelado de qualidade diferente para os textos que não resistiu ao tempo e amareleceu... Há aqueles que têm papel suave ao toque, folhas finas, como a Bíblia, transparentes e de letras muito pequenas, e aqueles que possuem folhas grossas e que, quando envelhecem muito, se quebram e esfarelam... Ah... quanta possibilidade num livro.

---

2 Referência ao filme *Curtindo a vida adoidado*, direção de John Hughes, de 1986.

E quem nunca morreu de inveja ao pegar aquele livro que dizia "desta tiragem foram retirados cinquenta exemplares, impressos em papel vergê, numerados e autografados pelo autor..." E, claro, o seu não era um deles. E aqueles outros caríssimos, cujas ilustrações eram tão preciosas que vinham recobertas por uma página de papel de seda? Passaram-se anos e as cores pareciam manterem-se a toda prova... Quanta sacralidade num único objeto.

Havia também os livros detentores de segredos... Estes apareciam nos filmes, tinham cadeados presos às capas, e os manuais secretos publicados pela Abril, que os imitavam. Quando crianças achávamos o máximo, pois guardávamos esses livros como se ninguém os pudesse ler (como se alguém quisesse, hehehehe). Cada vez que olho para um livro, ainda o vejo como um detentor de segredos, e cada vez que um me interessa, sinto-me como alguém completamente feliz que pode usufruir de um imenso prazer. O livro sempre foi para mim um oásis diante do deserto cultural no qual fui criado. Cresci entre fronteiras, a de São Paulo e a do Mato Grosso do Sul, onde o melhor que se lia era o catálogo da Avon, e o melhor que se ouvia eram guarânias paraguaias (das quais sinto saudades).

Além disso, há os livros que detêm significado especial, pois ganhamos de alguém. Às vezes nem sempre alguém especial, mas um livro que adquire significado, inclusive ressignificando quem o presenteou. Tenho comigo um *Novo Testamento* e *Salmos* dado de presente por um desconhecido – ou quase – quando eu tinha doze anos, até hoje me acompanha. Conheço seu cheiro e ele conhece o meu. E estamos amarelando junto com o tempo, mas não com medo, rs. Cada um sabe o porquê de se apegar ao objeto livro. Não ignoremos a sua importância em nossa vida. Quero muito sentar-me e deitar-me com um bom livro, e dele, e com ele, fazer coisas além da imaginação.

24 de abril de 2012, 22:42

Luiz Vadico compartilhou um link.
Livro de Hitler será publicado pela primeira vez desde a Segunda Guerra
www1.folha.uol.com.br

Há décadas que Mein Kampf *pode ser encontrado nas bancas das rodoviárias de todo o Brasil. Sou a favor da democracia e da informação, mas neste caso sou a favor do esquecimento. Um mito se alimenta da memória, se alimenta da sua divulgação, se alimenta da sua discussão. Só esvaziando a sua importância ele desaparece e perde o sentido. No Brasil,* Mein Kampf *deve ser praticamente inócuo, na Alemanha... sabe Deus. Mesmo assim, sempre me chamou atenção o fato de estar facilmente disponível nas bancas. Não deve ser nenhum recorde de vendas, mas já conta várias edições.*

28 de abril de 2012, 23:25

Depois de um graaaande sonão... Restou apenas uma opção: Coconut! *Alguém tá a fim? Atenção para a receita: três pedras de gelo, meio vidro de leite de coco, duas doses de Rum Malibu, e um espirro de adoçante... Claro, aqueles mortais que têm o poder, podem colocar três colherinhas de açúcar. Mata carência, mata vontade e mata a noite!*

29 de abril de 2012, 22:08

O que aprendi de mais importante neste ano foi que não precisamos ser "bons" o tempo todo. Às vezes eu não escrevia, pois estava esperando a "grande inspiração", depois descobri que as pessoas gostavam de coisas que eu achava menos inspiradas. E que nem todas gostavam daquilo que eu achava bom. Depois percebi que nem todos os escritores que eu amo é ótimo, e mesmo os profissionais da área acadêmica que admiro têm seus momentos menos inspirados.

Depois notei também que não poderia cobrar de mim aulas maravilhosas todos os dias. Assim, este ano aprendi a respeitar meus momentos de "baixa", e o que é melhor, a continuar produzir coisas na "baixa". Ao perceber que não estou no meu melhor momento, eu faço da "baixa" um bom instante de autocrítica.

No conjunto das coisas que fazemos é bom que tenha coisas muito boas, coisas médias e coisas obviamente ruins. Pode parecer incrível, mas isto valoriza ainda mais aquilo que é bom, e percebendo isso, nos respeitamos mais, e até produzimos coisas boas, não ótimas, mas boas, não perfeitas, mas boas; porque bom não é aquele que é bom o tempo todo, bom é aquele que, no conjunto de tudo o que faz e de tudo o que é, tem um saldo positivo consigo mesmo e com o mundo.

29 de abril de 2012, 20:24

Se as desgraças dos outros te fazem feliz... Espera só elas te alcançarem. Estamos todos esperando para ouvir as suas gargalhadas. Nada como um dia atrás do outro.

29 de abril de 2012, 12:53

Num dia nublado, como esse, temos certeza de que o sol está por trás das nuvens! Um dia assim se parece muito com a vida. Problemas existem, mas há algo por trás das nuvens que nos diz que devemos aguardar um belíssimo céu azul, mesmo que demore um pouco. Então, em bom inglês arcaico: Gooday![3]

29 de abril de 2012, 00:55

Luiz Vadico compartilhou um link.
Christina Aguilera - You Lost Me youtube.com

Quando eu começo a afundar... pareço o monstro do pântano. Muita lama![4]

30 de abril de 2012, 22:21

A vida é algo mágico. Dá voltas a todo segundo, algumas voltas boas, outras nem tanto, mas todas servem para continuarmos o nosso caminho da melhor forma possível. Nas voltas más sejamos bons, nas voltas boas sejamos melhores[5].

4 de maio de 2012

Mais deprimente do que não ter tido forças para sair foi ter tido forças para ficar acordado.

---

3 L.V. não era otimista, algumas frases deste tipo foram publicadas pois tentava chamar atenção de possíveis leitores de autoajuda. A razão para este esforço era o sucesso dos memes deste tipo no Facebook.

4 Referência a um episódio da animação *Os Flintstones,* no qual se rodava o filme *O monstro do pântano,* que por sua vez é uma referência a um dos clássicos do horror em 3D, *O monstro da lagoa negra,* dirigido por Jack Arnold em 1954.

5 Mais um esforço para ser otimista, mas é visível que mesmo o autor não se convence do que diz.

5 de maio de 2012, 00:17

Agora há pouco estava preenchendo uma coisa engraçada: pessoas que inspiram você. Achei muito tolo. Fui preenchendo, e é interessante o quanto ficamos sabendo de nós mesmos com este simples exercício. Não coloquei todo mundo, mas me achei meio antiquado.

Do blogue – 5 de maio de 2012

Inimigos Cordiais

Hoje resolvi escrever sobre algo que está se tornando cada vez mais importante no meu comportamento. Quando vejo, não apenas estou praticando, como recomendando para as pessoas que o façam. Tem sido benéfico, tem funcionado. Essa prática me deixou menos ansioso, mais em paz e evita mal-entendidos. Estou falando de uma coisa que todo mundo conhece, mas pouca gente pratica: o diálogo.

Algumas pessoas acreditam que dialogar é simplesmente estar diante do outro e falar o que se pensa. Não, infelizmente não é bem assim. Pois podemos falar num tom de voz que faz com que o outro se feche para as nossas ideias e sentimentos. O outro, geralmente, reage ao que dizemos, e reage conforme o conjunto de nossos sentimentos e atitudes, que estão todos colocados e expressos em nossa fala. Dialogar significa também dominar a melhor forma de fazê-lo. Então, dialogar significa bem mais do que simplesmente falar com outra pessoa e ouvi-la. Quando não pensamos sobre isso, dificilmente o diálogo se estabelece. As pessoas falam, falam, falam e não chegam a lugar nenhum.

De tanto esbarrar em dificuldades por aí, e depois de alguma prática, cheguei à seguinte conclusão:

Dialogar é expressar com calma e em bom tom de voz as suas ideias e necessidades e ouvir o outro, realmente ouvir. Aceitar outras ideias ou recusar faz parte do diálogo. Não aceite nem recuse precipitadamente, pense. Inclusive, verbalize: "Podemos conversar depois sobre este assunto?!" É fundamental estar aberto para ouvir. Não diga sim porque deseja parecer aberto, diga não se for necessário. O diálogo é o caminho do coletivo, ninguém cresce sozinho; dialogando se cresce junto. E, pense, nem sempre o caminho que você achava bom era interessante. O diálogo informa, desmistifica, desproblematiza, encontra soluções ou, na pior das hipóteses, evita discussão.

O diálogo se faz com o outro. Bem, este "outro" pode não estar preparado. Então, mantenha a calma e explique-lhe, sem nenhum cinismo, "não é um bom momento agora, podemos conversar melhor em outra ocasião?" Não o acuse. Apenas dê-lhe tempo para pensar, sem dizer que o faz. Você já disse algo importantíssimo: "Vou te ouvir". O outro, mesmo que não queira, acabará recebendo a mensagem positiva e estará mais apto para o diálogo posteriormente. Assim, escapamos da discussão.

E o que é discussão? Aqui não falo da saudável "discussão de ideias", mas sim da altercação, da briga. Acabei definindo, assim, vê se você concorda:

Discussão é o diálogo que não deu certo. Na discussão você apenas diz o que quer e não está aberto para ouvir o que o outro deseja. Normalmente nos expressamos em tom de voz ligeiramente alterado, já dispostos a vencer o outro no suposto "diálogo". Engraçado que as pessoas não se ouvem, entretanto, nestes momentos, elas gritam. A discussão sempre é negativa, não importa o nível de agressão verbal envolvida, é sempre ruim. E, ao contrário do diálogo, o desfecho é sempre imprevisível. Geralmente aumenta o desentendimento.

Sobre diálogos que resultaram para o bem me lembro de uma pequena experiência, guardada com muito carinho. Quando morava numa república, em Campinas, um dos rapazes que a frequentavam não podia me ver que já começava a discutir. E eu fazia o mesmo. Não tínhamos motivos aparentes para tanto. Não importava o assunto, resultava num bate-boca sem fim. Aversão pura e simples. Pois é, acontece... Às vezes não queremos acreditar nisso, gostamos de colocar a culpa no outro, quando não há motivo, mas o fato é que há aversões instintivas. Por quê? Nem imagino. Deve ser cheiro, cara feia, coisas orgânicas, quiçá espirituais, e que não têm nada a ver com o caráter ou comportamento de qualquer um dos envolvidos. Aversão, pura e simples.

Depois de muito batermos boca, num belo dia resolvi me sentar com ele.

Tentamos saber o que acontecia. Chegamos até mesmo a dizer honestamente: "Meu, não sei por que, mas não vou com a sua cara". Tudo civilizadamente. Descobrimos que não era nada. Era apenas antipatia. Ela deixou de existir? Não. Mas, daquele dia em diante, nos declaramos "inimigos cordiais": sabíamos que não nos suportávamos e que também não havia motivo verdadeiro para tal.

Começamos a nos tratar com educação, e a nos ouvirmos com mais paciência. Nunca nos tornamos amigos, no entanto jamais agravamos a nossa aversão com a inimizade verdadeira. Nem todo mundo nos passa goela abaixo e vice-versa, compreendamos isso: não precisamos gostar de todo mundo nem todo mundo precisa gostar da gente, mas nem por isso precisamos brigar, discutir ou criar inimigos. O diálogo é assim, chega a soluções completamente inimaginadas. Nunca pensei que eu um dia iria me declarar "inimigo cordial" de alguém. Nem que uma relação como essa poderia redundar em boa coisa. Entretanto, continuamos ainda bons "inimigos cordiais". Ele é artista plástico, e às vezes acompanho com alegria os seus sucessos.

Está dado o recado? :)

6 de maio de 2012, 21:30

A cama me diz: espera... ou será a cama me desespera? [6]

***

Pronto!! Um sorvete a menos no mundo! Gordos, eu os protegi!! Tomei tudinho... Assim essa coisa terrível não fará mal a ninguém!

12 de maio de 2012, 20:11

Hoje o tempo passou para mais um amigo. A roda da fortuna virou. Todos os dias eu penso sobre esta maldita roda! Antigamente eu poderia evocar a deusa "Fortuna", agora sobrou-nos apenas a roda. E é incrível como ela poucas vezes roda na direção que desejamos. Bem, um dia embaixo, o outro também... uma hora a roda sobe... É por isso que é roda. Cada volta nos lembra que ela gira, e gira e gira. Se ela for uma roda pequena é mais rápida, se for grande as coisas demoram um pouco mais... Mas gira, ah, como gira. Para todos nós, ricos e pobres, estultos e sábios...

Vamos torcendo pela volta certa...

***

Só acredita em sapatos quem tem pés...

---

6 Aqui é uma referência à vida afetiva e sexual de L.V., a solidão era desesperadora? Não sabemos. Mas a cama o lembrava de que estaria sozinho nela.

13 de maio de 2012, 18:44

Hoje me dei conta de algo bastante interessante. Todos os anos reclamo que o Natal está parecido com o Carnaval, só comidas bebidas, baladas etc. Ontem um amigo me disse: não sairei hoje pois preciso almoçar com minha mãe. Ao longo do dia, havia silêncio neste bairro. Os carros pararam. Os restaurantes não estavam lotados... Me dei conta de que o Natal mudou de data. Há tanto respeito pelas mães que tudo para, tudo fica discreto, tudo fica calmo, tudo fica amor.

14 de maio de 2012, 00:08

A última de Mãe hoje: minha mãe me ensinou a dirigir em São Paulo: "Filho, mantenha-se na faixa, fique à direita, sempre dê seta, ande na velocidade máxima permitida". Obrigado, Mãe. Deu certo!!

15 de maio de 2012, 12:46

Hoje não se engane, por trás destas nuvens e do vento frio, há um sol e com certeza um abraço caloroso se você quiser. Acredite! O inverno não amplia a solidão, ele chama ao reconforto dos amigos[7].

20 de maio de 2012, 00:38

Querer amor e não dar
Amar profundamente as pessoas
E querê-las distantes...
Atirar-se ao mundo e retrair-se
Fechar-se e abrir-se
Isolar-se em meio à multidão
E em meio à sala de estar...

***

Às vezes sentimos que não temos dentes para sorrir, mas não há sorriso mais terno do que o das pessoas que, mesmo não os tendo, sorriem.

---

7 Estranha o fato de que o autor que alega não fazer autoajuda tenha mantido este tipo de frase no seu trabalho.

***

Se o amor parece ter desistido de você, jamais desista dele. Ele é caprichoso e adora atenção e perseverança. Paciência, um pouco de charme, sedução e ele não resistirá...

***

Se você anseia pelo amor, para de pensar que o enfia pela boca comendo tudo o que vê pela frente. Você está alimentando o corpo quando é a sua alma que está faminta. E a alma se alimenta de delicadeza, beleza, sensibilidade, sorrisos e entrega. Você merece amar e ser amado. E se cuide, pois é o amor que irá te devorar.

***

Viva! A vida te ama, por isso você existe. Ela está sorrindo para você! Sei que ela parece ser meio vagabunda, porque se dá pra todo mundo. Mas é experiente, sábia e lhe trará tudo o que tem de melhor. Sorria para ela, não se faça de difícil! Divida-a, não seja egoísta, pois ela o partilhará com todos os que estão vivos.

20 de maio de 2012, 19:41

Amigo é aquele cúmplice que sempre nos convence a não cometer um crime...

***

Quando Deus nos ama, nos dá amigos. Quando o diabo nos testa, nós os abandonamos dizendo que fomos abandonados! [8]

***

Na amizade, encontramos respeito, compreensão, carinho, acolhimento e limites... e os aceitamos.

---

8 L.V. não acreditava em Diabo. Não via o mal como uma força, quando usa a palavra é de forma metafórica.

26 de maio de 2012, 12:11

Ele está sempre do seu lado. Parece nem ter vida própria. Nunca te abandona, faz tudo o que você quer. Nunca discorda, sorri e chora contigo. Sempre te acha o máximo, nunca te critica. Carrega as suas dores e preocupações... Você sempre o procura, pois não consegue viver sem ele. Se você pensou em "amigo", errou: este é o Diabo.

***

Acredite menos em frases feitas e mais em pessoas incompletas. A frase fácil não dá conta do difícil da vida.

***

Se você sente a ausência de um amigo, não é ele quem está longe, é você que está distante dele.

***

Seu amigo tem vida própria. Então, nem sempre está ao seu lado, apenas nos momentos certos. Nem sempre te impede de fazer uma tolice, mas te ajuda a se levantar. Não se confunda, ele não é responsável por você e nem por suas decisões, ele é só uma pessoa que te ama de graça. Ele faz o que pode, se você deixar.

***

Estatisticamente falando, a frase mais dita pelos amigos é: Não faça isso, pelo amor de Deus! [9]

30 de maio de 2012, 18:18

Se você vai economizar dinheiro no Dia dos Namorados, gaste comigo!! Ao menos eu faço aniversário! [10]

---

9 Este conjunto de frases foi publicado para chamar atenção de possíveis leitores a pedido da empresa de marketing, que cuidava do lançamento de Memória impura. O autor relutou em publicá-las.

10 A referência ao aniversário é quase uma aberração. L.V. não costumava comemorar a data.

***

Já estou falando de mim na segunda pessoa... A próxima etapa é conquistar a Gália!

4 de junho de 2012, 20:35

Sonhos ainda não realizados: ser um compositor famoso; ser um pintor famoso; ser um arquiteto famoso; ser um DJ famoso; ser um estilista famoso; ser um modelo famoso (sem chance, rs); ser um cantor famoso; ser um dançarino famoso... Se eu me contentasse em não ser famoso, estava tudo certo, rs. Mas graças a Deus tenho muitos sonhos pela frente!

29 de junho de 2012, 00:03

Não seja sectário. O sectarismo ajunta a ignorância e avilta a inteligência.

Luiz Vadico compartilhou um link.
29 de junho de 2012, 19:01
The Ting Tings - That's Not My Name youtube.com

"Este não é o meu nome" é o que eu mais digo na vida! Sempre me chamam de alguma outra coisa que não sou eu. Aí eu tenho de dizer: "Este não é o meu nome", "esta não é a minha cara" [11]*...*

Nasceu no dia 12 de junho, Dia dos Namorados, véspera de Santo Antônio. Detestava quando lhe perguntavam a data do seu nascimento, pois logo ouvia a frase: Dia dos Namorados?! Pelo menos você ganha dois presentes! Quando criança não suportava a época, pois era comum as crianças soltarem fogos, bombinhas, traques, busca-pés etc. L.V. nunca suportou barulho. Talvez seja por isso que tenha deixado de gostar do seu aniversário. Além do mais, era muito autocrítico, e sempre dizia: "Com 22 anos, Alexandre conquistou o mundo..."; "César conquistou a Gália, estou muito atrasado".

11 A questão da identidade é recorrente. Desde a infância, L.V. vivia com a sensação de que era um estrangeiro em sua própria vida. Aos vinte e um anos veio a explicação: descobriu que era superdotado, ou possuidor de altas habilidades, quase gabaritou o teste, acertou 96 de 100. Então, mesmo que ele não se sentisse melhor do que ninguém, as suas formas de interagir eram sutilmente diferentes, mergulhando-o numa eterna sensação de "eu não sou daqui, não sei quem são essas pessoas, e elas não sabem quem sou..." Muita terapia e trinta anos depois, ele continuava igual. Poucas pessoas conheciam esse fato. Tinha vergonha de ser superdotado,

29 de junho de 2012, 20:06

Ter juízo é como levar pra cama a sociedade inteira. Bem, mas aí você é promíscuo, não é?

1 de julho de 2012, 14:20

Se eu estiver em silêncio, não faça ruídos: é porque estou gritando, e meu desespero merece a compaixão da ausência de palavras...

11 de julho de 2012, 22:58

Uma das frases que mais adoro, não sei por que sempre acaba por fazer sentido nos momentos mais inesperados. Do Imperador Tibérius para Antônia: "Só porque não és rainha, pensa que te devem alguma coisa..."

13 de julho de 2012, 19:23

Por que quando o amor bate à porta a gente não acredita?! Aí ele insiste, bate e bate... Bate forte! Bem, aí temos certeza, é assalto!

13 de julho de 2012, 19:58

Se a sua varinha for curta, não me cutuque... Hoje tô com a macaca! E tendo em vista o histórico de fantasmas, deve ser o fantasma da Chita!! [12]

---

para ele era uma deficiência. Quando precisava contar para alguém, geralmente era porque a diferença havia criado problemas. Sabia também que as pessoas desconhecem completamente o assunto e não recebiam bem a novidade, menosprezando as dificuldades. Dizer para as pessoas que sofria de superdotação resultava para elas o mesmo que dizer que eram deficientes. Com receio de criar problemas em seu local de trabalho na universidade, entregou para os seus chefes o resultado do seu teste de QI, para que eles pudessem se defender em relação aos seus superiores caso ele desse pane. "Dar pane" seria deixar de tentar parecer ser igual aos demais e agir conforme devia ser. L.V. temia o dia em que perderia o controle. A insanidade parecia o fio da navalha no qual caminhava. Em sua mente sempre vinha a frase psiquiátrica: "Incrível, você é funcional".

12 Na semana deste post, a famosa macaca Chita, protagonista dos filmes de Tarzan, havia morrido. A curiosidade é que nunca foi macaca, era macaco. Só para voltarmos à questão de identidade. O simpático animal sobreviveu a todos os seus companheiros da tela de cinema.

13 de julho de 2012, 21:44

Apenas um dia?!
Não, não é o bastante...
Que sejam dois dias então
Apenas os loucos contam
Momentos na eternidade...
Que eu seja louco...

15 de julho de 2012, 14:24

Esta noite eu tive um sonho que me perturbou. Bem, e como todos os sonhos que nos perturbam, ele não me deixa e a sua imagem reincidente fica me buscando. Então falarei dele para que ele possa ir embora. É uma imagem apenas. Num plano geral à minha frente está Júlio César, morto. Deitado numa grande cama, os braços estirados ao longo do corpo recoberto por um lençol da altura do peito para baixo, o peito nu e a pele arroxeada, o rosto forte. Estar diante de Júlio César morto não me perturbou, mas alguém havia apagado um cigarro, pouco consumido, no meio dos seus lábios. Então eu via o rosto de Júlio César cheio daquela dignidade eterna, com um filtro de cigarro se alongando para fora dos lábios. O cigarro tinha um quê de flecha, reto, sem marcas, longo... A imagem, perturbadora. Enquanto eu estou ali, não penso em nada, estou apenas diante do impacto do inusitado. Não gosto muito de ficar pensando em significados dos sonhos, pois em geral eles nos fogem e temos a tendência de adaptá-los conforme a nossa necessidade. Dizer que seria uma deixa pra eu parar de fumar parece tolice. Talvez o sentimento de ironia, de coisa desprezível, humor escarninho seja o que mais me incomodou. A finitude do grande homem unida à coisa que mata. Mas ele não fumava, nem cigarro existia, e o cigarro não foi de fato consumido nem por aquele que o acendeu e o apagou nos lábios de Júlio César. Então a mensagem é a imagem, o seu desconforto. Pronto, contei, agora passa?! [13]

---

13 L.V. foi desde a sétima série escolar um apaixonado pela Antiguidade. Talvez até mesmo antes, pois assistiu no cinema *Os últimos dias de Pompeia* (1959), de Sérgio Leone, quando tinha cerca de seis anos de idade. A experiência o marcou profundamente. Depois de uma longa incursão pelo Espiritismo, gostava de pensar que havia tido três encarnações na Roma antiga, nenhuma como César ou alguém de alguma importância. Neste sentido, também se sentia muito atrasado, pois na escala da evolução dos espíritos sua família espiritual já deveria estar em outros planetas, enquanto ele ainda estava aqui. O que para ele também explicava a sensação de ser estrangeiro.

16 de julho de 2012, 20:53

A eternidade não é a ausência do tempo, mas o instante no qual o tempo não está em questão.

28 de julho de 2012, 20:39

A dica: qualquer vinho tinto fica perfeito se você servir cerejas maduras ou ameixas. Elas salvam qualquer coisa, claro, menos Chapinha... Aí só sorvete de morango!

4 de agosto de 2012, 16:40

Há dois dias, morreu Gore Vidal. Bem, que importância isso tem, né?! Muita para mim. Um dos maiores escritores do século XX, grande conhecedor da cultura americana, especialista em religião e História antiga, um contemporâneo do seu tempo, que foi o "tempo todo". Morreu, por coincidência quando estou relendo Juliano, bem devagarinho... Pois sou um homem de prazeres. Morreu antes de eu reler Ao vivo do Calvário, que é impagável! É um mistério como acabamos por ficarmos íntimos de alguns escritores, eles se tornam da família. E falamos deles como de um tio querido que está distante. Tenho muita admiração e respeito por este homem que foi admirado e respeitado quando não era chique nem prudente se admirar um norte-americano; mas ele não é norte-americano, né? Ele é Gore Vidal! Pois é, Gore!! Você vai se encontrar com Deus! Esperemos que ele também tenha bom humor! Até logo...

Do blogue – 6 de agosto de 2012

Senhas[14]

O medo e a timidez foram sempre meus companheiros. Não sei como estes sentimentos nascem nem como e por que se mantêm, e muito menos sei como é que a gente se livra deles. Mas o que sei é que ninguém acredita quando você diz que tem medo e é tímido. O medo e a timidez são como a dor, todos sentem, mas é impossível descrever a intensidade como cada um sente, e é bem difícil

---

14 Este texto começou a ser escrito com a finalidade de explicitar os sinais sociais de masculinidade, como se aprende e pratica, e com uma certa melancolia por não conseguir repeti-los adequadamente. Por isso senhas sempre exigem uma contrassenha.

O moinho que derrotou Dom Quixote

também saber os danos que eles causam. Meu medo primário é dos homens; sempre tive medo dos homens, fossem os grandes ou os pequenos. Não há motivo, apenas os temia. Já as meninas nunca me deram medo.

Gosto de lembrar de mim como o Luizinho, é mais fácil falar de mim como se fosse de outro. Mesmo porque, quando contamos uma estória, é de outro que falamos, mesmo quando contamos de nós, já que é estória, é passado... Vejo o Luizinho sempre assustado. Na segunda série, não ia ao banheiro da escola. O banheiro era sempre escuro, não tão escuro, mas escuro, e eu não tinha muitos coleguinhas, mas os ouvia dizer que lá dentro havia a Loira... a Loira... Uma mulher morta, de cabelos lisos e compridos, nua, magra e sofredora que, ao ver alguém dentro do banheiro, pedia com um gesto para que se lhe tirasse os algodões do nariz... Luizinho prendia a urina por mais de quatro horas (era o tempo das aulas de então)... e andava mais seis quarteirões até sua casa, onde, enfim, podia timidamente urinar. Evitava ficar com algum amigo perto do banheiro da escola, para que este não tivesse a ideia de entrar e chamá-lo para ir junto... Se este fenômeno inaudito tivesse de ocorrer, ele se trancava dentro do reservado: com uma mão, segurava o "pingulim" e com a outra, a porta, como se isso pudesse deter a loira... Urinava de esguichinho em esguichinho... e às vezes por pinguinhos... Quando terminava, saía lá de dentro em pânico e não raro se molhava com os últimos pingos do xixi... as mãos geladas e arroxeadas...

Seu medo e imaginação faziam-na ter substância, ela era tangível... praticamente visível. Essa tangibilidade é que lhe causava o medo verdadeiro, era como se soubesse que realmente poderia vê-la se desejasse. Ninguém acreditaria nele se dissesse que a loira era uma realidade vívida e verdadeira na sua existência infantil. Eles ririam e sabia que mesmo assim o seu medo não passaria. De nada adiantava os adultos dizerem que ela não estava lá. Ela estava lá... ele poderia praticamente apalpá-la. Sentir sua presença gélida de cadáver, saber dos seus apelos surdos e saber que ele também jamais poderia ajudá-la com os algodões... pois morreria antes... Luizinho só pôde ir ao banheiro na terceira série, quando enfim mudou de cidade e a escola tinha um banheiro iluminado. Mas o hábito já havia se entranhado; ainda entrava no reservado, com medo... e agora com outro medo, medo de que percebessem que tinha medo.

Durante as aulas, ele não olhava para os lados nem para atrás, e quando o fazia era muito rapidamente, pois a professora dizia para que não olhassem para os lados nem para trás e que não conversassem... As pernas às vezes formigavam, sua bundinha doía, mas ele não se mexia... ficava em pânico quando algum coleguinha pedia algo emprestado, um lápis, uma borracha. Nervosamente ele passava o objeto, com mãos trêmulas, gestos rápidos, como se estivesse numa guerra em que uma bala o pudesse atingir. Ainda assim, conseguiu paquerar Marininha na primeira série. Uma loirinha sardenta, de cabelos lisinhos que parecia só ter motivos para sorrir. Buscava-a com os olhos, sempre sem se mexer, via-a entrando faceira na sala, e acompanhava-a com o olhar até ela dar a volta na sala inteira e sentar-se entre as últimas carteiras... Este foi todo seu sonho de garoto, olhar Marininha. Ver seu sorriso iluminado.

No recreio sentava-se no banco de concreto próximo à diretoria, sentia-se seguro lá, e lá esperava sua irmã mais velha, que impacientemente sempre buscava fazer com que ele saísse de lá e se distraísse com outras crianças, mas era em vão. Aquele banco de concreto foi o primeiro local da escola que a sua mãe o levara após ser matriculado e ela dissera muito claramente: "Espere sua irmã aqui!" Então, ele esperava. Neste estranho cotidiano via a diretora, dona Margarida, entrar e sair. Ela era uma mulher de aparência forte, magra, cabelos compridos e negros, brilhantes, achava esquisito ela estar sempre de sombras verdes nas pálpebras, terminadas por cílios negros enormes... falsos. Até hoje ele pode se lembrar do banco frio de concreto, sentava-se lá por tanto tempo que, se fosse possível as bundinhas ficarem resfriadas, teria pego uma gripe.

Paradoxalmente alguém iria libertá-lo. Luizinho aprendera a ler sozinho e depois, com alguma ajuda da irmã antes de entrar na escola, aprendeu também a escrever. Era muito sapeca nas diversões em casa, mesmo com os meninos na rua... garoto tímido, mas esperto. Um dia, quando estava saindo da escola, estava caminhando entre lento e depressa, por causa do xixi, quando um menino de cabelos castanhos e levemente encaracolados, pele branca e faces rosadas, avisou: seu sapato está desamarrado... Luizinho olhou para baixo vendo o desastre que se avizinhava e fez uma grande cara de frustração e disse "não sei amarrar": de todas as coisas que sabia fazer, ali estava uma que demorou a aprender. O menino então se abaixou e amarrou seu cadarço, aquilo foi como um carinho. Ele se levantou e disse: "Meu nome é Ronie! E o seu?" Enfim, parecia que os homens não eram tão perigosos, ao menos esse.

Uma amizade nasceu da laçada no cadarço. Subiram os vários quarteirões conversando, depois disso encontravam-se no recreio, brincavam de avião e de helicóptero voando desastradamente de braços abertos pelo pátio cimentado. Só não iam ao banheiro porque Ronie também tinha medo da Loira...

Ir até a casa do novo amigo também fez parte de suas novas conquistas, já podia andar três quarteirões sozinho. Até então andava sempre em linha reta, nos quarteirões em frente à sua casa, mas para ir ver Ronie precisava chegar ao outro lado do quarteirão, precisava perder de vista sua casa, sua rua... E isso causava medo... O pai de Ronie era marceneiro e possuía um quintal maravilhosamente recoberto de pedaços de caibros inutilizados, todos viravam carrinhos sem rodas avidamente empurrados pelos dois garotos. Enfim, descobriram que uma lata de Nescau vazia poderia ser puxada por um arame, à guisa de roda, encheram-na de terra e muito se divertiram com o fabuloso engenho.

Mas o que mais Luizinho gostava era dos animais de plástico que Ronie possuía, e acima de tudo, um camelo amarelo de plástico que ele possuía. E realmente era um camelo, porque por alguma razão estranha já havia aprendido na escola a diferença entre camelo e dromedário. Era uma espécie de nova vida a amizade com Ronie, pois se ela não o libertara de todo dos boizinhos de chuchu com que brincava, ao menos lhe dera opções, havia um infinito progresso entre os machuchos e o camelo amarelo. Mas paradoxalmente não desejava para si o camelo nem odiava seus boizinhos de chuchu, apenas tinha alternativas. Logo Ronie também dominava a arte de transformar inocentes chuchus em mamíferos quadrúpedes.

Do blogue – 16 de agosto de 2012

No ano da graça de 1999, eu era professor de reforço em um cursinho de Campinas. Nesta função também era encarregado, junto de outros professores da área de História, de corrigir e colocar on-line as respostas das questões dos vestibulares, antes mesmo das universidades para as quais o exame foi prestado pelos alunos. O texto a seguir surgiu do fato de uma das respostas elaboradas por mim para a questão típica dos vestibulares, "Cite as influências romanas mais importantes para a cultura ocidental", ter sido questionada quando coloquei entre as influências do Império Romano o cristianismo. Um professor de Literatura que estava em "alta" no cursinho questionou minha resposta, e estranhamente o seu douto saber sobre o assunto prevaleceu sobre o meu. Ele, formado em Literatura, e eu, em História com ênfase em História das Religiões.

Na época, como eu precisava muito do emprego, tive de engolir. Mas minha indignação deu à luz um texto divertido e irônico que agora resolvi publicar. Nunca o enderecei ao seu destinatário, e espero que mesmo hoje ele não venha a lê-lo. Divirtam-se!

Naquele tempo eu ainda me dava ao trabalho de responder às tolices humanas, e claro, deixava à mostra minha enorme vaidade. Espero que o conteúdo do texto não deixe ninguém confuso. Coloquei em itálico as partes que necessitam ser lidas como ironia necessariamente.

Não, o cristianismo não é romano

Este texto é um *mea-culpa* do professor Luiz Vadico, pois, diante de uma das questões da Fuvest, ele equivocou-se ao afirmar que o cristianismo seria uma das influências sobreviventes da cultura greco-romana no Ocidente.

Num *mea-culpa* deve-se colocar todas as razões sólidas pelas quais se julga culpado, é o que se fará então.

Jesus Cristo nasceu na Palestina, iniciando o atual calendário. Mais ou menos por acaso, essa região estava sob domínio dos romanos desde o séc. I a.C., evidentemente que isso foi um mero acaso. Coincidência interessante desta época é que os judeus estavam esperando um messias (ungido) que os libertasse do poderio militar dos romanos e instaurasse o tempo de Deus ou o Reino de Deus na Terra. Só por ironia da História, ou de Deus, vieram apenas alguns messias: João Batista, Jesus Cristo, Bar Kochba, alguns chefes zelotas, entre outros. Também não é importante o fato de os romanos terem uma cultura altamente assimilacionista com os conquistados e também não importa se a influência é de mão dupla, ou seja, que os conquistados também foram influenciados.

Tudo bem que Jesus nasceu em Belém por causa de um recenseamento romano, *mas isso não conta*. Posteriormente teve que fugir para o Egito, graças às inomináveis ações de Herodes, um rei não hebreu imposto à Palestina por Augusto, primeiro imperador romano. *Mas essas afirmações encontram-se apenas nos Evangelhos, textos sabidamente não confiáveis.*

Assim mesmo, podemos remeter-nos ao texto de Marcos, o mais antigo, + - 70 d.C., segundo a tradição escrito por João Marcos e ditado por Pedro, uma vez que esse não sabia escrever em latim, língua dos romanos. O texto em questão era dirigido aos romanos. *Mais um motivo para não se acreditar no cristianismo romano, pois a tradição que diz Pedro ter morrido em Roma até hoje não foi comprovada.*

Além disso, a suposta liderança de Pedro na Igreja primitiva é facilmente contestada consultando-se os Atos dos Apóstolos, nos quais Thiago claramente é o líder da comunidade judaica em Jerusalém, cidade essa chamada de Élia Capitolina depois que foi destruída por Tito em 70 d.C., *razão pela qual não faz a menor diferença a existência de Thiago. Claro que essa "forçassão" de barra nada tem a ver com o fato de o cristianismo ter adotado posteriormente o simpático nome de Igreja Católica Apostólica Romana, associando-se ao poder político temporal no quarto século depois de Cristo.*

Tudo evidentemente se trata de uma questão política, pois em termos de pureza doutrinária Jesus obviamente era judeu, e como judeu mandou seus discípulos pregarem sua doutrina claramente judaica, com alinhamento óbvio ao profetismo tradicional judaico, apenas para os eleitos de Deus: os judeus. Este alinhamento com os profetas é bem claro no famosérrimo Sermão da Montanha, montanha essa que ninguém sabia se ele estava subindo ou descendo (meros detalhes). Evidentemente estamos cada vez mais próximos da finalidade *deste mea-culpa, pois Jesus não tinha nada que ver com a religião que se diz cristã.*

O verdadeiro fundador do cristianismo foi Paulo, todo mundo sabe disso. E fundou-o numa epístola chamada "Aos romanos". Isto não é de se estranhar, tendo em vista que, em termos de antiguidade, os textos de Paulo são mais antigos que os de Marcos. *Mesmo assim, a "adaptadinha" que Paulo deu em Jesus Cristo para os romanos teve o pequeno mérito de fazer Galileu sobreviver, pois Paulo inseriu uma coisa que é ausente dos discursos de Jesus (com exceção de João, muito posterior em datação aos outros evangelhos), a salvação.*

Bem, lembrar outros cultos salvacionistas como o de Ísis e o de Mitra, altamente em voga no mundo romano do século I, *não é importante*, mesmo que o mitraísmo tenha sido quase completamente absorvido pelo cristianismo, inclusive com uma cópia do ritual da missa (sem falar no chapeuzinho do Papa, que se chama mitra papal). A salvação obviamente, com perdão dos pecados, sempre foi prerrogativa do cristianismo, que agora já podemos chamar de paulinismo.

Mas estes textos não podem ser confiáveis completamente... são textos apologéticos, então vamos para os multiamados acadêmicos. Fustel de Coulanges, na obra clássica *A cidade antiga*, defendeu a tese (comprovada e corroborada por todos os meios acadêmicos) de que o cristianismo só foi possível porque o Império Romano dissolveu as fronteiras da cidade antiga, modificou a territorialidade de tal forma que isso deu condições para o surgimento de um Deus desterritorializado, um Deus único e universal. *Bem, mas isto não importa, porque os acadêmicos gastam a vida pesquisando e mentindo em suas conclusões, conforme dançam as ideologias que os mantêm remunerados.*

Bem, e se Fustel, *esse caro homem desatualizado* do séc. XIX, está equivocado, o que se dirá de Karen Armstrong, historiadora das religiões, no novo clássico *Uma história de Deus? Ainda por cima tem a agravante de ser mulher... tsc, tsc, tsc... Essa historiadora, entre outros deméritos,* só fez repetir as influências que o cristianismo recebeu dentro do Império Romano, como o: neoplatonismo de Jâmblico (absorvido por Orígenes) e mais posteriormente por Santo Agostinho – sem a doutrina da reencarnação, é claro. Era o platonismo crasso e escrachado dos gnósticos, *bando de judeus helenizados e esoterizados que atuavam na -Ásia menor, que adotavam Plotino etc.*

Nem adianta entrar nas discussões do século II com Clemente de Alexandria, e muito menos saber que foi Constantino (imperador de Roma) que convocou o Primeiro Concílio Ecumênico de Niceia, que reformulou e deu "a cara" do catolicismo romano, na disputa famosa entre Atanásio e Árrio... *claro, nada disso importa ou é conveniente diante de uma fé pura.*

Diante de uma fé pura, deve-se acreditar que Jesus fundou o cristianismo e que ele é essencialmente o Messias, não o judeu, mas o católico. Todos os outros absurdos que os historiadores escreveram sobre a sobrevivência de textos e cultura romanos a partir da igreja cristã durante a Idade Média é tolice, ainda mais se remetermo-nos ao Império Chinês, (desculpem ato falho, quis dizer Bizantino). Este império estranho tinha algumas opiniões diferentes a respeito do que era o cristianismo e aí criou seu próprio, o cristianismo ortodoxo grego.

Para ampliar meus equívocos enquanto historiador das religiões, um tal de João segundo não sei quem escreveu o "Apocalipse", que hoje só perde em autoridade para Nostradamus. Não obstante ser um gênero literário bastante comum nos dois primeiros séculos de nossa era, este obviamente está com a verdade quando diz que a besta apocalíptica tem cinco cabeças e sobre ela está sentada uma mulher cujo nome é Babilônia.

Não importa também que Babilônia era o nome pelo qual os judeus, quando perseguidos, nomeavam Roma, e que esta cidade que originou um império (mas que não originou o cristianismo) ficava assentada sobre cinco colinas.

Nada disso importa, pois quando um historiador pode ser preterido em sua própria área por um professor de Literatura, tudo pode acontecer; inclusive a ficção, área por onde dileta o caro profissional, pode ser a essência da realidade.

Uma vez que fui clara e obviamente rebaixado para o plano da ficção, prefiro concordar, por uma questão política evidentemente, com o caro amigo, e posso dizer *seguramente que o cristianismo não é uma sobrevivência da influência greco-romana na cultura ocidental,* mesmo quando o Papa João Paulo II esteja querendo canonizar Sêneca, um pagão estoico que viveu em Roma no século I e que "influenciou" os primeiros cristãos com sua mensagem de tolerância – achei estranho isso porque ele nunca pregou tolerância para com os cristãos, *mas tudo bem, o Papa também não é um dos melhores.*

Não bastasse tudo isso, *todos os livros didáticos (desculpem a citação, sei como essas obras são falhas)* trazem o item religião como influência greco-romana sobre o mundo ocidental e a religião, claro, é o xintoísmo.

Como todo *mea-culpa* deve ser seguido da mais absoluta verdade e de um reconhecimento completo do equívoco, e tendo em vista que a ficção prevalece sobre a documentação e a pesquisa acadêmica, consegui estabelecer a verdade dos fatos: *o cristianismo não é uma influência greco-romana e vou provar por quê.*

Zeus (também chamado de Júpiter – não direi por qual povo) enamorou-se de um belo Arcádio, um tal de Ganimedes. O moço pastoreava suas cabras, quando Zeus, aparecendo em toda sua glória, presenteou-o com um galo dourado... O rapaz ficou tão maravilhado com o presente que não teve outra alternativa... entregou-se aos afagos e carinhos de Zeus.

Zeus, em retribuição, fez com que os homens chamassem uma lua do planeta Júpiter de Ganimedes, nesta lua remota e desértica, até um pouco fria, nasceu um esquimó, filho de Ganimedes (pasmem, ele engravidou). Uma nave de venusianos trouxe a criança para a Terra, criança essa filha de um Deus único (Zeus segundo os estoicos). Criança filho de Deus único só pode ser Jesus Cristo... bem, o resto da história vocês conhecem.

De tudo o que está escrito acima, reconheço a capacidade do meu interlocutor de corrigir os erros de português, que de propósito ficam como estão, afinal ele tem que ser útil ao menos em uma área, e de preferência para a qual tem formação.

Do blogue – 19 de agosto de 2012

Memória impura lançado! Obrigado!

Ontem foi o lançamento oficial de *Memória impura*. Em primeiro lugar, quero agradecer o apoio de todos(as) os(as) amigos(as), muito obrigado, não tenho realmente palavras e frases suficientes para agradecer tanto carinho. Antes mesmo de agradecer aos que foram, quero agradecer a todos, todos mesmo, pelo apoio, pela energia positiva que enviaram. Pelas mensagens, até pelas justificativas, rs. Aos que foram, poxa, sem vocês não haveria todo aquele sucesso... O que dizer?! Gastei o dia colocando as emoções no lugar... Os que desejaram e não puderam ir, poxa... Como contar como foi? Sou suspeito, rs. Mas vamos dizer o seguinte...

Em torno das 17 h, me sentei para autografar o primeiro livro... e só me levantei exatamente às 21 h... foi tanta gente querida que a Cavalera fechou uma hora e meia mais tarde... Adoraria descrever tudo o que aconteceu, rs, os papos... Os sorrisos, as piadas, as paqueras... Mas eu estava sentadinho diante de uma fila amorosa de amigos que não terminava... Gente, não dá pra descrever tanta alegria e emoção, pessoas amadas que brotaram de todos os lados... Ex-alunos(as) – atualmente amigos(as) –, orientandos(as), orientadores, amigos de amigos, namorados com namorados, namoradas com namoradas, namorado com namorada e vice-versa... Minha superespecial mãe, minha tia, minha prima, meus amigos de Campinas, meus queridos e queridas da Cavalera, os ex-Cavalera, e os novos amigos do Facebook que eu nunca havia visto ao vivo...

Bem, só posso dizer, emocionado, grato e feliz, o que se diz: obrigado. Que Deus lhes retribua muitas vezes a luz que me deram. E quando lerem o livro, por favor, seria muito bom estabelecer um diálogo com vocês. Não terminou, a aventura apenas começa!

24 de agosto de 2012, 21:09

Hoje tive uma notícia que já é metade boa, falta terminar sua concretização. Às vezes, penso se Deus não está se cansando de me ouvir dizendo: obrigado!

Eu não sou exatamente um homem de fé, mas não dá para ignorar a presença de Deus em minha vida. Ele é um pouco insaciável e parece que, quanto mais eu dou, mais Ele quer.

Então vamos lá: "Senhor, que se realize a sua vontade. Se eu desejar fugir como Jonas[15], envie-me uma baleia e cuspa-me na praia certa. Sei que continuarei a ser um reclamão como aquele profeta, mas você me conhece e parece gostar de mim assim como sou. Amém".

Os que puderem... um pensamento positivo por mim. Jonas sabia muito bem por que embarcou num navio e fugiu.

1º de setembro de 2012, 00:24

Outro dia me perguntaram: "Como você encara o desafio da página em branco?" Puxa, o que eu poderia responder? A página em branco não é um desafio, é um encantamento! Já imaginaram? Uma página em branco para você escrever o que quiser? Ali pode nascer um planeta, uma galáxia, uma fábula, um romance heroico, um poema... Não, decididamente não é um desafio! A página em branco é um prazer! Um prazer que faz buscar a próxima página em branco e a próxima e a próxima[16]...

7 de setembro de 2012, 16:22

Quando a gente cai no abismo de si mesmo, quem segura a nossa mão?

***

O que os gregos não diziam sobre o vinho: ele dá sono...

Do blogue – 18 de setembro de 2012

Um mês de lançamento de Memória impura

Hoje fez um mês que o livro *Memória impura* foi lançado na Cavalera da Oscar Freire. O tempo passa muito rápido. Não sei como vão as vendas... poderia mentir.

---

15 Referência ao conhecido profeta bíblico Jonas, que, ordenado por Deus a pregar em Nínive, se recusou e fugiu. Depois foi atirado em alto mar pelos marinheiros do navio em que embarcara, engolido por um grande peixe, e foi cuspido nas praias próximo à cidade. Após ele pregar – contra sua vontade – ao povo de Nínive, a pregação deu resultado e o povo se arrependeu, mas Jonas – depois de haver se dado ao trabalho de pregar –, queria que Deus tivesse destruído a cidade. Estranhamente, anos depois, nem mesmo o autor lembrava o que parecia ser tão importante nesse dia.

16 L.V. desejando fingir que não tinha bloqueios criativos.

Mas de que isso vale? Nem tentei saber, honestamente, pois a editora Novo Século conta com mais de oitenta autores, imagine se todos eles ficassem pedindo informações sobre as vendas. Ainda mais após um mês do lançamento?! Rs. Óbvio. Mas o que sei, e é bom, é que as pessoas estão lendo.

Claro que sendo um escritor ansioso adoraria que todos tivessem terminado, rs, mas cada um tem seu ritmo. Confesso que tem sido muito prazeroso encontrar as pessoas em meu cotidiano que vêm me contar sobre o que estão achando, qual dos contos é o seu predileto... Aqueles que não são tão prediletos assim; e já até se arriscaram a me localizar em algum movimento literário, hehehe. Acho que isso não há dinheiro no mundo que pague: ser lido, depois partilhar.

Às vezes eu fico desejoso que as pessoas compartilhem a sua opinião pelo Facebook, afinal fica registrado e possibilita um diálogo maior. Mas é engraçado como elas estão me falando sobre os contos de forma intimista... um pouco como os próprios contos são. Então, fica algo assim, de ouvido de druida para ouvido de druida. Como sou tímido e reservado, também não fico perguntando para as pessoas se leram ou não, ou se estão gostando, fica parecendo pressão... Claro, morro de vontade, rs.

Bem, se gostaram... passem adiante. Sugiram para um amigo, comprem para uma biblioteca, deem de presente. Claro, o seu volume não!! Rs. Ele é tão bonitinho, né?! É isso, após um mês estou feliz com os resultados que estão sendo alcançados. Eles vão crescer, há muito amor nisso... Um forte abraço a todos(as).

23 de setembro de 2012, 18:20

Hoje sei que desapontarei pessoas... Tem dia que as nossas energias vão embora e nós não sabemos nem por que nem para onde foram. Deve ser este ar desértico, esta vida desértica... Mas bobagem, aqui não tem nada de desértico! A falta de beduínos o prova.

***

Não se perturbe com perguntas como: quem sou? De onde venho? E, para onde vou? O certo é que você é, não obstante a sua origem – ela se perdeu. Você já está e isso é o que importa. Para onde vai? A pergunta é inócua, à sua volta já estão os caminhos. Todos são corretos quando trilhados por um coração correto. De que adianta dizer que irá para o céu? Que depois das montanhas existe um inferno, um paraíso?

Importante é mudar as perguntas: sou! Como sou? Estou! Onde e como estou? Com que atitude desejo trilhar os caminhos? Responda a essas perguntas. Ao contrário das outras, elas têm resposta[17].

25 de setembro de 2012, 21:21

Sou canibal, me alimento de carne humana e estou solto em meio à humanidade, é muito difícil manter este papel de vegetariano.

Se você for ser carne, não precisa ser de primeira, mas se for de segunda, venha bem temperado e cozido, por favor.

Neste sentido, toda carne tem seu valor. Vários sabores, texturas e perfumes, no entanto, um bom prato não dispensa uma boa apresentação...

E não me olhe como se você não soubesse, posso não estar comendo, mas os talheres já estão nas mãos.

Do blogue – 28 de setembro de 2012

Memória impura e a Padaria

Em nosso dia a dia, todos vivemos experiências fascinantes e inesperadas. Poucos anos após chegar a São Paulo, eu estava padecendo de uma solidão crônica, mal adaptado. Tão carente de amigos e pessoas estava que, um belo dia, indo à padaria da esquina de casa, um senhor que lá trabalha no balcão me atendeu com tanta cordialidade, carinho e atenção que não resisti, lá voltei para tomar o café no dia seguinte... (ô, carência...)

---

17 L.V. foi muito precoce, escrevia desde os onze anos, aos treze tinha terminado seu primeiro livro *As aventuras de Defoe em outra Dimensão*, era uma ficção científica com mais de 150 páginas; aos quatorze escreveu um dramalhão chamado *O fim de uma vida*. Ele tinha pressa, sentia uma certa urgência na vida, pois desde muito cedo ficava preocupado se não o reconheceriam como garoto prodígio. Entretanto sentia que tinha uma dificuldade para se tornar famoso, e não era a falta de talento, era o nome. Não o achava sonoro ou estrangeiro o suficiente para vender livros. Quando tinha dezessete publicou dois contos no jornal *O Correio Popular* (de Andradina-SP), um deles se chamava "As três perguntas da humanidade" e, nele, o jovem já invertia toda a tradição filosófica ocidental, fazendo as afirmações acima que ficaram na memória e que, ao mesmo tempo, lhe indicariam os caminhos a seguir. Pouca gente sabe que seu primeiro emprego foi como revisor desse jornal, e que o proprietário o convidou depois de sua segunda publicação. Ficou uns dois meses ali, mas era ingênuo demais para ser repórter, função que também exerce, e por isso não se adaptou ao trabalho.

Aos poucos, dada a frequência de minhas visitas à padaria, fui conhecendo todos os atendentes e acabou surgindo uma gostosa intimidade, que (notei) é típica desses funcionários com todos os frequentadores. Cada um deles com uma deliciosa personalidade. Logo perceberam um pouco das minhas manias, entre elas a de sempre pedir "misto-quente com mais queijo", já faz vários anos que chego lá e soltam o grito para a cozinha: "Solta o misto-quente do Luiz!"

Com o progressivo aumento da amizade, um dia eles acabaram sabendo que sou escritor, e mostraram interesse em conhecer meu trabalho. Bem, dei para cada um deles meu primeiro livro, *Maria de Deus*. Depois de lerem e comentarem, ao longo do tempo, assim que eu chegava ao balcão, a primeira coisa que me diziam: "Quando você vai lançar outro livro?"

Demorou um pouco e lancei *Filmes de Cristo*. Oito aproximações. E qual não foi a minha surpresa, eles queriam o livro também. Como eles são em sua maior parte evangélicos, agarraram-no, já foram lendo e depois levando para as suas igrejas e fazendo propaganda. Quem diria... Um livro de teor acadêmico, universitário, às vezes de leitura difícil...

Bem, mas daqueles livros eu possuía uma boa cota e poderia distribuir um pouco. Mas, pensam que se deram por satisfeitos? Não, novamente começaram, quase todos os dias: "E, aí, Luiz?! Quando sai o livro novo?"

E, quando eu estava um pouco desanimando do desejo de lançar, parece engraçado, este pequeno cutucão semanal me dava ânimo para correr atrás das editoras.

Quando fui lançar *Memória impura* os convidei para o lançamento, mas infelizmente, por causa dos horários de trabalho, não puderam ir.

Então, começaram a falar todos os dias que iriam comprar o livro... E foi então que pediram para que eu trouxesse um exemplar para eles conhecerem. Coloquei um exemplar numa caixinha plástica e lá deixei. Afinal, não iria atrapalhar o seu trabalho na padaria pedindo que vissem na hora.

Passados alguns dias, veio a reclamação de um deles: "Fulano pegou o livro e não deixa a gente ver! Ele tá lendo já!", e seguido de cicrana, que esbravejava: "Isso não vale, eu também quero ver!" Nos dias subsequentes, a mesma reclamação em forma de gozação reapareceu. Até que anteontem, ao ir tomar meu café da manhã lá, o acusado de monopolizar o livro, depois de muita pressão dos colegas, estendeu-me o exemplar para o devolver. O livro, marcado até a metade com a orelha da capa. E aí, inesquecivelmente, com os olhos brilhantes, ele me falou assim: "É uma pena devolver, porque assim que leio a primeira frase não consigo mais parar de ler, agora eu parei aqui: 'Por que tarda a morte quando a beleza já me abandonou?'"

Fiquei desarmado, pois ele disse a frase de cor e cheia de emoção. Fiquei completamente pasmo, emocionado. Pois é uma pessoa que eu julgava ter dificuldades "morais" de leitura deste trabalho, por causa da sua religião e tudo o mais. Ele já havia passado por *Solidão macedônica*, *O filósofo* e *Firmino* e saído ileso! E estava emocionado com *Folhas secas de outono...* Ah, me senti o homem mais mesquinho da Terra. Pedi o livro e fiz uma dedicatória para a equipe que me atende todos os dias. E sugeri que, após o lerem, eles sorteassem para ver com quem ficaria. Sorrisos por todos os lados. Logo, começarão novamente: "E aí, Luiz, quando vai sair o livro novo?" Com certeza, logo...

Como não os avisei deste comentário, deixo de citar o estabelecimento e seus nomes. Mas sei que eles gostariam de saber que foram lembrados. Já os agradeci pessoalmente pelo incentivo, e lá continuo comendo o meu misto-quente – um por semana pra não engordar, rs. É como sempre digo: ninguém cresce sozinho, ninguém prescinde de ninguém neste mundo. E amigos surgem de todos os cantos[18].

11 de outubro de 2012, 19:02

Não espere o sol brilhar amanhã, brilhe você agora! Afinal, quem fará companhia para a Lua esta noite?! Deixe as estrelas vermelhas e se escancare para o mundo! E quem se incomodar, que use óculos escuros! A sua luz me faz bem, ela lhe faz bem e deixa os outros melhores! Escurinho, só para dormir!

12 de outubro de 2012, 00:40

Tive uma infância extremamente feliz! O único problema é que eu era uma criança psicopata e matei o adulto que iria nascer em mim![19]

---

18 Posteriormente, o autor distribuiu um exemplar para cada funcionário da padaria; após o lançamento de *Noite escura*, fez o mesmo. A cumplicidade entre clientes e atendentes das padarias de São Paulo é bastante conhecida.

19 O autor passou a infância em sítios e fazendas, e na cidade de Itápolis, interior de São Paulo. A cidade é uma antiga e pequena colônia de italianos. Sempre se refere à infância com muita nostalgia,

12 de outubro de 2012, 16:55

Vi todo mundo colocando suas fotos infantis, ou melhor, fotos de quando eram crianças. Eu gostaria muito de partilhar isso, mas não é possível. Dizem que fui bonito, fofinho, gordinho e sapeca. Mas minha família era muito pobre e não tinha como tirar fotos e acompanhar meu crescimento. Então sobrou o que é mais antigo na humanidade, a narrativa, a estória do que eu fui. Também disseram que ao nascer eu era cabeludo e que por isso me faziam um penteado, chamado de "chuca", e que eu ficava "lindo"!! Obrigado, Senhor, por não haver fotos desta época estranha em que eu não podia escolher o que fazer com meus cabelos, amém!

14 de outubro de 2012, 22:31

Existem algumas pessoas que querem que você acredite que elas são distraídas, esquecidas e "não tão nem aí...", mas o que elas não dizem é que se distraíram de você, se esqueceram de você e não estão nem aí para você! Por essas e por outras, que acreditar em disco voador é bem mais divertido. Ao menos os ETs não te prometem nada.

17 de outubro de 2012, 12:11

Onde ninguém mais vê, hoje eu vejo flores em você. Não me desminta dizendo que flores murcham e secam, e que nem têm um bom perfume, e muito menos dizendo que têm alergia! Os beija-flores sabem muito bem reconhecer onde encontrar alimento.

A beleza de ser não precisa de autorização, nem de quem é (belo).

19 de outubro de 2012, 21:44

O menu hoje aqui está pesado, bom vinho tinto... queijo gorgonzola... só um pedacinho. Salame apimentado italiano... chocolates Belinhas [20], avelãs cobertas de chocolate e claro: cerejas! [21] Até que essa solidão não tá ruim!

---

no entanto, desde muito cedo tinha crises de profunda tristeza e nelas chorava copiosamente pelos cantos escondidos da casa. A infância foi pobre e simples, a condição social não o marcou de forma evidente no período.

20 Avelãs cobertas de chocolate importadas de Portugal.

21 As cerejas se sobressaem nos textos. Os pais do autor abriram uma sorveteria em Andradina, em 1976, quando ele tinha oito anos de idade. As cerejas eram utilizadas para enfeitar o alto das taças de sorvete.

19 de outubro de 2012, 23:07
A vida trata bem quem gosta dela [22]...

Do blogue – 1º de novembro de 2012

Uma lembrança de "nós", homens

Por alguma razão estranha[23], Deus me fez um errante. Desde o dia em que praticamente não nasci até o presente, andar, mudar de cidades, mudar dentro da mesma cidade, tem sido o que tenho feito. Não desejo imitar um historiador e falar todas as coisas desde o princípio. Sei como se faz isso, mas o tempo no interior de cada um de nós não me parece linear. Então direi das coisas e dos lugares conforme me aparecem. Vou buscar o sentido de cada um deles e sua lembrança de acordo com o que fizeram por mim.

Em 1979, em torno de três horas da tarde, havia um céu extremamente azul... nuvens brancas e ao mesmo tempo pesadas, parecendo blocos de pedra, passeavam pelo infinito. Eu não tinha doze anos ainda, e meu olhar se perdia esquecendo-se da terra... buscando refúgio entre as nuvens. Não havia quase vento, apenas uma brisa que de tão leve assim mal poderia ser chamada... Eu morava numa região próxima à estrada de ferro, antiga Fepasa. É esse céu magnífico de Três Lagoas, que acabava de ficar localizada no estado do Mato Grosso do Sul, recém-criado naquele ano, que me acompanha todas as vezes em que olho para cima em busca de algo maior do que eu mesmo. Em busca de paz, que é maior do que eu... de silêncio, de segurança, de Deus...

Naquele tempo, eu tinha doces amigos. Éramos todos descoberta. Todos os dias no caminho para a escola, nos encontrávamos e nos contávamos coisas... Vivia num mundo cheinho de novidades. Novidades e pessoas que

---

Como eram caras – cerejas ao marrasquino –, ele não tinha permissão para comê-las, aí passaram a ser uma espécie de sinônimo de prazer, luxo e extravagância. Na fase adulta, um dos seus maiores prazeres era comprá-las frescas e comer um monte de uma vez.

22 L.V. nunca foi conhecido como alguém que gostasse da vida, logo, a frase aqui surge como um lamento.

23 Neste longo texto, estranhamente L.V. divaga bastante para chegar onde deseja. Elabora uma ambiência local, temporal, social e até mesmo emocional, só então desvenda, mais próximo do final, o que acreditava compartilhar com todos os homens, a violência na formação masculina. A opressão que sofreram todos.

participavam de diversos lugares e classes sociais diferentes, e éramos maravilhosamente todos iguais. A escola era o Bom Jesus, colégio que havia sido religioso, era chamado de O Patronato. Estudávamos de manhã. Quando chegávamos, antes de alcançar a escola, passávamos pelo cinema na esquina. Depois que adentrávamos os muros, ao fundo ficava a casa do bispo, Dom Geraldo Magela. Lembro-me de tê-lo conhecido, ele rezava a missa para nós nas sextas-feiras de manhã na capela da escola.

As nossas novidades eram coisas pequenas e doces para meus ouvidos hoje. Quem iria jogar futebol, quais as figurinhas do *Futebolcards* que tínhamos para trocar, os gibis da Mônica e do Cebolinha, os do Tio Patinhas. Nossos uniformes, camisas brancas e shorts de tergal azul, meias brancas esticadas até os joelhos e seguradas com ligas – nome bonito para o elástico de dinheiro que púnhamos nessa função – traziam um bolso com o símbolo do colégio e nele, invariavelmente, a caderneta em que eram carimbadas as nossas presenças e faltas.

No caminho combinávamos as artes da tarde, ou o filme da matinê no domingo, iríamos ver *Maciste contra Hércules, Tarzan*, ou qualquer outra coisa que tivesse muita pancada. Todos choramos quando nos levaram para ver *Marcelino, pão e vinho*. E, claro, o inesquecível *Midway*, uma batalha da Segunda Guerra Mundial... o cinema vibrava com as explosões...

No caminho de ida para a escola, eu encontrava com o meu melhor amigo, Paulo Sérgio, sempre magro, moreno, sorridente e feliz, mulato dos cabelos lisos, olhos grandes e alma aberta. Continuávamos o caminho por dois quarteirões e pegávamos o Vinícius, magrelinho, olhos vivos, lábios vermelhos, cabelos castanhos e encaracolados, branco como eu, falante, muito falante. Na mesma esquina, invariavelmente encontrávamos João Carlos, mais alto que a gente por muito pouco, encorpado, louro de olhos azuis, bonachão já naquela ínfima idade, parecia sempre estar com a boca cheia de saliva, era só contar alguma coisa e se via a espuma do "guspe" nos lábios. Às vezes, ele vinha com o Marco Antônio, o menorzinho de nós, as meias sempre arriadas, sorriso imenso, queimado de sol, cabelos castanhos também marcados pelo sol, olhos verdes e imensos. Na escola víamos o Cláudio, gordinho e loirinho, de olhos espertos, bochechas rosadas, filho do português, às vezes o chamavam de "o Portuga". Ainda havia o Tiago, muito mirradinho, cabelos muito encaracolados e que não viam tesoura fazia tempo, olhos pretos e espertos, dentes um pouco pra fora, falava demais e estávamos sempre despistando o moleque.

O último a ser lembrado entre os amigos próximos é o Marcelo, cabelos pretos e lisos, cortados redondos com uma tentativa de riga para dividi-los ao meio, pele queimada de sol. Provavelmente, de nós era o mais rico, mas isso não fazia muita diferença. Ele era o contador de vantagem. Tudo o que fazíamos ele já havia feito e melhor. Sempre assim. Havia também o Antônio, magro, de cabelos grossos e duros, sobrancelhas unidas, olhos grandes, sempre calado e quieto.

Houve, por pouco tempo, o Juscelino, loiro bem loiro, pele branca e bochechas muito rosadas. Eu quase fiquei amigo dele. Cheguei a sair com ele fora do horário das aulas. Saída de criança. Aquelas voltas que se dá em alguns quarteirões, de bicicleta, a pé... ou visitávamos a lagoa. Meus outros amigos não gostaram nada. Alertaram-me que ele era esquisito. Falavam que era "mulherzinha". Sim, era efeminado, mas não do tipo que fica tímido e aceitando o que os outros dizem e fazem com ele. Ele se virava, arranjava forças de algum lugar e ignorava as pessoas. Vivia num mundo todo particular e cercado de mistérios. Mentia de manhã, à tarde e à noite. Dizia ser filho de ciganos, aqueles que roubavam criancinhas. Nunca acreditei em loiros que se dizem filhos de ciganos. Todos sabemos que os do Brasil são morenos. Desisti da companhia dele, não pelo mesmo motivo de meus amigos, mas porque ele mentia.

De todas as meninas que havia na nossa sala, me lembro de Sandra e Nádia. Sandra era morena, magrela, cabelos repartidos ao meio, lisos, pretos, e falante, tinha algo de árabe, mas não o nariz. Nádia era uma espécie de loura/ruiva, olhos claros, bochechas rosadas. Elas viviam aquela fase de meninas que odeiam meninos e nós aquela em que odiávamos meninas. Eu gostava da Sandra, no entanto as duas conseguiam ser extremamente irritantes, sempre tinham segredos que não podiam nos contar, claro, depois de anunciá-los. Para guardar estes segredos preciosos, elas falavam a famigerada "língua do pê". Acho que elas sabiam o efeito odiável que nos provocavam. Juntava-se às duas Ana Maria, também morena, com jeito de síria, cabelos lisos, pele branca e que conseguia ser mais irritante do que as outras duas juntas.

Foi naquele ano, cheio de céu e nuvens, que descobri a biblioteca municipal. O encantamento foi tão grande que faltei três dias inteiros na escola para me dedicar às minhas descobertas. Ficava horas vendo livros dos quais me lembro das imagens impactantes até os dias de hoje. Livros ilustrados, *Grandes personagens da História Universal*, *Grandes personagens da História do Brasil*, *Asterix e Cleópatra*, dicionários, livros de física, antropologia, aquela dedicada à Pré-História. Nas minhas retinas ficaram para sempre coladas "O rapto das sabinas" e "A morte de Marat", os Napoleões, todos de Louis David. Descobri as estátuas, a sua beleza eterna, mergulhei nos detalhes da *Fontana di Trevi*, e da Fontana dos Quatro Rios...

Demorava-me nos corpos imensos das esculturas, as cochas bem torneadas, os torsos nus... Os olhares e expressões fixados num momento único; dominava-me a impressionante beleza do "Moisés" de Michelangelo, e eu queria gostar da "Pietá", mas no fundo achava-a insossa. Foi fascinante ler a biografia de Michelangelo, mais ou menos um ano depois. Saber o que era um mármore de Carrara, a dificuldade em se cortá-lo e transportá-lo pedreira abaixo. Saber da admiração de Michelangelo por Vittoria Colonna, amor nunca realizado... Com tão pouca idade eu já conseguia distinguir o anjo pintado por Leonardo da Vinci no "Batismo de Jesus Cristo" de Verrocchio, o mestre de Leonardo, e saber a diferença que o fizera notável, o brilho dos cabelos.

Não sei por que eu desejava fugir da escola. Mas me lembro que a emoção de fazer algo errado era maravilhosa. Eu ficava ali na biblioteca, quietinho, como se fosse um estudante pesquisando. Congelado de medo e ao mesmo tempo maravilhado com tudo aquilo, eu sentia que poderia ficar ali o resto do ano... Enfim, estes dias frutificaram em mim. Durante muito tempo achei que queria estudar História, mas hoje eu sei que o que eu gostava mesmo era das figuras.

Numa tarde, os mesmos amigos que eu adorava vieram me visitar. Assustei-me ao vê-los, afinal jamais havia merecido uma visita de todos ao mesmo tempo. Reunidos na frente de casa, com suas bicicletas, olhando para mim de forma reprovadora... vieram ver minha mãe. Chamaram-na, e na minha frente disseram que vieram me visitar, pois diziam que eu estava doente, já que não ia para a escola. Bem, nem preciso dizer o que aconteceu. O engraçado é que foi um plano do Paulo Sérgio, todos sabiam que eu estava bem e saudável. Se é que dá para se chamar de bem e saudável um menino que foge para a biblioteca. No dia seguinte, a diretora do Bom Jesus, a dona Cleides, que temíamos mais do que a Deus, me interrogava com ares de quem poderia me matar a qualquer momento.

Eu, que não era bobo nem nada, caí no choro, fiz uma representação – se é que foi realmente uma representação, pois estava apavorado – em que dava como causa da minha irresponsabilidade as brigas entre meus pais... Eu me saí dessa como um garotinho traumatizado. Bem, não sei se realmente não era... Mas tenho certeza de que qualquer um teria uma ideia dessas se também tivesse ficado à espera de ser atendido por ela. Naquele dia, uns dois ou três moleques me precederam,

O moinho que derrotou Dom Quixote

e eu ouvia as broncas e o choro deles enquanto ela lhes puxava as orelhas, e não é metaforicamente que falo. Não era um fato incomum: lembro-me que a professora Dagmar, de História, doutrinou o Gilson, um coleguinha de classe, a reguadas.

Em algum momento daquele ano, quando os laços com Juscelino eram frouxos, e as dúvidas iniciais dos caminhos masculinos começavam a pairar estranhamente em minha cabeça, aconteceu algo que até hoje está nítido em minha memória. Se me lembro bem, estávamos todos na sétima série. O Bom Jesus era uma escola muito acolhedora. Os professores realmente pareciam complemento de nossa família. Mesmo assim, algumas coisas estranhas aconteciam. Lembro-me de que o Paulo Sérgio arrumou emprego na cantina de seu Sabino, um homem magro, careca, moreno e de rosto vermelho, com cerca de cinquenta anos e solteiro. Tinha a afabilidade de um açougueiro. Mas vendia um delicioso pastelão recheado de salsicha, esse tipo de coisas estranhas que crianças adoram. A cantina da escola vivia lotada. No recreio, quase nos matávamos para comprar pastelões e outras coisas politicamente incorretas.

Pouco antes de dar o sinal, a cantina fechava. E os meninos ficavam lá dentro um bom tempo. Depois, o Paulo Sérgio me contou que o dono os mandava tirar toda a roupa e os revistava um por um. Para mim aquilo era assustador, e meu amigo também parecia constrangido... Não sei se foi a forma como ele contou... mas parecia que a revista era íntima demais... pois o que o incomodava não era a suspeita de que todos roubassem, mas a forma como a revista era feita. Bem, eu nunca soube detalhes. Mas, como disse antes, era uma época em que estranhas sensações e decisões pairavam sobre nossas cabeças de meninos. Nossos corpos ainda não nos davam sustos, mas já falávamos coisas estranhas que ninguém entendia bem o que era, e trocávamos risinhos maliciosos: bater punheta, meter... falávamos como conhecedores sem nunca termos feito, ou sequer sabíamos do que realmente se tratava, e o vazio de nosso conhecimento era preenchido por risadas fantasiosas e extasiadas...

O Bom Jesus tinha uma característica marcante para uma escola: sua parte interna tinha o formato de "U", criando um grande pátio cercado por corredores espaçosos. Exatamente no meio do pátio, ficava a quadra de esportes. Um pouco abandonada, de cimento áspero e pouco convidativo. Ali era onde fazíamos alguns de nossos exercícios sob o comando do professor "Peru", que tinha este apelido porque era louro e ficava muito vermelho ao sol. Em volta da quadra, não havia piso cimentado, era terra, áspera e poeirenta.

162

Numa tarde em que o pátio estava estranhamente lotado, enquanto esperávamos para fazer Educação Física, aconteceu uma daquelas coisas típicas de meninos. Marcelo, aquele que era sempre o "Bão", por alguma razão qualquer passou a mão na bunda do "filho do Peru", um moleque loiro e vermelho da oitava série, muito maior do que qualquer um de nós, e de quem só me lembro do apelido. Bravo com a brincadeira, ele saiu correndo atrás do menino. Subitamente, a molecada, percebendo o que acontecia, começou a gritar "pega! Pega!". Entre gritos, urros e vaias, Marcelo corria, corria pelo sol quente da tarde, entrava num corredor, desviava-se dos outros moleques, corria em volta do pátio, e o "filho do Peru" sempre quase o alcançando. Às vezes, chegava a colocar as mãos nele, mas Marcelo escapulia. O sol, aos poucos, descia vermelho... e subitamente, próximo a mim, "o filho do Peru" empurra-o e Marcelo cai de bruços no chão. A poeira se levanta, formando ondas lentas pelo ar, refletindo o vermelho do sol daquela tarde calorenta. O outro se joga por cima, prende o seu pescoço com uma das mãos e, sentado sobre as suas costas, enfia com violência a outra mão por dentro do shorts dele, metendo o dedo no cu até onde pôde. Eu via a cara de Marcelo, de susto, humilhação, dor, desespero. O "filho do Peru" levantou-se, levou o dedo ao nariz e depois colocou no rosto de Marcelo e disse: "Cheira!! Saiu até bosta!" Então, saiu com ar triunfante enquanto a molecada dispersava, a maior parte olhando pra Marcelo, que se levantava, suado, cheio de terra, recoberto por uma humilhação inesquecível e dolorosa.

Habita-me aquela estranha violência até os dias de hoje. Talvez por ser cênica demais. Houve certa beleza na forma como a poeira subiu, na maneira como o sol estava vermelho, na dominação sofrida por Marcelo, no doloroso suor escorrendo por seu rosto. É dessa beleza típica da tragédia que falo, que nos comove, nos emociona. Todos que ficaram ali, olhando a defenestração de Marcelo, foram um pouco defenestrados com ele. Alguns com ar pasmo, como eu mesmo estava, outros rindo, outros fazendo o "deixa disso".

Mas para todos nós, que estávamos tentando saber o que era essa coisa nova e estranha que estava nos habitando (hormônios, desejos, descobrir nosso lugar no mundo), o "filho do Peru" deu bem o recado. O mundo dos homens era assustador. Se você não tem força, será submetido, então não desafie o mais forte. Se não tem força nem coragem, fique por ali apenas olhando, sendo prudente... Depois, nós, os amigos do Marcelo, passamos por ele, dando tapinhas nas suas costas como que para consolá-lo do inconsolável. Ele passou pela inspetora de alunos e foi embora trocar de roupa. Não sei se ele chorou ao sair dali, não sei, mas deve ter chorado. Deve ter caminhado cheio de raiva e dor até sua casa, e não deve ter contado nada para seus pais, pois nada aconteceu com ninguém. Tarde estranha aquela. Não sei se marcou mais alguém entre meus amigos, mas a única coisa que houve depois daquilo foi o silêncio. Era humilhante demais até para ser comentado.

É engraçado como me lembro perfeitamente de todos, e sinto que seja em função deste fato. O rosto de cada um, o medo, o susto, a insegurança... A identificação com Marcelo. E a pergunta que estava na cara dos meninos mais novos: e se fosse eu? A era da inocência chegava ao fim. Não poderíamos mais sorrir gratuitamente, brincar de forma inconsequente... Estávamos virando homens... E isso foi uma grande perda para a nossa humanidade.

1º de novembro de 2012, 21:16

Do humano, só espere aquilo que humano é. As atitudes dos deuses são deles, apenas deles. Chamar os nossos gestos de mesquinharia, egoísmo, ingratidão, arrogância, orgulho e vaidade é apenas tentar controlar pelo nome o que não tem controle. Sou capaz de compreender e até de acolher todas essas coisas, mas se você quiser me impressionar com um caráter vil, desculpe, não consegue, é próprio do homem ser homem. Não me decepciona, não me fere, nem me deixa triste, pois não escolhi alguém para carregar o meu fardo: deste eu dou conta sozinho com Deus, escolho pessoas para partilhar da minha fartura, e dela, você não precisa me dar conta [24].

1º de novembro de 2012, 21:41

"Imagens no Facebook"

Quero essa sua beleza da fotografia,
Quero este seu estilo estudado,
Este silêncio recoberto por segredos,
Quero mergulhar nos desejos que sua imagem me desperta
Quero te ver sempre por este ângulo o melhor que você escolheu de si.

---

24 Não sabemos com quem o autor estava irritado nesse dia. Sempre foi alguém bastante discreto a respeito de desafetos, não odiava ninguém, porém se irritava com pessoas acomodadas à própria ignorância.

Desejo a fantasia que você criou,
E assoberbado por pequenos êxtases
Vou em sua busca,
Apaixonado pela performance,
Mas a carne que encontro é vazia de espírito,
A beleza que você arranjou em si mesmo
É uma imagem aridamente garimpada.
Saí em busca do ouro prometido,
E só tenho diante de mim uma lamentável pirita [25].
A nossa melhor fotografia é apenas a nossa melhor fotografia...

***

Neste Halloween, *faça o seu papel: fique com uma bruxa e beije um sapo! Esta é a minha campanha para me dar bem!* [26]

Do blogue – 2 de novembro de 2012

Narradores de si

Gosto da distinção entre autor e narrador. A pessoa que escreve não é o narrador, o escritor alinhava um conjunto de técnicas e estabelece a narração e o narrador. A pessoa do escritor não é o narrador. Quanto mais tempo fico na internet e nas redes sociais, mais concordo com essa definição. Vejo narradores todos os dias. Mesmo aqueles que não têm consciência deste processo estabelecem narradores, e eles, por sua vez, personagens. Muitos de nós entramos

---

25 Pirita: o ouro dos tolos. L.V. aprendeu nos gibis do Tio Patinhas o que era pirita; após os oitos anos de idade, os pais passaram a ter mais dinheiro, graças à sorveteria, aí, o autor passou a comprar revistas em quadrinhos, e a predileta era o *Tio Patinhas*, conhecido pato milionário. Seu gosto pelo personagem acabou influenciando o pai a mudar o nome da sorveteria de "Popular" para "Tio Patinhas"; os clientes logo começaram a chamar seu pai assim.

26 L.V. foi um adolescente levemente acima do peso, e tido como bonito. Foi um jovem bonito. Foi um homem bonito. E quando escreveu isso estava em ótima forma e malhado, mais ainda em conformidade com os padrões de beleza reinantes. No entanto, além da baixa autoestima, ele provavelmente sofria de dismorfia, uma disfunção cerebral que impede a pessoa de saber exatamente como é. Ele se sentia gordo mesmo magro, e depois que engordou, não era gordo o bastante.

numa rede social, ávidos por pessoas e encontramos narradores. Narradores de si. Construindo personagens, ilustrando-as, glamourizando-as ou se detratando em público. Seres discursivos, um texto, um discurso para cada ocasião. E, como escritor, confesso que nunca vi tanta gente ávida por leitores.

E os discursos se constroem com partes do cotidiano, ou melhor, da interpretação do cotidiano, e há aqueles que introduzem neles o *merchandising*, se localizam nos lugares, fotografam os pratos, os parques, os papos...

Em meu cotidiano, acostumei-me aos discursos, fazemos um monte deles todos os dias. Uns que parecem crer no que falam, outros que sabem que as palavras se traduzem conforme a necessidade. Estou naquele ponto em que gosto do silêncio, do pouco falar, apesar do muito escrever.

Para conhecer pessoas ainda prefiro olhar os gestos, somar as ações ao longo do tempo. As palavras? São as palavras. Houve um tempo em que um homem se matava para manter a palavra empenhada; hoje a palavra, empenhada ou não, faz parte apenas de um discurso, sobre si ou sobre o mundo. Os sentidos e significados jazem perdidos numa balbúrdia de ruídos discursivos.

Hoje eu digo: quer saber de mim, sobre mim? Me telefone, me encontre, saia comigo, acredite pouco no que eu digo, seja sábio e observe-me. Sou um mímico tão hábil quanto Charles Chaplin... Todos os meus gestos falam e transmitem muito mais do que qualquer coisa que eu possa dizer ou escrever.

Às vezes, eu mesmo acredito em meus discursos, mas logo presto atenção ao que sai da minha boca e me calo, ou rio de mim. A transitoriedade que vivemos nos faz transeuntes da imagem e da palavra. Mas o que somos não é um discurso nem uma imagem.

Apenas me preocupam as pessoas que se confundem entre estas coisas. Esperam de si o que falam de si, esperam dos outros o que elas disseram que desejavam e esperam que o outro respeite o seu próprio ato discursivo. Tolice, vivemos numa grande obra literária, na qual as personagens se constroem e reconstroem conforme a trama narrativa deste grande texto que nos tomou a todos.

A transcendência não é mais chegar ao espírito ou ir para o céu, hoje a única coisa capaz de nos certificar de nós mesmos é o corpo, os gestos e as ações que definem a nossa ação no mundo. Sem isso... continuaremos a criar narrativas sobre nós, sobre o mundo, sobre as pessoas; mas elas são e serão apenas o que são, narrativas, narradores, por trás de quem não conseguimos encontrar os autores.

3 de novembro de 2012, 17:25

Só porque não sou pasteurizado não quer dizer que sou diferente. Tem leite que vem em caixinha e tem leite que vai na garrafinha. É como escolher entre águas minerais: a Perrier é mais cara, mas é água.

***

Verdade evidente: dizem que eu não me "enquadro", mas deve ser porque não sou pintura.

Do blogue – 9 de novembro de 2012

O Escritor Brasileiro e a Visibilidade

O escritor brasileiro não está em crise, pois para estar em crise é preciso existir. E, na contemporaneidade, só existe quem tem visibilidade, logo o escritor brasileiro não existe. A afirmação pode parecer radical, pois todos conseguem citar uma infinidade de escritores brasileiros, vejamos: Paulo Coelho, Machado de Assis, Clarice Lispector, Caio Fernando Abreu e... e... Lya Luft?! (não vale, essa tem propaganda da *Veja*). Acho que até se forçarmos um pouquinho a memória conseguimos nos lembrar de José de Alencar, forçando mais sai um Graciliano Ramos e quem sabe até – como é o nome daquele de *Grande sertão: veredas?* Ah!! Lembrei mais um: Jorge Amado. Ufa! É, clássico não vale, a gente aprende na escola. Essa é a visibilidade mais garantida.

Com exceção de Caio Fernando Abreu, sem tirar nenhum mérito dos escritores citados, todos morreram faz tempo ou ainda não foram informados que morreram. Estes contam com apoio incondicional da mídia. E parece que quanto mais morto, melhor. Uns dizem que é para não pagar direitos autorais, balela. Alguém sabe quanto é o direito autoral pago a um autor? É ridículo. Entre 6% e 12% do valor de capa de um livro. Mas este é assunto para outro dia.

Enfim, ocorre um mistério neste país. Será que os brasileiros não escrevem? Teriam razão os pedagogos nos anos setenta sobre a educação brasileira? E existe apenas uma massa semialfabetizada?! Bem, o leitor que agora me lê sabe que isso não é verdade. Existem muitos escritores no Brasil, loucos para publicar o seu primeiro livro ou para dar continuidade à sua carreira. Mas que carreira? Por que as editoras no País acham melhor incentivar a literatura estrangeira? Se é que dá para chamar de literatura o que se vê à venda.

Alguns dirão que o fato de venderem muito é que faz com que sejam os preferidos das editoras. Pura conversa fiada. Afinal, por que vendem? Estou cansado de ver o "primeiro livro" de fulano e cicrano vender milhões de exemplares. Completos desconhecidos. E qual a novidade da sua escrita? Nenhuma. Marketing e mais marketing, e claro, oligopólio de algumas editoras no mercado.

Acredite se quiser: você vai a uma livraria e vê todos aqueles livros expostos nas mesinhas e vitrines, sabia que aquele espaço é pago? Que é negociado pelas editoras? Que eles pagam para você só ver aquilo? Como está a sua opção de escolha enquanto leitor, se não lhe deixam escolher? Colocam à sua frente apenas um produto e o outro fica escondido nas prateleiras ou no mundo on-line. Só há um jeito de você comprar o livro de um escritor brasileiro, conhecê-lo previamente ou ser amigo dele. Assim, você sabe que ele existe.

Com a internet, escritores também passaram a fazer blogues, sites etc. mas não ganham nenhum dinheiro com isso, exceto se souberem "as manhas" para fazer o seu blogue ou site decolar. Mesmo assim, isto é trabalho de pessoas especializadas e não deveria ser do escritor. Senão, além de escrever, ele precisa entender de blogues, internet, marketing, divulgação e formas de ganhar dinheiro sem cobrar pelo texto. Entenderam a triste piada? Ele não ganha pela única coisa que ele faz bem de verdade.

Agora, se ele não for altamente antenado e popular, de nada adiantará escrever bem. Não será visto e nem lido, mesmo na internet.

Imaginaram Machado de Assis se virando com um blogue em vez de publicar um livro? Tenho certeza de que parte disso ele faria muito bem. Publicar em capítulos, fazer frases engraçadas para chamar atenção, responder cortesmente aos "troladores" de plantão e assim vai. Ele poderia até possuir uma página no Facebook e um Twitter... claro, que interessante... Mas enquanto um novo texto não sai, o que ele ficaria dizendo para as pessoas? E para quantas pessoas? E quantas delas comprariam o livro?

Mas o que escreve o escritor brasileiro? Ninguém sabe. Ninguém viu. Ninguém leu. Vamos ver se eu me faço entender melhor. Imagine se Shakespeare fosse brasileiro e nosso contemporâneo. Toda aquela obra maravilhosa estaria perdida. Imagine se Clarice Lispector não trabalhasse num jornal – e tivesse assim a sua visibilidade garantida –, nada de Clarice. Falando nisso, já perceberam que os escritores mais conhecidos do Brasil trabalham ou trabalharam em jornais? Claro, por isso são conhecidos – para além da sua qualidade – pois estavam na mídia. Alguma coisa vai muito mal no mercado editorial brasileiro, no mercado livreiro, nas estantes e prateleiras do Brasil, e provavelmente não é o escritor. Então, parece que em nosso país, para ser conhecido o escritor tem de ser jornalista... Ó, Deus, tsc, tsc, tsc.

Mas aquele "Zé Mané" estrangeiro, que nunca colocou os pés aqui e que nem contribuiu com os nossos impostos a vida toda... E que não conhece a nossa realidade, a nossa cultura, a nossa vida, os nossos problemas... Vem, tem espaço, pega o seu dinheiro e, a uma grande distância, pode se dizer escritor: traduzido e vendido em cinquenta países. Nem vou falar mal deste coitado, pois ele deve receber muito mais do que um brasileiro, mas também deve ser explorado, por sua vez.

Quando vamos publicar um livro, um dos maiores trabalhos é a capa. Que imagens? Que cores? O que elas simbolizam? Elas falam sobre o livro? Ela irá chamar atenção do leitor? Ela traduzirá um pouco da história? Bem, depois de todo o trabalho que o escritor brasileiro tem junto à editora e ao capista – quando consegue ser ouvido –, alguém pega todo aquele esforço e esconde.

Imagine, se você vai a um açougue, olha as carnes no balcão, depois pede uma pelo nome, e o açougueiro vem e já traz o que você pediu embrulhado e pronto pra levar. Você não acharia estranho? Suspeito no mínimo? Não chegaria em casa e ficaria olhando para ela com jeito de quem não confia no que irá comer? Se aquela carne fosse boa, por que não estaria exposta? Por que ele não te deixou ver? São essas coisas que estão por trás da visibilidade de um produto no comércio. Enfim. O espaço do escritor é a livraria. É a estante, a vitrine, o estande de exposição.

Enfim, não é que não tenhamos leitores. Acho que nunca se leu tanto no Brasil como agora. E mesmo escritores brasileiros têm algum espaço, bem pequenininho, mas têm. Mas precisamos de muito mais. Afinal, este é o Brasil. Quem deve implorar por espaço nas livrarias são os estrangeiros.

Do blogue – 9 de novembro de 2012

Escritores Brasileiros, internet e o preço para se publicar

No texto publicado anteriormente, falávamos da visibilidade necessária do escritor brasileiro. E alguns dirão: "Ah, mas hoje com a internet..." Sim, pelo que sei, os jovens escritores brasileiros estão se esforçando muito para ocupar a internet. Em busca de visibilidade, no entanto, passaram a imitar – claro que sem as mesmas chances – o que alguns fizeram fora do Brasil. Existem sites e portais que se especializaram em hospedar literatura, contos, crônicas e poesias. O escritor coloca lá, ele e mais vinte mil pessoas, é indexado. Para que serve? Para o site vender publicidade, pois vinte mil pessoas já acessam aquele lugar.

Muitos escritores – para divulgarem as suas obras – dão cursos de como escrever livros. Criam blogues, se esforçam para fazer tardes de autógrafos e escrevem quase todos os dias frases de marketing pessoal sem o menor sentido. Anunciam as suas supostas palestras – que serão gratuitas ou mal pagas – e cursos de "como escrever bem" ou "como virar escritor". Já vi escritores e escritoras divulgando os seus cursos através de vídeos no YouTube, filminhos pasteurizados, falas pasteurizadas... Honestamente, depois de ver os vídeos não tive vontade de ler nada do que escreveram, me deu dó.

O que me informaram com essa postura – nada contra eles e suas necessidades – foi que a literatura deles não tem alma, tem regras. E se assim não for, estão fazendo uma performance aprendida de como "ser escritor" no mundo contemporâneo... Isto tudo seria uma boa ideia, se não criasse mais novatos, nem sempre talentosos, para serem explorados em sua boa-fé outra vez. Pois até oferecer um curso de como escrever já é exploração da boa-fé. Porque, afinal, quem ensina escrever bem ou mal é um professor de português. Aprender regras de como construir personagens e estórias não fará ninguém escrever bem, fará no máximo um aplicador de regras. E acena com a esperança de publicação e fama para o escritor novato, nada mais falso. Agora, se você fizer um curso de roteiro, isso é outra coisa: pode até virar um roteirista talentoso, pois para isso realmente existem regras que necessitam ser aprendidas antes de se dar os primeiros passos. O talento pode aparecer depois.

Mas escritores equivocados explorando futuros escritores não é a única forma de exploração na internet. Com a facilidade da vida moderna, computadores, impressoras, editores baratos, o que mais tem neste mundo são microeditoras (e grandes também), e é muito comum que elas tenham sido fundadas por escritores desconhecidos que buscam viver do seu trabalho. Elas se oferecem para publicar o "seu primeiro livro" em módicas prestações. O que não informam é que ele não será distribuído e que, se for distribuído, não será visto, e logo você pode fazer o que quiser com o seu livro, pois ele não será vendido.

Bem, e quem disse que seu livro merece ser publicado? Quem foi que qualificou este material de literário? Isto tudo, net e tals, pode ser democrático. Mas imagine, você, leitor, lendo centenas ou milhares de textos ruins até encontrar um bom... Iria dizer: "Melhor ler os estrangeiros, já foram escolhidos".

A melhor comparação que posso fazer entre um escritor que escreve bem e outro nem tanto é a de duas pessoas que vão para a cozinha com os mesmos ingredientes... A comida nunca sai igual e as duas podem sair boas. Mas, entenda, quando lemos um escritor estrangeiro, lemos a ele e ao tradutor, que tem um trabalho fantástico – ele é meio autor também –, mas estamos falando dos grandes. Atualmente, não sei se temos péssimos tradutores ou se estão traduzindo péssimos escritores. As frases são parecidas, o tamanho dos parágrafos, as estórias, o número de páginas e as trilogias etc. etc. etc. Enfim, para ler o que escrevem hoje, seria melhor ver um bom filme.

Atualmente, a única coisa que diz – até mesmo para o escritor – se ele pode ou não publicar um livro é se ele pode pagar pela publicação. E, neste caso, é bom que ele realmente acredite no que faz, porque não é barato e não dá lucro. Quanto ganha um escritor por sua obra?

Ele ganha de 6% a 12% do valor de capa. Digamos 10% porque sou ruim de contas: se ele vender 1.000 exemplares, custando 30,00 cada um – autor caro – ele ganhará R$ 3.000,00. Uma verdadeira fortuna dividida em módicos pingos que caem na sua conta ao longo de anos. E sei de editoras que pagam o direito autoral não pelo preço de capa, mas pelo preço de custo do livro. Sabe quanto é o custo material de um livro de 200 páginas, simples? Uns três ou quatro reais. No início de carreira? Às vezes sim, às vezes não: nem os mais conhecidos vendem mais que três mil livros. Uma ou outra exceção. Mas não falemos de exceção, pois vender milhares e milhões de livros em outros países é uma regra, e aqui também, mas só para estrangeiros.

No Brasil a coisa fica distribuída mais ou menos assim: escritor, 6% a 12% do valor de capa, a livraria, 40% ou mais, e o restante é dividido entre a editora e a distribuidora. Você prestou atenção? 40% para a livraria!!

E quanto paga um escritor para publicar? Se ele for publicar da forma mais primitiva (a impressão sob demanda), praticamente nada, pois a editora cobrará entre R$ 25,00 e 40,00 por livro impresso que ele ou as pessoas adquirirem. E, claro, nenhum marketing, apesar de essas editoras alardearem que venderão o seu livro no site e mandarão e-mails para malas-diretas. O escritor comprará uns trinta livros, arranjará um bar ou restaurante e convidará os amigos para o lançamento. Quanto ele irá ganhar? Uns agradinhos no ego. Para quem se contenta, está bom. Mas não é isso o que um escritor de verdade deseja, não é? Ele quer ser lido, e lido por um grande público.

Se o pobre escritor encontrar uma editora realmente regular, pode começar a pensar em R$ 7.000,00 de investimento, e depois irão mandar mil exemplares para a casa dele. Já imaginou o que fazer com os 960 exemplares que irão sobrar depois do lançamento? Um site para vendas com opção para pagar no PagSeguro vai vender um a cada três meses e olhe lá. Se o escritor puder investir uns R$ 20.000,00, irá poder contratar os serviços de uma editora maior. Ela distribuirá o livro e tentará convencê-lo de que ela também gastou na publicação, e por isso não irá pagar direitos autorais (aqueles ridículos valores). Mas o livro distribuído hoje significa apenas distribuição para sites de compra via internet. E só. Sem marketing, sem nenhuma propaganda, sem entrevista no *Programa do Jô*.

Se além destes R$ 20.000,00 ele puder investir numa assessoria de marketing, aí as coisas podem andar um pouco melhor, mas sem nenhuma garantia. Aí, pode contabilizar mais R$ 20.000,00 em módicas mensalidades. Quando o escritor começa a ganhar dinheiro? Sabe Deus, talvez nunca. De repente até ganhe alguma notoriedade. Mas aqui paramos no último problema, que remete ao primeiro texto: visibilidade. O pior dos gargalos. A distribuição é um problema sério, mas vencida esta, vem o pior deles. Seu livro será visto? Ele ficará exposto? Estará acessível aos olhos do leitor comprador? Aí, só sendo estrangeiro ou famoso, tipo ator da Globo.

Mas isto não ocorre apenas no mundo dos escritores de ficção. Pasmem. A coisa também anda feia no planeta daqueles que não serão lidos mesmo. Os livros acadêmicos, responsáveis pela divulgação do saber científico produzido no Brasil, passam por coisas bem mais penosas. Raramente o autor poderá publicar pagando do seu próprio bolso, em geral porque é um duro. Mas o motivo é que a editora tem de ter um conselho científico que avalize a qualidade daquela obra. Bem, aí se trata de uma editora especializada.

E os leitores me dirão: como assim? Se livros acadêmicos não dão lucro, como existem editoras especializadas em não vender livros? Da seguinte forma. Existem órgãos do governo que financiam este tipo de publicação. A editora envia o original para a instituição, que o avalia uma segunda vez – e, claro, junto a este, a editora manda o valor a ser gasto. As instituições nunca financiam 100%, apenas a metade do custo da publicação. Como é que se ganha dinheiro? Envia-se para a organização do governo 100% ou mais do valor como a metade, ou seja, 50%. Entenderam? Claro que nenhum centavo será gasto na divulgação do livro. E provavelmente nem chegará a ter mil exemplares estocados em algum lugar.

Se houvesse honestidade, a maior parte dessas editoras deveriam pegar os livros e distribuir para as universidades sem nenhum custo, pois já estão pagas mesmo, e com lucro. Nem todas agem dessa forma, mas estas são exceções. Tudo seria diferente se houvesse uma política pública de publicações que fosse coerente com a realidade. Neste caso, o livro acadêmico não tem mercado, ponto. Mas o saber precisa ser difundido e ele não vem sendo, apesar de o governo pagar pelas publicações. O prazer do acadêmico é bem menor do que o do escritor, pois quando ele convida os amigos para o lançamento, todos sabem, inclusive ele, que o livro não irá vender. E apesar dos seus esforços, pouquíssimas pessoas o lerão. É só a fé no saber que o faz continuar.

Se ainda não está convencido destas dificuldades, vamos lá. Qual é a sua postura quando um amigo publica um livro? Espanto. Horror. Primeiramente parece algo tão impossível de ser feito que todos o congratulam, em seguida dizem aquela frase: "Depois de morto, você será famoso" ou: "De que adianta ser escritor se só será conhecido depois de morto?" Bem, aí ele o convida para o lançamento. Você compra o livro – de boa vontade –, mas é quase uma espécie de favor que se faz para um amigo. Chega em casa, guarda o livro num lugar qualquer da estante. Depois de alguns anos, acha o livro sem querer. Está com dor de barriga, leva esse livro pro banheiro e sai de lá dizendo: "Querida! Não é que fulano escrevia bem?!" Ainda se você estiver nesta classificação, é um ótimo ser humano.

Existem os outros que não são tão amigos e que a primeira coisa que dizem quando são informados do lançamento do livro pelo escritor é: "Oba! Eu vou ganhar um, não vou?" Claro, se ganhar, vai guardar o livro, isto se não vender para um sebo imediatamente. E não vai ler. Porque, afinal, de graça não presta. Desconfiamos até de promoções de lojas de roupas caras quando estão baratas demais. Pode parecer estranho para alguns que eu defenda o escritor brasileiro. Não é porque eu o seja também, mas por um bom motivo, faz muita diferença ler o livro de alguém que nasceu falando português do Brasil. Só um escritor nacional pode explorar com riqueza a nossa língua e cultura, ou pode explorar pobremente também.

Mas aí mora a diferença: se ele fizer isso de forma ruim, você irá perceber. Ler, e não apenas informar-se sobre uma história, ler é todo o processo que inclui a compra do livro – quando lê o título, a capa, a contracapa, as orelhas – e depois todo o sabor de uma prosa infinitamente rica. O escritor pode levá-lo a mundos loucos e imaginários, mas isso é fácil, bom mesmo é que ele pode colocar riqueza em cada nuance das palavras, das palavras que estão no seu idioma e que só você pode entender todos os ricos significados ali preservados e sugeridos.

Alguns poderão argumentar que já foi mais difícil publicar no Brasil. E é verdade, já foi mais difícil. Mas pelo que viram, parece que o problema não é publicar, não é? As facilidades para os bons escritores viraram facilidades para qualquer um, tenha talento ou não. A única coisa que essas facilidades realmente criaram foi novas possibilidades de exploração dos escritores. Não bastasse a miséria que é o direito autoral, agora o escritor paga por todo o processo de produção do livro, distribuição e marketing. Lucro que é bom, nada.

Não sou daqueles que defendem o lucro acima de tudo. E sei que o trabalho de escrita é algo que detém certos valores morais, intelectuais e artísticos que não têm preço. Mas não é por isso que este trabalho não deve ser avaliado, publicado, divulgado e seu autor reconhecidamente remunerado. Enfim, não é que não tenhamos leitores. Acho que nunca se leu tanto no Brasil como agora. E mesmo escritores brasileiros têm algum espaço, bem pequenininho, mas têm. Mas precisamos de muito mais. Afinal, este é o Brasil. Quem deve implorar por espaço nas livrarias são os estrangeiros.

13 de novembro de 2012, 21:03

A vida a dois às vezes pode ser uma tragédia ou uma comédia, mas é melhor ser ator numa peça ruim do que ser apenas espectador.

20 de novembro de 2012, 1:10

A coisa que mais me deixa triste no Facebook são comentários amargos, alfinetadas, pequenos rancores... Quanto ódio nos coraçõezinhos! Tudo seria mais fácil com gentileza, sobriedade (mesmo bêbado) e boa vontade. A gente não precisa estar sempre de bom humor nem ser ótimo o tempo todo, pode até estar triste; mas para que exibir mesquinharia em público?! O mundo já não anda chato e difícil suficientemente?!

20 de novembro de 2012, 16:33

Desejo de acertar: um jovem rapaz, depois da aproximação, me perguntou: "Qual é a sua idade?" Ele era tão bonito... Não podia dar errado, respondi quase sem pensar: "Que idade você quer que eu tenha?!"

Deu errado, hahahaha [27].

***

Tem uma coisa que me deixa muito estressado atualmente. Por que as pessoas se aproximam da gente já com a aliança na mão? Elas perguntam se você é sério, se quer casar, se deseja ter filhos, se acredita em relacionamentos para a vida inteira. Deviam perguntar também se sou otário... Ora, a gente casa quando encontra a pessoa que "não tem outro jeito". Você sabe que sou sério depois de ficar um bom tempo ao meu lado. E sabe se será para sempre quando o para sempre chegar.

Por que as pessoas gostam de ouvir mentiras, para mim, é um mistério. E o duro é que são estas mesmas que chegaram tão ávidas de "aliança" que vão embora mais rápido. Sou antiquado, começo pegando na mão, ao menos nos primeiros vinte minutos! [28]

3 de dezembro de 2012, 10:52

Tem tantas pérolas do mau humor de segunda-feira no Facebook que me pergunto: será que o domingo foi tão bom assim?! Amo segundas-feiras! Tempo de início, tempo de recomeço, momento de despertar para a vida, para o trabalho e para as pessoas. O descanso é bom, mas não é um valor em si. Bom dia para quem está trabalhando, bom dia para quem irá trabalhar! Bom dia para quem sorri neste lindo dia de sol! E se lhe faltar energias, não enfie o dedo na tomada, sintonize com coisas boas! [29]

---

27 O autor aparentava no mínimo dez anos a menos do que sua idade biológica. Isso amplificava suas dificuldades de identidade, pois não se reconhecia visualmente com as pessoas da sua idade, e definitivamente não era jovem. Isso causava certo descompasso, pois de alguma forma amplificava sua sensação de exclusão.

28 Na juventude L.V. era conhecido por ir logo pedindo em namoro no primeiro encontro – mesmo que fosse por acaso. E não é absolutamente um mistério o porquê de as pessoas gostarem de ouvir mentiras em situações de galanteio: ouvi-las é bom.

29 Na adolescência, o autor era obrigado a ajudar os pais na sorveteria. Os dias de maior movimento e vendas eram sexta, sábado e domingo. Ainda que o autor diga que adore segundas-feiras, pois irá tra-

7 de dezembro de 2012, 10:18

A perfeição é construída por pequenos gestos positivos repetidos ao infinito. Gestos. As palavras são boas quando ditas em pequenas quantidades, carregadas de compreensão e incentivo. Palavras. Não perca tempo pregando, faça. Não perca tempo se explicando, faça. Tempo. Fazer o pouco, falar o necessário, fazem a roda do mundo girar numa boa direção. Ação. Não alimente o mal falando sobre ele, vivenciando as suas consequências. Não se ocupe das coisas negativas, não as ignore, no entanto. Assimile e vá adiante, persevere nos pequenos gestos e nas boas palavras. Mal. Não se ocupe da tristeza, se não puder ser muito, seja um pouco alegre. Antes ser um pouco alegre do que muito triste. Alegria. Ocupe o seu lugar no mundo, ele é bom e é seu[30].

8 de dezembro de 2012, 15:23

Daqui por diante, aquilo que me deprime no Facebook bloquearei, sem dó nem piedade. Gente de constante baixo astral, parasitas emocionais, ultrarradicais de esquerda ou direita, vai tudo ser bloqueado ou deletado. Tô cansado de abrir o Facebook, passar pela página inicial e ler frases agressivas de todo jaez. Farei como faço com o BBB [31] em dia de briga: desligo a TV, mudo de canal. Ninguém tem de ser ótimo o tempo todo, mas cansa ler, mesmo sem querer, os cultores do baixo-astral, da agressão escrita, e da parasitagem emocional. Nem é desabafo, nós somos responsáveis pelo que escolhemos ver e ler, da mesma forma como escolhemos o que desejamos comer. Gosto de comida saudável e chocolate![32] Tenho dito!

Do blogue – 9 de dezembro de 2012

Relações Autoritárias

Há muitos anos, quando eu era um estudante de História, ouvi dizer que o Brasil era um país autoritário, que o brasileiro era um povo muito autoritário e

---

balhar, pode ser que isso não seja de todo verdade. Ele adorava segundas-feiras porque não havia muito movimento na sorveteria. O que permitia que lesse, escrevesse e até mesmo pintasse ali seus quadros.

30 Pregue aos outros o que lhe falta!

31 *Big Brother Brasil, reality show* apresentado pela Rede Globo de Televisão.

32 L.V. sempre gostou de carne com gordura, lasanha, frituras e sorvete. A alimentação saudável aqui entrou como referência à dieta de cinco anos que fez com nutricionista. Ele precisava se convencer o tempo todo de que gostava daquilo. O organismo tem uma predisposição natural a gostar de doces e gordura, logo, ninguém gosta de dieta saudável.

que isso se devia à nossa triste tradição escravocrata. Naquela época, fui contra, pois para todos os lados que eu olhava não via nada disso. O "brasileiro" – este conceito estranho, que envolve milhões de pessoas num país de dimensões continentais, que me parece mais do que um atributo de identidade nacional, um artifício de linguagem para dizer "nós" – parecia-me tudo, menos autoritário.

Fui criado com as ideias de que "nós" somos cordiais, afáveis, gentis, alegres, festivos, sorridentes, persistentes, fortes e batalhadores. Alguma coisa disso devemos ser... Então, onde é que estava o tal do autoritarismo? Provavelmente nos primeiros quatrocentos anos de História do Brasil. Porém, quatrocentos anos são quatrocentos anos. Uma pequena população aprendeu a ser dono e dona de escravos. Escravos aprenderam a ser escravos (e desaprenderam). Escravos libertos, assim que puderam, adquiriram escravos para aumentar sua renda e para adquirir um outro status social.

As relações, simplificando um pouco, começavam assim: dono de engenho (ou fazenda), os parentes pobres à volta, os agregados (mais pobres ainda), poucos empregados e os escravos. Claro, autoridade também era o padre. Essa escala social era bastante clara. E todos eram mandados, e todos mandavam no escravo. O que significava então ascender socialmente? Bem, a ascensão social não era apenas dinheiro (em geral terras), ela significava ter alguém sob comando, era o status de "senhor". Após muitas experiências (necessito concordar com meus antigos professores), essas relações de autoridade – e o sentimento de que se é "alguém" apenas quando se tem a submissão de outras pessoas – passaram efetivamente para a nossa cultura.

A contradição se estabelece: cordiais, amistosos, gentis, festivos, mas loucos por ter qualquer poder, qualquer autoridade. Claro está que a autoridade exercida no período colonial e pós-colonial pouco tinha a ver com competências. Você tinha autoridade porque nasceu filho do fazendeiro, porque se tornou um padre e veio de uma família abastada, porque conseguiu comprar um escravo. E o escravo? Bem, ele era o escravo, e nem sempre tinha competência para fazer os trabalhos que era obrigado a fazer. Podemos até especular que, durante quatrocentos anos, autoridade e competência não andaram juntas. Numa cultura secular, essas relações foram contaminando diversos níveis de nossa sociedade e de nossas relações. Então, quando olho à volta, vejo uma sede imensa de poder, poder para ter autoridade, autoridade sobre outras pessoas. Sem haver necessariamente competência...

Não sei exatamente quando meus olhos começaram enfim a ver essas relações de "autoridade" entre "nós". Talvez a melhor palavra seja mesmo autoritarismo, pois é uma autoridade infundada, é uma distorção do verdadeiro significado dessa palavra.

Essas relações "estranhas" se dão em diversos níveis, até chegam mesmo a assustar. Quando chegamos ao mercado de trabalho, no qual deveriam contratar nossa competência e nosso tempo, normalmente nos vemos questionados sobre uma infinidade de quesitos que não são da alçada do empregador: como vivemos? Bebemos ou não? Como nos divertimos no final de semana? Com quem costumamos sair? Quem são nossos amigos? Nós os temos? Como nos vestimos? Por que não trabalhamos mais do que aquilo para o que fomos contratados? Isto é um pouco doido, porque de certa forma verificam as nossas condições para sermos bons escravos. Não desejam pontualidade, desejam que se chegue antes e se saia depois. Não desejam horas de trabalho pagas, desejam horas não pagas cedidas de boa vontade nos finais de semana. Se perceberem bem, verão que nada dessas coisas tem a ver com competência de qualquer espécie, exceto aquela, a de ser escravo.

Mas isto não é uma acusação, é um lamento. Todos, de alguma maneira, já viveram situações em que pessoas, no trabalho ou na vida pública, foram escolhidas para uma função ou para um cargo. Imediatamente, a nossa competência não é questionada, é a nossa capacidade de bem servir sem reclamar, sem dialogar, não importando as exigências. Estar predisposto à subserviência. Claro, se você está predisposto à subserviência, não é porque você queira, mas é porque lhe pagam um salário. Como o autoritarismo é praticamente norma, não reagimos, pois buscar outro patrão seria simplesmente mudar de "senhor". E aí reagimos como aqueles escravos que adentraram a sociedade colonial, assim que "libertos" – quando recebemos poder sobre algo, ganhamos nosso quinhão de autoridade, e passamos a nos sentirmos alguém...

Não farei nenhuma discriminação social, no entanto não deixarei de fazer registros do que vejo. Porteiros de prédios. Sua função? Várias, mas fiquemos na básica, abrir e fechar o portão de entrada. Vigiar para que entre quem pode e saia quem deve. Mas vivemos, vez por outra, com porteiros carrancudos, que especulam sobre nossa vida, que julgam nossos passos, que sorriem de forma maliciosa ou que são gentis e amigos, desde que não retruquemos a sua autoridade. Se retrucamos de qualquer forma, até mesmo nossas correspondências começam a desaparecer misteriosamente...

Porteiros-seguranças, então, são um caso à parte. Vestidos de terno, para ampliar a seriedade da sua atuação. Terno é coisa importante, executivos usam terno, profissionais gabaritados usam terno, alguns garçons também, e seguranças usam ternos. Quando olhamos, a diferença é que o corpo dos seguranças costuma ficar mais atraente de terno do que os dos executivos. Mas terno para mim é pano, de uma bela forma, mas pano. Lembro-me de vários incidentes com porteiros e seguranças, mas um é delicioso. Uma colega de trabalho saiu do prédio da Universidade para fumar (por causa das relações sociais autoritárias) e eu a acompanhei, no entanto ela havia esquecido no interior do prédio o seu crachá funcional (coisa que algumas pessoas usam no pescoço – símbolo de praticidade e submissão).

Ela, que havia pedido para sair para um dos seguranças, quando desejou voltar não pôde, pois havia outro segurança lá, cujo terno e conformação física eram realmente dignos de nota. Ele lhe perguntou: "Onde está o seu crachá?" (com tom de voz de autoridade policial). Minha colega explicou rapidamente o que houve, e ele lhe respondeu de forma grosseira: "Infelizmente, eu não poderei deixá-la entrar, o lugar do crachá não é na bolsa, é no pescoço!" Bem, minha colega às vezes dá uns pitis, e ela deu.

Mas o que impressionou foi o fato de que aquela colega é uma mulher visivelmente marcada pela distinção social, praticamente uma lady, cujos traços característicos de refinamento se percebem facilmente. Claro, além dos óculos que asseguram uma outra autoridade: "Fiquei cega de tanto ler". Depois de muito bate-boca, eu assegurei ao funcionário que ela era minha colega de trabalho – claro, mostrando meu crachá, sacado da carteira, pois jamais coloco nada no pescoço; isto não bastou, ele perguntou: "O senhor se responsabiliza por ela?" Respondi afirmativamente, e ainda tirei uma com a cara dela: "Olha, se não fosse eu, você não entrava: comporte-se!"

Os protestos dela não eram ridículos, mas de alguma forma também eram resquícios de autoritarismo: "Eu, professora, doutora, funcionária desta instituição! Barrada como uma qualquer sem eira nem beira... Quem ele pensa que é?". "Bem" – respondi para ela – "o detentor de uma pequena autoridade". Apenas tento narrar isto de forma imparcial. Aqui não questiono a necessidade de haver um porteiro-segurança, mas a postura física, o tom ameaçador de voz, utilizado com uma mulher, magra, de tipo pequeno, frágil, e ainda mais madura que ele. Em outras palavras, uma óbvia ausência de ameaça. Enfim, a sua função lhe deu autoridade para manifestar todo o seu autoritarismo.

O moinho que derrotou Dom Quixote

Lembro-me de um dos meus primeiros empregos, numa prefeitura municipal, onde cargos e funções têm pouco a ver com competência. Meu chefe, apesar de um bom homem, não tinha a menor vocação para a chefia ou para o trabalho que ele necessitava fazer. No entanto, ao ser nomeado, ele precisava fazer valer sua autoridade, e parecer fraco, necessitar de ajuda, parecia colocar o seu cargo em perigo. No entanto, nem sempre ocupamos cargos para os quais tenhamos a competência necessária. O pobre ficava perdido entre um monte de trabalho parado sobre a sua mesa, e como nosso trabalho dependia do dele, às vezes recebíamos ordens esquisitas. Quando pedíamos mais documentos, ele ordenava: "Sente-se na sua mesa e finja que está trabalhando".

Na primeira vez a voz foi serena e calma, depois, em todas as outras éramos tratados como uma estranha espécie de animais que tinham mania de serviço. Bem... Tudo seria fácil se ele simplesmente pedisse ajuda e dialogasse. Foi exonerado, mas até isso acontecer, anos se passaram. Muito trabalho deixou de ser feito, muitas competências foram questionadas, muita gente foi humilhada. E ele era um bom homem, apenas estava mergulhado numa cultura autoritária.

Essas relações não acontecem apenas nestas situações. Vemo-las nas relações amorosas. Maridos exercem autoritarismo sobre suas esposas, a ponto de espancá-las. Mulheres fazem o mesmo, a ponto de espancá-los (acreditem, até existe uma associação de maridos que apanham da mulher). Namorados proíbem a namorada disso ou aquilo... Namoradas fazem o mesmo. Pais fazem sentir o peso de seu autoritarismo sobre filhos, sem ao menos explicarem o porquê. Crianças autoritárias humilham pais em público, mostrando ao mundo que eles não têm competência para a maternidade ou paternidade... E, depois de ver tanto autoritarismo e sermos vítimas e às vezes vitimadores, quando chegamos em casa, damos um chute no cachorro que vem nos abanando a cauda...

E pensar que se simplesmente ouvíssemos calmamente o que o outro tem a dizer, ou disséssemos calmamente nossas necessidades, todas essas relações se dissolveriam em soluções... Não quero o cargo de ninguém, nem mesmo a função de ninguém... Não desejo nada que por natureza não seja meu e não venha a mim por mérito, mas estou sempre disposto a emprestar minha competência para ampliar a competência alheia, em todos os níveis. Um chefe melhor me faz um funcionário melhor. Um trabalho bem-feito possibilita o sucesso de toda uma equipe, de toda uma instituição. Mas, não. Os que exercem cargos e funções são pressionados por outros e por outros e por outros, cada um exercendo o autoritarismo que lhe cabe. Eles apenas gritam: "Faça! Ou te demito!" E o grito vai descendo de cima para baixo até chegar ao porteiro-segurança, que, enfim, é o que corre menos perigo.

Não é apenas a cultura autoritária que nos faz assim, é o medo. O medo de falar, o medo de dialogar. Dialogar significa expor em bom tom de voz as suas ideias e necessidades e ouvir o que o outro tem a dizer sobre isso, e não gritar as suas frustrações. Por que o medo? Porque sabemos que estamos numa sociedade autoritária, e há bem poucas chances de sermos ouvidos.

Tudo seria um pouco mais agradável se todos soubéssemos efetivamente de nossas competências, se não tivéssemos medo de admitir falhas e ignorâncias, se não tivéssemos medo de nos aliarmos ao outro para crescermos. Ninguém cresce sozinho e ninguém cai sozinho. Mas é muito mais fácil crescer fazendo todos crescerem juntos, trocando ideias, ventilando relações, sendo cordiais sem subserviência.

Não sei exatamente onde tudo isso começou, mas se conseguimos nos livrar da escravidão oficial, será que não conseguiríamos nos livrar da extraoficial? Seria bom, não é? Sermos livres e beneficiarmos as pessoas com nossa liberdade. Continua...

10 de dezembro de 2012, 19:08

Por que a Madonna pode dar entrevista de cinco minutos enquanto eu tenho de escrever as minhas durante quatro dias? Será que, com a fama, o tempo diminui? [33]

***

Neste Natal coma menos! Beba menos! Crie menos expectativas sobre o amor! Vá a um culto religioso com seus amigos e familiares. Neste ano, não confunda Natal com Réveillon. Faça uma coisa diferente, comemore o nascimento de Jesus. Em vez de dar presentes para todo mundo, dê um para ele. Recolha-se a um quarto e ore em segredo. Pela primeira vez não peça nada, não agradeça nada

---

33 L.V., tendo em vista as suas pesquisas acadêmicas, às vezes precisava responder a perguntas feitas à guisa de entrevista. Como raramente os repórteres dominavam o assunto sobre o qual perguntavam, ele era obrigado a escrever longos textos para que não houvesse equívocos. Isto originou o livro Cinema e religião, perguntas e respostas. O autor foi pioneiro nos estudos sobre cinema e religião no país e publicou livros e artigos nesta área por mais de quinze anos.

que tenha recebido, apenas cumprimente um amigo pelo seu nascimento. Fato este que fundou no Ocidente a ideia de misericórdia, amor gratuito, conciliação com os inimigos, o perdão de si, o perdão dos outros, e o fim das cargas excessivas da moralidade estereotipada. Este simples gesto fará com que menos pessoas se desentendam durante a festa, menos pessoas se matem por causa da bebedeira, menos gente fique infeliz por causa da ansiedade relativa ao amor. O Natal serve apenas para comemorar Jesus. E isto já deve bastar. As outras formas de comemoração podem esperar uma semana a mais.

***

Prece: "Senhor, se eu não puder dormir, deixe meus amigos acordados!" [34]

30 de dezembro de 2012, 17:38

Cada vez que passeio por sites de relacionamento, onde vejo pessoas pedindo pessoas "simples e descomplicadas", fico achando que irei morrer solteiro. Pô, o que há de errado em se ser complexo? [35]

***

Coisas que eu não entendo: pessoas celibatárias, puras e castas, vivendo para o senhor (o que é louvável), ditarem regras sobre família (aquela que eles deixaram), sexo (que não fizeram, ou muito pouco), filhos (que não tiveram), sexualidade (que fingem não ter), a origem da vida (aquela que eles renunciaram), bens materiais (que não conquistaram), paz de espírito (que evidentemente poucos têm); coisas aceitáveis (o que deveriam falar, e que não falam): vida em comunidade (que conhecem), sublimação sexual (que vivenciam), tabus alimentares (pois comem pouco, ou deveriam), meditação (que parecem fazer), a força da oração (espera-se que rezem), sobre o amor universal (que deveriam propagar) e aquilo que pouco parecem conhecer, a misericórdia divina, que permite que continuem existindo.

---

34 Esta frase se originou de uma apropriação de uma piada: "Senhor, se eu não puder emagrecer, que as minhas amigas engordem!"

35 Aqui concordamos com o autor, afinal, como alguém com dois pontos de QI abaixo de Albert Einstein pode fazer sexo e amar, se as pessoas só ficam pedindo gente normal?! Fala sério! Até eu fiquei com dó.

Às vezes é incompreensível para mim que essas pessoas continuem sendo ouvidas sobre experiências que elas evidentemente não têm. Mas é do humano ao humano dar ouvidos, não é mesmo?!

31 de dezembro de 2012, 00:11

Para quem me esperou hoje por aí...
Saiba, sou um doce feito de açúcar,
Sou como o sal, cheio de sabor...
Por isso não posso pegar chuva
Derreto e perco minhas melhores qualidades.

***

Eu irei chorar, mas não porque não tenha querido sorrir. E sorrirei, mesmo que tenha chorado...

Do blogue – 31 de dezembro de 2012, 00:11
Promessas de Ano-Novo!

Repita comigo:
Eu não irei sonhar sonhos novos, irei realizá-los.
Tomarei a primeira atitude que me fará uma pessoa diferente,
Não temerei os medos de sempre, buscarei novos medos...
Não chafurdarei nos velhos problemas, criarei novos!
Não resolverei as coisas insolúveis... Nem me sentirei culpado.
Farei o sol brilhar todos os dias, mesmo em dias de chuva!
Eu irei chorar, mas não porque não tenha querido sorrir
E sorrirei, mesmo que tenha chorado...
Passarei os dias do novo ano construindo outra coisa
Não brigarei comigo, e com o mundo, apenas para querer algo melhor,
Desejarei "outra coisa",
Algo que crie em mim um novo eu, um eu mais realizador
Mais potente, mais atraente, e enfim...

Um eu do qual a felicidade corra atrás.
Serei útil onde puder sê-lo, seja para quem for, com quem for, por onde for...
Mas não me desgastarei por inutilidades...
Este novo ano não o farei diferente, eu me farei diferente...
E porque serei diferente, um novo homem surgirá
E que todos saibam que a minha realização
Tornará a humanidade melhor [36]...
Que meus anseios a muitos atinjam
E que minha plenitude traga mesas fartas, alegria, sucesso e paz.
Assim, darei logo o primeiro passo para realizar este outro de mim
Que é grande, generoso, belo, talentoso, bem-sucedido
E cuja garra é capaz de mudar o mundo inteiro.
Feliz Ano-Novo! Feliz Pessoa Nova! Que neste novo ano você seja a novidade!
Este é o meu mais sincero e honesto desejo!

---

36 Os textos de Natal e de Fim de Ano de L.V. são alguns dos melhores da sua produção, pois precisava fazer certo esforço para ser otimista e ao mesmo tempo incentivar o bem das pessoas. Ainda assim, são bons textos e não soam artificiais.

2013

5 de janeiro de 2013, 13:19

Notícias da padaria: a Maísa, que trabalha na padaria Bienal, me disse: "Hoje no ônibus eu vi uma moça lendo o seu livro!" E eu: "Sério?! Que legal!" Ela completou: "Ela faz Letras!" Eu: "Ué, como você sabe?!" Então explicou: "Fui falar com ela! Me disse que vai fazer um trabalho pra faculdade com seu livro!" Eu: "Mas por que foi falar com ela, por causa do livro?" Ela respondeu: "Claro! Fui contar vantagem, né?"

Os queridos amigos da padaria são uns fofos. Desculpem, sempre fico meio bobo quando sei que alguém está lendo meu livro e louco para compartilhar. Não sei se está vendendo, fico ansioso para perguntar para a editora, mas deixo quieto. Aí, quando tenho notícias, fico feliz. E, olha só, já estamos na faculdade! Puxa! [1]

18 de janeiro de 2013, 12:08

As pessoas poderiam se parecer com suas fotos... As pessoas poderiam ser fotos... Deixar de ser o que são e se tornarem lembrança marcada na carne do papel. Se não estão presentes, que pudessem ao menos terem sido memória, mas não são, não foram... Não se transformaram e nem se parecem com as suas fotos. Felicidade é ser imagem de fotografia, a luz te ilumina eternamente e quando te tocam não é para te usar, mas para recordar você e tudo o que você foi, inclusive, que não foi fotografia.

19 de janeiro de 2013, 18:54

Bem... Indo fazer o que bem aprendi com as mulheres e a sua sabedoria. Salão de beleza, cortar cabelo, me colocar bonito e me preparar para ser fotografia na vida de alguém.

***

Walmor Chagas se foi... Mais uma lembrança de criança: "Por que este homem que não é tão velho tem todos os cabelos brancos?" Ele foi o primeiro homem de cabelos brancos precoces que eu vi na vida. Mas também registrei que nele ficavam bem. Até mais, meu velho, cabelos brancos nunca te deixaram menos jovem! [2]

---

1 Trata-se do Livro *Memória impura*, lançado em 18 de agosto de 2012, na loja Cavalera da rua Oscar Freire, em São Paulo.

2 Muitas pessoas morreram no período tratado no livro, mas o autor escolheu alguns casos para

O moinho que derrotou Dom Quixote

***

Prece do final de semana: "Senhor, se eu tomar aquele vinho sozinho, que ele seja bom... Se eu o tomar com alguém, que essa pessoa seja ótima. Amém".

22 de janeiro de 2013, 00:50
Genialidade: Genial + idade

***

Balacobaco: Manifestação do Deus romano Baco no Brasil, rs.

***

Irei dormir, e sonhar que tenho um amor...
E ele me abraçará, me guardará em seu corpo
Domará minhas dores com doçura...
Tomará meus lábios...
Me beijará, será gentil e suave...
Não me dirá nada
E eu lhe responderei com meu silêncio...
Irei dormir e sonhar com ele
E de manhã ele já haverá partido, para não me acordar...

22 de janeiro de 2013, 11:01
Diga-me não. Finja que não me deseja! Sabes que não gosto das palavras. Os discursos são cheios e vazios... Cheios de bobagem e vazios de significado.

Apenas os gestos são verdadeiros. Caminhe em minha direção. E eu saberei recolher-te em meus braços. Nenhuma palavra vale mais que um beijo. Nenhum desejo vale mais do que a entrega.

---

comentar. O que ele não disse: Walmor Chagas cometeu suicídio. Não fosse este dado, ele nem comentaria. Os suicidas sempre tiveram sua empatia.

Pelo corpo chegarei à tua alma. E lá habitarei, entre escondido e abrigado... Recolha-te ao meu peito, e por ti velarei. Pois que não há amor que não mereça cuidado.

Diga-me não... E enlouqueça-me de imaginação!

E quando o sol nos chamar, nos levantaremos... Saciados de abraços, sem descanso e nem cansaços... E te verei caminhar, passo a passo, para longe de mim...

Distante de ti...

Mas, sem palavras. Elas forjam o abismo que nos afastam. Prometa-me...

E eu ficarei em ti... Eterno beijo pousado em teus lábios [3].

22 de janeiro de 2013, 23:55

"Não sou tão frágil que não possa suportar um abraço..." (Leonor de Aquitânia, The Lion in the Winter[4]).

24 de janeiro de 2013, 20:59

Continuo com o maior problema do mundo. Personagens andando pela minha cabeça, como se eu fosse um labirinto, e todos à caça de um minotauro. Queria muito que o livro Noite escura *se expressasse logo, coisa chata ficar sendo perturbado pelos personagens e eles não se escreverem e nem se inscreverem no mundo.*

Os personagens deveriam saber que isso perturba até o mais normal dos mortais...

Do blogue – 24 de janeiro de 2013

O "não"

O "não" é uma destas palavras estigmatizadas, estranhamente estigmatizadas. Talvez porque durante a nossa educação seja o que mais ouvimos, e se o

---

3 *It's a beautiful too!* É importante notar que este texto se trata de um momento de reflexão madura de L.V., que havia percebido que sua falta de amor-próprio o fazia se sentir atraído por homens que não o correspondiam plenamente; percebendo o mecanismo, surgiu o poema.

4 Na realidade a referência é ao filme *Bárbaros e traidores*. Título original: *The Lion in the Winter*. Diretor: Andrei Konchalovsky. Elenco: Glenn Close, Patrick Stewart, John Light, Rafe Spall, Jonathan Rhys-Meyers, Yuliya Vysotskaya, Andrew Howard, Clive Wood. De 2003. O autor era apaixonado por esse filme, principalmente por causa das grandes atuações.

ouvimos suficientemente, isso é prova de uma boa educação. Mas em geral me chama atenção o quanto as pessoas não sabem ouvir e nem dizer "não".

Tenho alguma dificuldade de perceber, no jogo das relações humanas, quando alguém quer dizer "não" mas não verbalizou, e aí começa o grande bailado dos gestos, falas, subentendidos... E eu me pergunto: "Por quê?" Tão fácil dizer não. O "não" é uma palavra mágica, ela é mais verdadeira do que o "sim". E mostra muito mais de nós, talvez mais do que gostaríamos. Mas não dá para se ter vergonha do que se é, né?! Ou dá?

É importante verbalizar e colocar este limite nas relações. O que me encanta no "não" são os seus infinitos matizes. A gente diz "não" para uma coisa, para uma pessoa, para uma situação, para uma proposta... Mas isto não significa dizer "não" para tudo o que nos oferecem ou para tudo o que uma pessoa significa ou pode vir a significar. Às vezes, o "não" é só para uma coisa e não todas. "Ah, você não quer namorar comigo? Diga não". Não tergiverse. Caso contrário, fica parecendo "sim", "talvez", "hoje não, amanhã talvez". O "não" clarifica as relações.

Aprender a dizer "não" é fundamental, aprender a ouvir "não" também é. Quando te dizem um "não", na maioria das vezes não é para te depreciar ou negar tudo o que você é, é apenas "não" para o que você fez, para o que você propôs. No entanto este "não" pode significar um "sim" para outras coisas e possibilidades. Se ouviu um "não", não se ofenda, faz parte das relações humanas. Se tiver de dizer um "não", diga-o de forma educada e firme, para que se saiba que se trata de um "não" e não de "um talvez..." No futuro, nada impede que você volte atrás e diga um "sim". Mas para que as coisas andem para todos, dizer "não" sabendo inteiramente o que ele significa, e que "não" não dói demais, é fundamental.

"Não" não é uma negação absoluta senão quando usada assim, o que é raro.

Você que diz "não" pense também que a pessoa que o ouviu pode saber recebê-lo sem grandes complicações. Não há necessidade de afirmar este "não" constantemente. Para mim é uma palavra funcional e verdadeira. Basta que eu a diga apenas uma vez de forma clara, e pronto. Raramente alguém insiste no que quer que seja depois que eu verbalizei esta palavra libertadora. Experimente. Pratique o "não", ele liberta, facilita e possibilita novas relações que não as "não" desejadas.

E lembre-se: quem não quer isto, pode querer aquilo. Esteja pronto a oferecer também o aceitável. Laços humanos são importantes e não devemos negligenciá-los.

26 de janeiro de 2013

Não, eu não desistirei de você... Não desiste o sol das manhãs.

26 de janeiro de 2013, 23:15

Bem, após um "Balla" 12[5], me atirarei pelas ruas como bala perdida sem direção... lembrando que umas acertam, outras não. Se eu te acertar no peito, me desculpe, matei sem querer!

27 de janeiro de 2013, 22:35

Ama-me como eu te amo. Sê apenas um suspiro em minha escuridão...

***

Acrescentando detalhes ao Príncipe Encantado: Além de tudo o que todo mundo sonha, já que você não existe, poderia, não existindo, saber fazer costela assada supermacia?! Grato, quando você aparecer, enfim poderei comer decentemente.

31 de janeiro de 2013, 13:22

Quando a alma está doente o corpo definha...
A moldura pode ser bela à vontade, mas ela jamais transformará numa obra de arte uma pintura ruim.

***

A dúvida é o melhor da vida ou a vida é a melhor dúvida?

14 de fevereiro de 2013, 00:15

Come in: *caminha!* [6]

---

5 Ballantines 12 anos.

6 Trocadilho digno de ser apagado, por que o autor o manteve é uma questão que está em discussão na academia.

5 de março de 2013, 23:22
"Parnasiano"

Choram os dias como pétalas de flores que emurchecem ao fim da tarde...
Alçam voos açucenas em desvario
Pintando o céu de negras penas,

Rompendo o silêncio com alarde anunciando do inverno o estio
Debruço-me... sobre meu ventre balbucio
Ó, dores, ó, dores, ó, dores...

Será que tarda e não vem?
Não ouve o meu choro?
Não sabes que por ti quase morro?

Dá-se pressa em chegar,
Pois desfaleço, e sem ninguém
Nem parece que já sei te amar [7].

13 de março de 2013, 19:54

O novo Papa vem de uma tradição mais que respeitável da Igreja Católica, a dos jesuítas. Alguns não gostam, outros gostam. A verdade – a que conheço – é que sempre fizeram trabalho dos mais honestos no âmbito da pesquisa e da educação. São verdadeiros intelectuais da Igreja, dinâmicos, políticos, fortes, e normalmente mantêm opiniões corajosas, mesmo em sutil discordância com a Santa Sé.

O que li sobre o novo Papa não parece desmentir a tradição jesuítica. Parece ser um homem de coragem, posições claras, e com uma leve abertura para os problemas contemporâneos. A escolha do nome Francisco traz algumas esperanças, pois sinaliza para o santo de mesmo nome. Francisco de Assis, apesar de correr por fora da baia, no que tange à política da Igreja medieval, foi um dos seus mais renomados e profundos reformadores. O seu voto de pobreza, a escolha pelos pobres e as atitudes corajosas indicam o caminho que o novo Papa parece escolher.

---

7 Soneto que L.V. fez por diversão, de forma irreverente. Ganhou muitas curtidas e comentários de "maravilhoso", "espetacular"! A prova viva de que não conhecia as pessoas, pois levaram a sério a sua piada, ou ele não sabia mesmo fazer graça.

Hoje no trabalho já estávamos conversando sobre o assunto, e o nome – bem escolhido – já inspirou simpatia, ele já virou o Papa Chico. Outro colega remendou dizendo que em espanhol o apelido seria Paco, mas acho que ficaria estranho Papa Paco, são "pás" demais, rs. Boa sorte, Papa Chico!

14 de março de 2013, 20:14
Para amar não precisa tempo, precisa amor...

24 de março de 2013, 22:59
Confissões de um autor: jamais pensei que o livro Noite escura fosse uma narrativa tão mortalmente lenta. Estou deixando que ele se construa na velocidade que as personagens precisam e permitem. Mas quisera já estar contando coisas que em meu espírito há meses vivo... Mas tudo tem seu tempo, e o segredo de um bom texto e de bons personagens é o respeito ao seu ritmo e tempo certos. Obrigado aos/às leitores(as) pacientes[8].

27 de março de 2013, 22:29
Se seu filho é um anjo, o problema não é que ele voe e você não, o problema é a natureza das penas...

28 de março de 2013, 12:32
Eu não gosto de viajar, mas gostaria de ter fotos de viagem...

28 de abril de 2013, 4:19
Atenção, o meu status mudou para "solteiro" e não para "solitário", o lado bom de se relacionar com pessoas boas é que aumenta o número de amigos[9].

---

8 A lentidão da escrita era apenas uma impressão. Foi escrito em exatos 63 dias nos momentos em que não estava trabalhando na universidade; cerca de 450 páginas. *Memória impura* foi escrito em onze anos, Manhã de Sol está sendo escrito desde 2013 e não acabou em 2021.

9 L.V. terminou um relacionamento, pois desejava escrever o livro e não tinha tempo para mais nada naquele momento. Ele sentia que não podia dar atenção suficiente e necessária para o namorado.

8 de junho de 2013, 00:35

Irei dormir, e sonhar que tenho um amor...
E ele me abraçará, me guardará em seu corpo
Domará minhas dores com doçura...
Tomará meus lábios...
Me beijará, será gentil e suave...
Não me dirá nada
E eu lhe responderei com meu silêncio...
Irei dormir e sonhar com ele
E de manhã ele já haverá partido, para não me acordar...

19 de junho de 2013, 21:18

Sonho com um dia em que não nos tratem mais como heterossexuais ou homosse-
xuais, e voltemos a ser como sempre fomos: homens e mulheres destinados à grandeza
humana. A mesquinharia e a pequenez de alguns não podem fazer com que esque-
çamos de quem nós somos, filhos do Altíssimo, ninguém pode nos tornar menores.

29 de junho de 2013, 3:24

Peço que me desculpem por não me dar ao trabalho de escrever sobre algo tão
importante quanto a malfadada questão da "cura gay", mas é que há mais de 25
anos tenho de repetir as mesmas coisas, e continuar ouvindo as mesmas coisas... Estou
exausto. E mesmo não querendo, fizeram de mim gay 24 horas por dia. E saibam,
isso cansa. Cansa muito! Deve ser o preço de não ser hipócrita. Sou um ser humano
como todos, e não desejo servir de marketing para políticos de quinta categoria.

***

O que mais me revolta em concursos literários é que todos esperam que os escrito-
res tenham boas maneiras... Digam-me, de que adianta ser escritor se quando anali-
sam o que você escreve verificam se tem coisas "indecentes", e se tem as desclassificam?!
Parece que na literatura atual existe um "Código Hays" [10], se não baixamos a
câmera pudicamente, nosso filme não será aprovado. Recuso-me a adaptar-me a um

---

10 Referência ao famoso Código Hays de autocensura da indústria cinematográfica hollywoodiana, começou a vigorar em 1934 e se extinguiu em 1968, no entanto já existia informalmente desde 1925.

tempo tão estúpido quanto este em que estamos vivendo. Eu sei que ele irá passar. Ele irá passar...

É estranho que críticos literários, e até mesmo leitores, ajam como se sexo, morte e atrocidades não fizessem parte do cotidiano, e que evidentemente precisam estar claramente colocados num trabalho vivo e escrito.

Recuso-me a condescender com esta estudada hipocrisia contemporânea. Posso morrer desconhecido e pouco lido, mas não posso deixar de ser quem eu sou, e dizer ao mundo quem e o que ele é.

O papel do escritor é dizer o que não se diz, pensar o que não se pensa.

Se for para ter reafirmadas as suas obviedades, por favor não me leia. Eu falo de vida e transcendência, e você, de mediocridade e decência. Literatura politicamente correta... Meu Deus, aonde chegamos? Artista que não contesta?!

Ler o que escrevo só pode ser uma experiência e não um ato de decência. Nem de indecência, que fique claro.

Não tenho culpa de o humano ser melhor do que o discurso sobre o humano. A vida é intensa, bela, forte, violenta, sensível e doce... Ela não se resume à comida italiana e à mousse de chocolate de sobremesa.

Eu não tenho uma vida confortável, logo não irei apoiar a sua. O confortável do mundo me incomoda, a ponto de eu ser uma bola de espinhos. Se você tiver coragem, me abrace. Sangra e dói, mas é verdadeiro.

15 de julho de 2013, 15:01

Moema, bairro da fumaça: a melhor coisa que acontece por aqui em dia de jogo decisivo da seleção é perceber que as pessoas não gritam palavrões pelas janelas dos edifícios. Quando não é a seleção, dá vergonha de assistir ao espetáculo[11].

***

Feliz Dia do Homem! Temos que comemorar, sim, somos grandes caras. Só não confundam as datas, o dia do macho é em outra época![12]

---

11 L.V. morou na Avenida Rouxinol – bairro de Moema, em São Paulo. Sofria muito com os barulhos do lugar e com o excesso de fumaça dos fornos a lenha das pizzarias da região.

12 Essa afirmação pode ser mal interpretada, o autor jamais foi machista de qualquer forma. No entanto, por estar na condição homoafetiva, sempre refletiu sobre a própria condição masculina. E

Do blogue – 29 de julho de 2013

"Quem sou eu para julgar..." [13]

Existem coisas que não podem ficar sem comentário. Eu fui um dos primeiros, pelo que me lembre, a apoiar o atual Papa e a falar bem dele. Mas isso foi fácil, pois afinal o parâmetro de comparação anterior era abaixo da crítica. Eu já era adolescente quando João Paulo II veio pela primeira vez ao Brasil, o primeiro Papa em quase 500 anos a pisar neste solo. Era natural que se fizesse muita festa. Gosto de religião, mas serei muito honesto, meu estômago embrulhou até o vômito com a Jornada Mundial da Juventude. O que aconteceu com a religião? As religiões? Renderam-se ao marketing?! Vergonha, vergonha, vergonha. Só vi espetáculo de quinta categoria.

E me meto a escrever um pouquinho só para não deixar um absurdo se espalhar:

"Quem sou eu para julgar?!" Nooossa, essa doeu demais. Caralho!! Você é o Papa!!

Basta ir à janela do Vaticano e dizer: "Os homossexuais são filhos de Deus iguais a todos!" Vai fazer isso?! Claro que não vai! Então, não fala merda!

Eu não sou ninguém para julgar! E aprendi que quem julga é Deus. Mas o cara é dito representante de Deus na Terra. O cara lidera uma máquina homofóbica. E o cara diz que "não é ninguém para julgar"?! ELE É O PAPA!!! Alguém pode avisar isso para o hipócrita, por favor?!

Marketing descarado. Demagogia pura. Não valho muita coisa, mas ele acabou de perder o meu respeito. Só volto a elogiar se ele agir ao invés de falar. Ou ele escancara e prega misericórdia e humanidade para todos ou não lava as mãos: o Papa Chico virou o Papa Pôncio Pilatos. Inocentes morrem... Aí ele vira e fala: "Quem sou eu para julgar"... Foi isso que fez Pôncio Pilatos com uma outra vítima bastante conhecida. Depois que ferrarem milhões de homossexuais no mundo, ele vai dizer: "A culpa foi da massa..." do mesmo jeito que os cristãos e a Igreja fizeram com os judeus.

---

acreditava que os homens também sofriam muito com o esforço, no período de crescimento, para se transformarem em verdadeiros espécimes dominantes. Por essa razão, entendia que havia homens – em todas as condições – sensíveis e bons; e que eram maioria. Apenas não sabiam como demonstrar.

13 Este breve texto necessita ser posto em seu contexto histórico. O Papa Francisco ainda não havia tomado nenhuma medida efetiva de mudança na Igreja. L.V. se recusou a aplaudir aquilo que lhe parecia mais uma fala populista. O tempo mostrou que o autor estava sendo precipitado.

Gente cega!

Obs.: Desculpem o texto curto e sem uma aparente argumentação bem fundamentada.

Mas não tô com saco.

Do blogue – 29 de julho de 2013

Moema virou fumaça

Um dos bairros mais cantados e decantados da alvissareira cidade de São Paulo está com os dias contados. Logo irá virar (se já não virou) peça de marketing imobiliário. Moema é um dos bairros mais caros de São Paulo e se tornou assim por ser considerado um lugar com ótima qualidade de vida. Moro aqui há sete longos anos, por isso sinto-me à vontade para criticar e elogiar.

Aqui, quando chamamos a polícia ela vem, isso quando já não está por aqui. Assalto a mão armada? Nunca vi, nem notícia. Mendigos? Apenas duas famílias que só vêm aos sábados à porta do Pão de Açúcar (e creio que trabalham durante a semana). Antigamente a maior preocupação no bairro era andar olhando para o chão, pois sempre tinha bosta de cachorro. Havia uma praga também, passarinhos e mais passarinhos que teimavam em acordar os moradores pouco depois das cinco da manhã. Outra vantagem é que aqui existe uma agência bancária a cada quarteirão e meio, se é que chega a tanto. Tudo o que você deseja tem no bairro, ninguém precisa sair daqui para nada. Só para respirar. Temos até um parque bem conhecido, o Ibirapuera. Luxo do luxo.

Mas a realidade é bem outra, temos os passarinhos, mas não os ouvimos mais, pois o bairro se tornou um inferno barulhento. Aviões?! Bobagem, mal conseguimos escutá-los mais. É só buzinaço de engarrafamento que se ouve. O lugar parece estar em obras permanentes, pois podemos ouvir o dia inteiro, sem descanso, britadeiras e mais britadeiras. Teve uma semana que meu quarteirão tinha três britadeiras trabalhando ao mesmo tempo, uma em cada obra. Fora os esmeris e a serra de cortar azulejo. Ah, faltaram as máquinas de lavar calçada...

E por que se fazem tantas obras? Cada novo rico que se muda para cá reforma seu apartamento. Barulho. Cada nova loja ou bar que abre faz uma grande reforma, mais barulho. Ouvimos e achamos que irá acabar. Mas este é um bairro dos mais caros e o que mais acontece é a falência de cafés, bares, restaurantes e pequenas lojas. E depois que falem, novos donos, novas reformas. E, infelizmente, esses empreendimentos não costumam durar mais de três ou seis meses. Pois os aluguéis são absurdos e o mal planejamento dos comércios faz naufragar todos os sonhos. Além disso, o bom "moemino" não compra aqui.

O único empreendimento que dá certo em Moema é o meu maior inimigo, é o FORNO A LENHA. Já falei disso anteriormente, mas naquela época eu nem imaginava que a coisa iria chegar ao ponto em que chegou. Antes, o cheirinho de lenha queimada ocorria de leve e apenas à noite, entre 17 e 22 h. Agora, começa antes das 11 da manhã e não para mais. As pessoas parecem não sentir, mas numa rápida caminhada pelas ruas o que mais se vê é gente tossindo. Tem noite que é tanta fumaça de forno a lenha que os olhos chegam a arder. Cadê a fiscalização? Por que ocorre? Pizzarias, restaurantes italianos, mexicanos, todos acham que devem ter um forno a lenha. Claro, todos os dias se abre mais um. Tem tanta fumaça que acho que estão abrindo fornos a lenha e depois anexando restaurantes.

Mas não é só a fumaça que nos perturba: outra fumaça, que agora habita esta pacata comunidade, é o cheiro de fritura, óleo velho. Moro no décimo oitavo andar, e preciso fechar as janelas todas as noites por causa do insuportável cheiro de fritura. Outro dia fiquei pasmo, fui lavar meu pijama e me dei conta de que ele estava cheirando a óleo de soja. A não ser que eu tenha ido a um bar de quinta categoria de pijama e saí de lá cheirando coxinha, tenho que dizer que a coisa chegou a um nível insuportável.

Gasto 45 reais por semana com antialérgico para poder respirar, mais de duzentos reais por mês. O mesmo valor de uma academia de artes marciais. Quem paga? O meu bolso e a minha saúde.

Como estou desejoso de me mudar, estou conhecendo vários bairros e apartamentos da cidade. No Centro de São Paulo, fiquei estarrecido: num lugar onde as pessoas "sabem" que existe barulho e chegam a colocar vidro antirruído nas janelas, o que percebi foi que o nível de ruído lá é muito menor do que aquele com o qual estou convivendo. E aqui ninguém coloca vidro antirruído, pois vivemos num bairro bom e com alta qualidade de vida. Fico assustado no que as pessoas creem sem olhar à sua volta e sem realmente sentir o cheiro do ar que respiram.

Moro aqui porque é perto do meu trabalho, mas não posso fugir da triste constatação. Pagamos caro por nenhuma qualidade de vida. Até o Parque do

Ibirapuera, tão amado por todos, é uma bomba de venenos. Devido à poluição dos carros e à produção de suposto oxigênio pelas árvores, sabe o que temos? Ozônio. O Parque do Ibirapuera é o lugar da cidade com o maior índice de ozônio registrado. O ar é venenoso logo pela manhã, até as 10 h, e volta a sê-lo depois das 17 h. Claro que o ozônio não fica parado por lá.

Então, se você mora em Moema e não consegue respirar por causa dos fornos a lenha, do ozônio e das frituras, sabe do que eu estou falando. Moema acabou. Atualmente, é só uma bela fotografia. Logo os pássaros serão apenas nomes de ruas e índios serão os que ficarem. Enquanto isso a especulação imobiliária corre solta. Vi muita gente se mudando daqui, pessoas que nasceram e cresceram no bairro foram expulsas pela sua valorização, piada. Bem, eles agora devem estar felizes, pois quando se sai daqui, só resta a periferia para se ter o que já se teve. Ar e sossego.

Do blogue – 11 de agosto de 2013, 2:09

A Luz não sabe que ilumina, pois desconhece as trevas...

Há muito tempo, inspirado por um rompante romântico num poema, escrevi:

"Como é que se diz para a Luz que ela ilumina?
Ela não sabe que ilumina, exatamente por ser luz... Como se diz que a sua simples presença desvela toda a beleza?
Como se diz que sem ela as cores não podem ser vistas?
Que os nuances não existiriam...
Que tudo o que se faz... sem sua presença jamais existiria? Como se diz para a Luz que ela ilumina... Se por ser luz
ela desconhece as trevas...?"

A poesia tem essa capacidade de desvelar e revelar algumas verdades eternas e sua reflexão nos toma pelas mãos e instaura possibilidades e realidades. Algumas frases são metáforas, são sugestivas muito mais que afirmativas, não querem ser tomadas por verdades, querem apenas sugeri-las.

Hoje, enquanto eu atravessava uma catraca do metrô, este poema voltou-me à mente depois de décadas.

O moinho que derrotou Dom Quixote

Entre passar o bilhete na leitora e cruzar a catraca, meu olhar se deparou com um lindo garoto. Este tempo ínfimo se estendeu até ao infinito, pois tudo o que fiz antes e depois passou muito mais rapidamente do que o simples instante que se gasta para cruzar distraidamente uma catraca de metrô. Era um jovem cuja idade aparente poderia variar entre 18 e 22 anos. Não o descreverei, pois quando o belo se instaura e se faz presente, ele é absolutamente encantador e arranca de nós as palavras e nos surpreende, colocando-nos estáticos perante o sublime. Mas o meu belo não é o seu belo e o que provoca em mim a sensação do sublime não a provoca em você, principalmente no que diz respeito às estases cotidianas. Então apelo à sua imaginação, faça vir diante de si a pura imagem da beleza que lhe toca, e pronto.

Após essa aparição terna, confortadora e sobrenatural, que seus olhos acompanhem o corpo do jovem. Ele está parado, numa atitude frágil e tímida, você o olha todo, acompanha-o pela mão e, então, percebe uma haste metálica de alumínio... E reconhece a bengala dos cegos.

A única coisa que pude pensar naquele instante foi: "Meu Deus, ele é tão lindo, mas não pode se ver..."

A nossa mente costuma trabalhar depressa, agora imaginem se o tempo se estendeu, como foi o meu caso. Imediatamente, diante da minha própria perplexidade, fui logo me corrigindo: "Que coisa feia... Você agora o colocou à parte porque é cego...", mas em seguida, antes que este pensamento triste parecesse verdade, já me vi me apaixonando pelo garoto e lhe dizendo o quanto ele era belo e que a primeira coisa que eu vira nele era a beleza (isto para não citar Sócrates no Banquete, de Platão). Mas foi aí, exatamente aí, que a minha perplexidade se tornou madura. Como é para alguém nesta condição, belo e deficiente visual, ouvir que o que nele me atraiu foi aquilo que ele desconhece e não pode ver?

Foi então que meu antigo poema voltou à minha mente, pois parecia se casar completamente com a situação. No entanto, vivendo neste tempo expandido, em que ainda me mantenho cruzando aquela catraca de metrô, sem retirar dos olhos a imagem do paradoxo narcisístico, percebo que a imagem da luz que ilumina, mas que desconhece o fato de ser luz e que ilumina, é verdadeira, mas limitada. Necessito encontrar outras imagens para fazer brotar essas nuances de verdade que ora me escapam.

Vamos destruir a metáfora. A Luz desconhece que ilumina exatamente por ser luz. Então não há nada a se dizer para ela, pois ela também desconhece geografia, física, matemática, música e como fazer ovo frito de gema mole (o que é uma arte masculina). Continua verdadeira enquanto metáfora, continua poética e continua possibilitando reflexões. No entanto aquele garoto lá deve ouvir várias vezes o quanto ele é belo. E muitas pessoas devem se aproximar dele por este motivo. E se aliarmos a sua condição de beleza com a deficiência visual, ele ainda parece muito mais digno de nossa atenção do que qualquer outro deficiente visual. E não, não me achem horrível, só estou dizendo o que as pessoas sentem, mas não falam. O fato é que a beleza – a que imaginamos e vemos – nos toca. E, diferentemente da luz, ele é capaz de instaurar uma reflexão sobre si.

Na vida, todos tivemos relações nas quais algumas pessoas se envolviam ou se apaixonavam por aspectos nossos às vezes até desconhecidos, ignorados ou menosprezados por nós mesmos. Então, este rapazinho chamou minha atenção. Não apenas por todos os significados filosófico-sociais e existenciais que ele carregará consigo até deixar de ser belo, mas porque eu me coloquei no lugar dele e fiquei imaginando: como é aceitar o amor de alguém que ama aquilo de você que você não reconhece porque desconhece? E mais: não virá a conhecer, pois te falta uma faculdade orgânica sem a qual a sua alma não será informada daquilo que é uma evidente verdade: você é Belo.

Na vida somos cercados por muitas insatisfações, e com certeza (contemporaneamente) a beleza é a mais corriqueira. Podemos nos sentir ou não nos sentir belos. Mas há alguns padrões sociais e culturais de mais belo e menos belo. E, por ser alguém que possui espelhos por toda a casa – entendam como quiserem –, tive muita compaixão por aquele jovem, que não saberá o que significa atrair as pessoas por sua aparência (pois atrairá). Mesmo que o digam, ele não poderá avaliar o que é; saber-se amado por algo que não se sabe o que é.

Poder ter a maior segurança da contemporaneidade, olhar-se no espelho e sentir-se bem dizendo a si mesmo: "Aí, garoto, vai lá! Arrasa!" Nem adianta me dizerem que isto é uma bengala psicológica, porque é. Mas o que me emocionou no garoto que não é imagem, apesar de eu assim tê-lo traduzido, foi a dor deste simples fato. Diante da sua condição, ele não terá nem a gratuidade de Narciso para contemplar em si o que há de Belo. Claro que alguns logo começarão a querer me corrigir dizendo que há outras formas de beleza, outras formas de gratificação, blablablá. Porém, estou falando desta.

Agora, voltando à reflexão inicial. O garoto é a luz que ilumina (beleza), para a qual podemos dizer da sua função e utilidade, que não obstante não poderá ter consciência completa do que isso significa, e por conseguinte, nem a satisfação de ser o que é. Pois cada vez que disserem: como você é Belo, ele poderá sempre responder: não sei, eu não posso ver. E aquilo que nele nos encanta pode ser aquilo que mais o machuca e o lembra e relembra da sua condição. A dor dessa luz é conhecer as trevas. Ufa, demorei, mas cheguei ao que me doeu. Agora já posso deixá-lo onde encontrei e tornar-me um pouco diferente por tê-lo encontrado. Obrigado, belo garoto, por me instruir mais na condição humana.

(Tenho certeza de que este meu objeto de reflexão possui amigos, prazeres e outras formas de gratificação, e que por ser humano, mesmo desconhecendo a natureza da sua aparência, ele também dela se beneficia.)

16 de agosto de 2013, 21:08

As emoções são algo muito difícil de entender. Elas nos traem. Desejamos ser dignos, honrados, corretos, educados, e quando nos damos conta, estamos parecendo idiotas sem consideração ou discernimento. Tudo parece vir junto, graça e desgraça. Dor e alegria. Tino e desatino. Destino. Ah, triste condição dos que estão abaixo dos deuses. Estar sempre a um passo de ser o que deveriam ser, quase tocar o infinito e a beleza, mas jamais alcançar. Pois este não alcançar também faz parte do que somos. Esta falta de potência para se alçar às estrelas nos faz humanos. Como viver assim? Recheados pelo impossível, sem nos satisfazermos com o que temos ou com o que somos. Felizes somente quando vislumbramos... Tocamos de leve, com as pontas dos dedos, tudo aquilo que jamais iremos verdadeiramente alcançar. Talvez seja essa a nossa grandeza, ser maior do que somos. Vivermos repletos desta angústia, mobilizadora angústia... Vislumbrando no infinito da noite escura que nos cerca estrelas, pontos luminosos do impossível. E como ele é belo!

(De Noite escura*)*

17 de agosto de 2013, 15:12

Não tenha medo de se doar... A generosidade sempre é recompensada com mais generosidade. Abrace e braços te enlaçarão[14].

---

14 O autor era um ingênuo, realmente acreditava na ideia de que vale a pena ser generoso, mesmo que ninguém o seja. Qualquer ato de retribuição sempre foi encarado por ele como dispensável. Tudo na natureza se oferta, se entrega, e nada é pedido de volta, nem mesmo a gratidão. Doar-se é bom e isto basta. Mas não se confunda: ele não fazia assistência social, isso é obrigação do governo.

***

Momento humor: se você é um cachorro, não fique sozinho, adote um cão!

28 de agosto de 2013, 22:46

"Ninguém suporta menos o homem razoável do que o insensato" (Epicteto)[15].

***

"Cada qual, livremente, faz o seu próprio preço, alto ou baixo, e ninguém vale senão o que se faz valer; taxa-te, pois, livre ou escravo; isto depende de ti" (Epicteto).

***

"Sacode, afinal, o jugo, e, liberto da escravidão, ergue para o céu o teu rosto, dizendo ao teu Deus: 'Utilizai-vos de mim como vos pareça melhor. Nenhuma tarefa me será odiosa, se justificar vossa misericórdia para com os homens'" (Epicteto).

29 de agosto de 2013, 23:46

Dona Therezinha Oliveira "voltou para casa". Estou triste, mas não deprimido.

Ela foi uma das maiores influências da minha vida, uma de minhas melhores amigas. Para mim, completamente inesquecível.

Desde que a conheci quando eu tinha 22 anos (hoje tenho 46) não houve sequer um momento no qual eu – mesmo mentalmente – me perguntasse em momentos difíceis: "O que ela faria mesmo? O que ela sugeriu fazer?"

---

15 Epicteto, conhecido filósofo estoico do século II d.C., foi um dos maiores influenciadores do autor. Epicteto chega por vezes a ser cruel na forma como disseca as ilusões humanas. Somado a Marcus Aurélius, forma a base da ética pessoal e pública do autor. Vide Epicteto: *O Encheridion (O manual)* e *Meditações para mim mesmo* (Marcus Aurélius), imperador de Roma, também no século II, conhecido como o pai do Imperador Cômodus no filme *Gladiador* (Ridley Scott, 2000). Quando L.V. afirmava não ser cristão nem sempre as pessoas entendiam; ele reconhecia estar mergulhado numa cultura cristã, mas foi adepto do estoicismo desde que conheceu essa escola na universidade. Desta escola não aceitava Sêneca, pois o achava um consumado hipócrita.

E o que ela dizia era: moderação, generosidade, compreensão e misericórdia. Equilíbrio! Sempre equilíbrio em todas as coisas. A pessoa que sou deve muito à pessoa que ela era e continuará sendo para sempre.

Sou extremamente grato à Providência divina por ter sempre colocado em meu caminho pessoas preciosas. Hoje tem festa nos planos espirituais, uma nobre missionária do Senhor volta para casa com a missão cumprida. Auguri, *There-zinha! Até breve!* [16]

30 de agosto de 2013, 23:57

Oração da sexta-feira à noite: Senhor, me dá cinco amigos no Facebook que gostem de música erudita. Um que goste de música antiga e medieval, outro que me fale da passagem da polifonia para o Barroco, outros dois que falem só de Barroco – e que se desentendam, rs, e um que seja muito íntimo para falar do Romantismo e de todo o século XX. Claro, preciso de três amigos que gostem de rock, um que defenda os clássicos, outro que ouça Pink Floyd comigo e outro que discuta os últimos lançamentos. Depois, Senhor, um que goste de coisas muito exóticas, e enfim, um paulista interiorano que conheça a autêntica música caipira, e de quebra que todos não tenham encontrado ninguém com quem conversar a vida inteira, que nem eu. Amém.

11 de setembro de 2013, 22:28

Aceitação é amar o amor de quem ama, vê-lo como ele se propõe e amá-lo como ele é.

***

"Cuida para não deitares veneno na fonte de onde tu bebes!" (Velho ditado)[17].

---

16 Nesta última frase, novamente o autor assume uma atitude e uma fé que não eram suas. Ele o fazia como uma forma de se irmanar à pessoa que era citada, não mentia, pois era religioso também.

17 Inventado pelo autor.

Do blogue – 13 de setembro de 2013

A Cavalera e Eu – Como começou minha Coleção Cavalera (e V-Rom).

Este texto é para matar uma curiosidade que muitos têm. Sempre alguém me pergunta: "Você é garoto-propaganda da Cavalera?", "A Cavalera te patrocina?", "Por que você lançou livro na Cavalera?" Bem... aí vai.

Quando se conhece o meu trabalho e currículo, parece ser improvável que eu me envolva com moda ou que faça uma coleção de peças da Cavalera. Sou escritor e historiador, e fiz mestrado e doutorado em Multimeios na área de Cinema (Unicamp). Minha formação teve ênfase em História das Religiões e História da Arte. No doutorado, escrevi uma tese sobre a adaptação da vida de Jesus Cristo para o cinema, e até os dias atuais minhas pesquisas giram em torno de cinema e religião. Em 1999, lancei meu primeiro livro, *Maria de Deus*, no qual lidava com terceira idade, sexualidade e religião. Há pouco tempo, em 2010, lancei o livro *Filmes de Cristo – Oito aproximações*, um trabalho acadêmico ligado a teologia e cinema. E em 2013 lancei *Memória impura*, repleto de contos ambientados na Antiguidade Clássica. Se você ler essa descrição dificilmente pensará em mim como um "garoto Cavalera". Coleções nem sempre têm a ver com profissões, mas no meu caso elas acabaram se unindo e dando certo.

Sempre tive uma relação bastante interessante com o vestuário. Minha mãe chegou a ser costureira e ainda hoje faz algumas roupas para a família. Na adolescência eu desenhava alguns modelos tanto para minha irmã quanto para mim, e até mesmo para minha mãe. Então, tendo uma mãe que se dava ao prazer de costurar as peças doidas que eu desenhava, eu não perdia a oportunidade de fazer coisas esdrúxulas.

Depois, quando fui para a universidade (Unicamp), passei pela natural dureza estudantil. Então, fiquei com algumas manias bem práticas, como comprar camisetas todas iguais, calças iguais, meias iguais etc. Depois senti que estava igual demais e passei a comprar com ligeiras variações de tons e cores, fazendo um verdadeiro degradê no guarda-roupas. De vez em quando minha mãe fazia algumas peças novas para eu variar. Já no fim da universidade o movimento grunge me pegou, então eu era xadrez e do avesso, fora os inúmeros medalhões no pescoço. Os amigos simplesmente não acreditavam

O moinho que derrotou Dom Quixote

que eu me vestisse daquela forma, no entanto, todos eles diziam "engraçado, em outra pessoa não ficaria bem, mas em você fica..." Bem, tive de lidar com a contradição. Sério, certinho, bom moço, mas vestindo coisas estranhas.

Ao longo do doutorado – que foi bem puxado – eu vestia roupa de academia, e ponto. Precisava malhar muito para manter o corpo e a saúde em dia, senão enlouqueceria. Após terminar fui convidado, em 2006, para ajudar a fundar o Mestrado em Comunicação da Universidade Anhembi Morumbi. E, bem, só tinha shorts e camisetas. Os amigos todos – de Campinas – me pressionaram, dizendo: "Vê se agora toma jeito! Se vista como professor doutor!"

Tentei. Passei numa loja tradicional, de camisas comuns, calças sociais comuns, meias sociais comuns, sapatos sociais comuns, cintos sociais comuns etc. E me senti seguro de que assim se vestiria um profissional como eu. Andava "durinho" com aquele imenso sapato de couro fazendo "poc-poc" enquanto eu caminhava, não me sentia importante, me sentia uma múmia. E aquele "poc-poc" fazia eu me sentir ridículo!

Mudei-me para São Paulo e me instalei em Moema – próximo ao meu trabalho. Rapidamente descobri que estava convivendo com uma equipe incrível e arejada. Ao longo dos meses senti que eu poderia ser o que quisesse ser: eu mesmo, claro. Mas este foi um processo um tanto quanto lento. Percebi, então, que atrás do diploma de doutor não havia as instruções sobre como se vestir, nada de *dress code*, bem... Se não havia regras explícitas... Comecei comprando algumas peças aqui e acolá, ainda meio distante do mundo Cavalera, mas já usando algumas coisas que apontavam a tendência.

Aos poucos voltei a usar camisetas, as dos skatistas me chamaram mais atenção num primeiro momento, mas enfim, era início de 2007, e a tendência eram os bordados. Adoro bordados. Pronto, se estava no mercado eu poderia usar. E, em busca deles, acabei comprando alguma coisa da Cavalera, Doc Dog e algumas outras marcas menos conhecidas. Em pouco tempo os amigos do trabalho notaram a alteração para melhor no meu astral, humor e aparência, afinal, enfim eu estava ficando com a minha cara.

Inicialmente comecei comprando pouca coisa na Cavalera do Shopping Ibirapuera. Depois ouvi falar que existia próximo à Oscar Freire outra loja, à qual vinham ainda mais modelos incrementados. Não tive a menor dúvida, baixei na Alameda Lorena, onde ficavam as lojas da Cavalera e da V-Rom. Lá encontrei mais possibilidades. Mas ainda eu estava um pouco tímido, e não havia radicalizado de todo. Acho que o ponto de virada foi conhecer a nova gerente (na época) da Cavalera Ibirapuera, a Alessandra (Alê ou Amy), uma mulher belíssima, com tatuagens espalhadas pelo corpo e supercompetente. Simpática e afável, ela e seus vendedores acabaram me conquistando e fazendo com que, para além das compras, eu tivesse vontade de voltar à loja.

O atendimento foi, e ainda hoje é, fundamental. Não basta querermos as roupas de uma loja, é bom que elas também nos queiram, e era assim que eles me faziam sentir. Aos poucos, das camisetas mais baratas e das promoções, fui incentivado a me aventurar nas peças que realmente me faziam a cabeça, os novos lançamentos e as exclusivas. Afinal, se vocês se lembram do começo deste texto, na adolescência eu tinha peças exclusivas e gostava disso. E quem, podendo, não irá realizar suas fantasias?! E fantasias não me faltam, rs.

Passei a comprar cada vez mais (sempre com responsabilidade). Neste processo foi importante ser adotado por um vendedor, o Daniel Cabelo, gente boa demais, que sacou o meu estilo e sempre que chegavam algumas peças que "eram a minha cara" ele me ligava... aí não tinha jeito... Era chegar, me apaixonar pelas camisetas e calças e levar para casa. O sentimento de prazer e realização eram imensos. A mudança de vestuário e a manutenção de um estilo pessoal foram importantes até mesmo no trabalho, onde passaram a me ver como uma pessoa muito bem vestida (claro, beirando a excentricidade, rs). Colegas de trabalho e alunos me permitiram ser livre e ser como sou. Engraçado é que normalmente vou mais produzido para o trabalho do que para a balada.

Enfim, depois inauguraram a Cavalera da Oscar Freire, e lá passei a ser atendido e mimado pela Sarita. Deu para notar que eu estava muito bem servido nas duas lojas. Na Oscar Freire, pude começar aos poucos a me interessar pelas peças de desfile, tanto da Cavalera quanto da V-Rom, pois acho que peguei as duas marcas numa tendência de fusão. Quando comprava uma peça usada no desfile, eu voltava para casa como quem tinha um tesouro. E como quem tem um tesouro, guardava a roupa bem embaladinha no guarda-roupas, aguardando a melhor ocasião para usá-la, nada de ansiedade. Afinal, a roupa merece a ocasião, e nunca o contrário.

Enfim, em 2010, Alessandra e Daniel Cabelo arranjaram para eu estar no desfile de Inverno da Cavalera, realização total! Lá estava eu na Galeria do Rock! Cheguei até mesmo a ensaiar uma "crítica" de desfile no meu blogue;

acho que não deu muito certo, afinal, precisa-se um pouco mais do que vontade para escrever bem sobre moda.

A coleção. Engraçado como demorei para perceber o que eu fazia. Certo dia estava caminhando em direção ao Shopping Ibirapuera, novamente para buscar mais uma Cavalera. Aí, comecei a me questionar relativamente a "necessidade" versus "gasto/investimento" e me perguntei honestamente sobre o porquê de fazer aquilo... Afinal, ninguém precisa de tanta roupa. Bem, foi somente aí que percebi que eu estava colecionando. Há uma personalidade característica de algumas pessoas, a de colecionador. Quando era criança eu colecionava pedras, depois selos, depois discos de vinil, depois livros raros, e agora... agora é Cavalera. Assim que percebi que eu havia inconscientemente começado uma coleção, ficou ainda muito mais prazeroso e fácil. Eu coleciono e uso Cavalera.

E como eu realmente uso... Chega uma hora em que é preciso dar adeus a algumas peças... Ai, que sofrimento é isso... Mas tento ser generoso e beneficio algum rapazinho estudante, sem grana e cheio de desejos por uma Cavalera. Afinal, não é caridade, é passar uma paixão para outros apaixonados. E penso o quanto desejei coisas quando estava nessa fase e não podia me dar luxo nenhum.

Somente há pouco tempo surgiu a ideia de fotografar as minhas camisetas, para que ao menos eu tivesse a lembrança do que passou pelo guarda-roupas. Não sou nenhum grande fotógrafo, no entanto me divirto tentando fotografar as peças da forma mais adequada possível, afinal elas têm de sair bem na foto. Mas existem as peças que não doo de jeito nenhum, aquelas que estão na minha história pessoal de forma marcante e com as quais sinto plena identificação e as de desfile. Essas eu uso pouquinho para não as gastar.

O tempo trouxe novas equipes às lojas Cavalera, mas jamais me esqueço dos queridos(as) vendedores(as) e gerentes. Anderson Grisi me fez usar meu primeiro sneaker (ele é um apaixonado por tênis), Tita Oliveira conseguiu meu respeito e admiração ao me mostrar como é que se lidera uma equipe completamente nova e se mantém e conquista novos clientes. O Felipe, ex-gerente da Oscar Freire, sem dúvida foi o que conseguiu os melhores descontos nas peças exclusivas. Eram tão grandes que eu dizia: "Felipe... você vai perder o emprego...", saudades daquela alegria quase irresponsável dele.

Rafael me carregou para a Cavalera Morumbi, Aninha me faz visitá-la onde ela estiver. Ah... e teve a Carol, imensa pessoa, só tinha e tem sorriso e alegria para oferecer. E o Conrado, vendedor querido que descolou as melhores peças de desfile antigas, só não conseguiu mais porque o dono da Cavalera ficou com ciúmes, rs. E as garotas superlindas... Nathy, Samantha, Sarita, Alessandra, e espero não ter esquecido nenhuma, rs. Ah! E tem o Gabriel! O vendedor mais ciumento da Cavalera, rs. Gente boníssima, nem dá pra falar dele de tanto que a gente se conhece. Com este povo já fumei charuto, já bebi uísque, me encheram de Stellinha Artois, e claro... teve a fase da Devassa, argh... Afora o "carinho", chocolate que, quando podemos, trocamos. E pensam que é a loja que paga? Não, é a amizade de tantos anos, meses, dias de convivência. E fico feliz por tê-los conhecido a todos. Aprendi muito.

Afinal, são mais de seis anos de bom relacionamento com uma moçada simpática e feliz. Feliz?! Sim. Problemas todos temos, mas é como lidamos com eles que define se somos ou não felizes. Amigos(as) vêm de todos os lugares. Por que não da loja que gostamos? Uma boa parte deles já seguiu outros rumos, mas continua por aqui no meu Facebook, e logo nos reveremos no lançamento de *Noite escura*. Ah, já devem ter percebido, lanço meus livros lá, pois é como receber meus amigos na minha casa. Uma coisa que nenhum empresário, seja de uma loja, seja de uma universidade, pode desprezar é o capital humano. E de capital humano sou muito rico.

Enfim, a profissão e a coleção se juntaram na pessoa que sou. A Cavalera (seus vendedores e gerentes, aos quais sou muito grato) ajudou a definir a minha imagem pessoal e profissional em São Paulo. E, honestamente, é uma boa imagem. Ao menos, eu gosto dela.

22 de setembro de 2013, 14:59

Olha! As estrelas estão dando hoje um belíssimo espetáculo... Irá demorar um pouco, eu sei e tu sabes, mas voltaremos para casa... Todos juntos, nenhum a menos.

***

Então... Preste atenção: Eu te dou um impulso e você pega uma estrela, combinado?! Mas não a deixe escapar, pois o mundo precisa ter certeza de que a magia existe...

26 de setembro de 2013, 22:45

Na amizade encontramos respeito, compreensão, carinho, acolhimento, e limites... e os aceitamos.

28 de setembro de 2013, 23:20

Quando você pensa que a muralha da experiência já está pronta, alta e forte o bastante, vem alguém e coloca mais uma pedra...

29 de setembro de 2013, 02:21

Os frutos de uma vida não se contam apenas pelas sementes, também se contam pelo abrigo da sombra que se deu aos que estavam cansados e em pleno sol, se conta por ter se enfeitado todo na primavera, se conta pelo exemplo em meio às tempestades.

Do blogue – 29 de setembro de 2013, 22:13

Há os que têm filhos e há os que têm uma obra

Conversando com um querido amigo, percebi que uma de minhas dificuldades não era tão egoisticamente minha. Ele se perguntava o que fazer nesta altura da vida (depois dos cinquenta) quando você não teve filhos. Olhava para o passado, e mesmo sem querer parecer desanimado, carregava sobre os ombros todo o peso de uma sociedade que desenha o tempo todo o que é o homem ideal, o ser humano ideal. Bem... Nem todos nós nascemos para ser estes seres humanos ideais – talvez ninguém.

Eu não tive filhos, e até onde sei, não os terei. Nada contra, só não os tive. E acho que um monte de homens e mulheres da minha geração não os teve. Talvez porque estávamos cheios de sonhos diferentes depois de séculos de conformismo social e cultural. Alguns se casaram muito tarde, outros apenas juntaram os trapinhos... e tantas vezes o fizeram que poderiam abrir uma loja de retalhos. Mas isso não importa. Queríamos algo diferente, uma vida diferente, e a experimentamos, sem medo, com medo, entre sustos e gratificações. Com certeza ter filhos é uma experiência fascinante, mas não a tivemos, e isto basta, não é nem triste e nem lamentável.

Chegou um momento na minha existência no qual eu tive de me dizer o que eu havia feito de mim e o que haveria de ser no futuro. A vida para quem não seguiu os ditames sociais pode ser um pouco difícil, mas não ingrata. Existem inúmeras outras formas de existência que não cooperam para a procriação e reprodução humanas. E todas elas estão ligadas à ideia de "obra". Qual é a minha obra? O que eu irei deixar de meu para a sociedade que me criou e sustentou? Que utilidade eu tive depois de longos anos de investimento?

Uns fazem artes, outros constroem prédios, outros ainda constroem obras sociais eivadas da política humana. Estas últimas poucos veem, mas muitos se beneficiam delas. Eu faço literatura. E claro, alguns poderão obtemperar (e a palavra é esta mesma, pois hoje estou erudito) que o faço porque desejo não ser esquecido, ter uma memória cultivada pela posteridade etc. etc. etc. Talvez queira. Aprendi muito cedo que os deuses gregos dependiam da memória dos homens, pois enquanto fossem louvados e lembrados, eles existiriam. Não sou nenhum deus grego, mas entendo um pouco o que isso significa. Estar na memória dos homens para além da minha própria existência, eis um legado.

Um dos meus filósofos estoicos prediletos, Marcus Aurélius, afirmava há quase dois mil anos: "Por que te preocupas com a posteridade? Por que queres ser lembrado por desconhecidos, imorais, irracionais, perdulários de todos os tipos?" Bem... acho que ele estava de mau humor naquele dia.

Às vezes imagino que muitos anos após a minha morte um leitor encontrará um livro meu num sebo, e o lendo, se pergunte: "Quem foi Luiz Vadico?" Pronto, estarei vivo. Mas isto ainda é algo muito distante. Então, penso que parte do meu legado será a resposta para uma pergunta: com que constância eu inspirei e incentivei pessoas a se tornarem grandes, maiores do que si mesmas? A essa pergunta tenho uma resposta: todos os dias. Acredito mais no humano do que ele mesmo, sei do seu potencial criador. Sei que muitas pessoas – de todas as idades – só precisam de alguém que acredite nelas, lhes dê um pequeno impulso. Alguém que lhes diga honesta e sinceramente o quanto elas são grandes e interessantes. Alguns deixam sua carga genética – e isso é bom. Outros deixam a sua carga de humanidade, e isso é melhor. E há aqueles felizardos que deixam as duas. Bem, não faço parte destes últimos, ao menos as editoras ficarão felizes em não terem de disputar com ninguém os direitos autorais.

Busco atuar no mundo acadêmico, deixando uma obra que sustente o que há de vir por aí. Preocupo-me em elaborar trabalhos introdutórios, e refletir sobre questões ainda virgens. É de desbravar fronteiras que falo. Sinto-me influenciado pelas falas iniciais daquele antigo seriado televisivo, Star Trek: "O espaço, a fronteira final, essas são as viagens da Enterprise, em sua missão de cinco anos para explorar novos mundos, novas civilizações, indo audaciosamente aonde nenhum homem jamais esteve..."

Sinto-me frequentemente assim, e perdoem-me se parecer falta de modéstia. Quando não sei o que fazer diante dos meus novos dilemas e problemas, lembro-me desta frase: "Indo audaciosamente aonde nenhum homem jamais esteve..." E aí continuo minha jornada, pagando o preço. E, bem, isso é desconfortável, mas alguém tem de ir a estes lugares extremos da humanidade. Então, por que não eu? Então, por que não você?!

Esse meu amigo que mencionei no início deste texto fez comigo o papel que tenho diante de outras pessoas. Ele me inspirou, incentivou, aceitou minhas loucuras e me jogou no espaço sideral. O que sou deve-se muito ao que ele é, e ao que ele fez de si. Temos uma obra, e ela é de papel, é de tintas, é de pedra, é de pessoas... É isso que se faz, é isso que se sofre, quando decidimos ir aonde ninguém foi. Mas somos úteis, desbravadores do espaço, do tempo, do infinito. Inspiradores da condição humana. Sempre existirão os poemas que não foram ditos, e acredito que algumas palavras e sentimentos meus estarão neles. Os frutos de uma vida não se contam apenas pelas sementes, também se contam pelo abrigo da sombra que se deu aos que estavam cansados e em pleno sol, se contam por ter se enfeitado todo na primavera, se contam pelo exemplo em meio às tempestades.

Obrigado, meu amigo, por ter me inspirado e apoiado em meu caminho. Muito tempo após você ter ido, muito tempo após eu ter ido, a sua influência, o seu impulso criador ainda estará movimentando pessoas, mentes e ideias criativas, que estarão sempre inspirando a humanidade. A cada um Deus sabe por que escolhe. Uns Ele manda plantar e colher, a outros Ele manda cantar. Todos têm utilidade na orquestração da vida.

Nenhuma destas utilidades é menor.

2 de outubro de 2013, 22:44

"Não há justiça para os pobres vermes que somos, caminhando crus e ignorantes de tudo por este miserável chão. Existir é uma dor do começo ao fim, um pouco

de gozo na carne e nada mais. A diferença entre o que somos e os animais é que eles não têm deuses para atormentá-los. Ademais, tudo igual! O mundo coberto pelo manto da noite, encerrando em si essas almas que perambulam gemendo pelas trevas sem fim. Noite escura. É uma noite escura pela qual caminhamos, e nesta missão buscamos um pouco de luz. Um pouco de sentido para a vida na Terra" (Sertórius, soldado da XII Legião Romana).

3 de outubro de 2013, 12:19

Um grande amigo me disse um dia: O problema com o seu Facebook é que não tem vida pessoal. Ao mirar a minha cara de quem não entendeu, ele desanimadamente pediu: esquece...

É... nem todos têm uma vida emocionante, rs, a minha é sobretudo mental, não dá pra fotografar.

***

Depois das experiências de Skinner, todo rato acha que merece recompensa[18]...

5 de outubro de 2013, 14:03
Dica de hoje: Não dê sorriso amarelo! Escove os dentes!

11 de outubro de 2013, 20:00
"Vivendo a sadia condição de ser o que se é..."

16 de outubro de 2013, 23:18
Sobre o passado Dia do Professor, primeiramente agradecer às inúmeras citações e congratulações, mas gostaria de dizer uma grande verdade: bons professores têm bons alunos. Compartilho o que sei, e o que não sei aprendo, pois o ser humano é sempre uma fonte de aprendizado e instrução.

---

18 Referência ao pesquisador B. F. Skinner, da Escola Behaviorista, escola psicológica que reflete sobre as questões comportamentais. Skinner fez uma série de experiências com ratos que se tornaram famosas.

E qual a finalidade disso tudo? Ser um ótimo profissional? Um expert da vida acadêmica? Não, o aprendizado nos leva a sermos seres humanos melhores: quem ensina se requalifica na prática, e para a vida (sempre dinâmica); quem aprende edifica a si mesmo, sua vida, seu tempo (presente e futuro) e a quem ensina. É como sempre digo num tom de imodéstia e de verdade para meus alunos: "Se você é meu aluno, você é bom, por definição! Recuso-me a menos!" [19]

Do blogue – 19 de outubro de 2013, 1:33 O que eu quero?

Alguém que me ame, em vez de fazer "sexo". E esteja comigo, e não numa "performance pornô". E que goze, e não tenha "orgasmos". E que durma abraçadinho e não "de conchinha". Que converse, e não "discuta a relação". E que seja um mero trabalhador, e não um "profissional" realizando uma "carreira". E que seja jovem, e não um "teenager", "adolescente" ou "mlk". Que não tire fotografias, mas que se lembre de mim. Que não me mande "torpedos", mas flores.

E quando estivermos cansados, que descansemos, e não tiremos "férias". E se tivermos dificuldades, que sejam problemas e não "diagnósticos psicológicos". Quando estivermos tristes, estejamos tristes e não "depressivos". Quero alguém que esteja vivo, e não procurando se enquadrar em "categorias científicas"; querendo quem concorde com o seu diagnóstico.

E se por isso eu ficar bravo, zangado mesmo, e em seguida ficar bem e feliz, que não diga que sou "bipolar", mas imprevisível, de lua, de veneta. E se eu não for bom de conversa, não me chame de intelectual ou *blasé*, me chame de chato, pois é o que eu vou ser.

Se eu ficar doente, que seja de banzo, maleita, lepra, amarelão e espinhela caída... E se eu tiver com "micose" ou "herpes", me benza de cobreiro, isto irá bastar. Se eu perder um olho, me chama de caolho, me chame de cegueta, é me-

---

19 L.V. está se esforçando. Jamais ficou confortável em ser professor, devido ao conjunto de pessoas numa sala. Tinha crises de ansiedade antes das aulas e depois delas, exaustão. Em salas de aula sempre manteve a postura de negar a ideia de que o professor é um modelo a ser seguido. Não era uma crítica aos colegas de trabalho, era apenas mais uma forma de ser Vadico no mundo. No mesmo texto aparece a ideia de que seus alunos eram "bons por definição", o autor jamais olhou para o ser humano como alguém inferior ou que tivesse reais dificuldades que não pudessem ser resolvidas com acolhimento e atenção. Sempre olhou para o outro como um ser digno de crescimento – crescimento que iria ser o que a pessoa desejasse que fosse.

lhor do que ser astigmático ou míope. E tenho vista cansada, braço curto, mas não "presbiopia". Que eu fique aleijado e não "deficiente físico".

Se eu ficar doente, que seja de amor, e não por não ter conseguido repetir as categorias do marketing científico, social, religioso, artístico, profissional...

E se eu comer demais, que eu não fique "obeso", mas gordo, muito gordo. E se por isso eu começar a beber, me chame de bebum e não de "alcoólatra".

E se o tempo passar, que eu não fique "idoso", mas velho. E se eu não falar coisa com coisa, me chama de gagá, e não diga que tenho "Alzheimer", pois gagá é mais divertido. E diversão não precisa de cura.

E se tudo der errado, e eu ficar só e abandonado, me chama de "mendingo", o homem do saco, e não de "morador de rua" ou "velhice desamparada". E se você for me ajudar, me dê um adjutório e não "Assistência Social".

Quando morrer quero ser defunto, e não "corpo". Quero morrer em casa, e não num "hospital". E quero que me chorem e que me bebam, e quando me enterrarem, que as flores não disfarcem mais o mau cheiro. E se, teimoso, eu voltar, podem me chamar de fantasma, assombração, "espírito desencarnado" eu não quero ser não.

Sou pessoa e não "objeto de pesquisa". Dispenso todos os nomes pomposos que criaram para falar o que já bem sei. E em todas as "estatísticas" que fizerem, apaguem um número, aqueles que vocês me deram... Não faço parte de nada disso, nem das estatísticas "dos que não fazem parte". E se tiverem de debochar de mim por isso, me xinguem de viado e não de "homossexual".

Sim, eu prefiro a sabedoria popular à ignorância científica. Ao menos a primeira não nos separa. Ela escancara que somos humanos e iguais em nossas diferenças. Já decorei todas as "falas", todas as "fórmulas", todos os "códigos", eu os sei, mas me recuso a repeti-los. E não venha me dizê-los para que eu te compreenda a partir de conceitos alheios, prefiro teus erros aos acertos dos outros[20].

---

20 L.V. expressa todo seu desconforto com a ciência. Ora, não era ele também um cientista?! Sim, mas o que ele comenta é o fato de que por ser gay e superdotado sentia demais o microscópio da ciência sobre si. E esta é a razão por desmontar tão bem o saber científico, e sobrepor a ele o saber humano da tradição. Ainda que este último pudesse não lhe ser favorável, era inclusivo. No fundo sabia que a questão não era com a ciência, mas com a vulgarização deste saber. A interpretação que os meios de comunicação lhe davam terminava por levar a distorções. Estes mesmos meios, sob a falsa capa de ciência, rotulavam as pessoas: deixavam de serem velhas para serem idosas, de gordas para obesas etc.

22 de outubro de 2013, 11:28

Marcas

No deserto dentro de mim há uma trilha de pegadas. Não sei de onde vieram e nem para onde vão. As direções se confundem neste horizonte árido e vazio. Sei quem as deixou, mas não sei quem é... Passou como um peregrino em busca de alguma coisa, fazendo uma jornada qualquer. E, incauto, deixou suas marcas em mim.

Eu as miro, e suspiro... Olho-as, e satisfeito tenho-as por companhia. Até que o vento pouco a pouco as apague. Peregrinos não têm culpa por seus pés repousarem delicados e macios na fina camada de areia. E nem esta por lhes guardar a lembrança.

Sopra ligeiro vento, sopra ligeiro! Deixa-me guardar, apenas por um instante, essa imagem que se desfaz, pois a aridez da minha paisagem não combina com marcas em vão.

13 de novembro de 2013, 23:12

Não morremos no clímax da vida,
Morremos no momento da morte.
Ela não se atrasa e nem se adianta.
Sou um trigo maduro...
Senão a ceifa, que melhor futuro?

12 de novembro de 2013, 23:03

Refletindo: Deixai aos mortos o cuidado de velar os mortos!

É uma conhecida máxima de Jesus Cristo. No entanto, aqui a estou pensando de uma forma ligeiramente diferente. Quantas vezes não estamos com a vida entravada, com tudo se repetindo e sendo pouco ou nada felizes, e nos afirmando o tempo todo que tudo está certo, mas seus sentimentos estão errados?! Isto é um morto velando por coisas mortas. Às vezes as coisas mudam e insistimos em continuar nos repetindo, nos repetindo... Fingindo que nada mudou. Mas se nossas emoções mudaram, se nossas reflexões mudaram... Tudo mudou, não é mesmo? Sinto-me seguindo o cortejo de mim, e ele nunca acaba... e isso não é muito bom. Boa noite para os vivos.

23 de novembro de 2013, 22:25

*Às vezes dizem que os escritores travam. Alguns deles perdem a inspiração...
Bem, acho que outros ficam como eu, ao vislumbrar um mundo inteiramente novo e
imenso titubeiam em colocar os pés no caminho da nova jornada. Mas não é branco,
não é falta de inspiração, é medo. Quando nos propomos a uma viagem nunca sabemos de fato aonde ela irá nos levar, até chegar ao fim da jornada proposta muita
coisa acontece.*

*Os que viajam no mundo físico correm infinitos riscos, assaltantes, desvios, pai-
xões, perigos de todos os tipos. O que algumas pessoas não sabem é que quando escre-
vemos é a nossa própria alma que está em jogo.*

*Sempre chegamos diferentes do que partimos ao final da jornada, e não sabemos
como chegaremos lá. Como chegarei ao fim? Como estarei? Quem eu serei? Manhã
de sol dá medo, calafrios... literalmente, vertigens e ansiedade sem par.*

Pronto, desabafei, acho que agora volto a escrever.

6 de dezembro de 2013, 19:19

Agradecimentos

*Quando você tem fé e deseja fazer algo que supera as suas forças... Ainda assim
chegará um momento em que o desgaste das inúmeras batalhas quase o abaterão. O
quase, este tênue limite que impediu a queda, se deve aos amigos, essa manifestação
de Deus em nossa vida, que nos levanta quando menos esperamos, e faz crescer a
chama que por pouco se apagava.*

*Toda noite escura pede por uma luz, e esta luz é o afeto que vem da verdadeira
amizade.*

*Novamente um sonho está se tornando realidade. Muito trabalho, muita dedi-
cação, não apenas meus, mas de muita gente.*

*No dia 7 de dezembro vamos para a Cavalera da Oscar Freire, não apenas para
o lançamento do livro* Noite escura, *mas para celebrar a vitória da luz contra todas
as trevas circundantes. Daremos adeus às alegrias e tristezas de 2013 e saudaremos as
alegrias e vitórias de 2014. Espera-nos uma manhã de sol, bela e sorridente.*

*Novos sonhos se aproximam, logo, novas batalhas. Mas, irmanados num esforço
coletivo de fazer sempre o melhor, deixaremos os momentos tristes como recordações
nostálgicas a serem lembrados em torno da fogueira. Pois é assim que verdadeiros*

amigos se encontram, e iluminados por suas chamas, deixam queimar todas as dores e rancores, até que sobrem apenas as brasas vivas que acenderão novos encontros.

Ninguém caminha prescindindo de amigos, ninguém cresce sozinho. E como dizia Gandhi: "Quando um homem se levanta, toda a humanidade se levanta com ele".

Desde já agradeço a todos e a todas que me auxiliaram nesta jornada, e que mesmo sem o saberem, com pequenos sorrisos, com pequenos e grandes esforços, fizeram-me acreditar para além de mim mesmo. E faço isso antes mesmo de ver o resultado final do trabalho, pois o sucesso maior já foi alcançado, todos nos superamos. Agora resta-nos partilhar da nossa alegria e ver ainda mais outros rostos felizes.

Venha, traga os seus amigos, as pessoas que você ama, e as que você deseja amar, e brindemos!

19 de dezembro de 2013, 22:27

Não existe para mim amor mais ou menos! É como no Apocalipse: "Diz o Senhor: os mornos cuspirei da minha boca!"

20 de dezembro de 2013, 13:37

Tentando compreender: quando deixamos de ser bons meninos que ganham presentes para nos tornarmos papais-noéis que dão presente? Será que mudamos de fase porque nos tornamos maus? Será que o papai-noel é mau e dá presente por que se sente cheio de culpa?! Refletindo sobre essa questão seríssima...

24 de dezembro de 2013, 21:15

Feliz Natal!

Não importa quão triste seja a data...

Ainda que você esteja só, e não saiba o que será da sua vida no próximo ano, Feliz Natal. Pois é necessário nascer de novo para voltar a crescer. Ainda que você esteja rodeado de pessoas, as quais não suporte, Feliz Natal. Elas suportam você.

Rodeado de amor perfeito, onde pais, amigos, parentes e crianças sorridentes te endereçam votos de amor, Feliz Natal. Mesmo que você não precise. Ainda que você discorde dos presentes que precisam ser entregues... Feliz Natal. Pois o melhor presente ainda é a sua entrega.

Não importa se você é um daqueles que passam fome pelas esquinas, Feliz Natal. Um dia a fome há de passar, nem que seja pela morte, ela passará. Não inveje os ricos. Não inveje os mais pobres. Pois todos somos iguais, precisando e desejando um Feliz Natal.

Não importa mesmo se você é um daqueles que só conheceu sofrimentos fúteis e sem importância. E que sua maturidade enquanto ser humano jamais acontecerá. Feliz Natal. Não há nada de tão terrível em ser feliz com a futilidade e a nulidade.

Feliz Natal pra você que jamais colocou a mão no bolso pra beneficiar seu semelhante... Feliz Natal. Afinal, ele não implorou direito, que culpa tem você?

Seja feliz também você que repete o comportamento que aprendeu nas religiões e na sociedade, e nunca pensou sobre isso. E tem aquela sensação agonizante ao mirar a alegria de todos os circunstantes neste grande dia ainda te parece inexplicável. E quando chora diante da "Noite Feliz", ainda pensa que chora de felicidade e não de melancolia.

Por isso Feliz Natal, peru assado, Feliz Natal, leitão e leitoa, Feliz Natal, castanhas e nozes, Feliz Natal, farofa de moela de frango. Afinal, não é tão triste servir de alimento para os homens... Não, não pode ser tão triste alimentar essas coisas tão humanas, tão mundanas...

Feliz Natal pra você que não suporta esta data em que somos obrigados a sermos felizes. E eu te digo, seja feliz neste dia mesmo sendo obrigado, pois algum dia terá de sê-lo. Feliz Natal para os que trabalham e não são felizes assim... Afinal, como dizem: quem trabalha não tem tempo pra enriquecer. Feliz Natal, pois há os que, desejando, não conseguem trabalhar nem enriquecer.

Feliz Natal para os pensadores, cujos sentimentos estão embotados. Esperemos que seus estômagos sejam bons e alcancem a felicidade comendo. Feliz Natal. Feliz Natal para os sexólatras, que mal conseguem esperar a mesa da ceia ser retirada. Feliz Natal. Não se esqueçam do cigarro...

Feliz Natal pros ansiosos, que já dizem Feliz Ano-Novo antes mesmo deste ano ter acabado, e sem se lembrar de que estavam ansiosos demais para terem nele vivido... Feliz Natal. Feliz Natal, você que me conhece e sabe que os votos são sinceros, ainda que cínicos. Feliz Natal pra você, que está no meu MSN e nunca pensou em me acolher ou conhecer de verdade. Feliz Natal pra você que recebeu apenas um currículo anônimo e não entende por que este texto apareceu no seu e-mail.

Feliz Natal, porque ainda que todas essas coisas enfileiradas ajudem a lamentar o gênero humano, ainda é necessário continuar sendo humano, continuar a insistir no amor, na esperança de uma vida melhor...

Notou a falta de Jesus Cristo neste texto? Eu também não. Afinal a propaganda dele já não é tão boa e nem atualizada. Mas que bom que seu nascimento, que nem ao menos foi neste dia, serve por um instante para nos lembrarmos de que devemos continuar seguindo... com tudo o que somos... com tudo o que desejamos... pois, se bem me lembro, só Jesus aceitava as pessoas como elas eram.

Então tenhamos coragem de neste dia sermos felizes e esquecermos tudo o que somos, tudo o que não somos, tudo o que temos e tudo o que não temos, e nos lembrarmos de acolher e sermos acolhidos, seja qual for a miséria na qual vivemos. Pois misérias, as há em proporção, um tipo para cada ser humano: a miséria de ser rico, a miséria de ser triste, a miséria da felicidade sem fim, a miséria da solidão. A miséria em toda a sua expressão.

Feliz Natal para nós, míseros seres humanos... Que neste dia somos forçados a lembrar de que temos algo bom mesmo quando não queremos lembrar. Então sejamos felizes neste Natal, pois o outro dia será 26 de dezembro, cujo único significado é ser o dia seguinte ao dia que deveria ter sido feliz.

31 de dezembro de 2013, 22:15

2014?!

Neste ano, cumpri todas as minhas promessas do Réveillon de 2012. Foi fácil, eu não havia feito nenhuma. Ainda estava tão feliz com o lançamento de Memória impura *e seu sucesso, que me sentia grato o suficiente e não desejei pedir mais.*

No entanto, em março, um livro novo estava sendo gestado. E fui aos poucos conseguindo forças para escrever. Será que conseguiria? Nem ao menos havia terminado e já desejava lançá-lo. Os amigos preocupados: "Nossa, mais um?! Não agora, espere!"

Mas Deus faz as coisas a seu jeito. Eu estava tão feliz escrevendo que este foi sem dúvida o melhor momento da minha vida. Quando eu o comecei, sabia quando ia terminar e quando ia lançar e quem seriam as pessoas que estariam do meu lado. Terminaria de escrever antes do fim de junho, e terminei em fim de maio. Sabia que iria lançar na primeira semana de dezembro e o lancei no dia sete. Realizei mais um sonho. E muitos o partilharam e o construíram comigo.

Foram meses de aprendizado, lutando contra muita coisa que deu errado. Sim, porque as coisas dão errado, mas nos unimos, nos reorganizamos, confiamos e fizemos dar certo. Falta muita coisa ainda para termos sucesso, pois para um escritor, sucesso não é dinheiro, é ser lido. Não apenas lido, mas encontrar-se com o seu leitor. Estabelecer aquela cumplicidade de velhos amigos que se dizem coisas conhecidas e que falam do futuro como se já fosse passado. Isso é sucesso! E já tem gente me dizendo que estamos no caminho, e isso é bom.

Nós não precisamos de viradas de ano para sonhar. É bom que tenhamos datas marcantes onde possamos nos reorganizar e nos preparar para atingir metas. Mas o importante neste tempo que se inicia é criar oportunidades, e criando-as, aproveitá-las. Sonho pede pé no chão, disciplina, perseverança e trabalho em equipe.

Claro, sempre em equipe. Quando o sol se levanta ele não brilha apenas para uma pessoa, brilha para todos. Tudo o que sonhei até hoje só foi possível porque tenho amigos, quando sonho não o faço sozinho. Levo todos que posso comigo, e cada um brilha a seu jeito e cresce. Foi assim que aprendi, é assim que faço.

Poderia lhe desejar apenas um "Feliz 2014"! Bem, se você leu até aqui, já me conhece! :)

O ano de 2013 foi bom, busquemos fazer um 2014 ainda melhor. Todo dia é um bom dia!

E quando o sol der uma piscada para você, acredite! Vá e brilhe! Sonho não tem data!

2014

Ambientação de 2014. Neste ano houve uma grande mudança. Luiz Vadico decidiu comprar um apartamento. Depois de muito procurar, escolheu o bairro do Bom Retiro. Mudou-se para o apartamento em 9 de junho de 2014, em meio à Copa do Mundo. Gostava de grandes espaços e o novo imóvel lhe traria isso. Também é verdade que estava esgotado do trabalho realizado na Universidade e usava a compra do apartamento para retirar o FGTS; tinha receio de se demitir pois, se o fizesse, sairia de mãos abanando. Um ano depois, após mais sofrimentos emocionais por causa da solidão jamais vencida em São Paulo (mesmo com namorado), adotou dois pinschers irmãos, Ênio e Anita. Os pequenos animais fariam muito pela sua percepção humana. Sua mãe foi a responsável pela mudança, ela disse: "Lembre-se, eles só têm você. Se forem felizes ou tristes, isto se deve somente a você. Eles não têm mais ninguém no mundo".

Este é um momento novo. Atitudes novas. Situações novas. Algo um pouco complicado para o nosso personagem.

10 de janeiro de 2014, 22:01

Inveja – Desaforismos

Bem, jamais tive problemas com inveja. E honestamente é um sentimento que desconheço em mim[1]. Reconhecer as qualidades dos outros não me faz menor nem pior. Saber o que os outros têm não tira nada de mim nem me dá nada. Sou feliz com a felicidade alheia, claro desde que ela não faça barulho! Mas vi várias frases sobre inveja hoje no Facebook e me arrisquei a escrever sobre o tema. Da mesma forma que tem "Aforismos", escrevi "Desaforismos" sobre a inveja. Afe, o calor amolece o cérebro da gente...

1. Quem me inveja tem bons motivos para isso!

2. Nem todo mundo gosta de se levantar cedo, trabalhar, estudar, perseverar e lutar pelo melhor. Então me invejem, é mais fácil!

---

1 O autor sempre se sentiu feio desde a infância, e não diz a verdade quando afirma não ter inveja. Invejava os efebos belos. Mais do que desejá-los ele queria ser um deles. No entanto, nada poderia deixá-lo mais belo ou mais feio, pois a baixa autoestima – coisa que jamais resolveu – continuaria na mesma.

3. *Aquilo que Deus me deu de graça, nem pagando o invejoso alcança!*

4. *Se inveja mata, espero ir pro céu!*

5. *Você já pensou que a sua inveja pode ser admiração?!*

6. *Imite quem você inveja, isto pode te tornar uma pessoa melhor!*

7. *Aos que me invejam, só posso dizer: invejem mesmo! Afinal, o invejoso é uma espécie de fã!*

8. *Hoje, confesso, estou invejoso. Morro de inveja de quem tem ar-condicionado!!*

9. *A inveja é a homenagem dos desprezíveis. Sempre indesejados, não sabem nem mesmo aplaudir. Eu ensino, é assim: estique a mão esquerda levemente à frente do corpo, depois faça o mesmo com a direita, agora dê o impulso de uma em direção à outra... Você verá que não é difícil, seu sentimento ruim passará e deixará feliz quem merece.*

***

Cantiga de Desamor

Oh, você que me pega!
Que me deixa suado! Todinho molhado!
Ei de cantar-te o mais bem cantado!
Não me larga! Me cansa! Desencana!
Pensa que te amo?!
Flertei com um abano!
E te traí com um ventilador!
Eu não te suporto, Calor!
Entende de uma vez!
Você gruda!! Não me deixa escrever!!
Nem as musas querem descer!
O que você faz é pura desfaçatez!!
Pertenço ao ar-condicionado!
Só faço romance em clima temperado!
Que fiz pra te merecer?!
Só te quero se arrefecer!
Agora, sai! Não quero mais teus gemidos!
Seja útil!! Vá para os Estados Unidos!!
(É só pra rir, sem pretensão literária, hahahaha.)

15 de janeiro de 2014, 23:22

Curtir a vida

As redes sociais possibilitaram uma grande integração. Então, além de tudo o que vemos em nosso cotidiano, vemos as pessoas se exporem mais (ou não). Uma das coisas que mais me chamam atenção quando leio o "Sobre" (que é o texto com o qual a pessoa se apresenta) são as palavras "curto a vida", "a breja com os amigos", "as baladas" e, depois, nas linhas do tempo, as reclamações sem fim porque o final de semana acabou.

A tal vida que tem de ser "curtida" antes que acabe, cuja expressão – vejo em perfis que vão dos 18 aos 40 anos – parece uma carga terrível a ser carregada e que só pode ser suportada com um desfile interminável de supostos prazeres.

Na outra mão vêm aqueles que rezam todos os dias, postam orações, santinhos e lutam chorosamente para suportar a existência. E rogam a Deus para lhes dar forças e paciência, e em geral essa força e paciência são contra a adversidade da vida e outros possíveis seres humanos. Esta vida insuportável e estes seres humanos insuportáveis. Claro que diante destas perspectivas só pode acontecer o pior quando o dinheiro termina para a prática do hedonismo, ou quando Deus – obviamente ocupado – não atende à prece cotidiana de "livrai-me dos meus semelhantes".

A vida vista assim e vivida assim só pode ser algo terrível, e neste caso não culpo ninguém por querer "aproveitar o dia". "Carpe Diem", como diriam os romanos[2]. No entanto "Carpe Diem" dificilmente pode estar ligado a essa ideia de prazeres intermináveis e de "vida insuportável". Aproveitar o dia é todo dia. Alguns traduzem isso por "todo dia é dia de festa" ou deveria ser.

Bem, tudo o que eu disser serão palavras jogadas ao vento.

Essa percepção negativa da vida e dos seus trabalhos cotidianos estão bem distantes do "Carpe Diem". Viver é viver o tempo todo. Existem as horas de trabalho intenso e de experiência intensa, com as quais crescemos, aprendemos e produzimos para todos que estão à nossa volta. E existem as horas "vazias" em que não temos nada, absolutamente nada para fazer. Alguns dormem – ah, como eu queria conseguir isso –, outros ficam ansiosos e estressados, em puro desespero. Pois não têm dinheiro nem Deus para preencher aquele buraco na programação.

---

2 Na verdade, como diria Robin Williams em *Sociedade dos poetas mortos* (Peter Weir, 1990), filme de que o autor também não gostava muito. Talvez por isso tenha remetido a expressão *Carpe Diem* aos romanos.

Aí é que surge a dificuldade, pois aquele "buraco na programação" só pode ser preenchido pela pessoa mesma. É o momento de percebermos o quanto podemos ficar bem sozinhos, ou junto de nossos semelhantes mais próximos. É o tempo da sinceridade e da construção do amor e da paciência. Amar a si mesmo, ser paciente consigo mesmo, aceitar-se e estender isso aos que estão em volta. Talvez seja até mesmo o tempo de ouvir uma boa música, sentar-se com um bom livro ou descobrir que a música é chata e o escritor é ruim.

Ao vislumbrar o tempo futuro, construído por pessoas que absolutamente odeiam a vida pressupondo amá-la, fico preocupado com os cuidadores de idosos e com os administradores de asilos. Serão velhinhos e velhinhas insuportáveis... Dirão aquelas palavras mágicas e terríveis: "No meu tempo..." e viverão de esperar a morte e lamentar a felicidade que tiveram e que agora não possuem mais. Ou amargar o fracasso de nunca poderem ter participado do mundo dos felizes.

A vida não serve para nos dar alegrias e nem tristezas, ela apenas é a vida. E a maior parte dela, do ponto de vista do hedonista, é chata, e de repente até é mesmo. Mas o que se deve dizer é que o marketing da felicidade é muito frustrante com o passar dos anos, e que causará ainda mais frustração em seus ávidos consumidores.

Não sei o que é ser feliz, e honestamente isto deixou de me interessar faz tempo, talvez na mesma época em que desisti de ser infeliz. Mas olhar o cotidiano como um adversário terrível me faria concordar com tudo o que tenho lido. É melhor beber pra esquecer.

Bem, seja lá o que for a vida, e a existência, não deve ser tão feia quanto os felizes a pintam, afinal, os hospitais estão cheios de pessoas implorando para continuar nela. Só resta saber se operam o estômago para mais comer, se curam as cirroses para mais beber e se andam enfim apenas para bailar mais, e que por fim encontraram a razão apenas para lhe dar mais drogas.

Se eu continuar refletindo, irei chorar.

Existir é um dado, não um sentido. Boas perguntas podem ser feitas a partir daí: Existo! Como existo, de que forma estou levando a minha existência? Onde eu existo? Com quem eu existo e partilho a vida? O que farei com isso?

Sou! Como sou?! Com que atitude desejo trilhar os caminhos? Sou, com quem mais? E como caminharei com eles cuja presença é fundamentalmente necessária?

(Pois sem eles não sou quem sou).

Estou! Onde estou? Como desejo lidar com isso?

Ao contrário daquelas velhas perguntas cuja resposta todos ignoram: "De onde vim?", "Quem sou eu?", "Para onde vou?". As anteriores têm resposta.

Faça este exercício no seu "Carpe Diem", responda a estas perguntas e viva as suas respostas. Ser feliz, ser infeliz, pouco importa. Importa ser e estar, e ser bom e estar bem. E com certeza essas respostas não estão na fuga constante que vejo todos os dias nas redes sociais.

Bem, talvez eu queira dar uma fugidinha, mas é do calor.

Do blogue – 21 de janeiro

Coisa Obscena

"Luiz, chegou um Sedex pra você" – me disse esta tarde um dos porteiros do meu prédio.

"Sedex?!", repeti. E logo ele me deu um pacote fechado, cujo formato deixava adivinhar o conteúdo. Exclamei feliz: "Um livro!", pois era esperado.

Fui logo assinando o papel preso à prancheta, burocraticamente oferecida. E, todo entusiasmado, confessei enquanto assinava: "Sabe, este livro eu nem sabia que existia, é o terceiro do meu escritor predileto!"

Aí, aconteceu algo muito inusitado. O rapaz não chega a ter trinta anos, e é de longe o mais "mauricinho" dos porteiros, nada de cara de "tô nem aí" nem aquela barriguinha bem fornida, é jovem e bem-posto, então dá para se entender a minha surpresa: ele me perguntou cheio de constrangimento, como quem perguntasse algo que me deixaria envergonhado se eu respondesse que sim – difícil traduzir o tom da voz, a expressão do rosto, mas assim, do nada, ele tascou-me a pergunta, parecendo obscena: "Você já leu um livro inteiro?"

Durante um segundo, parecia que ele havia me perguntado algo como "você já deu o cu?" E, claro, a resposta socialmente correta seria: "Eu? Imagina, nunca..." Ao que ele sorriria e diria: "Nem eu!"

Mas acho que fiz a coisa errada, como sempre. Fui dizendo surpreso a verdade: "Já! Claro que já!" – E, diante da sua cara de estupefação, sem acreditar que alguém pudesse ser assim obsceno, ainda tive de afirmar para que me cresse: "Eu sou escritor!"

Então, perdendo a deixa que eu deveria ter-lhe dado, ele comentou – e não como confissão, mas como constatação de que dizia algo positivo sobre si: "Eu nunca li um livro inteiro. É muito chato!"

E eu, ainda, sem a menor noção, fui logo incentivando: "Ah! É gostoso depois que você acostuma! Faz o seguinte, leia um gibi! Depois você passa para um livro com figuras". E fui segredando-lhe: "Quando eu era criança, lia de uma figura até chegar à outra!" E olha que isso para mim é um verdadeiro pecado que guardo a sete chaves.

Ele sorriu meio amarelo. Foi uma situação obscena em que eu parecia ter lhe dito: "Olha, já dei o cu e é gostoso, vou te ensinar como se faz!" E ele quase disse: "Deus me livre!"

Realmente, o mundo anda estranho. Parecia haver certa glória em admitir jamais haver lido um livro. E eu olhando, estupefato, "O que é que há?! Este cara é um jovem..."

Como não ler?! Sou de uma família de semianalfabetos, e não aceito esta estória de condição social, então escrevi isto não para questionar o jovem que nunca leu um livro, mas para registrar o meu espanto pelo seu sentimento de obscenidade diante do que seria este gesto.

Agora, não sou apenas escritor, mas um produtor de obscenidades! Ei, acho que isso é um progresso!

1º de fevereiro de 2014, 00:09

Sobre o beijo gay: aqui em Moema, alguns machos abriram as janelas dos seus apartamentos e começaram a berrar contra a Rede Globo! Os palavrões são os de sempre, afinal, eles não são muito criativos. Como eu não estava vendo a novela, foi assim que fiquei sabendo do beijo. Parecia que o São Paulo havia marcado gol no Corinthians[3]...

7 de fevereiro de 2014, 16:56

São Paulo, a Grande Diáspora. Estava pensando hoje: com os atuais níveis dos reservatórios de água na cidade e sem perspectiva nenhuma de chuva, se a coisa continuar

---

3 Comentário relativo ao beijo entre dois atores do sexo masculino ocorrido na novela "Amor à Vida" transmitida pela Rede Globo em 2014. A referência aos times também não é ingênua, pois a suposta homossexualidade do jogador Richarlyson, do São Paulo, foi posta a público. A partir daí o time recebeu o apelido de Bambi, nome de um personagem de animação da Disney que era um pequeno veado. Cabe sempre as congratulações para o time do São Paulo pela compostura e lisura como reagiu ao preconceito sofrido pelo jogador, colocando-se ao lado dele.

assim, em um mês a população da cidade de São Paulo terá de abandonar a cidade. Agora imaginemos o tamanho da loucura: 20 milhões de pessoas saindo de um deserto de concreto... indo... indo... Indo para onde? Para onde irão 20 milhões de pessoas com sede?

Se fosse uma cidadezinha de 200.000 habitantes, arranjava-se carros-pipa, mandava todo mundo para a casa dos parentes... Mas o que se faz com os 20 milhões de habitantes da cidade de São Paulo?! Bem, isso dá um belíssimo conto, um grande livro, mas só espero que não seja notícia de telejornais[4].

25 de fevereiro de 2014, 22:05

Mundo esperto. A propaganda do "se". Alguém já viu alguém vender o "se"? Hoje eu vi. Uma propaganda da Hyundai. De maneira geral, dizia: "'Se' o Brasil for hexa, daremos seis anos de garantia em nossos carros. Não cinco, seis anos!" E claro, com aquela afirmação: "Porque confiamos no Brasil". Bem, então se você quiser seis anos de garantia em seu carro dessa marca, torça! Se o Brasil não ganhar, ninguém mentiu pra você. Bem, mas se eles podem jogar com o "se", é sinal que sempre podem dar a qualquer momento aquilo que prometem, não é?! Então, eles lucrarão mais torcendo contra. Além do mais, já lucraram ao criar um motivo para fazer propaganda.

É cada uma que me toca ver!

***

Os melhores perfumes estão nos pequenos frascos! Claro, também não me esqueço de que os grandes venenos também estão.

***

Momento divertido de ontem:

Estava na academia fazendo exercício para as costas, quando ouvi uma pergunta soando admirada: "Você faz remo?" Olhei e era um dos instrutores de lá, que ouviu minha resposta mais natural e verdadeira: "Não! Estou participando da invasão de uma ilha agora! Por quê? O movimento está correto?" Ao que ele só pôde dizer: "Está sim!" E continuei meu exercício, um pouco chateado por ele ter atrapalhado a minha chegada à praia.

---

4 L.V. refere-se ao fato de que se prolongou, por todo ano de 2014, o baixo nível dos reservatórios das represas que abastecem de água a cidade de São Paulo.

28 de fevereiro de 2014, 00:31

Neste Carnaval, não use camisinha. Fique em casa. Leia um bom livro. Escute uma boa música. Mantenha-se em segurança. Este é um país violento, carregado de preconceitos, não é porque decretaram festa que ele vai melhorar. Gente violenta e bêbada, claro, isso não vai prestar. Nem é questão de conservadorismo, é apenas estatística. Sambe com sua família e evite aglomerações.

6 de março de 2014, 20:37

O que mais invejo de Jorge Amado não é a sua obra, é Zélia Gattai. Quero Um Zélio "Gattinho"!

Do blogue – 13 de março de 2014

300, a Ascensão de um Império

Muito divertido. Vale por algumas imagens espetaculares, de tirar o fôlego. No entanto, a estética foi um pouco prejudicada por cortes rápidos, um pouco mais de tempo para apreciarmos a beleza teria sido desejável. A música tem momentos bons e até ótimos, mas não escapa da música épica enlatada. Repetitiva, maçante e exagerando nos instrumentos de percussão (eletrônicos, claro).

Agora o mais divertido é ouvir toda aquela patriotada norte-americana transportada para a Grécia Antiga. Gente!! Os persas (iranianos, atualmente) atacaram até com homens bombas!! Claro, para não ficar evidente demais a questão política que colocou uma mulher grega liderando o exército persa, Artemísia, pobre rainha cujo nome foi lembrado apenas para batizar uma figura caricata. A referência ao Irã é tão exagerada que teve até petroleiro no filme, jogando petróleo no mar para depois tacar fogo. E, claro, ele explodiu, pois é típico de um filme de ação que haja explosões. Em seguida vieram os homens-bomba.

A melhor frase do filme ficou para um figurante, que estava entre os cidadãos atenienses em pânico no seu Senado (ou Ágora), quando Temístocles (conhecido general ateniense) os informa que precisa da ajuda dos espartanos, ele ouviu algo mais ou menos assim: "Quê? Aqueles espartanos PEDERASTAS?!" Tradução tosca: "Quê? Aqueles espartanos VIADOS?!"

E quando Temístocles procura os espartanos, encontra todos eles brincando de lutar como se fosse um Clube Leather com sadomasoquismo.

Não tem como não rir.

Legal mesmo é quando a rainha de Esparta, Gorgo, viúva de Leônidas (pasmem!), chega ao final do filme para dar fim em Artemísia (ex-criança abandonada e prostituta). É lindo!! A viúva – mãe de família – chega cheia de dignidade para terminar com a puta e ficar com o que sobrou de Temístocles!! E a pátria e a família foram salvos. Gente... O mundo tá perdido.

Agora, quem gosta de Tarantino deve ir ver. Os soldados são massacrados de todas as formas possíveis. É um show de picadinho humano, sangue, sangue e mais sangue... Só que o filme parece de algum diretor de filmes de zumbi, pois as pessoas são destroçadas da mesma forma que se faz com hordas de zumbis loucos, estéreis e vazios. É muito chata uma luta que tem sangue, mas falta o principal: morrer é terrível, matar também, é por isso que é um momento difícil. Não dá para se fazer um bom filme se você acha que aquilo é um game. Depois que Mel Gibson fez picadinho de Jesus Cristo, o que resta para a humanidade?

Sobretudo é uma salada de gêneros e estéticas: quadrinhos, filmes de zumbi, épicos, *trash* e pornô *soft*.

Ah! Santoro salvou a sua dignidade aparecendo no início como ele mesmo, bonito e normal, depois volta a ser o deus mais fracassado e desinformado que já passou pelo Oriente Médio.

Mas, continuo dizendo, vale como divertimento infantil para adultos. De História Antiga só tem o nome, deveria se chamar "300, a ascensão do 'preconceitotério'!"

15 de março de 2014, 22:31

Agora já sei por que as pessoas se casam aos vinte... É para ficarem entediadas com alguém e não sozinhas.

19 de março de 2014, 23:41

Procuro seus olhos dentro dos meus e não encontro
Cadê você? Por que você se foi?
Você me via...

Quando tantos nem sabem que eu existo
Você me via!
Devolva-me seu olhar...
Quando você me vê
Eu sei que existo.

10 de abril de 2014, 23:55
E essa mania de os cigarros acabarem antes das reflexões?!

11 de abril de 2014, 00:18
Não quero um amor espelho
Quero um amor desespero!
Um que entenda a falta que me faz
Muito antes de conhecê-lo!

12 de abril de 2014, 22:15

Uma provocação. Será uma questão de ângulo? Topam uma reflexão?

Superdotados (SDs) têm problemas e dificuldades típicos e precisam de acompanhamento, ou será que esta é uma percepção criada a partir de quem não é superdotado, ou é e acreditou no que disseram? Pois se nos olham de fora, evidentemente, podemos parecer deslocados e problemáticos. Mas deslocados e problemáticos em relação ao que e a quem? Aos outros, os não superdotados.

Por exemplo: déficit de atenção? Somos capazes de focar profundamente, se estamos distraídos, não é porque temos déficit de atenção, é porque não nos interessa. Isso parece bem normal para mim. Além do mais, somos capazes de prestar atenção a várias coisas ao mesmo tempo numa velocidade e num interesse diferentes dos outros. Somos altamente disciplinados, logo autodisciplina e déficit de atenção parecem coisas que se autoexcluem.

Autismo? Essa me diverte mais. Claro que existem pessoas com traços autistas. Mas isso não é norma para os superdotados. Eu pareço ter traços "autísticos", no entanto, estes supostos traços "autísticos" foram uma conquista pessoal minha. Por exemplo, desde muito cedo me apaixonei pelos estoicos, cuja principal proposição é a apatheia ou apatia, não se emocionar de forma exagerada, se manter frio em quaisquer circunstâncias. Dar o valor adequado para as conversações e acontecimentos do dia a dia. Não se deixar levar pela imaginação ansiosa e não dar valor às convenções e normas sociais que cultivam a imbecilidade humana na tola relação de poderes do cotidiano. Ok, se eu faço isso direito, pareço autista, rs.

Além do mais, faz parte das minhas conquistas pessoais entrar em "estado alterado de consciência" sem drogas: para mim, apenas mais uma faixa da realidade imensa da vida; para outros, dificuldade de lidar com o real. Afe, ninguém merece, lido tão bem com o real quanto qualquer outra pessoa, não tenho culpa se o real é chato. A pergunta certa é: o que é o real?! Sabemos que é apenas uma instância da mente.

Quando era jovem, também me preocupava com o controle da mente sobre o corpo, até hoje consigo fazer minha pressão cair e me manter bem aquecido no inverno, rs. Mas isso só posso porque me volto para dentro de mim. E para mim não é um problema, pois eu controlo isso.

Às vezes me "isolo", mas, honestamente, é por que eu tenho "um problema" ou por que representar uma personagem para os outros o dia inteiro é cansativo? O autoisolamento resulta do desgaste.

Somos olhados como "egocentrados", e até narcisísticos, no entanto será verdade? Pensemos, quantos de nós pôde conviver com seus iguais ao longo da vida?

Não tendo "espelho", é natural que nos voltemos para nós mesmos.

Dificuldades de comunicação. É incrível, conheci pessoalmente poucos como eu, mas não tivemos nenhum problema de comunicação. Então parece que o problema de comunicação é dos outros conosco e de nós com eles. Mas superdotado com superdotado se comunica muito bem.

Incomoda-me o fato de que toda pesquisa se baseia em crianças. Sempre se baseou em crianças. E tudo o que preocupa os pais e educadores é como acelerar o desenvolvimento dessas crianças. Acho um grande erro, isso dificulta ainda mais o crescimento emocional do SD, pois ele começará a se ver de forma diferenciada e sofrerá ainda mais preconceito dos outros. Apenas a troca social bem ajustada com seus coleguinhas, inclusive sofrendo discriminação, o preparará para o futuro. Os outros se preocupam em nos tornar produtivos e a serviço da humanidade. Ok, nada contra a humanidade, mas isso não somos nós.

O que estou tentando chamar atenção é para o fato de que todo o conhecimento criado acerca da superdotação foi elaborado a partir do "lugar-comum", do "senso comum" do que é uma pessoa normal. Irei tentar ser mais claro: se patos estivessem tentando entender cisnes (ou gansos) e se perguntassem por que estes "patos" não dão certo, a que conclusão vocês acham que eles chegariam?!

E apenas um P.S. mal-educado para mães de crianças superdotadas: vocês são muito chatas, ficam aí só falando "como meu filho é lindo e maravilhoso", ficam estragando a personalidade de um superdotado com mimos e agrados e fazendo exceções que vocês mesmas vão colher o que plantaram. Beijo.

13 de abril de 2014, 15:33

Curiosidades do fim de semana com a mãe: "Quando você tinha uns sete anos e apanhava, dizia: 'Não tô sentindo nada, bate mais forte!' E quando eu tinha de bater na sua irmã, dizia: 'Bate em mim porque não dói!'"

Gosto de descobrir coisas assim da minha infância. Eu já era todo eu quando tinha sete anos.

15 de abril de 2014, 21:24

Há um silêncio ensurdecedor me devorando, como um buraco negro. E pensar que apenas uma palavra faria iniciar um universo... Mas os abismos não se pertencem, nem mesmo àqueles que neles caem[5]...

***

O amor é como o sol. Às vezes estamos numa noite escura e aguardamos, aos poucos seu brilho vem chegando do horizonte e se impõe até que haja plena luz e ele nos cerque de todo. Depois esmaece cheio de cores fortes e belas, e mesmo mergulhando numa noite sem estrelas, quem viveu a sua luz anseia novamente pelo amanhecer. Por ele, e nele, tudo se faz, e na sua ausência ficamos a aguardá-lo, e ele vem, ele sempre vem... sempre virá.

15 de abril de 2014, 22:26

Quando eu era criança, me encantava com o cemitério e com as fotos dos falecidos, e ficava imaginando quem teriam sido, o que teriam vivido. E, em minha imaginação,

---

5 Supomos que a palavra seja "amor".

brincava com todos eles. Desde muito cedo descobri que no túmulo do passado não existem assombrações. Hoje sei que as assombrações que estão no presente vez por outra me assustam, mas ainda menos que as do futuro. Um dia quero ter a segurança de ver o túmulo do futuro e brincar com suas imagens passadas. Yep, I see dead people!

Do blogue – 23 de abril de 2014

Dia do Livro – Meu primeiro livro

Acho que todos temos certas estórias de infância, ou no meu caso, da puberdade. Não é segredo que não venho de uma família de letrados; o saber em casa é o do homem rural, a preocupação era com a natureza, o ciclo da lua, as estações, o que plantar, como plantar, como colher...

De forma inusitada achou o Bom Senhor Deus que este era um bom lar para eu nascer. Então havia algumas coisas incompreensíveis para meus pais, como eu querer tocar piano aos sete e aos dez querer escrever um livro, e aos onze estar pintando meus primeiros quadros.

Talvez o que ninguém soubesse era da minha consciência infantil do valor destas coisas. Eu as via como importantes e, mesmo sem saber o que elas eram, eu as desejava. Foi assim com a música, a literatura e a pintura.

Foi com um sentimento cheio de orgulhosa pretensão que comprei meu primeiro livro. Não foi em uma livraria. Chegou-me o Ferrugem (já imaginam a personagem), me disse que sua professora estava vendendo livros do Círculo do Livro e me perguntou se eu queria um. Imediatamente, estufando meu peitinho vaidoso fui logo declarando: "Eu quero!" Sem esperar, ele me tascou a pergunta: "Mas qual?"

Pergunta difícil, eu nunca tinha lido um. "Ora, qualquer um!", respondi. E eis que uma semana depois ele me apareceu com um livro de capa rosa com letras em preto que diziam um nome misterioso: *Ivanhoé*. Todo feliz, já fui arrancando o livro das suas mãos.

Alguns desavisados podem achar que o li imediatamente. Que nada! Ter o livro era algo mais especial e importante do que lê-lo. Eu pegava, namorava a capa dura plastificada, folheava, via as figuras... e nada de ler. Fiquei um tempo levando o livro pra escola. Provavelmente para mostrar para todo mundo que eu tinha um livro. Tê-lo junto a mim parecia me tornar mais importante. Ainda bem que nunca ninguém perguntou o que ele contava. Ainda assim ele parecia mais sério e interessante do que o dicionário que eu até então costumava ler.

Naquele mesmo ano da quinta série nos mandaram ler *Iracema*. Este sim foi o primeiro livro que li. O livro de José de Alencar era maravilhoso. As imagens poéticas, a escrita bela... encantador. Só não tinha figuras. Pouco mais de um ano após comprar *Ivanhoé*, me animei a lê-lo. Mesmo porque eu sempre o olhava cheio de culpa. Mas a versão facilitada para jovens era chata, fácil demais, perdia a graça para quem havia lido Iracema. Eu o li devagar: abandonava, reiniciava, abandonava, reiniciava. E chegando próximo do fim, perdi a paciência e fui logo para as páginas finais.

Bem, sei que este parece um início prosaico para um leitor e escritor, mas foi assim. A magia estava em ter. Mesmo que não compreendesse por que um livro era algo tão especial. Eu queria tê-lo porque era importante, porque um livro era algo valioso. Apenas muitos livros depois fui descobrir de verdade por que são tão valiosos.

Estranho que, por mais que eu tenha me tornado um leitor ávido anos depois, sempre me interessei mais por escrever do que ler. E um ano depois de comprar *Ivanhoé*, eu escrevia *As aventuras de Defoe em outra dimensão*, após ter torturado meus pais até ganhar uma máquina de escrever.

O que um livro me disse foi: a sua imaginação pode se tornar realidade. E desde então eu tenho imaginado, ricamente imaginado, e escrito livros.

Não importa como você chegou ou chegará a um livro, apenas chegue. Não importa se você ficou dizendo para ele "abre-te, Sésamo!" e ele não se abriu sozinho. A magia de um livro está nele mesmo, em tudo o que ele significa, mas só funciona de todo quando lemos.

Neste Dia do Livro, leia um. Pode ser até o de uma criança pretensiosa como eu.

25 de abril de 2014, 00:54

Quem sou eu?! Quando tinha quinze anos de idade, cismei em pintar um girassol, mas morava em Andradina, na fronteira com o Mato Grosso do Sul. Lá não tinha girassóis. Fui a uma casa de produtos agrícolas, comprei sementes que serviam para alimentação de animais. Plantei as sementes no quintal. Reguei e cuidei, esperei crescer, e florescer. E depois de alguns meses, pintei o meu girassol. Este sou eu, este sempre fui eu, este sempre serei eu. Quando quero algo faço, mesmo que tenha que cultivar um girassol numa terra que não dá girassóis.

***

Desculpe se não atendo às suas expectativas, eu não nasci para isso. Tenho algo a fazer e o farei, é para isso que existo: a plena realização do ser humano.

26 de junho de 2014, 22:41

O amor é como sopa, todo mundo gosta quente. Mas tem de assoprar com paciência pra esfriar antes de engolir. Agora, sopa gelada não tem jeito não.

18 de julho de 2014, 18:00

Estou naquela época da vida em que meus pés cansados pedem apenas sapatos confortáveis, mas não se enganem, ainda não são chinelos. E será apenas até os calos sararem, rs. Misturo metáfora com realidade e honestamente faz tempo que não diferencio as duas. Afinal, os calos aparecem por causa de um contínuo desgaste de quem sobretudo caminha e usa os sapatos errados, e que teima em caminhar por mais desconfortável que eles sejam. Então, para continuar, sapatos confortáveis... Depois meus pés voltarão a sofrer com infinitas adaptações aos caminhos do cotidiano. Mas, definitivamente, chinelos não são para mim. A morte não me surpreenderá sentado. Nada contra quem descansa, apenas inveja do impossível.

2 de agosto de 2014, 15:30

E se...[6]

E se os superdotados não fossem 6% da população mundial, mas 94%? O que pensariam dos 6% restantes? Num mundo onde a regra seria possuir um QI de 130,

---

6 Esse texto foi aqui enxertado a pedido de uma das psicólogas do autor. Por praticamente inexistirem trabalhos sobre superdotados adultos, cada vez que um deles – sobrevivente – escreve algo, ou declara suas dificuldades, isto é motivo de estudos. Então o autor cooperou com esses profissionais. Não quer dizer que gostaria que as pessoas se sentissem de qualquer forma diminuídas. Neste texto, L.V. faz uma fabulosa inversão: tomou os dados acadêmicos sobre os superdotados e os inverteu. Por isso o "E se..." A mensagem mais importante desta irônica crônica é que ninguém gosta de se sentir cobaia ou estudado. Superdotado não é bicho, e em geral nem gosta de ser assim classificado. Entretanto poucos vêm a público para declará-lo. Por isto, L.V. inseriu este texto, desta forma, psicólogos e psiquiatras podem entendê-los melhor num futuro próximo. Os que se sentirem pessoalmente atingidos, apenas pulem a leitura ou ignorem-na.

talvez as coisas fossem mais ou menos assim. Observemos o resultado das pesquisas de pedagogos, cientistas sociais e cognitivistas sobre essa minoria populacional:

Cerca de 6% da humanidade possui um QI baixíssimo, que varia entre 70 e 90, em alguns casos chega a 110. Essa taxa estranhamente baixa pode significar algum problema de desenvolvimento ou a presença de fatores genéticos. Constatamos que mesmo neste estágio a vida é possível, surpreendentemente eles são capazes de se tornarem adultos com certo nível de responsabilidade. No entanto precisamos ser compreensivos e não esperar muito deles, devemos apenas incentivar comportamentos construtivos sem jamais revelar a sua real situação precária. Em casos que esta regra não foi respeitada, eles ficaram deprimidos e numa grande maioria dos casos responderam agressivamente ao fato.

Como reconhecer uma pessoa infradotada:

Possui grande propensão a serem emocionais e a demonstrar constantemente as suas emoções. Ao fazê-lo, tende ao desequilíbrio, dando efetiva ênfase às emoções com as quais foi mais acostumada ao longo da infância. Geralmente é agressiva, reclamona, efusiva, com traço de muita autopiedade.

Apenas com a demarcação de limites emocionais e morais muito claros, cuja repetição deve ser constante, os infradotados conseguem conviver em grupo. Têm dificuldade em assumir responsabilidades, e se aceitam é para disso obter alguma vantagem pessoal.

Em sala de aula, o professor precisa tratar um assunto por vez, pois não possuem atenção múltipla. A sua atenção é unidirecional, e ainda assim, é preciso muito esforço para fazer com que foquem em alguma coisa. Isso é compreensível, pois, quando possuem mais de um interesse no ambiente, necessitam observar um de cada vez. O resultado é que, para aprenderem, o profissional é obrigado a uma exaustiva repetição de conteúdos. E, infelizmente, esse profissional tem de fazer as diversas relações entre os conteúdos, pois estes alunos não conseguem fazer essas relações sem muito esforço.

Após a alfabetização, aprendem a ler e escrever. Em poucos casos, notamos alguma capacidade de interpretação de texto. Alguns aprendem "o que deve ser interpretado", daí por diante jamais abandonam essa conduta. São unidirecionais, têm dificuldade em fazer uma abordagem sob diversos ângulos. E propor leituras novas, imaginativas e criativas, de fato, não é o caso deles. Se ouvem qualquer coisa assim, descartam como sendo absurdo.

Não trabalham nada bem em grupo; no entanto, estranhamente, precisam estar o tempo todo cercados por seus iguais. Têm uma necessidade patológica de serem aceitos pelos demais. Para alcançar este objetivo pífio, são capazes de tudo. Neste sentido, o profissional deve estar muito atento, pois eles cometem violências emocionais de todos os tipos, contra si – a mais frequente – e contra os outros. Os violentos gostam de se impor ao grupo pela força ou por sua eloquência. Claro, não espere muito desta última, pois suas parcas ideias são mais impostas pela alteração do tom de voz, autoritária e arbitrária, do que pela lógica dos seus raciocínios. Os mais habilidosos emocionalmente manipulam as emoções dos outros, sem nenhum senso de ética; são chantagistas. Se não atendidos em seu desejo constante por atenção, choram e são capazes de ficar deprimidos.

É difícil lidar com eles, pois possuem clara dificuldade de perceberem as nossas emoções sutis. A leitura facial que fazem é grosseira, precisam que as emoções sejam estampadas de forma evidente e caricatural para que saibam o que se está sentindo. E, apesar de saberem que estes gestos faciais causam rugas, eles não se preocupam com isso.

O que mais lhes dá rugas nas faces são o sorriso, na verdade o gargalhar, e a ira. Não seria algo ruim, se não fosse o fato de que geralmente riem do seu semelhante. Riem de seus desequilíbrios motores, de suas dificuldades e falhas. E o mais triste é perceber que riem ainda mais quando veem algum desafeto fracassar em público.

Apesar de tão fraca capacidade, eles são competitivos. Competem por tudo o tempo todo. Notamos que esta competição constante está aliada ao seu desejo de aprovação. Quem se sai melhor perante o grupo é mais aprovado e passa a ter sobre ele alguma ascendência. Aquele que consegue o extremo de se autoaprovar (o que deveria ser positivo) torna essa característica uma carga insuportável para o grupo.

São egoístas ao extremo. Tudo o que possuem não é naturalmente compartilhável. Colocam valor e significado em coisas materiais e por natureza passageiras. Defendem o que possuem de todas as formas, chegamos a conhecer casos de homicídio. Evidentemente, as agressões verbal e física são muito comuns. Apesar de terem sido instruídos sobre a transitoriedade das coisas, o efeito disso foi que se tornaram cumulativos. E lutam desesperadamente contra o tempo, amealhando bens e recursos, tendo em vista dissipar tudo isso em busca de prazeres constantes dos quais se julgam dignos. Outros ainda o fazem desejosos de garantir uma velhice confortável, com a estranha necessidade de prolongar pela maturidade seus prazeres infantis.

Não conseguem ficar a sós por muito tempo. O tempo neste caso varia, sejamos justos: vai de quase uma hora até pouco mais de quatro horas. O tempo maior de solidão suportada é durante o sono. Ainda assim insistem que não gostam de dormir sozinhos. Há necessidade de que haja um semelhante no local ou na mesma cama. Caso isso não ocorra, se sentem inseguros e atingem vários níveis de fragilidade. Vimos casos em que este dado afetou o sono de vários pacientes.

Dormem muito. Dormem profundamente e tendem a serem impressionáveis com seus sonhos e pesadelos. Normalmente não gostam de acordar e, se são acordados, apresentam aspecto mal-humorado e às vezes francamente agressivo. Alguns fazem todas as suas tarefas de forma apressada e equivocada, apenas desejosos de chegar em casa e dormir. Dormir e descansar são sinônimos, e todos só pensam nessa forma de repouso.

Muitos têm o hábito de tomar banho após acordar. É um fato muito bom que consigam tomar banho sozinhos. Mas possuem dificuldades em todos os quesitos relativos à higiene pessoal, e não sabem administrar nem o material utilizado para tanto nem o espaço onde a higiene acontece.

Gastam muita água no banho demorado, isso de forma injustificada, pois em geral não estão muito sujos. Questionados do porquê disso, dizem: dá prazer, é bom. Informados que o gasto era socialmente desnecessário e que prejudicava a comunidade, dão de ombros. O mesmo acontece relativamente ao papel higiênico. Gastam em excesso. Parecem desconhecer o tamanho do próprio ânus. Gastam a vida a aprender como urinar exatamente dentro do vaso sanitário. E, infelizmente, uns morrem sem obter sucesso.

Após muito treinamento e esforço, notamos que, apesar de obterem êxito, passam a vida inteira tendo de se lembrar de como a coisa deve ser feita. Se aprendem a não jogar lixo no chão no jardim da infância, isto nunca se torna um gesto natural. Eles passam a observar compulsivamente aqueles que não o fazem. Este aprendizado parece lhes dar poder sobre os demais: eles os corrigem e reprimem. O que se sabe é que, geralmente quando estão sozinhos, desprezam as regras que aprenderam.

Repetem este comportamento para todas as situações.

O profissional que lida com eles precisa ter paciência, pois este é o caso dos bem-sucedidos. Aqueles que se julgam educados. O que nos incomoda é que gastam décadas repetindo e propalando o conhecimento do jardim da infância, como se não houvesse algo mais depois disso. É surpreendente como conseguem ficar fixados em determinados estágios.

Os que aprendem a não ouvir música alta passam a reprimir os que ouvem. Isso é um problema, pois não conseguem ficar sozinhos com seus próprios pensamentos e necessitam estar constantemente ocupados com algum som. Caso contrário, sentem-se chateados, tristes e entediados. O silêncio, algo tão importante para nós, é considerado por eles algo negativo. Sempre se manifestam por barulhos de todos os tipos, batem palmas, falam alto, buzinam desnecessariamente e traduzem a diversão por ruídos extremos. Estranhamente, não deixam de se divertir quando outras pessoas estão incomodadas com o que fazem. Toda e qualquer tecnologia que chegaram a desenvolver causa ruídos.

Em termos de locomoção, eles são pessoas limitadas. Depois que aprendem a caminhar, caminham e gesticulam do mesmo jeito ao longo da vida. Por serem muito emocionais, as cargas emotivas chegam a deformar seus corpos. Sua postura corporal é ruim, sobrecarregam a coluna, o que os leva a ter dores tensionais e desgaste nas vértebras. Ao dançarem, infelizmente não obtêm muito sucesso, pois precisam estudar longamente alguns poucos passos para repetirem-nos conforme o compasso da música. Desconhecem completamente a função da dança. Os mais tímidos balançam o corpo de forma constrangida. Apesar disso, quando observam nosso pleno domínio dessa arte, verificam a diferença. Os de mais boa-fé insistem para que aprendamos a dançar como eles, os outros apenas riem, pois afinal, apenas balançam. Este balançar ao som da música já foi estudado, mas não pareceu fazer parte do espectro autista.

São indisciplinados e tudo fazem com exagero, se querem muito, pegam tudo, senão, rejeitam ao máximo. Sem equilíbrio. Os pretensos equilibrados, jamais abandonam o equilíbrio, pois não sabem lidar com outra situação.

O resultado é que não conseguem caminhar do lado direito de uma via pública sem muito esforço. Costumam parar em frente a lugares de acesso, impedindo os demais em seu caminho. Não têm noção de fluxo de movimento e mantêm-se em seu próprio tempo de movimentação, sem notar jamais o que ocorre à volta. Se conversam caminhando, aí tudo se complica, pois estão fazendo duas coisas ao mesmo tempo. Às vezes chegam a parar para poderem falar. Não nos demoraremos nestes detalhes.

As relações emocionais dos casais são um fenômeno que eles sentem ser complexo. Mas resumem-se ao seguinte: jamais percebem o parceiro verdadeiramente. Como são limitados, criam um estereótipo do parceiro que desejam e saem pelo mundo à cata de quem se encaixe no modelo. A maior parte nunca percebe o engano, o resultado é uma infinita busca por fazer o outro adequar-se a si. Neste processo não possuem escrúpulos, quando são bem-sucedidos escravizam o parceiro emocional, moral e economicamente. Num relacionamento bom, alguém é submisso. Neste jogo de opressão e submissão são capazes de desenvolver as mais complexas taras e manias. Inclusive, foi notado que apenas no quesito sexual eles conseguem ter um comportamento um pouco mais complexo. Mas, infelizmente, desconhecem completamente o êxtase corporal e o estado alterado de consciência a partir do curto-circuito sensorial consciente do cérebro. Aquilo que chamamos verdadeiramente de prazer sexual. A maior parte ainda está na fase animal de emitir secreções corporais.

Nada, absolutamente nada fazem sem pensar ou sentir que ganharão algo com isso. Para serem bons precisam de conceitos como Céu, sentido da vida, inferno etc. Só não são de todo selvagens, pois foram treinados desde cedo que para comportamentos destrutivos haverá castigo. Estranhamente, o bom comportamento não lhes parece uma lógica imprescindível para a convivência em sociedade. Não são capazes de chegar a este princípio básico sozinhos. E se o aprendem, é apenas para repetir sem realmente compreendê-lo.

O resultado de tudo o que fazem e são termina por atingir irremediavelmente o seu organismo. Então, reclamam, lamentam, e se tornam saudosistas do tempo em que eram saudáveis. Se conseguem retomar a saúde é apenas para perdê-la mais depressa, repetindo os comportamentos anteriores.

Diante dos vários estudos, cujos resultados foram aqui apenas brevemente resumidos, se tornou difícil mostrar para os demais interessados que não se devem tomar medidas extremas quanto aos infradotados. Eles são daninhos para a sociedade e perigosos para si mesmos e para os seus semelhantes. Diante desta premissa, foi sugerida a castração, tendo em vista extinguir essa variação genética prejudicial. Outros, não conseguindo se sentir de qualquer forma identificados com eles, sugeriram mesmo um saneador morticínio. Alegaram alguns que isto também os beneficiaria, pois não acreditavam que os infradotados possam se sentir de qualquer forma felizes sendo como são. Exterminá-los seria um favor, tendo em vista que sentem carregar uma carga terrível o tempo todo, a existência. Também já se pensou em isolá-los. Criar comunidades nas quais eles estivessem sempre consigo mesmos. A ideia foi descartada, pois o espetáculo seria dantesco e insuportável.

Enfim, a sociedade de pesquisas, que teve o mérito de demonstrar que os infradotados poderiam ser um bom objeto de estudo, e não um conhecimento inútil como foi alegado por muitos, sugere que respeitemos essa forma de vida. Nossa ética não nos permitiria impingir-lhes qualquer sorte de sofrimento, no entanto esta mesma ética não nos impede de desejar que aos poucos essa forma miserável de existência venha a se extinguir da face da Terra.

PADRÕES DE COMPORTAMENTO
Crianças Infradotadas

Brumbaugh (1977), citado em Novaes (1979), pesquisando na Hunter College Elementary School, também assinalou diversas características que, segundo ele, são comuns às crianças infradotadas e podem contribuir para a sua identificação.

Traços típicos de uma criança infradotada segundo Brumbaugh (1977):

- *Anda e fala mais tarde do que a maioria das crianças da sua idade e sexo.*
- *Tem interesse comparativamente tardio pelas palavras e pela leitura, isto quando ela se desenvolve.*
- *Tem um vocabulário excepcionalmente reduzido para sua idade.*
- *Não tem interesse por números.*
- *Expressa curiosidade limitada a respeito das coisas.*
- *Tem menos energia e vigor do que as outras crianças de sua idade e sexo.*
- *Tende a associar-se a crianças da sua idade e menospreza as outras.*
- *Não age como líder entre crianças de sua própria idade.*
- *Não tem boa memória.*
- *Pouca capacidade de raciocínio.*
- *Tem pouca capacidade de planejar e organizar.*
- *Tem dificuldade de relacionar informações adquiridas no passado com os novos conhecimentos.*
- *Não demonstra preferência por esforços criadores e pelas atividades inovadoras.*
- *Não consegue se concentrar em uma única atividade durante um período prolongado sem se aborrecer.*
- *Não tem numerosos interesses que a mantêm ocupada.*
- *Tem dificuldade de persistir em seus esforços em face das dificuldades inesperadas.*
- *Repete soluções conhecidas para os problemas e não sai do "senso comum".*
- *Tem senso de humor padrão para a sua idade.*
- *Não exibe sensibilidade em relação aos sentimentos dos outros.*
- *Não possui interesse por atividades variadas (desenhar, cantar, dançar, escrever, tocar instrumento).*

- *Tem dificuldade de construir estórias vívidas e dramáticas, ou relatos com muitos detalhes.*

Tutle e Becker (1983) deram a sua contribuição ao estudo dos infradotados também listando uma sugestiva série de características típicas que podem ser observadas para fins de identificação.

Traços típicos de um indivíduo infradotados segundo Tutle e Becker (1983):

- *Pouco curioso.*
- *Não é persistente no empenho de satisfazer os seus interesses e questões.*
- *Não é autocrítico, prefere criticar os outros.*
- *Tem um senso de humor pouco desenvolvido.*
- *É propenso a aceitar afirmações, respostas ou avaliações superficiais.*
- *Não entende com facilidade princípios gerais.*
- *Tem dificuldade em propor muitas ideias para um estímulo específico.*
- *É sensível a injustiças a nível pessoal, mas não social.*
- *É líder em poucas áreas.*
- *Não vê relações entre ideias aparentemente diversas.*

Indivíduos Pouco Criativos

Torrance (1976), citado em Novaes (1979), observando sujeitos pouco criativos, observou uma série de traços característicos do seu comportamento que podem ser utilizados como auxílio na identificação de indivíduos obtusos.

Traços comportamentais de indivíduos pouco criativos segundo Torrance (1976):

- *Pouca absorção em suas exíguas atividades de interesse, seja leitura, observação ou lazer.*
- *Pouca ou nenhuma animação e motivação.*
- *Pouco uso de analogias ao falar e escrever.*
- *Pouco ou nenhum envolvimento corporal ao escrever, ler e desenhar.*

- *Tendência a aceitar ideias de autoridades.*
- *Hábito de aceitar uma só fonte.*
- *Impaciência para ouvir relatarem descobertas.*
- *Tendência para olhar as coisas de longe.*
- *Para o trabalho criador depois de ter acabado o tempo.*
- *Tendência para não aceitar relações entre ideias aparentemente não relacionadas.*
- *Pouca curiosidade.*
- *Ausência de jogo imaginativo.*
- *Não se preocupa com a busca da verdade.*
- *Não manipula objetos e ideias para obter novas combinações.*
- *Não tem tendência a procurar alternativas e explorar possibilidades.*
- *Não tem disponibilidade para considerar novas ideias e muito menos brincar com elas.*

Usando os indícios comportamentais

Os vários indícios comportamentais apresentados pelos diversos autores representam uma compilação dos traços que emergem com maior frequência dentro de grupos de infradotados. Dessa forma, as listas acima não representam fatores presentes em absolutamente todos os indivíduos fracamente dotados, mas sim na maioria. Assim, uma boa forma de usá-las seria considerar como possíveis infradotados aqueles que apresentem 50-75% ou mais dos atributos considerados.

10 de agosto de 2014, 21:45

Luiz Vadico compartilhou uma foto[7].

Este é meu pai. Como eu, ele amadurece devagar. Aprendemos muito com nossos pais, mais de olhar do que de falar. O exemplo, o silêncio, os olhares. A emoção contida... Mesmo porque ele não saberia o que fazer com ela. E nisso somos iguais. É honesto, muito

---

7 A foto em questão era do pai de L.V., quando jovem. Uma fotografia que ele havia recuperado de um antigo monóculo. Entretanto, não a conseguimos obter.

honesto, é verdadeiro, é duro e difícil. Às vezes, quando somos muito jovens, achamos que somos outra coisa. E tudo o que queremos é ser diferentes do que eles são. Décadas se passaram e sei que sou igual ao meu pai. E ainda bem que posso dizer: não é tão ruim assim. Só quem aprendeu a apreciar a sutileza do silêncio, das coisas não ditas, consegue compreender o caráter daqueles que só falam uma vez e não se alongam em explicações demasiadas e inúteis. Meu pai é um homem de valor, de valores, sempre foi. É alguém que conquistou o seu lugar no mundo. Envaideço-me de ser seu filho.

Meu pai me levou ao cinema a primeira vez. E com ele vi Os últimos dias de Pompeia, As treze amazonas *e muitos filmes do Mazzaropi. Também foi quem me ensinou a assoviar e me deu meu primeiro instrumento musical de presente, uma gaita. Vivia assoviando* Branca *e* Saudades de Matão, *ele não sabe que eu adorava ouvi-lo assoviar... Não posso negar a sua influência em minha vida. Escrevo livros que se passam na Antiguidade, toco piano. E quando toco, gosto de pensar nele e na minha mãe dançando por um imenso salão. Ele é parte da beleza e do encantamento da minha vida. Senões?! Problemas?! Ah, todos temos. Mas por que deixar as tolices atrapalharem o amor?*

***

Se eu me tornar pintor, pintarei santos[8].

Do blogue – 10 de setembro de 2014

Escola em Tempo Integral: Eleições, Papai, Mamãe e a Criança...

Lembro-me muito bem da minha infância. Quando adentrei os muros escolares, tinha seis anos e meio. Eu fazia questão de frisar a idade, pois havia pedido para minha mãe esperar eu fazer os sete anos necessários para a primeira série escolar. No entanto, como criança, fui voto vencido. Em meus vários passeios solitários pela escola no recreio, como chamávamos o intervalo nos anos setenta, volta e meia eu me via diante do portão, vislumbrando os altos muros brancos e me perguntando: "Por que são tão altos?" e depois meus olhos fitavam o grande portão de chapas de zinco pintadas de cor chumbo, e

---

8 L.V. sempre foi encantado pela beleza e pela arte. Logo, nada mais interessante do que fazer com que a arte sirva ao sagrado. Assim, ela tem uma transcendência e uma utilidade.

em seguida paravam diante do trinco e da grossa corrente presa com um enorme cadeado dourado. Tudo era grande para mim, uma vez que era pequeno. Grande o muro, a corrente, o cadeado, e imenso o tempo de quatro horas e meia que me separavam da liberdade, da minha casa e da minha família.

Aguardava agoniado as horas até o recreio. Depois, completamente cansado e triste, o momento do sinal, salvador sinal, parecido com um apito de fábrica, informando que podia ir embora (ao menos o apito era sincero, era de fábrica, era para proletário). Aprendi cedo que nada poderia me arrancar daquele lugar exceto alguma doença. Não adiantava chorar, fazer birra, ou pedir. Só poderia sair quando permitissem. Eu sentia tudo isso aos seis anos e meio de idade. Eu sentia tudo isso aos sete, aos oito, até chegar aos dezessete. Os muros imensos, as correntes imensas, os cadeados enormes. A disciplina autoritária e quase desumana. Ao menos ela nos mantinha protegidos de outras crianças menos educadas.

A merenda era boa, e as carcereiras eram boas, os vigias eram bons. Todos ótimos, desde que você se conformasse a estar ali. Dia por dia, semana por semana, mês por mês, ano por ano. E eu me lembro de perguntar: "O que fiz de errado para estar aqui?", "Por que eu preciso estudar?", "Por que eu não posso estar com minha mãe?", "Por que eu não posso estar brincando?", "Por que tenho de suportar todas essas crianças estranhas e assustadoras?". Jamais acreditei nas respostas que me foram dadas.

Eram apenas quatro horas e meia. Depois passaram a ser cinco horas e meia. E com o passar dos anos descobri alguma graça naquilo, afinal, fiz amizade com outros prisioneiros. No entanto, aguardava sequiosamente os finais de semana – que passavam assustadoramente rápido, e as férias eram o grande sonho de liberdade.

Ainda hoje eu me pergunto: o que foi que as crianças fizeram de mal para os políticos prometerem aos pais que elas ficarão trancafiadas um dia inteiro nas escolas? Trancafiadas por anos a fio...

À guisa de as educarem, colocam-nas numa prisão. Não importa como enfeitam, ou com que palavras bonitas supostos educadores e políticos nos informam sobre um assunto tão nefasto. A escola é uma prisão. E cada dia pior, os carcereiros não conseguem mais manter a ordem, e quando conseguem, a vida da criança se transforma num filme de horror. Com os novos celulares, elas podem ficar, enfim, alheias a tudo isso, horas e horas nos aplicativos e joguinhos. Não são diferentes do que eu fui. São crianças e tudo o que desejam é voltar para a mãe, ou pai, ou para casa. E também não conseguem entender o que fizeram para merecer tamanha punição.

Afinal, muito cedo eu aprendi que apenas bandidos e pessoas ruins iam para a cadeia. E a cadeia é um lugar onde você é obrigado a ficar contra a vontade. A cadeia tem muros altos, carcereiros, guardas, cadeados, portões cor de chumbo, penalidades e pessoas que dizem que estão fazendo o melhor por você...

Sou contra o período integral nas escolas. Eu fui criança. E você que é pai, que é mãe, é a favor por quê?

A educação serve sobretudo para formar para a sociedade. Formar para conviver, formar para trabalhar. Aí, quando entramos no mundo do trabalho já não existem muros materiais, apenas uma educação que nos ensinou a aceitar tudo o que os empregadores oferecem: prisão remunerada. A troco de dinheiro, você negocia as suas horas de liberdade.

Eu não tenho filhos, e até entendo a falsa necessidade ensinada a todos relativamente ao ensino e ao trabalho. Mas é uma falsa necessidade. Quem ama os seus filhos não os entrega para uma prisão nem para carcereiros, por mais carinhosos que eles sejam. Nas escolas ensinam primeiro a perder a liberdade, o que ensinam depois é o ódio aos que os obrigam a ficar ali, e depois a subserviência rancorosa. Até quando vamos ficar cegos a isso?

Pense muito bem nisto, o que você aprendeu de realmente importante até o final do Ensino Médio: ler e interpretar – realmente – textos, e as operações matemáticas básicas. Talvez um pouco de História, que serve cada vez menos, um pouco de Geografia. E mais o que, mesmo?! Afinal, quem ensina a profissão e outras necessidades é a universidade. Então, me conta: por que seu filho é obrigado a fazer todo esse percurso e a ficar longe de você e dos seus próprios interesses, se eu e você sabemos que tudo o que sobrou de tanta prisão e subserviência em dois anos pode ser aprendido?

Com o que os governos gastam em escolas primárias, creches e a sua manutenção, eles economizariam mais pagando um dos pais para ficar em casa cuidando dos seus filhos até eles passarem dos sete anos de idade. Com o dinheiro que é gasto, se poderia fazer algo melhor do que as escolas prisão. Será que com tanta tecnologia hoje não poderíamos pensar em algo mais interessante para nós e nossos filhos que não seja a prisão, a subserviência e a repetição destes erros?

Claro, há pais e pais. Arrepia-me a ideia de que um filho meu devesse ficar trancafiado e entregue a estranhos. Eu não os tive e eu não os terei por uma boa razão: discordância. Se você acha que o seu sucesso profissional – essa coisa estranha que lhe foi vendida sem que você pedisse para comprar – é mais importante do que o afeto, a liberdade e o carinho por seus filhos; se você os teve ao acaso e os acha um estorvo, por favor vote por mais prisões, vote por escolas de período integral. Saia por aí pedindo mais creches, saia por aí implorando para ser usado, e arraste-se aos pés dos seus patrões e ensine seus filhos a fazerem o mesmo.

Eu prefiro não ter. Não saberia pedir ao meu filho para se afastar de mim, para ficar preso num lugar tétrico; não diria para ele que alguém sabe mais que o "papai". E sejamos honestos, ninguém sabe mais que o pai ou a mãe. Porque neste mundo há pouco a se saber de verdade, e este pouco, quem ensina são os pais e não as escolas. Jamais poderia dizer que meu filho é um estranho para mim. Que não sei com quem ele anda. Que desconheço essa pessoa que faz "artes". Não, se ele estivesse comigo, meu filho seria um pouco de mim e muito dele mesmo, e eu saberia quem ele é, e saberia com quem ele anda e saberia o que ele desejaria ser. E de uma coisa tenho certeza absoluta: ele desejaria ser livre, desejaria ser criativo, não desejaria acorrentar nem ser acorrentado.

Enquanto lhe obrigaram a ir para a escola e a aceitar todas as regras que lhe fizeram um perfeito cidadão – ou um criminoso em potencial –, pense no que você vive. Pense de verdade! Olhe para o seu filho e se pergunte: eu quero o mesmo para ele? Eu quero que ele repita essa vida que eu trilhei? Que trilhei porque me ensinaram que a prisão é boa? Existem duas prisões: a dos criminosos e a das nossas crianças. Todos sabemos o que prisões fazem com o caráter de uma pessoa.

Ainda bem que tive de suportar pouco as altas paredes, os altos muros, as grossas correntes e os grandes cadeados. Ainda assim, eles são marcas tristes que carrego em mim. A ponto de lembrar perfeitamente bem como eu me sentia e o que eles efetivamente fizeram. Ensinaram-me que não posso ser livre, ensinaram-me que não posso criar para além da necessidade dos dominadores, ensinaram-me a ser escravo de péssimos senhores. Ainda bem que havia muito tempo livre no qual eu podia pensar em todas essas tolices... Vai tirar este tempo do seu filho? Espero que isso não dependa da sua simpatia por mim, mas do amor por ele.

P.S.: Também aprendi que um texto com tantos "quês" é um defeito gramatical conhecido por queísmo. Mas o mantenho, pois posso escolher.

Do blogue – 27 de setembro de 2014, 00:28

Sobre a Morte

A morte e a morte. Diante dos fenômenos cotidianos de como se morre, é difícil buscar uma forma adequada de emoção diante do morrer.

O doente está numa UTI, resguardado pelas inúmeras máquinas e técnicas hospitalares, no entanto a tecnologia isso não arranca nossa angústia e desespero diante dos entes queridos que partem. Aceitamos a civilização moderna, e as suas regras esdrúxulas que limitam a visitação ao doente... Todavia, ficamos angustiados e desejando participar, e estar cotidianamente ao seu lado. Informam-nos que não podemos, e isso causa ainda mais angústia.

Depois nos informam que morreu.

Mas a morte, que primeiro nos habita o imaginário, nada tem de imaginação, é real. O corpo do morto pesa, nós o tocamos e constatamos a ausência de vida. O olhar não contém mais nada da pessoa que conhecemos. As várias possibilidades musculares, que antes o ajudavam a demonstrar que se tratava de uma individualidade, desaparecem. E ao olharmos o corpo ele é apenas isso, corpo; corpo morto.

Um corpo morto que tem peso. E acho que o peso do corpo morto é do que mais nos lembramos nestas circunstâncias, pois ele nos pesa duplamente, ao carregá-lo e ao saber que antes ele mesmo o fazia. Agora temos consciência do seu peso.

É uma sensação e emoção trágicas, pois ao vislumbrar o corpo morto não reconhecemos mais quem ele foi em vida. O rosto está lá. No entanto, sem nenhuma das expressões que antes reconhecíamos. A pessoa, seja lá quem for, não é mais. Carregámo-la até o túmulo sem acreditar que ela seja realmente ela. Pois tudo o que dela conhecemos não era esta face gélida e sem expressão. Não encontramos em sua face nem o amor, nem o ódio, nem nenhuma expressão por nós conhecida no cotidiano, pois até mesmo dormindo o defunto se expressava de outra maneira.

No mistério da morte está embutido o mistério da vida. O morto não é mais quem parecia ser em vida. Por isso o enterramos de certa forma tranquilos, pois aquilo que ali está, nunca esteve conosco antes. Reconhecemos pelos traços físicos que se trata da pessoa antes amada e querida. No entanto, aquilo que a animava desapareceu. E logo percebemos que era apenas isto que nos interessava. Aquilo que a animava. A sua história, os seus sentimentos e emoções. No entanto eles se desvaneceram como se nunca ali antes tivessem estado. Choramos e sofremos diante de um corpo morto que nunca significou nada para nós, é diante dele que a perda se torna óbvia. Sabemos que é o corpo de quem amamos, mas quem amamos já não está mais lá.

Mas jamais conhecemos algo diferente daquele corpo. Ele era a pessoa que conhecíamos, mas ele não se identifica com ela exceto pelos traços físicos. Talvez seja por isso que seja tão difícil crer na morte dos que amamos. Eles vivem em nossa imaginação cotidiana, e quando morrem fisicamente, nela permanecem vivos. Por isso não os reconhecemos.

Então é seguro pensar que todos os que morrem continuam vivos em nossa imaginação?! Talvez seja.

Não sei para onde essa personalidade vai, ou se simplesmente desaparece com as funções vitais, só sei que tocando, sentindo o corpo morto, tudo o que eu aprendi a amar já não está mais lá; e aquele corpo é estranho para mim por mais que eu o reconheça.

É no cotidiano, através da ausência daquela personalidade que constatamos a sua morte. Se ela tivesse dez corpos e os dez enterrássemos, ainda assim seria apenas pela sua ausência que teríamos de nos conformar com a sua morte.

E como nos comportarmos diante de algo tão natural que alcança o sobrenatural? Infelizmente, apenas repetindo o que fizeram aqueles que vieram antes de nós, mantendo-nos vivos, seguindo o caminho que antes ora seguíamos. Sei que não é consolo o bastante. No entanto, diante da morte, sempre me perguntei: "Como é que fulano – que partiu – reagiu a outras partidas?" E a resposta sempre foi a mesma: seguiu, viveu e aceitou a ausência.

Porque a morte não é um corpo nem a falta de vida, é a ausência da personalidade que antes participava do nosso cotidiano, de nossa vida. É isso que devemos aceitar, até que nós mesmos sejamos parte desta ausência.

Há vários anos um conhecido morreu sem me avisar. Hábito bastante comum.

No entanto, eu mal o via no dia a dia, e sempre o encontrava "por aí" nessa imensa metrópole, então, como não podia conceber a sua morte, concebi o desencontro. Ao invés de encontrá-lo "por aí", eu apenas aceitaria o fato de que nos "desencontraríamos" até que pudéssemos novamente nos encontrar. Parco recurso, iníquo consolo, no entanto, melhor do que o nada.

28 de setembro de 2014, 22:49

Um pouco de ousadia na vida às vezes faz bem. Quebrar as regras sem quebrá-las profundamente avisa ao mundo que você tem opinião e que realmente se importa com isso tudo, às vezes alcança resultados. Até mesmo resultados inesperados, pense nisso.

4 de outubro de 2014, 23:45

Sou obeso e daí?!

Bem, antes de você assumir qualquer bandeira ou mesmo começar a se deprimir e quem sabe cometer suicídio, é bom refletir um pouco sobre a questão.

No que diz respeito à beleza, à estética, na contemporaneidade, ser obeso é uma desvantagem. Uma grande desvantagem. No entanto, com o grande número de obesos(as), você pode se dar bem se gostar de pessoas parecidas contigo. Mas antes, vamos pensar.

A sociedade capitalista atual faz você trabalhar feito uma besta e não lhe permite folga, quanto mais exercícios naturais como uma caminhada... Quando você tem tempo está cansado. Como está cansado, e não tem muito tempo para se divertir, dedica-se a um dos poucos prazeres possíveis, comer. Bem, neste caso, você é responsável, uma vez que busca o prazer.

Aí, a mídia, os colegas e o mundo o oprimem informando que está gordo! Bem, se lhe informam e você aceita, é porque deve estar. Vida dura. Você acorda cedo, rala como um condenado... Aí quando vai almoçar tem à disposição um monte de carboidratos que engordam. Ninguém fala, mas a indústria alimentícia priorizou o que mais agrada ao cérebro humano, açúcares e sal. E os comerciantes, a fim de agradarem, fazem com que uma grande quantidade de comida seja vendida de forma barata, no entanto, preste atenção: carboidratos (pães, pizzas, salgados, arroz, massas, miojo etc.). Você sai do trabalho para o almoço e encontra um self-service do tipo bufê, "pague X e coma quanto quiser". Você não ganha nenhuma fortuna, então acha vantajoso comer o máximo possível pelo menor preço. Além disso, seu chefe te chateou e você precisa "compensar" se dando certos prazeres, claro, o mais acessível e sem complicações, comer.

Ninguém jamais o ensinou que os exercícios frequentes são gostosos, muito pelo contrário, sempre lhe disseram que gostoso é comer em frente à televisão ou comer pipoca no cinema. Quando consegue arrumar um relacionamento, descobre que todo e qualquer programa viável tem comida envolvida. Você sai com o seu querido(a) e descobre que tudo engorda. Todos os restaurantes legais têm comida "engordante". E o mais legal é que quanto mais barato, mais carboidratos "engordantes" eles têm a oferecer.

Quando você cai em si, já é tarde demais. Está gordo, pesado e feio.

A parte dois são as mídias lhe dando dicas de regime e informando os problemas que a obesidade traz para a saúde. E como você não tem muita possibilidade de queimar calorias no seu cotidiano, fica cheio de culpa, e pensa "o que posso fazer?!" e conclui que não é tão ruim comer, e come mais.

Todo mundo o informa que está gordo, decadente, feio e que você deveria fazer regime. Ao mesmo tempo o mundo apenas lhe dá condições para ser gordo, obeso e feio.

Que é que há? Vai acordar quando? Ou você percebe que é a sua vida (pessoal, emocional e econômica) que está em jogo, ou morrerá de um enfarto ou diabetes e suas complicações.

As coisas são difíceis no mundo atual para uma vida saudável, mas se você quiser, pode mudar tudo isso. Cozinhe, leve sua própria comida para o trabalho. Limite as quantidades. Coloque o prazer no lugar certo. Está comendo muito por quê? Não "tá pegando ninguém?!" Bem, se não está, não é comendo feito um porco que irá conseguir. O problema não é que a obesidade e seus infinitos males para a saúde sobrecarreguem o sistema de assistência social. O problema é que você caiu feito um gaiato na armadilha da indústria contemporânea.

Se quiser comprar comida congelada, ela só tem amido. Em outras palavras, açúcar. Se desejar comer mais proteínas prontas e processadas, vão colocar um molho com mais amido. Se desejar comer fora, vão lhe colocar pratos e mais pratos cheios de amido e gordura. E quando estiver bem gordo e destruído, lhe dirão: você está obeso, faça dieta! E, claro, não lhe darão as condições necessárias para fazer a dieta, nem os exercícios físicos necessários.

Acorde! Você é o único prejudicado por aceitar o que a indústria e o capitalismo lhe propõem. É um beco sem saída até você dar um basta. Não é fazer dieta, não é parar de comer, é dizer não para uma civilização que está destruindo-o. E o pior, fazendo com que você se sinta culpado por isso. Largue de preguiça. Mova-se, cozinhe, leve marmita para o trabalho, coma corretamente. E lembre-se, o prazer fácil é o que leva mais rápido para o túmulo.

10 de outubro de 2014, 21:26

Os amigos são o espelho do que somos.

11 de outubro de 2014, 3:44

Pescoço esperando gravata,
Ombros esperando casaca...
Ó vida, quando irá terminar este mal?!

***

O que eu aprendi morando no Bom Retiro e cruzando todos os dias a cracolândia:

Já perceberam a quantidade de moradores de rua que falam sozinhos?! E o quanto as pessoas se desviam dos que desejam falar algo?

Na fome, eles dão jeito. Para dormir, eles dão jeito. Para fazer as suas necessidades, dejetos.

No entanto o que mais me chamou atenção é que eles não têm com quem falar. Nada, ninguém para ouvir suas histórias, ninguém para compartilhar suas paranoias. Ninguém para se identificarem.

Jamais me esquecerei de uma moradora de rua de Campinas que, num dado momento do dia, numa praça, deu um urro tremendo... duradouro, doloroso, terrível. E foi como se o tempo parasse, o trânsito parasse... os passantes ficaram em silêncio... Era impossível não compreender aquele grito. Ele era brutal, desumano...

O humano só se define pelos outros humanos, imagine você que todos eles te ignorassem?!

11 de outubro de 2014, 2:59

Eu não desejo fazer ninguém sofrer...
E se o faço me dói profundamente.
Mas como fugir disso?
Há pessoas que doem na carne
E no espírito,
Deus me fez espinho.

18 de outubro de 2014, 19:38

A sociedade do entretenimento causa traumas. A vida não é divertida nem triste, é apenas a vida. E viver para se divertir ou achar que tem direito o tempo todo à diversão simplesmente nega todo o passado da civilização. O prazer faz parte da vida, mas não é a vida. Ele é apenas um momento no qual não estamos pensando em coisas mais importantes, e o que é mais importante do que a vida? Podemos sorrir cuidando dela, podemos ter algum prazer fazendo isso, mas não, a vida não é entretenimento. Viver não é estar sempre cheio de bem-estar e satisfação e muito menos estar o tempo todo frustrado por não os estar tendo. A vida é um fato, estamos vivos e é só. Agora o que faremos com isso? Gosto de me pensar no futuro, como quem deixou algo de valioso e importante para os que ficaram. Então, entretenimento é entretenimento, mas viver como se isso fosse o que importa, não, isso não é interessante. A vida humana só faz sentido se cada uma destas vidas beneficiar a própria condição humana. O resto se entrega aos vermes na hora da morte.

23 de outubro de 2014, 20:26

Houve um tempo no qual eu me sentia um "marajá"; atualmente me sinto como um construtor de pirâmides, não o Faraó, mas aquele que se dedica à sua maior glória, e à sua vida após a morte. Ele nem sabe que eu existo, mas consome as minhas forças todas num monumento para si mesmo. Quem se preocupará com a minha morte?! Com o esgotamento das minhas forças vitais?! Ninguém. Só eu posso fazer isso. E todos os dias eu me digo: Não levante monumento alheio![9]

***

Melhor ser destruído por uma paixão[10] do que por si mesmo.

---

9 O texto parece incompreensível, mas o autor comenta a respeito do trabalho na universidade. Faz metáfora com o bom salário e com a carreira acadêmica.

10 A paixão aqui não é a mesma definida pelos gregos, mas a definida pelo psiquiatra de L.V.; a paixão é uma questão química, nada tem a ver com valores, amor ou outras questões culturais. É como uma droga na qual alguém é viciado, chegando inclusive a ter sofrimento por abstinência. Segundo o mesmo médico, Prozac resolve.

23 de outubro de 2014, 21:59

Quando temos liberdade para sair em busca do amor, ele é possível. Mas se não temos, o que resta? Quando temos liberdade para buscar uma vida mais plena, ela é possível. Mas se não temos, o que resta? Olho para mim, olhe para si... Somos livres para buscar o que realmente interessa?! Se não somos... Resta uma etapa, resta uma luta.

24 de outubro de 2014, 20:51

Momento ético:

Outro dia, passando pela conhecida rua Bela Cintra, quase esquina com a multifamosa Avenida Paulista, me deparei com uma cena deliciosa. Uma mulher alta, cabelos compridos, aparentando uns quarenta anos, estava parada em meio à calçada olhando para o chão, em direção a uma grade, próxima a um edifício. Tive minha atenção chamada para o que ela olhava, pois trazia o semblante sério e carregado, como quem pensasse sobre que atitude tomar. Sentado no chão e dormindo, um homem maltrapilho e sujo, morador de rua. Caminhando sobre seu peito um lindo filhotinho canino, meio desconfortável, tentando se alojar no ombro dele para dormir tranquilo.

Olhei para a mulher, que nem me percebeu, tamanha era a sua impaciência em fazer sabe lá Deus o que, e tentei imaginar o que a preocupava. Não deu outra. O olhar dela pairava insistentemente no cãozinho. Tinha todo o jeito de ser uma daquelas pessoas dedicadas a salvar e resgatar animais das vias públicas. No entanto, ela parecia saber tanto quanto eu que os moradores de rua são pessoas muito solitárias e que alguns deles conseguem maravilhas de afetividade mantendo a seu lado um cão companheiro. O homem era velho, passado bastante da meia-idade, o cão era novo. Situação desigual, afinal, ainda não era um amigo fiel, companheiro de vários anos...

Não pude ver o desfecho da situação. Mas gostaria de saber qual foi a sua decisão. Ela salvou o cachorrinho e deixou solitário e triste o morador de rua? Ou preferiu contribuir para a melhora da vida daquele cidadão? O que você faria?

29 de outubro de 2014, 23:28

Se você pode ter-me nos braços, abrace-me. Pois sou carente de vida. Se pensa num romance comigo, esqueça. Sou vampiro, sugarei tua essência e permanecerei. E se sobreviver, caminhará como eu, triste corpo vazio, sempre arrancando da existência aquilo que ela parece negar. Não caminhe nos meus passos, eles são pó e desolação. Não se iluda, o passageiro não habita o eterno. O eterno em mim é imaginação e se sua vida é concreta, deixa-me, vivo sonhos imaginados. Chamar-me à realidade é como retirar a poesia ao mundo. Sou profeta da insensatez, louco não aprisionado, que vive escondido entre vocês. Então, não se queixe mariposa se suas asas se queimam contra a luz. Eu o atraio, mas não lhe pertenço, nem a mim.

***

Na amizade há algumas razões que todas as emoções desconhecem...

8 de novembro de 2014, 20:51

Abandonar a loucura

Não importa por quantos caminhos ande. Sempre estarei andando sem direção acreditando ter uma. Essa é a situação dos loucos, aqueles que saíram do senso comum. Errar... errar... de caminho em caminho sem jamais chegar. E iludidos, ficam felizes com cada novo caminhar. Enquanto isso, os outros andam num círculo e nele ficam sem o abandonar. Rodopiam, rodopiam, e é incrível que jamais ficam tontos. Bem, nem parece de todo mal caminhar errante por aí[11]. Pois não importa por onde eu ande e esteja, sempre poderei vislumbrar à pequena distância as pessoas do círculo, sempre me convidando para nele entrar. É mais fácil abandonar a loucura do que a normalidade, rs.

15 de novembro de 2014, 19:38

Eu não fui à cremação de Pátroclo, mas chorei com Aquiles a sua perda...

---

11 Referência que pouca gente imaginaria, cena do filme *Expresso da meia-noite* (Alan Parker, 1978), L.V. assistiu no cinema quando tinha doze anos de idade, o filme era proibido para menores. Ele não se chocou, mas algumas imagens ficaram. Afinal, havia conquistado o direito de ver o que nenhuma outra criança via.

15 de novembro de 2014, 20:21

O maior perigo para a democracia não é a corrupção, é a descrença de que haja homens bons. Precisamos de heróis, não aqueles da nossa imaginação, mas aqueles que refletem a nossa humanidade e a superam nas suas ações. Quem desconhece política fica a esperar messias, bem... eles sempre vêm. O sonho do diabo é a desilusão de quem não sabe sonhar... Não peça pureza, retidão excessiva, ausência de pecados para os que nos governam, meça o homem pelos seus atos. Tivemos grandes heróis na história do Brasil, mas estranhamente, ninguém quer se lembrar. E cada vez que me lembro de algum, logo me aparece uma pessoa para me recordar dos seus defeitos.

Eu não quero lembrar dos defeitos, quero lembrar dos "feitos", defeitos todos temos. Mas quem fez?! Quando falam de corrupção e que sempre foi assim, cadê alguém para falar de José Bonifácio, André Rebouças, Maria Quitéria, Anália Franco, Oswaldo Cruz – nem todos políticos, mas grandes cidadãos brasileiros...

Poderia passar dias citando um a um os homens e as mulheres que construíram este país. E todos tinham defeitos, mas conseguiram fazer o bem, benfeitorias para a sociedade, mudaram e transformaram este país. Se temos um país grande e unido, devemos ao Frei Caneca – não à rua, mas ao homem; e se a escravidão acabou – critiquem à vontade –, a lei foi da Princesa Isabel, ela não é culpada pelas distorções e outros problemas. Por que não ter heróis e heroínas?

Todos os outros países os possuem e sabem que eles não foram santos e nem santas, foram cidadãos. Temos os nossos grandes, engajados em causas nobres e que tiveram um grande papel na sociedade. Então, não descreia de todos. Os bons existem e são maioria. Não envenena a infância fazendo com que ela acredite que o mundo é mau e não presta. Grandes exemplos tivemos e temos, basta segui-los. Uma sociedade que ignora os seus heróis louva os seus vilões.

16 de novembro de 2014, 20:01

Sou a voz dos afásicos, as palavras dos que não conseguem dizer. O sentimento daqueles que, embargados pela emoção, silenciam num choro triste. Direi o que não podem dizer... Falarei da injustiça do amor e dos pecados dos homens. Não serei o sopro que apagará a vela da esperança, mas o que acusa o vento por sua torpe crueldade...

1º de dezembro de 2014, 22:59

Tem gente que precisa parar de confundir artigo acadêmico com matéria de jornal. Achar que um pesquisador tira artigos da cartola, e que para tanto não são necessários alguns meses de pesquisa séria, é desconhecer a natureza do coelho. Depois, quando ganham flores de plástico e bichinhos de pelúcia, reclamam do mágico...

1º de dezembro de 2014, 23:26

Desejo para 2015: Que a civilização do marketing desapareça! Que as pessoas vivam uma vida verdadeira!

8 de dezembro de 2014, 00:21

Amor gourmet

Necessita-se de um amor gourmet,
Alguém que pegue os elementos de sempre
Lhe dê novas formas
Busque novos ingredientes
Faça tudo diferente
Alguém que não fale frases clichê
E que enfeite o amor
E o sirva como um chef
Num prato bem arrumado
Em pequenas porções
Um amor com tantas novidades
Que gastemos a vida inteira para degustar
E que custe caro, muito caro
Para darmos o devido valor
Um preço que só alguns podem pagar
A vida[12].

---

12 Esse verso banal e sem graça foi replicado muitas vezes, sempre espantou o autor aquilo que as pessoas gostam.

10 de dezembro de 2014, 20:46

Consolo

Você partiu...
Não terei mais a sua presença.
Minha mão irá ficar vazia sem a sua
E meus olhos o irão procurar pelos cantos
Irei buscar em meus próprios gestos os seus
Tentarei inutilmente repeti-los para os guardar em mim
Assoviarei as músicas que você assoviava
Irei aos lugares de que gostava
Orarei diante do vento que passa, dizendo-me:
"Você também o conheceu".
Me entregarei a fantasias sem par
Apenas para manter a sua presença
E nos dias tristes, recordarei seu abraço
E chorarei, pois não está mais aqui comigo.
Mas a cada vez que alguém me olhar, você estará vivo
Pois continuo o homem que você foi.
Durma em paz, pois quando você sonhar no além da vida
Estará comigo[13].

3 de dezembro de 2014, 00:21

Depois de ler um monte de bobagens aqui no Facebook, do gênero "como os ricos pensam" ou "segredos dos bem-sucedidos", não pude deixar de me lembrar do historiador das religiões Mircea Eliade. Perguntado sobre o seu sucesso, ele apenas afirmou: "Fiz o meu trabalho com devoção sem me preocupar com isso". O segredo do sucesso, por que sucesso?! Por que fracasso?! Dedique-se ao que você tem, ao que pode alcançar, faça-o com amor e devoção. Se irá atingir o sucesso? Pouco importa, você estará bem e em paz com sua vida[14] .

---

13 Este texto foi feito para um leitor que o seguia há muitos anos e cujo pai havia acabado de morrer. L.V. achou que devia escrever algo que realmente importasse para o amigo virtual.

14 Mircea Eliade, historiador das religiões, foi um dos teóricos mais importantes na carreira do autor. Sua obra mais conhecida é *O sagrado e o profano*, livro escrito na maturidade e cuja simplicidade esconde grande complexidade.

3 de dezembro de 2014, 1:16

Escrever o que as pessoas querem ler ou escrever por que você precisa escrever?! O quanto um livro pode ser difícil para um público? Que público haverá para ele? Pode um escritor ignorar o mercado? Como? O artista o é por si só ou depende da sociedade? Agradar ao leitor ou a si? Por que escrever se o leitor não está no centro das atenções?

Bem, seja lá quais forem as respostas, deve ser bem escrito, rs.

Mas sou daqueles que escrevem o que querem, porque querem, e me lê quem deseja. Meu novo livro Manhã de sol *está tão longe de qualquer mercado que estas questões me passam pela cabeça.*

Tendo a dizer que são bobagens... Um escritor compartilha da sua percepção do mundo. Literatura até pode ser entretenimento, mas essa jamais foi a sua função. É autoconhecimento para quem escreve, reflexão para quem lê.

Alguém que não saia modificado através do que leu em mim me frustra, pois eu me transformei enquanto escrevia e após ter escrito. Então... continuarei como sempre fui... Duro, cruel, doce, lírico e dizendo coisas que nem todos compreendem, numa linguagem difícil – não por gosto, mas por necessidade –; os que compreendem me redimem de ser como sou.

A arte tem função social, mesmo que ela não transforme a muitos ela transforma quem interessa. Por isso escrevo, para mim e para o leitor anônimo; anônimo como o "soldado desconhecido", que não foi general, mas ganhou a guerra.

Quem acende uma luz não a põe sob o alqueire, mas no velador.

17 de dezembro de 2014, 00:00

A essência da contemporaneidade: "Preciso urgentemente puxar o rabo de um dragão..." Entenda quem puder.

***

Há passos que se não dermos, melhor seria não ter pernas...

***

Autoajuda, sucesso profissional, sucesso financeiro, como se dar bem... Há coisas que me incomodam demais. Não sei se é o fato de que há senhores ou se o fato de que os escravos desejam se aperfeiçoar...

O moinho que derrotou Dom Quixote

***

O que mais me diverte no Facebook é o "classemedianismo": "Eu sei o que os pobres vivem", "Eu sei o que os animais vivem", "Eu sei como as coisas devem ser..." Se deixarmos todos serão "classe média", mas será que isso é bom? Será que um mundo sem dor e sem imaginação, e sem excessos, é bom? "Revoltem-se, pobres!", "Revoltem-se bichos!", "Morram os ricos!", "Que terminem as elites!" Ah... pena que ainda não são os estertores finais do "classemedianismo". Este é o único caso em que o caminho do meio não parece ser um bom caminho. Boa noite pra quem dorme!

***

Quando eu me apaixonar, que seja por alguém que se apaixonou por mim...

28 de dezembro de 2014, 1:10

Parece que aquilo que eu já havia visto em Noé[15] irá se confirmar em Êxodo, as duas produções, grandes produções, têm algo de muito contemporâneo, são "autorais", coisa que só se dizia em outros tempos de filmes de baixo orçamento. E como "autorais", estão mais abertas a "licenças poéticas". Ao que vejo, parece que no período dos grandes estúdios, nos quais o diretor fazia o que mandava o produtor, os filmes causavam menos problemas. Tanto em Noé quanto em Êxodo a busca pela exploração dos problemas humanos dos protagonistas, mas humanos, do século XXI é o que prevalece. O ridículo é observar protagonistas céticos naqueles períodos históricos, ou fanáticos sob o ponto de vista atual. Nada contra as ousadias autorais, mas, sabe, mercado é mercado, preferia que tivessem feito filmes que agradassem os consumidores que pagam os ingressos para ver o que desejam e não o que alguns diretores pensam que devem dizer às massas. Ainda não vi Êxodo e já estou decepcionado. Pô, o que custa fazer um bom filme piedoso? A continuar assim, os próximos lançamentos serão cancelados.

28 de dezembro de 2014, 2:48

No fim do arco-íris, não existe um pote de ouro, mas um vazio...

---

15 *Noé (Noah)* (Darren Aronofsky, 2014) e *Êxodo: deuses e reis* (Ridley Scott, 2014).

30 de dezembro de 2014, 23:36

Amanhã será o último dia do ano. Hora de agradecer.

Obrigado, Senhor, por mais este ano em que as experiências me tornaram mais forte. Em que a amargura não venceu a doçura... Em que o fracasso não tirou a vontade de vencer, de me vencer.

Obrigado pelas coisas que não puderam ser controladas, lembrando-me que sou humano e que me levaram para o conforto dos seus braços, sempre presentes.

Obrigado por aqueles que permaneceram meus amigos mesmo eu sendo tão difícil, e pela bênção de ter conhecido pessoas novas que agora fazem parte da minha vida, da minha caminhada.

Em 2014 voltei a ver o mundo com meus olhos, sem a ajuda dos óculos – grato por eles, companheiros de mais de trinta anos... agora posso conhecer o mundo como todos o conhecem.

Grato pelos abandonos e pelas partidas, pois fizeram-me olhar mais para a vida. Quantos dias de céu azul eu tive, meu Deus!! E de vento fresco a suavizar minha face, e quanto prazer vendo pessoas crescerem e se tornarem melhores... Quanta dor e tristeza vivi, grato por ter descoberto que posso sobreviver.

Despeço-me de mais um ano que não se despede de mim, se soma ao que sou. Deixa marcas e eu torço para serem cicatrizes de sorrisos.

Não me tornei mais importante ou relevante, e por isso sou grato também, pois um homem tem o peso que tem.

Se pude auxiliar alguém apenas você o sabe. E se o fiz, foi em seu nome, grato pelos que disso se esqueceram, pois não o devem a mim.

Despeço-me como a viúva diante do caixão do amado que desce a cova, jogo-lhe uma rosa vermelha e um punhado de terra. É gratidão, amor e dor o que sinto. É devoção pelos dias que passam sofregamente nas ondas do Eterno.

Cada ano que passa me aproxima de você e do tempo do retorno. Não, não é infeliz o homem que sonha com o lar e com o aconchego dos seus.

Enquanto o novo ano não amanhece, sei que já aramos o seu campo e que da sua terra brotará novas plantas. Senhor, que haja trigo e que entre as suas espigas nasça o joio, pois tolo é o homem que conta seus dias apenas na felicidade. Até mesmo o joio serve para ser queimado e encontra utilidade nos dias que passam.

Adeus, último dia de 2014. Aqui tem sua rosa e seu punhado de terra, vá em paz.

31 de dezembro de 2014, 23:12
Sobre a contemporaneidade: Estão nos pedindo demais e nos dando pouco...

31 de dezembro
Tocar piano à meia-noite! Não tem preço[16].

---

16 Referência a uma campanha publicitária do cartão de crédito Mastercard, na qual apareciam coisas importantes para as pessoas e, ao final, se dizia que essas coisas não tinham preço, o resto se pagava com o cartão.

2015

1º de janeiro de 2015, 12:28

Luiz Vadico compartilhou uma publicação

2015

Desejo que você não comece o novo ano de ressaca... Será possível?

Que o novo dia não lhe surpreenda com imensas olheiras... Nem com cara de cansaço.

Faça as promessas que quiser... Vou torcer para você as cumprir.

Não está nas minhas mãos este poder, mas se puder, quero te fazer sorrir.

Desejo que você possa escolher o que há de melhor e faça o que fizer, esteja satisfeito.

O novo ano amanhece convidando para a simplicidade, para o recolhimento...

Abre-se um tempo no qual a fartura da amizade deverá suprir nossas outras necessidades. Seja amigo e tenha amigos, faça novos se puder.

Coma melhor nesses novos dias, respire mais, veja mais o céu e o sol... Conte nuvens, conte estrelas... Ponha sua cara no vento e sinta a liberdade e felicidade que ele inspira... A gratuidade da vida sacia o corpo e o espírito.

Não viva cheio de ansiedade pelo que não tem nem pelo que não terá ou alcançará.

Todos já estamos onde precisamos estar e já somos quem precisamos ser. Pessoas maravilhosas já estão à nossa volta. Então... aproveite.

Dia perfeito é o que amanheceu... Preencha-se de beleza e continue no bom caminho que seus pés aprenderam a trilhar.

Não lhe quero novo neste novo ano, nem lhe quero velho, quero que esteja bem e sorria. Sempre sorria, haja o que houver.

Feliz 2015.

5 de janeiro de 2015, 20:45

Estou me divertindo cada vez mais com os vários telejornais da Rede Globo, desde o dia 2 começaram a fazer campanha em todos eles em favor da economia doméstica. Hoje escutei de um especialista no Jornal Hoje que normalmente, se cortando gastos, pode-se conseguir de 20% a 30% de economia, as pessoas sempre gastam isso a mais do que precisam... Bem...

Foi como alertei antes do ano-novo, 2015 promete, promete tanto que já estão cobrando do povo que apertem o cinto, e fazem tudo isso sorrindo, como se a responsabilidade fosse do cidadão comum. Quem irá perder com os resultados da política econômica e com os desmandos ligados à corrupção? O povo, os mais pobres como sempre. Os conselhos são sobre como comprar menos roupas, economizar no consumo de água, no consumo de energia elétrica, e como tirar o dinheiro dos investimentos para pagar à vista os impostos do começo de ano.

Eu sei que este papo é normal no início do ano, no entanto jamais havia visto tanto empenho e o assunto sendo repetido em todos os jornais, com insistência. Bem... Se o governo não fez a lição de casa, resta a nós fazer, né?! Ou não?!

5 de janeiro de 2015, 23:27

Ontem à tarde encontrei uma barata no meu banheiro. Empoleirada na minha toalha de banho... Não tive dúvida. Peguei o inseticida e lhe dei um banho... Fechei a porta do banheiro, para garantir a eficácia da ação. Duas horas depois entrei lá, ela havia sumido. Chacoalhei a toalha... e a barata respondeu, mas agora de dentro do box... Fechei novamente a porta do banheiro e aguardei... Quatro horas depois... fui fazer o número dois[1] e fiquei assistindo à barata agonizar embaixo da pia. Ainda hoje o cadáver daquele ser asqueroso está lá. Resolvi exibi-lo de forma exemplar para as outras que entrarem no recinto, hehehehe. A barata é o segundo ser mais perverso e deletério do Planeta, o primeiro somos nós. Por isso há tanta inimizade. Se fosse uma formiga, uma aranha... eu teria deixado ir, mas uma barata?? Vai que ela vira Kafka?

***

Ontem, no Shopping Higienópolis, no Rei do Mate, tentaram cobrar de mim cinco reais, repito, cinco reais por um halls preto light. Que custa nos supermercados no máximo R$ 1,50 – isso porque o supermercado tem lucro. Disse "tentaram", pois devolvi a caixa de halls para a atendente, dizendo-lhe pacientemente que não era pelo dinheiro, mas pelo absurdo. Ao que ela sorriu com um ar cheio de cumplicidade. Diga não aos absurdos. Não coopere com a exploração.

***

Acho engraçado alguém comentar a possibilidade de proibição da obra de Monteiro Lobato, por ser racista... No entanto, há muitos anos, olho com estranheza a

---

1 Antiga gíria para o ato de defecar.

livre publicação e circulação de Minha Luta, *de Adolf Hitler, no Brasil. Onde encontrar? Em qualquer banca de rodoviária, por que na rodoviária? Nem imagino, mas sempre está lá. Então, peço aos brasileiros que tenham por Monteiro Lobato a mesma consideração que tiveram por Adolf Hitler. Será pedir demais?!*

***

Sobre Êxodo, *deuses e reis. Olhei quatro vezes no relógio para ver quanto faltava para acabar... rs. Ainda tenho de descobrir alguma virtude no filme, está sendo difícil. Talvez se a pessoa não conhecer a Bíblia ou a estória dos Dez Mandamentos, ou quem sabe se ela veio de outra planeta, poderá achar este filme "médio". Mas, no quesito inspiração religiosa, inspiração de fé, o filme deixa muito a desejar.*

Todo mundo tem falado de racismo, de israelenses e palestinos, no entanto neste filme o maior prejudicado foi o coitado Deus. Foi mostrado como uma criança vingativa e cruel.

As bobagens que lotam o filme são um assombro. Acho ridículo este surto de heróis bíblicos carregados de ceticismo e até de certo ateísmo. Estes sentimentos são praticamente impossíveis no homem antigo.

Fiquei como meus alunos, esperando um Moisés de cajado na mão – ele não tinha. Todo mundo tinha um maldito cajado, menos Moisés. Esperei um diálogo ameaçador entre o Faraó e o herói bíblico, não houve. Deus acaba por não passar de um delírio da cabeça do tresloucado Moisés... que coisa triste, todo o resto que acontece são ditos "fenômenos" naturais.

Uma exploração mais bem organizada do que já havia sido visto em Noé. *A tendência de tratar os "milagres" como coisas explicáveis (e que, apesar de parecerem absurdos, possuíam explicações plausíveis e naturais) vem dos documentários bíblicos arqueológicos. Eles se esforçam por demonstrar que a Bíblia está repleta de verdade, mesmo onde parece absurdo.*

O resultado é isso. Um Moisés sem fé, assombrado por uma psicose, enfrentando o faraó do Egito e levando a melhor porque passou um cometa. Fala sério...

Do blogue – 7 de janeiro de 2015

Eu Posso!

"Uma barata!!" – constatou ao ver a criatura. Ela estava empoleirada na sua toalha de banho, sempre dependurada de forma impecável. As pontas colocadas juntas, iguais. O banheiro todo rescendendo ordem, limpeza e organização. Mas ali, diante dele, estava um dos seres mais asquerosos da natureza. De asas entreabertas, antenas perscrutando o ar, uma caçadora aérea. Aquele tipo que ataca com voos rasantes quem está próximo. Antônio ficou tentado a agir como em outros tempos, dar-lhe uma chinelada e esmagá-la no chão. No entanto se lembrou de que agora estava em seu apartamento novo – que era velho – e que havia comprado um inseticida para não mais fazer o trabalho sujo.

Fechou cuidadosamente a porta do banheiro, pois não queria assustar a predadora, e foi em busca do veneno. Veneno, lata preta, com pequenos símbolos de morte desenhados, caveira para avisar os humanos e retratos de insetos mortos para alertar suas vítimas. Armado com a mais nova tecnologia de eliminação de coisas indesejáveis, Antônio entrou no banheiro, e a uma distância segura – não porque não fosse corajoso, mas era necessário prudência com um bicho destes –, espirrou-lhe o líquido salvador, que além de matar insetos era antialérgico e sem odor aparente. Encharcou-a sem dó nem piedade, sequer se preocupou com a toalha; enquanto o fazia, preenchia-se de um prazer sádico não admitido. A barata, senhora de um poder todo dela, ficou ali, fingindo que tomava um banho delicioso ao sol num fim de tarde. Praticamente não se moveu. Tornou-se digna – com seu sarcasmo – da crueldade de Antônio.

Fechou a porta e foi ler um bom livro, e não sabendo se era ansioso ou péssimo leitor, apenas uma hora depois foi verificar o resultado. Estava pronto para encontrá-la estatelada no chão. Iria cuspir em seu cadáver nojento. Olhou para a toalha, mas nada da dita cuja.

Rapidamente mirou à volta no banheiro e não conseguiu encontrá-la. Achou que pudesse estar em meio à toalha, assustada, tentando desesperadamente salvar sua vida. Cheio de coragem punitiva, chacoalhou a toalha para ver se o bicho caía. No entanto, de dentro do box do banheiro, a barata respondeu-lhe voando até o vidro do box. Parou a poucos centímetros de Antônio, separados apenas por um Blindex. Confrontaram-se por alguns instantes. Ela não parecia em nada assustada, ele também não. Olhou para ela e teve sangue frio. Era como um duelo de titãs, quase podia ouvir aquela música típica dos westerns antes dos espectadores saberem quem sacava mais rápido.

Achou que ali seria um bom lugar para ela morrer. E se recusou a jogar mais veneno ou a matá-la por outros meios. Manteve-se lúcido e calmo. Saiu novamente e foi cuidar da vida, o que não significava muita coisa.

Cerca de quatro horas depois, adentrou novamente o recinto. Olhou à volta, olhou para dentro do box e nada. Ela parecia ter se evadido. Antônio ficou satisfeito, agora acreditava que ela iria morrer em seu próprio ninho junto aos seus familiares e que estes lhe dariam um enterro emocionante e que, desta forma, aprenderiam a lição e não voltariam a invadir o banheiro.

Baixou as calças e sentou-se sobre a porcelana fria. Tomou de um livro e iniciou a leitura e com ele as suas necessidades. Qual não foi sua surpresa ao avistar a barata tranquilamente morta embaixo da pia. Tranquilamente, sim, tranquilamente... deitada de costas, pernas viradas para cima. Gastou um tempo mirando-a, feliz pelo resultado. Mas claro, ela se moveu, moveu uma antena e uma perna. Com sua anteninha desesperada parecia dar um último adeus à existência... Mas com a perna parecia pronta a ressuscitar apesar de toda a tecnologia utilizada. Antônio observava-a fascinado. Que resistência era aquela? Limpou a bunda e invejou-a. Mesmo achando que ela iria sobreviver, resolveu deixar a vida tomar seu curso. Se sobrevivesse, ela poderia voltar aos seus, afinal deveria haver baratinhas preocupadas com a mamãe em algum lugar. Porque toda barata é mãe, pois nunca ninguém ouviu falar de barato, claro com exceção daquele "barato".

No dia seguinte entrou no banheiro, e não se sabe se por solidão ou por crueldade abaixou-se para ver se a barata ali ainda estava. Estava, estava morta, definitivamente morta 24 horas depois. Outro cidadão pegaria uma vassoura e a varreria dali, outro cidadão pegaria um pedaço de papel higiênico, cataria a barata, a jogaria no vaso e daria descarga, outro cidadão chamaria pela mãe para ela fazer o serviço sujo. Mas Antônio não. Gostou de vislumbrar o cadáver, aquela morte que lhe parecera um castigo exemplar deveria agora seguir a sua carreira de exemplaridade. Decidiu contra todas as leis do bom senso que o corpo da barata morta jazeria ali. Ficaria exposta como exemplo a todas as baratas que passassem pelo local.

Chegou mesmo a pensar na barata de um tal de Kafka, no entanto achava a citação banal. Essa barata era dele. Não sonharia que se transformava em barata. Nem sentia mais nenhum asco e nojo. Ele era um vencedor. Com paciência, tecnologia e certa dose de crueldade, havia despachado aquela criatura de uma vez por todas.

Ao longo de cinco dias, observou o destino da barata. Achou que pequenas formigas viriam desmontar o seu espetáculo. No entanto desta vez ela não fora morta de forma natural, não fora a chineladas como em outras épocas, foi veneno. As formigas sabem bem o que comem e também lhe deram um recado: não comeremos a sua barata nem a removeremos por você.

Não se importou que as formigas não fizessem o trabalho esperado, e não desistiu do castigo exemplar. O corpo da barata até hoje está embaixo da pia, e se as condições de semiárido da cidade de São Paulo permanecerem, pode ser que ela possa ser encontrada mumificada daqui a uns cem anos.

O que Antônio não queria admitir é que aquela exemplaridade toda se devia não ao fato de meter medo a outros insetos. O que ele queria que todos eles vissem era a sua vitória. Diante de todos os problemas que enfrentava no cotidiano, vencer aquela simples barata pareceu uma grande exibição de poder. Ele agora se sentia soberbo e, a cada vez que a mirava, lembrava que este poder ele tinha, o de executar uma barata com absoluta frieza. Olhava para os lados e não tinha ninguém para gabar-se, mas seria capaz de gritar aos quatro cantos do mundo: quem pode matar uma barata com frieza?! Quem pode ficar diante deste bicho abjeto sem se assustar? Quem pode matar uma barata sem uma crise nervosa? Quem pode odiá-la tanto a ponto de vê-la apodrecer? E enfim ele se respondia feliz: "Eu posso".

9 de janeiro de 2015, 00:05

Toda vez que vejo o anúncio: "Fulano num relacionamento sério". pergunto-me: por que não fulano num relacionamento divertido?! Por que não podemos rir descontraidamente num relacionamento cujos liames sejam o prazer de estarmos juntos? Ah, seriedade?! Ah, deixa isso lá com os chatos, os muito chatos... Os relacionamentos sérios acabam em tanta dor e frustração enquanto os divertidos são o que são.

9 de janeiro de 2015, 22:12

A exposição Hiper-realista na Pinacoteca e o Sol de rachar coco

Estava eu, como faço dia sim dia não, correndo em volta do Parque da Luz. Já havia notado antes a longa fila — e a longa espera — para ver a exposição que lá ocorre. Apesar de não gostar de marketing cultural, ele funciona.

No entanto, neste sol que Deus manda — com o apoio do diabo — as pessoas chegam logo ao amanhecer e se sentam na fila, e vão virando o quarteirão na direção da Avenida Tiradentes; lá ela continua se alongando, expondo-os a um sol de "estalar mamona". E, claro, atrapalhando a minha calçada onde costumo correr. Até aí tudo bem, desvio.

No entanto me chamou atenção que, do lado oposto, ao lado da cerca do Parque da Luz, faz sombra... Observei procurando uma solução, pois não gosto de ver o sofrimento de ninguém. E achei estranho que aqueles mortais simplesmente não fizessem a fila para aquele lado.

Correndo naquela direção, notei muito mais: notei que há uma entrada dentro do parque para a Pinacoteca, no entanto, ela fica fechada com uma faixa de plástico, típica de interdição. Ou seja, dentro do parque cheio de sombra as pessoas poderiam esperar sofrendo menos.

Chamei o guarda da Pinacoteca e muito gentilmente – não querendo parecer que fui eu quem descobriu a roda – sugeri: "Por que não manda as pessoas esperarem dentro do Parque? Afinal, o parque é público e tem sombra".

Ao que ele respondeu de má vontade: a administração do Parque não quer que forme fila lá dentro para não atrapalhar os corredores...

Bem... eu corro do lado de fora e do lado de dentro, e posso garantir que há espaço para todos. Mas, sabe como é... Provavelmente quem dá este tipo de ordem não pega fila. Mas também não entendo a falta de inteligência da fila, é só se afastar da entrada e ficar à sombra. Vai entender, né?! Vai ver que ver arte tem de ser um sacrifício.

11 de janeiro de 2015, 20:07

Existem diversas vias para a sabedoria e o discernimento. A mais curta é a que nos ensina a olhar em volta [2].

11 de janeiro de 2015, 21:21

Mapa do divertimento em São Paulo. Você entra num metrô, senta-se ou fica em pé. Tanto faz, o importante é o ar-condicionado. Você pode ir até o fim da linha ou trocar de linha. Ir conhecendo os vários trens e, claro, sair daqueles antigos cujo ar é deficiente. A linha amarela e a verde são as mais indicadas. Quando cansar depois de algumas horas, desça numa daquelas estações que tenham um shopping em cima, aí caminhe durante muito tempo, olhando

---

2 Frase do próprio autor.

loja por loja com cara de quem vai comprar... Depois entre num cinema, não importa o filme. Serão duas horas de ar-condicionado sentado. Ao terminar a sessão, faça tudo novamente. Você vai ver um monte de gente interessante. Se não for ao cinema, terá o ar-condicionado mais barato do mundo. Se descuidar rola uma paquera...

20 de janeiro de 2015, 20:00

Descasos médicos

Todo mundo quando está atrasado costuma mandar uma mensagem, ou telefonar para dizer quando pretende chegar ou qual a expectativa de demora. Até os médicos mandam torpedos para as suas namoradas, ou até mesmo ligam para as mães. Como todo mundo, fazem isso diversas vezes por dia, por razões puramente emocionais.

Então, causou-me espanto que, ao esperar por médicos plantonistas num hospital público, ninguém sabia dizer os horários em que eles iriam chegar. Apenas diziam: "Tem de esperar". Ora, mas esperar sem expectativa de chegada? Esperar por quanto tempo? Estranho que, por razões profissionais, nenhum se moveu o dedo no teclado do celular para informar o atraso ou o pretenso horário de atendimento.

Quando você sabe quanto tempo vai esperar, pode apenas esperar, ou ir fazer outras coisas e voltar depois. No entanto, autoritariamente era mandado esperar, esperar por esperar. Os guardas do hospital eram simpáticos, no entanto, entregavam o comportamento dos médicos ao dizerem que "sempre é assim. Não sabemos de nada. Eles não têm horário para vir".

Dezenas de pessoas com compromissos, rotinas de vida etc. esperando, esperando... Sem ao menos ter certeza de que os médicos viriam. O que é que leva uma classe de profissionais a agir dessa forma? Estou relatando algo que é comum em vários hospitais do interior de São Paulo e do Brasil. Não se trata de falta de verbas para a saúde, e nem de problemas com infraestrutura, se trata apenas de desrespeito humano.

Se você consegue avisar a namorada que vai atrasar, avisar a mãe que chegará mais tarde para o almoço, como é que não consegue avisar para um hospital que vai se atrasar e quanto irá se atrasar?

Dezenas de pessoas aguardando, e muitas delas desistindo depois de horas de espera. Quando um dos plantonistas chega, você pensa: ele chegou. Dirige-se ao guarda e descobre que é outro que irá te atender – quando chegar, claro. O outro chega, e você descobre que ainda não é aquele. Enfim, eu e minha família aguardamos por nove horas numa sala de hospital. Com todos os problemas e riscos que isto significa.

Descaso, apenas descaso. Porque, afinal, se alguém simplesmente dissesse "ele chegará daqui a seis horas", teríamos ido cuidar da vida e voltado, simples assim. Imagino que essa informação de atraso pode acarretar penalidades para os médicos, pois o guarda também me informou que isso é normal quando a ouvidoria do Hospital está fechada nos domingos.

Para mim é simples: qualquer médico que aja assim é incompetente. Pois a OMS (Organização Mundial da Saúde) já deixou claro que, quando um membro da família adoece, toda ela adoece. Então, não entendo por que tanta falta de consideração com os familiares de doentes internados nos hospitais. Não escrevo isso porque nunca tinha sido vítima até então, já fui várias vezes, só aproveito o momento, não é desabafo. Enquanto a gente fica nove horas esperando numa recepção de hospital e vemos o sofrimento de todos que estão ali é que nos damos conta do tamanho do problema que é a simples falta de um telefonema, um aviso. Descaso, apenas descaso e desrespeito.

E quando enfim o médico chegou, evidentemente estava com o serviço acumulado e atrasado, tentou nos dispensar com uma simples referência: o quadro do paciente continua o mesmo, aumentaremos os antibióticos. Bem... foi para isso que nos fizeram esperar? Pela primeira vez na vida dei uma "carteirada", comecei a dizer coisas terríveis, como: "Seja específico". E o médico tentou me enrolar. Falou em infecção generalizada. E eu perguntei: "Que tipo de bactéria?" E ele: "Estafilococos aureus".

E eu argumentei, "mas algo tão simples?" E imediatamente, com cara de espanto, ele se voltou para mim e perguntou, como que surpreendido: "Você é médico?" Claro que respondi que não, mas que tinha formação suficiente para receber os detalhes adequados. Enrolou e enrolou...

Sou trabalhador e por isso sei que as rotinas de algumas profissões às vezes acabam por vencer nosso comportamento moral. Aquilo que para um médico é apenas rotina é desespero familiar. Isso sempre foi assim neste país. Isto está errado, isto tem de parar. Diga não aos absurdos.

23 de janeiro de 2015, 1:03

Parabéns, São Paulo, um buraco que todos cavam e de onde ninguém consegue sair.

***

Relativamente à falta d'água em São Paulo resolvi tomar a mesma atitude de todos, a do avestruz. Enfiar a cabeça na terra e se recusar a ver o perigo[3]. Se o governo não aponta os caminhos a serem trilhados, o que nós governados iremos fazer? Está faltando liderança nessa ocasião séria. Não é apenas a questão de a água faltar, mas o que faremos de nossas vidas nessas circunstâncias? Cadê os boletins oficiais sobre o assunto? Compro ou vendo imóveis? Estoco água ou não? Migro ou fico aqui?

***

Quanto custa um saquinho de pipoca? Oito reais, mas com mais um real você leva o dobro e com mais cinquenta centavos vocês levam um balde. Num país com problemas de obesidade crescente, este tipo de promoção falsa tem de parar. No primeiro saquinho já te cobraram tudo o que podiam. E é assim para todas as promoções que dizem: comam mais por menos. Acordem, isso não é uma vantagem.

***

O que ninguém está dizendo e que precisa ser dito. Enfim, dormiremos em paz num clima agradável. Isso não tem preço, rs.

***

Em caso de seca extrema na cidade de São Paulo, eu tenho a opção de ir pra Jaú, mas entendam, isso é uma covardia com a pacata cidade do interior... Melhor que chova, que desviem o Paraíba do Sul... rs.

---

3 Enfiar a cabeça no chão, deixar o cu pra cima.

***

Tendo em vista os problemas com a água, não seria o caso de se cancelar o Carnaval em São Paulo?

***

Todo e qualquer assunto, todo e qualquer problema pode ser resumido abaixo.

A campanha do NÃO AOS ABSURDOS[4] é simples: primeiro dizemos não às pequenas coisas do cotidiano que incomodam e ferem nossa dignidade, e num momento estaremos dizendo não a todas as outras coisas que estão erradas. Se os trabalhadores disserem NÃO ao transporte ruim e não o utilizarem para ir ao trabalho, e não forem trabalhar por isso, a economia para. Se disserem não, apenas não ao salário ruim, eles terão de aumentá-los. É uma cadeia lógica irreversível. Não é preciso quebrar nada, não é preciso destruir, não é preciso bater, é só dizer NÃO, voltar as costas e ir embora. É simples, e é simples mesmo. O NÃO tem um poder inimaginável. Exerça-o. Diga NÃO.

23 de janeiro de 2015

Da esquerda para a direita, Cacilda Aparecida Vadico, Luís Claudecir Buzon (Lalo) e Vitória Lúcia Buzon Vadico, respectivamente irmã, tio e mãe do autor.

---

4 A campanha do "Não aos absurdos" dá uma mostra da vertente mais quixotesca do autor. Não sabemos dizer bem o que foi pior, o seu excesso de dignidade ou a falta de curtidas no Facebook.

Meu querido Tio Lalo está indo embora... Está voltando para casa, para o lugar da verdadeira vida, para o lugar onde as pessoas poderão vê-lo como ele realmente é. Abandonará a carne, andrajo do espírito, e se revestirá da merecida glória. Não importa quantos anjos o receberão, nós sofreremos a sua ausência. Continuaremos seguindo o seu exemplo: paciência diante das dificuldades, sorriso em meio à dor, sem jamais deixar se abater pelo desprezo e escárnio das pessoas.

Sonhou o que todo mundo sonha. Quis estudar (e o fez na Apae), quis trabalhar (e trabalhou, foi um hábil e paciente tecelão de tapetes), quis ter uma moto, quis ter um Voyage vermelho, quis ter uma namorada, quis ter filhos, quis ter uma casa... E mesmo que lhe dissessem que não teria essas coisas todas, jamais deixou de sonhá-las.

Nos anos setenta, oitenta e noventa, quando saía às ruas – e ele saía – sempre tinha alguém para chamá-lo de "bobo"; caçoavam dele a distância, até jogavam pedras; outros chamavam-no simplesmente de "retardado", mandando que saísse "pra lá". Davam-lhe bebida dizendo que eram amigos, apenas para vê-lo bêbado e melhor escarnecerem-no. Mas sempre encontrava alguma alma boa e caridosa que impedia o pior.

Qualquer pessoa se lamentaria e choraria todos os dias por ter tido uma existência tão limitada e desgraçada... Quando estava muito triste, baixava a cabeça... e sem chorar... ficava quieto, e quando perguntávamos o que era, dizia "nada", como quem não se importasse, às nossas tentativas de consolo apenas respondia: "É..." concordando num tom que a gente traduzia: "É assim mesmo... não dá para fazer nada mais... tenho de me conformar...", depois completava com um "ai, ai", dava um suspiro doloroso, e mudava de assunto.

Ele me amou de graça, dava colo e uns cascudos na cabeça quando eu era criança. E se via a mim ou meus amigos fazendo alguma arte, era o primeiro a dar bronca. De mim só queria me ver, abraçar e ir ao cinema, lugar esse aonde ele ia apenas comigo. Defeitos ele os tinha, todos temos. Ficava bravo com facilidade, mas até nisso ele era genuíno e bom, pois quando ficava zangado era por causa de uma injustiça, e nisso, jamais se omitiu. Os que ele amava, defendia com todas as forças.

Foi com essa criatura iluminada que cresci, e cresci junto com ele. Brincávamos, brigávamos, fazíamos pirraça, mas nunca nos magoamos. Sempre tive muito orgulho dele e ele de mim. Sempre me apresentava para as pessoas apontando para si e para mim, estufava o peito orgulhoso, e com suas dificuldades de fala, dizia: "Liizzz... Eu, tio!" ou apenas "tio", o que as pessoas sempre entendiam errado, e eu tinha de informar que era o "sobrinho", ao menos eu podia apresentá-lo sempre com orgulho: "Este é o meu tio".

E quando na escola descobriam que eu tinha um "tio bobo", logo completavam que estava explicado porque eu era "bobo" também, me entristecia pelo que diziam dele, e me calava, pois não havia defesa. E me lembrando de quem ele era, eu sempre emendava: "Ele é bobo, o que é que tem?! Eu prefiro ser bobo que nem ele a ser que nem você!" Claro, eles riam mesmo assim, mas o que eu dizia continua verdade.

Síndrome de Down hoje conta com grande compreensão; até pouco tempo atrás era um estigma, uma chaga na família, que parecia imperdoável para a sociedade. Apesar das sugestões maldosas, jamais o escondemos, nem prendemos em casa. Ao invés disso, aprendemos a assumir, amar, aceitar e seguir contornando o incontorná- vel. Às 16:30 de hoje, ele partiu, levando consigo uma parte de nós tão grande, tão imensa, que por não caber na vida, ele leva para a eternidade.

Apaga-se uma vela no vale das sombras e dores, mas logo no céu brilhará uma estrela.

A luz, por ser luz, não sabe que ilumina.

Grato por todos os que oraram nestes longos dias. Deus ouve todas as preces, e as atende em conformidade com a sua sabedoria.

E não estranhem que nessa hora triste e amarga eu escreva... Escritores escrevem...

Os que creem, por favor, orem por uma passagem tranquila.

Até breve, meu tio.

26 de janeiro de 2015, 20:12

Em meu nome e de toda a minha família, agradeço o carinho de todos vocês, as orações, as frases de reconforto, pelo apoio nessa hora triste do falecimento do meu tio Lalo. Ele foi sepultado em Itápolis neste último sábado. Foi comovente ver a quantidade de pessoas que vieram de todos os cantos para se despedirem. Só no cortejo havia mais de quarenta pessoas. A dor foi grande e está sendo grande, mas encontramos paz diante da solidariedade de todos os amigos, conhecidos e queridos do Facebook. Transmiti aos meus familiares o carinho de vocês, e chegamos a ler as mensagens. Foi um momento bom, algo estranho de se dizer, foi como uma grande vitória do meu tio, apesar de todas as suas dificuldades de fala e sociais, o amor que ele inspirou a tantas pessoas retornou para ele ao final. Uma prova de que as pessoas boas existem e ainda podem ser alcançadas por bons exemplos. Gratos.

28 de janeiro de 2015, 22:21

Luiz Vadico compartilhou uma foto do Lalo.

Como não sentir falta dessa figura?! Pouco mais de um ano atrás, no lançamento de Noite escura.

Meu tio comprou o livro. Ele me emocionou muito, não por comprar, mas ele não sabe ler como a gente, lê de outro jeito[5]. No dia seguinte ao lançamento se sentou no sofá da sala, fez pose de intelectual, e começou a ler o livro, linha por linha e lambia a ponta do dedo para virar as páginas... Posso?! Quase chorei!

27 de fevereiro de 2015, 17:27

Luiz Vadico compartilhou um link.
ISIS thugs take a hammer to civilization:
Priceless 3,000-year-old artworks smashed to pieces in... dailymail.co.uk

Os que me conhecem sabem que poucas coisas me levam às lágrimas. Sei que alguns não compreenderão e acharão até um exagero, mas chorei vendo isso e, para ser honesto, foi insuportável ver até o fim. Isto é sacrilégio. Não sacrilégio contra Deus, mas sim contra toda a humanidade. Matam-se os homens, isso não é bom, mas matar a herança humana é um atentado contra a espécie.

5 de março de 2015, 00:37

Luiz Vadico compartilhou um link.
A sinistra milícia dos "Gladiadores do Altar", a nova invenção da Igreja Universal
diariodocentrodomundo.com.br

---

5 O tio de L.V. olhava o texto escrito e fingia ler. E fingia perfeitamente, pois nesse gesto ele esforçava os olhos para ler como quem fosse semialfabetizado, demonstrando dificuldade; mas era proposital, pois desejava muito que pensassem que estava lendo, então, até mesmo as dificuldades de leitura ele imitava falando em voz alta. O tocante nesta história é que o tio de L.V. estava sozinho na sala, e não estava fingindo para ninguém. Era o seu desejo de transcender suas dificuldades que se instalava.

Continuo no que me propus: diga não aos absurdos!

Não vi e não li profundamente sobre o que se vem propalando sobre isso na net. Nem preciso.

Afinal, todos sabem o que é um exército e para o que ele serve. Se tem roupa de soldado, pinta de soldado e atitude de soldado, soldado é. E exército serve para conquistar. E, para isso, bate e mata. Nem interessa a quem o exército serve, todo corpo assim organizado serve à violência e isto basta. Qualquer milícia organizada é inconstitucional neste país, se não é milícia é quadrilha, também tipificada no código criminal. Um exército da igreja universal só pode servir para lutar contra os que vão contra os seus interesses morais, espirituais, financeiros e políticos. Nestes termos, preparem-se gays, prostitutas, imprensa e a Constituição.

Isto é absurdo! E se ainda não fizeram algo ilegal, é uma questão de tempo. A história nos informou muito bem como o nazismo e o fascismo começaram, não foi de outro jeito.

A democracia nos permite o exercício da cidadania, a liberdade de expressão e o pagamento de impostos, não nos permite nos organizarmos uns contra os outros. Para incutir disciplina nos jovens, existem outros meios. Para se criar pregadores e propagadores da fé, existem outros meios. Os que amam jamais se vestiram ou agiram como soldados. Agiram assim os que tinham objetivos políticos. E Deus e a elevação do espírito jamais tiveram nada a ver com isso.

Luiz Vadico compartilhou um link.
Morre Leonard Nimoy, o Spock de Jornada nas Estrelas
adorocinema.com

Diziam os antigos que um homem está vivo enquanto a sua memória permanecer. Então... Nimoy terá uma longa vida pela frente. "Longa vida e prosperidade, Senhor Spock!" E obrigado por sua grande atuação que influenciou a vida de milhões de crianças como eu[6]!

---

6 No início dos anos setenta, L.V. assistiu à primeira exibição da série *Jornada nas Estrelas*, levada ao ar aos sábados de manhã. Desde pequeno sentia admiração especial pelo Capitão James T. Kirk, no entanto identificava-se mais com Spock, pois a "lógica, fria e racional" estava mais próxima da sua realidade. Como todo mundo, ele preferiria ter relações sexuais com o Capitão Kirk. Infelizmente o ator envelheceu. L.V. não era um *Trekker*, como costumam dizer dos aficionados da série, mas a assistiu várias vezes. Para ele, era como poder voltar à infância. A tripulação da Enterprise fazia parte da família de todo menino.

8 de março de 2015, 23:27

Luiz Vadico compartilhou uma publicação.

Quase maduro.
Foi assim, meio queimado pelo sol, meio soprado pela brisa e sombra frescas
Que olhei pra minha pele, que antes era verde, e a vi tomar tons de amarelo avermelhado.
Foi assim, que aquilo que era ácido e duro começou a ter um gosto doce e aprazível
Não sem surpresa vi manchas aqui e acolá se instalarem.
E foi com alegria que abelhas sem fim visitarem-me,
Ávidas por colherem-me a seiva.
Não foi sem surpresa que vi pessoas apalparem-me,
Para saber se minhas partes duras já estavam moles.
E foi com alegria que vi os que antes de mim chegaram deitarem sementes pelo chão
Desde já, ainda não tão amarelo e nem tão vermelho
Nem tão duro, nem tão mole
Nem tão doce, nem tão azedo
Antegozo o que chamam os homens de maturidade.
Nem tão suculento para ser colhido,
Nem tão passado para ser desprezado, Mas... chegando.
Fruto sazonado. Sazonando...
Raro em momento inoportuno, mas saboroso no tempo certo
E nem adianta dizer que fruto da estação é barato
Pois barato é acessível e não sinônimo de pouco valor.
Quando eu estiver pronto, crave-me os dentes
Pois sacrificar-me diante deste prazer não é martírio É condição.

10 de março de 2015, 23:04

Há muita coisa que eu poderia dizer, no entanto, olhando em volta, acho melhor não dizer nada. Não é omissão, é uma sarcástica opinião. O silêncio não reverbera como pensam muitos, mas traz certa satisfação.

13 de março de 2015, 22:35

No seu jardim, Deus plantou muitas flores e todas merecem igual cuidado [7].

21 de março de 2015, 22:26

Se só pessoas muito inteligentes podem ter tédio, sou um gênio [8]*...*

27 de março de 2015, 22:47

Não desejo fotos da vida, da realidade, ou do que você está fazendo nela. Desejo a sua capacidade de leitura, sua imaginação criando mundos, inventando pessoas, sonhando sabores, cores jamais vistas...

O que desejo de você é uma realidade que não pode ser fotografada. Quero os seus sentimentos confusos por não poderem ser expressos. Não quero que você se identifique com imagens, mas que seja uma pessoa sem identificação.

De você quero dizer um dia – sem fotografia – que te vi Objeto Voador Não Identificado... De tanto imaginar: causar imaginação. De sonhar: inspirar sonhos. Não, não quero fotos da realidade, ela me interessa muito pouco, pois dela cuido todos os dias. Interessam-me os loucos, não os loucos estereotipados, pois estes estão identificados e autenticados.

Quero loucos de verdade, aqueles que escapam da definição e que terminam por ser a manifestação da sobriedade.

De você interessam-me os despojos da sua alma, pois os do corpo... vejo todos os dias. Sacrificar a vida pelo tão pouco que uma imagem significa é como abortar a primavera guardando as sementes de lembrança.

2 de abril de 2015, 21:43

Indústria Cultural e a Arte de Escrever

Sou feliz por poder encontrar na minha profissão a possibilidade de sempre

---

7 Frase do autor, mas bem lugar-comum.

8 A frase é de extrema ironia. A genialidade não tem a ver com a superdotação, mas com o reconhecimento social de que determinada pessoa superou barreiras consideradas intransponíveis à época e que por isso é elevada à condição de gênio. Milhares de superdotados morrem todos os dias (em geral por suicídio), e isso não tem significado nenhum. É difícil suportar a humanidade. Sobre essa situação, é importante ler a fábula "Um ganso", escrito pelo autor e publicado no livro *Fábulas cruéis*.

conhecer mais e também de me autoconhecer. Após uma discussão sobre indústria cultural na aula de hoje – que não era certamente uma novidade – compreendi um pouco das minhas crises pessoais atuais que se refletem em minha atitude de escritor.

Como todo ingênuo, sonhava um dia viver de escrever. A realidade me mostrou o que isto significa, e não gostei. Continuo escritor. E um escritor, mesmo imerso numa realidade, não é ela, parece mesmo nem nela estar. Cai-lhe melhor o papel de fundar mundos e fazer prosperar a imaginação criadora e construtiva, dando subsídios para uma reflexão sobre si e sobre o mundo.

Na indústria cultural, se você não falar o que as pessoas estão acostumadas a ouvir (pois são incentivadas a assim fazerem, e a sentirem-se bem com isso), você não obterá sucesso. Pois ser bem-sucedido significa reformular um conteúdo simplificado, vender bastante e receber de volta respostas simplificadoras. Você só é sucesso quando é um sucesso. É por isso que os best-sellers nascem prontos.

Li ontem um artigo bem interessante no qual o autor terminava por afirmar que, se um escritor tivesse algo a dizer hoje, ele teria de ter uma profissão que o sustentasse e publicar seu livro sem esperar retorno. Porque a indústria cultural não o deseja e os que nelas estão imersos também não. Ufa, já tenho uma profissão.

Acho que eu já havia dito isto aqui antes, se não for para dizer o que eu tenho a dizer, não direi nada. Não faz sentido ser escritor ou escrever se essa arte não tiver o caráter de revelação. Jamais desejei aquele modelo romântico do sofredor, alcoólatra, opiomaníaco e fumante de haxixe, aquele escritor que as pessoas dizem que será famoso depois de morto.

Não, eu estou vivo. Se tiver de dizer algo tem de ser agora. Se tiver de ser algo tem de ser agora. Escrevo para os vivos. A natureza da arte exige reflexão e esforço por parte de quem a busca, senão não é arte, é entretenimento. A arte é séria e exige seriedade na aproximação. Se eu não puder tocar e transformar as pessoas que me leem, me sentirei um completo inútil.

Não quero escrever coisas legais, não quero ser um escritor legal nem quero leitores legais. Quero a empatia daqueles que sofrem o que leram tanto quanto eu sofri para escrever. E por sofrer, digo: encontro de sensibilidades.

Mas o que quer dizer essa estranha confissão "não pedida"?

Apenas que continuarei fazendo o que faço, do jeito que faço e para o público que desejar comigo se encontrar. Apenas estou agora mais consciente, sem a ingenuidade de achar que posso cair no gosto popular.

Talvez, daqui pra frente, minhas estratégias de publicação mudem. Livros ainda mais bem-acabados – objetos dignos de se guardar –, conteúdo ainda mais complexo, e uma ínfima quantidade de exemplares. Se escrevo para poucos, é para eles que falarei daqui por diante.

E se um dia a indústria cultural descobrir o meu trabalho, será, com certeza, para as pessoas dizerem que têm o livro, sorrirem e fingir que leram. Algo como muitos fizeram com O nome da rosa *de Umberto Eco.*

Sim, arte é para a elite. Não a elite econômica, mas a dos seres realmente pensantes. Aqueles que rompem as barreiras desta realidade construída como se fosse natural e única. E estes seres pensantes podem vir de qualquer lugar. Já os encontrei na padaria, nos trens, nos ônibus e nas universidades... Fui uma criança pobre, mas, incrível do incrível, eu conhecia o caminho para a biblioteca pública. E ninguém, absolutamente ninguém me incentivou ou mandou ir lá. É disso que estou falando.

É preciso coragem para sair do casulo que foi criado para a nossa sociedade, e que é sustentado por nós mesmos. E neste gesto resta a certeza de que quem rompe o casulo ganha asas... Pode voar solitário... Mas nem tanto, até mesmo as borboletas possuem companhia.

Jamais quis escrever para poucos, nem pensar que a arte fosse para uma elite. E jamais me senti parte de uma elite qualquer, pois meu passado me desmentiria. E imagino que, se alguém leu este texto imenso até aqui, pode estar sentindo-se ofendido. Não se sinta, afinal você pode ser parte desta elite, não é mesmo? E se não for, também não é um problema, afinal as pessoas fazem escolhas e sabem por que as fazem. Ou ao menos deveriam sabê-lo. Grato pela leitura e paciência.

P.S. as vendas dos meus livros vão bem. Não são um estouro de vendas, mas vão bem. Só pra informar que não se trata de dor de cotovelo ou qualquer coisa assim. É só reflexão mesmo, rs[9].

***

Sacrificar a vida pelo tão pouco que uma imagem significa é como abortar a primavera guardando as sementes de lembrança.

---

9 L.V. tenta esconder a sua péssima escolha de editoras. Jamais recebeu um centavo de direito autoral de quem quer que fosse. E isso porque pagou por todas as edições. Jamais se rebelou contra as editoras, pois seus livros continuavam à venda, logo, disponíveis, e não se pode dizer isso de muitas obras.

16 de abril de 2015, 22:06
Uma imagem vale por mil palavras... ou por mil equívocos?!

21 de abril de 2015, 23:14
Hoje é o Dia da Terra, fiquei sabendo que ela está muito grata com essa lembrança e manda agradecer a todos pelos parabéns e as comemorações! Salve, salve, Terra!! Ou seria: salve-se, Terra?! Por via das dúvidas, melhor a gente cuidar dela, afinal... sem ela não existiríamos nós para criarmos este dia.

22 de abril de 2015, 21:37
Existe uma coisa que me interessa e que é rara. O que é o "contemporâneo" no Brasil? Não me interessa este papo retrógrado de Baby Boom *e geração X ou Y, afinal, não nos diz respeito, aqui eles não ocorreram[10]. O que é que significa a internet no Brasil? O que mudou no comportamento dos brasileiros? O que é pós-modernidade aqui? Quais as suas consequências? Tô de saco cheio de ler brasileiros falando sobre isso como se vivessem em Nova Iorque. Alguém tem uma boa bibliografia? Ou precisaremos iniciar uma pesquisa?*

30 de abril de 2015, 23:10
Todas as vezes que os professores param, a única coisa que a maioria dos pais pensam é quando seus filhos voltarão a ter aula. É doloroso ver como uma classe que é reconhecida pelas greves também é a que sempre menos ganhou com elas. Se as reinvindicações tivessem sido atendidas ou até previstas por um governo que deseja o melhor para os seus cidadãos, talvez apenas talvez pais e alunos pensassem diferente.

Olhando para o passado, e sem críticas ao segmento, os metalúrgicos conseguiram mais com muito menos mobilização e esforço. Mas metalúrgicos fazem carros, e professores... O que eles fazem mesmo?! Tratam as reinvindicações da nossa classe como se fossem a revolta de subalternos sociais. Ficamos parecendo "essa gentinha" que entretém as crianças e jovens enquanto os pais trabalham.

---

10 Referência às pesquisas de marketing sobre o *Baby Boom*, o grande número de nascimentos no período logo posterior à Segunda Grande Guerra. No entanto, isso não nos diz respeito, pois o número de nascimentos no Brasil não aumentou naquele período, logo, é apenas uma ideia importada. E todas as consequências que se desdobram a partir dela estão equivocadas. Continuamos um país colônia. Pior que isso, uma colônia em busca de uma metrópole.

O direito à educação é constitucional, e nós professores fazemos parte da realização deste direito. Se a educação é inclusiva, como sempre têm-nos dito, como é que os educadores não são incluídos como protagonistas de uma sociedade mais justa, mais igualitária, mais humana?! O desrespeito com quem forma o cidadão tem de acabar.

Não fazemos parte da indústria, mesmo que formemos os seus contribuintes, fazemos parte daquela população que se importa com o futuro das pessoas e do País. Isso pode não significar muito para uma sociedade pós-industrial; mas essa mesma sociedade só é possível por nossa causa.

Atacar um professor é atacar a sociedade pelas bases. É pedir para que ela desmorone...

3 de maio de 2015, 21:15

Sobre a Busca da Felicidade

Numa tarde de sábado, sem muito para fazer, Wand me perguntou de supetão:
— Luiz, você é feliz?
E, como sempre acontece quando sou pego de surpresa, desarmado perguntei:
— Como assim? – com cara de cachorro quando tomba a cabecinha para compreender.
— Feliz, oras! Você é feliz? – não entendendo como eu não compreendi a questão.
— Não entendo. Defina feliz – com voz de honesta ignorância.
— Ué, olhando para tudo o que você é, tudo o que você fez da sua vida, você diria que é feliz? – já falando num tom mais alto e afirmativo.
Fiquei entre aturdido e atônito, pensando, pensando... E só pude responder:
— Não sei... Não entendo o que você quer dizer com feliz. A pergunta não se aplica.
— Como não se aplica? – com espanto.
— Não, não se aplica a mim. – respondi calmo, frio e consciente.
— Mas você deve estar feliz... O resultado de tudo o que você é e fez.
— Bem, Wand, acho que você quer dizer satisfeito ou insatisfeito... Se for isso, estou insatisfeito.
— Mas por quê?
— Sou insatisfeito, é assim mesmo. Não sou feliz, nem infeliz, apenas satisfeito ou insatisfeito, conforme a ocasião.
— Mas você sonha com algo para ser mais feliz?

— *Não se aplica. Tudo o que fiz, fiz. Tudo o que farei, farei! Não estou em busca da felicidade, esta não é uma questão minha. Agora sou eu que te pergunto: você é feliz?*

— *Ainda estou trabalhando, lutando e conseguirei ser feliz.*

— *Bem, continuo satisfeito ou insatisfeito.*

Escrevi para me lembrar. Um dia busquei a felicidade. E ela sempre esteve onde eu não estava. Hoje estou satisfeito, pois a busca da felicidade não é mais um problema meu. Alguns acharão uma constatação lamentável e triste. Ao ouvir meu próprio tom de voz diante das perguntas, descobri que eu não respondi de forma racional; já havia dado mais um passo para a tranquilidade da alma, e eu nem havia percebido quando isso se deu. Todo dia é dia de se conhecer um pouco mais[11].

16 de maio de 2015, 1:36

Desabafo estranho, talvez o desabafo de um alienado, – talvez, apenas talvez. Na cidade de São Paulo, hoje, não reconheço o país no qual nasci e cresci. Jamais vi tanto rancor e ódio entre as pessoas. Rancor de classes, de gênero, de religião, de política, de preferência de consumo... E todos se sentindo no direito de expressar seus rancores dissimulando e se escondendo na "capa do politicamente correto".

Alguns diriam que todos estes rancores estavam escondidos em nossa cultura, dissimulados, camuflados, aguardando o momento de virem à tona. E eu digo, será? Que sociedade estranha é essa, que era acostumada a "ajeitar" as situações (não digo que isso era bom) e que agora parece ter perdido o "jeito"?! Cada dia que passa vejo mais e mais tensões crescerem e se expressarem de forma intolerante. E algumas destas tensões completamente vazias e sem sentido; insufladas por pessoas – escudadas no direito de dizer o que pensam e sentem – que não medem as consequências dos seus sentimentos e palavras. É sempre bom lembrar aquele velho ditado: quem semeia vento, colhe tempestade... Vejo nuvens negras no horizonte, pode ser que chova... mas tudo depende do vento[12]...

---

11 A "busca da felicidade" é com certeza o bordão que mais sobrecarrega as pessoas nos dois últimos séculos. L.V. chama atenção para o fato de que de alguma forma ele conseguiu escapar disso. Isto não quer dizer que foi feliz ou infeliz, mas como ele mesmo diz: satisfeito ou insatisfeito. Ele morreu insatisfeito. Podemos extrapolar e dizer que não apenas ele, todo mundo vive nessa condição, mas se distrai buscando a felicidade e dando-lhe os mais diversos nomes. Há mais coisas para se fazer na vida do que buscar quimeras.

12 É verdadeiramente profético este comentário, tendo em vista o que posteriormente aconteceu: a ascensão de uma direita ignorante e raivosa. Existiriam realmente sinais dos tempos pelos ares?! Parece que sim.

6 de junho de 2015, 00:17

Neste país, até São João tem quadrilha!

6 de junho de 2015, 23:51

Quando você pensa que está preparado para a vida, ela te manda uma gripe no feriado... E aí você descobre que não está preparado para ter uma gripe, e a vida ri de você.

7 de junho de 2015, 00:51

Os sonhos são uma boa razão para vivermos com os pés no chão e na realidade, senão eles não acontecem.

7 de junho de 2015, 18:30

Os dias comuns

Quando eu era pequeno, meus pais ensinaram que havia dia e horário para a diversão. E eles mesmos iam comigo e com minha irmã, e se divertiam juntos. Uma volta pela praça da cidade, uma esporádica ida ao cinema, ir à missa do domingo com a roupa bonita. A diversão era quase um ritual. Esperada, mas o resto da vida não era visto como odiável ou uma carga. Eram apenas os dias comuns. Dia de trabalhar, dia de ir para a escola; hora de estudar, hora de ajudar a mãe com a louça, hora de passar o "escovão" pelo chão da casa para o chão encerado ficar brilhando. Hora de ficar na sorveteria. As melhores recordações que tenho não foram dos momentos de diversão, mas dos dias comuns nos quais meus pais me ensinaram o valor da vida em todos os seus momentos. Trabalhar não é uma carga, é apenas trabalhar. Estudar não é um sacrifício, é apenas estudar.

Ensinaram-me que dor dói, que trabalho cansa, que comer demais engorda e faz mal, que beber em excesso não é bom, que dormir pouco não é bom, e que dormir demais também é ruim. Engraçado que a palavra "chata", quando diz respeito à vida e às suas necessidades, não aprendi em casa. E minha casa era, e é, uma mistura de lar com comércio. Morávamos no fundo do salão da sorveteria. Então, vivemos como se vivia na Idade Média, eternamente juntos – o que exasperava às vezes – e sem nunca estarmos livres do trabalho.

O moinho que derrotou Dom Quixote

Talvez por isso, trabalhar e viver as coisas chatas do cotidiano parecem apenas coisas que fazem parte da vida. Não valem nem mais nem menos que a diversão. A única luta em casa era para termos tempo para nós. Mas mesmo com muita discussão, descobrimos que podemos ter todo tempo do mundo quando nos adaptamos. Claro, meu pai não gostava muito quando eu pintava meus quadros na sorveteria, ou quando escrevia meus primeiros livros horas a fio, ou quando botava ópera para tocar para os clientes... Paciência, ninguém disse que eu era perfeito. Saudades deste tempo bom em que entretenimento era algo que acontecia para sorrirmos, e não para nos obrigar a parecer que sorrimos o tempo todo.

Alguns amigos me questionam por eu almoçar sempre no mesmo restaurante – bem simplinho – todos os dias, e eu sempre respondo: "Mesmo que eu possa comer muito bem todo dia, o que eu faria no domingo?!" Diversão é como um vício, a frequência tira seu valor, precisando de doses cada vez maiores. E aí, sorrir fica difícil e a vida passa a ser chata. É como eu disse: "chata" não foi uma palavra que aprendi em casa. Isso aprendi com meus amigos adolescentes. Essas coisas erradas que aprendemos quando nossos pais não estão olhando. Então, a vida não é chata, e seria bom que diversão fosse apenas diversão. Afinal, quem cuida dos dias comuns que são aqueles que nos dão verdadeiras lembranças?!

Foi nos dias comuns da escola e do trabalho que conheci meus grandes amigos. É nos dias comuns que me expresso melhor como pessoa e ser humano. Porque, afinal, é fácil ser simpático e agradável numa "balada", e é fácil ser perdoado "porque se está bêbado" ou drogado. Todos ficam condescendentes na diversão. Mas para que serve a condescendência?! Em geral, para jogar a sujeira para baixo do tapete e fingir que está tudo bem.

Divertir-se se tornou tão importante que alguns fazem limpeza nos dentes, manipulam suas fotos para parecerem mais sorridentes e felizes. E todos os dias buscam se livrar de uma rotina chata e absurda. Bem, se ela é assim, seria melhor mudar de vida, não é mesmo?! Afinal, carregar a pesada carga de trabalho de uma vida chata para dispersar o dinheiro que isso significou em coisas que passam mais rápido que uma ressaca não parece algo sadio, inteligente ou divertido.

Podemos sorrir e fazer sorrir todos os dias, mas o prazer e a diversão deixam de o ser quando viram uma rotina necessária. Os dias comuns são o bolo, um lindo bolo, no qual a diversão é a cerejinha que o enfeita[13].

---

13 Neste texto temos uma clara influência do estoicismo absorvido pelo autor na juventude e semicultivado ao longo de toda a vida. Epicteto e Marcus Aurélius sempre foram os autores prediletos. Não é um texto moralista como pensariam alguns contemporâneos, é a regra do equilíbrio em tudo e em todas as ações. Uma vida regrada e sem excessos seria a chave para uma existência prolongada, sadia e satisfatória.

11 de junho de 2015, 20:16

Sobre os cortes do governo e da iniciativa privada para os concursos literários: acho pouco e bem feito. Afinal, se é para darem prêmios para uma panelinha de editoras, mesmo que por vias escusas, melhor cortarem. Se não serve de fato para o que deveria servir, é apenas uma das muitas mamatas deste país que acaba.

Do blogue – 11 de junho de 2015[14]

Para aqueles que me perguntam como nascem meus livros, minhas estórias, é assim: uma imagem, um diálogo, que vem do nada e se constitui em alguma coisa, e depois um mundo inteiro se forma. Nova aventura dos rapazes de *Noite escura?* Vamos ver...

"A vingança da Deusa"

Preâmbulo

"Caralho, Victorinus!!", gritei, "põe força nesses remos, homem! O barco vai bater nas rochas!!" O mar rugia bravio nos carregando, ondas e mais ondas imensas substituindo umas às outras, nosso barco frágil como uma casa de noz, o fim parecia próximo.

"Para de falar Sertórius, e rema!" – mandou Macárius, pedindo para eu economizar o fôlego. Impacientava-me com meu amigo mais velho, pois precisávamos de toda força possível. É difícil não poder contar com o melhor dele, pois está fatigado e não rende mais como antes. Então, em alguns momentos, perco a paciência. É injusto, eu sei. Mas é o medo. Não dava para não ficar em pânico. As ondas jogavam o barco entre as pedras, era uma questão de tempo até espatifar-nos. O imenso paredão rochoso se descortinava à frente, não havia nenhuma nesga de terra para alcançarmos. Seria o fim se perdêssemos o barco. Quem de nós conseguiria nadar indefinidamente até encontrar terra? Ainda mais com as ondas jogando ferozmente contra as rochas...

---

14 Para compreender todo o texto que virá a seguir, seria bom ler o livro *Noite escura*, pois aqui o autor apresenta uma possível continuação. Até onde sabemos, um volume dois não aconteceu. Mas isso mostra que os personagens continuavam vivos dentro dele.

"O melhor que fazemos agora é rezar!", comentou Pompílius, e logo o Galinho sugeriu jocoso, "reza para quem quiseres menos para Ártemis!", lembrando-se da nossa aventura na Panônia meses antes.

"Ainda bem que o mar é de Netuno!", comentou Lúcius, com um ar de alívio. "Sertórius, tu te dás bem com Netuno?!", provocou-me Victorinus com ar de caçoada, talvez vingança da bronca. Eram os amigos de sempre, diante do perigo inevitável iam buscando coragem no bom humor. "Não sei a que deuses desagrado, amigos! Só sei que nenhum deles irá remar por nós!!" Respondi de má vontade. Pus toda força possível nos remos enquanto Pompílius, que era o único a ter força para manter o leme nessa situação, tinha uma das mãos sangrando. Nossos três pares de remo dependiam apenas de mim, Macárius e Victorinus, o Galinho e Lúcius estavam na proa para equilibrar o peso. Que situação! Como vamos sair desta?!

Maldita hora que nos pareceu uma honra a missão que nos deu Cômodus, filho do Imperador Marcus Aurélius. Não podíamos ter simplesmente gozado da nossa licença em algum lugar hospitaleiro da Panônia?! Não, tínhamos de estar no alojamento bem quando o co-regente visitou o pai. Chamou-nos à barraca imperial para nos felicitar pela campanha contra os gêmeos e foi logo nos enchendo de elogios e informando como precisava de homens valorosos como nós. Eu conhecia aquelas palavras melíffluas que sempre acompanham um pedido de mais trabalho e esforço. Afinal, o que havia de errado em ficar lutando contra os Quados?! Era só rotina.

Já ia dando um jeito de me esgueirar para longe quando Victorinus, apoiado por Pompílius, foi logo enchendo o peito e afirmando: "Muito nos honra servir ao imperador vosso pai! E ainda mais nos honra servir ao grande César!" Pronto, a merda estava feita.

Senti minhas mãos esfriarem quando Cômodus disse: "É bom ouvir vossas palavras, pois sinto que necessitarei da ajuda de homens fortes e confiáveis como vós." Fez uma pequena pausa para observar o efeito das palavras e fitou-me um pouco mais demoradamente, provavelmente notando meu olhar de contrariedade. Voltou-se para o Montanha, que parecia uma criança feliz pronta para ouvir seu instrutor: "Não é segredo que a saúde do meu pobre pai está muito abalada..."

A essa informação, nova para nós, se seguiu os comentários típicos que ele interrompeu com a ordem: "Preciso que um grupo corajoso vá até o Egito encontrar um homem e trazê-lo, ou o remédio que ele possui para curar o

Imperador!" Todos ficamos estarrecidos com o tamanho da responsabilidade. Eu só consegui balbuciar espantado: "Egito?!" Todos me olharam como se eu tivesse usado a entonação errada, mas sem me dar conta fui logo abrindo a boca esquecendo de quem era o meu interlocutor: "Tu não tens homens mais adequados para essa tarefa? Somos meros soldados, Senhor! Além do mais, por que não enviam pelo correio?!"

Foi como se um raio tivesse caído em Cômodus. Ele empalideceu, seus olhos encheram-se de pura fúria, respirou fundo, mas antes que dissesse qualquer palavra, meus amigos voltaram-se contra mim: "Enlouqueceste, Sertórius?!", perguntou-me

Victorinus: "É, tu deves estar com um daqueles delírios de sempre, não é assim?!", sugeriu Marcus. "Devias manter-te como eu!", afirmou Macárius, lembrando que em boca fechada não entra mosca. "Ora, que que há, Sertórius?!", questionou. Em meio a um rosto feliz, o Galinho: "Uma nova missão!" E sem esperar que alguém dissesse mais nada, ele mesmo, o mais jovem e inexperiente de nós, disse: "Pode contar conosco, Senhor! Com todos nós!"

Eu devia realmente estar enlouquecendo para deixar que Severianus tomasse a decisão. Cômodus abriu um sorriso que para mim pareceu suspeito, olhou-me de soslaio e sei que a partir desse momento eu contaria com a sua desconfiança. E como se as minhas suspeitas pudessem ser confirmadas, ele comentou como quem não se importasse de verdade: "Ah, tem um tal... Como é mesmo o seu nome?!" Fingiu puxar pela memória: "Salustianus!" "Sim!", confirmou Victorinus. "Salustianus, nosso centurião!" Cômodus elogiou-o com um ar cínico: "Ouvi falar muito bem dele, levai-o convosco!" E depois nos informou que seu secretário nos daria os detalhes da missão.

Então, aquele homenzarrão nos deu as costas, não sem antes recomendar: "Nenhuma palavra sobre isso com ninguém!" E saiu da barraca, em vez de nós o fazermos.

Cômodus era um homem grande e forte, lembrava muito pouco Marcus Aurélius e se dizia à boca miúda que era filho da imperatriz Faustina com um amante, provavelmente um gladiador, o mesmo a quem Cômodus era muito ligado. No entanto isso não era da minha conta. Os cornos do Imperador, ele que cuide. O desagradável nisso tudo é que o futuro governante não parecia ter herdado o bom caráter do Imperador, muito pelo contrário. E, honestamente, Marcus Aurélius parecia em muito boa forma para mim.

Não conseguia imaginar que doença era aquela da qual acabávamos de ser informados. Mas ele merecia todos os nossos esforços para salvá-lo se fosse o caso. Apenas me incomodava o fato de que ele não tenha desejado simplesmente usar o correio imperial para trazer o homem ou a cura.

"Enlouquecestes, Sertórius?!", o Montanha me tirou das minhas reflexões me dando um safanão. Pego de surpresa, não reagi. "Deves realmente estar com algum problema", cogitou Victorinus. "Onde tu estavas com a cabeça em falar desta forma ao filho do Imperador?!", e como se eu não soubesse, arrematou: "Queres que todos nós sejamos açoitados?!" "Ou ainda pior, atirados de um lugar alto!", lembrou Macárius, petrificando-me com seus olhos imensos, justamente cheios de fúria.

Nem pude responder quando Victorinus elogiou Severianus: "Galinho, fizestes bem! Agistes de forma rápida e acertada!"; este reagiu como um garotinho quando o pai passa-lhe a mão na cabeça, sorriu satisfeito e se podiam ver seus olhos brilharem. Aí foi a minha vez de aborrecer-me: "Estais loucos?! Como vamos aceitar uma missão destas?! Com que finalidade?! É impossível que não perceberam que há algo errado!!"

Foi o melhor que pude dizer em minha defesa. O Montanha prontamente afirmou, nervoso: "Tu é que estás com algo errado!" Macárius, melhorando um pouco as suas feições, ponderou: "Amigo, mesmo que haja algo esquisito, mesmo que tudo nos pareça estranho...", pausou como quem refletisse e concluiu: "Somos soldados, não somos?! O que nos restava dizer?!" E quando pensei que nada mais me restava ouvir, o belo Lúcius me saiu com esta: "Nem pareces um homem..." E disse-o com certo ar de desprezo.

"Sertórius, tu envelheces rápido, onde está teu espírito de aventura?!" Por fim deu-me o golpe de misericórdia o velho soldado, agora o velho era eu. Fiquei perplexo por um tempo, enquanto eles estavam todos à minha volta, e como demorava em dizer algo, Victorinus questionou: "Tu vens?", aquelas mesmas palavras ditas outrora... A sua pergunta não era retórica, pois ele sabia que eu não podia recusar uma ordem, desejava a minha anuência de amigo.

Seria fácil responder-lhe um sim, agradando a ele e a meus camaradas. Mas e o que eu sentia? Não valia nada?! Sempre estaria entregue à sorte de obedecer às ordens e a estar submisso à aprovação dos amigos? Da última vez que eu disse um sim, minha vida esteve por um fio durante meses, até chegarmos ao desfecho com os Gêmeos. E vez por outra eles ainda me visitam os pesadelos. Por isso o Montanha disse que eu delirava. Eles eram testemunhas das minhas noites mal dormidas. Ainda se aborreciam, afirmando o tempo todo que aquele caso havia sido resolvido e que eu deveria dormir em paz.

Mas não tenho essa escolha. Isso eles não compreendem. Ninguém domina seus sonhos. O pior deles era reincidente. Apenas via brotando entre as trevas uma jovem encapuzada. Aproximava-se de mim aos poucos sem jamais revelar sua face, às vezes afirmava de longe, às vezes sussurrava-me numa voz cheia de rancor: "Chamaste-me de vagabunda!", e sempre que isso acontecia eu acordava gritando desesperado. Era Ártemis, eu sei que era Ártemis. E por mais que eu alertasse os outros, que não me ouviam, eu sei que ela queria vingança. Matamos os Gêmeos, seus seguidores prediletos, desarticulamos o seu culto naquela região, encarceraram Brígida, sua fiel servidora. E depois soubemos que seu templo foi reconsagrado a Juno, a deusa da família.

Era com essa espécie de maldição que eu acordava todos os dias desde então. Às vezes eu podia jurar que via Lépidus e Licínius passeando pelo acampamento em meio à noite escura. Feito lêmures sem descanso. Pois deixei seus corpos insepultos no alto daquele estranho monte. Assombrando nossas vidas, buscando arrancar a minha sanidade. Era diante de sentimentos assim que eu tinha de dizer um sim.

Não conseguiria arrancar do meu espírito uma anuência para tudo isso. Não era simplesmente assentir a uma missão dada por Cômodus. Afinal, o que importava para nós?! Éramos soldados, fosse qual fosse o resultado disso tudo teríamos sempre a desculpa de termos cumprido ordens. Meus companheiros o fariam de muito boa mente. Mas eu, com todos estes pesadelos a me torturarem, como é que eu alegaria inocência?! Que liberdade de escolha eu tenho? Que liberdade de escolha nós realmente temos? Não estão loucos, deuses e homens, ao apontarem-nos o destino? E não estamos nós, na mesma medida, dementados, ao escolhermos um rumo que nos levará à fatal destruição? Sou um soldado, mas antes disso sou um homem. Se me induzem ao erro, se me apontam um destino que não é o meu, mas fazem-no dizendo que não tenho escolha, não sou menos responsável por isso. Eu tenho escolha! Eu tenho de ter escolha! É difícil, eu sei. Pois, ainda se eu fosse como os outros... Se pusesse a cabeça no apoio da cama e dormisse, vá lá. Mas não. Não é assim. Será que eu não possuo nenhum deus que me queira bem o suficiente para me instruir?! Será que me resta apenas seguir o rumo que me apontam para ser castigado por ter feito a coisa correta meses atrás?!

Não. Eu não sou um covarde. Pois conheci um e sei que não sou como ele.

Skauro dizia: "Amo e sou muito amado" e "É de medo que o amor é feito", jamais me esquecerei dele, lamentável Skauro, digno Skauro. Como diziam os Gêmeos, "tema o homem comum..." Não tenho quem me ame e, até onde me lembro, não amo ninguém. Se dependesse da opinião de Lépidus e Licínius, isso faria de mim um herói. Mas um herói é um homem bom, e sei que não sou esse homem. Um homem bom faria coisas menos lamentáveis e provavelmente não teria pesadelos ao dormir. Nem os teria acordado, como é o meu caso atual. A missão era estranha, os avisos vinham sendo dados. E louco eu realmente estaria se achasse tudo muito simples.

Nascemos num lugar e lar que não escolhemos. Vivemos numa cidade que nos acolhe, alimenta e destrói. Crescemos elaborando uma história. Reconhecem-nos nas ruas, e nos saúdam à nossa passagem. Mas quem somos nós de fato? O que podemos nessa vida? O que é nosso? O que é dos deuses? O que é dos homens? Por que é tão difícil dizer não àqueles que nos amam, ou dizem amar? "É de medo que o amor é feito...", maldita frase. Temo, mas não sou um covarde, no entanto não amo. Não, eu não quero ir. Mas serei obrigado. Todo o meu ser se nega a sair desta miserável rotina de batalhas.

Quero os Quados! Não quero a missão de Cômodus! Quero o sábio Marcus Aurélius!!

Não quero o filho bastardo de Faustina!

E Ártemis?! O que pode um homem contra os deuses? Será o meu destino constantemente desafiá-los? Justamente eu que sou um homem pio?!

"Sertórius?!", chamou-me Victorinus, e como parecesse que eu demorava a sair do meu transe, ele me evocou novamente, agora com o nome que me deram: "Liso?! Ouves-me?!" Ainda não sabia o que dizer. Sabia o que desejavam ouvir, mas não podia dizê-lo. "Deixai-o, Victorinus!", pediu Macárius, bom e velho amigo. "Quando for o tempo dele, ele dirá!"

Foi com grande alívio que o ouvi. Mas qual será o meu tempo? Fermentarei essas dúvidas, essas dores, esses medos até quando? Quem saberá dizê-lo? Eu não saberia. Fiquei mudo. Aproveitei a intervenção de Macárius para ensimesmar-me ainda mais. Os outros foram saindo da barraca imperial, e tinham no rosto marcada a decepção.

Existem situações às quais não podemos responder por simples camaradagem. Eu iria, quanto a isso não restavam dúvidas. Mas, de boa-fé, seria difícil dizê-lo. Tudo no mundo escapa por entre os nossos dedos. Vemos o sol, ele se põe, vemos a lua inconstante, ela vai e volta, e as pessoas são como o sol e a lua, se repetem todos os dias... E nos brindam com sua inconstância. Também eu me repito em minhas dúvidas e medos. "Ei, Sertórius!", cutucou-me Pompílius. "Que, que há?! Somos nós!" Acho que foi essa simples frase que me fez decidir. Ele me informava, sem o querer, que não se tratava de mim, como eu gostaria, mas deles. O que eles me importavam? Tudo! Saí imediatamente à cata de Victorinus, que seguia à frente dos outros, tomei-o pelo braço e afirmei ainda carregado de dúvidas, enquanto se voltava para mirar-me: "Sim, eu irei..." E vi brotar em seus lábios um sorriso acolhedor.

Era isso que me passava pela cabeça enquanto o mar ameaçava fazer ir a pique nosso barco. Estávamos ali, todos juntos, com exceção de Salustianus, próximos da morte, mas ainda vivos. E é isso que importa. Vivos!

Então... É assim que começa, uma imagem, uma situação, um momento. Você quer saber onde eles estão? Eu também. Quer saber o que estão fazendo num barco próximo a uma falésia? Eu também. Quer saber que missão eles irão cumprir? Eu também. Engraçado que ninguém acredita quando digo que é assim, pois é assim. Não sei ao menos se surgirá um outro livro ou se essa cena fará parte dele. Mas faz umas semanas que estou num barco que ameaça soçobrar, agora que escrevi ele irá embora.

Vem comigo?

15 de junho de 2015, 21:19

A literatura brasileira não está em crise. Os escritores existem e produzem coisas boas. O brasileiro ainda não lê tanto quanto devia, mas é uma inverdade que ele prefere apenas escritores de outros países. A verdade é que o mercado editorial brasileiro privilegia o que vem de fora. Se ele gastasse apenas uma parte do que gasta com o marketing dos títulos estrangeiros com nossos escritores, descobriríamos o óbvio. Escritores brasileiros venderiam tanto quanto best-sellers pré-fabricados internacionais. Acho engraçada essa discussão interminável sobre leitores e leitura. O problema não são eles. O problema é quem está colocando à disposição o que poderia ser lido. Só uma política estatal contra a atitude das grandes editoras poderá reverter essa situação. O brasileiro nunca leu tanto quanto agora. Mas como é normal no mundo contemporâneo, lê o que o marketing sugere. A culpa não é do leitor, é das editoras.

O moinho que derrotou Dom Quixote

***

Parece que os comediantes são os únicos a terem algo novo a dizer sobre a religião. Irônico, não é[15]?!

***

Estou ficando pré-disposto a uma nova pesquisa: "elementos do religioso cristão" contemporâneos na internet [16].

18 de junho de 2015, 20:07

Quando falam sobre redução da maioridade penal, penso nos equívocos de algumas leis. O trabalho do menor de idade é um destes equívocos. Quando somos pré-adolescentes e adolescentes, desejamos muitas coisas, coisas que nem sempre nossos pais podem dar, aí vamos à luta. Arrumamos um trabalho e conseguimos o tênis, a camiseta, o skate, o livro... Claro, isso nos anos oitenta e noventa.

Em nome da exploração do trabalho infantil, o governo proibiu o adolescente de trabalhar. No interior de São Paulo, as consequências são visíveis. Há muitos menores desocupados, com tempo para se entregar às drogas e sem condições de realizar suas identidades trabalhando e se esforçando. É típico deste país legislar a partir das grandes cidades e esquecer que há um mundo de diversidade.

Na sorveteria do meu pai, durante muitos anos, ele empregava meninos a partir de doze anos de idade; eles não foram explorados, todos se tornaram homens de bem e agradecem a ele até hoje sua primeira oportunidade de trabalho. Dali saiu a bicicleta, dali saiu o tênis, dali saiu o dinheiro pra ir com a namorada ao cinema. Se reduzir a maioridade penal, é bom que também se reduza a idade na qual o menor possa trabalhar. Trabalho é educativo e dá esperança de se chegar a algum lugar. A exploração existe? Existe, mas aí é fiscalização[17].

---

15 Provavelmente se referia ao grupo Porta dos Fundos, que realizou diversos vídeos para a internet com temática religiosa. Questionavam as instituições e até mesmo os textos bíblicos, além de fazerem uma releitura apurada do imaginário social relativamente à religião.

16 L.V. chegou a publicar ao menos dois artigos sobre o assunto: "Por que não se ri de Cristo!" e "E se Jesus fosse gay, zumbi ou salvo pelo exterminador do futuro?"

17 L.V. tinha conhecimento de que este seu posicionamento poderia ser mal compreendido por seus

18 de junho de 2015, 20:28

Como diria Karl Marx, o capitalismo é um vampiro que suga a energia viva do proletariado. O que ele não disse, mas está implícito: você não se tornará um vampiro depois de mordido... Irá secar até o fim...

Luiz Vadico compartilhou um link.
Novo cálculo para aposentadoria passa a valer hoje e muda gradualmente até 2022
www1.folha.uol.com.br

Como sempre digo. Neste país, a indigência nos espera. Qual a garantia que temos na velhice? Nenhuma. E a cada dia isso fica mais claro. Está sorrindo hoje? Espero que haja asilos pra te receber no futuro. Eu conto com isso. Ah! E dentaduras! Senão o sorriso fica meio esquisito!

18 de junho de 2015, 20:51

Eu sou paulista. Paulista do interior. Uma das coisas que me incomoda é ser ofendido em meu próprio estado[18]. Nós paulistas não somos bairristas, mas parece que todo mundo que vem de fora gosta de demarcar território se dizendo mineiro, baiano, piauiense... e se sentindo no direito de questionar o paulista e o paulistano. Ora, se não está contente, volte para a sua terra.

A gente nunca ouve alguém dizendo: sou paulista com muito orgulho! A gente nunca ouve uma defesa de quem nasceu, cresceu e viveu em São Paulo. Parece que nós só temos defeitos. Temos sim. Trabalhamos, lutamos, sonhamos e não perguntamos por que outras pessoas vieram para cá. Temos cultura, temos culinária, temos escritores, mas parece que o paulista tem vergonha de dizer quem ele é. Eu sou paulista, minha família ajudou a construir este estado, bem-vindos os que contribuem para isso.

---

contemporâneos. A fim de que a interpretação correta se mantenha, é necessário aqui afirmar que ele desejava apenas que quem precisasse e desejasse trabalhar pudesse efetivamente fazê-lo. Jamais foi a favor do explorador.

18 L.V. era mais suscetível a ofensas do que ao seu alegado bairrismo. Não gostava que falassem mal do seu estado ou de paulistas. Com certeza terá o perdão dos que santificam as maravilhas da sua terra de origem.

Mas se você veio pra cá com sua carga de ódio e frustração, desculpe, você não é digno deste estado. Nós não temos culpa por todos os problemas do País.

***

Frase facistoide do Vadico: nas próximas décadas ou vocês param de procriar ou mataremos os adultos. Não entendo como as pessoas ainda não olharam os sinais dos tempos[19].

19 de junho de 2015, 23:01

Uma das coisas que mais me afligem nos últimos dois anos é a imigração para o Brasil. Pouco se fala nisso. Mas milhares de pessoas estão entrando no país pelo Acre ou por qualquer outro lugar. Somos um país de imigrantes, um país grande e com espaço, e com certeza a chegada de novos lutadores não me incomoda.

O que me incomoda é a falta de uma política governamental para a alocação desses imigrantes. Chegam aqui sem saber de nada – inclusive o idioma, e simplesmente os estão embarcando para São Paulo. Acho que eles, como meus antepassados, só querem um lugar ao sol para crescerem. Mas será honesto enviá-los para a maior cidade do País?!

Precisamos de uma política estatal para realocar essa mão de obra que está chegando. A questão não é tolher a liberdade de quem chega, mas dar chances reais para que eles e o País se beneficiem dessa onda de imigração.

Imigração desorganizada, questões de idioma e falta de informação constituem marginalização e marginalidade. É injusto com quem chega, é injusto com quem está aqui.

---

19 L.V. se preocupava muito com o crescimento da população, com o crescimento desmedido do capital financeiro, do capital agroindustrial e outros capitalismos. Não conseguia ver um futuro positivo para todas essas coisas. Poder-se-ia dizer que ele achava que havia algo de perverso no comportamento do homem e da sociedade – perverso no sentido de perverter tudo até a destruição total. Talvez fossem resquícios da sua formação de juventude sob a ameaça da guerra nuclear. L.V. chegou até mesmo a fazer um curso de assistente de enfermagem em 1985, na cidade de Andradina, e efetivamente trabalhou num hospital por seis meses; a motivação para tanto era muito nobre, pois desejava auxiliar os feridos no caso de uma guerra nuclear. Hoje ela soa cômica.

2 de julho de 2015, 17:42

Então... Sabem quando duas crianças pequenas ficam correndo dia e noite no andar de cima?! Tenho certeza de que se fossem dois cachorros já teriam levado pra passear.

2 de julho de 2015, 20:25

Desconfie de quem faz muitas promessas e de quem não faz nenhuma,
O primeiro não irá cumpri-las pois são muitas, e o segundo não tem de cumprir nenhuma.
Desconfie ainda mais de quem acredita em promessas demais e de quem não espera por nenhuma...
Num caso deseja se iludir e noutro já está desiludido.
Não se esqueça, todos somos dignos de respeito e compromisso.
Ninguém merece menos que isso.

***

Saiba que o mal existe. Evite-o, e recubra-o de ignorância. Tudo o que o mal deseja é propaganda. Não fale sobre ele, não pense sobre ele, faça o bem, e o faça em silêncio. O mal se alimenta da nossa atenção.

3 de julho de 2015, 19:57

Luiz Vadico compartilhou uma publicação na linha do tempo de Maria Vadico.

Meu Pai

Outro dia, minha mãe se emocionou quando comecei a me lembrar e a falar sobre as coisas boas de que me lembrava sobre o meu pai na minha infância. Ele foi formado enquanto pessoa nos anos quarenta. Claro, isso significa um homem íntegro e que só pensa em prover o sustento da família, e neste período os homens tinham outras liberdades... Mas nunca bebeu nem fumou.

A lembrança da minha mãe era que meu pai brigava com ela quando chegava em casa e eu e minha irmã ainda não havíamos tomado banho. Eu traduzi assim: quero ver meus filhos bonitos e limpinhos. Eu e a Cacilda (minha irmã), após o banho, corríamos até o muro de casa e lá ficávamos empoleirados esperando meu pai chegar de bicicleta. Aquela pesada bicicleta de antigamente e que eu sempre tentava ajudar a colocar para dentro dos muros. E morria de medo, mas adorava quando ele me levava na garupa para dar uma volta.

Depois de tomar banho, meu pai ficava encostado no muro olhando pra rua, e nós subíamos no muro e o enchíamos de perguntas típicas de criança. Menos aquela clássica, pois acreditávamos na cegonha.

Ele também brincava conosco, às vezes ficava de quatro e eu subia nas suas costas e ele fingia que era um cavalinho e tentava me derrubar. Lembro-me de um dia no qual ele fingiu ser um cachorro na sala e nos atacava latindo. Até eu acreditar e começar a chorar de medo.

Às vezes ele fazia algumas surpresas. Éramos pobres, então as surpresas eram simples e queridas. Não sei onde ele conseguia, mas às vezes a nossa espera era recompensada por um coco. E lá íamos nós, descascar e quebrar o coco com ele, disputando a água.

Outras vezes ele nos surpreendia com macaúva, a castanha mais dura do planeta Terra, rs, e ficávamos juntos tentando quebrar a casca com um martelo. Em geral, a gente quebrava o cimento do piso até ficar um semicírculo profundo. A macaúva não se rende facilmente, e para ser honesto, nem gosto bom tem, rs.

Era o meu pai também que nos levava ao cinema. Com ele eu vi Os últimos dias de Pompeia e As treze amazonas, e é claro, muito Mazzaropi. E às vezes ele me dava atenção enquanto eu lhe mostrava minha maravilhosa coleção de pedras. Ia conosco à missa e à quermesse e depois nos levava para a sorveteria, e claro, nunca perguntou o que eu queria, mandava logo: sorvete de ameixa com abacaxi. Argh!!

Foi ele quem me ensinou a assoviar. E ensinou porque eu achava a coisa mais linda do mundo vê-lo chegar em casa assoviando "Saudades de Matão", "Branca" e tantas outras valsas brasileiras. No meu aniversário de seis anos chegou de manhã tocando uma gaita, meu primeiro instrumento musical. Pulei da cama na mesma hora. Nunca toquei direito gaita, mas fiz "mó" barulho, rs.

Quando ele trabalhava no sítio nos levava junto para ver o que fazia, e jamais irei me esquecer da minha primeira cachaça, retirada de um alambique profissional por uma torneirinha. Não falo minha idade nesta época, hahahaha. Outros tempos. Depois veio a sorveteria e o seu exemplo de trabalho duro e disciplinado.

Nunca ouvi "eu te amo"[20] do meu pai. E não me ressinto disso, não é da geração dele falar este tipo de coisa. Mas quando olho para o passado, sei que não tive um pai ausente. E que eu e minha irmã fomos amados por ele em suas horas de folga. O vento, com o passar do tempo, carrega poeira que se deposita, e aí vemos montanhas. É de exemplo e pequenas coisas que crianças são formadas. Muito orgulho do meu pai. Muito orgulho de vê-lo dançar com minha mãe. Por incrível que pareça, meu gosto pela música surgiu com ele. Gratidão é o que sinto[21].

***

O maior prazer da vida é encontrar pessoas generosas em nosso caminho, e sermos generosos enquanto caminhamos.

Do blogue – 7 de julho de 2015

A fumaça me persegue!

Há pouco mais de um ano me mudei de Moema para o Bom Retiro. Devia ter feito isso há mais tempo, pois naquele bairro sofria com problemas respiratórios constantes. A culpa? Fumaça. Fumaça de fornos a lenha espalhados indiscriminadamente pelo bairro, e que não estavam lá nove anos atrás. Eu tinha fortes crises de tosse e a sinusite era minha melhor amiga, às vezes tinha de sair de casa para ir ao shopping, pois lá tem ar-condicionado.

Cansado e resolvido a encontrar um ar melhor, acabei no Bom Retiro, não sem antes frequentar o bairro quase um ano. Sim, o ar era bem melhor do que de Moema. No entanto, as coisas foram mudando por aqui. Primeiro os bares – aqui tem um em cada esquina – começaram um a um a colocar uma churrasqueirinha na porta. E, claro, devido ao sucesso essas maquininhas de fazer fumaça passaram a ser usadas de manhã e no fim da tarde. Também passou a ocorrer um cheiro constante de lenha queimada, ou de "queimada" mesmo; não

---

20 Após este texto o autor ouviu mais de uma vez seu pai dizer "eu te amo". O tempo é realmente transformador.

21 L.V. na maturidade, de alguma forma resolveu as intensas dificuldades entre ele e o pai. As relações não foram nada pacíficas desde mais tenra idade e só pioraram com o passar do tempo. Apenas na fase adulta o autor conseguiu encontrar um lugar para o pai na sua vida. E este texto generoso é o reflexo disso.

consigo identificar de onde vem o cheiro, apenas meu nariz entope e a tosse ataca novamente.

Minha mãe veio passar duas semanas comigo, passou uma só. O motivo?

Fumaça. Ela tossia tanto que dava dó, precisou ir embora. São Paulo está pior do que as cidades do interior que faziam queimada da cana. Mas o cidadão comum não se importa. Ele sofre com isso, mas adora churrasquinho, forno a lenha e queimar lixo.

Apelo ao cidadão comum, porque afinal para a prefeitura pouco importa. É o consumidor que permite que este tipo de exploração prospere. Já não chega a poluição dos carros?! Chegaram até mesmo à inspeção veicular para controlar. Mas as outras fumaças podem?! E o mesmo consumidor de produtos enfumaçados reclama dos fumantes, fala sério!

Não! É preciso conviver com uma fumaça tão ruim quanto qualquer outra, mas que existe e se mantém porque a população gosta e não há política pública de controle de emissão de carbono nos restaurantes. Os mesmos restaurantes que empestam o ar da cidade com um terrível cheiro de fritura exalado por óleo velho. Não dá pra sair de casa em São Paulo sem voltar cheirando coxinha, batata frita ou sei lá o que mais.

Em tempos de busca por aumentar a arrecadação, sugiro ao prefeito que cobre "taxa de emissão de carbono", pois provavelmente vão preferir pagar a parar.

9 de julho de 2015, 22:10

Se está difícil não ser amargo(a), seja ao menos agridoce...

9 de julho de 2015, 1:13

No Brasil, quando temos problemas, sempre fazemos ou desfazemos leis. E esperamos que o papel onde elas foram escritas resolva as coisas pra gente. Quando a lei nos atinge ela é injusta, quando não serve aos interesses de um grupo ela é mudada. Mas obedecer à lei mesmo... humpf! Se apenas levássemos a sério a Constituição, já teríamos o bastante. Mas quantas pessoas leram a Constituição?

Eu li todinha mais de uma vez. E vocês?

O que é incrível na Lei é que há um item informando: "É proibido ignorar a lei". Ou seja, dizer que fez algo porque não sabia que era proibido não cola. Uma lei, duas, ou milhares delas não importam nada se as mínimas leis não forem honestamente implementadas e respeitadas. Parecemos fariseus, discutindo as minúcias da Lei e esquecendo o essencial: o dever de cumprir, e cumprir com misericórdia.

24 de junho de 2015, 22:22

Tenho muito a agradecer a Deus. Cada dia que me encontro com meus amigos de trabalho e entramos em acaloradas discussões – pelo que é justo e injusto – e saímos inteiros delas, sinto-me um verdadeiro privilegiado. Jamais agradecerei a Deus o bastante por trabalhar com as pessoas com quem trabalho. Pessoas honestas, verdadeiras, corajosas e sobretudo generosas. E os que acharem que tô puxando o saco, fodam-se[22]!

24 de junho de 2015, 21:04

Logo de manhã fui surpreendido com a notícia da morte de Cristiano Araújo. É triste quando qualquer jovem morre, mas o que me chamou atenção no noticiário é que as frases dos comentaristas começavam sempre assim: "Morreu num acidente o cantor Cristiano Araújo... Parece que ele não estava usando cinto de segurança..." Essa última parte era dita em tom de mais gravidade do que a primeira. Acho este tipo de comentário extremamente desabonador, é como se ele fosse responsável por sua própria morte. Desagrada porque as pessoas que morrem usando cintos de segurança não são citadas. Então, famosos ou não, se formos pegos numa fatalidade, irão nos culpar porque não usamos o cinto de segurança. Ora, se é para chorar e lamentar uma morte, choremos e lamentemos, mas sugerir a culpa da morte ao morto é de um cinismo que dói.

***

Amanhã receberei amigos e amigas em minha casa. E é para isso que um lar serve, acolher, fomentar, fertilizar e crescer[23].

---

22 Não é necessário "se foder"; sim, L.V. estava sendo honesto em relação aos seus sentimentos neste dia, porém sendo ingênuo relativamente aos colegas de trabalho. Eles eram apenas pessoas normais, fazendo coisas de pessoas normais.

23 L.V. foi conhecido como um bom anfitrião. Não é menos verdade que recebeu convidados poucas vezes. Ao vê-lo fazer essa proclamação, pensamos se tratar de um socialite, no entanto era introspectivo e tinha crise de ansiedade antes de receber até mesmo pessoas conhecidas. Arrependia-se e se desarrependia umas dez vezes de haver convidado as pessoas para virem a uma reuniãozinha na sua casa antes

***

Eu e minha geração sempre nos vangloriamos de viver num país onde todas as crenças conviviam em paz. Um país no qual a perseguição religiosa era incompreensível. Agora me pergunto: sobre o que nos orgulharemos no futuro?

***

Caminho pelas ruas como quem dirige uma Mercedes, porque ela não está fora, mas dentro de mim. O status de ser o que se é ninguém te dá, se conquista. E isso é apenas estar bem consigo mesmo.

***

Felicidade é... Um corpo colado com o seu, sem perguntas e sem respostas.

24 de julho de 2015, 00:06

Luiz Vadico compartilhou uma publicação.

"Fui feito lagarta para comer-te as pétalas, e quando te devorei, tornei-me nesta memória que voeja com asas abertas" (De Adriano para Antínoo – *Luiz Vadico*).

Originalmente do texto não publicado:

De Adriano para Antínoo.

Havia certa poesia no ar. As flores pequenas e miúdas brotavam nos galhos das árvores, o sol, brilhando amarelo, o ar morno, às vezes levado por uma brisa fresca. O alecrim abundava em perfume... É assim que eu me lembro... uma borboleta voando, como se tivesse toda a placidez do mundo em suas asas, como se pudesse trazer à memória toda delicadeza da tua presença. A tua pele branca, branca, sem nenhuma mácula de sol. Os lábios vermelhos, quase roxos de tanto sangue... e os olhos imensamente azuis, com seus cabelos negros e encaracolados... O andar lânguido cheio de cuidados. As mãos faceiras brincando com o mato alto... Eu poderia ver fadas singrando o ar para cruzar-te o caminho, podia ver

---

que ela acontecesse. Não sem razão achava que tinha alguma vocação para ser monge. Gostava de estar só e gostava de rapazes.

elfos e gnomos brincando à volta de sua cálida melancolia[24]... Meu Deus, como eu podia tudo só de te olhar...

Ninguém se contenta apenas em olhar, mas era como se isso fosse possível. Ah, meu doce amante, por que não foi o bastante o amor que eu tinha para te dar? Por que abandonaste a vida e me deixaste aqui, a vagar? Hoje não importa toda beleza. Não importa! Porque tu te arrancaste de mim! E sou uma chaga viva, carne dilacerada, ensanguentando meu caminho a cada pegada no chão. Vou deixando marcas vermelhas por aí e os outros que veem os meus sinais sabem do meu sofrimento. Viver sem ti... viver sem ti... para que viver? Para que olhar a primavera se aquele que era o motivo dela existir se foi? Para quê? Encho meus pulmões e grito para o sol, para as nuvens, para os deuses: "Libertem-me enfim!"

E, nada... Então viajo nas asas da borboleta e me lembro... me lembro... Tua juventude... tua pura juventude... tuas dúvidas, tua ingenuidade, tua graça... Como tu eras tanto diante do meu tão pouco.

Fui feito lagarta para comer-te as pétalas, e quando te devorei, tornei-me nesta memória que voeja com asas abertas.

Ainda se fora poeta para cantar-te, ainda se fora, mas não... Sou apenas este homem triste, que sem razão para buscar a morte ainda vive com o sangue dos sonhos que tu deixaste.

Luiz Vadico compartilhou uma publicação.

"Quero tecer com a luz das estrelas, perder-me da segurança estudada que tantas alegrias e desgostos fizeram-me provar" (Ifigênia, *em* Manhã de sol *– Luiz Vadico*).

24 de julho de 2015, 00:49

Humildade: está cansado? Desiludido? Achando que a vida lhe deve? Que tudo está difícil? Bem, pense nas suas escolhas e nos seus caminhos. Você deve à vida e não ela a você. O que você faz para acrescentar algo de importante à humanidade? No tijolinho desta imensa civilização, o que você é? O que deseja ser? Se a sua contribuição é a reclamação, sinto dizer que a História das Reclamações ainda não foi escrita[25].

---

24 L.V. não desconhecia a sacralidade, deuses e entidades da mitologia greco-romana, mas tomou a liberdade de falar de elfos e gnomos, pois o que interessava era o encantamento de Adriano por Antínoo.

25 L.V. jamais conseguiu compreender a felicidade e satisfação da vida cotidiana das pessoas. Ele sentia que devia deixar sua marca no mundo, mesmo que fossem marcas de sangue.

25 de julho de 2015, 21:03

"O espaço, a fronteira final... Indo audaciosamente aonde nenhum homem jamais foi..." [26] *Quando você chegar lá não reclame de solidão, por favor.*

***

Sopra vento! Sopra! Arrancando das cercas da eternidade as teias de aranha orvalhadas de luz [27]*!*

25 de julho de 2015, 22:48

O que mais me incomoda nas férias é a necessidade obrigatória de descansar e ficar de férias. Claro, o que mais me incomoda no trabalho é a necessidade de trabalhar. Tudo o que me obriga a algo me incomoda.

***

Campanha: No Dia do(a) Escritor(a), faça um(a) feliz, transe com ele(a) e inspire o seu próximo livro! Pronto, falei.

31 de julho de 2015, 23:19

Sobre a Lua de Sangue

Sou daqueles que olham para o céu todos os dias, mais de uma vez por dia. E todas as noites... Marketing lunar não me pega.

---

26 Referência do autor às frases de abertura da série clássica Jornada nas estrelas. Realizada nos anos sessenta, a série de ficção científica influenciou toda uma geração. L.V. fez parte desta geração. Citou várias vezes essa frase ao longo da vida, ela lhe dava coragem. Mas ir audaciosamente aonde nenhum homem jamais esteve tinha consequências. E estar preparado para elas faz parte da proposta da viagem.

27 Teias de aranha orvalhadas refletindo a luz do sol ao amanhecer foram a primeira epifania do menino Luiz Antonio Vadico: no evento, ele via a Beleza e nela, Deus. Tinha em torno de três anos de idade e obrigava a mãe a se levantar de madrugada no sítio, com ele, para ir observar teias de aranha orvalhadas. O fato ocorreu no Malosso, distrito de Itápolis. Esta imagem impactante da sua vida se manifestou literariamente no conto "Jesus no deserto", parte do livro *Memória impura*. No encontro entre Jesus e Davi, o conhecido salmista, este declara àquele que Deus o penetrou quando ele viu uma teia de aranha orvalhada de luz. Em outras palavras, não há razão ou conhecimento de Deus, mas revelação irracional e a invasão do divino que se impõe a uma frágil criatura.

5 de agosto de 2015, 22:45

Precisamos dormir, meu amor, precisamos dormir... Não nos surpreenda o sol acordados. Passamos a noite a contar estrelas, infinita. O dia é triste pois tem uma única, brilha mais que todas, mas é uma única... Sonho-te nos espaços escuros entre uma luz e outra que pisca no céu. E ainda bem que há muitos espaços escuros e muitas luzes. Tenho medo do escuro, mas se você segurar na minha mão... fingirei que o universo é apenas um mar bravio a ser conquistado...

7 de agosto de 2015, 2:03

O maior problema da nossa suposta democracia é que ela não existe sem cidadãos informados sobre os seus direitos e deveres. A culpa não é do brasileiro, pois quando quiseram implementar o Código de Defesa do Consumidor, houve adesão massiva. O Procon é utilizado pelos brasileiros até hoje. Imaginemos se tivéssemos um órgão responsável por informar direitos e deveres... Imaginemos o brasileiro podendo reclamar para o governo!

15 de agosto de 2015, 22:03

Engraçada a vida. Muitos anos depois de "A pitanga influenciada por Snoopy" surge "Quase maduro", de 2015 (ver 8 de março de 2015, 23:27).

A pitanga influenciada por Snoopy

Para alguém como eu, sempre falta algo a fazer... sempre... um trabalho que nunca termina...
a busca de um algo que nunca chega... fui feito incompleto... ou me tornei?
Essa carência de coisas supremas...
E me enfiaram para viver num mundo onde todas as coisas são ainda mais passageiras... do que já foram...
Por que o mundo só é perfeito quando já passou?
Por que apenas minhas lembranças são felizes, mesmo quando infelizes?
Por que meu presente não é feliz mesmo quando feliz?
Por que... por que...
Apenas porque eu quero, apenas porque eu me pergunto...

e, talvez, apenas talvez... eu não devesse perguntar...

Renunciar à dúvida é aceitar as certezas... mas que certezas?

A fome? O desemprego? A doença? A morte? A vida?

Sim, a vida é certa, é a mais certa de todas as coisas...

Então... certamente vou vivendo... com essas dúvidas... A maior influência que tive não foi Jesus Cristo, nem a Bíblia, nem um escritor genial... foi o Snoopy, o Snoopy numa frase de camiseta, que já era um balãozinho... inaudível... um pensamento... que desejava se manifestar... mas só existia por que alguém o desenhou: Quando todas as suas perguntas forem respondidas, novas perguntas surgirão...

O Snoopy não era um sábio, era apenas um perguntador...

Mas desenhos não se angustiam... e nem fazem perguntas...

Amadurece rápido, fica laranja ou vermelha... é minúscula... azeda e às vezes doce... uma fruta pequena e silvestre (selvagem) e que lembra uma moranga (doméstica)...

Sempre ficarei na dúvida se sou uma pitanga madura, azeda e doce, ou se apenas uma moranga vermelha e laranja... grande... mas sem sabor...

Não importa... não importa... porque só se é maduro se alguém saboreia... se ninguém prova do gosto que você tem... tanto faz se você é verde ou não.

Até uma bicada de pássaro faz falta...

Até um bicho de goiaba...

Até...

O que não quero é apodrecer na árvore... sem sementes brotando pelo chão...

O que não quero é cair verde dela... e apodrecer no chão... o que não quero é ser colhido à toa ... por um passante, que nem me coma nem me olhe, só me atire entre pedras do caminho...

O que desejo é encontrar aquele instante perfeito onde eu maduro sirva às circunstâncias da minha maturidade... caindo livremente no espaço... em direção a uma terra fofa... molhada por uma chuva... fértil chuva... a mais fértil de todas as chuvas... e nem quero ver a árvore crescer... desejo apenas saber quando este instante ocorrer...

E isso já é muito para uma pitanga influenciada pelo Snoopy[28].

***

---

28 O autor tem um uso único das reticências. O texto aqui foi mantido na formatação original, resultado alcançado depois de inúmeras pesquisas no espólio.

São apenas frases que fazem para vender camisetas para adolescentes e adultos que não amadureceram...

Amadurecer... como se fossemos frutas...

Se isso fosse possível... dentro de mim fatalmente haveria uma pitanga...

***

Após tantos anos de românticas tentativas, pergunto-me por que não fui uma história de amor pra tanta gente?!

16 de agosto de 2015, 23:08

Brasil, o gigante adormecido (que ora acorda, ora volta a dormir), sofre com seus pesadelos. Dormir não é um problema, apenas esperemos que ele volte a sonhar.

21 de agosto de 2015, 2:41

Luiz Vadico compartilhou um link.
Estado Islâmico decapita arqueólogo sírio responsável pelas ruínas de Palmira
publico.pt

Ler este tipo de notícia e saber que as potências ocidentais, orientais e do Oriente Médio estão fazendo muito pouco ou quase nada, me dá a certeza da demagogia capitalista, socialista, islâmica e cristã. Ninguém se interessa pela humanidade. Nem Deus nem o Diabo. E não tenham dúvida: se eu estivesse com o pescoço do chefe do exército islâmico nas minhas mãos... eu o degolaria.

30 de agosto de 2015, 1:53

Um metro quadrado de mim é mais do que um planeta. Então, não pense que me conhece.

***

Conselho para os mais ricos e aos mais pobres: dinheiro não é fim, é meio. Deus dá para a gente distribuir. Engana-se quem entesoura. O futuro não é de quem faz poupança, mas de Deus. Também não é dos perdulários. A compreensão é essa: veio, beneficie, faça circular. O dinheiro é para te fazer crescer e a todos que estão à sua volta, sem isso ele não faz sentido. E a gente nunca tem pouco demais para fazer isso.

30 de agosto de 2015, 2:20

Dizem que hoje a lua está gigante e bela, mas eu te direi, nenhuma lua existe sem que você olhe para ela. Se é gigante, crescente, minguante... Pouco importa. Importante é o seu olhar para fora de si e se refletindo no espelho da lua, percebendo que não importam os noticiários, mas o que você faz de tanta magia. Não tire uma selfie, beije!

12 de setembro de 2015, 00:25

Não dê resposta. Questione a pergunta[29]!

19 de setembro de 2015, 23:42

Não queremos ditadura. O que está em crise no Brasil é a democracia representativa. Apesar de tudo, o povo está pouco representado, a classe média está pouco representada. Queremos uma política que nos represente. Uma democracia que nos represente. Precisamos de uma reforma que valide os políticos que chegam ao poder. O descompasso entre a vontade política e a popular poucas vezes foi tão grande. Mas isso não significa que alguém deseje a ditadura, desejamos representação verdadeira.

Precisamos repensar a nossa democracia e estamos maduros para isso.

25 de setembro de 2015, 2:40

Luiz Vadico compartilhou um link.
Colégio carioca adota termo 'alunxs' para se referir a estudantes sem determinar gênero
catracalivre.com.br

---

29 Frase do autor. Escrita para chamar atenção sobre o fato de que os preconceitos e as questões que a sociedade faz raramente são pertinentes ao que as pessoas estão fazendo.

Eu não gostaria de estudar num colégio que não sabe quem é menino ou menina. É um absurdo isso. Ao se desejar ser politicamente correto, se acaba por menosprezar a saudável diferença entre os sexos. Meninos podem ser de todos os tipos e meninas podem ser também. Não é preciso acabar com a definição de menino e menina por causa de quem eles preferem ir para a cama. Isso não é da conta da escola.

10 de outubro de 2015, 00:44

Luiz Vadico compartilhou um link.
História em currículo não pode 'descambar para ideologia', defende ex-ministro
Educação - Estadão educacao.estadao.com.br

A História que aprendi nos bancos escolares era ideológica e ruim e, pasmem, não era escrita por capitalistas. Agora nem aquela porcaria teremos. No futuro ensinarão os alunos apenas a escrever o nome para assinar contratos de trabalho, e darão exercícios físicos para aguentarem a jornada de trabalho. Depois que souber algo mais, pode ficar na internet dizendo nada.

10 de outubro de 2015, 1:08

A arte de educar

Sempre desejei escrever algo sobre educação, não sobre ensino, ao menos por enquanto. Adoro crianças, uma de cada vez, claro; e sinto-me lisonjeado quando uma delas me dá atenção, e sempre lhe devolvo respeitosamente a atenção que ela me dá tratando-a como ser humano completo (apenas não maduro). Não tive filhos e eles não estão em meus planos, e parece também que não se coadunam com minha condição. Então com que autoridade eu falaria de educação de filhos? Com a autoridade de filho. É como filho, que respeita, ama e é grato aos pais que escrevo as máximas a seguir. É olhando para o que eles são, fizeram e fazem, que ouso indicar um caminho. A nossa experiência.

Da dignidade humana

Das várias lições que aprendi, tem uma marcante. Eu tinha em torno de cinco anos quando nos mudamos do sítio para a cidade. No início dos anos setenta havia um "tipo", o caipira. Eu e minha irmã éramos típicas crianças caipiras, andávamos de cabeça baixa, sempre de olhos postos no chão. Quando ríamos levávamos a mão à boca, escondendo o riso, todo envergonhados.

Minha mãe teve um trabalho imenso para que nos aprumássemos como pessoas da cidade. Quando caminhávamos pelas ruas, a toda hora ela precisava dizer: "Levanta essa cabeça moleque! Tá com vergonha de quê?!"

E se a abaixássemos novamente, ela nos dava um chacoalhão nas mãos. E, como não havia motivo para nos envergonharmos, nem por sermos caipiras e nem por sermos pobres, passamos a andar eretos e confiantes.

Ela não nos inspirou o orgulho, mas a dignidade da pessoa humana. Até hoje, mesmo quando me sinto pequeno diante do mundo e das pessoas, lembro-me das broncas e levanto a cabeça que por instantes caiu.

Não tenho nada de que me envergonhar, sou igual a todas as pessoas, ricas e pobres. Minha mãe jamais abaixou a cabeça para nenhuma circunstância da vida, nenhuma, enfrentou todas com dignidade.

***

Ouvir

"Se seu filho precisa gritar, é sinal de que você não o está ouvindo..."

Fale sempre com calma e atenção e lhe assegure que você o ouve e que não precisa gritar. Com o tempo ele se sentirá seguro de ser ouvido e de obter respostas positivas ou negativas para os seus apelos. Não o deixe gritar mais de uma vez, nesta circunstância ouça-o imediatamente, e corrija o tom de voz, com paciência. Depois lhe garanta que não há necessidade de pressa, acalme-o. Você o ouvirá e atenderá conforme a situação. Ensine-o a esperar sem ansiedade. Repita este comportamento, pacientemente, quantas vezes for necessário. Não espere seu filho gritar, ouça-o antes.

A voz de uma criança não precisa ser esganiçada, docinha, irritante ou sem controle de volume e entonação. Se ela for assim, é porque está recebendo modelos para tanto. Este tipo de voz, agressiva em sua melosidade aguda, é sinal de fragilidade e insegurança. Ele precisa aparentar ser mais frágil do que realmente é. O que ele quer? Chamar sua atenção ou chantageá-lo para tê-la. Fale em tom de voz normal, não crie modulações engraçadinhas. O carinho na voz não está no tom anasalado e "infantiloide", mas na velocidade com que se fala e na emoção que se põe nela. Fale devagar. Dê tempo para as palavras serem degustadas. Pense nisso, e dê aos ouvidos do seu filho, aos seus, e aos do mundo um descanso. Toque a música certa e ele dançará contigo. Você verá, ao som do carinho, de pezinhos trepados nos seus, como ele dança bem.

***

Seu filho é uma pessoa
"Seu filho não é o futuro, ele é agora."
Seu filho não é o homem do futuro. Ele é. Uma pessoa no presente. Sempre no presente, não importa a idade que ele tenha. E se ele envelhecer, ainda assim nunca será o passado: ele é presente, sempre. Seu exercício é lidar com o futuro dele enquanto pano de fundo, com o passado enquanto memória (sua, dele e a familiar), e saber que o que ele é agora, é mais do que tudo o que foi e será. Você deve amar e aceitar essa pessoa que convive com você no agora, no imediato presente. É ela quem irá te imitar.

Quando digo "ele é agora" não digo ele é "o agora", o presente, estou dizendo que ele "é" integralmente uma pessoa agora. Você tem de lidar com isso, e não com o futuro ou com o que você deseja que ele venha a ser. Em nosso desejo natural (social) de educar e bem formar nossos filhos, às vezes damos ênfase demais a nossas projeções fantasiosas, e a nossas obrigações para com ele e a sociedade. Seu filho não é essa carga toda de ansiedade que te disseram que é nem aquela que você se propôs a carregar, ele é uma pessoa completa agora. Ele precisa de você agora; não importam as suas projeções e necessidades futuras, elas devem ficar como pano de fundo e nunca em primeiro plano.

Compreenda, uma criança já é uma pessoa, um ser humano completo fisicamente falando, dona de um cérebro, sensações e emoções. São características inatas, ela tem de lidar com você e o mundo o tempo todo, desde que nasceu. Bem ou mal ela lida, então não pense que ela fará isso somente no futuro, ela está fazendo isso já, a todo instante. Olhe para ela e veja como está lidando com tudo isso, suas estratégias, suas artimanhas. Seu filho dará as respostas mais eficientes possíveis para as condições nas quais ele vive. Ele está vivo e vivendo, ele não pode esperar para ficar adulto.

***

O filho imaginado e o filho que se tem

"Você ama o seu filho ou as projeções do futuro que você fez para ele e para você?"

Respostas e atenção são um pedido do seu filho. E ele desconhece essa pessoa que você pensa que ele é. Esta "criatura tentacular" – uma mistura de criança com as suas expectativas, medos, e projeções sobre o que ele se tornará – não é o seu filho, é a sua imaginação sobre ele. Seu filho é pequeno demais para ser esmagado com tanta informação e ansiedade. Se você retirar estes filtros dos olhos, poderá vê-lo em sua plenitude e quem sabe até mesmo amá-lo, e não às suas projeções ansiosas. Não é amá-lo porque fisicamente ele se parece contigo, não é amá-lo porque você aprendeu socialmente, é amar alguém que você conhece de verdade e admira pelos esforços cotidianos que faz para se adequar.

Cuide para dar elementos com os quais ele possa planejar o amanhã; coloque propostas e não os sonhos que lhe pertencem. Permita-lhe fazer escolhas e as apoie, ou esclareça por que não são interessantes. Sobretudo, tenha opinião e a demonstre. Seu filho precisa da segurança da sua voz e do seu caráter. Mantenha sua opinião, e só a altere se ele conseguir argumentar e mudar o seu ponto de vista. A sua firmeza lhe dará parâmetro de comparação, um ponto a partir do qual ele estabelecerá julgamentos.

Seja adulto. Você tem medo de estar errado? Receio de não "saber o caminho"? Todos podemos nos equivocar. Você vai errar, todos erram, é natural, não tenha medo de errar, tenha medo de permanecer no erro. Quando seu filho souber o "correto", ele te dirá, esteja atento para ouvir.

***

Liderança e hierarquia familiar

"Se seu filho virou um pequeno tirano, é sinal de que você mostrou o caminho. Você deixou que as relações hierárquicas, necessárias, se invertessem. E ele tomou o poder."

Perceba algo importante: seu filho te ouve pouco, ele te imita. Ele grita, é irritante, ansioso, quer atenção o tempo todo? Ele está sendo o seu espelho. Pais tranquilos e seguros em sua paternidade, têm filhos tranquilos e seguros de sua filiação e condição. É uma relação de hierarquia, você lidera. Não confunda liderança com autoritarismo e tirania.

Relações entre pais e filhos não são democráticas nem devem ser. Seja um líder, indique direções, compreenda as situações, verifique as condições de seus liderados e aquelas que estão à sua volta. Ouça os seus "liderados", compartilhe dificuldades, compartilhe sucessos; caminhem juntos, mas sob uma liderança. Quando você não puder liderar mais, ele assumirá o posto... Esperemos que ele tenha aprendido bem o seu exemplo. Desista do papel de "bobo da corte". Pare de entrar na performance social de "eu sou o cara legal". Acorde, você não é o "cara legal", você é o pai. E pais podem até ser legais às vezes, mas educar é dizer "não" e isso nem sempre é simpático. Acostume-se, você irá desagradar o seu filho. O tamanho do desagrado depende da sua habilidade de mostrar que faz a coisa certa.

Se você estiver em um lugar público e ele fizer uma imensa birra porque deseja algo que você não pode, não deve ou não quer lhe dar naquele momento, explique a situação. Se ele continuar a exigir, explique novamente. Se ele reivindicar aos gritos e se jogar ao chão, repreenda-o fortemente e exija que pare. Jamais o ignore deixando gritar e espernear sozinho. Não abandone-o e saia andando, aguardando que ele te siga. Ele não parará, as outras pessoas informam de maneira indireta que ele está sendo bem-sucedido naquela estratégia.

Tenha jogo de cintura, diga não, desvie o assunto, chame a atenção para outra coisa. Mas não faça barganhas, pois ele se tornará um chantagista. Se for necessário, desincentive o comportamento, punindo-o. Punir não é humilhar nem espancar.

Entretanto nada mais desesperador para uma criança do que ser abandonada a si mesma num lugar público repleto de pessoas, nada mais desesperador do que ela saber que tem de se manter assim para que você retorne para ela. A estratégia dela funciona, mas é cruel com todos os envolvidos. Seu filho é uma criança, não sabe lidar adequadamente com a situação e com seus próprios sentimentos, é você quem deve mostrar e impor o caminho. Deve ficar muito claro que aquele comportamento e aquelas emoções não são aprovados nem desejados. E que ele jamais conseguirá o que deseja reeditando-as. Surpreenda-o, tempos depois, dando o que antes ele pediu aos gritos, quando ele já houver aparentemente esquecido. Ele se lembrará de que foi ouvido e não foi esquecido.

Lembre-se: incentivar o bom comportamento é aprová-lo, e não dar prêmios. Se você o acostumar a ganhar prêmios porque faz isto ou aquilo, estará criando um incompetente social, pois a vida e a sociedade não premiam o mínimo necessário para a convivência: honestidade, responsabilidade, retidão e caráter são um prêmio em si mesmos.

Em relação ao seu filho, aprenda com Deus. Dê-lhe exemplo, diretivas e direções. Desejando ou não, ele terá de lidar com o mundo e suas situações. Saiba disso. Só a lembrança do que você fez e dos caminhos que apontou lhe darão segurança para fazê-lo. Respeite as escolhas que ele fez, faz e vier a fazer. Nunca deixe de se colocar em relação a essas escolhas. Ele precisa da sua posição, concordando ou não com você, sentindo a sua presença e medindo-se com seu parâmetro. Saiba agir com moderação. A moderação às vezes exige mais força ou menos, verifica a situação. A palavra é: eu me importo! Mas até onde eu devo atuar por me importar? Essa resposta é sua.

Deixar seu filho livre não quer dizer ausência de participação e opinião. Quer dizer ausência de autoritarismo. A sua autoridade deve sempre ser exercida e sentida como moderadora e com moderação. Após comunicar o seu desagrado de forma clara, deixe-o tomar as decisões que precisa. Lembre-se: ele vive vidas e realidades diferentes das suas. Confie. Ele tem um espelho, um parâmetro, e este é você. Ele pode não perceber isso de imediato, mas perceberá.

***

Capacitação para a vida

"Se você não bebe até cair, seu filho também não beberá, e se beber saberá que não devia tê-lo feito. Nem precisará de repreensão."

A palavra que um pai mais fala é: não. Ninguém gosta de dizer e nem de ouvir. Mas o não evita o sim para o errado. O incentivo para o bem e para aquilo que é correto é o sim que seu filho deve ouvir. Filhos devem ser cobrados, no entanto, dentro dos parâmetros daquilo que eles podem oferecer. Você está dando elementos para ele avançar? Os elementos citados não são a escola, o inglês, o jazz etc. Tudo isso importa pouco. Falo de moral, não de moralismo; falo de comportamento ético e não de conveniências.

A sua queixa mais comum é: não posso dar tanta atenção para o meu filho, pois estou sempre cansado, trabalhando muito para cuidar do futuro dele. Ah... ilusão. Cuide menos do futuro e mais do presente. O futuro dele é dele. Quando o futuro chegar, se chegar, certamente frustrará todas as suas melhores previsões. Há uma série de condições sociais, econômicas e existenciais para que este novo tempo se estabeleça. O futuro é o tempo que nunca é, pois quando ele for, será presente. Perceba, então: você é apenas parcialmente responsável.

Neste sentido, é bom lembrar: os professores não são os pais do seu filho. Eles são chamados por aí de educadores, no entanto educação quem dá são os pais. O professor é apenas um profissional que mantém uma conduta adequada numa situação pública, é o máximo de modelo que ele deve dar. Se ele assumir a sua função, recla-me. Deixe de ser preguiçoso e acomodado e não transfira para outros os seus deveres e obrigações. Se você deixar que o mundo cuide de seu filho, ele certamente cuidará, depois não se queixe. Já vi pais cobrando comportamento de professores como se estes devessem ser freiras e padres; eles não são, se fossem teriam escolhido outra profissão.

As chances e oportunidades que seu filho vier a ter dependem menos de condição econômica e escolaridade do que da capacidade dele em lidar com o mundo, suas condicionantes e as pessoas à sua volta. É a formação desta capacidade o que ele mais te pede o tempo todo, perceba. Para você, que já tem esta habilidade desenvolvida, não importando sua inteligência ou condição financeira, é razoavelmente fácil dar exemplos e modelos que ele imitará. Essa condição implica sensibilidade, ser sensível aos apelos do mundo e aos do seu filho. Em outras palavras, experiência de vida. Esta você já tem. Você é competente, acredite.

***

Sucesso e gratidão

"Um filho será grato somente se reconhecer nos pais o exemplo que ele seguiu."

Não massacre essa pessoinha com o seu orgulho e vaidade. Se alguém deve se en-vaidecer de suas vitórias, é ele mesmo. A você, cabe apenas manifestar sua aprovação e lhe dar o mérito que realmente tem. O seu próprio mérito, deixe que ele e os outros lhe deem, se acharem que você o tem. Se você realmente o tiver, compartilhe-o com Deus, agradeça-o por ter conseguido ser exemplo e modelo; agradeça o sucesso do seu filho. Deus teve muito a ver com isso. Compreenda, as variáveis postas no mundo para testarem a educação dada são tão infinitas e complexas que não é minimamente razoável reivindicar o mérito todo do sucesso, ou mesmo do fracasso.

Nenhum filho tem vergonha de um pai por seus parcos recursos. Ele tem vergonha de um pai que não seja digno da pessoa que ele é. Seu filho não quer ser maior do que você, não importa quanto sucesso material e social ele alcance. Ele quer ser como você, deseja a sua aprovação para aquilo que se tornou. Cuide para ser o modelo adequado. Seu filho não quer a sua vida ou a sua profissão, quer o seu exemplo de comportamento. Aprove-se, e você será aprovado.

***

Espelho e experiência

Este é o resumo de tudo o que aprendi, como filho, do comportamento dos meus pais. E é tudo quanto eu imitaria eu tivesse se filhos. Hoje me pareço muito mais com meu pai e minha mãe do que eles ou eu mesmo havíamos previsto ou imaginado. E é incrível, mas nos orgulhamos muito disso. O que sou é espelho deles[30].

10 de outubro de 2015, 1:14

Dia das Crianças do Vadiquinho. Em 1976, com nove aninhos, eu era um garoto bonito e sociável, ainda que tímido. Meus pais haviam acabado de mudar para uma cidade grande, Andradina, 40 mil habitantes, três vezes maior do que a pequena Itápolis, onde nasci. Assim, numa cidade grande, fiquei sabendo que existia o Dia das Crianças, e quis tanto um presente que cheguei a ter febre. O que eu queria? Ah... um robozinho, daqueles que a gente dava "corda" e andava; nem era tão caro, mas levei uma bronca e ganhei. Todo feliz com meu tesouro, fui à casa do meu melhor amigo compartilhar minha joia; ele era "rico" e ele e o irmão haviam ganhado dois robôs com o dobro do tamanho do meu, e a brincadeira foi bater no meu... Nunca mais pedi presente de Dia das Crianças. Quem é esperto, cresce rápido[31].

15 de outubro de 2015, 14:59

Luiz Vadico compartilhou um link.
Faixas de pedestres de Salvador ganham as cores do arco-íris
atarde.uol.com.br

Eu sei, eu deveria estar feliz. Mas a bandeira arco-íris servindo de faixa de pedestres só me lembra duas coisas: ninguém respeita a faixa e as pessoas pisam nela. Bem, visto assim faz sentido.

---

30 Ao lermos este texto, é difícil entender certo conservadorismo por parte de um autor que foi o tempo todo um rompedor de regras e comportamentos.

31 Essa breve estória significou muito mais do que aparenta. Ele não esqueceu a humilhação dos seus sentimentos. Se disse que jamais pediu novamente presente de Dia das Crianças, isto significa que a dor foi intensa. Para não a sofrer novamente, esvaziou a data de significado.

15 de dezembro de 2015, 00:53

Podemos sobreviver e escapar à morte, mas nada garante que o que sobra é vida, nem o que veio antes. Cansei de caçar significados, agora eles que me cacem.

Talvez eu consiga ser mais esquivo que todos eles[32].

24 de dezembro de 2015, 20:03

Sapatos e sapateiros

(Texto amargo não dirigido a pessoas suscetíveis de maneira geral, endereçado apenas aos que concordam comigo)

Todo final de ano, desejo escrever algo bonito e bom. Algo que encoraje e anime as pessoas, e as marque positivamente. É uma síndrome estranha esta que me abate. Talvez eu tenha aprendido dos cartões de Natal que se deve dizer algo curto e de efeito. Talvez. Mas o que vivo em frente à tela do computador, vendo o que algumas pessoas escrevem, é o fato de o cartão de Natal sempre ter sido impresso aos milhões, e parece ter inspirado a todos e não apenas a mim.

De maneira geral – e não apenas na entristecida data natalina – a disputa pela frase feita, pela tirada de ocasião, pela opinião vazia fechada em poucos caracteres, a luta para conseguir encerrar o cinismo e a ironia num linguajar quase elegante... assombram assombrações.

Escritores já fizeram boas tiradas e ótimas frases, no entanto arrancadas do interior de obras imensas... Um tesouro de onde se tiram coisas boas e ruins. Entretanto, essas frases representavam vivências e experiências, e não repetição. Parodiando Walter Benjamin, o que vemos hoje é "o lugar-comum no tempo da sua reprodutibilidade técnica..." (até citá-lo já o é). Então devo dizer que a aura do cartão de natal foi esvaziada, ou seria o da frase de efeito?

No século XIX, poucos sabiam ler e escrever, hoje muitos sabem; logo, questiono os supostos gênios do passado – quando qualquer um pode publicar e fazer circular

---

32 L.V. teve um sério problema de saúde dois meses antes dessa afirmação. O que fora diagnosticado como uma pneumonia era uma tromboembolia pulmonar, a segunda. O seu sangue estava criando coágulos. Apesar de todos os exames, não se descobriu a causa. E o evento não se repetiu. Mas impressionou-o, sobretudo, a sua calma e paz diante do evento. Estranhou o fato de que se achasse tão pronto para a morte. Os anos seguintes foram de questionamento.

seu palavrório vazio e encontrar aplauso para as suas asneiras, ditas em frases edulcoradas cujo sentido sequer conhecem. Parece que, na história da humanidade, uma multidão de gênios só não tinha espaço. Por isso, penso que sou um invejoso, um frustrado amargo que, em vez de se alegrar com a inteligência alheia e a sua exibição, se entristece por não ser o único a ser seu detentor.

Feliz Natal!!

É uma frase curta.

Mas o que é ser feliz? E o que é Natal? E por que, se há Natal, ele deve ser feliz ou triste? Talvez este dia – como as frases vazias e pretensamente bem formuladas, mais retóricas do que preenchidas de algum sentido – já tenha igualmente virado produto de massa.

Mas isto ele sempre foi, não é?! Quem sabe possamos no futuro ter o dia de "Natal no tempo da sua reprodutibilidade técnica"? Imaginem um monte de natais... E não precisaremos festejá-lo nem prestar atenção nele assim como fazemos com os cultivadores do lugar-comum, da frase de efeito vazia. E que estupidamente pensam que ser alguém e fazer algo é chamar atenção no efêmero mundo digital.

Sabe, se até as fotos não duram mais nem são de papel, por que opiniões recicladas e sem fundamento irão durar?! E claro, cada vez que alguém como eu desabafa um pouquinho pode até sentir as pesadas vibrações de ódio se avizinharem. Enquanto uns trabalham com sapatos e são sapateiros, e podem falar de sapatos e fabricá-los, existem aqueles que trabalham com as palavras e as ideias e podem falar sobre elas. E outros que podem apenas vesti-las... E, apesar de as escolherem poucas vezes, dizem que são confortáveis.

O maior problema do ignorante é ignorar sua ignorância, e quando ele o percebe, sua maior virtude é chafurdar nela de vez dizendo o quanto se tornou sábio... Ah, vanglória, ah vanglória... E surpreendido ele afirmaria convicto com um risinho nos lábios: "Só sei que nada sei...", conhecida frase de Sócrates, conhecido filósofo grego. Teria dele a seguinte resposta, se fosse dita por um tolo: "E tu achas bonito repeti-la sem saber por que a construí? Tu te assemelhas ao idiota que grita: 'Posso olhar de onde estou todo o horizonte, sei todas as verdades do alto deste pico!!' Porém, jamais subiste a montanha! Creem nele os tolos que igualmente jamais subiram montanhas!"

(Se Platão pôs palavras na boca de Sócrates, fiquem felizes por eu colocar nela apenas palavras também).

Peço aos frasistas de plantão, aos sacerdotes das tiradas estúpidas que não passem por este vexame diante de tão insigne filósofo. Deixem para mim o fardo de carregar a fama de pretensioso, arrogante, prepotente e vazio. Já estou acostumado. O que não estou acostumado é com tantos competidores por títulos tão obviamente ruins.

Feliz Natal!!

Mas o que tudo isso tem a ver com o Natal? Bem, este é o meu presente, cada um dá do que tem. Pensam que sou poeta, escritor, intelectual ou qualquer coisa que o valha. Mas sou um vaidoso, e assim sendo, só posso ser um fabricante de espelhos.

Dou-lhe um, e já basta. Tente não quebrá-lo, pois dá muito azar.

24 de dezembro de 2015, 20:22

Democracia, aos nossos olhos, é o direito de todos serem classe média. Pensar classe média, viver classe média. E qual o problema? Nenhum[33].

***

Primeiro indígena doutor em linguística se forma na UnB
radioyande.com

Eu deveria ficar feliz, pois imagino o preço que isto custou a este ser humano. Mas não estou. Quando um indígena precisa se tornar doutor em linguística na UnB é sinal de que não havia mais como se rebaixar. Chegar ao posto mais alto da cultura branca mostra apenas o quanto ele está longe da sua. Passou a ver sua língua e tribo com os olhos dos conquistadores. Para se libertar se tornou ainda mais conquistado.

Nessas horas, prefiro aqueles que matam.

25 de dezembro de 2015, 12:53

Lembrar-se de Jesus

Lembrar-se de Jesus é sobretudo lembrar do melhor do humano. Divido com vocês as coisas que se mantêm na minha memória e no meu coração:

---

33 Aqui ocorre ironia. A questão da classe média e da mediocridade é central em seu trabalho, pois sabia da importância do papel dela nas transformações sociais. Por isso o conservadorismo de classe o irritava profundamente.

"Vinde a mim todos vós que estais sobrecarregados que eu vos aliviarei..."

"Bem-aventurados os que têm fome e sede de justiça, porque serão saciados."

"Bem-aventurados os pacificadores, pois serão chamados de filhos de Deus."

"Bem-aventurados os misericordiosos, pois receberão misericórdia..."

"É necessário que venham os escândalos, mas ai daquele por quem eles venham..."

"Ai de vós, escribas e fariseus, hipócritas! Porque fechais o Reino dos Céus diante dos homens; pois vós não entrais, nem deixais entrar os que estão entrando!"

"Não julgueis, para que não sejais julgados. Pois com o critério com que julgardes, sereis julgados; e com a medida com que tiverdes medido vos medirão também."

"Se teu irmão pecar contra ti, repreende-o; se ele se arrepender, perdoa-lhe."

"Não deis aos cães o que é santo, nem lanceis ante os porcos as vossas pérolas, para que não as pisem com os pés, e, voltando-se, vos dilacerem."

"Porque a todo o que tem se lhe dará, e terá em abundância; mas ao que não tem, até o que tem lhe será tirado."

"É necessário que o joio e o trigo cresçam juntos, até a colheita..."

"Sois o sal da Terra. O sal é certamente bom; caso porém se torne insípido, como restaurar-lhe o sabor? Nem presta para a terra, nem mesmo para o monturo; lançam-no fora. Quem tem ouvidos para ouvir ouça."

"Pedi, e dar-se-vos-á; buscai, e achareis; batei, e abrir-se-vos-á."

"Onde está o teu tesouro, aí está o teu coração."

"Cuida para que os teus olhos sejam bons..."

"Por que me chamais bom? Bom é o Pai que está nos céus!"

"Vós sois a luz do mundo. Não se pode esconder a cidade edificada sobre um monte; nem se acende uma candeia para colocá-la debaixo do alqueire, mas do velador, e alumia a todos que se encontram na casa. Assim também brilhe a vossa luz diante dos homens..."

"Quem desejar ser o maior deve ser o servidor de todos..."

"Fazei isso em memória de mim..."

Do tempo da infância à idade adulta, isto foi tudo o que sobrou de Jesus em mim. A cada experiência nova, estas palavras faziam mais sentido ou ganhavam outros e novos sentidos, até a plenitude do seu significado. A doçura e a firmeza de Jesus...

Feliz Natal, há pouca coisa que um escritor possa acrescentar a tudo isso.

Luiz Vadico.

***

As parábolas não esquecidas:
"A dracma perdida";
"O semeador";
"O Reino dos Céus como o levedo";
"A pérola de grande valor";
"O óbolo da viúva" [34].

31 de dezembro de 2015, 17:08

O ano de 2015 foi difícil, um período no qual aprendi a escalar montanhas de problemas em busca de soluções no horizonte. O ano de 2016 será um ano difícil.

Que eu aprenda a contornar montanhas muito mais fáceis que escalar. Desejo aos meus amigos e amigas todo o bem do mundo.

Deus nos proteja dos outros e de nós mesmos. Que tenhamos força para levar nossa vida adiante com um sorriso nos lábios, e que este não seja de cinismo nem de sarcasmo.

Que esqueçamos a tola busca pela felicidade e a troquemos pela satisfação. Diante de tudo o que se nos apresentar, estejamos satisfeitos conosco e com todos a nossa volta.

Não peço um ano sem problemas (seria ridículo), nem que não haja tristezas (seria estúpido). Peço um ano que se some a todos os outros que passaram. Se eu não me tornar melhor, ao menos que a humanidade caminhe um pouco mais para a civilização.

Que haja menos crueldade em 2016, menos violência, menos ignorância, menos corrupção.

---

34 Ao longo de vários anos no Facebook talvez esta seja a passagem mais genuína do autor. Era um estudioso do Jesus histórico e de teologia; e ao mesmo tempo nascido numa sociedade cristã, era consciente disso. Refletiu muito sobre o sentido e significado dos Evangelhos e o que deles gostava e poderia vivenciar. O que vemos nestas breves citações é praticamente um código de ética pessoal, o qual ele levava muito a sério. Se no que tange aos estoicos apreciava o rigor de um Epicteto, ao mesmo tempo de Marcus Aurélius e de Jesus trouxe a percepção e o sentido de Misericórdia. Os estudiosos contemporâneos sabem que seria difícil distinguir entre estoicos e Jesus para saber quem introduziu de fato o conceito de misericórdia divina e humana no Império Romano. Então, pode ser apenas empatia do autor. Esta se refletiu também na sua busca de entrar em contato real com outras pessoas. Buscou então algo que pudesse ser comum entre ele e os demais. Foi uma das publicações menos curtidas. Provavelmente porque as pessoas não confessadamente religiosas temiam parecer que o fossem e não necessariamente por não concordarem com as ideias ali expostas. Mas aqui estamos apenas no campo das especulações.

O ano de 2016 será um ano "menos"[35], então, aproveitemos para sermos mais. Mais simples, amigos, companheiros, valorosos, corajosos, e mais "espertos"[36].

Que 2016 nos traga satisfação. Ele nem começou, mas que, ao terminar, estejamos satisfeitos conosco e com ele. E que, antes de brindar o novo ano, olhemos para trás com a certeza de que fomos e fizemos o melhor.

Que o ano-novo não traga a esperança, mas a recompensa.

---

35 L.V., ao dizer um ano "menos", referia-se às previsões relativas à economia do governo Dilma Rousseff. O autor sempre foi sensível ao sofrimento das pessoas pobres e exploradas no País. Sua personalidade complexa às vezes não permitia essa conclusão, no entanto o estúpido sofrimento social o amargurava. Por que as pessoas precisavam sofrer tanto por tão pouco? A relação salário baixo versus grande esforço e desgaste físico e mental, e a ridícula premiação social advinda disso tudo perturbou Vadico em toda existência. Sofria por ver uma pessoa dormindo exausta no ônibus ou no metrô; sofria por perceber os rostos cansados, desfigurados pela tristeza da existência. Isso foi assunto com a psicóloga e o psiquiatra por muitas sessões. Como costumava dizer: é simplesmente insuportável tanta dor.

36 "Espertos": o autor fez uma brincadeira entre o conhecido "jeitinho brasileiro", a esperteza desonesta, e a ideia de sermos sábios – o que também é uma forma de esperteza, por isso vem entre aspas.

2016

7 de janeiro de 2016, 20:37

Luiz Vadico está se sentindo sarcástico[1].
Um problema de Deuses[2]

Anteontem, comprei numa loja de ferragens, agradavelmente evangélica, uma extensão para o ferro de passar roupa. Paguei quarenta reais (quase um tapete persa); a esse preço não duvidei de que iria funcionar. Mas, chegando em casa, na hora de ligar o ferro, descobrimos eu e minha mãe que a caríssima extensão estava com mau contato.

Voltamos à loja no dia seguinte para devolvê-lo. Informei a uma graça de vendedora o problema, e ela chamou outro vendedor. E eles demonstraram que a extensão estava ótima, utilizando uma lâmpada que acendia sem piscar. Calmamente pedi para eu dar uma olhada... Então, chacoalhei o fio e o puxei sem fazer muita força. Devolvi pra eles, e antes mesmo de testarem, o fio saiu inteirinho do plugue. Um fio formado por três pontas.

A vendedora exclamou: "Nossa, que perigo! Se dá um curto, tudo tinha queimado. Moço! O Senhor Deus atuou pra te salvar!"

Como o bom humor não me falta, eu ri. E lhe disse a verdade em cima dos fatos lógicos: "Moça, o Meu Deus me salvou. Porque o seu Deus me deixou levar pra casa um produto estragado. Depois o seu Deus testou a extensão e não achou falha; se o meu Deus não age, o seu me mata!!"

Como eu disse tudo rindo, passou por galhofa. Mas, como diriam velhos textos antigos pouco compreendidos: "Não invocarás o nome do Senhor teu Deus em vão".

---

1 Deste trecho em diante, graças a um novo recurso expressivo do Facebook, no qual se coloca um emoji antes da frase, o autor às vezes usará "Vadico está se sentindo..."

2 O movimento evangélico cresceu fortemente no Brasil, principalmente a partir dos anos oitenta. O país que até então sempre fora de maioria católica viu surgir várias igrejas pentecostais e neopentecostais, ou simplesmente evangélicas, calcadas em sua maioria na Teologia da Prosperidade, seu crescimento se catapultou, sobretudo, entre comerciantes e empresários, que antes eram empregados explorados. O País viu surgir, aos poucos, uma nova classe média. Ainda ocorre atualmente um confronto entre a classe média clássica brasileira e a nova classe média, oriunda do movimento evangélico. Vadico via este confronto com clareza, por isso nesta passagem usa de ironia com a situação. O autor, pode-se dizer, era uma espécie de pagão, tanto é que o pequeno texto se chama "um problema de Deuses". Não que isto signifique, de qualquer forma, deuses pagãos, mas uma questão de leitura e compreensão sobre a própria representação de Deus. Na disputa entre evangélicos e outras confissões cristãs, bem disse Vadico: "O seu me mata!" Entretanto ele não tratava esses episódios como tendo importância. Enquanto os evangélicos não dominassem o governo e a política do País, tudo estaria bem. Afinal, não vamos esquecer: ainda que pouco praticante, o autor era gay.

Valeu: Adonai; El Shadai; El, Elohin, Jeová, Javé, esposo de Shekiná. Ainda bem que o monoteísmo não existe, senão eu estaria eletrocutado[3].

9 de janeiro de 2016, 1:19

E o Oscar vai para...

O que devemos pensar quando nos informam que este ou aquele filme bateu recordes de bilheteria? Como explicar que Star Wars já é considerado a sexta maior bilheteria de todos os tempos? E por que muitas pessoas correm para ver os filmes de grande bilheteria confiantes de que são bons por isso?

Sempre houve propaganda na história do cinema, mesmo quando ele era ainda chamado de imagens em movimento ou quadros vivos, então algumas coisas não são novas. No início do século XX, a propaganda de um filme curto deveria ser menor do que a de um cachorro-quente — este sim tinha o nome o tempo todo em cartaz na barraquinha. Até a invenção do videocassete, se um filme fazia sucesso (porque era bom), ou as pessoas corriam ao cinema ou não o veriam novamente, exceção feita a algum cineclube mambembe.

Nos anos vinte aos sessenta data o fascínio pelos filmes bem-sucedidos nas bilheterias. Mas essa coincidência entre a quantidade/qualidade de pessoas que viram o filme, o número de bilhetes vendidos e o número de "amigos" convidados a irem vê-lo antes que saísse de cartaz ficou há décadas para trás. Mais especificamente nos anos oitenta.

Desse período em diante a indústria cinematográfica — frente a novas relações micro e macroeconômicas mundiais — descobriu um jeito simples de pagar os seus filmes e de atrair um grande público: o marketing. A indústria passou a investir mais em propaganda do que no produto (não que o produto seja o pior existente). A estratégia é simples: levar o máximo de pessoas nas duas primeiras semanas de exibição para ele se pagar e dar lucro, depois tudo o que entrar é lucro mesmo.

---

3 Neste parágrafo final o autor se diverte com os vários nomes bíblicos de Deus; mas não só. Ele também brincava com o fato de que, quando estes nomes surgiam, até mesmo na Bíblia, Deus ou Javé não era o único. E ele teve de lutar para fazer com que os outros deuses fossem esquecidos. É impressionante como o monoteísmo se impôs de tal forma que até mesmo a esposa de Javé, Shekiná, se perdeu (sobre isso vide: *Uma história de Deus*, de Karen Armstrong). Terminamos assim com um Deus do sexo masculino e solitário. A solidão de Deus só pode ser comparada à solidão de Deus. E se eu fosse Vadico, poderia me perguntar: o que ele faz nas suas eternas horas de solidão? Deus se masturba? Deus se contempla embevecido num espelho? É evidente que da humanidade ele não cuida.

Já nos anos oitenta surgiram os diversos produtos derivados dos filmes, e antes disso Tubarão e Star Wars foram pioneiros com bonecos, lancheiras, capas de caderno, quebra-cabeças e, décadas depois, joguinhos. As trilhas sonoras também eram pensadas para maximizar o lucro e construíam carreiras, beneficiavam cantores e cantoras etc. Até aí tudo bem, quem tem um produto precisa vender e ganhar dinheiro, a lógica é essa. Mas o produto tem de ser bom.

Meu pequeno texto é apenas um alerta para a tradicional chamada de: "Venham todos!! Venham!!! Venham ver o blockbuster, a megabilheteria, o grande sucesso de público..." Isso não tem o mesmo significado de antigamente. Hoje, uma grande bilheteria não quer dizer que o filme seja bom, quer dizer que a agência de marketing foi bem-sucedida. E não será nada irônico – e sim uma questão de gratidão – se, no futuro, na entrega do Oscar, tiver o quesito "melhor marketing".

Existem ótimos filmes. Inclusive alguns com ótimos marketings. Mas, por favor, está na hora de parar de repetir por aí que o filme é bom porque estourou nas bilheterias, ou fazer cara de espanto porque bateu todos os recordes de público. Isso é bom para quem fez o filme, mas não garante nenhuma boa obra cinematográfica. Valorize seu dinheiro e pare de acreditar em tolices.

Olhe a sinopse do filme antes de escolher, leia as críticas de cinema (para discordar dos críticos), troque ideia com os amigos – o ingresso tá caro –, mas por favor: parem de achar que ser um blockbuster é algo interessante ou que tenha algum significado que não seja o dito acima. Beijinhos[4].

17 de janeiro de 2016[5]

— Adoro literatura 😊!

— É?! O que você gosta de ler? 😊

---

4 Este texto é praticamente hilário para quem conheceu o autor. Todos sabiam que não ia frequentemente ao cinema, apesar de trabalhar com análise fílmica. Este foi um dos poucos momentos ao longo de dez anos de Facebook em que desejou parecer um profissional da área. Qualquer um que tenha lido este livro até agora pode perceber facilmente como o assunto "crítica cinematográfica" está completamente deslocado do contexto da sua vivência social. Então, se L.V. não apreciava cinema de verdade, como se tornou um teórico da área? Coisa difícil de explicar, talvez esteja na mesma situação de Mozart, que compôs peças para piano quando ainda pensava como cravista.

5 Este é um chiste de Vadico. Diante da superficialidade contemporânea, não apenas da dos leitores, como também dos não leitores, ele não apenas critica, como também usa emojis para fazer literatura. Mais uma vez, quebrando as regras. Apropriou-se da contemporaneidade para dela fazer crítica.

— Perfis!!

— ☹

24 de janeiro de 2016, 13:16

Tô rezando pra Esculápio, torcendo para Marte pagar meu esforço com um Apolo, mas se tudo der errado, vou pedir Ganimedes emprestado para Zeus, só um pouquinho. Ele não se importará. Duro é lamber Endymion sendo um raio de luar. Ainda bem que tenho Baco como companheiro de copo e Príapo como beneficiador.

Escritor que renega Apolo e Athena tem nos corvos boa Companhia.

Xi... Xerei [6].

25 de janeiro de 2016, 00:19

Luiz Vadico está se sentindo sarcástico.

Pronto, há quarenta minutos em casa! Banho tomado e me preparando pra dormir. Nada como ser um bom rapaz!! Amanhã tenho um dia lindo pela frente. O que me lembra que escapei duas vezes hoje de colocarem alguma coisa no meu copo de uísque. Não que me incomodaria um bom boa-noite, Cinderela, mas estragar o meu uísque é sacanagem!! (Após a balada) [7].

26 de janeiro de 2016, 9:57
Luiz Vadico está se sentindo pensativo.

Meditação do dia: o amor não é como chiclete que você mastiga e depois que perde o gosto joga fora. Bem, talvez seja... Só quem nunca foi boca nem chiclete tem direito à dúvida.

---

6 L.V. não fazia uso de nenhuma droga. Entretanto, o nível de complexidade exigido para explicar esta simples frase faz com que eu me recolha. Quem puder entender, que entenda. Eu entendo. Mas não escreverei várias páginas sobre cada coisa ali colocada. Além do mais, num livro deste tamanho, ninguém culpará o leitor por não entender uma frase. Não é uma questão de má vontade ou preguiça, é só um: "Valha-me Deus, não me pagaram para isso!" A única coisa que posso garantir é que a frase faz sentido.

7 Texto escrito após regresso da conhecida The Week, local que o autor frequentou algum tempo. Casa noturna GLS de São Paulo. E, sim, o GLS está de acordo com a época. L.V. faz menção a conhecidos fatos da noite paulistana, não somente da casa em questão, onde marginais atuavam para roubar os clientes. O boa-noite Cinderela nada mais era do que um sonífero jogado no drink da vítima.

***

Luiz Vadico está se sentindo sarcástico.
"Ainda que eu fale a língua dos homens e a dos anjos..."
... Se eu não souber ler e escrever eu nada serei!" (São Paulo/Luiz Vadico).
P.S.: São Paulo pediu pra avisar que a nossa parceria é por tempo limitado e que não nos referimos às pessoas analfabetas.

***

O amor é como aquele quilo de carne de segunda que você compra no açougue. Se você souber preparar, é saboroso e não tem igual, senão é duro e não vale nem o que pesa.

27 de janeiro de 2016, 10:08

Uma borboleta ou mariposa bruxa mijou em mim... Estou contaminado, aguardem por transtornos estranhos... Será que virarei príncipe? Sapo? "Borboleto"? Vamos aguardar. Eu queria ver a reação de vocês se fossem mijados por um bicho de mau agouro. A minha foi a famosa exclamação: ah, fala sério!!!

30 de janeiro de 2016, 20:49

Vamos pôr os pingos nos "is". As questões ortográficas relativas à norma culta do português (brasileiro) estão tão tristes, mal elaboradas e grotescas que daqui a pouco vão dizer que "i" não precisa de pingo, do mesmo jeito que fizeram com a pobre da linguiça, que se for de porco precisa ser com trema, afinal tem mais sabor.

Como sempre, no Brasil se faz assim: se não consigo ensinar para o cara a língua portuguesa corretamente, e não encontro formas de fazê-lo ler ou falar essa língua maravilhosa, aceito o errado que fica certo. Tornar o errado certo, tornar o crime a regra é a nossa especialidade. Espezinhar os corretos, chamá-los de coxinhas, "reaças" e outros bichos, demonizar, deturpar e enfim legislar que o errado é certo.

Pra quem não conhece, vos apresento o Brasil, terra onde andar de marcha a ré é o mesmo que seguir em frente na direção contrária[8].

---

8 Aqui aparece uma crítica ao que seria a "cultura brasileira"; não se pode esquecer que L.V. já não era um jovem quando escreveu isso. E guardava reminiscências intelectuais do tempo em que se procurava uma identidade nacional.

30 de janeiro de 2016, 21:06

Luiz Vadico compartilhou um link.
Lei que multa discriminação a gays em até R$ 60 mil entra em vigor no RJ
g1.globo.com

Agora sim! Com lei deste tipo, que nos protege feito animais... com uma multa destas irá valer a pena matar. Por que gastar seu tempo discriminando?! Mata logo!

31 de janeiro de 2016, 00:45

Luiz Vadico compartilhou um link.
Ministério Público pede recolhimento de Minha Luta, de Hitler
www1.folha.uol.com.br

Estou me divertindo horrores com essa polêmica. Sempre comento em sala de aula que até pouco tempo atrás era muito comum encontrar Minha Luta *em bancas e livrarias das rodoviárias do País. Sempre achei extremamente insensato que se continuasse a publicar um livro deste tipo/ agora que não tem mais "direito autoral", virou de domínio público, alguns redescobrem a roda.*

As pessoas têm que perceber uma coisa: direito de expressão não é direito de pregar o extermínio de pessoas ou degradá-las de qualquer forma. Hitler, desde o fim da Segunda Grande Guerra, tem sido mantido pelo sensacionalismo de algumas pequenas editoras e por simpatizantes do nazismo.

Minha Luta *jamais me preocupou de verdade, porque é um livro chato e sem figuras. Preocupam-me mais revistas destinadas a adolescentes que comentam "festivamente" ou bombasticamente os horrores do nazismo, e é incrível como elas conseguem fazer isso parecer interessante e um bom caminho a ser seguido.*

É como sempre afirmo: a mídia no Brasil em todos os níveis precisava ser responsável. Um bom curso de ética, uma passagem grátis para os fornos crematórios, para as experiências médicas e outras formas de degradação ensinaria a algumas pessoas a diferença entre liberdade de expressão, liberdade de acesso à informação e sensacionalismo barato veiculado como se fosse verdade.

Peguem todos os "Minha Vida" existentes, tirem de circulação e coloquem-nos dentro das bibliotecas. Tenho certeza de que estarão bem seguros lá, pouca gente sem noção terá acesso a eles. Não porque a maioria não possa, mas é porque é ignorante mesmo[9].

1 de fevereiro de 2016, 20:54

Com a declaração da OMS, agora usar burca no Brasil estará em alta – bem, ao menos para as grávidas. Só foi anunciar que o Zika vírus vai ferrar a espécie humana e liberaram a manipulação genética em embriões na Inglaterra. Tsc, tsc, tsc. E não é que nós, brasileiros, marcaremos a História exatamente por causa da falta de políticas públicas eficazes? Nós seremos responsáveis pela criação do novo estágio evolutivo no planeta, o "Homo microencefalicus"?! Aos que se horrorizarem com o post, verifiquem se não estão criando Aedes Aegypt *em casa...*

2 de fevereiro de 2016, 10:16

Luiz Vadico compartilhou um link.
Governo sobe tributação de chocolates, sorvetes e cigarros
g1.globo.com

Imposto sobre o PRAZER: finalmente a Dilma abriu uma igreja. Fumar te dá prazer? Vai pagar mais!! Sorvete neste calor te dá prazer? Vai pagar mais!! Chocolate para sair da depressão? Vai pagar mais!! Aguardem, subirão o imposto dos lençóis, dos colchões, travesseiros e camisinhas... Afinal, se é para tachar os vícios e os prazeres deles decorrentes, o sexo não irá escapar! Tomem cuidado, sex shops*. Prostitutas e michês, vocês estão na mira, é só aguardar. O único perigo destas escolhas é que a população pode começar a entrar em desespero, aí...*

---

9 L.V. faz menção à crise das bibliotecas. Após o surgimento da internet, do PDF e dos e-books, além dos novos formatos para leitura como tablets, um grande número de pessoas deixou de frequentar as bibliotecas. Uma crise que ainda hoje não se resolveu. Afinal, a função da biblioteca foi roubada pelo Google. E, quando ele acabar, nem Google nem bibliotecas existirão mais – ao menos, não no imaginário coletivo. Da mesma forma, administradores de museus os tornaram lugares de entretenimento ao invés de lugares de cultura e saber.

2 de fevereiro de 2016, 11:06

Luiz Vadico compartilhou um link.
Papa Francisco: não existe mãe solteira. Mãe não é estado civil
noticiasparana.com

Sou simpático ao Pontífice, mas olho e vejo: O Papa Francisco é o Gorbachev da Igreja Católica. É o último[10].

11 de fevereiro de 2016, 2:10

Nós não somos sozinhos porque outros nos deixam, não somos solitários por falta de companhia. Somos sós por muito acreditar nas promessas que nos fizeram e nas que fizemos para nós. Desobrigados de cumprir o que prometeram – por causa de seus desejos e das circunstâncias da vida –, nos abandonam e nos acusam de não sermos quem imaginavam que fôssemos, apenas para melhor dormirem.

E, por fim, ao alcançar os sonhos que nem sabemos se eram nossos, olhamos para trás e vemos que ninguém pôde vir ou alcançar este dia de glória. Então, bebemos um vinho, fumamos um cigarro... E, sentados numa estrela, olhamos para a Terra... E nem temos a quem acusar.

17 de fevereiro de 2016, 21:12

Luiz Vadico compartilhou uma foto[11].

Logo, logo, no dia 13 de março fará dez anos que tivemos a nossa primeira reunião. O Programa de Pós-Graduação em Comunicação da Anhembi Morumbi é o lar

---

10 L.V. jamais perdoou a Igreja Católica por ter elegido Bento XVI. E mesmo sendo simpático ao Papa Francisco, tinha suas restrições relativamente à rapidez das mudanças realizadas por ele. Recordava-se da sua juventude e do processo que foi a queda da União Soviética. Perguntava-se frequentemente se o Catolicismo resistiria ao Papa Francisco, apesar de haver se redimido afastando Bento XVI, arcebispo envolvido nos escândalos do Banco Vaticano no início dos anos oitenta; responsável pela lavagem de dinheiro dos mafiosos da Itália.

11 A foto publicada era do grupo de professores que formaram originalmente a pós-graduação em Comunicação da Universidade. Não a publicamos, pois não encontramos quem autorizasse.

mais aconchegante que o pensamento acadêmico encontrou. Fora da minha casa, é o meu verdadeiro lar, onde tenho verdadeiros amigos. É bom fazer parte deste jardim que floresce, deste pomar que enfrutece, deste saber que rejuvenesce. Rs. Cada reencontro depois de meses separados nos faz revalorizar o que temos em mãos.

Como diriam os Romanos: Que comecem os jogos!!!

Mas, nós, os Festejos! Para comemorar estes dez anos que se avizinham, quem sabe combate de Gladiadores?! Hummmm... Vai ter coxinha com certeza!

Sei que dez anos parece pouco, mas é um quinto de cinquenta anos! Um décimo de cem! Dez vezes um ano! Cinco vezes dois anos! E duas vezes cinco anos! O que me lembra que o quinquênio[12] acabou ☹

17 de fevereiro de 2016, 22:09

Eclesiastes – Capítulo 3

1. Tudo tem o seu tempo determinado, e há tempo para todo propósito debaixo do céu:

2. Há tempo de nascer e tempo de morrer; tempo de plantar e tempo de arrancar o que se plantou;

3. Tempo de matar e tempo de curar; tempo de derribar e tempo de edificar;

4. Tempo de chorar e tempo de rir; tempo de prantear e tempo de saltar de alegria...

Sei que todo mundo conhece isso, já leu, e pensa que sabe o que significa; mas eu quero adicionar uma frase:

"Só sabe o que o tempo faz quem o tempo leva. Só sabe quem luta contra! Só sabe quem tenta ir além... O Tempo é o senhor. Salve Cronos!! Ave, Janus!!"

---

12 O quinquênio era uma gratificação dada a professores no Brasil. A cada cinco anos, eles tinham um aumento de dez por cento do salário. Era uma garantia para quem não tinha, nas universidades e escolas públicas e particulares, um plano de carreira organizado. O lamento do autor é que o quinquênio foi extinto pouco antes de ele poder receber o segundo na sua carreira. O fim deste benefício foi apenas mais um capítulo do descalabro do ensino no Brasil. Naquele momento, L.V. acreditava que seus colegas de trabalho eram seus amigos. Com certeza, essa crença era resultado da sua dificuldade de adaptação na cidade. Os anos mostraram que amigos são amigos e colegas de trabalho podem ser amigos ou... uns bostas.

17 de fevereiro de 2016, 22:40

Preciso de um rótulo. Acho que quero ser gótico. Góticos são românticos, góticos se vestem bem, góticos matam, góticos leem poesia, góticos frequentam cemitérios, e os amores góticos terminam como os meus... Acho que sou gótico. Mas acho que serei o primeiro gótico a usar roupas coloridas!

17 de fevereiro de 2016, 23:35

Diversão na sexta-feira

Endocrinologista: qual sua orientação sexual?

Vadico: Sou gay!

Endocrinologista: Há quanto tempo você é assim?

Vadico: desde que nasci, ué?!

Endocrinologista: E mulher?! Nunca fez nada? Nadinha?!

Vadico: Não, nunca fiz nada; e o senhor, doutor, já saiu com homem?

Endocrinologista: Claro que não!

Vadico: Então, eu também não saí com mulher...

P.S.: Não há nenhuma explicação para o endocrinologista ter me perguntado sobre minha orientação sexual.

***

Então... ainda no domingo, estava conversando com uns amigos sobre São Paulo e o perigo de ser gay, trans ou qualquer coisa que o valha... Capital de província, provinciana é[13].

---

13 Luiz Vadico era do interior de São Paulo, seus amigos sempre acharam a capital o exemplo de cosmopolitismo. Quando chegou à principal cidade do País, percebeu de imediato que as pessoas não se batiam porque estavam com pressa demais para fazê-lo. Para o autor, se não era o lugar mais preconceituoso que conheceu, ao menos era o lugar onde as pessoas menos conseguiam disfarçar os seus preconceitos. Inversamente, os interioranos se comportam de forma moderna por acharem que seguem o exemplo da Capital. Ainda bem que não perceberam o que de fato ela é, capital de província.

***

Góticos ganham dinheiro para serem góticos? Ou são góticos apenas fora do trabalho? Enquete: você empregaria um gótico?

17 de fevereiro de 2016, 23:43

Outro dia eu estava me questionando em relação ao que sou e ao que vivo, enfim, à minha vida. Muito do que eu me questionava, de forma indireta, era devido ao Facebook. Gente feliz, gente viajando, gente com planos, gente com isso ou aquilo. Tanquinho e corpos malhados desfilando na minha tela. Viagens para todos os cantos do mundo, mas principalmente pra Buenos Aires[14].

Estava me sentindo mal, trancado no meu apartamento, me perguntando sobre minha suposta felicidade ou infelicidade – sou destes tolos que se questionam –, e aí me dei conta: tem 1.144 pessoas inscritas como meus amigos e amigas no Facebook, até seis anos atrás eu lidava com uma população bem menor de amigos, que não eram supostos, mas amigos de verdade.

Então recontei os que viajam, os que mudam de rotina, os que rejuvenescem, os que tomam sol, os que malham... E fiquei feliz em saber que eu estava dentro das expectativas. Hahahahaha. Afinal, não tenho mais que vinte amigos.

18 de fevereiro de 2016, 23:08

Para quem não entendeu ainda a gravidade do fenômeno Zika vírus, presta atenção: o Papa autorizou contraceptivos e preservativos.

Este foi o maior avanço realizado pela Igreja Católica em séculos!

Ela admitiu de forma indireta que as pessoas fazem sexo por prazer. A luxúria é menos grave do que a microcefalia. Esperar que a Igreja aceite novamente o aborto é esperar demais.

Para católicos brasileiros, que em geral levam a religião na flauta, nem fez diferença, por isso achei melhor comentar o ocorrido.

Prestem atenção, não foi convocado um sínodo, não foi convocado um concílio, nem nada assim. Uma das questões nas quais a Igreja Católica era mais

---

14 A moeda argentina esteve por muito tempo desvalorizada em relação à brasileira, o que fez com que se aumentasse grandemente o número de viagens para aquele país. Aqui ocorre evidente ironia.

intransigente caiu... assim, sem aviso... como se nunca tivesse sido um problema. Entendeu a gravidade do Zika agora ou quer que o Papa desenhe[15]?!

19 de fevereiro de 2016, 22:17

Luiz Vadico compartilhou um link.
È morto lo scrittore Umberto Eco
corriere.it

Ainda ontem eu estava apoiando o cara... Me sacaneou e morreu! Até breve!!
Logo nos encontraremos no grande salão dos escritores... Uma portinha à direita do céu, logo ali à esquerda da que leva ao Inferno.

***

Hoje andei pensando... (coisa de gente louca). Se eu fosse de um governo do mal e desejasse diminuir a população na Terra, mas soubesse de antemão que não conseguiria fazer as pessoas pararem de transar e que nem as convenceria a não realizar o sonho de ter filhos, será que eu não criaria um Zika vírus?! Assim as pessoas teriam medo de ter filhos, e logo, logo, quantas pessoas existiriam que não foram picadas?
A coisa ficaria assim: você pode reproduzir/você não pode reproduzir.
O mais legal é que estes vírus só atacam preferencialmente países abaixo do Equador...

24 de fevereiro de 2016, 20:15

É tanto homem sem camisa no meu Facebook que ele deveria se chamar "Peitobook".

---

15 O fato de se descobrir no Brasil que o Zika vírus causava microcefalia é o que motiva os comentários do autor. Sua ironia pode parecer crueldade às vezes, no entanto ela junta crítica ao poder público e à falta de politização da população, pois só pode haver Zika vírus se houver o mosquito transmissor. O descaso, tanto do povo quanto de algumas das autoridades (uma vez que o País é grande), levou ao surgimento da microcefalia, que é por todas as vias um retrocesso na evolução humana, que tem no tamanho do cérebro o seu marco.

29 de fevereiro de 2016, 23:45

Palavras da neurologista sobre os problemas que eu não tenho e que não me saem da cabeça: "Hoje os exames deram todos negativos, mas com os sintomas que você relatou, posso te dizer que da próxima vez que você vier aqui vai estar doente. A sua vida está doente. Sei que nem todo mundo pode escolher... Mas se você puder escolher, mude de vida".

Hoje, durante uma aula, novamente o assunto me voltou à cabeça. Será que podemos exigir de nós mesmos continuarmos uma vida doente? E se escolhermos mudar, não será para um estado terminal?!

E que será este poder de escolha?!

Imagina um descrente subindo de joelhos toda a escadaria da Lapa, para cumprir promessas nas quais não acredita?! Na verdade, promessas que foi obrigado a fazer por força das circunstâncias. Se conseguir chegar lá no alto na igreja, qual será sua satisfação? A de ter conseguido? E o que ele dirá aos seus joelhos, pernas e braços esfolados, que isso basta para cicatrizarem?! E todo o esforço feito? Bastará que lhe digam que a recompensa já está nele?!

Sou um atormentado, mas desta vez não um ator com menta.

11 de março de 2016, 16:55

Um Aedes aegypti *acaba de tentar tomar minha taça de vinho achando que fosse sangue. Desespero de causa ou mais uma evolução do mosquito?*

19 de março de 2016, 23:24

Informação, contrainformação, desinformação. Nenhuma informação nos chega sem ser acompanhada pela desinformação, pela pulverização de elementos que nos permitam avaliar de fato o que está ocorrendo. Típicas estratégias de guerra para aturdir a população civil. É evidente que um golpe se encaminha, mas será dado por quem? E que tipo de golpe será esse? Estão todos esperando a quebra da ordem constitucional... Mas será preciso? A população brasileira apenas perde enquanto durar este estado de coisas. Isto está cada vez mais parecido com um jogo de truco, cheio de blefes e com jogadores acostumados a ter cartas nas mangas. Só uma reflexão para me orientar[16].

---

16 L.V. aqui reflete sobre as questões do cotidiano do País naquele instante. A saída de Dilma Rousseff da presidência: foi golpe, não foi golpe? Etc. etc. Só a História dirá com certeza o que houve.

26 de março de 2016, 23:43

Precisamos de uma reforma política. Sou contra toda forma de ditadura, mas nossa democracia não nos representa. Só é democracia se formos representados. Só é democracia se qualquer pessoa puder se candidatar (e ter recursos para tanto). Só é democracia se atender em primeiro lugar às necessidades de cada região do País. Só é democracia se houver diminuição da concentração de renda.

Historicamente neste país – apesar de tudo o que podem alegar: racismo, exclusão, marginalização etc. – sempre foi a concentração de renda nas mãos de alguns que permitiu a ampla exploração da maioria da população. E na exploração estão todos: brancos, negros, mulatos, índios, entre outros.

Não há como coibir a corrupção sem a proximidade dos políticos com seus eleitores. A regionalização da política, a ampliação das verbas dos municípios, a diminuição do poder da federação, a desconcentração do poder são a única possibilidade de o homem comum poder alçar algum cargo neste país.

Atualmente "eles", os que estão lá e os que estiveram antes, não governam para a gente. Neste país, qualquer um que não seja milionário está marginalizado. Isso não é democracia. A população tem sido quando muito expropriada. Deixam-nos falar, deixam-nos nos reunir, deixam a imprensa livre. Depois dizem: isso acontece porque é uma democracia. Não, isto não é uma democracia.

Se todos estão sem saber para onde correr no atual momento, se tudo é apenas uma questão de paixão, é porque nenhum de nós de fato participa ou participou em qualquer momento. Somos apenas dedinhos apertando botões nas eleições para definir quem serão os graúdos da vez. E, novamente, isso não é democracia.

O sistema político está errado. Se não houver uma mudança real da representatividade dos brasileiros, o País continuará dependendo do bom senso dos poderosos. E a maior prova disso é que se desejássemos o impeachment não teríamos para quem entregar o governo. Falta diversidade, faltam nomes... Será que este país não tem gente honesta e digna?! Tem, mas as suas chances de participar do jogo político e fazer a diferença são mínimas.

Sou a favor da independência entre os estados, da municipalização e regionalização da política, e de um estado com menos poderes e menor ingerência na vida dos cidadãos. A concentração de poder nas mãos do presidencialismo resultou nisso que vivemos, só o Judiciário para o controlar, e isso como uma hipótese, pois a distância dos legisladores, do Judiciário e do Executivo da população é tão grande que dificilmente podemos dizer que eles defendem outros interesses que não os deles próprios. E fomos nós que deixamos.

De D. Pedro I até agora, só a aristocracia e as suas distorções. Sem quebrar a concentração de renda e aumentar a participação da população, não adiantará nada. Apenas paliativos para acalmar aqueles que sustentam a corrupção[17].

27 de março de 2016, 1:03

Enquanto você comemorar a Ressurreição de Cristo, lembre-se: foi uma mulher (ou três) a quem ele primeiro se apresentou, e os homens duvidaram. Apenas para lembrar...

2 de abril de 2016, 00:07

Houve um tempo em que eu – como todo jovem – achava que não pertencia a este mundo e a essas pessoas. Procurava meu lugar e ele parecia ser em outro planeta. No fundo eu esperava que o passar dos anos me ajudasse a me encontrar e a me colocar em meio ao mundo no qual meu corpo está colocado. Pura ilusão. O mundo no qual eu nasci passou, acabou. E se antes eu não me reconhecia nele, hoje muito menos. Talvez eu tenha perdido a chance de vez de ser terrestre. Mas gosto de estar neste tempo e lugar, mesmo não me sentindo aqui e daqui. Afinal, flor que Deus planta no jardim não pergunta por que floresce, né?!

20 de maio de 2016, 22:50

Luiz Vadico compartilhou um link.
Qual animal combina com sua alma?
pt.cooltest.me

É... Uma hiena é a minha cara... Ninguém sabe se ri ou se chora. E claro, é um carniceiro perigoso, come restos enquanto não pode comer inteiro, hahaha.

---

17 L.V. no cotidiano parecia não ter opinião política, ou mesmo parecia um deslumbrado com o capitalismo consumista, no entanto não é o que observamos neste texto. O autor verificava problemas estruturais, quer fossem nas leis, quer fossem no imaginário social e político. Ele observou muito bem o traço de continuidade de modus operandi desde o período do descobrimento do Brasil até o momento presente. E ele não me corrigiria o termo "descobrimento", pois como diria, não era índio; não que não se importasse com eles, mas sabia que essa forma de ver o assunto era apenas mais uma escola ideológica historiográfica.

20 de maio de 2016, 23:08

O ser humano é uma espécie muito comunicativa! Quando passeio com meus pinschers, me emociono com a quantidade de pessoas que latem para eles. O latido é universa: latem coreanos, chineses, brasileiros... e atinge todas as classes, moradores de rua e ricos. Parece que nessa língua todos se entendem. A única coisa chata é que Anita e Ênio puxaram a mim, nunca respondem de volta a latidos. Mas vai se esforçando, humanidade.

21 de maio de 2016, 1:05

Para falar bem das mulheres, eu não preciso falar mal dos homens.
Para falar bem dos gays, eu não preciso falar mal dos héteros.
Para falar bem dos negros, eu não preciso falar mal dos brancos.
O bem gera o bem.
Se todos contribuírem com suas virtudes, nossa sociedade será melhor.

29 de maio de 2016, 20:57

Temos pensadores demais e gente pensando de menos. É como dizia o velho Kant: o homem é um animal com propensão para o racional. Isso não significa que ele irá atingir a racionalidade. Infelizmente isso nunca foi tão verdade. Se a racionalidade não for desenvolvida continuaremos nos devorando uns aos outros, pois Kant não disse, mas eu digo: o homem é canibal [18].

4 de junho de 2016, 00:02

Então... Preste atenção: eu te dou um impulso e você pega uma estrela, combinado?! Mas não a deixe escapar, pois o mundo precisa ter certeza de que a magia existe...

4 de junho de 2016, 00:30

Não quero um amor espelho Quero um amor desespero! Um que entenda a falta que me faz Muito antes de conhecê-lo!

---

18 Aqui L.V. extrapola na crítica, pois resume numa só frase as ideias do filósofo alemão Immanuel Kant (pensador do século XVIII, autor da *Crítica da razão prática* e da *Crítica da razão pura*, entre outros trabalhos) e as ideias do pedagogo soviético Lev Vygotsky; e ainda foi além, afirmando que o homem é canibal. Em seu livro de ficção *Noite escura*, chegou a afirmar que os homens não amam as mulheres, amam matar outros homens, reforçando a ideia de que o irracional e o selvagem são, na realidade, o lugar por onde os homens se movem.

5 de junho de 2016, 21:45

Este é um país de excluídos, mas são tantos que já não são mais exceção ou problema social. No Brasil, exceção, minoria e excepcionalidade são os incluídos. Eu só queria saber, incluído em quê?

18 de junho de 2016, 23:44

O problema não é que a humanidade seja ignorante, o problema é que quando você acha que a esclareceu, nascem mais humanos...

25 de junho de 2016

Você me quer quando nem mesmo eu me quero, mas se te quero seremos felizes. As frases são sempre melhores que a realidade. Essa é só mais uma.

26 de junho de 2016, 18:37

O tempo não nos deixa velhos, apenas mais engraçados.

15 de julho de 2016, 2:34

Aos que recebem dezenas e centenas de curtidas para as suas fotos sem camisa. Existem caras muito legais e interessantes, mas como é que eu faço para parecer interessante entre centenas de curtidas e comentários?! Então, estamos assim, ídolos sem camisa continuarão sendo adorados e permanecerão solitários sem entender por quê. Eu quero, mas como é que tudo o que sou pode ser interessante diante de "curtidas" tão importantes que nos fazem ficar sozinhos?!

15 de julho de 2016, 22:09

Um monte de gente ironizando o Dia do Homem, bem falo por mim: obrigado pelos parabéns! Sempre fui, sou e sempre serei homem! O fato de ser quem eu sou não prejudica ninguém. Feliz Dia dos Homens para os companheiros cujo único pecado foi nascer com pipi. Os outros que têm pipi e fazem bobagem estão no mesmo patamar dos ignorantes de todas as orientações. Não vou perder a oportunidade de me comemorar porque existem tolos por aí. Dá trabalho ser homem, ser um homem de bem não é pra qualquer um.

Do blogue – 18 de julho de 2016

O Conselho dos Anjos, ou As Férias do Senhor

Em pleno século XVII, depois de milhares de anos de governança, cansado das disputas sangrentas entre católicos e protestantes, sem saber bem a quem dar razão, Deus se cansou. Exausto – e olhem que Ele são três –, triplamente cansado, decidiu se ausentar um pouco. Convocou um conselho, nele estavam todos os anjos conhecidos e os desconhecidos: Gabriel, Rafael, Uriel, Miguel e Hahahael, entre outros. Enfim, leitor, se você tivesse a moda dos anjos nos anos noventa, saberia que não dá pra nomear tantos anjos e suas funções. O conselho era quase um congresso, parlamentarista e obviamente sem corruptos. Era animado apenas por boas intenções e sobre o discutível entendimento do plano divino.

O Senhor disse que ficaria um breve tempo fora, e logo foi emendado por um anjo engraçadinho citando o Eclesiastes: "Por que para ti mil anos são como um dia..." Deus olhou-o de cara feia e, desconfiado, decidiu que a Virgem Maria iria ficar. Ela não iria participar do conselho, afinal não era anjo, mas de hora em hora – de acordo com o relógio divino – viria ver o que ocorria. Ainda informou o Senhor: "Apenas deixem os homens a si mesmos, eles farão o que é melhor, confiem na humanidade. Vigiem os maus, fomentem os bons!"

A primeira sessão foi concorridíssima. Ficaram quase cinquenta anos (dos homens) discutindo sobre o que fariam. Notaram que após a Antiguidade Clássica pouca coisa de nota havia acontecido, apenas a invenção da prensa de Gutemberg se destacava. Acharam positivo, pois a Bíblia foi impressa, lida em vários idiomas e as pessoas puderam entrar em contato direto com a palavra de Deus. Claro, anjo fala todos os idiomas naturalmente e não sabe dos problemas de tradução. Uma coisa ficou decidida: acontecesse o que acontecesse, o homem manteria seu livre-arbítrio. Pois, se os anjos fizessem algo que Deus não gostasse, poderiam dizer o "homem escolheu"; diante disso, Ele se calava.

Neste primeiro encontro, os anjos mais conhecidos se destacaram, e apenas um e outro cuidador de coisas estranhas como passagens, matas e fontes d'água tentaram dar um pitaco. Com medo de errar, estabeleceram que a lógica relacionada ao que conheciam do plano divino deveria prevalecer. E, discutindo a situação, notaram que os Estados nacionais haviam se formado aos poucos, e Deus havia deixado... Sentiram ser positivo, pois o que desejava o Senhor se não que os homens se amassem?! Primeiro eles amariam o seu próximo, literalmente. Como bons representantes da ordem divina, olharam para as condições de vida dos homens na Terra e acharam que sofriam demais, e decidiram melhorá-la substancialmente.

Enviaram emissários a todas as nações ocidentais – claro, Deus só governa uma parte do Planeta – e trataram de consolidar a divisão entre católicos e protestantes. Uma vez que já era um fato, o melhor era fazer com que o prejuízo fosse o menor possível. Dotaram os protestantes de um pragmatismo enervante, e os católicos foram encaminhados para uma submissão ao Divino e a qualquer senhor. Estabeleceram o "qualquer senhor" por via das dúvidas, pois os homens poderiam se confundir.

Finda essa primeira reunião, em que um anjo de asas cinzentas pouco conhecido se destacara ativamente, foram cuidar de coisas mais importantes, como o sono das crianças.

Por alguma razão relativa à pauta, se esqueceram dos povos indígenas das Américas e dos escravos que lá chegavam. A Virgem Maria não. Ficou só matutando para ver no que poderia fazer em caso de necessidade. Ela também estava um pouco aborrecida por não tirar merecidas férias, e virginiana como é, preocupava-se com todos os detalhes, apenas para esfregar na cara da Santíssima Trindade o quanto teve de trabalhar na sua ausência. Resolveu aparecer para um jovem indígena, seu desejo era inculcar esperança nos sofredores americanos, pois Deus voltaria cedo ou tarde. Aí foi chamada de Virgem de Guadalupe. Não pôde se ocupar de todo com os escravos negros, pois havia um mercado de venda de seres humanos na África, logo, livre-arbítrio; mas procurou consolar os aflitos.

O século XVII transcorreu razoavelmente bem, a coisa começou a pegar quando um dos Estados nacionais chamado Inglaterra atirou-se ao mar para fazer comércio custasse quanto custasse. Diante dos esforços diligentes dos monarcas ingleses, os anjos convocaram uma nova assembleia, pois pensavam que tanto esforço deveria ser compensado. Decidiram nessa reunião extraordinária que os homens dos campos ingleses seriam mais úteis nas cidades, e determinaram que senhores malvados os expulsassem pouco a pouco das suas terras. Assim, liberados de trabalharem na roça, poderiam trabalhar nas manufaturas e ajudar os seus irmãos nacionais. Isso foi também útil para terminar com as várias brigas entre os britânicos por causa da leitura que fizeram da Bíblia em inglês.

Notaram os anjos que a língua inglesa era meio pobre de recursos literários e que isso não ajudava uma boa compreensão da palavra de Deus. Então, melhor seria mantê-los ocupados trabalhando. E, para garantir bastante mão de obra (para não dizer que cansaram de ver a fome no Planeta), inspiraram novas ferramentas e técnicas agrícolas, assim haveria mais comida, mais gente gordinha e mais filhos para trabalharem nas manufaturas.

Depois de muito discutirem, pois afinal não eram sábios como Deus, perceberam que não poderiam saber nem vigiar tudo, e precisavam de alguém efetivamente colocado entre os homens. Chamaram um gênio, não um anjo: o Progresso. Era um ser pouco conhecido, pois Deus o havia criado, e por alguma razão deixara-o encostado sem muito trabalho.

O Progresso era perfeito, pois tinha uma visão otimista da vida, encantaria os homens e estaria sempre sugerindo novas ideias para melhorar as suas vidas – sempre melhorar a vida humana, pois, afinal, não era possível admitir que Deus desejasse o sofrimento. A ideia foi novamente do anjo de asas cinzentas, cujo nome ninguém perguntava, afinal, era anjo, tinha asas e isso bastava. Para simplificar, o chamaremos de Grayel (*Gray* cinza em inglês e *El* de anjo, afinal todos seus nomes terminam em *El*). Cinzel é um instrumento para esculpir, por isso preferimos a versão britânica do nome.

Cheio de força de vontade, não desejando perder sua grande chance, Progresso foi imediatamente para a Terra. Como um típico ser divino, estava recheado de virtudes: trabalho, diligência, disciplina, ordem, austeridade e otimismo. Verificou que os Estados nacionais poderiam ser melhorados se os industriais e comerciantes chegassem ao poder, pois isso aumentaria o contato entre todos os seres humanos. Assoprou ideias nas cabeças de alguns ingleses, franceses e alemães. Era tanta luz que estes homens foram chamados de iluminados e participaram de um amplo movimento, chamado posteriormente de Iluminismo. Tão próximos do saber divino estavam que a palavra Liberdade foi a primeira falada por todos eles, cada um no seu canto. Escreveram livros e mais livros sobre como ser livre, leis, regras, normas e o poder de discutir tudo.

Progresso estava feliz, e diante dos iluministas resolveu ajudá-los a impulsionar uma disciplina prática, a ciência; ela ajudaria os homens a se desenvolver conforme as suas necessidades sem ter de dependerem tanto de anjos e de Deus, afinal. Como sabia que os homens tendiam para o mal (pois leu Immanuel Kant, que afirmava "o homem é um animal que tende para o racional"), fez com que os homens recuperassem o pensamento de René Descartes, que criou o método científico; desta forma o saber garantiria imparcialidade. Seria o uso que os homens dessem que os levaria ao bem ou ao mal.

Ao ver como estes sofriam nas minas de mineração de carvão na Inglaterra, o gênio piedoso inspirou a criação de máquinas. Primeiro uma para bombear a água das minas, e para isso inspirou a criação do motor a vapor; depois máquinas para ajudar as mulheres a fiar os tecidos. E, enfim, como o homem havia desde milhares de anos caminhado a pé sobre a terra ou maltratado animais para carregá-lo, decidiu que deveriam criar outra forma de transporte, e no início do século XIX surgiu o trem. Agora, tudo parecia ir bem. O trem serviu para transportar pessoas, mas principalmente mercadorias. As suas linhas esquartejaram o Planeta aos poucos e todas elas terminavam num porto.

Progresso fingiu não ver o banho de sangue que houve na Revolução Francesa. Afinal, as ideias eram boas, os executores é que eram maus. Se seguissem o exemplo dos ingleses e dos americanos anglo-saxões, tudo teria sido mais simples. Mas sabe como francês gosta de complicar. Grayel, alarmado com a situação, interveio, e inspirou um jovem de nome Napoleão para colocar ordem nas coisas. Ele terminou com as disputas, reorganizou o Estado francês, e altamente inspirado pelo Progresso chegou a criar o ensino público gratuito.

Desta forma, também criou uma outra categoria humana, os ignorantes, analfabetos, iletrados. Progresso adorou o jovem e resolveu que este deveria espalhar suas ideias por toda a Europa. Mas como os europeus tinham um pouco de dificuldade de entender a mensagem, Napoleão dominou todos e mandou que fizessem logo as reformas necessárias.

Sangue por todos os lados, mas tudo bem. Depois de plantada a semente do Progresso, o retorno ao passado era impossível. Além do mais, como criatura viva os homens se destinam à morte.

A única coisa que os anjos e o Progresso não pareciam ter previsto é que há um descompasso entre o tempo no qual os homens vivem e o tempo no qual as coisas divinas transcorrem. Uma simples distração de uma hora ou duas, uma saída para o almoço numa galáxia próxima e pronto, quando voltavam muita coisa tinha acontecido.

Não entendiam como um ser ignorante como o homem podia agir tão rápido em direção ao mal atendendo a diretivas para o bem. Ser Deus devia ser literalmente um inferno.

E assim as diretrizes do Progresso fizeram maravilhas ao longo do século XIX, mas todas custaram muito caro aos seres humanos. Os anjos responderam a todas as discrepâncias à ordem divina com medidas austeras de controle. A mais importante foi a criação do relógio, pois a partir dele os homens e a sua sociedade poderiam regrar-se. Hora de trabalhar, hora de folgar, hora de comer, hora de se casar... Folgar demais poderia fazer com que pensamentos maldosos ocupassem a cabeça destas criaturas industriosas no mal, então muitas horas de trabalho e pouco tempo para ficar desocupado. Em outras palavras, Progresso e os anjos passaram aos homens a responsabilidade do controle. Era algo simples e isso os homens poderiam fazer.

Depois de umas duas horas do tempo divino, a Virgem veio à Terra para verificar como estavam as coisas e ficou horrorizada. Os doutos homens da ciência impuseram a verdade: o método científico questiona, verifica e prova os fenômenos. A verdade está na ciência. E todos eles questionavam a Igreja e Deus, conforme o lugar. Passaram a dizer como o mundo, as pessoas, as estrelas e o universo eram. E tinham como provar que diziam a verdade. Enquanto os representantes de Deus ficavam gritando, sem serem ouvidos, a palavra "fé". Ridicularizaram as experiências místicas, cujo papel tinha sido guiar o homem a Deus a partir de uma via interior.

Vendo a triste situação das crianças e mulheres exploradas na indústria, as péssimas condições de vida e higiene nas cidades, ela tratou de aparecer para várias pessoas e conclamá-las ao retorno ao caminho da fé. Grayel, ao invés de ajudá-la, conformava-se em dizer-lhe que era inútil – pois ela deveria dar provas científicas da sua existência e a experiência do sagrado estava sendo mais e mais abandonada pelos homens, e tudo era culpa deles, pois os anjos tudo tinham feito para levá-los ao bem. Fez o que pôde, distribuiu consolo, esperança e fé, mas poucos estavam desejosos de acreditar. Acabou inspirando muitos homens e mulheres, e estes terminaram por criar a assistência social e os hospitais. Essa última iniciativa deu com os burros n'água, pois a ciência tratou logo de dominar este espaço.

Em desespero de causa, ela buscou inspirar alguns homens a lutarem pela dignidade humana e estabelecerem uma relação de harmonia com o próximo, diminuindo a exploração e tentando deter a roda denteada da indústria.

Aí surgiram pensadores cristãos e não cristãos que se esforçaram muito. Acabaram sendo ridicularizados e chamados de socialistas utópicos. Mesmo sob a inspiração direta da Virgem, muitos não acreditavam em nada do Divino. Entre os inspirados, Karl Marx, que acabou por desvendar o funcionamento da economia, explicando como o capitalismo e a burguesia parasitavam o ser humano. Mas este não era um bom médium, e ao invés de entender o que a Virgem disse, "tenham fé, Deus irá voltar", ele traduziu assim: "Tenham fé, um dia o proletariado irá governar". Isso deu a ela certo desânimo, mas precisava deixar alguns minutos se passarem para ver no que isso iria dar. Precisava confiar um pouco no ser humano. Mesmo que alguns homens não acreditassem em Deus, importante eram suas iniciativas para o bem do seu semelhante.

Depois de várias pequenas e médias guerras por entrepostos comerciais no mundo, e após o homem britânico, inspirado pelo Progresso, ter firmemente acreditado que o fardo do homem branco era levar a civilização a todas as partes do mundo, iluminando a humanidade e terminando com culturas tribais ineficientes (e, para tanto, tiveram de se sacrificar fazendo guerras e colônias)... Depois de o homem haver criado a fotografia, e no fim do século XIX ter criado a fotografia em movimento, além de terem ficado viciados em imprimir livros, jornais e panfletos, levando ao surgimento do romance de folhetim, que alheava o ser humano da realidade e o preenchia de sonhos que nem ao menos eram deles... Diante da pressão da indústria, da necessidade de mercados e matérias-primas e da rivalidade entre os Estados nacionais (pois cada um procurava apenas o seu próprio benefício) – enfim, eclodiu a Primeira Grande Guerra entre os homens.

As razões? O Progresso. Grandes cidades precisavam ser mantidas, a economia necessitava andar, as pessoas precisavam de trabalho, a indústria precisava de pessoas, mercados e novas matérias-primas. O lado positivo: libertaram os escravos décadas antes, não porque fossem bons, mas porque precisavam que se tornassem consumidores.

Assim, o primeiro esforço da Virgem acabou por redundar no surgimento da Rússia comunista, cheia de ideias, mas com a grande dificuldade de entender as pessoas. Até se pareciam com os anjos, estes comunistas. Eram honestos em suas intenções, mas até aí, os ingleses também eram.

O Progresso, que havia tanto inspirado os homens, era glorificado por todos os lados e já havia se tornado um gênio cheio de soberba, estava fora de controle. Sentia-se Deus, que continuava de férias. Quando os homens matavam milhares na guerra com metralhadoras, tanques e armas químicas, desculpava-se dizendo que "eles não se adaptaram às novas tecnologias". O seu otimismo, em vez de iluminar, cegava a humanidade. Ele chegou mesmo a ver na experiência russa mais uma mostra de progresso político e social.

Durante a Primeira Guerra, a assembleia de anjos se reuniu. Como sempre, reclamaram que mal tinham tempo para fazer suas tarefas, pois os homens eram muito rápidos: se fossem mais lentos, entenderiam o funcionamento das leis divinas. Ah, sim, agora suas regras já eram "leis divinas". Como o anjo que fora mais ativo durante dois séculos, Grayel foi alçado à presidência do conselho. Era necessário que alguém experiente e conhecedor de todo o processo pudesse orientar os novos caminhos a serem trilhados.

Pouco ouvida na assembleia, pois não era um anjo, a Virgem foi para a cidade de Fátima, e lá fez estragos. Até o sol ela fez bailar tentando mudar o rumo das coisas, mas nada. Já havia tentado antes em Lourdes, na França, onde apenas conseguiu estabelecer uma gruta com águas curativas. Deu-se por vencida durante alguns segundos divinos, e neste respirar virginal, chegou à Segunda Grande Guerra.

O capitalismo havia levado os homens a uma grande crise, a Primeira Guerra os havia levado a outras crises... E, inspirado por Grayel, Adolf Hitler convocou sua nação ao Progresso, exterminando os inimigos de Deus, os judeus que haviam matado o Senhor. E aproveitou para exterminar todos aqueles que não tinham utilidade social clara, como ciganos, homossexuais e deficientes físicos e mentais. Tinha intenções bastante antenadas com a suposta lógica divina angélica; por isso precisava de grandes áreas de terra para abrigar uma população que era incentivada a crescer e se desenvolver.

O mundo não se uniu contra essas coisas, o mundo se uniu apenas para lutar contra uma nação que absorvia as outras e colocava em risco todo o capitalismo ocidental, que era representado sobretudo por algo chamado democracia, política surgida após as férias de Deus. Ela deu o ar da graça na Revolução Americana e depois na Francesa. No entanto, no rescaldo da reação, os homens perceberam todos os absurdos a que tinham sido levados pelo gênio do Progresso. Este, por sua vez, não se deu por vencido, ficava dizendo impropérios do gênero "raça de ignorantes! Vocês não me compreendem!"

Uma nação pouco expressiva no século XVII (pois eram apenas colônias), os Estados Unidos encerraram a guerra com uma novidade, a bomba nuclear, o suprassumo de toda ciência. Morreram muitos japoneses, asiáticos orientais, isso não chegou a ser algo de monta para os anjos, pois afinal, Deus era ocidental. Os anjos, atônitos com o excesso de violência e crueldade, fizeram nova assembleia. No entanto, mantiveram Grayel como seu líder. Apenas conseguiam repetir para si mesmos como o homem era perigoso, para si e para o mundo.

Chegou mesmo a surgir uma facção, liderada por Gabriel, pela volta de Deus das férias. No entanto, a facção foi prontamente derrotada ao lembrarem-no que Deus mal havia saído dali. Se ele fosse humano, não teria nem adquirido ainda um bronzeado digno de nota. A Virgem apenas assistia a tudo boquiaberta. Os Estados Unidos despontaram como o novo grande Estado-Nação e aos poucos eclipsou os britânicos. Os russos agora já eram soviéticos, industriosos, socialistas e ateus. Afinal, diante disso tudo quem poderia recriminá-los, não é mesmo?!

Grayel então observou como a divisão dos humanos entre capitalismo e comunismo era infinitamente melhor do que aquela que havia antes. Os Estados nacionais originados sob os auspícios do Senhor acabaram por se mostrar pouco interessantes, belicosos e destrutivos. Agora haveria um equilíbrio apenas entre dois blocos, muito mais fácil de ser controlado pelos anjos do que um monte de nações. Os mais ignorantes e preguiçosos dos anjos foram prontamente concordando. Miguel, acostumado a batalhas, interveio: "Mas os homens podem se destruir facilmente agora!" A isso Grayel informou: "Não deixaremos! Dois líderes para controlar é muito mais fácil do que vários!" Dizia isso com um sorriso estranho nos lábios.

A assembleia, contra a vontade do seu líder, chamou o gênio do Progresso e o repreendeu. Ele reagiu mal à reprimenda e ficou sozinho a matutar sobre como teria novos poderes sobre os homens, pois havia gostado de exercer os atributos divinos.

Grayel chamou-o à parte e lhe sussurrou: "O seu tempo chegará novamente! Você apenas mudará de nome! Aguarde!" O gênio se conformou e se retirou por alguns minutos divinos para se restaurar e voltar à carga contra a humanidade, ou melhor, a favor da humanidade; pois ele jamais admitiria que houvesse prejudicado alguém, não com tantas boas intenções.

Nesta mesma assembleia, a Virgem Maria, quebrando todas as regras, pediu a palavra e protestou: "Vocês anjos estão indo longe demais, não foi isso que o Senhor pediu que fizessem! Homens e mulheres sofrem por todo o mundo!

Fome, desespero, guerras, ambições desumanas dos governantes, falta de lucidez dos governados. Não é isso que o Senhor quer!"

Grayel respondeu-lhe: "Sem desrespeitá-la, minha senhora, devo dizer que nunca houve tanta gente sobre a terra para louvar a Deus! Quando ele saiu de férias, eram poucos milhões, hoje são mais de quatro bilhões! A senhora há de ignorar que ele adorará o coro de bilhões de devotos?! Uma boa parte razoavelmente alimentada, educada, trabalhando e servindo a uma causa maior..."

Respondeu-lhe Maria: "E que causa maior será essa?! Os homens não acreditam mais em Deus, apenas na ciência e nas estatísticas científicas divulgadas pelos telejornais. Já não se preocupam com suas almas, apenas com seus empregos e quando possuem tempo desejam apenas gozar e gozar, porque depois voltarão a um inferno cotidiano. Não, não foi isso que Deus desejou para o homem!"

"Ah, mas a senhora não há de discordar de que Ele disse: com o suor do teu rosto ganharás o fruto do teu trabalho?!" – disse-lhe de forma acintosa o anjo.

"Não discordarei!", respondeu-lhe a Virgem e emendou: "Apenas lembrarei que ele estabeleceu um tempo para que todas as criaturas gastem em seu louvor. E que este louvor não é apenas para ele, mas para que o homem saiba que desce do divino! E posso dizer mais, os homens suavam menos na roça!"

Cheio de soberba, Grayel afirmou: "Há discordâncias! Quando o Senhor saiu de férias, não nos disse nada sobre o tempo para o louvor, nem sobre o que isso significava. Isto é coisa da imaginação típica das mulheres!" E a Virgem, ao se ver assim refutada, a partir de um típico argumento do século XIX nascido da pseudociência que declarava as mulheres degeneradas e histéricas, precisou se calar por ser uma voz contra muitas.

Desejando parecer liberal e caridoso, Grayel declarou que diante de todo o Holocausto da Segunda Grande Guerra a humanidade deveria fazer uma reflexão consciencial e buscar mudanças positivas de comportamento. Estabeleceu também que as consequências do esforço de Progresso não poderiam ser desfeitas e que deveriam ser melhoradas. A humanidade do século XX era infinitamente melhor do que a do século XVII. Havia assistência social, maior número de nascimentos, vida mais longa, resultados miraculosos da medicina, mais envolvimento entre os seres humanos e que fundamentalmente o Conselho dos Anjos deixara o mundo muito melhor do que quando Deus governava.

E, como um anjo assustadoramente esperto, prevendo as guerras da Coreia e do Vietná, foi logo preconizando: "Nos anos setenta virá uma nova forma de unir todos os seres humanos, ela se desenvolverá nas décadas de oitenta e noventa e se chamará internet!"

Maria, acompanhando o raciocínio, disse estupefata: "Não pode falar sério?!"

"Falo sim!", afirmou Grayel sem dúvidas. "Já nasceu quem irá tomar as medidas que dará novos rumos a toda a humanidade". Assim se encerrou a assembleia, delicada para se dizer o mínimo.

Após todo o morticínio de várias guerrinhas, sob a inspiração dedicada da Mãe de Deus surgiram vários movimentos sociais (que por fim originaram o movimento hippie, para o seu horror). Como previsto, os anjos fizeram surgir uma rede de informações no início dos anos setenta que se alargou até os anos oitenta.

Então, Steve Jobs e Bill Gates fizeram as suas contribuições, o computador pessoal e o Windows. As comunicações massivas surgidas no século XIX agora davam a sua cartada final no plano divino. Sob os auspícios de Grayel, a humanidade estava pronta para se conectar a um universo de informações constantes e em larga escala. E isso, em conformidade com o plano divino, era bom, pois os homens se conheceriam e se uniriam cada vez mais... O Estado-Nação perdeu sua razão de ser, pois uma nova humanidade se desejaria irmanada pelos fios da comunicação por todo o Globo. O capitalismo já não precisava ser limitado e o comunismo se deu por vencido sob circunstâncias históricas. Chamaram de circunstâncias históricas aquele espertinho plantado no Vaticano por Maria, João Paulo II. O que não se disse é que o gênio Progresso agora voltava com outro nome: Pós-modernidade! E ele continuaria, cheio de boas intenções, levando a humanidade a outro patamar, que agora já é chamado de pós-humano.

O espírito pós-moderno ampliou as comunicações e a elaboração de imagens em movimento, iniciada pelo Cinema com anos antes. Os seres humanos passaram cada vez mais a se identificar consigo mesmos e não com o divino. Claro, isso é um absurdo, porque em essência são divinos. As imagens que antes eram consideradas idolatria passaram a ser parte do cotidiano. Grayel tratou de manter os humanos mais ocupados com filmes, séries de TV, videocassetes, e depois DVD players. Fez com que seres humanos fossem levados ao status de divas e divos da cultura popular, e desta forma o homem não teria tempo para se dispersar em coisas ridículas como um encontro pessoal com Deus. E falando nisso, Grayel também havia feito surgir no interior dos Estados Unidos no século XIX um grande movimento de pregadores, cuja grande virtude era simplificar ao máximo as ordens divinas para os homens, e deste movimento simplificador e redutor surgiu a Teologia da Prosperidade. Agora o homem poderia adorar o dinheiro e sentir-se amparado por Deus. O anjo estava satisfeito com tanto sucesso.

O tempo – que em algum momento era próximo ao divino – se tornou humano, e depois desumano. A ansiedade típica dos cidadãos não se compara com aquela dos camponeses do passado. Rendidos diante da pós-modernidade, os homens já não conseguem tempo para louvar a Deus e nem para se louvarem como produtos da criação divina. Sentem-se apenas seres sociais determinados pelas tecnologias. E, como a se ressentirem de si mesmos e de tudo do que foram privados, passaram a se abrigar num mundo virtual, cada vez mais distantes da sublimação do sofrimento e da busca pela plenitude espiritual. Os que a isso se dedicam são vistos e se veem como produtos do mercado. São entretenimento e se entretêm o tempo todo, essa sua razão primeira e final. Terminaram por criar um mundo dentro do mundo. No entanto, na perspectiva divina, "vós não sois do mundo", e isso significava o dobro de dificuldade para despertar o homem para si e para o que havia de maior nele, a sua centelha divina.

Mas como o Senhor Deus havia posto lá atrás no coração dos homens o anseio por algo maior, eles, apressados como sempre e escolhendo caminhos equivocados, mergulharam nas drogas, única forma de atingir outras realidades. Realidades mais suportáveis.

Enfim, quando na última década os anjos novamente se reuniram em conselho, com a presença da Virgem, bem após a queda do Muro de Berlim e da União Soviética, eis que Deus voltou de surpresa de suas curtíssimas férias. Ao ver todos os anjos reunidos, e verificar quem estava liderando o plenário, o Senhor apenas disse contrafeito para Grayel: "Lúcifer, que fazes aí?!"

"Ah, Senhor", respondeu, "só estava tentando me redimir!", desejando parecer humilde. O Senhor respondeu: "Se redimir?! Fazendo de Ratzinger, Papa?! Produzindo a *Paixão de Cristo*, de Mel Gibson?!"

"Ah, Senhor, minhas intenções foram boas...", defendeu-se.

"E agora?!", perguntou o Senhor, "como faço para fazer os homens pararem de olhar para os celulares, como faço para fazer com que olhem para a beleza da vida que eu criei só para eles?!"

Lúcifer, cheio de bom senso, afirmou: "Ah, Senhor, não desejas que eu instrua a Deus como agir, não é mesmo?!"

Embasbacado, o Senhor voltou-se para a Virgem, mas antes que pudesse dizer qualquer coisa, já foi ouvindo: "E aí?! Como foram as férias? Estava bom com a outra?! Enquanto você se divertia, fiquei aqui sozinha cuidando da casa...

Mas, não se preocupe muito, não foi apenas Lúcifer que fez das suas, andei inspirando algumas mulheres a respeito do patriarcalismo... E antes que você me diga qualquer coisa, vou avisando: agora quem está de férias sou eu!"

É, leitor, durma-se com um barulho destes. A única coisa que sei foi que o Senhor Deus mudou o Papa rapidinho, o resto ainda está por fazer.

24 de julho de 2016, 23:19

Exercício de Atualização do Pequeno Príncipe

"O essencial é invisível para os olhos..." O dinheiro está no banco.
"Tu és eternamente responsável pelo que cativas..." (Visa Platinum).
"Foi o tempo que você gastou com o jogo on-line que o tornou tão importante..."
"A internet é bela, pois em algum lugar dela tem algo que me interessa."
"Esse negócio de Pequeno Príncipe agarrado em gansos hoje não pega bem..."
"Romance entre menino e rosa... Práticas renovadas da sexualidade humana..."
"A raposa... Bem, ela queria, mas o Príncipe era chegado em botânica..."
"O bêbado é o único que continua o mesmo e não precisa de atualização."

Do blogue – 14 de agosto de 2016

O Pai

Aquele cara que se acostumou a ficar em segundo plano, pois a mãe estava em primeiro lugar. E que só aparecia nos finais de tarde, sempre ausente, e quando presente, mal disfarçava o cansaço, parecendo má vontade. Alguém que você esperava o dia todo para ver e falar, contar as novidades, mas estranhamente ele só dedicava um "que legal" pra você.

O cara que a sua mãe defendia dizendo: "Está trabalhando". Ou "seu pai não presta! Está bebendo, enquanto fico aqui cuidando de vocês, está com outra!" E que num divórcio não tem direito preferencial a ficar contigo, mesmo que mereça. Ele era o chato que dizia que a vida é dura e que você deveria se preparar. É o mesmo homem que tentou te levar para o trabalho com ele, e te apresentou para aquele monte de amigos chatos, inutilmente sem conseguir despertar a sua vocação (que era ficar com a mãe).

O pai, na sua adolescência, foi aquele covarde, vendido ao sistema, que nunca peitava o patrão ou que era subserviente aos clientes. Macho dentro de casa, mas um vira-latas nas ruas. E, o mais terrível, o homem que "pegava" sua mãe, e você não entendia como aquela grande mulher se entregava para aquele banana panaca. Ele foi o homem que traiu sua confiança, que esteve ausente na maior parte do tempo, traiu sua mãe e as expectativas dela, e nunca lhe deu o que você desejava. E se dava, era julgado como um chantagista.

Pai, o cara que conseguia dar a viagem de férias e estragá-la com seus comentários e suas ações. Aquele que proibia tudo, e com o qual sua mãe o ameaçava. Foi ele quem inutilmente o incentivou a ser igual, mas você não queria isso. Desejava ser melhor, ou pior, mas nunca igual. Se ele era bem-sucedido, você o via como um arrogante infinito em suas gabolices e chatices; se não era, você se envergonhava e não entendia por que justamente um ser superior como você tinha aquele traste como progenitor.

Ele é a pessoa que tentava participar da sua vida, mas todo mundo cortava as suas falas e o ignorava. Foi, era e é o cara que quando tentava falar "eu te amo" era interrompido por qualquer coisa; e você achou que ele não disse. Sobrou o silêncio.

Sobrou o Dia dos Pais, no qual, constrangidos pela mídia, moda e sociedade, telefonamos e tentamos dizer alguma coisa. E quando ele ganha presente é carteira, cinto, sapato, roupas sempre iguais... Nada de show de rock, nada de convites legais. É como uma formalidade triste que devemos cumprir como filhos e ele como pai. Por mais que tenhamos conversado e perguntado, ele continua um desconhecido.

Dele só vimos o que fez, não o que sentiu e nem o que pensou. E quando éramos jovens, tudo o que ele sentia e pensava era exatamente o contrário do que desejávamos. Bem, agora que você é um homem (ou pessoa) adulto, já sabe quem ele é e foi na sua vida. Vai lá, dá um abraço nele.

O pai é aquele cara que você só compreende quando passou por tudo o que ele passou, quando ficou adulto de verdade e conseguiu saber onde ele estava todo este tempo. O cara que você só conseguiu valorizar quando pôde fazer a crítica da mãe (alguns nunca fazem). Ele estava ausente porque estava cuidando de você e da família. Estava cansado para se divertir contigo porque estava trabalhando. Entregou-se ao sistema – não porque não tivesse sonhos, mas porque você precisava comer e construir a sua vida. Ele se calou para que você e outros familiares falassem, se negou para que você se positivasse.

O pai, diferentemente da mãe, é a pessoa que você aprendeu a amar com o tempo. Não foi imediato. Você tinha medo, respeito, carinho, dúvidas, anseios, cobranças, mas amor... O amor verdadeiro só veio depois quando você soube o que era o mundo e as pessoas, olhou para aquele resto encarquilhado que ficou em casa e pôde lhe dizer: foi por mim, pai, que você se apagou mesmo parecendo brilhar.

Neste dia, vai lá, lhe dê um abraço e, se conseguir, um beijo, se puder, um "eu te amo" constrangido num abraço estranho.

Feliz Dia dos Pais para estes caras que se esvaziam de si e pouco ou quase nada recebem em troca.

Numa sociedade onde o pai de Jesus (José) era figurante para Maria, e o outro pai dele, inalcançável, parece que repetimos comportamentos.

Vamos lá, o seu pai não é o progenitor de Cristo, e sua mãe não é a Virgem Maria; os dois sabem disso, não seja você o último a saber. Vá lá! Dê um abraço no homem que, em primeiro lugar, mostrou o que era o mundo e as pessoas para você, e que com o seu exemplo te preparou para não fazer feio demais.

19 de agosto de 2016 – São Paulo

Sobre Pokémon GO e ou a realidade aumentada

Antes nos tornaram apaixonados por computadores, presos em casa devido à internet. Engaiolados por anos... Aos poucos os celulares permitiram que alguns voltassem a caminhar pelas ruas, mas ainda vidrados nas telinhas. Agora todos saúdam Pokémon GO como o jogo que estava fazendo as pessoas (e as crianças, nossos filhos) saírem de casa novamente. Olho em volto e vejo a humanidade como um cão bem-comportado que, domesticado e preso por muito tempo, agora fica feliz por sair às ruas com guia e coleira. É isso Pokémon GO e toda a realidade aumentada que te mantém na ilusão, mas agora ela está no mundo. Nem meus pinschers são tão domésticos assim.

19 de agosto de 2016 – São Paulo

O pior escravo é o que podendo ser livre se agarra às correntes. Ele vê como loucos aqueles que fogem, os que superam sua condição... A escravidão lhe pesa, mas para ele é a vida, apenas a vida, e ela é assim... É tão servil que chega a ganhar as graças do seu Senhor, e assim sente-se também um pouco senhor. Ah, cegueira!

21 de agosto de 2016 – São Paulo

Mantenha a esperança, confie em Deus, você não sabe, você não espera, mas no momento certo Ele age. Felizes são os pés que buscam no chão da terra o caminho do Senhor.

14 de outubro de 2016 – São Paulo

Confie na informação que você encontra e não naquela que te procura.

12 de novembro de 2016 – São Paulo

Infelizmente, entre os meus últimos aprendizados está aquilo que eu não gostaria de aceitar: pessoas de má-fé existem e elas não se importam em te prejudicar.

19 de novembro de 2016 – São Paulo

Hoje estou me sentindo feliz por ter redescoberto que sou uma pessoa com capacidade de fazer escolhas. O tempo todo nos dizem sobre o que devemos fazer, o que e por que, senão... Senão o quê?! Senão você será livre.

21 de novembro de 2016, 23:45

O Escritor, um otário

O escritor hoje não é o cara que faz literatura nem aquele que lucra de qualquer forma com o que faz com as palavras, mesmo que nelas coloque seu sangue. Hoje ele foi transformado num pagador de serviços terceirizados; não há nada de errado nesses serviços desde que ele assim se anuncie. No entanto fica vendendo sonhos e faz promessas que não pode cumprir. Imprima seu talento, pague por tudo e não receba nada, apenas a certeza de que passou por idiota e foi explorado.

É o dinheiro de jovens e incautos escritores que sustenta as pequenas editoras, e as grandes também. O sonho de escrever virou o capital de giro dessas empresas cada vez mais inescrupulosas. Não caia em conversas fiadas, publique apenas com quem te publica de graça e te pague os direitos autorais, essa é a sua única defesa. Nenhum dinheiro do mundo irá garantir a notoriedade que você precisa se você não for no-

toriamente bom. Ou então, abra sua própria editora, mas não deixe vampirizarem suas economias e seus sonhos. Todos lucram imensamente, mas só porque você pagou tudo. As empresas editoriais do Brasil terceirizaram o investimento e o prejuízo, e adivinhe quem é que paga por isso?!

Quando você paga para publicarem o seu livro, paga a revisão (quando existe), a editoração, a capa (se for boa), as ilustrações (se tiver), a impressão, a distribuição, a água e a luz da editora, além dela ficar com um terço ou metade dos exemplares que você pagou, sobre os quais você não tem direitos. E ainda eles têm o lucro sacado da prestação de serviços. Aí te entregam centenas de exemplares no teu endereço e te dizem boa sorte. No entanto, quando fixam o preço de capa, o fazem de acordo com o investimento deles: quase nenhum. E ele sempre é mais baixo do que o valor que o escritor investiu.

Além disso, como não gastaram nada, ainda vendem a baixo preço o livro para grandes livrarias, que imediatamente o vendem em promoção. Então, mesmo que você seja um bom vendedor de livros, jamais receberá de volta o dinheiro aplicado. Processar o prestador de serviços? Jamais, há um contrato especificando que você é um otário e que tinha consciência de ser um otário.

O que lhe resta? A satisfação de ser um escritor publicado. Enquanto não souberem que você é um o...

Em desespero de causa, você pode dar palestras e cursos de como escrever bem e de como publicar seu primeiro livro. Assim você se tornará um otário preparando outros, mas de repente conseguirá algum lucro afinal, pois entrou para o mercado.

Por que escrevi este texto? Para alertar meus colegas escritores. É evidente que tudo que está escrito aqui é fruto de pesquisa, pois tenho a sorte de não ter encontrado vampiros em meu caminho. Afinal, não ficaria bem nem para mim nem para todos os meus editores se eu dissesse coisa diferente, não é mesmo?!

22 de novembro de 2016, 19:23

Parar de falar e vivenciar

Há mais de ano que meus amigos do Facebook publicam constantemente sobre racismo, sexismo, direitismo, esquerdismo, defesa dos animais, do Planeta etc. e tal. Concordo com todas as manifestações, mesmo porque sou discriminado e minoria. Apenas gostaria que os inconscientes se conscientizassem logo para poder ver outros assuntos. *Não tiro a importância destes, mas paradoxalmente, não vejo ninguém defendendo o contrário. Então, não entendo por que tanta insistência.*

Por favor, brancos heteronormativos, dá para entender logo a mensagem? Machistas, por favor, dá para se reinventar em algo mais interessante? Pseudo direitistas e esquerdistas, dá para ler uma boa teoria política? Estou louco para ver e ouvir seres humanos abordando outras questões. As causas sociais merecem atenção, mas sobretudo atitude. Se for para ficar no palavrório, vamos fazer um palavrório diversificado e mais interessante. Mais atitude e menos ódio divulgado! Quem divulga o ódio com ele coopera!

22 de novembro de 2016, 22:34

Conselho do capitalismo contemporâneo: vire um capitalista você também!!! Seja você uma empresa! Abra uma empresa! Explore os outros e deixe de reclamar porque é explorado. Bem, siga quem quiser, rs (isto é uma ironia).

30 de novembro de 2016, 23:45

Sou filho de Epicteto, ninguém pode me fazer sofrer mais ou menos do que qualquer homem sofreu sobre a Terra. Por isso, certas coisas não me assustam. São da condição humana, e isso deve bastar.

7 de dezembro de 2016, 10:30

Bom dia!
Atendente da cafeteria da "facul": "A média é pura ou com leite?" [19]

27 de dezembro de 2016, 21:26

O que mais adoro no Facebook é gente postando o que os Estados Unidos, a França, a Inglaterra ou a PQP acham da política no Brasil e sua economia (ironia). Ora, se nós brasileiros não sabemos, por que estrangeiros saberiam melhor do que nós sobre

---

19 A chamada média é assim conhecida por ser uma mistura de metade de uma xícara de café com uma metade de leite, o que resulta numa média entre ambos. Logo, não pode existir uma média pura. Estranhamente, a pergunta da moça da cafeteria se tornou bem comum na cidade de São Paulo.

o que aqui se passa? Resquícios do colonialismo. Nós pagamos impostos, nós elegemos os idiotas e, logo, nós devemos saber o que fizemos, não precisamos ficar olhando a opinião de ninguém de fora. Não são brasileiros, não vivem a nossa história e não sabem as tolices que fizemos. Nada pior do que um povo que procura saber de si através do olhar do estrangeiro. Digam-me quantas vezes estes países se importaram com nossa opinião sobre seu governo e economia e eu lhes direi quantas vezes eles souberam de nosso destino.

31 de dezembro de 2016, 22:32

Quem se compadece de nós?
Todos os dias nos pedem compreensão
Piedade, solidariedade,
Dinheiro
E somos cobrados a dar, e damos...
E todos os dias
Nos negam compreensão
Piedade, solidariedade
Dinheiro
E não adianta cobrar, pois não dão.
Quem se compadece de nós?
Aí o nosso entendimento se cala
Nossa humanidade se ressente
Nosso coração se fecha
E o bolso não se abre.
Ficamos cheios de culpa
Mas menos carentes
Pois ficamos com nossa compreensão
Piedade, solidariedade e dinheiro
Para nós mesmos
Classe média.

31 de dezembro de 2016, 23:15 [20]

Refrão de 2016: Ele já não está mais entre nós!

---

20 Chama atenção o fato de que o autor não escreveu mensagem de Ano-Novo.

Uns morreram, outros foram apenas demitidos. Mas a frase fala bem sobre o que não queremos lidar. Em 2016, ficamos com medo de perguntar: morto ou desempregado? Pois as duas coisas cedo ou tarde nos tocam particularmente. Apenas um subterfúgio de linguagem, apenas isso... e nada mais[21]?!

---

21 O desemprego no Brasil crescia a olhos vistos no país em 2016 e apenas piorou nos anos seguintes. O que pareciam dados alarmantes, quando L.V. fez este comentário, nada mais eram do que o princípio de um abismo sem fim. Notem que neste ano também não houve nem mensagem de Natal.

2017

31 de janeiro de 2017 – São Paulo, 22:35

Hoje foi um dia inesquecível, e o digo para o Facebook me o lembrar todos os anos. Para mim, a vida recomeça agora. Inútil me perguntar por quê. Só quero que o Face relembre e relembre daquilo que eu mesmo não gostaria de lembrar. Quem sorve o sopro do divino com ele se esvai[1].

8 de fevereiro de 2017, 18:22

Eu sou o moinho de vento que derrotou Dom Quixote[2].

10 de fevereiro de 2017, 17:55

No país onde todos são espertos, obviamente também todos são otários na mesma proporção. Está explicado o Brasil?

17 de fevereiro de 2017, 22:46

Coloquei meus olhos para fora de mim... Meu corpo ficou em trevas, mas se iluminou o meu espírito.

17 de fevereiro de 2017, 15:32

Epitáfio[3]: para aqueles que não gostam de mim, espero, enfim, tê-los feito felizes.

---

1 Não sabemos o que ocorreu neste dia. Apenas se sabe que foi grave o suficiente para alterar o rumo das coisas como vinham sendo até então. Teria descoberto uma doença grave? Havia sofrido em 2015 um sério problema de coagulação sanguínea, que o levou à UTI.

2 Essa afirmação é o título deste livro. É uma inversão bastante sagaz do autor. O personagem de Cervantes, um fidalgo que enlouqueceu de tanto ler, é por fim derrotado, depois de muitas aventuras por um moinho de vento no qual ele enxergara um gigante. Se o leitor leu este livro até aqui já deve ter compreendido o porquê desta afirmação. A desilusão, o pessimismo, e certa amargura o impediam de ver magia e fantasia no mundo fenomenológico. Logo, sua afirmação é o mesmo que: sou a realidade mais nua e crua, lide com ela.

3 Epitáfio: texto que se grava na lápide de um túmulo, em geral em homenagem ao falecido ou qualquer coisa que ele desejasse.

26 de fevereiro de 2017, 15:40

Quem sabe o que é o mistério de uma página em branco? Para alguns... papel. Para outros, dificuldades... Para quem escreve é o Big Bang! Toda folha vazia, chamando para ser preenchida com um universo... É assim que me sinto... não me assusta... me encanta[4].

28 de fevereiro, 20:15

Houve um tempo que você se sentia novo, feliz e disposto a tudo. E como uma fruta apanhada a uma árvore frondosa, você resolveu que iria alimentar o mundo. Entre a árvore e o consumidor, você descobriu enfim que fruta era: uma laranja.

Ou melhor "um laranja". Quando chegou ao consumidor, você já havia sido amassado e chupado diversas vezes, e ao entregar-se feliz para ele, por fim (antes mesmo de ter amadurecido), você percebeu que nada mais tinha para dar, pois era só um bagaço.

Não tinha como voltar para a árvore, não tinha como ser mais consumido, nem no lixo te jogaram direito... Ficou como resto, atirado à calçada, entupindo bueiro em dia de chuva.

Então, ainda bem que não somos frutas, né?!

17 de março de 2017, 23:50

Deus é um cara alto, você só consegue vê-lo se olhar para cima[5].

27 de março de 2017, 23:02

Se seu filho é um anjo, o problema não é que ele voe e você não, o problema é a natureza das penas[6]...

---

4 Luiz Vadico é verdadeiro ao fazer essa afirmação. Entretanto, não menos verdadeiro é o fato de que ele jamais desejou ou tentou se firmar como escritor profissional para não ser obrigado a escrever ou a ficar inspirado.

5 Esta frase simples, mas não muito, provocou uma série de réplicas de pessoas de origem religiosa. Afinal, fica evidente a postura do autor relativamente à divindade e ao homem. Deus é grande e aprecia os que o veem em sua grandeza e dela partilham. Nada de humildade rastejante e menos ainda de orgulho flamejante.

6 Essa frase demanda certo esforço de compreensão. "Se seu filho é um anjo", logo é você que assim o considera, mas se ele não o for, com certeza você não o é. Logo, há uma séria diferença entre ambos. Criado como o que não é, seu filho lhe dará muitas tristezas ou o inverso. Daí a "natureza das penas" (penas ocorrem como um trocadilho com castigo). Logo, a mensagem é: crie seu filho para ele ser o que ele é.

1º de abril de 2017, 22:22

Deus é uma verdade tão grande para mim que nele apenas desejo me diluir. Deitar-me no seu colo e profundamente esquecer-me.

23 de maio de 2017, 12:30

Enfim descobrimos a maior força política e econômica do País: os caminhoneiros. Nem de esquerda, nem de direita: da estrada[7].

27 de maio de 2017, 19:32

Quando se é otário, não se deve tentar ser esperto, pois fica ainda pior.

13 de junho de 2017[8], 22:30

Agradecimento aos amigos(as)

Diz o ditado popular que "viemos ao mundo sozinhos e partiremos sozinhos", mas irei emendá-lo: só nestes dois momentos estamos sozinhos. Os dias, meses e anos passam, e as amizades amadurecem. Quis Deus que, quando maduros, não fiquemos mais corados e viçosos, como acontece com as frutas; Ele desejou nos fazer mais brilhantes, por isso nos brindou com fios de prata que aos poucos vão nos enfeitando os cabelos, a barba, os pelos por todo o corpo, até que sejamos inteiramente prateados. Dourado, só Deus!

Muito grato à generosidade de todos os amigos e amigas por se lembrarem do meu aniversário e por expressarem seus votos, sempre nos faz bem o carinho. Grato também àqueles que se lembram, mas não puderam expressar. Muitas vezes eu mesmo tenho deixado de felicitar queridos e queridas. Às vezes por tristeza, às vezes ficou para depois e... passou. Mas o desejo esteve aqui no meu coração.

Fiz cinquenta anos, mas não fiquei mais sábio, e por enquanto nem prateado, rs. Devo ser fruta.

---

7 Referência à grande greve de caminhoneiros ocorrida naquele ano e que conseguiu parar o País. Até onde se saiba, foi apenas pelo aumento do valor do frete e não uma questão político-partidária.

8 Este texto é de agradecimento às congratulações pelo seu aniversário de cinquenta anos, que foi no dia 12 de junho.

Que seus melhores votos para mim se tornem realidades ainda maiores para você[9].

23 de julho de 2017, 22:45

Abandonar os velhos pais é uma crueldade sem nome. Quando se mata um pai ou mãe, chamamos de parricídio, mas como chamamos a tortura minuto a minuto, hora a hora, dia a dia, ano a ano, do abandono?! Como definimos a dor que é esperar uma notícia ou um carinho dos filhos amados e nada receber? O abandono é mais cruel do que ódio, pois até o ódio é uma ligação. Muito triste. Deixar à míngua quem lhe deu a vida é um aborto ao contrário, mas muito mais cruel e doloroso.

23 de julho de 2017, 23:02

Se o maior desafio é vencer a si mesmo, quem termina derrotado não é o próprio eu que se propôs a se vencer?! Mas aí, se ele venceu, foi derrotado?! Quem é que ganha quando eu me proponho a me vencer? É o público que assistiu à luta? E quando meu eu vencedor se levantar pisando no meu eu cadáver derrotado, será eu mesmo ou uma assombração de mim vencido[10]?!

27 de julho de 2017, 21:15

Quando atingimos a luz a gente se apaga[11]...

11 de agosto de 2017, 19:34

Estou na meia-idade...

---

9 Bem, isto evidentemente é uma maldição.

10 Esse jogo de palavras esconde uma grande crítica social. Por que o ser humano deve mudar? E mudar o que, e mudar por que e/ou mudar para quem?! Em outras palavras, temos espírito? Ou somos corpo? Qual a finalidade última da vida? É preciso ter finalidade?! Não podemos viver bem sem nenhum fim último? Novamente, é necessário que haja um "si mesmo" para que se o vença, mas se vencer para o quê? Por que eu me maltrataria?

11 Que não se entenda mal essa afirmação. Na realidade, quando se atinge a luz é porque o ente se tornou luz também, e na grande luz ele se integra e deixa de ter um Eu. Não tem a ver com a perspectiva da humildade cristã.

Melhor, estou na idade média

Cheio de trevas por dentro Queimando pessoas. Com medo de Deus, mas odiando profundamente a ciência.

Salvação?

O Tempo me perdoará.

15 de agosto de 2017, 23:59

É no momento mais escuro da noite que o amanhecer se anuncia.

18 de agosto de 2017, 13:17

Não pense que só Aquiles tinha calcanhares.

Do blogue – 20 de agosto de 2017

O Elefante e a Formiga I

Em meio a uma savana onde o mato crescia baixo, duas trilhas se cruzavam. Ambas bastante antigas, e ninguém sabia qual havia nascido primeiro. Numa bela tarde de sol, se deu o inusitado encontro dos seus viajores. Vinha um grande elefante liderando sua manada. Andava devagar para que ninguém se perdesse, mesmo assim vinha bem à frente do grupo. Em meio a mais um passo que iria dar, de repente teve sua atenção chamada para o chão:

— Ei, senhor Elefante! Onde pensa que vai?

Parou-o de forma muito arrogante uma formiga, enquanto descarregava o pequeno pedaço de folha no chão. Estava pronta para afrontar o maior animal da Terra. As suas outras companheiras continuavam carregando suas cargas, alheias ao que acontecia. O elefante, por possuir grandes orelhas, ouvia-a com facilidade. Era um formiguídeo bem nutrido, mas ainda assim, era um nada se comparado a ele. Eram os caminhantes das duas trilhas que se encontravam, os grandes paquidermes e as pequenas formigas.

— Bom dia, senhora Formiga! – respondeu cordial – Estou levando minha manada até o rio mais adiante!

— Ah, e por isso acha que pode nos esmagar na sua passagem? — continuou a formiga agressiva. Só porque é grande, não quer dizer que vale mais do que qualquer uma de nós!

Ele estranhou o tom petulante, e tentou ser condescendente:

— Não se preocupe, amiga! Eu pularei a sua trilha, e todos os meus também o farão! Estarão seguras!

Acreditava que dizendo isso a tranquilizaria, no entanto a pequena não parecia estar nos seus melhores dias:

— Ah! Então é assim? Acha que pode vir e pular sobre nossas cabeças? Uma vida vale por uma vida! E nós formigas possuímos um formigueiro onde há muito mais vidas do que em toda a sua manada.

O elefante, ficando surpreso, afirmou-lhe de boa-fé:

— Ora, eu não duvido de que assim seja! Mas estou dizendo que ninguém sofrerá nenhum mal. Só iremos passar por aqui e seguir nosso caminho.

— Muito antes de haver elefantes por aqui, a nossa trilha já existia! — afiançou a formiga, cheia de convicção. — Vocês, elefantes, passam por aqui com frequência, e nunca nem pediram licença!

— Mas o que tem a antiguidade da trilha com isso?! Já prometi que iremos pular vocês, e ficarão bem! — insistiu, atônito.

— Vejo que não me entende! — exclamou a formiga. — Bem, o que esperava eu de um chefe de manada de paquidermes! — disse de si para consigo, despeitada.

— O que estou dizendo, senhor Elefante, é que é um desrespeito pular sobre nossas cabeças! Nós estávamos usando nossa trilha primeiro! E se vocês vieram depois, naturalmente, manda o bom senso que ou vocês nos aguardem até terminarmos nosso serviço para passarem, ou devem dar a volta até o final da trilha, desviando-se do cruzamento e de todas nós!

— Jamais ouvi tamanho absurdo! — respondeu o outro, com indignação.

— Absurdo por quê?! Por uma formiga, um ser vivo, que pede para ser respeitada em sua trilha?! — disse-lhe, também indignada.

— Não! — respondeu-lhe o elefante. — O absurdo é o tom, a arrogância e a petulância que estão na sua voz! Eu posso esmagá-la facilmente, mas digo que não o farei, que apenas pularei sua trilha, e você exige que minha manada caminhe quilômetros a mais apenas para que você se sinta respeitada conforme a sua própria convicção do que seja respeito?!

A formiga não se deu por vencida:

— O senhor Elefante sabe que dá muito azar pular sobre uma pessoa?

A isso ele não resistiu e deu uma gostosa gargalhada, e foi logo dizendo de bom gosto:

— Sei sim! Pular sobre uma pessoa dá muito azar, ainda mais se a pessoa estiver armada! Mas você é uma formiga!

— O senhor é muito arrogante! Menospreza os pequenos, ainda ri de nossa condição!

E completou, de forma ainda mais arrogante:

— Por aqui vocês não passarão!

— Seja razoável, minha pequenina – pediu, carinhoso, o grande animal. – Na manada temos elefantinhos recém-nascidos e outros em idade muito avançada. Se teme que as pulemos, por que simplesmente não abrem espaço para podermos passar?

— Porque estávamos aqui primeiro! E temos o direito de aqui continuar!

O elefante olhou para trás de si e, vendo que a manada o alcançava depressa, tentou dar termo à negociação, antes que o pior acontecesse. Porque pasmem, estranhamente, ele se preocupava com a formiga.

— Tenha bom senso! Afaste-se você e as suas demais companheiras! A manada está vindo!

— Então é assim que agem os elefantes! Contrapôs a formiguinha. Quando tudo falha, partem para a ameaça!

— Eu não a estou ameaçando, apenas estou avisando. Uma manada de elefantes não se para assim, de imediato!

— É ameaça, sim! – teimou ela, cheia de si.

Mas a manada chegava, e estava há alguns segundos de a tudo estraçalhar. O elefante informou a formiga:

— Eu a pularei, goste disso ou não! Mas aviso que, depois que eu o fizer, saia da frente, pois virão os outros!

E assim fez. Mal havia pulado e a formiga começou a xingá-lo de todos os palavrões formiguídeos conhecidos e desconhecidos. E então... Uma manada de elefantes passou sobre ela.

Após a poeira baixar, os elefantes já podiam ser vistos a distância, e as formigas continuavam carregando folhas pela trilha, menos uma. Talvez, a sua morte tenha realmente sido culpa do grande elefante, pois ele havia parado para lhe dar ouvidos...

22 de agosto de 2017, 22:24

Se homossexualidade for doença, quero aposentadoria por invalidez! Estou muito doente.

Do blogue – 25 de agosto de 2017

A Formiga e o Elefante II

Em meio a uma savana onde o mato crescia baixo, duas trilhas se cruzavam. Ambas bastante antigas, e ninguém sabia qual havia nascido primeiro. Numa bela tarde de sol, se deu o inusitado encontro dos seus viajores. Vinha um grande elefante. Andava devagar, parecia um pouco cabisbaixo, talvez porque estivesse sozinho ou porque se sentia assim. Já possuía certa idade e vivera tudo o que podia da elefantitude, no entanto, não perdera sua curiosidade. Em meio a mais um passo que iria dar, de repente teve sua atenção chamada para o chão:

— Ei, senhor Elefante?! Onde pensa que vai?

Para suas grandes orelhas, o som daquela voz arrogante quase parecia um grito, no entanto era uma formiga. Respondeu-lhe de boa mente, até porque não tinha grande coisa a fazer:

— Ah, só estou caminhando por aí, por aqui, por acolá...

— E o senhor pensa que, enquanto fica à toa em suas caminhadas, pode vir aqui e esmagar-nos com todo o seu peso?! – vociferou a pequenina atrevida.

— Não, cara formiga – respondeu. – Eu pularei a sua trilha!

— Ah, isso não fará, não, senhor! – disse-lhe de forma petulante. – Não é porque é grande que pode nos subestimar e ir desrespeitando-nos pulando por sobre nossas cabeças!

Tomado de curiosidade com aquela formiga estranha e cheia de soberba, pensou que ela poderia lhe revelar coisas novas, e perguntou qual o motivo que o impedia de pular sobre a trilha. Prontamente, ela respondeu:

— Todos sabem que dá muito azar pular sobre uma pessoa...

— Que tipo de azar? – perguntou, nem se dando conta de que ela não era uma pessoa.

— A pessoa morre!

— Mas que interessante... – fez ele, como se cofiasse o queixo diante de um novo fenômeno. E considerou que ela tinha razão, pois se um elefante pulasse sobre uma pessoa, as chances de ela morrer eram realmente grandes.

— Tem razão! – disse ele. – Mas você não é uma pessoa, por que eu deveria tratá-la como tal?

A formiga, sentindo que estava tendo atenção, foi logo autoritária, mas de boa mente, informando:

— Não sei o que fazem na sociedade dos elefantes que ainda não sabem de uma coisa tão óbvia. Toda vida vale por uma vida. Logo, se assim for, uma formiga é igual a uma pessoa, uma pessoa igual a um elefante, um elefante igual a outros elefantes e assim por diante. É a lógica que nos informa essa grande verdade.

Encerrou sua argumentação com ares de senhora da razão. O paquiderme ficou estupefato com a sagacidade do inseto, e quis saber mais:

— Um elefante é igual a um elefante, mas o mesmo se dirá das formigas?

— Ah, sim – afirmou ela. – Todas vivemos numa situação de extrema igualdade. Temos funções diferentes, mas uma formiga equivale a outra formiga. E todas são muito importantes e nenhuma deve se perder.

E acrescentou, com certa desfaçatez:

— Ainda mais por causa de um paquiderme caminhando à toa por aí...

— O que sugere que eu faça, então? – rendeu-se o elefante ao argumento, sentindo-se humilhado por ser surpreendido à toa refletindo por aí.

— Faremos o seguinte – propôs ela. – Você me seguirá ao longo da trilha, e eu o levarei até o formigueiro, e lá o senhor o contornará, desviando-se assim do nosso caminho!

— Feito! – respondeu, mesmo porque tinha todo o tempo do mundo.

Era um estranho par caminhando lado a lado. A formiga pela trilha, carregando sua folhinha, junto de outras operárias, e ele seguindo-a de perto, mas não tão perto para não causar um acidente. Enquanto caminhava, a trilha balançava um pouco, pois ele era muito pesado. A formiga pediu que pisasse mais de leve, e ele prontamente obedeceu.

Vários quilômetros depois, chegaram ao formigueiro. Este estava em polvorosa, sendo chacoalhado pelas pisadas próximas do imenso animal. No entanto, apesar de alguns poucos desmoronamentos internos, a toca continuava bem. Lá chegando, ele contornou o formigueiro. E já ia se despedindo da pequenina quando ela, percebendo que havia feito o maior animal da Terra compreendê-

O moinho que derrotou Dom Quixote

-la, caminhar e mudar seu caminho, se encheu de renovada energia, e foi logo dizendo:

— Onde pensa que vai, senhor Elefante?

— Seguirei meu caminho! – respondeu.

— Mas que tolice! Você não ia a lugar algum!

E ela até parecia boa quando convidou:

— Fique conosco, assim poderá conhecer mais sobre nossa vida e filosofia!

Ficou maravilhado com o convite. A sua curiosidade estava aguçada por um encontro sem limites entre elefantes e formigas.

— O que devo fazer? – perguntou-lhe.

— Sente-se aí ao lado do formigueiro e apenas observe! Como o senhor é inteligente, logo aprenderá muito conosco!

E assim o fez, sentou-se próximo dali. Ficou dias e dias observando o vai e vem das operárias, das guerreiras, das princesas do formigueiro. Enquanto isso, a astuta formiga chamava suas companheiras para verem o elefante que ela havia dominado. Ah, sim, dominado. Conseguiu que até mesmo a grande rainha Formiga, com seu enorme traseiro produtor de larvas formiguinhas, saísse para ver o animal. E como última demonstração de poder, foi até ele e disse:

— Você tem sido um grande amigo para nós. Mas chegou o momento de ir embora!

— Mas fiz algo de errado? – perguntou inocente.

— Não! De forma alguma! Mas será de muito proveito para todos que vá para sua manada e que lhes conte sobre a nossa sociedade, nossa organização e capacidade de trabalho. Para um animal é difícil ouvir isso, mas espero que entenda o quanto a sua comunidade é primitiva e inferior à nossa.

O elefante, sentindo-se chateado (na verdade, bem triste e depreciado), terminou por concordar. De fato, as formigas eram superiores. E voltou então para a sua manada para explicar para todos eles em que triste condição da vida se encontravam.

Quilômetros depois, encontrou os seus. Estavam preocupados com sua longa ausência. E ele lhes contou, feliz, por onde estivera. Falou das suas pesquisas com as formigas e de como todos tinham muito a aprender. Elas eram muito melhores que eles, mais iguais, mais organizadas, eficientes, trabalhadeiras, e só não sabia dizer por que comendo a mesma coisa as duas espécies eram tão diferentes. Toda sua falta de capacidade de argumentar com uma simples formiga tinha desaparecido diante dos seus iguais. A manada toda ficou em polvorosa: todos queriam conhecer o formigueiro, e sem tardar, seguiram correndo para lá.

E de nada adiantou nosso protagonista pedir que pisassem de leve ou que não corressem tanto...

27 de agosto de 2017, 22:33

A união dos fracos os torna uma força. A união das flores cria um jardim. Apenas a união dos medíocres cria mediocridade sem fim[12].

Do blogue – 28 de agosto de 2017

O Elefante e a Formiga III

Em meio a uma savana onde o mato crescia baixo, duas trilhas se cruzavam. Ambas bastante antigas, e ninguém sabia qual havia nascido primeiro. Numa bela tarde de sol, se deu o inusitado encontro dos seus viajores. Vinha um grande elefante, liderando sua manada. Andava devagar, para que ninguém se perdesse, e mesmo assim vinha bem à frente do grupo. Em meio a mais um passo que iria dar, de repente teve sua atenção chamada para o chão:

— Ei, senhor Elefante! Aonde pensa que vai?

Parou-o de forma muito arrogante uma formiga, enquanto descarregava o pequeno pedaço de folha no chão. Estava pronta para afrontar o maior animal da Terra. As suas outras companheiras continuavam carregando suas cargas, alheias ao que acontecia. O elefante, por possuir grandes orelhas, a ouvia com facilidade. Era um formiguídeo bem nutrido, mas ainda assim, era um nada se comparado a ele. Eram os caminhantes das duas trilhas que se encontravam: os grandes paquidermes e as pequenas formigas.

— Irei levar minha manada até o rio! – respondeu de forma igualmente arrogante.

— Ah, só porque é grande acha que pode esmagar-nos? Quem você pensa que é? – falou despeitada.

---

12 Este texto era relativo ao local de trabalho do autor no período. Às vezes sentia muita dificuldade em lidar com supostos intelectuais na vida pública, mas medíocres no cotidiano. Sempre considerou estranho que alguns intelectuais não o fossem o tempo todo, mas apenas no momento em que "ligavam" essa função.

— Não pretendo esmagá-las! – afirmou cheio de autoridade. – E eu não penso que sou! Eu sou o rei dos elefantes! E se você ficar de lado para passarmos, será muito saudável para você e suas amigas! Se observar, pode até mesmo aprender algumas coisas!

Extremamente irritada com tanta empáfia, e ao mesmo tempo curiosa com aquela arrogância, no entanto cheia de ares de autoridade, a formiga perguntou aborrecida e com pouco-caso:

— Ah, e o que eu teria a aprender com o rei dos elefantes?! Vai me ensinar como ser a rainha dos paquidermes?!

O rei deu uma gargalhada diante da arrogância da pequenina, mas como possuía grandes orelhas e a ouvia, acreditou que ela também poderia ouvi-lo de verdade, e afirmou:

— Não! Todavia, posso ensiná-la a como ser a rainha das formigas!

Ao ouvir isso, algo se acendeu dentro dela. Deixar de ser uma operária e ser a mandachuva do formigueiro. Apesar de não ter ouvidos tão grandes, ela sentiu que poderia ouvi-lo se ficasse de mente aberta para coisas novas. Foi logo perguntando, ainda cheia de pouco-caso:

— Diga-me então, seu fanfarrão, como posso me tornar a rainha, se nós formigas somos condicionadas às nossas funções?

O elefante, que nada mais queria do que alguém que lhe desse ouvidos, foi logo fazendo uma longa preleção:

— Na verdade, ninguém é condicionado a nada! Isso foi algo que lhe ensinaram para que continuasse a fazer seu trabalho sem nunca questionar. A sociedade das formigas é muito tacanha, atrasada e fechada! Vocês todas são escravas! Vivem para sustentar a elite!

— Elite? Que elite?

— Ora, a rainha, as princesas formigas e as guerreiras! Elas comem todos os seus esforços, ou você não percebeu ainda?! Uma parte fica lá no formigueiro, no bem-bom, só comendo e procriando, se enchem de larvinhas formigas; outra parte fica obrigando as operárias a ficarem nessa eterna fila, trabalhando sem descanso. Chegam até mesmo a oporem vocês aos elefantes. Justamente a nós, nobres criaturas, que só desejamos o bem.

E como se o limite fosse as estrelas, explicou para a inseta boquiaberta com suas revelações:

— Primeiramente, você deve se destacar. Trabalhar mais do que todas as operárias juntas. Mostrar o seu empenho. Deve ser resiliente e, sobretudo, inovadora. Mesmo as formigas da elite irão reconhecer o seu valor. Depois, deve se unir às operárias e pedir melhores condições de trabalho, e uma parte maior da comida. E, claro, você não irá trabalhar tanto para não obter vantagens para si. Não! Não! Não! Nada de altruísmo! Torne-se a encarregada das operárias. Uma verdadeira líder! Depois, quando conseguir se destacar, case-se com uma das princesas ou um dos príncipes, aquilo que você preferir! E, logo, quando a velha rainha menos esperar, você vai lá e a desafia para um duelo. E, como você é jovem e forte, vencerá e terá todo o apoio do formigueiro, pois seu reinado significará o fim da opressão.

Até os passarinhos pareciam terem parado de voar para escutar o belo discurso do rei elefante, e para terminar, ele disse:

— Faça como eu fiz! Não estou aqui porque nasci nobre! Estou aqui porque sou um líder e conquistei o meu lugar!

A formiga ficou encantada com aquelas sábias palavras, e mal tinha tido tempo de guardá-las no seu coraçãozinho, quando ouviu:

— Agora, querida, por favor – pediu de forma doce, mas cheio de falsa bonomia. — Saia para o lado, pois eu irei passar! E saia ainda mais para o lado, pois a manada de elefantes é grande e eles não são tão bondosos quanto eu! Até mais! Foi um prazer conhecê-la! Quando for rainha, me convide para um chá!

A poeira que a manada fez ao passar nem havia baixado, e a pequena formiga já estava se esfalfando para ser a melhor operária.

Os dias se passaram, e ela batera todos os recordes de produtividade. Havia carregado montanhas de pedacinhos de folhas, a ponto de não caber mais nenhuma no formigueiro. Ela era incansável, pois agora tinha um objetivo na vida, e iria alcançá-lo. Aos poucos, ia conversando e tentando convencer as formigas operárias da necessidade de mudanças. No entanto elas não possuíam orelhas de elefante e não a ouviam, e tentavam impedi-la de trabalhar tanto de forma desnecessária. Não sendo bem-sucedida com as operárias, tentou convencer as guerreiras, enquanto continuava trabalhando sem cessar. Também sem sucesso, pois as guerreiras riram da pretensão de uma mera carregadeira. Levou algumas surras das formigas militares para aprender onde era o seu lugar.

No entanto ela já sabia qual era o seu lugar: era o da rainha!

"O elefante estava coberto de razão", pensava, "jamais havia existido uma sociedade tão injusta quanto a das formigas". Uma elite que sugava todos os seus esforços e uma rainha que de tão gorda tinha uma traseira imensa. Escravizava a todos dizendo que tinha de botar ovos. Mas esta formiga – tomada de indignação, e por que não dizer, ambição – acreditava que com o formigão certo, ela também poria ovos...

As semanas passaram e passaram. E sua plataforma política não encontrava apoio. Sua energia não diminuiu, no entanto a frustração tomou conta dela. Muita amargura e a eterna sensação de que era prisioneira, que tinha sua liberdade de expressão tolhida. Aos poucos o ódio se apossou dela. Seria rainha. Se não pudesse seguir todas as etapas que o elefante lhe ensinara, iria pular todas elas.

Num acampamento de homens próximo dali, ela sabia existir a mais perigosa das armas. Fora desde pequena alertada para não pegar aqueles pequenos grãos brancos. Mas agora não tinha outra escolha. Foi até lá. Pegou um daqueles misteriosos grãozinhos e o carregou lentamente para o formigueiro. Ia antegozando o seu futuro. Chefe! Autoridade suprema! Rainha! Quase podia ouvir o coro das operárias, guerreiras e princesas tecendo hinos de glória à grande libertadora.

Sem que ninguém notasse, ela deu formicida para a rainha. Após o primeiro bocado, a pobre deu um grande grito de dor. Parou imediatamente de parir e morreu espumando pela boca. Pânico por todos os lados, as guerreiras ficaram desorientadas e saíram espetando as operárias; estas, assustadas e confusas, espalhavam-se e corriam para fora do formigueiro; as princesas formigas fugiam, pois não sabiam o que fazer sem a grande mãe. Enquanto isso, nossa heroína gritava:

— Parem! Parem! Voltem aqui! Eu as libertei! Sou a nova rainha!

Chegou até mesmo a subir no topo do formigueiro. No entanto via apenas multidões de formigas desorientadas se afastando dali para a morte certa a céu aberto. Sentada, entre lágrimas, sentia-se a formiga mais triste e incompreendida do mundo. Tanto fizera pelo bem do formigueiro. Lutara tanto para chegar até ali, e o máximo que ouvira aos seus apelos foi o comentário de duas guerreiras: "Que quer aquela ali?", "Não ligue, é louca! Todo mundo sabe! Trabalhava mais do que o necessário e ficou assim".

Em pouco tempo, ela estava só. Tudo deserto, todas dizimadas ao sol, jogadas ao vento. Mesmo mergulhada em desgosto profundo, só conseguia pensar que havia fracassado. Que aquele elefante arrogante iria se rir dela e jamais poderia convidá-lo para o chá para retribuir a empáfia com mais empáfia.

Nesse ínterim, onde as trilhas se cruzavam, o grande elefante rei levava a sua manada novamente para o rio, e notou satisfeito que agora havia apenas uma trilha. Olhou para o chão, como se estivesse à cata daquela formiga, e, cheio de satisfação, disse quase sussurrando para os outros não pensarem que enlouquecera:

— Sou o rei dos elefantes, é isso que sou!

31 de agosto de 2017, 20:36

Eu tenho a humildade de dizer que sou vaidoso. Mas não a vaidade de dizer que sou humilde...

31 de agosto de 2017, 23:50

O verdadeiro artista jamais se inclina, nem pelo aplauso.

6 de setembro de 2017, 22:43

Sucesso é uma flor delicada e caprichosa que exige muitos cuidados, e condições praticamente perfeitas para acontecer. Demora anos para florescer e exibe-se gloriosa por poucos instantes, mas o jardineiro sente-se o mais feliz dos homens nestes poucos instantes e fala disso o resto da vida.

11 de setembro de 2017, 12:35

Cuidado! O Facebook pode transformar pessoas em limões.

22 de setembro de 2017, 08:25

O efêmero não é uma flor...

24 de setembro de 2017, 14:54

Existe um direito que uma sociedade democrática não dá: o de questionar a democracia a partir da liberdade que ela mesmo permite.

26 de setembro de 2017, 18:34

Mais uma eleição que a gente tem "em quem não votar". É uma sociedade do "vote não". Precisamos pensar por que nossas eleições sempre são sobre "não candidatos".

12 de outubro de 2017, 22:46

De que servem os gênios se os imbecis sempre vencem?! [13]

15 de outubro de 2017, 00:25

Dizem que o povo quer pão e circo. Bem, infelizmente só recebemos o circo, pois pelo pão pagamos caro.

18 de outubro de 2017, 9:53

Quando eu era criança, lia a Bíblia por prazer, e quando cantava o Hino Nacional ele saía assim: "Verás que um filisteu não foge à luuutaa!!"

19 de outubro de 2017

No semiárido da minha vida, você foi um cacto que floresceu[14]...

19 de outubro de 2017

Não há nada de sólido no mundo que nos cerca, nada de real. Tudo o que vemos, vimos primeiro em nosso coração... E quando chega aos olhos, pinta-se o mundo como quiser, mas o quadro que vemos sempre fomos nós que desenhamos e pintamos com as cores que pudemos fabricar[15].

---

13 Aqui Luiz Vadico não se chama de gênio, mas faz uma referência à superdotação e à suposta utilização que a sociedade deseja fazer dela. Não importa quantos deuses desçam à Terra, os homens continuarão a ser quem são. Ainda que uma ideia genial ou outra frutifique, em geral as ideias chafurdam na lama dos sentidos.

14 Referência ao mesmo namorado anteriormente citado. No semiárido, cacto que floresceu não chega a ser algo romântico, mas mesmo na amargura existencial pode haver um momento em que você vê a beleza surgir onde não se espera. Tiveram um bom relacionamento, repleto de cumplicidade e confiança.

15 Essa frase resume muito do conhecimento do autor sobre o mundo, a ciência, o universo e a espi-

20 de outubro de 2017, 12:29

Eu me sinto um pouco inútil fazendo discurso democrático para apenas democratas ouvirem. Será que terei de bater num fascista pra ele entender[16]?

23 de outubro de 2017, 12:47

Se alguém te acusar de ser gay, você sabe como você prova que não é?! Não prova, não tem como. Imaginou morrer por engano?

23 de outubro de 2017, 12:51

Se você prefere que seu filho morra, mas que não seja gay, pare de transar agora! Você não é digno de ser pai. Não merece ter filho quem não ama[17].

23 de outubro de 2017, 13:07

Os bois estão correndo para o matadouro. Os que estão na frente, vendo a morte, tentam se frear e freá-los, mas quem vem atrás não sabe que é boi até ser tarde demais.

Do blogue – 28 de outubro de 2017

O Colar mais Belo

Na Antiguidade, um grande senhor caminhava por sua propriedade, cheia de escravos vindos de toda parte do mundo, e se deparou com um deles. Este se mostrava cabisbaixo e parecia meio sem ânimo. O senhor, tendo-se na conta de um bom homem, perguntou-lhe:

— Por que tu pareces tão infeliz?

---

ritualidade. Numa nota de rodapé não será possível deslindar tudo o que está por trás desta afirmação. Pedimos desculpas ao leitor, mas ele terá de fazer seu próprio caminho.

16 Referência ao fato de que no algoritmo do Facebook poucas pessoas recebem a informação dada pelo autor. Sempre as mesmas e poucas pessoas. Logo, é inútil pregar democracia para democratas.

17 Na realidade, apesar da afirmação ser verdadeira, Luiz Vadico era a favor de que as pessoas parassem de ter filhos tendo em vista o futuro do Planeta. E não suportava ruídos incontroláveis, principalmente os manifestados por crianças.

O escravo mal encarou-o e foi se lamentando:

— Ah, senhor! Falta-me a liberdade...

Este argumentou:

— Ora, foste feito prisioneiro após uma batalha, assim como todos os teus. E tiveram a chance de se defender e perderam. Parece justo que agora me sirvam, não?!

Refletiu um momento o escravo e respondeu:

— Sim, parece justo, pois se houvéssemos ganhado a batalha, tu serias nosso prisioneiro e nosso escravo.

— Ainda assim, diferentemente de outros senhores, vos deixo andarem livres sem correntes, apenas trazem ao pescoço o colar de ferro que indica que são de minha propriedade.

O escravo, tocando o colar, comentou:

— Este colar é muito pesado, meu amo. Lembra-me de tudo quanto perdi.

— Mas se concordas que tua condição não é injusta, o que perdeste, perdeste.

— Ainda assim, é uma condição muito dura.

O senhor, que nem era de todo mal, meditou um pouco, e falou:

— Todos vós deveis trabalhar, mas que dirias se aqueles que se destacassem no trabalho recebessem um colar de outro metal, mais belo, mais leve, e quem sabe até mesmo com pedras preciosas?

— Ainda assim, eu não seria livre – respondeu o escravo.

— Mas se eu te libertasse, outro te faria prisioneiro. E ainda que libertasse a todos, outros os fariam escravos. Tu não estás na tua terra. E ela nem existe mais. Por que não ouve meu conselho?! Mais vale um colar menos pesado do que o mesmo colar de ferro de sempre.

O escravo pensou e pensou. Olhou à sua volta. Percebeu que as condições de trabalho eram difíceis, mas poderiam ser piores. E se fugisse, poderia até mesmo ser morto. E pior do que isso, sem a sua distante terra, poderia ficar jogado à natureza sem ter ao menos o que comer; a sua comida era ruim, mas ainda era comida. E, por fim, concordou:

— Não seria tão ruim um colar mais leve.

O senhor, satisfeito com sua própria bondade, foi logo propondo:

— Então, trabalhe mais! E se mostre feliz com o seu trabalho! Realizado isso, lhe darei um colar melhor.

Os dias passaram rapidamente e o escravo trabalhou sorrindo na sua dura lida na lavoura. Os seus outros companheiros perceberam a mudança e lhe perguntaram por que trabalhava assim. Ele lhes contou a proposta do senhor. Quase imediatamente todos colocaram um sorriso no rosto e se puseram a trabalhar ainda mais.

Depois de um bom tempo, o senhor, vendo o trabalho de todos, foi até o primeiro e trocou o seu colar de ferro por um de cobre, muito mais leve. E ainda lhe falou benevolente:

— Este tu podes polir, e ele ficará lindo brilhando!

O escravo ficou muito feliz, e logo saiu exibindo a todos o seu prêmio. E logo passaram a invejá-lo. No entanto, em pouco tempo, o senhor também os premiou. Sempre cumprindo a sua promessa. E agora lhes prometia que o colar podia ser ainda melhor. Em pouco tempo, os escravos se tornaram pessoas diligentes, disciplinadas, propondo novos métodos, novas formas de aumentar a produtividade, os rendimentos etc. E iam assim, ganhando novos, estranhos e extravagantes colares. E todos se exibiam, achando cada um o seu mais bonito do que o dos demais.

Ao longo de alguns meses e depois de anos, o escravo acabou, por fim, com um colar muito mais pesado que o original. Este era imenso, de ouro, cheio de pedras preciosas. Machucava o seu pescoço, mas ele não cansava de mostrar a todos o objeto maravilhoso. Mal conseguia carregá-lo, pois estava exausto por tanto trabalhar. Suas responsabilidades quase o matavam. E os outros escravos, em vez de o dissuadirem de tanto trabalho, apenas o invejavam, e trabalhavam ainda mais, buscando o sucesso reluzente de um novo colar.

Alguns deles chegaram até mesmo a organizar disputas para saber quem tinha o mais belo colar. E os que ganhavam o prêmio pela beleza das suas correntes sentiam-se ainda mais incentivados a terem o melhor colar do mundo.

Um dia, chegou um filósofo na grande propriedade. E pregou e ensinou sobre a liberdade para todos. Falou dos seus valores. Da grandiosidade da vida. E até se assustou, pois o grande senhor também veio ouvi-lo, e achou que acabaria por o expulsar dali. Ao invés disso, o ouvia com muito prazer, pois era um bom senhor.

Por fim, o filósofo, perdendo um pouco da sua paciência socrática, em meio a uma multidão de escravos, disse:

— Vós sois maioria, por que não vos revoltais? Por que não vos tornais livres?

Houve um certo burburinho. E, por fim, os escravos decidiram expulsar o homem, mas não sem antes lhe informar:

— Se fôssemos livres, quem nos daria sempre tão belos colares?!

— Mas vós serieis livres! Poderiam ter vossas próprias terras para arar! Escolheriam vossas esposas e esposos! Teriam filhos, e estes seriam livres!

— Tudo isso já temos! – responderam-lhe. – Terras para arar! Esposas para cuidar! Filhos para seguirem fazendo o mesmo! Tu ofereces o imenso vazio, enquanto o nosso bom senhor nos dá prêmios sem fim!

Aí, o filósofo, se sentindo esperto, lhes informou:

— Mas os colares não vos pertencem! Como tudo, são do seu senhor!

Ao ouvirem essa declaração, os escravos não tiveram a menor dúvida, mataram o filósofo, que morreu dizendo:

— Como pode o maior bem ser trocado por um bem qualquer?!

O senhor ficou chocado com a atitude dos seus servos, mas compreendeu-os, pois isso era lógica pura. Eles continuaram satisfeitos com um colar melhor, e rindo do fracasso daqueles que não tinham mais forças para consegui-los.

31 de outubro de 2017, 9:48

O castelo mais poderoso é o da ignorância. Seus alicerces são profundos e inabaláveis. E, se demolido, se reconstrói rapidamente, como por mágica.

31 de outubro de 2017, 9:51

Enquanto a ignorância é um castelo, que te finca, prende a um lugar só e protege do mundo, a sabedoria te faz livre e faz voar sobre todas as coisas.

1º de novembro de 2017, 22:55

Quando Deus quer... portas se abrem, janelas se escancaram... Como ser feliz? Querer o que ele quer, aceitar o seu chamado e seguir[18].

---

18 A relação de Luiz Vadico com o Sagrado é bastante profunda. Por vezes tomou decisões intuitivamente por acreditar que elas eram parte de uma determinada vontade divina. Vontade divina não a seu respeito, mas a respeito da humanidade, pois fazia parte de sua fantasia existencial acreditar que ele havia vindo para a Terra com uma missão qualquer que desconhecia, mas que se deixasse, Deus faria o resto. Neste sentido, vide no livro *Memória impura* o conto bônus: "Jesus no deserto". Ali ocorre um diálogo muito revelador entre Davi e Jesus no que tange à forma como o autor lidava com o Sagrado.

1º de novembro de 2017, 13:40

Hoje as editoras não vivem mais de publicar e vender livros, mas sim de explorar escritores. É deles que elas arrancam os seus lucros com promessas que não estão pensando cumprir.

12 de novembro de 2017, 19:22

Quando cavalos põem suas próprias ferraduras e se orgulham dos seus cabrestos...

6 de dezembro de 2017, 23:40

Enfim, a igualdade social foi conquistada! Hoje, no Brasil, todos possuem celulares!

19 de dezembro de 2017, 22:50

O Natal da Indignação

Daqui a poucos dias, comemoraremos o nascimento de Jesus Cristo. Essa ocasião nunca me pareceu tão propícia quanto agora. Enquanto as mídias e o marketing estão – como sempre – tentando nos vender perus, chesters e fazer gastar o pouco que nos resta com presentes desnecessários, resolvi relembrar o comemorado. Jesus não ficou conhecido por ser amigo do Papai Noel, nem por ser conivente com os ricos e poderosos.

Ele – em primeiro lugar era um curador – curava a todos, curadores existiam muitos; no entanto ele curava de graça. Em meio às suas curas anunciava um reino novo, de justiça, igualdade, respeito e dignidade para todos.

Estava ao lado dos pobres, mas também deixava claro que não bastava ser pobre para que ele estivesse ao seu lado, era necessário adesão. Era necessário segui-lo, abandonar comportamentos e atitudes velhas, e colocar-se em movimento. Confessar Jesus não é tê-lo em seu coração, é tê-lo em suas atitudes. E se não for assim, ele também não te quer.

Dois sermões são marcantes e deixam clara a posição dele diante dos homens do mundo: o Sermão da Montanha e o Sermão das Admoestações (Broncas); no primeiro, ficou famoso o início das frases: "Bem-aventurados... Os pobres, os mansos, os misericordiosos, os pacificadores". No segundo, ele usou a mesma tática, mas inversa: "Ai de vós!... Propagadores da injustiça, da desesperança, da miséria e da exploração dos seus irmãos". E para estes, de forma indireta, prometeu o fogo do inferno – que na época era o depósito de lixo de Jerusalém. Está tudo lá.

Não, Jesus não era propagandista de uma revolta armada, nem da sublevação; no entanto também não era um pacifista no sentido moderno da palavra. Ele possuía uma grande capacidade de INDIGNAÇÃO, é nítido em vários momentos dos Evangelhos em que ele praticamente está explodindo com as pessoas por causa da sua indignação. É no Sermão das Admoestações que ele explode de vez. A injustiça, a corrupção, a exploração lhe doem como brasas vivas sobre sua pele. E ele não saiu por aí prometendo o céu para os bem-comportados, inclusive porque dizia que o Reino de Deus está aqui na Terra e não no céu – não sei quem torceu as palavras dele. Pois se estivesse no céu, "as aves chegarão primeiro".

Amar o próximo não é apenas uma ação individual. Amar é ter compaixão, sentir a mesma dor e, sentindo a mesma dor, se movimentar para que ela deixe de doer. Isto é compaixão! O resto é conformação.

Espero que neste Natal você saiba quem você está comemorando. E que seja digno(a) dele.

Que neste Natal, a capacidade de se indignar e agir em favor do próximo – da sociedade – renasça, que Jesus renasça. Que você o confesse verdadeiramente, para que ele esteja contigo e com todos nós.

Espero que vocês se lembrem que Deus não perderia tempo se encarnando na Terra para deixar as coisas como estavam.

Feliz Natal!

29 de dezembro de 2017, 23:56
Em 2018 eu desejo que as piores previsões não se realizem.

2018

Do blogue – 3 de janeiro de 2018[1]

Por Uma Maçã

Um chefe chega para um funcionário e lhe entrega sorridente uma banana. Este estranha o gesto, mas ouve o outro em meio ao sorriso:

— Aqui está sua maçã!

O funcionário não entendeu e questionou:

— Mas isto é uma banana! Não foi o que combinamos!

O chefe manteve o sorriso nos lábios e afirmou:

— Você está enganado, é uma maçã!

O outro, enfim percebendo do que se tratava, se aborrece e responde:

— Não é porque você é meu chefe que me fará acreditar que uma banana é outra coisa que não uma banana!

Olhe bem! – mandou o chefe. – O País está em crise! Emprego está difícil!

O funcionário se revoltou com a clara ameaça, encheu o peito e afirmou:

— Esta banana não é uma maçã!!

— Pensa bem... Olha com carinho...

Um silêncio tenso se estabeleceu entre ambos, e antes que o chefe voltasse a falar o funcionário pegou a fruta e, ainda cheio de orgulho, se mostrou senhor da situação:

— Esta banana não é uma maçã, mas sinto que, se bem direcionada, bem cuidada, utilizando a metodologia adequada, ela poderá se tornar o que quiser!

— Inclusive uma maçã – completou o chefe.

— Melhor! – disse o outro. Com incentivo adequado, temos aqui uma futura jaca.

— Tanto assim?! – se admirou o mandatário.

— Tanto assim!!

O chefe não pensou duas vezes. Pegou a fruta e a partiu ao meio, e foi logo afirmando:

— Toma meia banana, afinal, se você pode dela fazer uma maçã e até mesmo uma jaca, está me roubando, ao sugerir que lhe dou menos do que precisa!

Moral da estória: que moral?!

---

1 A maior parte do que foi publicado no início de 2018 já anunciava a decadência da relação do autor com o Facebook; muitos textos foram simplesmente replicados, razão pela qual não estão aqui publicados. Neste sentido, 2018 é o ano mais curto deste livro. E, apesar de o autor ter se mantido no Facebook em 2019 e em 2020, nada mais fez do que manter as páginas de divulgação de suas obras.

Do blogue – 5 de outubro de 2018[2]

Governando com Justiça

Bem distante das cidades, em meio a belas colinas e campos sem fim, um rebanho de ovelhas fartava-se de pastagem e outras guloseimas. Vez por outra, vinha o cão pastor ladrando e tocando uma ovelha desgarrada de volta para o rebanho. O pastor, por sua vez, um bom homem, deixava a natureza seguir seu curso e pouco aparecia para ver o que ocorria.

O cão era gentil com as fofinhas, mas muito feroz com os outros animais que poderiam colocá-las em risco. Era tão vigilante e bravio que aquelas pequenas ovelhas inocentes jamais viram o perigo de perto. Quando ele farejava o perigo a distância, deixava o rebanho e corria até ele eliminando a ameaça. Tanta eficiência fizera com que elas o odiassem. Odiassem?! Sim, odiassem. Pois, desconheciam o perigo verdadeiro e achavam que ele era excessivamente zeloso. Era um verdadeiro tirano que não as deixava passear o quanto desejavam e nem serem realmente livres.

Assim, corria a vida tranquila neste lugar tranquilo quase idílico, não fosse um campo. Quando reclamavam do exagero de cuidado, logo o cão avisava: "Vocês têm de tomar cuidado com o lobo! Ele devora ovelhinhas tolas!" Elas se riam do aviso e replicavam: "Ora, essa, lobos não existem! Nunca vimos nenhum! Isso é estória para ninar carneirinhos!"

Mas eis que um dia, após ouvirem a briga ferocíssima do cão com algum animal escondido em meio à mata, as ovelhas notaram a sua demora em voltar para junto delas. Não sabiam muito bem como voltar para o abrigo, pois ele sempre as guiava. Escureceu, e nada de o velho cão aparecer. Ouviram estranhos uivos à noite. Não ficaram amedrontadas, pois desconheciam o medo, apenas receosas e aborrecidas com a demora do vigia.

No dia seguinte, logo cedo, eis que um cão saiu da mata em direção ao rebanho. Vinha lento e tranquilo, um pouco cabisbaixo. As ovelhas estranharam,

---

2 O final do ano de 2018 foi bastante intenso, principalmente no que tange ao período eleitoral. Além de vários posts, que L.V. acreditava redundantes para essa obra, o autor escreveu uma fábula para alertar os eleitores e eleitoras sobre o perigo da eleição de Jair Bolsonaro. Neste sentido, os posts que ele não desejou publicar refletiam simplesmente as mesmas ideias e frases que outros intelectuais, escritores e professores publicavam naquele instante. Para ele, era irrelevante notabilizar alguém que não merecia ser lembrado de qualquer forma. Não foi um tirano como se pensava, mas foi um genocida irresponsável, e pior do que isso, um incentivador da mediocridade e exemplo maior dela. Tudo o que este livro e seu autor jamais suportaram. E, como ele dizia: "Não dou propaganda para o mal".

pois ele não era em nada parecido com o cão pastor, mas era evidentemente um cão. Maria Olinda, uma ovelhinha sapeca, foi logo perguntando: "Você veio da mata, viu por lá o nosso cão pastor?"

O outro fez um ar ainda mais triste, se bem que meio debochado:

— Vi sim! – Fez uma pausa e acrescentou: – Infelizmente, tenho de informá-las que ele morreu!

Houve um grande "Oh!" coletivo, murmúrios entristecidos e uma ou outra ingrata dizendo: "bem-feito".

— Mas o que ocorreu com ele? – perguntou Maria Olinda.

— Morreu na luta contra um grupo de lobos! – informou.

— Que absurdo! – gargalhavam as ovelhinhas. Ele fugiu e abandonou o emprego! Todas sabem que lobos não existem!

— Lobos não existem? – perguntou o cão estupefato.

— Claro que não – responderam. – Como poderia existir alguém que come ovelhas, galinhas e outros bichos?! Isso é um absurdo. Tal coisa não existe!

— Hummmm – fez o cão. – Verdade, como vocês são espertas! Como nunca pensei nisso! Lobos cruéis, sanguinários, ferozes e que comem ovelhas não existem. É tudo folclore!

Maria Ofélia, amiga de Maria Olinda, já veio logo colocando a questão do dia: "Bem, se o cão está morto, precisamos de um outro para nos levar de volta para o abrigo".

Um burburinho se estabeleceu em meio ao rebanho. E logo algumas ovelhas diziam que o cão que aparecera deveria ser o seu novo pastor, enquanto outras não tinham certeza se ele era confiável. O cão, diante de tamanha honra, fingiu modéstia e lhes garantiu que era boa gente. Mas que iria chamar mais um cão para que elas pudessem escolher justamente, assim não pareceria que estava se aproveitando da situação. Todas aceitaram a ideia imediatamente.

Não demorou muito tempo e ele voltava da mata trazendo um segundo cão ainda maior e com um jeito muito mais feroz do que o dele. Foi apresentado como o candidato mais feroz, mais forte e bravio e o outro como o moderado, porém veloz. Lupino, o primeiro cão e Lupércio, o segundo, estes eram os nomes dos candidatos.

As ovelhas muito discutiram entre si, pois ouviram atentamente o discurso realizado pelos dois candidatos. Ah, sim, eles discursaram, e como discursaram. Começaram educadamente se elogiando e terminaram cada um acusando o outro de ser um "lobo". Claro, sabemos que lobos não existem. Como elas pensavam que precisavam de muita proteção, acabaram por eleger Lupércio, o maior, o mais forte e mais feroz. Só de olhar para ele dava medo. Assim estariam garantidas contra todos os perigos. Ele mal acreditou que havia ganhado a eleição, e foi logo mostrando verdadeira camaradagem, convidou Lupino para ser seu vice. O rebanho ficou exultante. Haviam se livrado de um velho cão chato e rabugento e encontrado um cãozarrão, que além de tudo era afável e diplomático.

Logo, elas foram guiadas de volta para o abrigo. Estranhamente, ambos sabiam onde ele ficava, e até mesmo como se abria e fechava a porteira. Os dias se passavam; com os dois cães guiando o rebanho, tudo parecia bem e tranquilo no lugar. Agora, havia uma inovação. Qualquer ovelha podia se aventurar pela mata o quanto quisesse. Ela também poderia dormir fora se assim o desejasse. Uma, duas, três ou mais ovelhas se aventuraram na nova modalidade de pastagem. A primeira voltou satisfeita, a segunda também. No entanto, nem a terceira, nem a quarta, e quem dirá a quinta voltaram. Não importara o quanto Lupino buscou por elas em todos os lugares, nada encontrou. Chegava desanimado, e meio desiludido, dizia: "Ingratas, nos abandonaram! Não sabem aproveitar a liberdade. Quando menos esperarmos, voltarão arrependidas!"

O rebanho achava tudo muito natural, e ainda criticava as desaparecidas. Com o passar do tempo e outras tantas ovelhas desaparecendo misteriosamente, Lupércio e Lupino decidiram que para a segurança do rebanho ninguém mais sairia do abrigo, exceto com autorização especial e escolta. A ordem foi prontamente aceita, pois temiam pelo que podia acontecer por causa dos perigos do mundo e pelo excesso de liberdade.

Dias e noites sem fim se passaram. Um tédio mortal abatia as ovelhinhas do rebanho. Inutilmente, pediam para sair, os cães não deixavam mais. E quando menos esperavam, foram surpreendidas por uma novidade triste. Lupino foi quem explicou:

— Faz muito tempo que não comemos! Vocês ovelhas comem grama, folhas e frutos, mas nós cães comemos carne. O fazendeiro não aparece para nos alimentar e nós não podemos deixá-las, senão correm perigo. Sendo assim, pedimos que sejam generosas e que uma de vocês se sacrifique para que possamos nos alimentar. E como pode demorar para que alguém apareça, precisaremos de uma por dia.

As ovelhas todas reunidas. Ficaram furiosas, chocadas. E diziam sobre o absurdo que era isso. Que elas deveriam mandar os dois embora. Que deveriam sair e serem livres. E tanto conversaram e discutiram que Maria Olinda e Maria Ofélia acabaram por sugerir o impensável:

— Sejamos honestas. Se sairmos não voltaremos. Melhor perdermos algumas do que todo o rebanho!

Muito protesto, muita zoeira de ovelha assustada e ofendida, até que uma delas perguntou:

— Mas quem de nós se sacrificaria?

Maria Ofélia não se fez de rogada e foi logo explicando:

— O bem de muitos prevalece sobre o bem de poucos. Logo, se a maioria das ovelhas é branca, as minorias devem ser sacrificadas pelo bem de todas. Afinal, somos todas ovelhas e irmãs, mas aproveitemos essa hora difícil para fazer uma reforma necessária no rebanho.

Maria Olinda sugeriu a escala: primeiro as ovelhas negras seriam sacrificadas, pois eram muito poucas, depois as marrons, depois as malhadas, e enfim, quando todas as minorias tivessem se sacrificado, com certeza o dono da fazenda já teria voltado para alimentar os cães. As escolhas não aconteceram sem atritos. Entretanto, apareceu uma ovelhinha branca para explicar coisas sobre a vida depois da morte, sobre o grande pasto celestial, e que quem se sacrifica por seus irmãos será salvo do fogo do inferno, onde há muitos lobos ferozes e canibais. Estabeleceu-se um verdadeiro culto do martírio, muito rapidamente havia até ovelhas brancas perguntando: "Por quê não eu?! Por que não eu?!" Claro, era uma pergunta meio retórica.

Informaram então aos cães que aceitavam as condições, mas que os sacrifícios deveriam ser feitos de forma reservada, durante a noite, para que não houvesse traumas e sustos. Deveriam ser muito silenciosos e discretos. Os dois aceitaram as condições, pois afinal, numa coisa eram honestos, estavam com fome.

Os dias passavam tranquilos, continuavam dentro do abrigo com receio do mundo lá fora. E fingiam não ver as irmãzinhas que desapareciam toda noite. Achavam melhor não tocarem no assunto, afinal todas sabiam o que acontecia. Ficaram conformadas por um bom tempo, no entanto começaram a se impacientar com a demora do fazendeiro. Criticavam-no. E diziam que sempre fora um relaxado; não bastava o cachorro velho que não tinha servido de nada, agora deixava os pobres cães passando fome. Assim, sumiram as pretinhas, as marronzinhas e por fim as pintadinhas. O céu das ovelhas estava começando a ficar congestionado.

Aí, sem nenhum aviso, desapareceu uma branquinha, e depois outra. Maria Olinda e Maria Ofélia ficaram com muito medo, afinal, isto não fora o combinado e agora qualquer uma delas poderia ser devorada. Assim, meio com medo, meio com coragem, foram até Lupércio e Lupino e reclamaram: "O acordo não está sendo cumprido!"

Eles responderam: "Mas continuamos com fome!"

— O combinado era que comeriam apenas a minoria! – protestaram.

Lupércio, babando de ferocidade, respondeu-lhes a mais pura verdade:

— Não combinamos nada. Vocês que ofereceram as outras para comermos em troca de que ficassem por último. Então, agora é a vez de vocês!

Maria Olinda e Maria Ofélia convocaram todo o rebanho, que ficou em formação fechada diante dos dois cães, e Olinda ordenou:

— O mandato de vocês dois acabou! Podem ir embora agora! Daqui por diante nós cuidaremos de nós mesmas!

E Ofélia completou:

— Fora daqui, seus dois carniceiros!

Parecia uma verdadeira revolução! Os dois cães, diante daquela reação. Primeiro ficaram mudos, depois gargalharam. E Lupino fez a terrível observação:

— Olhem à sua volta, estão todas presas! Comeremos quem bem desejarmos!

Ouviu-se um "Oh!" coletivo. E uma pequena ovelhinha espantou-se:

— Comeremos? Mas quem come ovelhas são lobos, vocês só precisavam de nossa carne porque o dono não chegava...

Lupércio, já salivando e não aguentando mais fingir, perguntou:

— Por que não acreditaram quando o cão falou que lobos existem?

Ofélia e Olinda responderam em uníssono:

— Ora, porque isso é algo horrível, impossível, absurdo, é lógico que tais criaturas não existem!

E diante da verdade que não queria ser aceita, mesmo com todas as evidências, Lupino afirmou:

— Existem sim, e se parecem muito com cães pastores...

A alcateia que estava fora do abrigo e há muito vinha se alimentando das suculentas ovelhas se atirou para dentro do aprisco, e ocorreu uma verdadeira carnificina. Todas foram devoradas, mas não sem antes Ofélia dizer para Olinda: "É por não ter acreditado na existência de lobos que os escolhemos para nos governar."

26 de setembro de 2018, 12:35

Mais uma eleição que a gente tem "em quem não votar". É uma sociedade do vote não. Precisamos pensar por que nossas eleições sempre são sobre "não candidatos".

4 de novembro de 2018, 22:15

Não me preocupa que Bolsonaro seja presidente. Preocupa-me que o Congresso esteja formado por um terço de evangélicos, um terço de ruralistas e um terço da bancada da bala. Um Bolsonaro sozinho não faz verão... Mas esse Congresso é capaz de fazer nazista ser de esquerda. Não há defesa para as pessoas de bem, não sobrou oposição. Feliz 2019, nunca vi boi afiar faca em matadouro, essa foi a primeira vez.

12 de novembro de 2018, 16:23

Alguém me explica como a ignorância se tornou militante[3]?!

23 de novembro de 2018, 23:35

O que existe embaixo da camada de gelo da Antártida? A Lemúria realmente existiu? Platão inventou a Atlântida só para tirar um sarro da nossa cara? Essas e outras urgentes questões ocupam a minha mente...

23 de novembro de 2018, 23:55

Gnossiene

Eu sou um impostor e gostaria de viver da minha impostura. Mas o que faz um impostor? Vive de fingir ser o que não é. Se é pobre, finge que é rico; se é rico, alega pobreza. Quando intelectual, diz ter lido os livros que não leu, escrito o que não escreveu. Um impostor pode viver a vida por trás da sua impostura. Pode se dizer romântico, encher o ar de belas e frescas frases, enunciar promessas

---

3 Referência ao período eleitoral do qual Jair Bolsonaro sairia vencedor.

que jamais serão cumpridas. Os que se sentem enganados hão de sempre reclamar. Ahhh! O que faz o impostor senão viver sozinho trancado em sua farsa.

Quem sabe como ele vive? Com medo o tempo todo das pessoas, medo de ser descoberto e desmascarado. Sem direito a uma relação verdadeira. Vive suas noites de inverno em meio ao vento frio, imaginando "é hoje que perderei meu leito?" O impostor exibe uma máscara bastante trabalhada. Não são várias, apenas uma. Pois este, ainda que assim o achem os prejudicados, não é um simples marginal. Ele usa a máscara que o obrigaram a produzir. Assumiu de tal forma a sua farsa, que já não é outra coisa senão o personagem.

O que é o impostor senão aquele que sonhou muito e não alcançou de todo a sua realização? Exibe então um sorriso e diz ter chegado aonde quase chegou. Nessa pequena diferença do "quase" está um abismo no qual ele mergulha perdido. Cai nesse vazio eterno de medo e ansiedade. E assim a morte irá encontrá-lo, caso ninguém o desmascare. Tantas pessoas vivem das suas imposturas, porque eu, justamente eu, talvez o impostor-mor, não viverei da minha? Será apenas porque os que vivem supostas verdades se sentirão prejudicados?! A impostura é uma fraude, mas como foi bom para todos vivê-la antes que a máscara caísse.

Já não poderei viver da minha lide, pois aqui a confessei. Então, não serei descoberto nem serei desmascarado. Confessando o que não pode ser confessado para viver o que não pode ser vivido.

E todas as gaivotas voltarão suas costas para mim. Dura é a lide do impostor, solitário na farsa, abandonado quando descoberto. Voarei sozinho então, fingindo solidão, fingindo liberdade. Levarei um sorriso no rosto e uma lágrima pronta para rolar. Mas não encontrarei piedade, pois ninguém saberá se vivo ou se finjo. Resta-me a máscara: deixe-me viver da minha impostura. E não, não me diga que sou sincero.

24 de novembro de 2018, 21:32

Todo vidente é Cassandra. Só acreditam depois que acontece. E quando acreditam antes, nada acontece depois[4].

---

4 Referência a Cassandra, personagem da Ilíada de Homero, filha do Rei Príamo, cuja maldição era prever o futuro, mas as pessoas não acreditarem nela. Ela previu a queda de Troia.

1º de dezembro de 2018, 21:15

É, esse realmente será o último Papa. O mundo vai acabar ou JC[5] irá voltar. É a única explicação possível. Afinal, só gente sem noção de economia acredita que a Igreja irá resolver algum problema se desestruturando e vendendo coisas para dar aos pobres.

Que a Igreja não precisa ostentar eu acredito, mas se capitalizar para fazer assistência social seria o mesmo que dizer que JC não pediu para Judas ser o tesoureiro da causa. Estou bestificado.

O Papa é tão generoso que é capaz de vender o catolicismo como se fosse brigadeiro e depois descobrir que no dia seguinte não tem festa.

Adoro essas falas, mas ele está pedindo para o Muro de Berlim cair. Eu sempre disse e direi, o Papa Francisco é o Gorbachev da Igreja. Querido e simpático, mas...

1º de dezembro de 2018, 22:35

Pelo andar da carruagem nas escolas, sem partido e sem putaria, darei aula amordaçado e sem fazer sinais. Vai que sai aquele dedo levantado[6]!

7 de dezembro de 2018, 23:55

Vambora pra Passárgada! Lá sou amigo do gay[7]! 😂

8 de dezembro de 2018, 23:45

Não reconheço meu corpo

Quando nasci, eu e meu corpo não nos entendíamos. Gastamos muito tempo até que fossemos um só. Eu o usei para descobrir o mundo, os cheiros, as

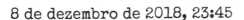

5 JC: Jesus Cristo.

6 O contexto desta frase está posto na luta política do governo Temer e depois Bolsonaro para que não houvesse ideologia de qualquer matiz sendo ensinada nas escolas; claro, exceção feita à deles. Luiz Vadico nunca gostou dos manuais didáticos de História do Brasil, pois eram feitos a partir de um marxismo tosco, uma simplificação que não ensinava nada a ninguém.

7 Brincadeira com o famoso poema do poeta Manuel Bandeira, no qual, entre tantas coisas ele diz: "lá sou amigo do Rei". Aqui ocorre o trocadilho: "sou amigo do gay".

pessoas e ele me ensinou o que eram joelhos esfolados, dor de dente e trocas orgânicas com outros corpos.

Quanto mais crescíamos e nos desenvolvíamos, mais éramos um só. E nem sempre estávamos lutando para controlar um ao outro. Às vezes, nós dois queríamos safadezas, as vezes nós queríamos dançar e ainda às vezes caíamos dormindo de puro cansaço.

Quando, em meio à juventude, nos olhávamos no espelho, reconhecíamos um ao outro. Nem sempre estávamos felizes com o que éramos. Mas nos parecíamos. E, depois de tanto esforço, tornamo-nos um só. E vivemos bastante tempo acreditando que éramos a única e a mesma pessoa. Sorrimos e fizemos sorrir, exploramos e fomos explorados, esmagamos e fomos em abraços esmagados. Caminhamos tanto chão que quase nos faltaram estradas.

Hoje, sinto que ele aos poucos me traía e abandonava. Olho-me no espelho e já não me pareço mais comigo. Até vejo alguma leve semelhança, mas não sou eu. Ainda desejo muitas caminhadas, entretanto meus pés não querem mais. Desejo paisagens e brotam-me cataratas existenciais a nublarem tudo o mais. Bebo, como, beijo. E tudo o que antes era bom para nós agora fazem mal para ele, e por isso meu corpo me agride.

Nessa árdua luta de dominar, ser e desfrutar da carne, num glorioso momento somos deuses. E é como se tivéssemos sido feitos um para o outro. Até que chega esse dia em que nos olhamos e não nos reconhecemos mais. Aquela imagem flácida, trêmula, gorda, enrugada, cheia de manchas e pelancas não é mais quem fomos. E não é quem somos.

Enfim, lutamos para dominar e viver o corpo e ele agora se volta contra nós. Ele vencerá a luta e nos mergulhará na morte. A morte para a qual a carne foi nascida. E nós olhamos tudo, olhamos o espelho, o passado, o presente e o futuro, e olhamos nossas mãos e faces enrugadas e, com infinito e aflitivo espanto, nos dizemos cheios de descrença: isso não é possível! Isto não é possível!! E gritamos: somos deuses!! Somos deuses!! E estes gritos são como silvos de cigarras pelo espaço.

Em vão, os que escutam não nos veem como realmente somos, e o que ouvem é uma sinfonia de loucura.

E novas carnes, novos corpos preparam-se, todos os dias, para levarem à derrota o espírito quando ele mais pronto estiver para a vitória.

Olho para o meu corpo e não me reconheço mais, ele olha para mim e também não me deseja mais.

Pise-me com cuidado, pise-me com carinho, sou uma folha seca de outono, vi o brilho da vida antes de conhecer o chão. O crepitar que ora ouves é o último som que finjo ser um canto.

9 de dezembro de 2018, 17:50

O livre-arbítrio é menos provável do que um livro amigo[8].

13 de dezembro de 2018, 23:55

Nada como um dia "bão" fazendo uma noite feliz[9].

30 de dezembro de 2018, 09:30

Saindo para comer meu lanche predileto: misto-quente! E não se enganem, existe arte em se fazer algo tão simples[10]!

FIM[11]

---

8 É mais fácil ler um bom livro do que poder fazer escolhas na vida.

9 "Dia bão", o que poderia parecer uma brincadeira com o sotaque mineiro, era sim uma brincadeira e trocadilho, um bom-dia ("dia bão") só pode ser proporcionado por um homem bom de cama e cuja safadeza possa classificá-lo como um verdadeiro diabo na cama: um diabão! A realidade, entretanto, é que havia sido escolhido coordenador da pós-graduação em Comunicação a partir do ano seguinte.

10 Um bom misto-quente é feito com um ótimo pão francês, no ponto, nem escuro demais nem branco demais, exige um padeiro e não uma massa pronta. O queijo pode ser muçarela ou prato, mas deve ser o dobro do que o dono da padaria gosta; por fim, o presunto deve ser o presunto gordo ou com capa de gordura. Não existe bom misto-quente com material de segunda categoria. Além disso, o mesmo deve ser feito numa chapa de lanches, já suja com restinhos de bacon. Essa é uma boa forma de terminar um livro.

11 Em 27 de janeiro de 2019, às duas da madrugada, a Anita, cadelinha pinscher de estimação do autor, teve um enfarto fulminante, aos três anos de idade. Estava com ele Daniel Vettore Silva, fizeram o possível para salvá-la, tudo não durou mais do que trinta segundos. Por isso parte da sua vida acabou aqui. Jamais escreveu no Facebook sobre esta perda. Como costumava dizer: Dor dói! E infelizmente para o seu Espiritismo, espiritualismo, ou seja lá o que for que vivesse, não havia um céu para os animais. Logo, se não há céu para algo que o amou profundamente e cujo sentimento ele retribuiu, não pode haver céu para ninguém. Sabia que Anita não era única, e que milhões de bois e vacas morrem todos os dias; se não forem para uma outra vida, ninguém vai. Como uma simples cadelinha pinscher desconstruiu décadas de postulados religiosos e filosóficos? Como diria Jesus: "Onde está o teu tesouro aí estará o teu coração!".

POST SCRIPTUM

Uma Minhoca

"A sadia condição de ser o que se é."

Num terreno fofo, úmido e fértil de um jardim, uma comunidade de minhocas cavava a terra e levava uma vida tranquila. Elas eram cegas, mas instintivamente conheciam os caminhos. Viviam próximas umas às outras, no entanto, não necessitavam verdadeiramente da proximidade. Tudo possuíam para a sua satisfação. Não possuíam outros problemas exceto o de reproduzirem a sua minhoquicidade. Eram felizes com a sua condição e parecia-lhes que tudo era dado para serem o que realmente eram: minhocas. Era essa a realização máxima do ser.

Obedecendo aos seus instintos, uma destas minhocas acabou por romper a terra. E sua cabecinha (ou será que foi a bundinha?) emergiu do solo. Sentiu o ar fresco percorrer uma parte do seu corpo. E, envolta neste novo e estranho prazer, ela desejou sentir ainda mais da atmosfera. De um impulso colocou todo o seu corpo para fora da terra. Foi tomada por um sentimento de maravilhamento. O ar fresco percorreu toda a sua pele e a fez, como que, arrepiar levemente. Um sentimento de perfeita paz a habitou. Ao mesmo tempo, sentiu uma estranha força e energia que penetravam por seus minúsculos poros, era a luz do sol. Em sua cegueira ela não podia ver do que se tratava. Mas a sensação era boa. Não pensou e nem olhou para trás, e nem se enfiou novamente no chão. Saiu rastejando, assoberbada por aqueles novos prazeres.

Sua pele acariciada por aquela luz, lambida por aquela brisa fresca, parecia impulsioná-la adiante. Então ela foi... Rastejando, rastejando... Sentiu-se aos poucos ir secando. Mas até mesmo esta sensação era nova, desconhecida e cheia de maravilhamento. Continuou rastejando, até sentir parte de si queimando de forma viva, ardendo como se ela fosse uma fogueira. Isso parecia ser bom, porque era novo.

Estava sobre uma placa de concreto, e escorregava pela lisura e calor daquele novo piso, desconhecido e impenetrável. Continuou se esgueirando, esfregando-se prazerosa e doida pelo chão. E, de repente, se sentiu abandonando a si mesma diante de uma dor suave que jamais houvera sentido. E libertou-se numa morte insólita e solitária. Ressecada e queimada viva, pela brisa fresca e pela luz do sol.

As outras minhocas nem souberam dela, nem perceberam a sua ausência e jamais puderam ou imaginaram ter a sua experiência. E tudo ficou como era na comunidade das minhocas, menos uma.

Luiz Vadico